生死悠忽

吴笠铭 著

中國華僑出版社
北京

序

杨少衡

20世纪50年代,时任漉溪专署建设局副局长的田舒夫卷入一桩"脚踏车案"。经手办案者许武良恩将仇报,假公济私,落井下石,致使田舒夫蒙冤受贬。田舒夫从此坎坷无尽,在接连不断的政治运动中吃尽苦头,妻儿受到牵连,一家人陷入凄风苦雨,受尽天灾人祸。田舒夫历经磨难,本色不改。粉碎"四人帮"后,"脚踏车案"真相大白,田舒夫于生命的最后一刻终得平反昭雪。

这是《生死烙印》主人公田舒夫的命运故事。这个故事的背景我非常熟悉,因为我本人也是那个年代的过来人。在读这部小说之前,我不认识作者吴笠铭先生,却因为许多相同的经历对他的小说十分期待。吴笠铭先生是我的同乡、同辈人。他比我年长,是我的师兄,我们在家乡同一所中学读过书,彼此不曾相识。半个世纪后到了人生的秋日,却得以因小说相逢,说来是一种缘分。《生死烙印》是吴笠铭先生的第一部长篇小说,如他在"后记"里所说,为这本书他构思酝酿了四十多年。出于如此深厚积淀的小说无疑非常厚重。小说中田舒夫的命运故事内涵极其丰富,令我读来感受颇多。

我感觉这部长篇小说让我重温了一个特定年代,那个年代的很长一段时间我自己曾亲历过,因此感同身受。《生死烙印》的主要故事发生于新中国成立初期直到改革开放时期,历三四十年时间。那个年代的重要历史节点,各个重要历史事件，都在这部小说里得到反映，成为小说人物命运故事的色调与组成部分，让读者得以形象感受，了解感知已经远去的那个岁月里发生的事情，其中很多事情在当下看来已经变得不可思议，却又是活生生的，深刻地留在人们的记忆里。作者在描绘其小说人物与故事时，注意点或许不在历史认知，其故事脉络却异常真切地表现出世道的变迁、历史的发展。我这样年纪的亲历者读这部小说似回往昔犹如穿越，年轻一辈读者则可以在旧日图景中寻求发现，为当年的人间百态所感染，历史于他们不再显得那般干巴巴枯燥乏味。

田舒夫的故事贯穿于这部长篇小说的始终，小说写的却不是他一个人，而是一个大家族。或者说是以这个大家族为核心，连同若干相关人物，共同组成了这部长篇小说的人物方阵，演绎出那个年月里的悲欢离合。这个家族以"积善堂"起家，该"积善堂"是漉溪城里的百年老药铺，"神癣片"是其一张响当当的名片。这个家族植根于闽南古城，又接续着海峡对岸的台湾血脉，根深叶茂，却也内斗不断。作为这个傅姓家族的女婿，一个革命者，田舒夫既为这个家族所累，又为傅氏大宅所包容。田舒夫与妻子傅玉樱所建立的家庭是大家族的一个分支，这个分支的五个孩子中，深得父母钟爱的小女儿竟非亲生骨肉，其身世出于一个换婴秘密，被双方父母长久掩盖。在人性扭曲的岁月里，当年交换孩子的两家人骨肉相残，令当事者痛不欲生。万象更新之际真相揭晓，更令所有健在家人痛入骨髓。小说所描绘的这个家族故事纷繁多面，众多人物栩栩如生，田舒夫夫妻子女之外，老阿祖、傅弘茂和柳芹最为突出，整整四代人的存在与遭际使田舒夫的命运故事扩展成一个家族的命运故事，小说的表现面因之倍显宽广。读这本书时，我常情不自禁将小说里的这个家族与现实生活中的吴笠铭联系起来，尽管他一再说明小说故事出于虚构。如果没有事实基础，显然不会有吴笠铭的笔下景象。如果不是曾背负如此沉重，应当不会有吴笠铭刻骨铭心的创作欲望。因此，这部小说里的家族命运故事有着沉甸甸的真实感。

这部长篇小说的又一大特色在其地域特性，可谓随处显现，鲜明无比。或许我这样的读者对这一特性感觉尤其之深，因为它写的不是别地，就是我与作者共同的故乡。在我的感觉里，小说故事的发生地漉溪城实为漳州城。"积善堂"家族响当当的名片"神癀片"，让我想起漳州著名三宝之一片仔癀。据我了解，吴笠铭先生出自漳州一个望族，他的家族与漳州片仔癀的发展史有所关联。我猜想吴笠铭先生之所以要为他的小说世界创造一个漉溪城，小说中具体描述"神癀片"比较谨慎，笔墨不是很多，可能意在避免不必要的对位，给小说更多的想象和表现空间。这一考虑无疑是有道理的，却不妨碍大量的漳州地域特色汇聚于该小说中，包括众多漳州地名。例如"脚踏车案"里，黄汉凌下海投敌，借用田舒夫自行车时谎称要载母去草寮尾看中医；小说里傅玉樱曾在东桥中心小学任教；有一位悦嫂家住羊老洲；田舒夫曾在马山剿匪，蒙冤后在笼山劳教；其子女田嘉亮和田嘉欢分别下乡于麻山和五峰。这些地名无不出自漳州城及其周边，或直接引用，或略加变化。除了故事发生的地点，还写了不少漳州民俗、建筑和风味特色小吃。例如除夕夜"围炉"；正月初一逛"公爷街"；石榴坂赴圩；旧时婚丧喜庆的一些习俗；"积善堂"古厝、红楼和白楼建筑等。同时，小说中一些重大事件亦取自漳州历史，例如我们这辈人记忆中惊心动魄的"六九洪水"都在这部小说里得到充分表现。如果说这部小说是从作者吴笠铭的视角与侧面，写出了那一个年代，那么还可以说，它写的是漳州城的那一个年代，只不过在小说里它以"漉溪城"的名字出现。

我觉得比地域性更进一步的，应当是这部小说浓厚的闽南文化特色。使用若干外在的标志性地域名称比较容易，深入表现其文化内涵则费劲许多。吴笠铭在这一方面格外用心，下了很多功夫，我感觉其中最为突出的是语言，即对闽南方言的使用和表现。翻开这本书，闽南方言随处可见，所用的还是特别有漳州味的闽南方言，尤其见于老阿祖非常个性化的语言，以及作者的大量具体描述中。如：众所周知的"爱拼才会赢"；"三分天注定，七分靠打拼"；还有诙谐幽默的"乞丐赶庙公"；"龟笑鳖无尾"；"澎湖查某、台湾牛"；"瘦猪母掷硬屎"；以及生动直白的"台南迎妈祖，无奇（旗）不有"；"十二月芥菜——假有心"……在小说里使用闽南方言，于写作者无疑是一大挑战。闽南方言被称为"活化石"，保留了许多古汉语词汇，与当下的普通话距离不小，很多闽南方言词语难以用现代汉语词汇准确表达。由于方言所具有的丰富地方文化内涵，以及其独特而传神的表现力，出自闽南的许多小说作者都希望把一些生动的方言词汇用到自己的作品中，特别是描述本土故事的作品中。漳州的小说作者，包括我在内无不如此。只是我在这方面浅尝辄止，不敢走太远，主要担心给不懂闽南方言的读者造成阅读障碍，让他们失去读下去的耐心。因此，我读吴笠铭这部长篇时心情颇矛盾，一方面为他笔端流露的乡情乡音所感染，领略其妙处，有一种默契感。另一方面也有点担心：对闽南方言陌生的读者接受起来是否困难？就目前我所见的作品中，吴笠铭先生的这部小说在运用方言方面，可以算是最充分，走得最远。我曾考虑是否建议他退后一点，少用一些，还曾就此与他探讨过。但是回头一想，如果把小说里这些方言土语都改成普通话词汇，读来可能顺畅，其地方文化色彩则肯定暗淡许多。或许像他这样，把这么多生动的闽南话留在小说中，让读者有机会品尝和感受一点闽南文化的神奇韵味与独特魅力。传之日后，从长远来看更有意义？无论如何，吴笠铭先生对闽南文化的热爱和感悟以及表现这一文化的努力与执着，都非常值得称道。

吴笠铭先生怀揣创作梦想四十多年，终以一种锲而不舍的精神，燃烧激情完成了这部四十余万字的作品。我想，无论对他本人，还是对他的家庭以及家族，这部长篇的创作、出版都是一件大事。这本书也为作者的家乡提供了一部富有个性的文学记载，留下了一幅鲜明而耐人寻味的历史与文化画卷。作为一个读者，一个同乡和写作同行，感到他非常难得，值得为之表达敬意与祝贺。

（杨少衡：中国作家协会全委会委员、福建省作家协会主席）

目录
contents

第一章 / 001

一、脚踏车案　　...003
二、子弹盒　　　...011
三、歹命团　　　...020
四、相欠债　　　...025
五、假公济私　　...032
六、吃闭门羹　　...036
七、扫地出门　　...043
八、风雨积善堂　...053
九、栖身白楼　　...059

第二章 / 067

一、池鱼之殃　　...069
二、含冤受贬　　...077
三、捕风捉影　　...085
四、二次抄家　　...092

　　　　　五、遣返原籍　　　…098
　　　　　六、祸不单行　　　…110

第三章 / 113
　　　　　一、祸从天降　　　…115
　　　　　二、押解笼山　　　…121
　　　　　三、苦海无边　　　…124
　　　　　四、针线情　　　　…129

第四章 / 139
　　　　　一、软土深掘　　　…141
　　　　　二、血泪汤圆　　　…146
　　　　　三、龙岭情深　　　…151
　　　　　四、砸床炼钢　　　…160
　　　　　五、嘉顺之死　　　…168
　　　　　六、念台归来　　　…177
　　　　　七、驾鹤西归　　　…185

第五章 / 193
　　　　　一、洪水横流　　　…195
　　　　　二、命悬一线　　　…203
　　　　　三、雨中寻儿　　　…212
　　　　　四、走投无路　　　…219
　　　　　五、过大年　　　　…227
　　　　　六、投机倒把　　　…237

第六章 / 245

一、曲线求学 ... 247
二、笼山行 ... 253
三、触目惊心 ... 260
四、汶庄复读 ... 265
五、独闯黑树林 ... 270
六、军医失踪 ... 276

第七章 / 285

一、"摘帽"务农 ... 287
二、初读背叛 ... 295
三、桔子洲风波 ... 299
四、小保姆 ... 306
五、半农半读 ... 313
六、明亮眸子 ... 319

第八章 / 329

一、红楼浩劫 ... 331
二、大义灭亲 ... 339
三、在劫难逃 ... 348
四、徒步串连 ... 355
五、不准革命 ... 363
六、游街示众 ... 369
七、牛棚岁月 ... 372

第九章 / 377

一、报名下乡　　　... 379
二、泪别漉溪　　　... 384
三、忆苦思甜　　　... 389
四、粪坑掏表　　　... 399
五、麻山救火　　　... 408
六、阁楼惊魂　　　... 414
七、突击入团　　　... 423
八、文艺宣传队　　... 430

第十章 / 439

一、生死冤孽　　　... 441
二、土楼遗书　　　... 449
三、嘉安复仇　　　... 458
四、良缘孽债　　　... 468
五、血染采石场　　... 476
六、魂归涅槃　　　... 484
七、沉冤莫白　　　... 490
八、情窦初开　　　... 497
九、白卷牺牲品　　... 504
十、生死恋　　　　... 513

第十一章 / 525

一、恶有恶报 ... 527
二、海外来信 ... 536
三、劫后重逢 ... 541
四、喜从天降 ... 549
五、无力回天 ... 558
六、雨过天晴 ... 568
七、春暖花开 ... 578

跋 ... 587

推荐语 ... 589

后　记 ... 591

第一章

一、脚踏车案

  1953年孟秋的一个深夜，天像浸透了墨汁，风似哀怨的魔笛声。

  突然"嘭嘭嘭"一阵异常猛烈而急促的敲门声，震碎了田舒夫家的寂静。

  "谁呀？"田舒夫一骨碌翻身起床，急忙点亮煤油灯，拖着木屐大声问。

  "是我，田副局长！"通讯员小李大喊："急事！急事！有急事！"

  一开门，猛见门外射进两束强烈的手电筒亮光，捉贼般地照在田舒夫那略微黝黑的脸上，他本能地用大手遮住了双眼。他中等略高身材，粗壮结实，红润、爽朗的脸孔，粗眉毛，大眼睛，目光炯炯有神，气度昂藏，样子总是那么亲切、谦和，自然且文雅。

  "田副局长，有急事！局长叫你马上去！"小李神色慌张。

  "二位是……？"田舒夫客气地问。

  "噢，他们是公安局的。"小李赶紧抢答。

  "公——安——局？"田舒夫心里不由"咯噔"一下，来不及细想，他急忙转身穿上万里鞋。

  "舒夫，慢点！"他刚迈出门槛，忽听一声，"天快要下雨了，你还是换上雨鞋，把伞带上吧！"身后的妻子傅玉樱闪出紧张而敏捷的身影。

  漉溪的雷公雨真神，喊来就来。刚出家门，一场倾盆大雨便狂泻而下，闪电撕裂夜空，雷鸣咆哮而过，田舒夫不禁打了个寒战，脑海里突然掠过一丝不安。在路上，他察言观色想探个究竟，可两公安一声不吭。没多久，四人一起急匆匆地走进了漉溪地区专员公署建设局的办公室。

"田舒夫!"马奋民局长话音未落,随行两公安霍地从左右"啪"的一声将田舒夫双手反剪起来,猛踹双腿,将他按倒在地。

"干什么?"在猝不及防的瞬间,田舒夫奋力挣扎着,大声吼道。曾经是党的地下工作者的田舒夫,凭着多年的对敌斗争经验,机警地意识到:眼前发生的一切,肯定是天大的误会。平日里,我一向尊重马局长,甚至在局领导班子人选的调配上,自己都主动谦让,我的文化程度虽比他高,但他斗争经验比我丰富,我一直维护和支持他的领导,与他相处得也不错。此刻,他怎么连"同志"也不称呼了呢?准是"二手情报"造成他犯了如此严重错误。误会,除了误会,田舒夫想不出任何解释。他沉着而又坚定地说:"马局长,请你千万别误会!"

"没误会!"

"这是为什么呀?"他像被马蜂蛰了一下,怒视着马奋民。

"你自己心里有数!"

"有什么数?你平白无故地抓我,我犯了什么罪?局长,难道你还不了解我吗?"他,哑巴吃黄连。

马奋民一言不发。

"我从未犯过什么错误,更没有犯罪!你这样做完全是错误的!"这话,发自他心灵的最深处,言之凿凿。

"你呀,有理到公安局说去!甭给我建设局抹黑!"马奋民把手一挥说,"带走!"

说时迟,那时快,"咔嚓"一声,两公安把明晃晃的手铐戴在田舒夫的手上。天哪!这究竟是怎么回事?从1945年就投身革命,始终跟党走的他竟然被自己人莫名其妙地戴上了手铐,令人匪夷所思。

顿时,田舒夫猛然想到:仅仅在十几分钟前,我还是个自由人,无拘无束,自由自在地议论、欢笑、行走;有工作、有妻儿、有抱负、有光明……可是,戴上手铐的一瞬间,落入万丈深渊,跌着、滚着、急速地坠落着。不管怎么呐喊、怎么挣扎、怎么反抗都无济于事。我究竟犯了什么罪?怎么一下子就变成犯人呢?他完全不能理解和接受这种天崩地陷的突变,心里像开锅似的翻腾着。

不管田舒夫如何辩解和反抗，身后的公安还是无情地将他押上了车。

眼瞅着吉普车犹如离弦之箭消失在茫茫的雨夜里，马奋民如释重负，长长地舒了一口气。

细细想来，马奋民心有余悸：建设局差一点摊上大事，坏就坏在田舒夫身上！半小时前，一通急促的电话传来了令他异常震惊的消息。刚拿起话筒，漉溪地区公安局朱副局长就劈头盖脑地问他："你那田舒夫跑哪儿去了？"他愣住了，像丈二和尚摸不着头脑，往下一听，才恍然大悟。原来，朱副局长刚接到象牙县公安局的快报：凌晨，破获一起嵩屿村下海投敌案，已抓到船主陈阿山，并从沙滩的避风棚里缴获了一部丢弃的永久牌脚踏车，车上竟然挂有"漉溪专署087"的小铁牌。经公安局查实，正是建设局副局长田舒夫的脚踏车。这是漉溪地区首起专署处级干部涉嫌通敌的要案，上级领导要求限时破案。他猛一怔，红亮发光的额头上冒出几滴冷汗。该不会抓错吧？一细想却幸灾乐祸：一来他打心眼里瞧不起他；二来他有着不可告人的秘密；三来如今大敌当前，田舒夫是漉溪大药铺——"积善堂"的女婿，岂能掉以轻心？于是，他毫不犹豫地支持对田舒夫采取强制措施，连夜突审，彻底粉碎这起反革命阴谋活动。他还再三保证：决不姑息，决不手软，决不留情！

已是凌晨三点，漉溪地区公安局仍在挑灯夜战。田舒夫被押进审讯室，猛抬头，白墙上张贴着"坦白从宽、抗拒从严"的醒目大标语犹如一把明晃晃的匕首扎进他的胸膛，令他痛苦不已。他默默地困坐着，头顶上的汽灯无精打采地嗤嗤作响，火焰渐渐减少了劲儿和光采，只有一群飞蛾仍在不知疲倦地狂舞着。

忽然，审讯室门开了，他扭头一看，顿时惊呆了。进来的三个人中，第一位居然是他的老乡、老战友——新上任的漉溪地区公安局一科科长许武良。他简直不敢相信自己的眼睛，急忙眨了眨双眼，定了定神，果真是许武良。分别快三年了，刚从省城调回漉溪的许武良胖了，国字脸上泛起红润，黑框眼镜里的小眼睛闪着光亮。他高个头，乌黑的头发永远从当中分缝，还抹得贼亮，走起路来依然是外八脚。令他惊奇的是，眼前的许武良似乎与三年前判若两人，表情虽有一丝尴尬，目光却很严肃。这与往日，许武良对他顶礼膜拜，佩服得五体投地的模样形成强烈的反差。好家伙！这小许究竟是一阔脸就变，还是人在江湖，身不由己呢？怎么也和马奋民一样翻脸不认人呢？唉，人心隔肚皮。横竖我无罪，随他怎么来吧！理了理头绪，他暗自提醒自己。

许武良刚坐下，手一挥，门卫便把他的手铐解下来。他左右双手交互地揉着双腕，腕子已被手铐磨肿了，他深深地吐了一口气。

审讯随即开始了。

……

"田舒夫，最近你什么时候回象牙？"许武良急忙直奔审讯的主题。此刻，在他的眼里只有"侦讯任务"，哪管什么"好战友"和"老大哥"？

"回象牙？！"他一头雾水。

"是的！你什么时候回象牙？干什么去了？"

"没有呀，我根本没有回象牙，千万别误会！"他斩钉截铁地回答。

"你好好想想！"

"不用想！"他毫不犹豫地说："小许！哦，许科长，从春节到现在，我确实没有回过一趟象牙！若不信，你去问问马局长呀！"他的情绪显得很激动，嗓门拉高了几个分贝。

"我再问你，你有没有一辆脚踏车？"

"有呀！"

"什么记号？"

"记号？噢……永久牌。噢，车上挂有我们专署机关的出入牌……是87号。"

"这就对了！"许武良机灵地反问，"你口口声声说没有回象牙，那你的脚踏车怎么会在象牙呢？"

"脚……踏……车在象牙？"他目瞪口呆，哑口无言。

很高傲，很得意！许武良反问："难道你的脚踏车会不翼而飞？"

"不！脚踏车我借人了！"他急忙解释道。

"借给谁？"

"黄汉凌。"

"谁？再说一遍！"许武良的脸色越发阴沉。

"象牙县的黄汉凌。许科长你也认识他呀！"此刻，他全身所有的神经都绷得紧紧，痛苦地屏住呼吸，只想尽快理清楚这究竟是什么圈套，自己是否有什么疏忽大意。

刹那间，空气仿佛凝固了。

提起"黄汉凌"，许武良像触电似的身子急忙往后靠，那副阴沉严肃的面孔突然显出了惊讶、困惑和兴奋，变成光怪陆离的样子。因为他获悉：黄汉凌昨天神秘地失踪了。

黄汉凌原是国民党象牙县党部书记长。1949年解放前夕，他率国民党象牙县伪军、伪警残部和平起义。半月前，统战部通知他来地区干校学习。前天晚上，他神不知鬼不觉地蒸发了。经田舒夫这么一说，许武良的脑海里迅速将此事粘贴到刚刚接报的象牙县嵩屿村下海投敌的案件中。凭着他多年的侦查经验判断，此案的主犯极可能就是黄汉凌。

"田舒夫你要如实交代何时、何地、何人证明，你把脚踏车借给了黄汉凌？"许武良连珠炮似的发问，眉眼间露出严厉的神色。

"是前天下午，在我家里。"他不慌不忙，如实讲述事情的来龙去脉：

上个星期六，他和马局长骑着脚踏车去漉溪干校办事时，恰巧与黄汉凌不期而遇。由于忙，仅与黄汉凌聊了几句，便匆匆离去。不曾想到，昨天，也就是星期日的午饭后，黄汉凌突然登门来访。

他和黄汉凌虽是同乡，又是大学同窗，但彼此的理想和信念却截然不同。他参加了革命，而黄汉凌投靠了国民党。道不同，不相为谋。他俩从此分道扬镳。

俗语说得好，海水阔阔，船头也会相碰着。1949年初秋，让黄汉凌始料不及的是，作为中共地下党谈判代表，单枪匹马三闯象牙国民党县党部，奉劝黄汉凌弃暗投明者，竟然是省国民党部和中统数次秘令黄汉凌追捕的象牙籍的老同学——"共匪"田舒夫。他慷慨激昂地向黄汉凌宣讲共产党的政策，义正词严地指出:"唯有弃暗投明,立功赎罪,才有前途和出路。"当时的黄汉凌犹如一只夹尾狗。眼看人民解放军以摧枯拉朽之势大举南下,国民党江河日下,气数已尽。面对兵临城下之势,黄汉凌无可奈何花落去,只好接受投诚条件,率残部起义。象牙县和平解放了。黄汉凌的明智之举,自然得到了人民政府的欢迎和宽大。田舒夫随即参加南下剿匪,两人自此一别,直到那天在干校邂逅。如今,黄汉凌不请自来,他自然以礼相待。

寒暄之后,他关切地询问黄汉凌的学习近况。黄汉凌大言不惭地说:"茅塞顿开啊!的确学而知之,大有长进!"他勉励黄汉凌要抓住机会,主动改造,争取进步。刚聊一会儿,他就发觉黄汉凌有点心不在焉,急忙问,"有何事?"黄汉凌吞吞吐吐说:"老母来漉溪看病,急需借辆脚踏车载她去草寮尾找老中医高诊。"还信誓旦旦地说,"用完立马归还!"恰巧,他的脚踏车就摆在家门口。眼瞅着黄汉凌救母心切,他信以为真,便爽快答应。压根儿没有想到,黄汉凌居然一去不回头。都两天了,人和车犹如泥牛入海无消息。为这事,他心里还纳闷不解呢!

孰料,脚踏车竟"飞"到象牙,恍如大梦初醒。他虽不知道黄汉凌失踪的任何消息,却已敏锐地意识到黄汉凌很可能骗了他,骑着他的脚踏车跑回象牙。从漉溪到象牙,相距不足四十公里,黄汉凌骑着挂有地区专署牌号的脚踏车,不仅方便快捷,而且最关键的是,沿途若遇上民兵岗哨盘查,黄汉凌完全可借此来一个未仙假仙,牛囊假鹿鞭[1],蒙混过关。真是来者不善,善者不来啊!他为自己的麻痹大意而感到非常内疚和后悔。记得借车时,他脑子里曾掠过一丝疑虑,可一想到人家如今是"统战对象",且已参加象牙县政府的工作了。倘若,连这点小事都拒之门外,也未免太不近人情了!天晓得,他确确实实上当受骗了。

可是,为什么黄汉凌回象牙要蒙骗我?为什么小小的脚踏车会惹成大祸?为什么我的警惕性竟会如此不高?一连串为什么,在他的脑子里翻江倒海似的不断地拷问自己:难道我真的是马放南山,刀枪入库了吗?黄汉凌毕竟是

---

[1] 喻为鱼目混珠。

只老狐狸，我对敌斗争的弦怎么突然就松了呢？垮了呢？他粗壮的大手不停地拍着脑门，陷入痛苦的自怨自艾之中。我到哪里去找证人呢？没有人可以证明呀！因为那天，妻子玉樱带着三个孩子回娘家"积善堂"，只有我和小女儿嘉欢在家，小欢欢才三岁，她懂什么？能证明什么？退一万步讲，即使她会证明，可天底下，又有谁能相信三岁小孩子的证词呢？除欢欢之外，我再也找不到任何证人了。只有我和黄汉凌，哦，还有天知道！正如屈原所言，"指九天以为正兮"，行吗？他心乱如麻，无言以对。

雨停了，天色微明，灰蒙蒙的天空上连一朵云彩也没有，空气中弥漫着破晓时的薄雾和寒气。漫长的审问犹如屋檐上承溜的雨水，始终在同一个地方不倦地、枯燥地、单调地发出同一种令人心烦意乱的滴答声，他觉得自己的四周仿佛都是水，冰冷的、汹涌的、汪洋的连成一片包围着他，这翻天的无情的巨浪打得他几乎要没顶了。

骨鲠在喉，不吐不快。在审讯结束前，田舒夫严肃而又愤怒地对许武良说："你这样做完全是错误的。在这里，我要郑重地提出三点声明：第一，在根本没有查清事实真相之前，你就这样随随便便抓我，是违法违纪的。第二，我绝对是清白无辜的！虽然我把脚踏车借给了黄汉凌，但是我与他没有任何关系，这一点我以党性和人格做保证。不管过去、现在，还是将来，只要组织上查出我与黄汉凌有一丝一毫的瓜葛，我都愿意接受党组织最严厉的惩罚。第三，我坚信党组织会查明问题的真相，尽快还我一个公正、公平和公道。"他那灼灼发光、坚定不移的目光随着每一瞬间而越来越锐利，直射许武良的心灵，仿佛穿透许武良的诡计。

而此刻，许武良接到象牙县公安局的急电：从陈阿山的口供证实，那天凌晨下海投敌犯就是黄汉凌。

原来，黄汉凌借得脚踏车后，便急如星火地直奔象牙。他十万火急地找到嵩屿村的旧部陈阿山，当即塞给陈阿山两根金条。正巧陈阿山父亲病重，苦于无钱医治，就像海岸拣着鲨，心花怒放。随即，陈阿山摸黑骑上脚踏车载着黄汉凌来到海边，把车扔在避风棚里，赶在凌晨退潮前，陈阿山划着小渔船，将黄汉凌送到敌占岛附近后，赶紧驾船返回……

鉴于敌情严峻，刻不容缓，且田舒夫身后又有"积善堂"极其复杂的历史背景，十分可疑，漉溪地区公安局果断作出决定：对拒不坦白的田舒夫实施"隔离审查"。

二、子弹盒

　　田舒夫一家就住在专署机关的简陋宿舍里。两间平房，虽小，却布置得十分整洁和素雅：正门一间为客厅，墙上挂有一幅"君子兰图"，图上题有"君子之谊雅且长"，字走龙蛇，兰吐淡香；图下摆着一对老式的木制沙发，茶几上放着一只白瓷瓶，瓶上插满田舒夫夫妇最喜爱的洁白的百合花，含苞欲放。卧室摆放两张床。最值得一提的是，墙上分别挂着傅玉樱年轻时手绣的《日出》和《田野》两幅精美的刺绣。瞧那《日出》，一轮旭日喷薄升起，与海天交相辉映，姹紫嫣红。红日宛如在欢笑，喷发着无限的生机与活力。看那《田野》里，两位美丽的少女正忙着收割，醉人的笑靥上露出丰收的喜悦。这两幅画是田家弥足珍贵的传家宝，令人百看不厌。窗前书桌旁放着一盆郁郁葱葱的万年青，书架上摆着田舒夫钟爱的一尊红木屈原雕像，精雕细镂，栩栩如生。简朴和温馨的家，散发着一种清新、淡雅的书香气息。

　　自田舒夫匆匆冒雨离家后，傅玉樱的心中隐隐约约有一种不祥的预感。他因公务，半夜三更进出家门，司空见惯。不过，这次特别反常：一是那敲门声怎么如此粗暴和刺耳？二是那公安怎么如此陌生和严肃？想到这里，困惑和不安像猫爪一样挠着她的心。

　　傅玉樱是"积善堂"老六——傅弘茂的大女儿，三十岁，中等个子，身材匀称，皮肤白皙，脸蛋容光焕发，是一位小学教师。屈指数来，她与舒夫结婚快十年了，心心相印，情笃爱深。在腥风血雨的白色恐怖岁月里，她总为舒夫的安危而提心吊胆。如今解放了，久压在她心头的巨石早已掀掉了。而此时，她却辗转难眠，干脆点上灯，随手拿起为嘉欢编织未完的新羊毛衣，心烦意乱地织起来。每当心情不好的时候，她喜欢做针线活，以舒缓紧张的神经。她嘴里哆哆嗦嗦地数着针数，心里急急切切地盼望舒夫归来。

突然，传来嘉欢的一阵咳嗽声，她慌忙起身，掀开蚊帐，孩子们逗人的睡姿，不禁让她莞尔一笑。床小，四个孩子共用一床被子，八岁的嘉欣和嘉欢睡一头，五岁的嘉亮和四岁的嘉顺睡在另一头。大姐嘉欣侧卧，把被子一角紧紧地扯住，压在腋下；老二嘉亮干脆横躺着，蛮横无理地把小脚跨在嘉欣的腰上；老三嘉顺钻进被窝里；害得小嘉欢裸露着身子，像蜗牛似的蜷曲着，难怪嘉欢不停咳嗽。她急忙心疼地抱起嘉欢，放到自己的床上，盖好被子；再轻轻地拍了拍嘉亮和嘉顺的屁股，挪正睡姿，掖好被子。平日里，她和舒夫都十分疼爱孩子们。尤其是舒夫，无论工作多繁忙，回家必先看看孩子们，抱抱这个，亲亲那个。尤其喜欢用下巴上尖尖的胡子茬轻轻地刺刺孩子们红润的脸庞，逗得孩子们哇哇大叫。舒夫和孩子们之间总有着讲不完的故事，答不尽的嘴鼓[1]。

窗外东方已泛白，灰白色的天空中依然笼罩着雾气，一切全逞着意料之外的恬静，像个哭乏了的孩子刚刚睡着似的。焦急、忧虑、失眠，一夜的惊恐，使她的头疼得似乎要裂开。

正当满脸倦容的她打发孩子们吃早餐，准备上学时，身穿蓝色斜纹布对襟衫，齐眉勒着镶有小绿翡翠的黑绒布抹额，绾发的老阿祖春风满脸地来到了她家，帮忙照看小嘉欢。

老阿祖是她的外婆，年已古稀，里里外外的孙子和曾孙们都亲切称之为老阿祖。自诩有一双天足的老阿祖名叫田秋婧。她生在美丽的台湾岛，是位勤劳朴素的渔家女。她念过私塾，心灵手巧，不仅好读书、吟诗，而且善绣花、养蚕、织网，还爱唱台湾民谣。她的俏美和聪慧，使十里八乡都赞她为"一枝花"。十六岁嫁入高家，丈夫高熹也是台南县人。甲午战败，乙未

---

[1] 答嘴鼓，闽南语指唠嗑。

反割台斗争失败后，她和高熹誓不在台为倭奴，愤然作蹈海之举，携眷内迁，寄居漋溪。清朝光绪年间，高熹中进士，官封正四品，历任浙、赣、闽多地知府。高熹为官勤政爱民，清正廉洁，横草无沾，直草无捻，深得百姓爱戴。1911年辛亥革命爆发，清官员闻风四处逃窜。他深知大势所趋。既不抵抗，又出安民告示，听其自治；又主动召集余县父老商议维持地方安定事宜，防止匪徒趁火打劫。他再三谢绝挽留，自动去职，两袖清风回到漋溪。在丈夫的耳濡目染下，她愈发知书达理，出口成章，成为名副其实的贤内助。

不幸的是，她中年丧夫，含辛茹苦扯大两个孩子——大女儿高韵台和儿子高念台。抗战爆发后，在"北大"念书的高念台无书可读，只得回漋溪。遵照高熹遗嘱：第一好，过番[1]；第二好，回台湾。可日本鬼子占领台湾，哪回得去？她毅然忍痛让念台跟随叔父远渡南洋谋生。她自己不愿和肺痨病的三姨太同住在漋溪复兴巷的进士第深宅大院里，独自跑到"积善堂"的红楼，跟女儿高韵台住在一起，长年累月靠着南洋的念台源源不断地接济，甘愿过着寄人篱下的生活。

信佛吃素的老阿祖是个天生的乐天派。她常说，心是一块田，快乐自己种，种善因，得善果。所以她那布满皱纹的脸上总是笑容可掬，满口牙齿掉得只剩八颗，两耳垂肩，笑起来活像个慈祥的菩萨。舒夫与老阿祖同姓田，所以老阿祖特别疼爱他，总觉得舒夫像高家的读书人，礼贤下士，济困扶危，大有老高家的祖风。俗语说得好，惜花连盆，惜团连孙。她自然也疼爱老田家的这一群曾外孙。中等身材，身子骨硬朗的她，成天待在红楼里吃饱闲仙仙，总想出门趴趴跑。到舒夫家来，带着曾孙们，看光景，散清心。女儿高韵台总不喜欢，时常横加阻拦。

老阿祖说话从来是三锄头、两畚箕——直截了当。她立即顶过去："免惊啦！水按圳走，生死天注定！我不像你三寸金莲，还怕走大了脚？比走路，我像水崩山，你像龟爬壁；比骨力，我手脚比你大，比你硬。少年时，台湾

---

[1] 番：海外。指当年唐山客外出谋生最向往的地区。

一府四县我走透透[1]！你想与我比，一丈差九尺[2]。不信？过来试试看！"

这天，老阿祖惦记着小嘉欢咳嗽未愈，拿了一瓶"积善堂"秘制的"川贝枇杷止咳膏"，趁早赶到舒夫家里。

老阿祖没有"派头"，只有菩萨心肠。每来到田家，她总是不声不响，像一股温暖的微风，令孩子们感到柔软的幸福。

"老阿祖！老阿祖！"孩子们不约而同高兴得似乎发了狂，争先恐后地围上去。慈眉善目的老阿祖刚要开口，忽听身后有人在叫"傅老师"。傅玉樱猛地转身看见门口站着建设局人事科胡瑞麟科长和三个穿军装的陌生人。

"有事吗？胡科长！"傅玉樱一脸茫然，慌忙用手理了理浓密的秀发。

"有事！"为人随和的胡瑞麟一脸无奈，低声说着，低得叫人摸不着头脑，"我们到外面走廊里说吧！"

傅玉樱三步并作两步走，站在门外与胡瑞麟轻声地嘀咕着。当听到"隔离审查"四个字时，犹如晴天霹雳，她抿紧嘴唇，脸色霎时像死人一样苍白，脸颊肌肉也神经质地抽搐起来。

"怎会这样呢？"傅玉樱用哀怨的声音喃喃自语，"不可能！绝不可能！没有任何原因，没有丝毫理由……这是冤枉的！绝对是冤枉的！"

"傅老师，这三位公安是来搜查田副局长的东西，请你配合一下！"胡瑞麟脸上流露出左右为难的神色。

突如其来的抄家，恐惧像冰一样包裹住傅玉樱，使她痛苦不已，让她冻若僵尸……不过，她迟疑了一下，强忍着泪水奔回客厅，把孩子们拢到老阿祖的身旁。孩子们不知所措，紧紧地揪着她的衣襟。

"阿樱，出什么代志[3]啦？"老阿祖看到眉清目秀的傅玉樱瞬间变成一张囧囧苦瓜脸，连忙问，"你按怎嘴目鼻结规毯[4]啦？"

"没……没事，阿嬷！"傅玉樱低着头，捂着嘴，贴在老阿祖耳旁说："他们要来找舒夫的东西。"

---

1 一府四县，指台湾府，彰化、诸罗、台湾、凤山四县。走透透，走遍，喻为见多识广。
2 喻为相去甚远。
3 事情。
4 成团。

"找什么碗糕[1]？要找，也得等咱舒夫回来啦！"老阿祖不由分说地嘟噜起来，"舒夫去哪儿啦？阿樱，你赶紧叫他回来，再说啦！"老阿祖几近掉光牙齿的嘴，说话时总含混着嗡嗡声。

"哦，这是田舒夫的。"一位年长的公安一边说着，一边得意地晃动着一串锁匙。

"阿嬷，你不要说啦！事情一时也讲不清！"紧锁愁眉的傅玉樱急忙与老阿祖交换了一个眼色。

老阿祖历经三朝，人情世故看透透。当公安一踏进门槛，她目䀹尾[2]轻轻瞄一下便知晓：城隍爷出巡——出大事了！若无，这三个生份的阿兵哥咁会吃饱换饿——没事干跑来咱家呢？唉！可怜舒夫怎会平平路[3]，跌倒人？无风无摇倒大树[4]？她万般纳闷，一言不发，抱着小欢欢坐在沙发上觑着眼看，嘴唇翕动不停地唸着阿弥陀佛。

"傅老师，请问田副局长的抽屉在哪儿？"胡瑞麟好不自在地问。

机灵的嘉欣一眼就认出这锁匙是阿爸随身携带的，怎么会落在这位叔叔的手里呢？她心慌，一双大而闪亮的眼睛直瞪着年长公安。

"我阿爸的抽屉在这里！"嘉亮兴冲冲地指向卧室。

天真活泼的嘉亮从小就心醉神迷想当解放军。每见到身穿黄军装，头戴红五星的叔叔们来到家里，他的心就像掉进蜜缸里一样甜。幼小无知的他兴高采烈地把公安们带进卧室里的书桌前。

老阿祖急了！她慌忙伸手，一抓，可来不及揪住嘉亮，气得眼睛直瞪着傅玉樱，脸色由红而紫，像熟透的茄子。

忧心忡忡的傅玉樱极力想把嘉亮拽出卧室，可是，嘉亮双手死死地抱住桌脚，缠着不走。

嘉欣跟了进去。眼睁睁地看着年长公安打开了抽屉，她感到非常奇怪，我阿爸不在，这位叔叔怎么能随便翻阿爸的东西呢？想了想，她终于鼓起勇

---

[1] 东西。
[2] 目䀹尾，眼尾。
[3] 平坦路。
[4] 没有风力，树就倒了。喻为无风起浪。

气问:"叔叔,我们老师说过,不经同意,谁也不能私自拆看,或乱翻别人的东西,这是不礼貌的!"

年长公安不由一愣,立即绷起脸,说:"胡科长,快把孩子们统统赶出去,别影响我们的工作!"

傅玉樱着实惶恐起来,她一只手紧按着胸口,想抑制心脏突突的狂跳声,另一只手无奈地牵着嘉亮走出房门。

公安们开始忙碌起来,瘦个子和矮个子负责搜查,年长的负责复查。他们先把所有抽屉里的东西打开,极细心地逐件检查,再把抽屉底朝天,全倒出来;接着,把床铺底下大大小小的鞋子、木屐统统扫出来查看一遍;然后,搜查书架、床头柜和衣橱;最后,搜查客厅。所有的东西翻、撕、拆、抖、撬,但凡田舒夫的笔记本、书信、文稿以及有怀疑的东西都抄走,唯恐遗漏一丁点可疑之物。

三十多岁身材魁梧的胡瑞麟,脸膛黝黑,双眼有神,极其尴尬地呆站在一旁。作为一位部队转业干部,他很了解田舒夫的红色履历,他敬佩田舒夫为人低调,工作勤勉。对如此疯狂的抄家,他不理解,只能服从。

突然"啪唎"的一声,墙上的刺绣画框被撬开了,玻璃砸碎了,锋利的碎碴子撒满床上。听到这刺耳迸裂的清脆声,傅玉樱犹豫一下,毅然冲进了卧室。她抬头一看,满目疮痍,一片狼藉:从墙上扯下的;从书架和衣橱里扔下的;从桌子和床头柜抽屉里倒下的;从床铺翻下的东西,横七竖八地躺在地上;整间卧室仿佛刚被盗贼洗劫过一般,衣物、书籍等乱七八糟撒满一地,公安们的皮鞋在上面踩得吱吱作响。最令她心疼的是,珍爱的刺绣画愁眉苦脸似的倒在床边,那《旭日》仿佛正淌着鲜血……

刹那间,她痛苦不已,欲哭无泪。平生第一次遭遇抄家,就像一千把钝刀子在凌迟她。用一种看似平和、温良,却极凶残、粗暴的手段,无法无天、无可言状地践踏着她的尊严,蹂躏着她的灵魂。

半天的抄家结束了,傅玉樱在一种从未有过的,无法忍受的无限惊惧和痛苦中仿佛苦苦熬过了半个世纪。此时,她仍无法相信家里所发生的一切,她的脸色煞白,嘴唇不断地颤抖着。老阿祖和孩子们也第一次尝到人世间的残酷无情的抄家滋味。

准备离开时，年长公安似乎意犹未尽，突然走到泥塑木雕似的嘉亮面前，蹲下来，轻声细语地问："小朋友，家里还藏有你爸爸的什么好东西吗？"

望着帽子上的闪闪红星，再次点燃了嘉亮心中火一般的激情，他歪着头，抿着嘴，想了想。

老阿祖急得像热锅上的蚂蚁，不断地用脚尖偷偷地触碰傅玉樱的脚，使眼色。然而，傅玉樱也束手无策，只能苦皱眉头，直跺脚。

"有吗？小朋友。"

"有！"嘉亮眼前一亮，大声说。

"什么东西？"年长的公安急忙追问。

只见，嘉亮飞快地从老阿祖坐的沙发底下拿出一只铁盒子，眉飞色舞地说："这就是我阿爸送给我的。"

霎时，除了胡瑞麟，所有人都惊呆了。公安们不约而同地瞪大眼睛望着这个铁盒子。老阿祖和傅玉樱气得七窍生烟，嘉欣吓得吐出了小舌头，嘉顺连气都不敢出。

这是一只草绿色长方形的铁盒子，跟电影院里装黑白拷贝的铁盒子相似，盒上有铁手柄和小铁扣，只不过铁皮更坚固、耐用。打开盒子，里面全是嘉亮的宝贝：积木、小人书、弹弓、陀螺……还有一支小木枪。令三位公安趋之若鹜、兴奋不已的是铁盒上印有一行英文字。当兵出身的胡瑞麟一眼就认出，这仅是一个美式重机枪的空子弹盒而已，他不以为然。

"小朋友，你再想想，这盒子里原有的东西放哪儿了？"年长公安显得有些激动，连忙将自己的军帽戴在嘉亮的头上。

"没……没……没有东西呀！我阿爸带回来时，里面就是空空的。阿爸说，这是专门送给我装玩具的呀！"嘉亮双手挪了挪帽檐，眼睛瞪得又大又圆。

"你是好孩子，再动动脑筋，好好想想！"年长公安轻声细语地说。

嘉亮不停地眨了眨眼，咬着自己的小指甲，绞尽脑汁，怎么也想不出来。抬头一看，公安叔叔那和蔼可亲的目光怎么一下子变成一把利剑，仿佛直插他的胸膛，他身子颤抖得像一片可怜的树叶。

足足等了五分钟，年长公安断定，嘉亮像甘蔗粕——嚼无汁[1]。他手一挥，把军帽戴回自己头上，拎着这个如获至宝的子弹盒，扬长而去。

老阿祖早已按捺不住，不等傅玉樱关紧门闩，就霍然站起来，"啪"的一声给嘉亮一记耳光，打得嘉亮晕头转向，像迷路的孩子，一面痛哭，一面战栗，极度的恐惧吓得他的小脸变了形。老阿祖颤巍巍地指着他骂道："你这个死团仔鬼，太厚牙了[2]！你会害父、害母啦！你黑白说[3]！你老爸的事与你何干？团仔人，有耳无嘴，有嘴无舌，怎能插嘴插舌？我打你，就是要给你长个记性！红瓜鱼，予嘴误[4]。你这个家婆还敢哭？再哭，我就将你这张臭嘴扇歪去！"说着说着，老阿祖不禁悲从中来，老泪纵横。

眼前的这一幕吓得嘉欣抬起泪水晶莹的眼睛，呆若木鸡；而嘉顺则号啕大哭；小嘉欢更是边哭边咳嗽，一泡尿直淋，淌满了沙发，直滴到地上。

傅玉樱憋了半天的眼泪流下来了，可她还强忍着没有哭出声来。她急忙转身，快速地用手背抹掉泪水，不让老阿祖看见。她手忙脚乱，一边递上手巾给老阿祖擦眼泪，劝慰老阿祖消消气，一边急忙抱起小嘉欢。

嘉亮蜷缩一团依偎在墙角下。从来没有挨过老阿祖打骂，他像一只臭头鸡仔无地自容，双手抱着头，脸躲在膝头中间，恨不得找个地缝马上钻进去。老阿祖的一记耳光犹如一声迅雷，打得他把刚才自己说了什么，做了什么，全忘了。只记得自己戴上了红五星的军帽，还被夸为"好孩子"哩！他根本不懂什么叫"抄家"，只知道公安都是好人。我没有做错什么！为什么老阿祖对我这么凶呢？他感到莫大的委屈和困惑，害怕和恐惧包围着他，他不停地哭泣着、战栗着、哽咽着。

忽听，老阿祖一边紧抱着嘉欢，一边噙着泪，用幽怨、微弱、颤抖的声音痛苦地哼着：

我爱我的台湾啊，台湾是我家乡……

1　粕，渣。喻为一文不值。
2　厚牙，多嘴。
3　黑白说，乱说。
4　红瓜鱼，黄花鱼。予，被。嘴误，上钩。喻为祸从口出。

傅玉樱知道，每当悲愤不已，痛苦无助的时候，老阿祖总会哼起这首脍炙人口、催人泪下的旧时台湾民谣。她的泪水不禁整串整串地滚落下来。

三、歹命囝

审讯一夜后,田舒夫被关进地下室。门一开,一股恶臭扑面而来,黑乎乎的墙,湿漉漉的地,简直像口棺材。

刚进门,卫兵就对他搜身,搜走衣兜里的所有东西,连皮带也不留。他强忍着心中的怒火,独坐在冰冷、潮湿的地上。一闭上双眼,审讯的情景立即在脑海里重播,令他无法入睡。他渴望抽烟,解解心烦。可是,香烟被没收了,这对于一天需要抽两包香烟的他来说,无疑是另一种折磨。强烈的巨大的烟瘾使他的心里总是痒痒的,让他心神不宁,焦躁不安,咳嗽不止。他咬紧嘴唇,顶住可怕烟瘾的猖獗来袭。此刻,他双眉紧锁,沉思起来:我问心无愧!因为我和黄汉凌没有任何瓜葛。至于黄汉凌借我的车去干什么坏事,那是黄汉凌咎由自取,自作自受。我既不会受牵连,更不该无辜受罪。俗语说得好,树头若在,毋惊树尾做风台。我身正不怕影斜!

然而,令他百思不解的是:查脚踏车犹如和尚头上摸虱母——轻而易举,为什么许武良还要穷追猛打,白费力呢?为什么非要公开化、扩大化,甚至敌对化呢?为什么要采取突然袭击,直至对我进行令人发指的"隔离审查"呢?难道组织上已对我亮"红牌"了吗?不,绝不会的!我从未叛党,从无违法乱纪,我的革命意志像金刚钻一样坚不可摧。我相信党,相信组织!我的"三点声明"理直气壮,党组织肯定会重视!会查清!会纠错!暂且忍一忍吧!他痛切地后悔自己的一时疏忽。

田舒夫早年命运多舛。祖宗三代单传,三岁丧父,七岁亡母。正如他老阿嬷的一句口头禅："你是一个歹命囝"。

他的老家在象牙县龙岭村。解放前，这是个地广人稀的偏僻小山村。村里流传"广种薄收，狼狈到手"的一句俗语，正是几百年来龙岭村民的真实写照。解放前，全村近千人，土地七千余亩，亩产稻谷却不足三百斤。他的祖父和父亲都是憨厚朴实的贫苦农民，父亲生前靠租种田兼宰猪为生，村里人讥笑他父亲为"屠沽小辈"。父母双亡后，他和老阿嬷，以及老阿嬷早年领养的童养媳林婶三人相依为命，仅靠租种几亩薄田，加上林婶打短工糊口度日。他自幼聪慧好学，记忆力过人。上书塾时就能把《三字经》《百家姓》《千字文》倒背如流，经常用树枝或竹竿在门前的平地上把生字、生词写出来，村里人都称他为"奇童"。老阿嬷和林婶终年克勤克俭，节衣缩食供他上学。上初中，家里每况愈下，他第一次尝到生活困窘的滋味。为不辍学，他利用寒暑假给村里的初小班代课，挣点小费。年少个小，根本够不上黑板，他毅然带上小凳子站在上面，一笔一画地板书授课。尽管如此，家里仍捉襟见肘，东凑西借，不堪重负。所幸的是，自明朝正德年间，田氏家族有位高瞻远瞩的阿南祖，专置六百亩公益性的祀田，用收取的年租创办村塾，设立奖学金，资助家境贫寒的田氏莘莘学子。每逢春秋两季评选，田舒夫都以优异的成绩获得甲等奖学金。这对他能够上省城读大学，委实助了一臂之力。在苦苦寻求升学的路上，他所遭遇的种种艰辛和挫折，使他对旧社会日愈产生了不满和愤懑，日愈向往参加革命活动。

孑然一身的他始终认为自己是一个真正的、彻底的无产者，百分之一百的布尔什维克。十二岁的他离开了家乡，到县城读初中。大学毕业后，即投身革命。抗战期间老阿嬷病故，家里的事全撂给目不识丁、说话磕巴的林婶，解放前，他从未回过老家，也很少与林婶联系。村里人根本不知道他去哪里，真到解放后才知晓他是地下党。

俗语说，丑查某[1]爱照镜，歹命人爱算命。他的脑海里朦朦胧胧还记得，慈祥可亲的老阿嬷曾经专门找人给他算过三次命。

1　指女人。

第一次是在他六岁时，老阿嬷特地请来象牙鼎鼎有名的相命先生，姓胡，号称"半仙"，年纪六十开外，白须银发，都说胡半仙是佛公嘴，算命真神。老阿嬷喜形于色，报了田舒夫的生辰八字，只见胡半仙暗暗掐指寻纹，闭目静思，一会儿便说："贵孙庚中肖猴之命贵旺，浓眉大眼，骨格清奇，为人一生耿直，做事无二；喜如春风化雨，怒则疾恶如仇，乃成大器；但八字欠旺，五鬼吵闹，大忌三六九之年，恐有刀兵水火之灾，骨瘦形骸之病……"老阿嬷愁眉苦脸，慌忙问："我孙命中可有转运之时？"胡半仙道："年赶月、月赶日、六十一甲子。庚申享清福，暮年尽荣华也！"老阿嬷半信半疑，心中犹如十五个水桶七上八下。

接着是在他母亲病故翌年的一天，老阿嬷打听到仙人岩上有位老和尚通晓麻衣观相法，常施教救人，便迫不及待地带上他，请老和尚观相。老和尚仔细看了他的面相和手相，笑了笑对老阿嬷说："智慧生于皮毛，苦乐观乎手足，手大筋硬，必多磨难也……"老阿嬷愈发满腹狐疑，惴惴不安。

第三次，他已经十一岁了。有一天，老阿嬷见到一位从外乡来的算命老先生路过家门口，连忙叫唤老先生给田舒夫算一卦。老先生戴着黑眼镜，提笼架鸟，笼中有只美丽、机灵的小画眉仔。老先生把五颜六色的纸牌平摊在桌面上，口中念着符咒，打开鸟笼，机灵的画眉鸟娴熟地看了看牌后，小嘴轻轻地叼动了一张牌，一声清脆的叽叫，扭头飞回笼里。老先生凝视着那张牌子，许久后，才慢声细语地说："你这金孙，为人心地仁义，对财无所计较，性格宽宏，心慈好善，只是歹命……"老阿嬷一听大惊失色。令她大惑不解的是，为什么三次截然不同的算命方法，竟如此相似？为什么这些算命高手皆夸孙子人缘好，却总叹孙子歹八字？这究竟何为？苦思冥想之后，她猜疑可能是她儿子生前杀猪如麻，白刀子进，红刀子出的缘故。

老阿嬷是个虔诚的佛教徒。每天早起，她必做的头件事，便是在厅堂的神龛前，供上三杯茶，插上三炷香，黯淡无光的眼睛紧盯住佛像，嘴里不出声地念叨着，一个劲儿得上得下，好似鸡啄米一般地磕头跪拜，依时按节，从未间断。对龙岭方圆百里的菩萨神明，庙不分大小，路不计远近，她都亲自去登门朝拜。敬神如神在，每到一处，必添油香、抽签问卜、求香炉灰。

她特别注重放生，鱼啊、鸟啊、龟啊等，她深信此举，必有助于减轻她的儿子带给孙子的罪孽。她更乐于请教庙公，解说签书，指点避祸消灾的良策。总之，老阿嬷一生最大的心愿，就是乞求众神明能够保佑田家命根子的他一生能够平安、顺利、添福寿。

他上学时，老阿嬷总要在他衣兜的夹层里，小心翼翼地放上一包用寿金纸包裹得层层叠叠、严严实实的佛祖的香炉灰，这是老阿嬷专门为他，而向神明乞求得来的。老阿嬷十叮咛、八嘱咐：藏好！一定要藏好，佛祖会无时无刻地保佑你的。可是，他心不在焉，时常将它弄丢了，惹得老阿嬷动怒和责骂。

常言道，算得着命，算不着行。孔子曾慨叹："命也夫！斯人也而有斯疾也！"是命，犟不过。然而，他偏偏是个无神论者，从不信神，更不信什么命。他原名叫"金水"。那是因为他刚出生时，算命先生说他命局中，有巳火克制申金之路。老阿嬷急了，算命先生想了想说，水克火，便给他起名叫"金水"，如此一来，断定他生辰八字的"金"就会像滚滚江水，滔滔不绝。然而，自参加革命，他就自作主张，更名为"舒夫"。他觉得，普罗米修斯的自白说得好，"说实话，我憎恨所有的神。"作为一名党的地下工作者出入于刀光剑影，虎穴狼巢中，他不信邪，也不怕邪，心中唯有党。

此刻，被囚禁在漆黑的小屋里，他忽然想起了为他操劳一生的慈祥的老阿嬷，耳旁仿佛又响起他从不相信的老阿嬷的那句口头禅："你是一个歹命囝"。

人各有命，命皆有运。命运究竟为何物？是老阿嬷的封建迷信，还是胡半仙的神奇占卜？是心理学家的科学测算，还是文人雅士的无病呻吟？命运究竟属于精神，还是属于物质？它是密藏于人的某个基因之中，还是附寄在人的灵魂之上……真是剪不断理还乱！老阿嬷生前常说，"人与命，好比孙悟空与如来佛祖，不管孙猴子有多大的能耐，终究逃不出佛祖的'五指山'。所以说，人要认命，要信佛。只有信佛祖才能保命，保自己！"而他常笑着，避而不答。他以为，信者，信其有；不信者，信其无。他从来就不相信这些东西。每个人一辈子的命运，是否生来就注定了呢？在老阿嬷看来，冥冥之中的确有着神的召唤，神的灵感，神的力量，时而让你腾云驾雾，翱翔天空；时而让你粉身碎骨,坠落地狱。有的人一生荣华富贵,纸醉金迷;有的人一世却凄风苦雨,万劫不复,这就是命运的安排!而在他看来:人生命运跌宕起伏,不足为奇。辩证唯物论者始终认为,人定胜天。连古代的老子都曾辩证地说过,"祸兮福所倚,福兮祸所伏。"足以说明,哪有什么命中注定的事?今日飞来的横祸,或许是塞翁失马哩!

倒是,他也机警地意识到,倘若许武良硬要把脚踏车和"积善堂"强扯在一起,那问题将会变得扑朔迷离,深不可测,遥遥无期了。

他深深地无奈地叹了一口气……

四、相欠债

抄家后，老阿祖紧赶慢赶回到红楼，上气不接下气地低声对傅玉樱的父亲傅弘茂说："不得了啦！老六，舒夫家被抄了！真是乌天暗地啊！"

"黑白说！你从哪里听来的？"傅弘茂脑袋嗡地一下。

"是我亲目看的！这款事谁敢嚼舌乱讲？唉，圣圣佛遇着悾闇子弟[1]，有理讲不清啦！"老阿祖愤愤不平、断断续续地讲述了抄家的可怕经过。

傅弘茂一愣，成了段木头，竖在老阿祖面前。

"老六啊，你如今有三个女婿：老二贾北贡虽直，但语言不通；老四吕天寿虽博，但做人死板兼魁头[2]，像日本铜鼎——无才（脐）[3]，只有舒夫是真性情的人，谦逊、朴实又孝顺。如今，一尾鱼落鼎，任人宰割。你是协和医院的主任，人面熟、交道阔，紧去找人，将他救出来！老六啊，舒夫一世人正直，肯定是被冤枉的！你要像做手术，使好刀，他才有救啦！听见没啦？"老阿祖说着说着不由哽咽起来。

"好好好！阿母你千万莫着急！我马上去打听！下午我有一台大手术，确实无法抽身去阿樱家，我先叫阿梅去关照。你尽管放心！不过，这事千万嘴要密，莫过耳啊！"

"这我知啦！哎呀，你整天想的是手术，工作与生命平长，一世人也做未了，还是先救咱舒夫要紧啦！"老阿祖吩咐再三。

---

1 圣圣佛，灵验的神明。悾闇，傻傻的。子弟，信徒。喻为秀才遇到兵。
2 指瞧不起人。
3 喻为举止轻浮。

入夜，一弯残月疲乏地挂在天空，橙红的月色渐渐转为苍白，显出冷冷淡淡无精打采的神情，好像衰弱得不能走动了，只能痛苦地依偎在天边。

此刻，马奋民正拎着一大袋伴手礼，急匆匆地赶赴田家。

已到不惑之年的马奋民，五短身材，腰宽体胖，肚子活像个西瓜。修剪过的头发稀疏地复盖着圆滚滚的大脑袋，或许是肾亏，后脑勺早已光秃秃。胖鼓鼓的脸上长着一个微微下陷的酒糟鼻，整个体态看似有点女性模样。然而，他，自我感觉良好。他有个特别的嗜好，就是沉迷于酒色，享乐高于一切，不熄的欲火，仿佛在他的血液中不停地燃烧，愈烧愈烈。

从看见傅玉樱的那一刻起，他就既羡慕又忌妒，加上恨：狗日的！田舒夫咋能娶到这般秀雅脱俗的妻子啊？文章是自己的好，老婆是他人的漂亮！这个傅玉樱与我那形同母夜叉的鹿麻子相比，简直一个在天，一个在地咧！

傅玉樱容貌风采显得比她的实际年龄要年轻得多。乌黑的秀发和纤细的脸形，尖尖的下巴和薄薄的小嘴，加上一双明亮的大眼睛，非常符合他心目中向往崇拜的经典美人的形象，她的美貌和气质使得他神魂颠倒。所以，不管有事没事，他总喜欢到田舒夫家串门，尤其在田舒夫出差时，更是跑得勤，嘘寒问暖，尽献殷勤，企图博得她的好感。可让他懊恼的是，她根本不领情，对他敬而远之。如今，田舒夫已被"隔离审查"，迟早会完蛋的，一定得逮住这千载难逢的好时机啊！凭着多年来拈花惹草的丰富经验，他以为，她是"积善堂"资本家的女儿，纵使向老虎借了胆，也决不敢冲我发火。哼！何况，此刻她必定有求于我咧。

"傅老师，你好！"一进门，他立即伸出肥软的双手。

"噢！马局长，这么晚了你还来，有事吗？请坐！"她不冷不热地说。此时她关心的是，蜷缩在床上依然惊魂未定、身子像树叶一样簌簌战栗的孩子们。

"好咧，好咧！"他迫不及待地紧紧握住她那纤细的手，故意把左手也搭上，并轻轻地按了按，露出不同寻常的亲热劲。顷刻间，他惊奇地发现，她那两道弯弯的浓淡相宜的眉毛下，一双乌黑发亮的眼睛里蒙上一层惊恐不安的神色，愈发显得楚楚可人。

"你吃饭了吗？饭要吃，甭焦急咧！"他笑得两眼都没缝儿。

"马局长，舒夫究竟犯了什么错误？"她礼貌而又迅速地脱开他的手。

"这……这正在调查咧？"他贪婪的目光直溜溜地瞄住她那娴静而优雅的身子，最后死死地盯在她那丰满的一起一伏的胸脯上，一秒也不想挪开。

"没发现错误，为什么还要对舒夫隔离审查呢？"她毫不客气地问。

望着她眼眶微红，眼睛却依然那么闪亮，看不到一滴眼泪，他忍不住心猿意马，说："非常时期咧，这是公安局的强制措施！"

"你们有逮捕证吗？如果没有，怎能随便抓人？怎能随意抄家呢？"她不依不饶愤愤地问。

"这喀……这喀……"他一边漫不经心地说，一边站起来，疾步走到她身旁，轻轻地拍了拍她的细肩，柔情蜜意地说，"小傅，你要多保重！千万甭冲动咧！"

"马局长，你请坐！"她迅速甩脱他的右手。

面对这位油腔滑调，阿谀献媚的马局长，她从来没有一丁点好感。无奈，他是舒夫的上司，小不忍则乱大谋。看到他那色眯眯的双眼直勾勾地瞪着她，犹如见到粪坑里的蛆虫一般恶心，真恨不得啐一口唾沫。可细想，舒夫还关在公安局里，不论找谁，都不如找建设局领导最直接、最方便。总之，舒夫的生死还掌握在眼前这位局长那双令人肉麻的肥手之中呀！她只能咬紧牙，强忍着。

抑制不住心中的委屈和愤恨，她滔滔不绝地向他申诉了舒夫的冤枉。强烈要求建设局尽快出面担保，让舒夫早日平安回家。尽管，她知道人微言轻，他根本心不在焉，但是她总觉得有冤必伸，不吐不快。

他霍然像个毕恭毕敬的小学生，歪着头，全神贯注地聆听着她的倾诉，一阵阵清脆而又激动的声音，令他心酥。

"好咧，行咧！"他眼里闪烁着欲望，"小傅，你真不愧为人民教师！你说得对咧！说得好咧！我保证明天就为你去跑腿，你的事，就是我马某的事咧！你是聪明人，今后，无论你有啥困难，尽管对我说好了，我一定尽力，一定照办，一定绝对办好咧！"

他说得口沫横飞。她听得十分肉麻。

忽听小嘉欢一阵咳嗽声,她急忙走进卧室。一会儿,她急中生智,手里拿了把扫帚出来说:"孩子们都困了,改天再谈吧!"

人来泡茶,人去扫地。他知道她已下了逐客令,心中充满不快,只好勉强地站起来说:"那……好咧……行咧,再见!有事随时来找我,我还会来的!"迈出门槛,他情不自禁地回过头,色眯眯地再瞅她一眼。

"砰"的一声,她迫不及待关上门,把门牢牢闩上,背靠门板,双手捧着脸低声地哭起来。她终于知道,醉翁之意不在酒。他是专程来敲竹杠,想吃她的豆腐。她真后悔,不该让五妹玉梅早早回家。这天,她还没吃过半点东西,没打过一次盹。在年迈的老阿祖和幼小的孩子们面前,她不敢哭,也不能哭,只能打碎牙齿往肚里咽。面对来者不善的马局长,若不与他虚与委蛇,还能找谁呢?她越想越怕,浑身哆嗦。

忽然,卧室里传来小嘉欢剧烈的咳嗽声,使她蓦然想起了一个人——许武良。记得前几天,舒夫曾告诉她,许武良刚从省城调回漉溪公安局当科长。刹那间,她眼前一亮,犹如在黑茫茫的大海里忽见一闪亮光。她急忙擦去脸上的泪水,匆匆走进卧室,将小嘉欢紧抱在怀里。

深埋的记忆,突然被唤醒。提起田舒夫和许武良的生死情谊,她总喜欢形象地说成"相欠债"。然而,究竟是许武良欠了田舒夫的"救命债"?亦是她欠了许武良的"人情债",还……还是田、许两家互欠"责任债"呢?她说不清,解不开,以至于一想到这些"债"时,她就心堵、胸闷、失眠……

许武良比田舒夫小三岁。1949年冬在马山剿匪时,他俩同班,田舒夫是班长,朝夕相处,亲密无间。在一次战斗中,田舒夫为救许武良一命,左臂中弹,至今仍留下伤疤。患难之交,生死与共。此后,许武良口口声声称田舒夫是他的救命恩人,并多次当着她的面肉麻地说:"田大哥是我的再生父母。我许武良这辈子当牛做马,也报答不尽田大哥的大恩大德啊!"许武良曾多次饱含热泪地提出要与田舒夫结拜为兄弟,可是,田舒夫以革命者勿操旧习为由,笑而拒之。许武良的百般殷勤,使田、许两家的往来,有过一段短暂的亲密期。

田舒夫回漉溪养伤时，许武良两次前来探望。第一次，许武良了解到，身怀六甲的她每天要徒步到偏远的城郊小学上课，着实辛苦，便瞒着田舒夫和她，通过老公安大队的关系将她调到离家最近的城区东桥中心小学。一周后，当她突然接到教育局的工作调令时，喜出望外。回到家里，她居然当着孩子们面，给田舒夫献上一个甜蜜的吻，表达由衷的感激。然而，田舒夫莫名其妙，根本就不知道有这回事。田舒夫猜，准是许武良当了一回"无名英雄"。隔天，当许武良告别时，她赶忙问："小许，是不是你帮了嫂子的忙呀？"

许武良装傻，笑而不答。经田舒夫一再追问，许武良才羞涩地说："区区小事，何足挂齿！"

"哎哟！嫂子可要谢谢你了！"她情不自禁地说。

"嫂子千万别这么说！不论我怎么做，也报答不了田大哥的救命之恩。今后，无论何时何地，只要有用得着我的地方，嫂子你就尽管吩咐，一句话，即使天塌下来，我许武良也给你顶着！"许武良一边说，一边拍胸脯，信誓旦旦，掷地有声。

在她看来，这是一笔忘不掉的"人情债"。

三个月后的一天，许武良又匆匆请假回漉溪，因为他的妻子沙慧珠快临产了。

无巧不成书。她与沙慧珠不仅同一天住进妇产医院，而且同住一个病房。沙慧珠曾是田舒夫的学生，当年田舒夫读大学时利用暑假，曾在象牙县一中当过代课老师，教过沙慧珠的国语。虽然任教时间短暂，但这段难得的师生情谊使得田、许两家的关系倍加亲热和深厚。

在待产的日子里，她发现身材瘦弱、娴淑貌美的沙慧珠不知为什么总愁眉不展，独自发呆，并且没完没了地咨询医生和护士，眼里充满一种说不出的忧郁和不安。她纳闷不解。在她耐心开导下，沙慧珠终于敞开心扉：原来，许武良和许母十分重男轻女，望眼欲穿非要沙慧珠生个男孩不可，好传宗接代。从嫁到许家的第一天起，这压力犹如泰山压顶，令沙慧珠提心吊胆，苦不堪言。两年前，沙慧珠生女儿香玲难产了，险些没了命。如今，若再生个女孩，真的断了许家香火，恐将万劫不复，所以，惶惶不可终日。

"嫂子，如果这次我再不能给许家生个男囝，那我真的不想活了！"沙慧珠垂头丧气。

"哪有这么严重呀！慧珠，千万别胡思乱想。生男生女又不是你所能决定的。"她劝导着沙慧珠。

"嫂子你不知道，我婆婆像个虎扒母。她视我女囡香玲像瘦猪哥，吃无、打骂有。这次我如果再生女囡，婆婆定变本加厉，不依不饶……"

"别怕！届时，我找小许替你撑腰。"

"他呀！比我婆婆更封建，出手更狠、更绝！"

"不会吧？"

沙慧珠沉默不语。

这天，恰巧田舒夫和许武良同时来探房，无意中提及生男育女之事，许武良骤然绷起脸，声色俱厉地指着沙慧珠鼻子说："这回你必须生男孩！"如此发号施令，气得沙慧珠差点晕倒。

"要是慧珠再生个女的呢？"坐在对面床上的她打抱不平，反讥许武良。

"那……"许武良和沙慧珠不约而同地说。

"那是绝不可能的！"许武良不容分说，"现在，咱们就指腹为婚，如果明天嫂子生女，慧珠生男，咱就永结亲家；若都生男仔，就结拜，称兄道弟，让下一代再来个亲上加亲。嫂子你说可好？"

"好啊！若都生女孩呢？"她不依不饶地反问。

"那除非太阳从西边出来！"许武良斩钉截铁地抢答。

"好！但愿你吉言能够灵验！"她的回答，委实让沙慧珠脸上露出一丝久违的笑容。

始料不及的是，这场无意间的闲聊，竟然记下了田、许两家一笔讳莫如深、催人泪下的"相欠债"，这笔债只能在记忆中尘封。每想起它，她的心就仿佛不是在胸膛里，而是跳在喉咙口，喘不过气来……

不知为什么，自从许武良一家搬到省城后，田、许两家的关系就渐行渐远，使得这么多年来这笔"相欠债"始终像压在她心头的一块巨石，愈来愈沉重，愈来愈不安，愈来愈不敢想……此刻，望着熟睡了的小嘉欢，她不敢翻身，生怕把小嘉欢弄醒，轻轻打开手电筒，瞧一瞧小嘉欢可爱的模样，她再也不敢往下想了，时而轻轻地摸摸小嘉欢的头发；时而吻吻小嘉欢的脸蛋，跳到喉咙口的心这才缓缓回到胸腔里，稍稍轻松一点，变软一点。

　　她毅然决定，明天无论如何一定要带着小嘉欢去见许武良。至于许武良能帮些什么——她自己也不知道，只巴望许武良能不食言，雪中送炭。

五、假公济私

怀着紧张而又复杂的心情，许武良走进办公室。田舒夫的《三点声明》犹如钢铁般坚硬，令他微颤一下，急忙摘下眼镜，双手使劲地搓了搓疲倦的脸，揉了揉干涩的眼，一头瘫坐在椅上。

新上任接手的第一桩案子，不仅是通敌要案，而且嫌疑犯居然是他的救命恩人——田舒夫，他的神经好像突然被针刺似的抽搐了几下，暗自叫苦不迭。朱副局长显然不知晓他与田舒夫曾有过一段特殊关系，只以为，他是省厅调来的新骨干，好钢须用在刀刃上。

"武良同志，当前漉溪的敌特活动十分猖獗，轮翻采取策反、暗杀、抢粮、炸桥等各种手段，妄图颠覆和破坏我新生的人民政权。局里十分重视这个案子，你务必全力以赴在限期内侦破。"

"朱副局长，我……"

"你呀，不是新手，是精兵强将，所以，局领导决定，将这块硬骨头让你啃。但有几点，我必须提醒你：首先田舒夫可不是吃素的。这家伙来自革命老区，干过地下党，不仅有反侦察能力，而且有地方宗派势力撑腰；其次田舒夫是'积善堂'的女婿，这个百年老药铺是个黑染缸，与台湾及南洋的关系千丝万缕！你，一要有思想准备；再有就是群策群力；最后一个也是最关键的就是要穷追猛打。我全力支持你，案子一旦成功告破，局里会为你请功！建设局马局长已明确表态，全力配合我们侦破此案。你无后顾之忧，只管往前冲，遇到什么困难，随时来找我。"

朱副局长的一席话，委实撩拨了他好大喜功的心弦。他机灵的小眼，转了转，不由眼前一亮：局领导如此信任，我岂能不识抬举？田舒夫自作自受，又与我何干？心底里的小九九一盘算，他二话没说，接下了这个硬任务。

此时，他已接连抽了五支香烟，梳理心中杂乱如麻的头绪，真可谓喜忧参半，五味杂陈：喜的是，我果然没有辜负领导的重托，立竿见影，旗开得胜。初审，我就从脚踏车入手，追出了失踪的黄汉凌；又从陈阿山追到黄汉凌下海投敌的罪证；左右夹击，田舒夫纵有天大本事也难逃我的手掌心。这足以说明，我对田舒夫连夜突击审讯是正确、及时、有效的。下一步，我若查出田舒夫给黄汉凌提供情报；"积善堂"给田舒夫提供金钱，那么田舒夫的通敌罪不就是板上钉钉了吗？整个案情不就水落石出，石破天惊了吗？哼！说什么新官上任三把火，老子头把火就烧得轰轰烈烈，势不可当。侦破此案，舍我其谁？

忧的是，单凭脚踏车，证据不足。田舒夫不仅拒不交代、不认罪，而且喊冤叫屈抛出"三点声明"。正如朱副局长所言，田舒夫的确不是"吃素"的，我若无法坐实他的罪状，他肯定会上诉。过去，战友们都说田舒夫文化比我高；经验比我多；能力比我强；人缘又比我好。我妒，我恨！恨得咬牙切齿，恨得捶胸顿足！此番，万一扳不倒他，我岂不像猪八戒里外不是人？这案子真是个烫手山芋啊！细想，我与田舒夫确有过生死之交。他不但救了我一命，而且在我的乞求下，还鼎力相助，帮了我许家天大的忙。虽说大恩不言谢，但我怎能幸灾乐祸？怎能见死不救？怎能落井下石！还……还有我那唯一的儿子许子杰和心爱的田嘉欢未来的命运将如何结局呢……想到这里，他犹如腊月天突然被一桶冷水从头灌到脚，透身冰凉，阵阵发麻。

不对呀！常言道，汉贼不两立，冰炭不同炉。他又细细琢磨：田舒夫既是"通敌犯"，又是"积善堂"的黑女婿，而我是贫农，我与他是两个生死对立，不共戴天的阶级阵营啊！在你死我活的对敌斗争面前，岂能站错立场，敌我不分？这次，组织上调我回漉溪，既是提拔我，也是考验我。万分庆幸的是，当年我没与田舒夫结拜为兄弟。尽管，过去我曾一直称他为老大哥，但那毕竟是过去的事。我调省城时，舅舅一再告诫，近朱者赤，近墨者黑，千万别再与"积善堂"的田舒夫来往了。记得,田舒夫几次到省城开会,主动打来电话,想见见我和孩子,我找尽各种借口婉拒他,连慧珠也没让他见着。也许他自知没趣,关系自然渐渐冷了下来。此次调回漉溪,我理所当然没去找他。眼下,肃清漉溪的蒋匪残敌是压倒一切的中心任务,对反革命分子一律严惩不贷。朱副局长说这是"硬任务",言下之意,非办不可!田舒夫大祸临头了!幸亏案子落在我手里,局领导暂时不知道我与他过去的关系。此时,我若出面保他、救他,岂不自投罗网,认敌为友吗?我将会粉身碎骨呀!反之,我若把此案作成铁案,领导必会夸我站稳立场,铁面无私,大义灭亲。总之,在大事大非面前,我必须果断地与田舒夫划清阶级界限,圆满完成任务,绝不能心慈手软啊!灵魂里,善与恶的感情,正在激战,最终后者得胜了。人不为己天诛地灭。他一边思忖着,一边把嘴上未抽完的半截烟用力地摁在烟灰缸里。

经过深思熟虑,他果断采取措施:一、责成象牙县公安局,立即加大对陈阿山的审讯力度,进一步取得陈阿山与田舒夫密谋通敌的口供;二、派出精干老练的公安人员即刻前往田家进行地毯式搜查,找到田舒夫通敌的罪证;三、指定西街派出所马上彻查"积善堂"傅弘茂等人的历史,以及对台关系,揭开"积善堂"与田舒夫的关系黑网。

当草绿色的子弹盒霍然摆在眼前时,一股难以压抑的亢奋和惊喜涌上心头,他急忙摘下眼镜,朝镜片深深地哈了几口气,用细布轻轻地擦了擦,重新戴上,睁大眼睛像鉴定一件稀有古玩似的,上上下下,里里外外,仔仔细细地察看着,像一条把鼻尖贴近地面来分辨海洛因的缉毒犬,异常敏锐,生怕漏掉一点蛛丝马迹,最后,小眼睛死死地盯住盒上的英文字,他情不自禁自言自语地说:"这就是田舒夫通敌的确凿罪证啊!可惜抓得太早太急了,等于宰了会下金蛋的母鸡。若线再放长点,准能钓大鱼!"心中充满黑暗,罪恶便滋生膨胀起来。凭着这种天才的逻辑推理,他认为,案情已有重大突破!有子弹盒,不就可以查寻子弹吗?有子弹,不就可以查找枪支吗?而且是重机枪哩!田舒夫连重机枪都有,怎能没有轻武器呢?查出他窝藏的几支枪,想必不费吹灰之力,说不定"积善堂"里还秘藏有大炮呢?如此一追到底,不仅能整死田舒夫,而且能挖出"积善堂"幕后黑手,以及深藏在专署内部的反革命团伙。

邀功心切,他像哥伦布发现美洲新大陆一样兴奋,拎起子弹盒,大步流星地走进朱副局长办公室,紧急汇报"脚踏车案"的重大突破。

六、吃闭门羹

田舒夫被抓的消息像风一样迅速刮进"积善堂"。

"棺材头打贡枪——惊死人！六爷的大女婿被抓了！"

"不可能！解放前，田舒夫就是地下党员，若要投敌，何必等到今日？"

"唉，田副局长心善人好口碑佳，是'积善堂'里唯一的处级干部，会不会遭人……"

多番窃窃私语，犹如阵阵瑟瑟寒风掠过傅弘茂心头，众口难掩，莫衷一是！田舒夫是他最引以为豪的乘龙快婿，如今出了如此丑闻，他既不敢追究，也不能发火，只好强低着头，一耳入、一耳出，任人评说。

然而，公道自在人心。"积善堂"的亲友们和专署的同事们纷纷以各自不同的方式，同情和关心着田家的不幸遭遇。

连日来，傅玉樱每打开房门时，门槛前总悄无声息地放着一篮子鸡蛋，或水果；灶台上的铁锅里还有几个热气腾腾的包子，或馒头。礼轻情意重，一股无法言语的暖流荡漾在她的心头。虽不知道是谁送的，却深切地感触到身边有一股大爱在呵护着她和孩子们，两行热泪，不禁从眼窝里流出来。

早晨，傅玉樱迫不及待地背上小嘉欢，心急火燎地赶往地区公安局。

"你找谁？"

"我找许武良科长。"

"找他干什么？"

"我有事。"

"什么事？"

"噢，我……我是他的亲戚，是他的嫂嫂。"

"请问你贵姓？"

"免贵姓傅。"

"好好！请坐！麻烦你稍等一下，我马上去报告许科长。"身材魁梧的门岗值班员脸上堆满了笑容，朝许武良办公室奔去。

"对不起！许科长正在开会，无法会客。"不一会儿，值班员一溜烟跑回来。

"那我等他！"

"会议不知道得开多久哩！你还是先回去，改天再来，好吗？"

"不要紧的。"

"那好吧，要不你就坐着等吧！"

她和小嘉欢坐在板凳上，足足等了近三个小时，依然不见人影，无奈之下，只好扫兴而归。

她不死心，下午又去。一出门，热气像两块烧红的铁，贴在她和嘉欢的脸上。她感到一阵阵剧烈的刺痛，背上嘉欢愈发沉重，愈发难受。她汗流浃背，气喘吁吁，迈着沉甸甸的脚步，走进值班室。

"嘿，你怎么又来了？"

"我找许武良啊！"

"噢，好好好！他在办公室，我马上去报告。"值班员兴冲冲地跑进许武良办公室。"报告科长，你的嫂嫂找你，在值班室里。她早上来过，你在开会，她等了很久才回去，这会儿，她又来了。"

许武良一愣，"嫂——嫂？她叫什么名字？"

"噢，她姓傅，不知道叫什么名字。"

"啥模样？"

"长得很端庄，二三十岁，身穿蓝色列宁装，哦，她还抱着一个两三岁的小女孩。"

"姓傅，小女孩？"

刹那间，犹如一声惊雷炸得许武良耳朵里嗡嗡作响。机敏的他断定，这女孩就是——田嘉欢,准是傅玉樱带她来找我。他的心猝然感到像鞭子抽打似的疼痛,慌乱解开军衣上的风纪扣,急速点燃一支香烟。

"知道了,你去吧,让她等等!"许武良猛吸了一口烟,思想像走马灯似的随来随去,无法集中。忽然,脑海里闪电般地浮现"划清界线"四个大字,他的心猛然收缩,立即把半截烟摔在地上,用脚跟碾碎,大喊一声,"不!值班员回来!我没有嫂嫂,更没有姓傅的亲戚!"

值班员吓得瞠目结舌。

许武良脑海里的小算盘机灵一转,以责训口吻说:"你马上叫她走,说我不在!噢,就说我下乡去了。你不可失责,不能随随便便带她进来!这是纪律,懂吗?"

"是,是!"

"许科长不在!"值班员脸色尴尬,尽显窘态。

"不在?"她突然如坠云里雾中。

"是——不——在!"这三个字仿佛从值班员的牙缝里挤出来。

"那你刚才不是说,他在办公室吗?"

"噢……那……那他已经……出去了!"值班员吞吞吐吐。

"他上哪儿?"

"下乡了!"

"什么时候回来呢?"

"不知道!"

"他家在哪里呢?"

"不……知……道!"值班员恼羞成怒地喊着,吓得小嘉欢浑身发抖,急忙把脸贴在她的怀里。

值班员粗暴地连呼五个,"去去去去去!"

"哇哇哇!"小嘉欢惊吓得大哭起来。

"那我找沙慧珠?"

"哪个沙慧珠?"

"许武良的妻子呀?"

"快走啦！不知道！"

"那我要见田舒夫。"

"田舒夫？那更不许见！"

"我是他的爱人，我叫傅玉樱。我是给他送东西来的，怎么不能见？"

"原——来，你果真不是许科长的嫂子啊！难怪科长不认你……"值班员不禁脱口而出，得意地用手捂住口。

"他不认识我？"她仿佛当头重重地挨了一棒。

"对……噢，不不不！他不在。"值班员赶忙改口，煞有介事地说，"你给田舒夫的东西，检查后留下，人不能见，这是规定。"

值班员的一言一行使她觉察到许武良显然没有下乡，而是故意避而不见。无可奈何，她只能咽下这道"闭门羹"。她不由自主地啐了一口唾沫：呸！说什么"亲如兄弟"；说什么"再生父母"；说什么"天塌下来由你许武良顶着……"统统是屁话！如今舒夫无缘无故被你们公安局抓了，你做贼心虚，躲得无影无踪，真是口是心非的小人啊！不正因为你是公安局的科长吗？不正因为有小欢欢吗？我才低三下四来找你，你却昧着良心，存心让我们母女吃闭门羹。好呀，找不到你，我可以找沙慧珠！慧珠和孩子在哪儿呢？人会走，厝没走！下班后你肯定会回家，我就在门口守着，非当面找你讨个说法不可！

抱起小嘉欢，她缓步走出值班室，心中的愤懑和不安变得愈发难挨，濒临叫天、天不应，叫地、地不灵的境地。

烈日下，她和小嘉欢站在公安局门口的路旁苦苦地守候。毒太阳火辣辣地晒得她满脸疼痛，脑袋天旋地转。小嘉欢满脸通红，汗流浃背。可她依然紧盯着公安局大门，久久不肯离去。

两个多小时后，远处突然传来轰隆隆的雷声，她抬头一看，可怕的乌云堆得密密层层横压在天边，像铅色的幕布一样迅速地压过来，一阵狂风卷起尘沙扑面而来，吹得路边树叶发出"沙沙沙"的声音。糟了！午后的雷阵雨快要来临，她急忙背起小嘉欢，快步赶回家。

半路上，一阵急雨倾盆泼下，粗而密的雨点像钻石般的耀眼，以沉重的声音打在地上。背着小嘉欢的她环顾四周，无处避雨，躲在大树下又怕遭遇雷击，只好任凭无情的暴雨抽打和洗刷。所幸，半个小时后，雨停了，她和小嘉欢淋得像落汤鸡似的，泪水和雨水流满脸颊，拖着灌铅一般的步子，回到家。

"阿樱，你去哪里了？你有身孕，怎么出门连雨伞都不带呢？"父亲傅弘茂见到她们母女俩立即心疼地问。

"找什么人啦？阿樱你看，欢欢双手冷冰冰！雨天，你也将欢欢带出去，欢欢本来就是软糊糊，无病本，这该如何是好呢？阿弥陀佛。"身旁的老阿祖一边念叨，一边帮忙她解下背带，抱起满脸发青，全身像湿抹布似的小嘉欢。

"阿姐快喝，去去寒。"五妹傅玉梅急忙递上干毛巾，捧上一碗滚烫的红糖姜母茶。

此时此刻，傅玉樱有千言万语涌到嘴边，却连一句话也说不出来，鼻酸喉堵，眼泪热辣辣地涌出。半天后，她才痛苦地诉说吃闭门羹的遭遇。

"据说，这个许武良就是整舒夫的专案组组长啊！"傅弘茂赶忙插话。

"哎哟！这个许武良真是夭寿鬼！无天无良啦！"老阿祖咬牙切齿地喊道，"想当初，他这条命还是咱舒夫捡来的。如今翻脸不认人，他像条狗，报它吃屎，连尻仓[1]也咬去。十足可恶！过去，你外公早就常讲过，花前叶下犹藏刺，人心怎保不怀毒？像他这种小人，裤脚内都是鬼，你找他何用？简直是猪母牵去牛圩——找错门啦！他一副奸臣脸，嘴唸阿弥陀，手拿杀猪刀，像小卷仔花枝[2]冷血无情，我早就看透透，早就讲得有嘴、无澜[3]，可你和舒夫死活都不听！饲老鼠咬破布袋[4]，你们不知死！今日我再讲一遍，你找姓许的，是请鬼提药单——找死啦！"

"阿爸，大姐夫是好人，你要赶快想方设法救他呀！"傅玉梅嘟着嘴。她是个十分年轻俊俏的少妇，脸色红润，生着孩子气，亮晶晶的黑眼睛，头上梳着两条长辫子，盘在小小的脑袋周围，性情极温柔善良。

"救救救！哪有像拿手术刀那么容易？"脑袋里一向缺少政治细胞的傅弘

1　屁股。喻为忘恩负义。
2　乌贼。
3　澜，口水。喻为费尽口舌。
4　饲，养。喻为自讨苦吃。

茂绷着脸,眼珠子瞪得像龙眼核一样大,他咽了一口唾液,把声音压得很低很低,说:"你们知道吗?听说舒夫是与象牙县黄汉凌下海投敌案有牵连。这个案子很大呀!听说,连咱'积善堂'也在被查呢!"最后一个"查"字说得很重。

"咁有影?'积善堂'一世人做好心,制好药,救百姓!有口皆碑,查什么碗糕?"老阿祖根本不信。

"是呀!我一时也乱了,理不出头绪啦!"傅弘茂答道。

"老六啊,人说,无做亏心事,免惊半夜鬼敲门!咱是有冤必伸,管他是鬼,还是阎罗?"老阿祖理直气壮说。

"是呀!不过,咱要有万全之策……"傅弘茂说。

"哎呀!颟顸啦,老六!亏你喝过咸水,留过洋,十八港脚[1]走透透!从古到今,火到猪头烂、钱到公事办;有钱判生,无钱判死。你免惊!大事不惜小费,我出钱,你当差。钝刀,出利手!就是华山一条路,死马也要当作活马医!总不能目睭金金[2]看着咱舒夫去受死啦!"老阿祖一针见血地抢白道。

"阿嬷,你莫急,听阿爸说嘛!"傅玉樱心焦如火,生怕老阿祖打断傅弘茂的话。

"哎哟!阿母啊!现在是新社会,钱钱钱!哪行得通?紧事三分输,紧走无好路!大家千万莫急,乱了阵脚。舒夫是好人,绝对是受冤枉,我会再去打听。阿樱,你千万不要再四处找人,会适得其反。你最要紧的是,保重自己,照顾好团仔。这几天,我叫阿梅待在这里帮你。我也会常来看你。有啥事?欠啥?尽管叫阿梅回'积善堂'来讲、来拿。吉人自有天相,我相信舒夫会挺过这一关的。"傅弘茂苦口婆心地说。

夜里,小嘉欢不停地咳嗽,随着呼吸和咳嗽加剧,竟咳出铁锈色的痰来。傅玉樱惊恐万状,慌忙给小嘉欢灌下止咳糖浆,抱住小嘉欢紧紧地贴在胸口,盖上厚厚的被子。但是,小嘉欢仍全身哆嗦,精神萎靡。子夜,她一摸,小嘉欢的手和额头像煮熟了似的,烫得吓人,两片鲜红的小嘴唇宛如火一样在

---

[1] 港脚,港口。
[2] 目睭,眼睛。金,明亮。指眼睁睁。

燃烧，冒出一股热气。她急忙叫玉梅拿来退烧药片，给小嘉欢一口一口喂上。可不一会儿，小嘉欢就一咕噜地将药全吐了出来。她惊慌失措，无奈之下，只好去敲邻居佘大妈的门，借来体温计，一量，39.5度，她吓得浑身瑟瑟战栗。好心的佘大妈，急忙回家叫醒当医生的儿子小刘赶过来看看。小刘仔细一检查，小嘉欢口唇青紫，鼻翼翕动，似有明显的缺氧中毒症状，连忙说："快快！傅老师，欢欢得马上送医院急诊！"

"上医院？！"傅玉樱脸如土色。

"别急！你等着，我找伍主任借辆三轮车，我们马上送欢欢上医院。"小刘自告奋勇。

"嗯，好！快去快回。"佘大妈大声喊道。

茫茫黑夜，伸手不见五指，伍主任奋力地踩着三轮车，载着紧抱小嘉欢的傅玉樱，同小刘医生一道直奔协和医院。

七、扫地出门

近来，马奋民心情糟透了，经常发火，甚至骂人还带脏字。局里人莫名其妙，纷纷退避三舍，免得当出气筒。原来，田舒夫案子没进展，他想乘人之危，博得傅玉樱的好感，但事与愿违，接连碰了软钉子，犹如一只气急败坏的困兽，脾气自然愈来愈坏，报复心愈来愈强。几天来，他苦思冥想，终于寻到妙招，力促专署机关管理科出面，立即讨回田舒夫的宿舍，来个釜底抽薪，逼傅玉樱就范。

"局长，此事能否缓几天呢？"胡瑞麟科长深感不妥，忍不住对马奋民说，"田舒夫的小女儿病重，正住院呢！"

"缓什么缓？你，人事科长当屁用？阶级立场站到哪儿去了？"马奋民劈头盖脑一顿臭骂。

没想到，小小的一个建议，竟被马奋民无端地上纲上线，胡瑞麟把想说的话全噎进肚里。

此刻，傅玉樱正陷入茫然失措、痛苦不堪的泥沼中，一方面为舒夫身陷囹圄而束手无措；另一方面为小欢欢生命垂危而一筹莫展。看到汗流浃背的胡瑞麟拎着一网兜水果和罐头，急匆匆走进病房，她极惊讶，心头霍然感到一丝欣慰，以为建设局已伸出久违的援手，带来翘首以盼的福音。孰料，胡瑞麟却像丧门星一样，支支吾吾地向她传达管理科的紧急通知："限田舒夫一家在三天内搬出专署宿舍，否则……"

霎时，犹如天崩地裂，一股强烈的惊恐横扫傅玉樱心头，天旋地转，头晕目眩，后退一步，身子猛地一晃，"扑通"一声昏倒在地上。正巧，傅弘茂陪着内科主任进来查房，立即抢救，才慢慢苏醒过来。

胡瑞麟脸色吓得像一张白纸，浑身的血液仿佛都凝住了。多年来，他深知田舒夫是个地道的好人。可眼下，他身不由己，只能为自己的鲁莽行为深感自责和内疚。当傅弘茂不客气地扯着他的衣襟走出病房时，他尴尬不堪地呆站一旁，足足两三分钟，才胆战心惊地说出事情的原委。他本想与傅弘茂商议廷宕之策，可是，没等他说完，傅弘茂却快刀斩乱麻，毫不含糊地答应他："行！三天，就三天！我们搬出专署宿舍。"

傅弘茂是"积善堂"第四代，排行老六，堂里人皆称他六爷。五十多岁的他，个子不高，却相当富泰。胖圆脸，极红润，天庭饱满，双目清明，气定神闲，心态安然，显得很和善、儒雅。做惯了外科手术，他的脚步很重，站得稳，站得久，很有力；他手上的指甲永远修剪和打磨得十分整齐和干净；他的脸上永远一团和气，见谁都微微一笑，十分温厚，显露大夫平易近人的好性格、好风度、好修养。早年他东渡日本，攻读东京大学医学部外科专业，身上却没有半点洋气。毕业后，他谢绝高薪聘请，毅然回国，先后受聘省城和漉溪协和医院的外科主任。他医德好，无论富贵贫贱，不分门楼高矮，均不因人而废诊。他医术精，经他手术救活的急难危重疾病的幸存者甚多，众人夸他是漉溪的"神一刀"，在省医学界享有美誉。对此，他总是淡淡一笑。他常说："医生悬壶济世，看的是病、救的是心、开的是药、给的是情，这是我的本分。"他始终认为，医学的本源是人的纯洁和善良；医生宽容、友爱和仁慈的职业道德，应超过其他的职业者。

他先后娶了四位太太，三房早年暴病而亡，余下三位都是按照他的审美标准，清一色小巧玲珑，容貌姣好。但在性情上却有娇、婉、骚的明显区别，在"积善堂"的红楼里各自独领风骚。

傅玉樱的母亲高韵台是大房太太，作为晚清进士家的千金小姐，她娇气十足。据说，这门亲事全是傅老爷一手包办。他从东瀛留学归来，父母就把高韵台说得天花乱坠，宛若仙女下凡，硬逼他去相亲。可是，他不屑一顾：

书中自有颜如玉。婚姻若被父母专制，岂不葬送自己无数相爱的可能？逆反心理造成他对高韵台有先决的反感。于是，他推三阻四，蜗行牛步。然而，父命难违，执拗不过，只好硬着头皮，走进振兴巷的高府。果不其然，姗姗来迟的第一次约会令他索然无味。原来，年仅十七的高韵台，虽然玲珑剔透、十分娇美，但她那石榴裙下露出的三寸金莲，令他大为不快。裹脚真真害死人！好端端的一双脚，为什么硬要绑成脚弓直立如刀削，脚尖挟如竹叶般的小脚呢？他猛然想起，从老大到老五的大老婆都是清一色的小脚美女，偶尔喝酒尽兴时，哥哥们还会疯狂地搞恶作剧，将老婆的金莲小鞋拿来当酒杯，斟上美酒一饮而尽，竟然还夸三寸金莲最性感……呸，真恶心！然而，他非娶不可，因为父亲与高进士是管鲍之交。婚后，他才发现，高韵台不仅骄、娇二气十足，而且为人尖酸刻薄，令他很懊悔。

高韵台一连生了五个女孩子。老大玉樱，老二不幸夭折了，紧接着玉菊、玉荷、玉梅，真的把她活活气死了。所幸，老阿祖为她四处问神拜佛求子。果然，好酒沉瓮底，好不容易生了个宝贝儿子傅宗辉，她高兴得嘴笑眼笑，左瞧，他眼鼻像她；右看，他耳嘴也像她，一会儿叫"乖狗"；一会儿喊"心肝团"；最后坚定不移起乳名为"大宝"。大宝自幼聪明，好高骛远：高中时，一心追求进步，做梦都想入团入党；毕业后，一声不吭地瞒着她，偷偷报名参了军。她虽一万个不同意，但生米已煮成熟饭，岂容打退堂鼓，把傅家的颜面扫尽呢？况且，大宝是当部队的文化教员，她虽有万般不舍，也只好放他远去。眼瞅着，红彤彤"光荣人家"的军属大匾，在震耳欲聋的鞭炮声中，高高地悬挂在"积善堂"红楼的大门框上，旧日封建的"千金小姐"，摇身一变，成了冠冕堂皇的军属大妈。打这起，她出头露面的机会多了，话匣子打开了，瞧她多神气，浓密的头发被茶油刷成一片漆黑，一身素雅的香云纱暗花旗袍十分漂亮，单就她旗袍上盘扣的花型都极为讲究，因季节而变。旗袍上还特地斜插一支闪闪的派克钢笔，左手一把折扇，右手一只小包，走起路来扭扭捏捏，摇摇摆摆，一副飘飘欲仙的样子。在她那金丝绒面宝石蓝色的小手包里，总放着大宝参军后飒爽英姿的照片。无论在堂里，在街上，只要有人想看，她就亮出照片；想听，她就大谈大宝的帅气和才华。她深信，大宝百分百是当大官的料，照片就是最好的证明。

自此，她的娇、骄二气，直冲云霄，简直不可一世。

因傅弘茂决意娶小，她"大闹天宫"。傅弘茂不容分说告诉她，为传宗接代，非再娶不可。那时，大宝还没出世，糟了！老六想新屎穴好拉屎[1]，来一个新娘新噹噹，旧娘塞壁空[2]！怎么办？她唯有耍赖，横竖不肯。每天，她要么以泪洗面，不吃不喝；要么指桑骂槐，大吵大闹；一会儿苦苦哀求；一会儿死死相逼……足足闹了七天七夜。老阿祖终于按捺不住了，咱堂堂的进士门第有学问，有教养的名门闺秀岂能被"积善堂"人讥笑呢？老阿祖胸有成竹，轻轻地关上房门，将她骂得满面全豆花[3]。老阿祖怒气冲冲地说："阿台啊，三从四德，亏我从小把你教到今！你毋现世[4]啦！吃剩饭，也得看天时。天要下雨，你有啥好哭？有啥好闹？你莫将老高家的面皮放地上被人踩！你怎不知，我将青春嫁给高家，也只当二房？都说，台湾人，新妇仔[5]命！你睁大目瞘看，堂里哪位老爷无三妻四妾？世间哪个父母不重男轻女？自古，无嘴的冲壶仔就是不值钱啦！一世人姻缘天注定，老六想娶几个老婆，随他啦！你怨天怨地也无用！只要老六能尊你为大房，就安啦！你若想不开，欲寻短，紧去，井没崁盖，江无栏！我跟你说啦，你越吵是越没面皮，越闹是越泄败[6]！"

老阿祖动之以情，晓之以理，苦口婆心地说："阿台啊，阿母是过来人，过桥比你走路多。咱做人要草枝仔拨直，才走路[7]。凡事都要明事理，放大概，鸭蛋扔过溪——看破啦！有囝有囝命，无囝天注定。何况咱又是信佛的人，凡事放乎自然，何必想太多？"

老阿祖的软硬兼施迫使高韵台屈服了。高韵台知道老阿祖是一面抹墙，两面光，若再一直闹下去，岂不自个打碎了自己的玛瑙盘子珍珠碗吗？于是，她提出两条件：一、大房管锁匙，细姨[8]无权力。二、红楼楼上非她莫属，但凡娶小，一律住楼下。她觉得，只有这样，方能显示她高人一等，与老六平

1　屎穴，粪坑，喻为喜新厌旧。
2　塞壁空，塞墙壁孔里，喻为喜新厌旧。
3　喻为狗血喷头。
4　毋，不要，指丢人现眼。
5　指童养媳，喻为无法过自由自在的生活。
6　喻为丢人现眼。
7　草枝仔，草和杂枝，喻为讲道理。
8　小妾。

起平坐。傅弘茂欣然答应。

从此，傅弘茂愈发敬重老阿祖，对老阿祖的仁慈厚德，通情达理，见多识广，出口成章总是赞不绝口。他始终挽留老阿祖同住在红楼，既为老阿祖老有所依，又想借老阿祖的威风镇住高韵台的娇气。

二房太太柳芹是傅弘茂在一次夜游漳江的小船上邂逅的一位渔家美女。她，柳眉杏眼，亭亭玉立，眉宇间有颗美人痣，高卷的裤筒下露出一双解放了的玉足，十分可爱。他被她的花容月貌所倾倒，被她的心地善良、心胸开朗所折服，顿生爱慕之心。她低着头，摇着船，无暇顾及。她父母早亡，与弟弟柳铁相依为命，架不系之舟，蔬食而傲游，无意高攀傅府。可他紧追不舍，急请人说媒，几乎天天夜晚都要登上她的渔船，爱到追人魂，要人命的地步。她是个性情中人，善解人意，做事极勤快。自嫁入傅家，尽管时常受大房高韵台的歧视，四房肖荷花的忌妒，但她忍气吞声，任劳任怨，把高韵台和肖荷花视为亲姐妹，竭心尽力伺候好，照顾好，交往好。可是，高韵台和肖荷花非但不领情，反而得寸进尺，尖酸刻薄地嘲讽她像菜市场里一文不值的"烂芹菜"，她莞尔一笑。因为她以为，自己行得正，坐得端，心不烂，芹菜自有芹菜的芳香！她常说，"十指伸出，无平长！何必加计较？人生短短几十年，庆庆采采[1]一世人[2]，都是一家人啦！"这种中国妇女传统式的忍让，使得她永远能够格外地谅解人、体贴人、帮助人。她的贤惠自然博得"积善堂"上上下下的赞许。尤其，老阿祖对她总不吝溢美之词，夸她像十二月芥菜——真有心，这粒心比金子还宝贵！老阿祖常责骂高韵台和肖荷花是狗咬吕洞宾，不识好人心。

四房肖荷花是一位经傅弘茂手术后起死回生的患者的女儿。她那朴实的农民父亲知恩图报，欲将十八岁的她许配给傅弘茂。他仔细一瞧，她圆圆的脸蛋白里透红，美美的丹凤眼顾盼生辉。尤其诱人的是性感的大乳房好像一对白鸽隐伏在洁白的布衫里，十足风骚，像心目中的东京少女，不禁怦然心动。但他还是婉言谢绝，一是兔子不吃窝边草，他不愿意在医院里娶小；二是三

---

[1] 喻为随随便便。
[2] 指一辈子。

房刚死，怕搞得满堂风雨，有失六爷的尊严与体统。

然而，她不但身体发育早，思想更为早熟，渴望嫁给金龟婿，一世人吃好、穿好、样样好。其实，在她父亲未开口前，她就对他一见钟情，从心底里爱上他。她不仅时常假借询问父亲的病情，缠着与他多搭讪几句，眼波流转，含情脉脉。而且总借买药之名，跑到"积善堂"，痴痴地望着红楼，想入非非。所以，与其说是父亲硬把她嫁给他，倒不如说是她死乞白赖地想攀上"积善堂"。他一笑拒之，她依然穷追不舍。干柴烈火，他终于挡不住诱惑，很快坠入了爱河。为掩人耳目，他神不知鬼不觉地先将她安插在"积善堂"打杂，拖了半年多，才结婚。老夫少妻，形影不离。凭借年轻美貌，她把他紧紧地拴在裤头，气得高韵台捶胸顿足。她巧用心计，搬弄是非，时而巴结高韵台，挤对柳芹；时而依仗他，打压高韵台。头几年，心中唯有他是太阳，时时留意如何博得他的欢心，处处算计如何在"积善堂"名利双收，出人头地。日长月久，她变了，后悔不该嫁进"积善堂"，厌恶他这个死老头，便悄悄干起伤风败俗的丑事。

几年后，他膝下儿孙满堂，柳芹生了二子，肖荷花生了三子一女，委实让他高兴得像和尚的木鱼，合不拢嘴。

在"积善堂"，他的治家之道确实独树一帜。他与傅老五截然不同。老五治家学的是诸葛亮，事必躬亲。他却崇敬老子，无为而治，既精明又省事。就拿一日三餐来说吧，他实行各房分灶吃饭，随人淘米，随人落鼎，吃香喝辣，互不干涉。此举一出，众人大惑不解，满腹牢骚：老六搬的是哪出戏呀？一家子人全健在，老祖宗传下来的大锅饭怎能说砸就砸呢？"积善堂"里从来没有这等规矩啊！只有老阿祖和柳芹公开站出来，拍手称快。老阿祖翘着大拇指夸道："足好啦，老六！树大分叉，人大分家。这三窝两块，大某细姨，一碗烧汤里四五只汤匙，不是烫着，就是碰着，怎不受气？怎不冤家？自古说，吃饭皇帝大。日食三餐，有人兴烧酒，有人兴豆腐，一人兴一款，甜酸苦辣，尽随人意，何乐而不为？分得好！老六啊，你是一家之长，说了算！早分，早安稳！早分，早轻松！早分，早快活！"老阿祖的一席话说得众人哑口无言，反倒觉得有理。他的治家新政，在老阿祖和柳芹的支持下，一推到底。

他还善于抓大放小。他把"积善堂"的祖训和家规，逐一细化为二十四条，既明细、又严苛,且赏罚分明。譬如,在《诚实为人》一则中,他规定不准说谎,违者,轻则自掌嘴,重则杖身;又如,在《勤俭治家》中,他规定饭后碗里不许留下饭粒,违者,轻则用筷头敲头,重则扣发半月月钱。他大权独揽,依规管人。

每月,他准时按人头分发各房的月钱。柳芹和肖荷花虽都在"积善堂"打杂,自有工钱。但念其子女尚小,费用大,仍照常分发。高韵台虽子女已长大,但念她无固定收入,且有老阿祖,故按双倍分发;凡逢年过节,婚丧喜庆的费用,均额外列支;而子女们的学业费,则全额列支。除此之外,不管柴米油盐,还是家长里短,他都束之高阁,一概不闻、不问、不管。倘若有谁触犯了家规,他通常会先礼后兵,先亮出黄牌警告,若规劝无效,他才按细则查处。倘若太太们无端吵闹,无休无止,让他忍无可忍时,他会连打几声大长嗝,那声音就像瞪大眼珠的张飞站在长坂坡桥上大吼似的,震得太太们耳鸣心跳,全傻了,自然立即偃旗息鼓,免得自讨没趣,引火烧身。时光似流水,他的宽厚仁德的形象立了起来,他的无为而治,使得一大家子人相安无事。天伦之乐,其乐融融,他的生活自然过得有滋有味、十分惬意。

眼下,他既然毫不含糊地承诺让玉樱三天内搬家,自然是想到"积善堂"的深宅大院,足以接纳自己落难的女儿和外孙们的归来。作为父亲,他十分疼爱大女儿玉樱,更疼爱舒夫。他始终相信自己的眼力,认定舒夫是个善良正直、奋发有为的革命好青年。他时常为此感到骄傲和自豪。如今,舒夫突然成为"通敌嫌疑犯",他压根儿不相信,就像不相信自己会开错刀一样。所以,在此危难之际,他觉得必须挺身而出,义不容辞地替舒夫主动挑起这副重担,一边全力抢救小欢欢的生命,一边安顿好玉樱一家的住处。

经确诊,小嘉欢患的是急性肺炎,病情危急,务必尽快注射唯一的特效药——阿斯匹林。然而,医院无此药。救人如救火,他费尽心力,连夜驱车往返七百多公里,到省协和医院取回此药。经立即注射后,小嘉欢病情终于转危为安,他悬着的心终于落下了。

拖着疲惫的身子回家,刚闭上双眼,他霍然记起玉樱搬家的事,糟了!三天期限已过一半,后天非搬不可。房子在哪儿?岂能言而无信?揉了揉眼睛，他急忙上楼，把玉樱被扫地出门的事悄悄地告诉高韵台。高韵台浑身松软歪坐在藤椅上，跷着二郎腿，优哉游哉地抽着水烟，猛一听，吓得六神无主，不知所措，手里点烟的麻骨仔火"扑"地掉在地上。当听到他说要把玉樱一家接回"积善堂"时，她如梦初醒，脸色一沉，由苍白色骤然变成了紫茄色。

不知为什么，高韵台不仅偏心，而且十分刻薄，除了视儿子大宝和三女儿玉菊为掌上明珠，其余女儿一律为草芥。多少回，老阿祖苦口婆心地规劝她："做老母，一碗水要端平！你说，阿樱、阿荷、阿梅三姐妹，哪个不是你亲生的？指头咬着逐支痛，你怎能厚此薄彼，连一点亲情都没呢？你一点也不像我，这呢偏心！偏得这呢厉害！可惜我将你养得这呢大啊！"高韵台全当耳边风，还编出一肚子歪理，"阿母，你咁知影：大查某[1]阿樱怎会与柳芹同龄？四查某阿荷又怎会与荷花同名？怎会玉梅一出世，老六就闹着要娶小？难道全是凑巧吗？生了这三个死查某，才使得我如此低三下四，抬不起头来！让死老六有了娶小的借口啦！如果她们都是查甫囝[2]，我早就出头天了！死老六怎敢这般老疯癫？"先决的恶感已镌刻在她的心上，她轻轻地用拳头捶着胸脯。老阿祖不听则罢，一听怒气冲天，"好啦好啦！怪东怪西，讲什么鬼话？激一个死人面给谁看？你整日疑神疑鬼，草绳看作蛇，这款伤天害理的歪理，亏你也敢说出口？真像拿铁锤捶我心肝，用菜刀割我肉啊！"

自此，老阿祖对高韵台的自私和刻薄愈发失望，母女俩的心结愈结愈深。

"哎呦呦！早知今日，何必当初？我早就造'锦囊'：玉樱不嫁军官，嫁田舒夫这狼狈教学仔，好好鳖杀到屎流！如今果然应验了！古往今来，查某菜籽命。嫁鸡随鸡，嫁狗随狗。嫁出去的查某囝，泼出门的洗脚水，哪有回来娘家住的道理？"高韵台定了定神，把白铜水烟壶往桌上啪地一扔，立即反击。她一改刚才的娇声娇气，变成刁钻和刻薄，揶揄地说："老六呀，就你喝过洋墨水，你替我算算，我一手因仔四五个都争先恐后地搬回来挤烧，'积善堂'啥时变成旅馆了？咱红楼是'光荣之家'，舒夫像黑染缸，红红布染到黑，你狠得了心？你们父女是横柴扛入灶，存心想害我？害大宝吗？哼，乞丐赶

---

[1] 指女孩。
[2] 指男孩。

庙公[1]？没门啦！你和阿樱的心肝太黑了，简直是杀人不用刀！"

"我不是与你商量吗？"傅弘茂有点火了。

"商什么量呀，根本无考虑的余地啦！你若明天叫阿樱搬回来住，我就让你老六好看！"高韵台瞪出一双尖利、凶狠的眼睛。

"阿台啊，三千年前的狗屎，你也捡回来馏[2]？玉樱嫁给舒夫有啥错？你死龟诤到变活鳖？道理不平，气死闲人！"老阿祖憋不住心中的怒火说："你作什么阿母？手心手背都是肉，你一粒心怎偏得这呢厉害？你摸心肝，想看看，你和南洋念台弟两人，我心肝有过大细爿吗？人家是重男轻女，我是男女都疼惜啦！千错万错，我只错在当年狠心给你裹脚，可那也是你老爹的主意啊！今日老六好嘴与你商量，你还大小声，我对待你这查某如何？你自己摸摸良心，好好想想，千万不要与老六对掐啦！阿樱已身怀六甲，她一家就住我这间房，我与你挤烧。你若嫌弃，我就搬去睏厅边。俗语说，人情留一线，日后好相见。何况为人父母？"

"阿母，你不要管啦！哼，山猪数想食海鱼——连门都没啦！我就是这款人，心肝掠坦横[3]，随便！你们合攻破操，我，死都不让半步！"

"唉！人咧衰，煮水也带锅[4]。只恨舒夫太歹运，好好人被抓去关！唉，人抓、厝拆、鸡仔鸭仔抓得无半只。如果舒夫没有这款倒霉，咁会沦落到这款无依无偎的地步？你平日偏心，时常掖着、塞着给阿菊钱啦！物啦！我不管你。今日阿樱一家无立锥之地，你做阿母的，连起码的恻隐之心都无？甘愿让自己的子孙流浪街头巷尾？你于心何忍？太歹寿！太可恶啦！"老阿祖一把眼泪、一把鼻涕，哭得呼天抢地，令人为之动容。

"阿母啊，你免号！千万毋受气，莫烦恼！她这死脑筋，偏见狂，与她讲道理，简直是牛面前读经！我有办法解决。我就不信，这剃头店关门——无你（理）发！"傅弘茂狠狠地啐了一口唾沫，二话没说，扭头就走。

"老六，莫走！我问你，小欢欢的病情如何？"老阿祖总怀着一腔菩萨的

---

[1] 喻为反客为主。
[2] 馏，重蒸，喻为往事重提。
[3] 喻为吃了秤砣铁了心。
[4] 衰，倒霉。煮开水也会沾锅，喻为交倒霉运。

善心柔肠。

"救命针打下去了，你放心！我看没问题。"

"唉！都说公嬷疼大孙，父母疼尾囝。可是这小欢欢怎这般难养啦？我看阿樱生一群囝仔，个个勇壮壮，唯独小欢欢病病歪歪，多屎多尿，动不动就哭！而且鼻、目、嘴既无像舒夫，又无像玉樱，像从垃圾桶里捡来的，身子薄得像细纸，脆得像灯芯，弱不禁风，像林黛玉啦！阿弥陀佛！"老阿祖自言自语，不停地摇头、摆手、若有所思。

八、风雨积善堂

提起"积善堂"老药铺，漉溪城家喻户晓，闻名遐迩的中成药——"神癀片"不仅是它的一张响当当名片，而且在"漉溪三宝"中独占鳌头。然而，"积善堂"的由来却鲜为人知，它与浙东佛光寺有着一段难以忘怀的情缘。

据说，在清朝乾隆年间，满腹诗书的傅老太爷本是一介穷书生，其父立志要他金榜题名，光宗耀祖，可天不遂人愿，累考不中，只好潜心钻研岐黄刀圭之术，在老家浙东开了一间小药铺，边行医，边读书，冀望有朝一日能鱼跃龙门。傅老太爷人正心善，医术高明，且从不讹人钱财。久而久之，十里八乡的患者纷至沓来找他看病。

一天，他正在药铺里挑灯夜读，忽听一阵敲门声。开门一看，是位身着袈裟的老方丈，他轻声地问："老法师深夜造访不知有何见教？"老方丈将了将白胡须，苦笑道："贫僧得一怪病已一年有余，初生如疥，蔓延不止，瘙痒无时，夜里尤甚。几经名医诊治，服药数百帖，仍不见好转，今慕名而来，不知先生能否高诊？"

"见笑见笑！烦请老方丈，可否脱下袈裟，让晚生瞧一瞧？"他提灯逐一细细察看，经望、闻、问、切审慎诊断后说："无妨！无妨！老方丈不必担心。《黄帝内经》云'诸痛痒疮，皆属于心'，此病乃血虚燥热生风所致，易被误诊为湿热浸淫症，或脾虚湿蕴症……"

老方丈急忙问："可否根治？"

他不慌不忙地说："不难！方丈若能内服晚生开的当归饮子方中药，以养血润肤；外敷蛤石轻黄散，以祛风止痒，不日可望痊愈。"

老方丈望着几帖普普通通的中药，露出一副狐疑的表情。

他笑着说："老方丈请放心，此药您先拿回去试一试，若治不好，晚生分文不取！"

"好！若能治愈贫僧之病，必当重谢！"

"岂敢！岂敢！"

果然，药到病除。数日后，老方丈又来到傅家。

一见老方丈满面笑容，他便知其病已痊愈，故意笑道："老方丈今日可是送药钱而来？"

"正是！"老方丈点点头，"请问先生，需几两？"

他开怀大笑："见笑了，老方丈！那夜见您将信将疑，晚生才分文不收。今见老方丈已病愈，晚生仍坚持不收。老方丈气宇非凡，相见恨晚，只想拜识您这样德高望重的老长者。不揣冒昧请问老方丈的尊姓大名？"

"贫僧乃释静空。"

"哎呦！老方丈可是浙东佛光寺的静空住持？久仰大名，如雷贯耳，请受晚生一拜。"

"不敢，不敢！先生虽榜上无名，但脚下有路。行医者悬壶济世，为民排难解忧，流芳百世也！善哉，善哉！凭先生之高超医术，何不安下心来，在医道上一展宏图呢？"

"晚生也曾做过此梦。只是区区小店，仅能糊口，空怀凌云之志，难以圆梦啊！"

"不！贫僧将劝说佛光寺之大施主们前来助先生一臂之力，帮你开个大药铺，也算贫僧没有白让先生看这场怪病。"

"好！晚生日后定加倍答谢佛光寺！只是此药铺取何名为好？"

"过谦了！先生乃读书人，店号当由先生自取！"

他思忖后说："取《周易》中'积善之家，必有余庆'之意，名曰'积善堂'，可好？"

"'积善堂'善哉善哉！好名字！哈哈哈！"老方丈开怀大笑。

"只是，开设大药铺所耗银两甚多。晚生刚才不过开个玩笑，说说而已，恳请老方丈多多海涵！"

"不！先生不妨试试！"老方丈一本正经地说道。

果然，老方丈一诺千金，一年后，"积善堂"拔地而起。开张之日，老方丈携佛光寺众僧及大施主们前来祝贺。老方丈笑盈盈地对他说："先生莫慌！贫僧上次欠先生的药钱已还！日后若再来看病，定当如数照收，否则贫僧断不敢前来再找先生的麻烦啰！哈哈哈！"

从此，浙东县城新添了一个"积善堂"药铺。善有善报，"积善堂"的由来成为浙东百姓争先传颂的一段佳话。

药铺开张后，傅老太爷给"积善堂"立下"但愿人少病，不虑药生尘"的办店宗旨，精取历朝、历代宫廷和民间的古方、验方及秘方，精选上乘中药材，以其独特的烘、炮、炒、磨、泡、浸、蒸、熬等手工之法；精制成丸、膏、散、丹、片，靠着这些号称"三精"的中成药，治病摄生，济世安人。经傅老太爷和傅太爷的苦心经营，"积善堂"成为浙东颇有名气的老药铺。

被誉为圣药的"神癀片"原是清朝宫廷的秘方，专治热毒肿痛、跌打损伤。传说，"神癀片"能够从戒备森严的宫廷中悄无声息地流入佛光寺，再从这千年古刹传进"积善堂"，确有着一段感人肺腑的故事。

清朝同治年间，有位喜好医术的那郡王，因怨恶权贵内斗，携带"神癀片"秘方，隐居浙东佛光寺削发为僧。此时，"积善堂"里仪表堂堂的傅太爷已是佛光寺的大施主，每到寺里，那郡王必出面迎送，两人相谈甚欢，恨相知甚晚，日长月久，成了莫逆之交。翌年，佛光寺不慎失火，葺修急缺资金，那郡王心急如火，傅太爷慷慨解囊。那郡王感激不尽。那郡王临终前，将宫廷里带出来的"神癀片"秘方赠予傅太爷，嘱其必取上等的麝香、牛黄、熊胆和田七等名贵中药材，按其秘方炼制成药锭，再压成片。他叮嘱再三：制作"神癀片"需十分考究，既不能烘焙，亦不能蒸炒，只能将药片铺放在毛边纸垫底的竹篾筛子上，顶上用粗纸复盖，再轻轻地压上一层经炒过、凉过的细沙，而后在辰时和巳时的阳光下照射，药片与阳光虽没能直接接触，但药片的水分已被上下盖着和垫着的纸张吸收，全靠药物的发酵作用、借季节、阳光和时间等自然之力，慢慢阴干，出神入化，既能保持"神癀片"成分和色泽，又能提高疗效。傅太爷感恩不尽，惊喜若狂，回堂后，即亲自制作，屡试屡败，屡败屡试，功夫不负苦心人，终于按秘方研制成功。眼瞅着一粒粒黄褐色的、布满细纹的、且偶见霉菌的药片，傅太爷兴奋不已。他与堂里人闻了闻，气味微香，尝了尝味苦后甘。他诚惶诚恐，不敢将药立即面市，而是先暗寻"积善堂"大宅里患痈疽疔疮者试以外敷，功效果然神奇；再对跌打损伤者内服治施，的确药到病除。此后，一传十、十传百，百姓欢欣雀跃，奔走相告，直呼神药！"神癀片"在"积善堂"落地生根。由于制作"神癀片"须严格依时辰，靠日晒，难于批量生产，物以稀为贵，利润自然丰厚。靠着"神癀片"的名气和盈利，"积善堂"走上了鼎盛时期。从此，"积善堂"这个带着神话色彩的故事两百多年来被一代又一代傅家人津津有味地传诵着、咀嚼着。

然而，同行相轻。"都是老中医，谁也别想拿什么偏方来骗人！"浙东势力雄厚的"济寿堂"董老板带头发难。他对"神癀片"秘方早已垂涎三尺，无奈县太爷高熹秉公执法，他只能干瞪眼。恰光绪年间浙东换新官府，他一面大肆巴结贪财的新县太爷，一面无端诋毁"积善堂"，以"神癀片"有诈之嫌，千方百计诬陷傅老爷，妄图一举窃取"神癀片"的秘方。

老实忠厚的傅老爷还蒙在鼓里哩！所幸，忽接已转任江西县令高熹的密信，如梦初醒，方知大事不好，急赴佛光寺拜佛，却抽了个下下签，吓得他像是染上瘟疫一样，浑身无力，索性关门歇业，暂避风头。思来想去，三十六计走为上！可迁往何处呢？他举棋不定，赶紧修书禀报高熹，欲将"积善堂"搬往江西新县，投靠高熹。"非也！当迁漉溪。漉溪山川秀美，民风淳朴，物华天宝，人杰地灵，乃生财聚财之地也！"高熹的一席话，令他茅塞顿开。于是，他悄悄变卖家产，举家南迁。

初到漉溪，人地两疏，"积善堂"没名气，举步维艰。傅老爷自小跟父习商，不仅熟悉医道，且经营有方，他一边对内抓紧药铺施工，监督药物炮制；一边对外加大宣传"积善堂"，并选在新春正月初五正式开业。那天，他命众人将那郡王亲笔题赠"心稽指化"的旧大匾油漆一新，富丽堂皇地挂在药铺正门大堂上，将准备好的"神癀片"和"固本药酒"各一百份作为礼品，层层叠叠地摆列在柜上，随即鞭炮齐鸣，锣鼓喧天，开张了！他当场宣布，凡给"积善堂"药铺送两枚铜板作"吉利"红包者，即可回赠一粒"神癀片"和一瓶"固本药酒"。围观者傻眼了，海岸拣着鲎，兴高采烈，争先恐后，蜂拥而至。"积善堂"不仅讨了个生意兴隆的好兆头，而且做了个活生生的大广告，漉溪城开始传颂"积善堂"的好名声，他心里乐不可支。自此，"积善堂"渐渐站稳了脚跟，"神癀片""乌鸡白凤丸"等中成药家喻户晓，门庭红火，销量日增，蒸蒸日上，资金日愈雄厚。光绪末年，他乃斥余资购置田园住宅，增设五谷行，棉纱店等，跻身为漉溪富商之列。

抗战爆发，日本鬼子虽没占领漉溪，但蝗虫般的日机不时来轰炸，漉溪满城火起，上下通红。"积善堂"店屋三分之二被炸毁，损失惨重。所幸，轰炸时傅家百号人挤在傅老大厝后的防空洞里，任凭汗臭、血腥臭、烂肉臭、屎尿臭，顺着一阵阵热风扑进洞来，咬牙活了下来……无人伤亡。抗战胜利后，"积善堂"第四代掌门人傅老四和傅老五虽奋力筹资重建店室，添置药品器具，竭力恢复经营，然而，权不归一，钩心斗角，尔虞我诈，剧烈的内斗致使"积善堂"如同秋风扫落叶一样，日渐衰败。有关兄弟阋墙的缘由，漉溪坊间众说纷纭，莫衷一是。有人说，是因傅老四长期独揽名贵药材的采购大权，中饱私囊，傅老五几番突击查账，爆发冲突；也有人说，是因傅老五的那位俏丽的三姨太暗地里与傅老四眉来眼去，穷极狎昵，被傅老五发现，引起火拼；还有人说，是因傅老四的老宅风水凶多吉少，在积善堂里，唯独傅老四的楼房朝向是坐西朝东，自然吃得空空……不管有多少版本，横竖离不开"钱""权"和"女人"这三个亘古不变的大家族内部争斗焦点。

对此，傅弘茂黯然伤神：一是痛，打虎抓贼亲兄弟，祖辈的基业岂能毁在同胞骨肉的手里？二是忙，医院事忙得不亦乐乎，根本无暇顾及此事。三是烦，堂里事多如牛毛，无从下手。他只能不偏不倚，力主和解，但收效甚微，久而久之，他也懒得管了。只是他打通内线把眼睛悄悄盯住账房里的现金流和呆坏账。因为，他觉得医术与商道似有某些相通之处，现金流好比人体的血液，呆坏账就像血栓和病毒，搞不好，就得出人命。只要账房里无财务风险，月月有盈利，年年能分红，则万事大吉。至于分多分少，他从不计较。因为他的腰包里自有医院那份丰厚的月薪，旱涝保收，足以使他的一大家子人丰衣足食。

至于老祖宗艰苦创下的百年老店能否根基永固？能否经久不衰？他不知道，也不想多操心。他只潜心钻研医术，从不过问政治，更没有什么野心。他闯过东洋，见过世面，对新朝与旧代，对社会主义与资本主义的认识虽懵懵懂懂，但眼光自然比兄长们略高一等。西方工业革命和日本维新的巨变给予他许多沉思和启迪。偶尔忙中偷闲，他会像拿手术刀一样解剖"积善堂"，总觉得，百年老店终须维新，唯有吐故纳新，勇于变革，才能焕发青春和活力，否则"积善堂"终将在激烈的竞争中被淘汰。他爱国，厌恶日本。他以为，所谓资本主义，就是谁出资本，谁拿主意；而社会主义是社会出资本，理所当然由人民政府出主意。于是，他开诚布公，屏声静气地对老四和老五说："阿兄啊！你们还是要细细品味红楼中堂上老太爷的那副对联！俗语说得好，三人四样心，赚钱不够买灯芯。莫斗气，气是一只虎，抓肝又伤肚。彼此各退一步，天高地阔，咱们跟着形势走，路子自然越走越宽广！"

傅弘茂晓之以理，动之以情，自然博得堂内外的一致好评。

九、栖身白楼

"积善堂"坐落在㴒溪西门修文路和崇武路两条大街的交叉处。走进"文""武"大街,抬头便见,转角处高挂着"积善堂"黑底镏金的榜书大招牌。药铺向西、北两个方向延伸,面积足有十亩多。临街店面一律坐北朝南,面对修文路。作坊的大门则坐东朝西。依㴒溪风水大师所言:大厝坐北朝南,子孙吃得淌淌淌[1];店铺坐东朝西,赚钱无人知[2]。"积善堂"的风水可谓大吉大利。沿街店铺是一栋八大开间的二层骑楼式楼房,走廊又长又宽,气派非凡。楼下皆为店面,尽揽四方来客。楼上是配药间和账房,一律谢绝参观。楼后一片大石埕是晾晒"神癀片"和药材的好地方,四周一排排错落有致的作坊和仓库,丝丝缕缕的药香从这里渗溢出来,在每个角落飘散、盘桓。

店铺正中门框上高高悬挂着一块"心稽指化"的横幅大匾,格外夺目。进门,乌黑漆亮的柜台显得高大、宽阔和明净;左右两列大货架紧靠墙壁;左边是一列楠木柜,柜中一层层、一格格的抽屉里装满种种八怪七喇的中药,黄的、黑的、白的、红的……抽屉上用羊毫写明药名,仿佛每种药都有自己的故事;右边是一列玻璃货柜,排列整齐摆满"积善堂"研制的各种各样的中成药,散发着淡淡药香味。正中墙上竖着一面超大的镜子,把店铺映照得熠熠生辉。

隔着修文路,与店铺遥遥相望的近百间鳞次栉比的房屋,便是积善堂大

---

[1] 喻为福如东海。
[2] 喻为财源广进。

宅。大宅西北角的红楼和东南角的白楼互为犄角，交相辉映，被誉为旧涟溪西门一景，格外引人注目。

位于修文路58号的红楼，坐南朝北。红砖、红瓦、红墙与白石的色彩组合，飘逸轻盈的反曲屋面，凸显闽南民居的独特风格。尤其那燕仔尾厝顶上相向飞翔的六只燕子翘着张开的尾羽，轻盈妩媚，宛如燃烧的炬火形脊，好一派红彤彤动人景色，所以人皆称为"红楼"。

傅家老六和老五俩兄弟就住这里，一分为二，傅弘茂一家住左边。

红楼古老的大宅门相当别致。踢寿处的石雕无所不至、繁复入微、精美绝伦；上至大门顶堵，下到面墙底的柱础，没有一块石头不经过精雕细刻。门扇有两层：往外开是一扇楠木彩漆门，上半部是精巧的木花格窗，里外两层，里层可移动；下半部刻有牡丹的精美木雕；往里开是一扇足有五厘米厚的朱漆杉木门，门上刻着"积德如执玉、善行胜遗金"的描金对联，挂有狮头黄铜大门铃，显尽豪门气派。历经半个多世纪的风风雨雨，两扇门时常带着一种最能引人兴趣又颇为神秘的神情半开半掩着，门缝里似乎透出中国式传统家族循规蹈矩、古朴厚重的气息。

走进红楼，映入眼帘的是宽敞的红砖埕，左墙边有棵老龙眼树，枝繁叶茂伸出墙外；右墙脚下有三层花台，台上摆满奇花异草和珍贵盆景。拾阶而上，步入走廊，便进入大客厅。厅中摆放一张云石大圆桌，八只云石凳围在四周。雨过天晴的梅瓶高踞桌上，斜插数枝盛开的花朵。一盏煤油大挂灯和四盏方形的玻璃宫灯，从楼板吊下来，把整个客厅照得流光溢彩。东西两壁各摆着五张酸枝的八仙椅。中堂挂着一轴八大山人的《青山采药图》，那简朴豪放、苍劲率意的笔触，直欲凸出绢面来。画两边挂着一副对联是傅老太爷的墨迹：

积德好、无我好、学好便好
善行难、看破难、知难不难

供桌上摆着一座精巧的西洋台钟和几尊名贵的寿山石雕，以及珊瑚、怪石、陶瓷等珍贵古董玩器。东西壁上各挂两幅屏画，分别为兰、荷、菊、梅，惟妙惟肖，栩栩如生。客厅两边各抱四间大卧房，后墙架有上楼的木梯。

楼上的装修与楼下大不相同。傅弘茂的客厅，全部采用菱形的玻璃幕墙，晶莹剔透，一束束阳光给这里带来无限的生气。最为不同的是，右边小附楼与红楼的后楼连成一体，使得后走廊比前走廊足足长了近三分之二。据说，小附楼是红楼竣工后再添建的。当年傅老五为娶三姨太，急忙在红楼后楼西边的空地上建起附楼。由于偷工减料，走廊的大红砖柱改成小木柱，质量大不如前。附楼上下各三间，每间十多平方米，朝西的一间作为厨房。附楼建成后，兄弟再抽签，傅弘茂分得楼下的两间卧室和楼上的一间厨房。

红楼后花园比半个足球场还要大。园内翠绿的草地，洁白的石径，葱郁茂盛的果树，绿荫深处有一座六角凉亭，金黄色的琉璃瓦与朱栏画栋交相辉映。亭边不远处有一口深井，井泉汩汩，清甜甘美；西墙上罗列几叠太湖怪石，石下有一汪清澈的水池，池中红鲤成群，在水草丛中尽情漫游，宛如一团团火焰在跳动；东墙上有堵石浮雕，刻有牡丹、梅花、莲花，风格古朴，十足奢华。这绚丽多彩的景色，加上花香、鸟语、清风、流水，把花园点缀得美不胜收，令人流连忘返。

穿过花园东角门，便是傅老四的大宅。庭前是小石埕，庭后是高楼。

跨过老四庭院的东大门，就来到老大和老二的大宅。

老二楼前有片"白石埕"，清一色洁白花岗岩铺成，足有五六百平方米，这是"积善堂"男女老少最喜欢最经常聚集的好地方。石埕两边各有一口水井。右水井，清澈甘甜可饮用；左水井，混浊不清供洗刷，人称"阴阳井"。堂里人都喜欢到这里提水、洗刷、聊天、嬉闹……老二的小妾二婶银娘心胸开阔，度量大，虽终日人来人往，锵锵滚，她却不亦乐乎，不像墙边那株歪脖子的老洋桃树，总绷着脸，结出的小杨桃酸不溜丢，令人望而却步。

白石埕的正面北大门为圆形拱门，门顶饰有砖雕，雕刻花鸟栩栩如生。门外紧连着"积善堂"老古厝的后厅，古厝按传统的中轴对称格局设计，正门坐南向北，正堂面阔五间，进深五间，抬梁式木结构，硬山顶，临街口。老古厝年久失修，较简陋。北大门和西大门一样同为内门，从不关闭。东大门则为正大门。出东大门往左拐，沿着一条三米多宽，三十多米长的笔直巷路，直通街外。巷门与积善堂店门正好隔街相望。若不出巷，往右拐，绕过一棵百年老榕树，即为傅老七的大院；再往前走，穿过四排十八间老式民居，就可直抵白楼。

白楼坐落在崇武路，门牌 32 号。这是庶出的远渡南洋经商的傅老八出资兴建的。据说，白楼图纸是从南洋设计的，所用的水泥、钢筋、玻璃和花砖，甚至连铁钉、铜门锁全是清一色进口洋货。

白楼因其"白"而闻名，从木雕百叶窗到西洋式罗马柱，从联券式拱门到马赛克地砖全是白色，凸显其洁净、典雅，女儿墙上开出多个圆洞，独具南洋建筑风味。堂里人都笑道，"番客起番仔楼"。茶余饭后，众人喜欢拿它与红楼评头论足：有的夸它比红楼坚固、美观且洋气；有的嫌它苍白、无力、不吉利；而多数人觉得无论怎么比，它都不如红楼有中国风，古老显精神、朴实藏大气。

此刻，傅弘茂心急火燎地把吕鬼仔找来，吕鬼仔是"积善堂"公认的"活宝"，找他了解堂里的闲置房，事半功倍。

吕鬼仔原名富财，四十出头，个高、青脸、狗公腰和狮子鼻。从小就跟着其父在"积善堂"，长大后跑腿打杂，样样都干。一双目光溜溜瞅瞅，眼观六路；一副招风耳窸窸窣窣，耳听八方，手脚麻利记性好，见风使舵反应快，天生一副媚上欺下的奴才相，堂里人给他起了个绰号："奸鬼吕"。他深知傅老四和傅老五都心怀鬼胎，便两头忽悠，四平八稳，他的诡辩锋利得像剃刀一样，致使老四和老五皆夸他精灵、有本事。凭借他的努力和投机爬上了堂里账房总管的宝座。傅弘茂刚从日本留学归来，他立即投其所好。傅弘茂对堂里一无所知，想从他那儿打听堂里的"机密"，顺水推舟，互相利用。话虽这么说，傅弘茂却对他留一手，因为傅弘茂发觉他为人奸鬼。"鬼仔"的绰号就是傅弘茂刻意给他起的。

记得那天，当着众人的面，傅弘茂故意调侃他说："阿财啊，你手眼通天，起什么名都好听，怎偏偏叫'奸鬼吕'？难听死了！凭你的鬼脑袋，叫'鬼仔'，最好！"

"什么？六爷！"吕鬼仔愣起来。他会算计，一双小眼睛骨碌碌地偷窥着众人低声地说，"叫鬼仔更难听啦！"

傅弘茂笑着说："都讲你聪明，却是个大傻瓜，吃屎大。这鬼仔是随便人能叫的吗？你想想，除了美国、德国和小日本，还有谁能称得上鬼子？你叫'鬼仔'，名正言顺！哈哈哈！"

大伙儿捧腹大笑。吕鬼仔打了个冷战，脸上似笑非笑，不住地点头哈腰。就这样，堂里人自然明里暗里都叫他——吕鬼仔。自此，吕鬼仔心底里恨死傅弘茂，但不敢公开得罪他。

吕鬼仔对"积善堂"大宅确实如数家珍。一听说傅弘茂心急如焚地为玉樱找房子，机灵的脑袋像算盘噼里啪啦拨动一遍，连忙大献殷勤地说："六爷，有！有啊！在白楼，八爷那儿就有一座护厝，常年放着养蚊子哩？"

"真的？！"

"我怎敢骗六爷，确实有一间护厝一厅抱二房。哦，每间大约十五平方米。哦，门前还有一个红砖埕，埕不大，但十分整洁。哦，埕边还有一口水井，阿樱姐爱干净，洗刷晾晒，这里最方便！我包准阿樱姐一百个满意。"吕鬼仔小眼里放出光来。

"护厝破烂烂、脏兮兮，怎住人？"

"六爷，怕什么？古人说得好，千年房舍百年主，一番拆洗一番新。我即刻派人去打扫、整理，保准一干二净，焕然一新！哦，不过美中不足……"吕鬼仔爱说话，仍留着神，不让说话跑了调。

"什么不足？快说！"

"这……这……六爷你也知道，那白楼都是吃教仔，八婶是堂里最虔诚的基督徒，日日做祈祷，周周去礼拜呀！咱红楼全是清一色信佛的，井水不犯河水啊！"

"岂有此理！此话从何谈起？"

"我……我是惊……"吕鬼仔吞吞吐吐，把话又噎了下去。

"惊什么？"

"惊……惊老阿祖会骂得臭头啦！"

"都火烧眉毛了，你还惊什么？事不宜迟，你即刻替我去说，说好后即报我，不得有误！"

吕鬼仔二话没说，直奔白楼。果然，八婶雪中送炭爽快答应。亲兄弟，明算帐，傅弘茂仍然坚持由他按月付清房租，并吩咐吕鬼仔立即派人去打扫和维修房子，后天一早，派人帮玉樱搬家。

大功告成，如释重负。他连忙向老阿祖和玉樱报喜。没想到，话还未说完，却被老阿祖没头没脸地训了一顿："老六啊，你拿手术刀的人，怎这般粗枝大叶？老戏，跌落戏棚脚[1]？！你咁不知，做田要有好田边，住厝要有好厝边？你咁不知，吃教，死无人哭。老八是堂里出了名的吃教仔？你，你咁不知，咱红楼从不与白楼交叉？你倒好，明知故犯，叫玉樱住白楼。我问你，这唸经拜佛的人怎能与番仔鬼缠一起，住一起？田无沟，水无流[2]啦！你精明人买一个漏酒瓮，出这款垃圾步？糊涂得抓屎涂脸[3]啦！"

"阿母啊，你怎能说得这般难听？我找得汗流，你嫌得涎流！我像驼背仔打拳头，出力又歹看[4]？桥归桥，路归路。八嫂做她的礼拜，咱唸咱的经。大路朝天，各走一边，有啥交不交叉？再说，阿樱已经四面楚歌啦！咱租的是白楼的护厝，你惊啥？"

"我讲不行，就不行！若要住白楼，不如叫玉樱去住复兴巷，那里的空厝十几间，由她挑，任她选！"

"阿嬷，我不敢去那边住啦！"玉樱急忙插话。

"怎不敢住？"

"和——和你一样。每见到复兴巷的四嬷，我全身毛孔倒竖，起鸡皮疙瘩。你知道住那里的人，十有八九都得肺痨病啦！这病会传染呀！如今，欢欢肺炎还未出院，万一哪个团子染上肺病，怎么办？再说，那古厝宅大，厝深，树密，我若晚上去学校开会，回来，哪个孩子敢为我开门？我就是睡路边生团，带团仔，也绝对不去那里住啊！"玉樱越说越委屈，不禁泪流满面。

---

1 老戏，老戏骨。喻为阴沟里翻船。
2 喻为井水不犯河水。
3 喻为自取其辱。
4 指驼背打拳头，出力不讨好。喻为得不偿失。

老阿祖和傅弘茂面面相觑，哑口无言。好大一阵后，老阿祖才恍过神来，无可奈何地说："好啦，好啦！一人苦一项，无人苦相同。我早就知道你不敢住复兴巷，以前舒夫就对我讲过，我无强求。可怜你是有手伸无路，有脚走无步，逼上梁山啊！哎呀，屎紧才要掘穴，嘴干才要挖井[1]！时到日到，你只好先去白楼护厝将就住几天，等舒夫回来，马上设法搬走啦！不过，我有言在先，咱唸佛的人心诚则灵，决不能与吃教仔膏膏缠[2]。从今日起你要把孩子们揽牢牢，一个也不准踏进白楼大厅半步。一看到那个十字架，我头壳就憨了了，心肝也乱了啦！你以后有事，就来红楼找我，孩子我仍会帮你照看的，但我毋爱去白楼，个中的原由，我毋说，你自明啦！"

老阿祖边说边抹泪。

1　屎紧，内急。掘穴，挖粪坑。喻为临时抱佛脚。
2　吃教仔，基督徒。膏膏缠，纠缠在一起。

第二章

一、池鱼之殃

高韵台跌跌撞撞从派出所回来，一头瘫倒在床上，一把鼻涕、一把泪，仿佛丢了魂似的，委实让老阿祖吓出了一身冷汗。

"阿台，出啥事？你是山猪毋识米糠[1]？还是真的撞瘟死鬼了？"老阿祖急问。

"天快要塌了！哎呦，我听得惊破胆，都是田……"高韵台话到嘴边又强噎下去。

"什么？姓田的踩到你的尾了？你一句话，三尖六角[2]作啥？毋惊去地狱拔舌根？咱舒夫衰，出门头壳滴鸟屎[3]！"老阿祖正为舒夫的事着急上火，一听高韵台又指责他，便毫不留情地把话顶回去。

"阿母啊，求你千万别再护舒夫了！派出所都查到'积善堂'头上了，你还能保得住他？引火烧身？将一堆狗屎弄到咱头上来，何苦啊？"高韵台忍不住蹦地坐起来，那双眼睛一眨不眨地瞧着老阿祖，好像是一条蛇。

"查什么碗糕？锄头嘴，畚箕耳[4]，空嘴嚼舌！咱无做歹心，毋惊走暗路！"老阿祖粗声粗气，不屑一顾。

"连你都查啦！你还耳孔塞破布，好吃好睏？"

"查我？！台南迎妈祖，无奇（旗）不有！我，土都埋到胸坎的人，有啥

---

1 喻为少见多怪。
2 喻为尖酸刻薄。
3 头壳，脑袋。喻为倒霉透顶。
4 形容未有事实就断章取义，胡乱说。

好查？"

"查你的台湾关系啦！"高韵台慌忙压低嗓门，惊恐万状地说："查你，什么时间、什么原因回大陆？查你，有无与台湾联系……哎呦！问了一大堆，问得我头壳圆圆转，问得我心肝砰砰喘，惊半死啦！"

"鸭仔落水着会浮——免惊啦！你老母我一世人像青葱炒豆腐——一清二白。你若问其他事，我确实无头神[1]；若问这件事，我心像明镜，永记心头！时间，是甲午战败后；原因，是可恶的满清政府，烂得像田土，臭得像狗屎，将台湾割让给小日本。我和你老爹走投无路，理所当然回唐山[2]来！有啥错？错在哪？你这位大小姐讲来让我听听！"老阿祖越说越激动，不禁潸然泪下，"乙未年祸起，台湾人有多惨、多苦、多绝望，连老虎听了都会流目水啊！那年，你老爹正在京城准备会试，听到《马关条约》，他怒发冲冠，奋笔疾书，与台湾举子联名上书清朝都察院，力主废'约'。他舍生忘死，参与'公车上书'。"

"记得他回到台湾那几夜，夜夜与我向北恸哭。他说……他说，咱台湾人童养媳命。宝岛一割，如赤子顿失慈母啊！咱誓不与倭寇俱生！我说……我说，咱台湾人韭菜命[3]，易生易活！大不了回唐山去！番薯毋惊落土烂，只求枝叶代代湠[4]。他说……他说，祖先坟墓，岂能舍之而去？田园庐舍，谁能弃之而奔呢？他的话字字句句直戳我的心肝，头可断、血可流，台湾寸土不可丢！"

老阿祖老泪纵横，停顿了很久、很久。她继续哭诉："乙未反割台抗争，我是没瞑没日，全力支持你老爹组织义军抗日。谁说咱台湾人放尿搅沙毋做堆？正如你老爹所讲，与其生为降奴，不如死为义民。他毅然变卖家产，支助义军的军饷；兵源不足，他振臂高呼，抗倭守土，人人有责，公开号召咱高家和田家的少年家率先加入义军。那时，无数义军抡大刀、挥斧头、削竹篙，举鸟枪，甚至拿菜刀与日本鬼仔拼性命！救基隆、攻新竹、血染苗栗，兵败

---

[1] 无头神，没记性。
[2] 唐山指大陆。
[3] 韭菜，多年生草本植物，易生易长，生命力极强。
[4] 湠，繁殖。喻为生生不息。

嘉义，弹尽粮绝，白刃搏战，义军个个毋惊死，男女老少齐上阵……"

讲到一半，老阿祖又突然中断了。在一片寂静中，高韵台仿佛听到老阿祖的喉咙里有样东西在翻腾，在咕噜噜发响。过了一会儿，老阿祖又动情地说："记得那年八月廿五曾文溪决战，义军拼死抵抗，先溪北，后溪南，攻守相搏，声震江河，杀得乌天暗地，日月无光，曾文溪两岸，日本鬼仔横尸遍野，血流成河。只可惜，义军一无炮火，二无马队，寡不敌众，台南终于成了孤城，台民无依无偎，十足可怜。我和你老爹走投无路，万不得已，泪别台南，这才保住性命，也才有了你和阿弟啦！你老爹和我心心念念咱台湾，所以将你们取名为'韵台'和'念台'，你咁会知？咁会体谅做父母的一片苦心？！"

望着老母饱经风霜、布满皱纹的脸——那是一张从未见过的最悲情、最悲怆、最悲痛的脸；听着老母声泪俱下、感人肺腑的话——这是一段从未听过的最动情、最悲切、最心碎的话，高韵台的脸色顿时一阵青、一阵紫，不禁惊叹不已、羞愧不已、内疚不已。

"可怜我老爸和老母，还有兄弟姐妹至今音讯全无！当初唐山人过台湾，六死三留一回头，如今，海峡水深海涌大，我是哑吧压死囝，有话无地讲啊！"老阿祖的泪水一串串扑簌簌地往下掉。

傅弘茂刚下班，见老阿祖不思茶饭，连忙劝道："阿母啊，韵台是讲一个影，就生一个囝[1]？你无事请祖师公[2]作啥？"

"老六啊，不是我惊查，真金不怕火啦！只是我最惊人问起'走日本鬼仔反'的事，想起你可怜的老爹半夜里遥望南天，哭吟他同窗好友的诗'……四百万人同一哭，去年今日割台湾'那满腹火、剖心肝的情景，一提起，我就吃不下、睏不着，心酸，目水流，目水作饭汤，三夜三日也讲不完啦！"

"阿母，我知，我知！"傅弘茂听了头皮发麻，噙着泪水连连点头。

"听阿台说，派出所还查问你为啥去日本留学的？个中缘由你咁知？我今日讲你听，免得别人黑白乱讲！"老阿祖抹着泪说。

"噢！记得当年是我老爸硬逼的呀！"傅弘茂一怔。

---

[1] 喻为捕风捉影。
[2] 喻为庸人自扰。

"错！那全是你老泰山高老爹的主意。高傅两家的渊源极深。辛亥革命那年，高老爹挂冠归来，身无分文，全靠'积善堂'的接济，你老爸和他情同手足。他曾偷偷对我说，富家多纨绔，'积善堂'里浪荡仔足多，只器重你一人。当年你老爸向他提出联姻时，他说，你若能去东洋学医，学成后，他便答应这门亲事。所以，你去日本留学的事前前后后全靠他打通的门路，找了不少在日本的台湾朋友帮的忙……"老阿祖无意中沓沓讲，揭开这团谜。

傅弘茂恍然大悟。

隔天，傅弘茂刚做完手术，还没来得及喘口气，立即被叫到张院长办公室。

"傅主任，这位是地区公安局许科长。他要问你一些事，请你配合！"文绉绉的张院长战战兢兢地说。

"许武良！"傅弘茂的心一下子跳到喉咙口。

"你叫傅弘茂？"许武良上下打量了他一番，劈头盖脸地问。

"是的！"他想，准是冲着田舒夫的事而来。

"你到过日本？"

"是的！"他冷静作答。

"你家是'积善堂'？"

"是的！"

"'积善堂'是金玉满堂，傅（富）得流油！"

"不，我自食其力，全靠自己的双手！"他听出了弦外之音，理直气壮地作答。

"我问你，你一共给了你大女婿田舒夫多少金条？"

"金条？！哪有啊？"他像丈二和尚。

"没有？别装疯卖傻！"

"确无此事！"他不甘受辱，直着头，挺立身躯。

"田舒夫已经交代你给他两根金条，你还想抵赖？"许武良恶狠狠地一拍桌子。

"无中生有！你就是立即把我枪毙了，也是没有啊！要不，你们把田舒夫叫来，我与他当场对质！"他瞪大双眼，义愤填膺地驳斥子虚乌有的诬陷，因为他相信田舒夫是冤枉的，绝对不会将他扯进去……

"你必须老老实实交代，彻彻底底坦白！否则就别怪我们不客气！"许武良再猛拍了桌子。

张院长吓得额头沁出了冷汗。

傅弘茂心想，无食黑豆，怎能叫我拉黑豆屎？他保持沉默。他以为，沉默是金，也是一种武器。当一个人连最基本的话语权都被肆无忌惮地剥夺得一干二净的时候，他切身领悟到"三溪水，洗不清[1]"的真正含义。

原来，半个月来，田舒夫的"通敌案"雷声大、雨点小，依然挂在半空中，使得自称破案如神的许武良像热锅上的蚂蚁。他压根儿没想到田舒夫像只死鸭子硬嘴巴[2]，不仅具有反侦察能力，而且相当沉着和冷静。田舒夫只承认唯一的事实：即在借给黄汉凌脚踏车时有疏失——警惕性不够高，其余的一概否认。田舒夫断然否认认识象牙的陈阿山，指出这完完全全是无中生有，蓄意陷害，并强烈要求与陈阿山当场对质。这一切令许武良伤透了脑筋。

对于子弹盒的由来，田舒夫交代得滴水不漏。他说，上月初到东嶝岛检查支前工作时，黄副县长亲手送给他一件东嶝岛战役战利品——美军军用防雨油布。他当场转送给正在抢修支前公路的青年突击队队长小方。小方很激动，临别时，执意将这子弹盒作为支前纪念品回赠。他不好谢绝，顺便带回家，撂给儿子嘉亮当玩具箱。在许武良看来，这完全是田舒夫的诡辩，根本不足为信。

专案组急赴东嶝岛查证。黄副县长说，鸡毛小事，早就忘了。而小方队长却把那件粘满泥沙的油布抖搂出来，证明确有此事。小方不仅详细说明事情的来龙去脉，还特别指出，东嶝岛战役后，这种空子弹盒在工地上漫山遍野。他只不过是从堆积如山的空子弹盒中挑出一只好的。这份完整的笔录不仅彻底地推翻了许武良精心炮制的"以盒查弹，以弹查枪"的推论，而且使许武良妄图把脚踏车——子弹盒——"积善堂"串联在一起拼凑成大案特案的希望，犹如五颜六色的肥皂泡全破灭了。于是他决定兵分三路，重拳出击：第

---

[1] 喻为百口莫辩。
[2] 喻为死不认错。

一路在漓溪，对田舒夫实施高压手段，死活要撬开他的嘴，逼他认罪；第二路去象牙。再审陈阿山，用陈阿山的口供来坐实田舒夫的罪状；第三路上省城。查找敌伪期间的档案资料，从蛛丝马迹中寻出田舒夫"通敌"的历史铁证。他认定，有此三大斧定能扭转被动局面。

然而，事与愿违，对田舒夫的刑讯逼供丝毫无效，反而引发了田舒夫的极大反弹。尽管田舒夫的精神和肉体遭受到前所未有的折磨和摧残，但他依然咬着牙，至死不承认"通敌"之罪。

第二路传来"佳音"：陈阿山招供了。遍体鳞伤的陈阿山手腕淌着血，手指肿胀，根本无法握笔，审讯人员将其手攥紧，在所有的笔录上签了字，按下了鲜红的手印。陈阿山违心地供认：一、黄汉凌曾经明白地告诉他，脚踏车和金条全是田舒夫提供的。二、解放前，他在伪国民党象牙县党部见过田舒夫。

荒唐的口供，让许武良如获至宝。他亲自带上专案组火速赶到协和医院，直接传唤傅弘茂，追查两根金条的来龙去脉，寻找直捣"积善堂"的突破口。

就这样，傅弘茂被关进地下公安局窄仄的工具室里。经过几天审讯，他的身体出现了问题，终于晕倒在地上。

醒来时，他已躺在医院的"特殊"病房里。原来张院长和同事们抢救他，暗中保护他，使他得到最好的治疗，逐渐康复。

他想，城门失火殃及池鱼。通过这几天的情况来看，一连数天的审讯，足以看出：一是许武良至今仍未抓到舒夫的证据，二是许武良欲将舒夫置于死地。可舒夫对革命即使没功劳，也有苦劳啊！作为老战友的许武良为什么要昧着良心，这么做呢？！他越想越糊涂。

回想1949年初，那时田舒夫从省城调回漓溪，充分利用教师和"积善堂"女婿的身份作掩护，迅速建立一条从漓溪到巫山革命老区的地下交通线，任交通站站长。田舒夫时常暗中通过他大量购买国民党当局严查严控的止血、止痛、消炎、麻醉等"违禁"药品，包括"神癀片"。起初，他深感惊讶和不解，问舒夫，给谁用？舒夫笑着低声说，"山上急需！"他一愣，"山上？哪个山上？"舒夫凑近他耳旁说，"巫山。"他一怔，便不敢刨根问底了，心想，在这个风雨飘摇、腥风血雨的日子里，一个风华正茂的后生家，能够舍小家、救大家，将生死置之度外，确实令他为之一震。他一生经历了封建主义、资本主义，眼见都彻底失败了，看来只有社会主义才能救中国。巫山游击队不怕死，我得支持他们。就这样，但凡"积善堂"里有的药，特别是"神癀片"，他都慷慨支助；没有的，他就从医院里悄悄买回来，确实买不到，他只好从手术室里偷偷捎出来。一天夜里，舒夫回来惊慌失措地低声告诉他，有位领导在战斗中腹部中弹，情况危急，求他能不能上山做手术。我这没有犹豫，带上手术器材和麻醉药品及"神癀片"，冒雨绕过三道封锁线，终于救下了这位不知姓名的领导。刚回漉溪，他便被国民党特务盯上了，抓进警备司令部大牢，他什么也不说，因为说了便是死罪。他坐了老虎凳，打得遍体鳞伤。多亏傅老五在第一时间不惜重金，通过内线保了他……真没想到，像舒夫这样一位赤胆忠心的革命者，却蒙受如此冤枉。

几天里，傅弘茂的不幸遭遇，"积善堂"里无人知晓。因为医院谎称：傅弘茂赴省城参加紧急会议了，家里人都信以为真。唯独老阿祖长吁短叹，这节骨眼上没有傅弘茂这主心骨，舒夫的事就像断线的风筝，既打听不到任何消息，也无法和傅弘茂商量，她只能着急、上火、干瞪眼。

审问傅弘茂没有任何结果，令许武良恼羞成怒，进退两难。正巧，朱副局长的老岳母急性胃穿孔，指名道姓非要傅弘茂给她做手术不可。无奈之际，机灵的张院长乘机和盘托出傅弘茂的苦衷。令人神奇的是，朱副局长的老岳父拨通了一个电话，许武良即刻偃旗息鼓，再也没有人敢传唤傅弘茂了。此事不了了之。傅弘茂仿佛刚刚承受了一次痛苦的大手术，脸色极其苍白。回到家，他三缄其口，从不让堂里人知道。老阿祖和柳芹一头雾水，也不敢问个究竟。

上省城的第三路"军"也遭挫败。省统战部柯副部长是田舒夫在地下党工作时的老领导。听说田舒夫"通敌"，他大为震惊和困惑。在详细听取专案组汇报后，他慢慢摘下老花眼镜，若有所思地问："都讲完了吗？"

"全讲完了，副部长。"

"还有证据吗？"柯副部长严肃地问。

"没有了！全部证据就是那部脚踏车。"

"乱弹琴！"柯副部长猛地站了起来，脸带怒色地说："单凭这脚踏车就可以判定田舒夫同志'通敌'吗？同志们啊，对敌斗争形势越复杂、越尖锐，我们越要保持清醒的头脑，分清敌我，分清是非。你们办案得靠真凭实据，拿出全部证据链，务必客观、公平、公正啊！绝不能只顾完成任务，而不顾实事求是！难道有人在这里，借了我的这支笔去写反动标语，就推定我也是反革命分子吗？岂有此理！"

"你们不是在查敌伪时期档案吗？我这里就给你们支个招，你们去翻阅一九四七年七月间的旧省报，那桩轰动全省的《鼓楼喋血案》就是田舒夫同志干的！"柯副部长动情地讲述了田舒夫从未提及过的一件事：那年夏季，白色恐怖笼罩整个省城，压抑着每个革命者。地下党内有位姓钱的领导叛变了，地下党工作接连遭受破坏。党组织决定采取一次突击行动，镇压一名敌特首恶分子，打一下敌人的嚣张气焰。当时，他把这一艰巨特殊任务交给时任组长的田舒夫。田舒夫二话没说，立即做好侦察准备工作，并协同制订周密的行动计划。凭着对党的忠诚和丰富的斗争经验，很快，田舒夫捕捉到有利战机。"在车水马龙的鼓楼闹市区，只见田舒夫手持驳壳枪，毫不畏惧，飞身一跃，'砰'的一声，将恶贯满盈的敌首一枪毙命。这一切仅发生在几秒钟内啊！枪声骤起，一片混乱，田舒夫安全撤离了。"柯副部长绘声绘色地说着，沉思一会儿，他开诚布公地说："我和田舒夫同志是革命战友，我可以负责任地告诉你们，'田昔有功，患难与共。'对如今的案子，我仍有八个字，'实事求是，勿枉勿纵。'"专案组哑口无言，扫兴而归。

一晃半年，派出所查不到"积善堂"的任何线索。省城柯副部长接二连三地过问，无形中给许武良造成巨大的压力。在证据严重不足的情况下，朱副局长也像缩了头的乌龟，一声不吭了，许武良一厢情愿，既无法逮捕田舒夫，更无法从快、从严、从重判处田舒夫。

二、含冤受贬

硬的用够了，就来软的；老的折磨完了，就换少的。一个馊主意在许武良脑海里泛起泡沫：让嘉欣和嘉亮去探望田舒夫，刺痛田舒夫最敏感、最脆弱的神经，诱使他低头认罪。

顷接通知，嘉欣和嘉亮高兴得像发疯似的。嘉欣急忙把学习成绩单细细折好，这么多个亮丽的5分，一定会让阿爸笑得合不拢嘴。假如明天，胸前戴上鲜艳的红领巾，那该多美！多神气啊！她想把迟迟不能入队的满腹委屈向阿爸诉说，又害怕阿爸责怪她不争气，让阿爸不开心。

嘉亮更纠结，既想早见阿爸，心里又很害怕。半年多来，他好像得了恐惧症，每想起阿爸，那该死的子弹盒就浮现在眼前，成为无所不在的梦魇。多少次噩梦里，子弹盒时而变成炸弹，把阿爸炸得血肉模糊；时而变成老虎，朝他张开血盆大口……吓得他一身冷汗，直喊救命。阿爸回不了家，我是大罪人。明天怎有脸去见阿爸呢？他还小，根本不懂什么叫忏悔，只知道，明天无论如何得向阿爸认错，恳求阿爸原谅。只有这样，他才是好孩子，才能加入少先队，可怕的梦魇才会一去不复返。

临行时，老阿祖和傅弘茂担心再出事，特地把嘉欣和嘉亮叫到红楼。老阿祖拉着嘉亮的手和蔼可亲地说："阿亮，你千万要记住，到那里有耳没嘴，绝不能再乱讲话……"

"阿欣，告诉你阿爸要想得开、放得下，不要挂念家里，保重身体最要紧！"傅弘茂千叮咛万嘱咐。

他俩手牵手,战战兢兢地走进看守所。一抬头,就碰见抄家时那位老公安,嘉欣惊慌失措,嘉亮脑子里突然一片空白。

"你老爸犯大罪了!今天叫你们来,就是要你们好好劝你老爸,赶快坦白交代,才能从宽处理,早日回家,听懂吗?"老公安大声说。

他俩惊恐万状,像树叶瑟瑟发抖。嘉欣壮了壮胆,迷惑不解地问:"什么叫坦白呀?"

"就是交代呀!"

"是讲实话吗?"嘉欣问。

"噢,对对对!"

"我阿爸从来不说谎话呀!"嘉亮抢答。

老公安如鲠在喉。他愣了愣,恼羞成怒地说:"听好了,今天你们若不答应,就回家去,不准见!"此话如雷贯耳。

"不不不!我们一定要见阿爸!"嘉亮急得眼泪快要掉下来了。

"我们答应!"机灵的嘉欣急忙说。她想今日无论如何也要见到阿爸,不能白来。

"阿爸!阿爸!"嘉欣和嘉亮一见到田舒夫,就连喊带叫扑到田舒夫怀里。

眼前的阿爸全变了模样——光秃秃的头,黝黑的眼眶,消瘦的脸颊,拉碴的胡子……令他们几乎认不出来,立即哭得呜呜响。

"阿欣、阿亮,好孩子,不哭,都坐下来!"田舒夫的声音依然那么亲切、温柔、坚强。他仔细端详着眼前的嘉欣和嘉亮急切地问:"家里都好吗?你阿母怎没来呀?"

"都好!阿爸,阿母又生了个小弟弟呀!所以只让我俩来。"嘉欣哭得一抖一抖。

"好好!"舒夫愁眉舒展,"回去告诉你阿母,这小弟弟就叫嘉——安吧!"

"嘉安!噢,好!阿爸,老阿祖和外公都一再吩咐你要多保重……"

"阿爸,咱搬家了,你什么时候回来呀?"未等嘉欣把话说完,嘉亮就哭丧着脸抢道。

"噢,搬哪里?"

"'积善堂'白楼呀！"嘉欣说。

"积善堂？"田舒夫惊讶地把要说的话噎了进去。

"阿——爸——我——我——向——你——认——错"嘉亮突然跪下来哽咽地说。

"什么错？阿亮快起来！"田舒夫心都寒了。

"我——不——该——说——出——那——只——铁——盒——子"嘉亮一字一滴泪流。

"阿亮，这不是你的错！"田舒夫紧紧地搂住嘉欣和嘉亮，一种原罪突然像钢爪撕碎了他的心，孩子们何等无辜啊！可身为父亲的我却无法保护自己的孩子们。倘若让孩子们长期处在这种无法摆脱的极其可怕的阴影之中，社会的歧视，精神的抑郁，心灵的扭曲，性格的孤僻将会埋葬他们如花似锦的童年和少年时代，后患无穷，我将罪不容赎！

这一夜，田舒夫心如刀绞，彻夜难眠。

作为"准犯人"，在看守所一待就一年多。这是他平生第一次在牢里熬过的极其孤独和痛苦的岁月。他成了一只孤雁，见不到妻儿，几乎与世隔绝，他的精神空间有时会出现一片空白。久押不决，对于未来的命运，他一无所知。是关？是放？从许武良狡诈诡秘的眼神里，他知道许武良欲置他于死地，但他坚信许武良无法一手遮天。他咬紧牙关，苦苦撑着。

省城的柯副部长和地下党的老战友们十分关注田舒夫的遭遇，大家四处奔走，多方反映。战友们的努力，终于在陈阿山企图越狱而被一枪毙命后，使得田舒夫的案子有了新转机。由于没有证据，公安局只能终结此案，释放田舒夫。为挽回面子，马奋民、许武良和朱副局长一致坚持，给予田舒夫行政降级处分——降为科员。许武良还使阴招，在田舒夫的档案中写下："通敌证据待查！"这六个字犹如在田舒夫政治生命中泼下了一桶永远洗不清的污水，留下了一截永远剪不断的可怕尾巴。

对于啼笑皆非的处罚，血气方刚的田舒夫从心底里咽不下这口气，仅凭脚踏车借给黄汉凌就受行政处分，且没有任何结论，真是欲加之罪，何患无辞！在新社会，岂能容忍许武良假公济私，制造冤假错案？"亦余心之所善兮，虽九死其犹未悔。"我宁可把牢底坐穿,也要讨个说法,绝不向许武良低头!

几天后,一位曾被傅弘茂救活的老看守悄悄地捎来傅弘茂的口信:让他读读《插秧偈》。他翻来覆去琢磨一夜,是呀!布袋和尚说得好,"退步原来是向前。"大丈夫能屈能伸!在牢里,案子越拉越长,我会愈拖愈苦,许武良能无法无天地拖死我!我只有退一步,争取出去,才能申诉他,揭穿他。为了妻儿,为了家,我必须委曲求全,先出去再说!

抉择的痛苦难以形容。他万般无奈地选择了出狱。此案没有结论,他的头顶从此悬着达摩克利斯之剑。

盼星星、盼月亮,傅弘茂一家人终于盼来了舒夫即将释放的好消息。老阿祖激动得老泪纵横,嘴里一直不停地唸着阿弥陀佛。她叮嘱玉樱,一定要按濑溪风俗,给舒夫发兆、除厄运。她扳着指头对玉樱说:"一要洗汤换新衣。回家前,舒夫应先到汤房,洗尽全身晦气和冤屈。二要跳火盆。入家门,舒夫应跳过一盆炉火,连喊三声'过运啦'。三要拜佛祖。入门后,舒夫应先点燃三炷香。四要吃红汤圆。只有这样舒夫才会出头天。噩梦醒来,犹原是一尾活龙啦!阿樱啊,你要揪揪耳朵,记住啦!"玉樱虽满口答应,但老阿祖还是放心不下。她悄悄掏钱让柳芹立刻去买小烘炉和汤圆,并督促玉樱办妥这四件大事,唯恐出现一丝疏漏。

傅弘茂明知这些老封建的举动——白费工,但他理解老阿祖的一片苦心和好意,不敢给老阿祖泼冷水,只是暗中吩咐柳芹办事低调点,千万别再招惹是非。尽管田舒夫心里有一万个不愿意,但他不敢违抗老阿祖的"旨意",恭敬不如从命,他只好打折扣,回家前,先到麦仔街汤池[1]泡泡"汤"。濑溪的硫黄温泉历史悠久,名不虚传。濑溪人,称温泉为"汤",而麦仔街的汤泉足旺,汤房最多。往日,田舒夫每出差回家,头件事必去泡汤,舒畅筋骨,美美地享受家乡特有的温暖。如今,刚从牢房出来,他无拘无束地浸泡在热气腾腾、烟雾袅袅的汤池中,浑身的血液顿时一齐涌进脑门,皮肤像扎着无数根银针,似痛非痛,似麻非麻,全身酥软,异常爽快。他慢慢地闭上眼睛,

---

[1] 指温泉澡堂。

静静地用心去感受汩汩泉水在周身涌动,痴痴地享受温泉丝意般的拥簇感……他高兴得颤抖起来,觉得无比轻松,无法形容的轻松,仿佛一块千斤巨石突然从身上卸了下来。重新享受着久违的自由,重新呼吸着自由的空气,他觉得一种难以言喻的珍贵。换上新衣服,照照镜子,精神上也洗了个痛快澡,感觉到自由——已在生命中注入了新活力,脸上露出了久违的笑容。

到家了!他不由深吸一口气,闻一闻家里特有的味道。孩子们见到朝思暮想的阿爸,像箭头似的齐冲向前,争先恐后地吵着、跳着,要让阿爸用胡子扎扎自己的小脸。每个人兴奋的脸上像绽放的花朵。田舒夫急忙先紧紧抱起小嘉安仔细端详,再蹲下来,挨个细看、抚摸着每个孩子,怎么也看不完,疼不够。他惊奇地发现孩子们不仅长高了,而且懂事了,胸中不禁涌动着一股暖流。

"舒夫,快跳过这炉火,喊声'过运了'!"柳芹急冲冲地从厨房端出一盆熊熊燃烧的小烘炉火,摆在他脚前说:"快!快跳呀!"

他乍然一愣,不知所措。

"快,舒夫,听老阿祖的。你脚抬高,跨过去就好了!"傅玉樱连忙劝道。

话音未落,柳芹干脆把田舒夫往前一拉,迈过火炉,仿佛烧尽了一切晦气。"过运啦!"柳芹咧开嘴笑,露出满口象牙一般的雪白牙齿。

夫妻重逢,宛如隔世。见到田舒夫的那一刻,傅玉樱的心仿佛就要蹦出来,恨不得马上扑到他的怀里。但是,她始终收住脚步,用那美丽的大眼睛呆呆地望着他,千言万语涌到喉咙口,又不知从何谈起。

老阿祖来了!傅弘茂和玉梅也来了!一家人围坐在一起,小客厅里洋溢着从未有过的欢声笑语。

"舒夫过运了!佛祖保佑你一家平安无事!但有一句话我还是要讲,自古,交官散、交鬼死、交苦力食了米[1]。你交许武良是引鬼入宅啦!江湖一点诀,讲破不值钱。今后,你目睭要金,交友要慎。人无害虎心,虎有伤人意。过去我跟着你当县太爷的外公,见过多少当差的,只顾衙内,不顾自家,结果

---

[1] 散,穷。鬼,诡计多端的人。苦力,苦工。了,赔本。喻为交友要谨慎。

全是菜瓜打狗——双头了[1]啦！"老阿祖苦口婆心地说。

夜深人静，傅玉樱紧紧地依偎在田舒夫的怀里。一年多来，积压在心底的忧郁、苦闷、屈辱、焦虑、羞愧和不得已，一切化为眼泪倾泻而出，任凭泪水湿透衣衫，她依然一句话也说不出来，只有那双手像岩石缝里扎进的藤根一样，把他搂得很紧很紧。

过去，她对他的工作从未有过一丁点的唠叨，因为她深知地下党的纪律，从不过问他工作上的任何事。可这次，她觉得非唠叨不可：近一年多来，家里闹"地震"，人被抓，家被抄，房被撵，嘉安早产……一连串的灾祸犹如海啸接踵而来，把心全击碎了！若不是老阿祖和阿爸，还有柳芹和玉梅妹等亲人们的鼎力相助，我的确撑不下去了！往后的日子该怎么办？他若不汲取教训，埋头工作，没有家，没有自己，保不定，哪天真的倒栽葱？没了顶梁柱，这个家岂不毁了？她浑身像掉进冰窟，冷飕飕的。她觉得，必须与他好好促膝长谈。

"舒夫，不是我爱唠叨，而是残酷现实逼得我不得不说。你不在家，我一直在想：为什么黄汉凌偏偏找你借脚踏车呢？为什么许武良忘恩负义、落井下石呢？为什么马奋民无法无天，企图乘人之危呢？全是因为你心地善良，秉性忠厚，被人当软柿子捏啊！为什么你总让人欠你，而不让你欠别人呢？"她发泄一通，唠叨一通，倾吐一通，觉得心头松弛了许多。

句句字字如同一把盐撒在他未愈的心灵伤口上一阵剧痛。他有一副天生好脾气，不论公事私事，凡事他都好好说，从不与人吹胡子、瞪眼睛。此刻，他何尝不体谅她的苦衷。一年多来，为他，为孩子们，为这个家，她的心总浸渍在悲苦之中，能向谁诉说呢？只能任由她唠叨，吐苦水。

望着她那一对充满泪水、睁大的眼睛和两片苍白的嘴唇，听着她用一种变得异常哀怨、嘶哑的声音在不停地泣诉，他猛然一怔，因为在牢里梦见她时，多半也是这个样子。他的整个心战栗不已，呆立了一阵后，才慢慢开口。

"你说的都是肺腑之言，我深知你为这个家付出太多太多，我万般感激！

---

[1] 双头了，两头空，喻为肉包子打狗。

你所言虽颇有道理，但有的仅触及皮毛，未切中要害。这不能怪你，因为你不知道全部内情。"他轻轻抚摸她的秀发，平心静气地说，"你说得对！黄汉凌之所以盯上我的脚踏车，是因为他深知我为人慷慨，重人情，不会拒绝。他赌定我思想的不设防。还有，他盯上那个专署机关车牌，想蒙混过关。如果，我不借，他逃跑可能不那么顺利，仅此而已。所以，我承认错在对敌警惕性不够高，但绝不承认'通匪'。这种'莫须有'罪名是对我人格的极大侮辱。无罪羁押，违法处分，我是被冤枉的，我必申诉！"

"对许武良，你能有足够的警醒是好事。古人管仲说得好，'审其所好恶，则其长短可知也。'要命的是我缺审失查。救他一命，我无怨无悔。帮他一家，我痛心不已。'子系中山狼，得志便猖狂'，这种人谈不上良心和灵魂，他不是变心，而是狼心狗肺。你我皆应面对现实，无须怨恨和懊悔，权且把它当成一场噩梦吧。君子坦荡荡，小人常戚戚。现在我们能与这种小人分道扬镳，为时不晚。只是你我共同的心病难除，只能顺其自然……相信儿孙自有儿孙福，这笔'情债'确实无法计较输赢啊！"他无可奈何地摇摇头。

"马奋民与许武良是不是一丘之貉，我没调查，没有发言权。对他的作风问题，早有耳闻，只是没想到竟如此卑鄙，如此胡作非为！"他忍着冲到喉咙口的火气冷静地说。"老阿祖和阿爸疼爱我。我完全理解老人家的心情和关切。但我是个党员，甘愿自讨苦吃。过去为革命死都不怕，现在漉溪建设百废待兴，怎能不以身作则，忘我工作呢？所以说问题的要害，既不是因为我直、我憨、我没眼睛；也不是因为案大、线乱、理不清。你想过没有，为什么一辆小小的脚踏车竟成了骇人听闻的冤案，一审再审，一关再关？客观上固然与这一年多来严峻的对敌斗争形势有关，而实际上完全是马奋民和许武良假公济私、推波助澜造成的。为什么他们胆敢逆天下之大不韪？要害在于他们揪住了我的小尾巴——'积善堂'女婿。你千万不要误会，我完全没有责怪你家。'积善堂'历经三朝，百年风雨，制药救人，充其量仅算个芝麻大的民族资本家。按政策规定，是团结对象。可许武良整人有术，偏偏揪住不放，既不依据法律和事实，又处心积虑地用尽各种伎俩，把我当成剥削阶级的活靶子，以显示他划清界限，大义灭亲的'壮举'。这才是问题的全部症结啊！"

"多少个夜里，我冥思苦想，扪心自问，人生好比铁树，落叶容易，全枝复节难；枯萎容易，开花结果更难。我才三十多岁，来日方长，理应有所作为。倘若真的背上'通敌嫌疑'和'积善堂'黑罪名，那就糟透了。我绝不能在未来的政治风浪中，在一种被冤屈，不能辩白，不给申诉的窘境下，成为一只任人宰割的羔羊，像屈原所说，'汩余若将不及兮，恐年岁之不吾与'"他叹了一口气，愤愤的表情难以形容。

"今日我平安回家了！吃一堑长一智，一切从头开始，无须悲观！想想当年为革命牺牲的许多老战友，我受这一点点冤屈算得了什么？当然，我要申诉。我对党是绝对忠诚的，始终相信组织。过去那么艰苦，甚至随时有生命危险，你我都能熬过来，这次权当摔个跟斗吧！正如老阿祖所说，人未老，溪未涝。来日方长！我尚年轻，有的是气力，跌倒一次算什么？即使'仕途'二字在我人生中被删除，也无须悲观！调到农业科，我驾轻就熟，无官一身轻，照样干革命……"

他话未说完，她已情不自禁地扑在他的怀里失声痛哭起来。

三、捕风捉影

田舒夫刚释放，许武良就荣调到象牙县公安局任局长。上任前，他记起"衣锦还乡"，特地携妻儿回老家祭祖。

车刚进村，右前轮"呼噜"一声掉进乡间小道的沟里，动弹不得，气得他朝小司机扇了个耳光，仍不解恨，又对准车轮猛踢几脚，无奈地摇着头，徒步回家。

"噼里啪啦"一阵震耳欲聋的鞭炮声响彻小山村。许家披红挂绿，热闹非凡，派头十足，门前里三层外三层，挤满人。朴实好客的山村人像过年"扛晏公"一样，三人扛，四人扶，欢天喜地迎接他的荣归。他翘着头，笑着脸，头发梳得整整齐齐，捺得油光发亮，踱着八字脚，大摇大摆进家门。

隆重的祭祖仪式后，许家席开八桌，请亲眷和村里有头有脸的乡亲。喝得正酣时，忽见一中年人牵着一个血流满脸的小男孩怒气冲冲地走进门来，大声喊道："你家的孩子拿石头砸人，你们到底管不管啊？城里的孩子这般没教养，乱打人！"

"你是谁？"许武良霍地站起来，板起脸呵斥道，"目渚无抠[1]，敢来这里撒野！讲什么屁话？"

话音未落，谁也没料到这就是他的宝贝儿子许子杰干的恶作剧。

许子杰自幼娇生惯养，调皮捣蛋，目中无人，最好打架斗殴，搞恶作剧。五岁的他，个头高，身儿壮，浓眉大眼，额头上有块黑色的胎记格外醒目，

---

[1] 喻为目中无人。

生气时瞪起圆溜溜的双眼，活像个"小张飞"。由于许武良和阿嬷的格外宠爱，使得他无法无天。在家里，在外头，谁都不怕，姐姐许香玲都成了他的出气筒，省城幼儿园的老师气坏了，同学们都骂他"小霸王"。

许子杰吃饱，闷得慌，顺手拿了几串小鞭炮到屋外玩。忽见邻居家门口的大黑狗冲着他一阵狂吠，气急败坏的他朝黑狗扔鞭炮，吓得黑狗急窜回屋。他不依不饶，居然往邻居家里扔鞭炮，一串、两串……屋内乒乒乓乓，鸡飞狗跳，硝烟弥漫，他笑得前仰后合。邻居家一男孩忍无可忍上前与他理论，他却破口大骂，气急之下小男孩推搡他一下，他随即捡起一块小石子朝那男孩扔去，击中了男孩的额头，血流如注。邻居家的地主婆吓得脸如土色，浑身发抖，急忙拖回流血的孙子，惊恐万状地紧闭大门。想当年，她的老公就是许武良父亲的死对头——豪赌中的大赢家，土改时划为地主，被镇压了。如今，许武良当上公安局长，她的孙子若还手，岂不以卵击石，飞蛾扑火？然而，她血气方刚的儿子却不知天高地厚，怒不可遏，硬拉着流血的男孩上许家，想要讨个公道。

"你儿子几岁？什么成分？"许武良问。

"八岁，地……"中年人羞于开口。

"×你妈的！"许武良猛地站起来，拔出腰间的手枪往桌上"啪"地一放，摆出一副疯狗上树，反咬一口的架势吼道："你地主狗崽子比我的孩子还大三岁！凭什么动手打人呢？王八蛋！你恶人先告状，还敢来我家示威？你想算变天账？好啊，你这半肖六颠[1]，还不撒泡尿照照脸，看看这是什么地方！滚，给我滚远点！今天，老子要不是看在众乡亲的脸上，饶你一条狗命。否则，我马上把你铐起来！信不信，你过来瞧瞧这桌上是什么东西。王八蛋！"

许武良发飙了，差点把老家的房顶掀翻了。乡亲们头一回领教到这位公安局新局长食蛇配虎血的霸道和威风，全场鸦雀无声。

老谋深算的舅舅急忙出面劝阻，村支书大声呵斥那中年人。许武良一听舅舅发话了，便双手插着腰，狠狠地啐了一口唾沫说："狗杂种，快给我滚！

---

[1] 喻为装疯卖傻。

下次若再让我看到你,绝不留情!"

在一旁的沙慧珠真恨不得冲上去抽许子杰几个耳光。看见婆婆搂住许子杰,一个劲儿不停地说:"乖孙啊!别怕,有阿嬷在,看谁敢欺负你!"她气得牙齿咬得咯咯响,强压心中的怒火。

她厌恶老公许武良日愈见利忘义,毫无人性。在家里,她根本无法与他沟通,也不想和他多说话。为了孩子,她只能忍气吞声,逆来顺受,整天与泪洗面。调省城后,许武良与她约法三章:一不准与田舒夫一家来往,要与"积善堂"划清界限;二不准泄露子女之事,过去的秘密只能烂在肚子里;三不准过问他的任何事。天性懦弱的她,最难以理解的是,往日他口口声声感激不尽的大恩人田舒夫怎么转瞬间变成了他耿耿于怀的十恶不赦的大仇敌呢?田舒夫一个久经考验的地下党党员怎么突然成了"积善堂"剥削阶级的孝子贤孙?成了通敌犯?最无法接受的是,要她与田家一刀两断。在省城,她曾悄悄地给傅玉樱写过几封信,都石沉大海。她曾几次托人捎去钱和土特产给田家的孩子们,也全被退回。她害怕许武良吞下这忘恩负义的苦果,所以时常在心中默默地为田舒夫一家祈祷。

新官上任,许武良特别卖力,每次"运动"总给他带来良机和灵感,所以他对于"运动"的海洛因沉迷不已。

"肃反运动"刚开始,他从一份象牙县教育系统的《肃反简报》中,饶有兴趣地盯上象牙县第一中学校长邹直的发言。字里行间,他似乎嗅到邹直身上一丝反革命的味道。于是,他立即查阅了邹直的全部档案。

邹直,原名邹哲,一个文弱的教书匠,却有着一段传奇的经历。他是云陵县人,地主家庭出身。大学毕业后,秉承父亲"终身之计,莫如树人"的遗训,他孜孜不倦地教书育人,在省城任中学校长。1947年因积极支持进步学生参加"反内战、反饥饿、反迫害"的大游行和罢课活动,遭到国民党特务追捕。在地下党的全力掩护下,他连夜从省城偷渡到台湾,辗转多地,最后落脚在台东县一国中任校长,更名邹直。1948年在一次大清剿中,他又上了"黑名单",险些被押往绿岛监狱。幸亏,他人缘好,老乡多。台东县拘捕队队长是他的学生,此人连夜冒死给他通风报信,并协助他顺利逃出了魔掌。

历尽千辛万苦，他毅然返回大陆，先后在云陵和象牙两县任教。从履历表看，他唯一的历史污点，就是1943年在省立师范大学就读时曾参加过三民主义青年团。作为普通团员，他没有参与过任何反动活动。

在许武良看来：这个邹直确实不寻常！他居然能够在国民党的白色恐怖中屡屡化险为夷？能够两次冲破台湾海峡的重重封锁，且平安无事？整个情节，凑得天衣无缝，只有蒋匪特务才能如此神出鬼没，来去无踪。一个百无一用的书生，岂能有孙悟空上天入地的本领呢？不可能！绝不可能！他肯定是特务，是暗藏很深的反革命分子。因为，只有反革命分子，才会逃亡台湾；而只有特务，才能从台湾潜回大陆！否则，谁敢在波涛汹涌的台湾海峡冒死往返呢？既是特务，必有组织。这种逻辑推理无须证据，无须侦查，无容置疑！他兴奋地点上一支烟，深深地吸上一口，慢慢地吐出一圈又一圈白雾弥漫的烟圈。沉思片刻，他觉得邹直背后大有文章，大可深挖，挖出一个邹直，必将引发多米诺骨牌效应，挖出暗藏在象牙县的反革命集团。如此一来，他又将名利双收。于是，他火速决定，把邹直列入重点肃反对象，立即实施抓捕，并亲自督办此案。

邹直，一米八的个子，方脸，高挺的鼻子上戴着一副金丝眼镜，两眼炯炯有神，显得书生气十足。他学养深厚，治学严谨，深受学校师生的敬重和爱戴。他嗜书如命，每天在书海中遨游，心旷神怡。

抓捕的那天，恰是他的生日。贤惠的妻子一大早就煮好了红鸡蛋和甜面线，为他庆生。刚吃一口，公安便不容分说地将他铐走了。

连续七天七夜，对他车轮式地审讯，简直把他逼疯了。对于一生以大爱为宗旨，以教书为天职的他来说，第一次踏进公安局铁牢里，如同进入地狱一般，尽管心中不停地祈祷，但是双脚依然不停地颤抖。令他百思不得其解的是，对他的审讯始终围绕着看似简单，却要求他必须回答三个问题："一、你是否是国民党的特务？二、你是否于1947年去台湾受训，翌年潜回大陆？三、你是否在象牙组织了一个反革命集团？"这三道题，只需他简简单单开口回答是，或不是，就行了。这是生死攸关的三道题啊！认则死，不认亦死！怎么办？怎么办？他前思后想，越想越恐怖，越想越害怕，仿佛有条乌溜溜的毒蛇在啃嚼着他的心。但无论如何，他都知道自己必须顽强地活下去！想明白这一点他坚决不承认。

许武良精心策划的所谓邹直反革命集团大案始终找不到任何证据，谎言不攻自破。但他没罢手，反而加大力度强迫邹直交代和检举揭发，继续深挖，企图从邹直口中找到一条捆绑自己的绳子。果不其然，他惊喜地逮到一条看似极粗、极长的大线索。

邹直交代：在大学期间，他参加伪三青团的介绍人是黄汉凌。但参加的不只他一人，而是班里绝大部分同学集体加入的。黄汉凌是学校伪三青团区队长。邹直的这一交代，犹如打开了潘多拉盒子，让许武良惊喜连连。"又是黄汉凌"，许武良像触了电似的蹦了起来，他自然而然想到田舒夫，异常亢奋，连夜亲自突审邹直。

邹直是一个永远不说谎的人。在大学时，他就认识田舒夫。田舒夫比他年长一岁，是师兄。君子之交淡如水，他俩虽不同班，但同为掉进书堆里的人，情投意合，交往甚笃。在数十年的友直、友谅、友多闻的交往中，他始终视田舒夫为畏友，真正道义相砥，绝非蝇营狗苟、酒肉朋友，让他受益良多。他知道田舒夫思想进步，与黄汉凌格格不入。至于田舒夫所在的班级是否也集体参加伪三青团，他确实一无所知。

许武良一听，立即扇了他一个大耳光。没想到，他干脆把脸送过去，许武良一连打了十几个耳光，还不解恨。教了半辈子的语文，他这才亲身体验到什么叫"耳光"，这一连串耳光交加之时，确有金光从视野中闪过，耳光的"光"字莫不概源于此。不求饶、不附庸、不诬陷是他作为教师为人处世的原则。无论许武良怎样威逼利诱，软硬兼施，耿直的他至死也不肯作伪证。他斩钉截铁地说，"我的为人，我的信仰，不允许我说假话、作伪证。信不信由你，杀剐存留由你，我实话实说。"皮开肉绽的他把头抬起来，明亮的眼睛直瞪着许武良，心中充满了对许武良的鄙视和怜悯。

气急败坏的许武良，只好在邹直的交代材料上巧妙地剪接和粘贴，迅速得出推论：田舒夫是伪三青团团员，蓄意向组织隐瞒，不仅非查不可，而且要老账、新账一起算。

朱副局长迅速让马奋民传阅了许武良的《审查反革命分子邹直的汇报材料》，马奋民得知后，马上把胡瑞麟叫来，责成他立即找田舒夫。

"什么，田舒夫是三青团团员？"胡瑞麟懵了。

"是咧，白纸黑字！田舒夫的大学同学邹直已经书面揭发他了。不过，你千万甭打草惊蛇，要引蛇出洞，懂吗？甭心慈手软咧！"

胡瑞麟疑惑不解，只好将田舒夫找来，善意地提醒田舒夫："好好地回忆一下，在大学期间，你是否参加过反动组织？是否还有需要进一步向组织交代的问题？"

"没有！绝对没有！"田舒夫不假思索，斩钉截铁地回答。

"老田，你再仔细回忆一下，是否参加伪国民党、伪三青团？"

"胡科长，你我认识多年，我从来说一不二，这点你是清楚的。我以党性和人格作保证，至今从未向组织隐瞒过任何历史问题。"

"你认识邹直吗？"

"认识呀！他现在象牙县一中当校长，我俩不仅是同窗，而且是好友……"

"邹直在大学期间参加过伪三青团，你知道吗？"

"不知道！我们不同班。我的确不清楚他有此历史污点。"

"噢！我再提醒你，千万不要有所顾虑，更不要背上思想包袱。时过境迁，有些事难免会遗忘，你要相信党，相信群众。如果有参加过类似的反动组织，你应尽快把详细情况写出来，不要遮掩，更不要避重就轻，否则，问题容易激化，人民内部矛盾一旦突变成敌我矛盾，性质就严重了。"胡瑞麟春风化雨般的交谈，气氛自然是坦诚和融洽的。

"谢谢胡科长的善意提醒与忠告。肃反运动以来，我一直回忆和反省自己的全部历史，正如我在历次干部履历表上所填写的那样，从七岁到至今，我没有任何历史问题，更没有必要向组织隐瞒。过去，地下党组织曾数次对我进行严格的政治审查，现在仍然可以对我进一步审查，我完全愿意配合。至于无中生有，栽赃嫁祸，无限上纲，我是无法接受的。即使通过这次肃反运动，再把'脚踏车'案子查个天翻地覆，我也毫无怨言。但是，要像你刚才所说的那样，严格按党的政策，不放走一个坏人，也绝不冤枉一个好人。"田舒夫心平气和地袒露积压的心声，顿时感到一丝快意。

胡瑞麟默不作声，连连点头。从田舒夫坚定而又沉着的目光中，他似乎找到了正确答案，可他不想说，也不敢说。十多年的军旅生涯，锻就他沉默的个性，无条件服从上级是他的天职。

入夜，田舒夫心潮起伏，久久不能平静：山雨欲来风满楼，胡瑞麟的话，非同小可。他突然提到邹直，并一再追问我的历史问题，决不是空穴来风。如果说邹直出事了，很有可能。一个从旧社会走来，且混迹于台湾的旧知识分子，怎能逃得过这场风驰电掣般的大清查？如果说邹直诬告我？那是绝不可能的！邹直虽然是个文弱书生，但一身正气，刚正不阿，绝不会像许武良那样干出伤天害理的事。尽管，和许武良一样，我与邹直也有过生死之交，曾救过他的命。那是在腥风血雨的1947年，在省城的邹直被国民党特务盯上了。我奉命成功地营救邹直安全转移，冒雨连夜撤离省城。解放后，我俩虽分处两地，但手足情深，常有往来。至于，邹直参加三青团，我确实从未知晓。倘若，仅凭邹直是三青团团员，就异想天开地推定我也是三青团团员，那岂不是无稽之谈，让世人笑掉大牙吗？想到这里，他猛然记起同班挚友贺为义——当年师大的中共支部书记，也是他的入党介绍人。贺为义现在北京工作。虽分手十多年了，但贺为义还惦记着他，曾托省里的柯副部长捎来口信，问候他。只要找他调查，不就足以证明我自己的清白吗？

一番思忖，他了然于胸，坚信自己不仅是贫农出身，而且有一部红色历史，绝不惧肃查。

四、二次抄家

突如其来的"肃反"运动委实让傅玉樱惶惶不可终日。尽管,她坚信舒夫绝不是反革命分子,也没有任何历史问题;尽管,她明白舒夫在机关里隔离审查与羁押在牢里的性质截然不同,但舒夫一日不归,她一刻不得安宁。

按规定,每周末允许给田舒夫送一次换洗的衣物。她让嘉欣和嘉亮送去,因为她厌恶见到卑鄙无耻的马奋民。

孰料,嘉欣和嘉亮每回去,总是心惊肉跳,无精打采。

专署机关大楼,原本是他们心驰神往的地方。过去,每逢周日阿爸值班时,偶尔会带上他们一块儿去。洁白的洋楼好气派哟!宽敞的操场是他们玩耍、嬉闹的好地方。在值班室的纸篓里,捡到废弃信封上五颜六色的邮票,让酷爱集邮的嘉亮惊喜连连。那些做梦也收集不到的军用邮票、三角邮票,还有高面值邮票,极大地丰富了他的小收藏,方寸之间,让他看到了一个五彩缤纷的世界。

今非昔比。如今他们走进机关大楼,心就像揣着小兔,怦怦直跳。一个个门卫犹如门神似的,不可一世。当他们踏进门槛,门卫的大声呵斥,吓得他们心里一阵阵发冷。

"干什么?"

"我……我们给我阿爸送东西。"嘉欣的头习惯成自然地缩在小肩膀里,仿佛怕被挨打一样。

"你父亲叫什么?"

"田舒夫！"

"噢！"

他们只能缩在墙角，稍不顺意，门卫便破口大骂。送来的衣服，门卫总要仔仔细细地检查，先是把口袋全翻开，再把衣服对着灯光，或日光，犹如看X光片似的查看。这些粗暴的举动，让他们像老鼠见了猫似的，一次比一次害怕和恐惧。他们完全不知道阿爸犯了什么"弥天大罪"，想问，不敢问；想哭，不敢哭；只能默默地承受着这种难以形容的痛苦和煎熬。谁都不敢将情况如实地告诉阿母，怕她伤心难过。他们只能默默地期盼阿爸能够早点回家，再也不来这"阎王殿"。

唯一值得安慰的是，他们成了小信使。咫尺天涯。每周允许捎带一张经过检查的、公开的、仅限十几字的字条。小小的字条，承载着无限的亲情，寄托着万般的思念。阿母时常会写上一行清秀的字："家里一切安好，勿念！多保重！"阿爸自然也会疾书数字："我好，勿念！照顾好孩子，多珍重！"涸辙之鱼，相濡以沫。年少的他们根本不懂"家书抵万金"，可看着阿母那惊喜若狂、迫不及待的样子，一边反复读着，一边抹去眼角的泪水；看后，还要他们立即送给外公看，并及时转告老阿祖，在不知不觉中感受到肩上的重任。为传递这弥足珍贵的字条，受再大的责难，再多的委屈，也值得！

一天，傅玉樱正在授课，鹿麻子突然闯进教室，声嘶力竭地把她叫出来，命令她立即回家开门，老老实实接受抄家。

"抄家？！"曾经体验过的那种恐怖感又带着死一般阴森的寒意再次袭上她的心头。她脸无人色，心仿佛停止了跳动。

胡瑞麟带着二位建设局干部来到家里，没有公安同行，她微微松了口气，心想，通情达理的胡科长，该不会像上次抄家那样咄咄逼人，无法无天吧？

果不其然，例行公事的胡瑞麟语气平和地说，此行是查找田舒夫的往来信件，请她协助配合。轻轻的一个"请"字，流露着世间常有的人情味，犹如一缕春风掠过她那几近冰冷和麻木的心。她不禁惊诧地瞪大眼睛，默默地点了点头。

其实，田舒夫绝大部分的日记、手稿和信函，早已在两年前就被查抄一空，加上被扫地出门的那次搬家，她又认真清理了一遍，几乎荡然无存。田舒夫释放回家后，心烦意乱，除了埋头写申诉书外，仿佛用一把剪刀剪断了与外界的书信往来，以致，胡瑞麟查了大半个小时，仍找不到任何"有价值"的东西。

同来的二十多岁的矮个子秦好碴却神色诡秘，劲头十足。这位大学刚毕业的干事，想争头功，摩拳擦掌。一进门，他立即扫视四周，搜完了卧室，搜客厅，最后闯进黑乎乎的厨房里。他以为，敞开的邋遢的厨房，很可能是反革命分子窝藏罪证的好地方。他头也不抬，茶也不喝，挥汗如雨。掀柴火，把整捆整捆的柴火拆散了；掏米缸，双手伸进去，翻过来搅过去；搜菜橱，把锅碗瓢盆一个不剩地掀翻出来；捅灶膛，搞得灰头土脸，乌烟瘴气，他像一头闯进瓷器店的公牛，不仅没有任何发现，还打破了几只碗，搞得狼狈不堪，垂头丧气。

"好了！"听到清脆的破碎声时，胡瑞麟急忙喊停。再次抄家，他觉得自己像个提线木偶，心里窝囊得很。他十分清楚，如果说，第一次抄家是事出有因的话，那么，这次完全是马奋民捕风捉影，为所欲为。他觉得，如此对待田舒夫，已不是公平、公正与否的问题，而是涉及违法行为。身为政工干部整天没事找事，连公民最起码的基本权利都视若罔闻，干这种伤天害理的事，他心底总有一种负罪感。看着手头仅有田舒夫的十几张《申诉书》手稿，还有秦好碴手中紧抓不放的一本田舒夫自制的剪报册。他赶忙向她道别，脸上流露出尴尬和无奈的神色，匆匆走了。

这次抄家虽远比第一次"文明"得多，但她的心灵和人格仍然受到巨大的蹂躏和践踏。

放学后，饥肠辘辘的嘉欣急匆匆往厨房跑，抬头一看，大吃一惊，整个厨房一片狼藉，好像被野猪闯进来洗劫一般，惨不忍睹。

"阿母，是谁把厨房搞得乱七八糟啊？"嘉欣忍不住气冲冲地问。

"死猪！是死母猪窜进来了！"她一肚子窝火，正愁无处发泄。

"啊！哪来的母猪呀？"嘉亮机灵的目光向四周一扫，吐着小舌头，急忙扯了扯嘉欣的衣襟，捂着嘴。

嘉顺和嘉欢吓得腿都软了。

孩子们都知道阿爸不在家，阿母心情愈发不好，谁都不敢惹她生气。大家紧闭着嘴，挽起衣袖，七手八脚地把厨房收拾干净，嘉欣赶紧烧火做饭。

傍晚时分，夏老师戴上口罩偷偷摸摸地来到她家。

"傅老师，吃饭了吗？"夏老师低声地问。

"吃了，哟！你怎么来了？"她回头一看，连忙说。

"我听说了，就急着想赶过来哩，可找不到时机。外面风声鹤唳，草木皆兵。鹿麻子盯得紧，洪校长想来都来不了，只好托我向你问声好！"夏老师贴着她的耳朵说。

她有意不让孩子们知道抄家的事，急忙叫嘉欣带着弟妹们去红楼玩耍。

"谢谢你们的关心！"她急忙关上门，掩上窗，低声地说，"查就查吧！横竖舒夫不是反革命。他们没查到什么，就走了。"

"噢，听说是在追查老田与象牙一中邹校长的关系哩！"夏老师捂着嘴轻声地说。

"邹直？！"她猛地一怔，"他是舒夫的老同学。"

"是吗？邹校长早被抓起来。他在象牙县口碑极好哩！可现在危言流语像乌鸦的叫声一样，人人自危，噤若寒蝉，明哲保身，谁还敢言？曾参杀人，三人成虎。"夏老师压低声音，把打听到的消息一骨碌地倒出来，她唯恐被人听见，频频扭头望了望窗外。

"又是许武良！"像一道强烈的电流穿透她的全身，顿时眼前一片漆黑，这该死的许武良犹如可怕的幽灵总纠缠着咱舒夫，舒夫能逃得出他的魔掌吗？想到这里，她的脊背上冒出了一层冷汗。

隔天，刚踏进校门，鹿麻子就像一只恶狼朝她猛扑过来。

对于这位新书记——鹿麻子，她只知道刚从市教育局派来的。然而，鹿麻子对她却了如指掌，因为鹿麻子的老公就是马奋民。

她一上班就盯上傅玉樱。傅玉樱那浓密的乌发似有一股秀气，明亮的双眼犹如一潭清水，楚楚动人，她仿佛砸碎了几个醋坛子，一股妒火在胸中燃烧，狐狸精！难怪咱老公说你是刺儿头咧，若不收拾你，难解俺老公心头之恨！她按兵不动，先向洪校长查问傅玉樱的表现。令她惊讶的是，洪校长对傅玉樱赞赏有加，说傅玉樱教学经验丰富，讲课有声有色，从容自如，善于抓住学生们的心理，课堂十分活跃……当她听到，傅玉樱为挽留班上一位孤苦的失学学生石磊，不仅不辞辛苦多次登门家访，劝说石磊的奶奶让其继续上学，而且亲自掏腰包替石磊交纳学杂费和购买学习用品，终于使石磊重新上学。现在傅玉樱还忙着给石磊补课……她仿佛捞到一根救命的稻草，一连追问石磊失学的原因。

"听说，石磊父亲因东嶝岛战役被国民党抓壮丁，强迫去了台湾。石磊母亲改嫁了，他只好与奶奶住在一起，生活很艰苦，没钱上学。"洪校长感慨地说。

"那石磊是反革命家庭出身？"鹿麻子迫不及待地说。

"不是吧？反正具体家庭出身，我也说不清，你可以直接问问傅老师。"

"肯定是的！这是大是大非问题啊！为什么要如此关心反革命分子的子女，而且是台湾的？足以说明傅玉樱的阶级立场站错了！大有问题啊！"鹿麻子说得咬牙切齿。

"不！书记言重了。扫除文盲是国家的政策，我们总不能让适龄儿童无故失学呀！"洪校长慌了，无意中的谈话，造成对傅玉樱这么大的伤害是她始料不及的。她连忙说明真相，竭力还傅玉樱一个公道。

但是，好不容易逮住了傅玉樱的小辫子，岂能撒手。她决定以此为突破口，展开对傅玉樱的第一波攻击，以树立自己的绝对权威。然而，公道自在人心，此事最终不了了之。但她的尖酸与刻薄，蛮横与凶狠，委实让全校教职员工们眼镜跌碎了一地。

"傅玉樱，家被抄完了吧？"她双手叉着腰，一副盛气凌人的样子，说起话来不紧不慢，故意往傅玉樱心灵伤口上撒盐。

傅玉樱低着头，仿佛头顶突然被扎进一颗铁钉。当着如此众多学生的脸，她无地自容。

她怒斥了傅玉樱足足一个多小时，警告傅玉樱必须立即与田舒夫划清阶级界限，不得包庇，不得隐瞒，否则将开除出教师队伍。

一通严厉的训话，傅玉樱脑子一片空白，心里缩成一团，怎么也松不开。这训话不仅充满火药味，而且充满着阶级仇恨，令傅玉樱浑身抖索如同米糠。

五、遣返原籍

当傅玉菊呼天抢地哭倒在高韵台的床上时，老阿祖不以为然。因为玉菊自幼就被宠惯了，捧在手上怕摔，含在嘴里怕化。每回娘家，玉菊必打扮得花枝招展，像只蝴蝶；有时还一惊一乍，矫揉造作，令老阿祖瞧不起她，懒得理她。没想到，她这次哭得非同小可；一声爸、一声母，连床铺都差点被震塌了。老阿祖侧耳听了听，天哪！不听不知道，一听吓一跳，原来是她老公——贾北贡出事了。

老阿祖一时慌了手脚，急忙下楼找傅弘茂。可他还没回家，只好硬着头皮一步高一步低去白楼找傅玉樱。

"阿樱啊！墓仔埔放炮——惊死人……"老阿祖想说的话像一群急于出窝的蜂子，在心中横冲直撞。

"怎么回事？阿嬷，坐下来，慢慢讲！"

"阿菊一早就跑到你老母那里，哭得凄惨叮咚，讲北贡被抓起来了，像关门厝内坐，雨从天窗落下来啦！"老阿祖心里凉飕飕的。

"阿嬷你莫急！在这里先喝喝茶，凉凉风。我马上去问个明白。"玉樱三步并作两步直奔红楼。尽管她与玉菊的关系一直很不融洽，但她觉得胞妹危难之时，不能袖手旁观。

在偌大的"积善堂"里，众人之所以另眼相看傅弘茂的二女儿傅玉菊，还尊称她为"千金小姐"，是因为她身旁有位好老公——贾北贡。他是鼎鼎有名的溉溪地方国营汽车运输公司经理。时下，交通不畅，运力紧张，"积善堂"

的原料和产品运输，好歹全靠他的帮忙。能稳坐垄断全区客、货公路运输业龙头老大的宝座。

贾北贡，三十出头，高个子，大块头，胸脯宽阔，筋强力壮，红光满面，板寸头发，加上一把短短的络腮胡子，显得特别精神和帅气。他是地地道道的西北汉子，有着黄土高原人的倔强与豪兴。他平易近人，喜欢现场办公。他的办公室除了开会外，经常是铁将军把门——上锁。若要找他，只能到调度室，或候车厅，或车库；甚至在汽车底盘下，才能找到他。对工人，他很随和；对工作，他极认真。公司上下都十分爱戴这位北贡经理。为缓解日益紧张的运输压力，他大胆推行货运车队二十四小时轮轴转，人停、车不停。每次卸完货，加油、验车、检修合格后，立即再出发。他亲自管控车辆检修这道严关，并赐给检修人员"尚方宝剑"，不准车辆"带病"上路，不准司机疲劳驾驶，杜绝安全隐患。有一次，货车二队为突击抢运夏粮，多拉快跑，投机取巧，跑两趟，才检修一次，被他逮住了。他火了，狠狠地捶着桌子大声训斥："妈的！人命关天，竟当儿戏？万一翻下虎爬岭，车毁人亡，谁负责咧？开玩笑，想把命开掉吗？太不像话了！"不管三七二十一，他将相关人员撤职的撤职，处罚的处罚。如此杀一儆百，严抓严管，令违纪者、偷懒者和怠工者闻风丧胆。很快，他排除万难，扩建了一个客运车队和三个货运车队。在客货运输、安全行驶、上缴税利等方面都名列前茅。他多次被授予省、地、市的生产标兵和劳动模范。

做梦也没想到，正当公司运营得红红火火，事业如日中天之时，他却一头栽在"肃反"运动的惊涛骇浪之中。

事情的原委，还得从风流的马奋民局长说起。

他与马奋民是老乡。一次偶遇，他认识了这位久仰大名的局长，对马奋民崇拜得五体投地，常拎着好烟好酒，登门拜访，马奋民乐称他为小老弟。马奋民发觉他不仅头脑机灵，而且手脚勤快，也就渐渐将他划为圈内人。在漉溪组建汽车运输公司时，马奋民将他调去筹备。不久，又将他从交管站的小干事一口气提拔为公司经理。

阴差阳错的是，时任建设局副局长的田舒夫分管交通工作，正是他的顶头上司。一天，他到田舒夫家里谈工作时，巧遇了傅玉菊。无意间，田舒夫就把他介绍与傅玉菊认识。傅玉菊乍一看，这位年轻有为的"大经理"，眼前不由一亮，心里怦怦直跳，情不自禁地频频偷觑，心想，这人相貌堂堂，丰神俊朗，好似自己心中梦寐以求的白马王子啊！而贾北贡也觉得傅玉菊长得实在标致、俏丽，但不敢有非分之想。

没想到，傅玉菊一见钟情，害了单相思。她食不甘味，夜不能寐，吵着、闹着要母亲立即出面，叫大姐夫舒夫当月老。

对于玉菊的婚事，委实伤透了高韵台的脑筋。玉菊外表冷傲，内心火热，行事大胆，且好吃懒做。傅弘茂曾经为她找了一份医院挂号员的差事，可她仅干了半天，便怒气冲冲地跑回来哭诉说："医院里病菌多，病人脏，不是人待的地方，不干了！"令傅弘茂气得眉毛立起来。她心比天高，择偶条件相当苛刻：一钱、二缘、三美、四少年。高不成低不就，她坚持宁缺毋滥，几近成了剩女。眼下，她好不容易迷上大经理贾北贡，也算门当户对，可贾北贡是"北方人"，高韵台一听就恼火。对小脚女人来说，北方遥不可及，怎舍得让心肝宝贝远嫁天边呢？眼瞅着玉菊成天死乞白赖，非"贾"莫属。高韵台无可奈何，只好吩咐田舒夫把贾北贡请到红楼来。

老阿祖急了。她唯恐舒夫允诺，故意将脸色一沉对舒夫说："舒夫啊！你喝了那么多墨水，今我来考考你：什么叫闲人不做，牵猪哥旋佚陶[1]？什么叫着有功无赏，打破要赔？你竟然憨得没洗脚，想帮阿菊找翁？赶紧！一推了之，千万别引火烧身啦！阿菊，鸡仔肠，鸟仔肚，藏不了三粒沙！将来，若有三长二短，她会埋怨你一世人的。到头来，你是好心予雷撞[2]啦！"

田舒夫深知老阿祖的激将法，用心良苦，所言极是。若沾上玉菊的婚事，如同无病吃药——自讨苦吃。但他又不敢违抗丈母娘的旨意，只好硬着头皮，对高韵台打开窗户说亮话，"请贾经理来家里坐坐，可以！但做媒人，我确实无能为力。因为现在讲婚姻自由，成不成理应由三妹阿菊细细了解，慢

1　玩耍。喻为自找麻烦。
2　予，被。喻为得不偿失。

慢谈，顺其自然。紧纺没好纱[1]嘛！"高韵台一想，舒夫所说的后一句俗语是，"紧嫁没好婆家！"便点了点头，同意了。贾北贡头一次上红楼来，高韵台察言观色，斟酌再三，勉强同意玉菊与他先接触三个月，互相了解，再作定夺。

孰料，没多久，玉菊与贾北贡已双双坠入爱河。玉菊相当主动，不久便以身相许。不到两个月，玉菊已有了身孕，气得高韵台眼里直冒火星，又拿她没办法，哑巴吃黄连，把怒火全泄在傅弘茂身上。傅弘茂更气，他本来对玉菊就很反感，一句话顶过去："火什么火？以干柴近烈火，无怪乎其燃？生米都煮成熟饭了，你还不赶紧给阿菊办婚事？屎紧，裤带打死结——未赴[2]啦！你是不是存心想让咱傅家抓屎涂脸[3]呢？"高韵台后悔莫及，无言以对，只好赶紧与贾北贡约法三章：一不得让玉菊上班；二不得带玉菊回北方老家——这是最最要紧的；三婚后的财权统归玉菊掌管。贾北贡满口答应。婚礼办得十分隆重、热闹和气派，新房就设在汽车公司新建的宿舍里。婚后不久，玉菊就生了个大胖娃娃，小名叫"北仔子"。

马奋民自从见到贾北贡那如花似玉的新娘——玉菊，就像苍蝇见到了糖，没魂儿了。当他知道眼前的这位美女竟然是傅玉樱的三妹时，更是暗自伤神：咋傅家尽出美女，而俺马家却总生丑八怪咧？俺马某身为处座，咋娶不来仙女咧？娶了喀麻子咧，连亲吻嘴的地方都找不着，简直是一堆令人恶心的豆腐渣！他花了数天的工夫，仔细调查、分析和比较傅家这对姐妹的优劣：玉樱虽比玉菊高挑，但年纪大；玉菊虽比玉樱轻浮，但丰乳肥臀极性感；玉樱气质好，玉菊形象佳；尤其是玉菊会喝酒，好跳舞；最重要的是，玉樱明智，玉菊糊涂。结论是，若能在酒杯和舞池中，花尽心思勾引玉菊，必事半功倍，十拿九稳。他跃跃欲试。

无巧不成书。贾北贡是个工作狂，尤其当上劳模后，更是身先士卒，一心扑在工作上。虽然，他信守婚前的承诺，让玉菊当上了光鲜亮丽、有职有权的

1　喻为欲速则不达。
2　未赴，来不及。喻为措手不及。
3　喻为自取其辱。

经理太太，但是，嫁著经理翁，每日守空房，令她索然无味，十分扫兴和懊恼。每天半夜三更，他拖着疲惫的身子回家，一进门，累得像摊泥，脚也不洗，就躺倒在床上，像火车头似的打起滚雷一样的呼噜来。这对于急切守候他归来的她来说，犹如一盆冰水，把积压在胸中的欲火浇得透身冰凉。长年累月的寂寞与孤独，需要多少温爱来填补呀！她确实憋不住了，便天天与他吵。他不以为然，嫌烦，干脆住进调度值班室里，彻夜不归。她长吁短叹，欲哭无泪。自尊心极强的她，绝不服输。她将儿子北仔子撂给高韵台照顾，独自跑到工人俱乐部，想跳舞解闷，可既无舞伴，又无门票。只好，回家喝闷酒，任凭酒精来抵消寂寞，麻醉亢奋的神经。

马奋民猎艳偷情确有一套看家本领。逮到这良机，他往贾家跑得又急又勤又快。这天，他早早获悉贾北贡去省城开会了，一下班便拎着两瓶高粱酒，迫不及待地去见玉菊。

"哎哟哟，太阳怎打西边出来了？局长大人到我寒舍来，还要破费，带什么碗糕来呀！"傅玉菊眉开眼笑。顷刻间，娇滴滴的话儿仿佛把他的魂儿勾去了。

"小贾咧？"他明知故问，连声音都变得软绵绵的。

"他呀！局长你又不是不知道，成天不着家，这又上省城开会去了。局长啊，我是爱上一个不回家的人，用铁索也拴不住他的心呀！"

他笑得眼睛眯成一条线说："唉！这个小贾，太不像话咧，害苦你了！你甭说，回来我好好地训他！来，今晚我带些酒和卤鸭特地来慰劳慰劳你的！"

"哎哟！我可担不起呀！"

他瞪大色眼，执壶倒酒狎昵地说："玉菊呀，你最辛苦！我代表小贾敬你一杯。"

她慌忙伸出玉笋般的双手持杯。他趁机抚摸着她的手，慢慢地一滴滴地把壶斟酒，久久不肯松手。

她含羞的脸上泛起红晕，双手捧杯，一干而尽。举杯的时候，宽宽的衣袖倒捋到肩胛处，露出雪白细嫩的手臂。

"好咧！好酒量，痛快！"他一个劲地叫好。

他与她尽情对饮，酒桌上你来我往，十分热闹起来。笑的微笑，言的轻言，两人一直喝到深夜，俏得更俏，骚得更骚。

"玉菊啊！我问你件事，可好？"

"什么事？局长你尽管说！"

"这喀……"他假装难为情，故意不开口。

"问什么？直说！嗯，男子汉说话，干吗吞吞吐吐、扭扭捏捏的？"

"我是怕你害羞，还是甭问了吧？"他故弄玄虚。

"有什么不好意思？嗯，局长你就说呗！"她撒娇道。

"好咧，你可千万甭生气！"

"不生气！你快说嘛！嗯，人家都急死了呀！"

"行咧！听说小贾常常夜不归宿，有这事吗？"

"嗯嗯！"

"真的太欺负人了！我问你，你晚上会不会寂寞？会不会孤独？心里会不会急得像火在燃烧？像蚂蚁在乱爬咧？"他边说，边流着口水，丑态百出。

"嗯，局长真坏！干吗问这事啊？怪不好意思的！"她一脸绯红。

"这，这喀，是你非要我问的！"他醉眼迷离。

"局长你是过来人！嗯，你自己心里明白，嗯，何必多问呢？"

"好咧，好咧！我再问问你，认我这位哥哥，可好？"说完，他的厚嘴唇闭得紧紧，好像怕她拒绝。

"认你当哥哥？！"凭着酒力的冲动，她扑哧一笑，"有什么不可以，我从小就没有哥哥呀！"

"好咧，行咧！一言为定。"当妖媚的声音传来，他全身的毛孔都舒展开了，像被熨烫过似的服帖。

"来来来，俺哥妹俩再连干三杯，一醉方休！"他最擅长借酒气装疯卖傻，一路狂飙。当听到她叫"哥"的那一刹那，恰似瓜熟蒂落，水到渠成，他欲火急升，霍地站起来，一个箭步扑上去紧紧地搂住她，假装酒疯似的，猛吻着她那洁白、细润的脸颊。

"哎哟哟！嗯，哥你真坏！"她娇里娇气地用手轻轻地打了他一个巴掌。

轻佻的她似乎已解得风情。三十如狼倍思春，能够让心中极为敬仰的局长亲切地激吻，她感到既新鲜又幸福，她陶醉了。俗语说，酒醉心头定。他心领神会。

从此以后，他的吉普车总守候在她家楼下，载着她一起去舞厅。俱乐部的舞厅对他畅通无阻。她总是浓妆艳抹，扭着水蛇腰，兴致勃勃地与他去跳舞。然而，风流的他对跳舞一窍不通。在五光十色的舞池里，他既跟不上节拍，也不晓得舞步，像新阿兵哥踏步操练一样，常常把脚踩到她的鞋上，令她不知所措。醉翁之意不在酒。每当他急匆匆拉着她的手，步入忽明忽暗的舞池时，便迫不及待地将她紧紧搂住，隐隐约约觉得她的双乳丰满异常，两个乳尖抵在他胸前，他的心酥了。他的左臂死死搂住她的细腰，按捺不住地努着嘴，狂吻着她的脸颊。情感也许是世界上最复杂、最难解的一种东西。在极度孤独和寂寞之时，有这样一位大局长夜夜陪她玩耍、解闷、逗乐，极大地满足了她的虚荣心，她有点飘飘欲仙的样子。她非但没有拒绝，而且觉得腹内似有一团热火，浑身酥软，异常舒畅。

俗语说得好，鸡卵再密也有缝。玉菊的越轨，逃脱不了左邻右舍雪亮的眼睛。傅弘茂听到风声，气得吹胡子瞪眼。心想，过去，人们把偷情雅称为"红杏出墙"；如今，社会上却直言不讳地臭骂为"破鞋"。这事若要传进"积善堂"，怎生了得？！他急忙把此事悄悄地告诉高韵台，促她尽快提醒玉菊悬崖勒马。

"黑白说？打死我也不信！你别无事找事，尽管玉菊的事！"高韵台气愤地答道。

"好好好！就当我没说。你别到时欲哭无目水，就好！"傅弘茂撂下重话，转身就走。

公司许多好心人既不忍心看到好经理贾北贡被糊里糊涂地戴上绿帽子，又怕马奋民的淫威，便善意地旁敲侧击，将风声吹到贾北贡的耳边。

贾北贡不相信，一笑置之。他不相信玉菊会对他不忠，更不相信马局长会对他不义，至于玉菊和马局长去跳跳舞，无伤大雅，何必大惊小怪？话又说回来，其更深层的原因是，在家里他始终怕玉菊，就像老鼠怕猫一样。如果，此事无凭无据，捕风捉影，让玉菊翻脸，闹起来，他，堂堂经理的脸面往哪儿搁？到头来，他岂不成了众人的笑柄吗？他更怕马奋民，如果无中生有，岂不是对老领导恩将仇报、栽赃陷害吗？如果这样做，乌纱帽丢了，小命也难保啊！思来想去，他决定，忍为上。当然，他没有放松警惕，寻觅蛛丝马迹。

一天，贾北贡特地告诉玉菊，他要到象牙县出差几天。夜里，玉菊照例与马奋民相约去跳舞。午夜归来，突然下起大雨，玉菊紧挽着马奋民的胳膊，挤一把雨伞下，上了楼。玉菊主动挽留马奋民喝两盅，暖暖身子，再走。马奋民求之不得，连声叫好。数夜的狂舞，早已令他欲火难填。如今恰逢贾北贡出差，他心猿意马。

刚进屋，马奋民就像饿狼扑食一般，扯脱玉菊的衣服，双眼好似喷出火焰一般，热辣辣地盯住她胸前那雪白的一片，恨不得一口吞了下去。她见他紧盯着自己的双乳，也情不自禁腹内欲火中烧。顿时两人抱成一团，嘴儿相对，疯狂吮咂。她禁不住抱住他的脖颈，把他缠住，压在自己身上……

正当玉菊乌发松散，娇喘不息的时候，“啪”的一声清脆的巨响，一把铁榔头不偏不倚，正好砸在床边梳妆台的镜子上，一丝不挂的马奋民仿佛听到了枪响一般，惊恐万状地蹦了起来，浑身肥肉都在打战。玉菊惊叫一声，拼命钻进被窝里，浑身像筛米糠似的颤抖。愤怒的贾北贡一言不发地站在门边，双手紧握拳头，犹如一尊铁塔。他大吼一声“滚！”马奋民吓得屁滚尿流，抱头鼠窜。

虽人赃俱获，但贾北贡生怕家丑外扬。面对玉菊跪倒在地，一把鼻涕、一把泪地哭诉：马奋民如何骗她；如何强暴她；并苦苦哀求贾北贡原谅她、饶恕她，否则她就要去寻死……想到刚才床上那不堪入目的一幕，他怒不可遏，真想用铁榔头往马奋民的后脑勺狠狠砸去，但投鼠忌器，投向镜子。他想，如果不宽恕玉菊，这家庭、儿子、事业、前程都将毁于一旦。退一步，海阔天空。前思后想，君子报仇十年不迟，他还是把丑闻强压下来，强忍了下来。

然而，老鼠偷油目睭光。躲了几天后，不见贾北贡有任何动静，马奋民自然心安理得，不以为然。恨只恨，再也无法与玉菊相会了，因为贾北贡不再起早摸黑，天天准时回家。马奋民急得团团转。

"肃反运动"到来后他调阅了贾北贡档案。在档案里，贾北贡家庭出身是"雇农"，可文化程度填的却是"高中"，这引起他的高度怀疑：旧社会，俺老家一贫如洗的长工，怎能够培养出高中生咧？他急忙通过公安局朱副局长发函外调贾北贡的家庭出身和社会关系，并利用职权，以建设局肃反领导小组的名义，宣布将贾北贡隔离审查。

傅玉菊始终对与马奋民的那段绯闻守口如瓶，因为说了，只能是搬起石头砸自己的脚。所以，当玉樱向她问明情况时，她非但不领情，反而觉得玉樱是六月芥菜——假有心。作为家庭主妇，她从来不关心国家大事，更不理会什么"运动"，所以她对于贾北贡平白无故地被关起来，莫名其妙，一头雾水。压根儿也没想到，这全是她惹的祸。自那夜出事后，她就与马奋民断绝了来往，她有过后悔，有所收敛，因为她觉得这样做对不起贾北贡，最终也毁自己，毁了家。贾北贡被关押，她唯一的本事就是第一时间跑回红楼向母亲哭诉。当玉樱劝她别哭，赶紧回公司找熟人打听情况时，她才蓦然想起马奋民。对呀！大难临头，只能找马奋民局长。不看僧面看佛面，凭着与马奋民的旧情，她认定马奋民会助一臂之力。

好不容易，她寻问到马奋民的办公住处。拎着两瓶汾酒，她像刘姥姥进大观园一样左顾右盼，诚惶诚恐地走进专署机关大楼。

"哟！妹子呀，你咋来了咧？"马奋民看到朝思暮想的心上人突然出现在眼前，宛如天上掉下个林妹妹，惊喜若狂。他三步并作两步迎上前，紧紧地拉住她的手，久久不放。

一见到马奋民，犹如见到亲人一般，她憋了好久的泪水扑簌簌地直流下来。在办公室里，她极力控制自己，没哭出声来。

"做啥？做啥？"马奋民装模作样连声问。

"北贡……"她心乱如麻，顾不得再思索直截了当地说："贾北贡被关起来了！"

马奋民急忙倾身扶住她坐在沙发上，假惺惺地问："咋回事？"

她横竖搞不清楚什么原因，只能像拨浪鼓似的一个劲地摇头。

极快地，她央求马奋民救贾北贡，一连说了三遍。虽快，但她说得很清楚、很明确：若救不了贾北贡，她也不想活了。她用手背抹去脸上的泪，没了北贡，全家都活不成！

马奋民眯着眼睛看着濒临绝望的她，心里颇为得意，仿佛在甜蜜蜜地享受着她对他的无限信任。心想，需要找个借口，拖延一段时间。

"好咧，甭哭！"马奋民色胆包天，趁机用双手捧着她的泪脸，对准她的红唇送上一个深吻。

"哥一定有办法救他！"他一边说，一边把她紧紧搂住，并上下其手。"行咧，我马上要开会，晚上你等着我。这酒你带回去，留着晚上与你痛饮。事情嘛，我来办！"

半夜时分，马奋民像幽灵似的如约而至，他前脚进门，后脚就急忙把门闩紧，迫不及待地将她顺势一搂，一阵狂吻，禁不住春心荡漾，欲火丛生。

"干什么？"她拼命挣扎。

"哥为你办事，你得谢我咧！"马奋民急不可耐地解开她的衣扣。

"办好了吗？"她急切地问。

"办咧！办咧！"马奋民那肥胖的手儿在她的身上乱摸。

马奋民再次占有了她。像被强奸似的，她浑身麻木，四肢无力，一股从未有过的委屈和愤怒一齐涌上心头。

"你说，事情真的办成了？"她怒气冲冲地追问。

"办……办……成咧！"马奋民又开始卖着关子，轻声细语地说，"贾北贡有反革命嫌疑，估计过几天就没事了。"

"反革命，放屁！北贡不是那种人。"她头皮噌地麻了一下，"你说，究竟还须等几天？"

"作啥，就等几天嘛！你何必较真？不是有我嘛！这几天我天天都来陪你咧！"马奋民肉麻的小眼睛贼亮贼亮的。

她猛地一怔：这不是遥遥无期吗？原来，你是个狼心狗肺的东西，纯粹想乘人之危，专门来揩油，吃豆腐。我真蠢！没想到老阿祖说，"引鬼入宅"

一语成谶呀！她如梦初醒，扯了扯衣襟，绾了绾一绺散落的头发。

当马奋民企图再一次亲吻她时，她气得用双拳死劲地捶打马奋民的肩膀，大喊，"放开我！放开我！"可是，马奋民燃烧的欲火犹如万虫攻心，不顾一切，死死地压住她。在挣扎中，她忍无可忍，用尽全身吃奶的力气，使劲一咬，咬断了他的一小块舌尖。刹那间，痛彻心扉，他双手紧捂着流满鲜血的嘴。她猛然从梳妆台抄起一把剪刀。他见势不妙，狼狈不堪，急忙仓皇逃窜。

"呸！"她往窗外恶狠狠地啐了一口血肉，两只眼睛如怒目金刚。她忏悔对不起贾北贡，对不起这个家。她悔恨自己真傻，不仅让马奋民这个流氓骗了，而且让他玷污了！如今，纵然将马奋民立即五马分尸，也难解她的心头大恨。整整痛哭一夜后，她觉得应该活下去，为了北贡和北仔子，也为了等到有一天，能够亲眼看见马奋民的可悲下场。

拈花惹草的马奋民说话有些磕巴。他逢人辩解，说是骑车不小心磕伤的。专署的同事虽全然不知是傅玉菊所为，但都私下猜测能以这种方式惩罚马奋民的人，一定是被他欺负到极点的女人。人们暗自窃喜、拍手称快。

半个月后，贾北贡老家的公安局复函：查贾父是大地主，解放后被镇压……马奋民如获至宝，立即对贾北贡进行突审。

对于贾北贡的家庭出身，说来话长。他的生父的确是一无所有的雇农，常年在贾家当长工。他四岁时，生父病死，年轻、美貌的母亲走投无路，被逼改嫁给贾家六十多岁的老爷当小妾。他虽从小在地主家长大，但他始终认为，自己的每一条血管里流淌着的每一滴血，都是天底下最纯正的无产阶级的血，绝对没有掺杂一丁点地主阶级的成分。高中毕业后，他毅然逃出地主之家，以雇农家庭出身，报名参加了南下学生服务团，招了干、入了党、当了官。他如实交代，但拒不承认自己隐瞒真正的家庭出身。因此，他遭受批斗和关押，最后，贾北贡以隐瞒阶级成分，被开除党籍和公职，遣返原籍，劳动改造。

傅玉菊哭得死去活来，最终还是抱着北仔子，跟着贾北贡踏上迷茫、凄惨的遣返之路。

高韵台痛心不已，后悔莫及！她真没想到，应验了傅弘茂的那句话：欲哭无泪水。老六真是乌鸦嘴，客鸟心[1]啊！

1　喻为忠言逆耳。

六、祸不单行

傅弘茂含着热泪，刚携带全家人送走了哭哭啼啼的玉菊，噩耗接踵而来。

傅老四因偷工减料，以次充好赚黑心钱，遭到批斗，自杀身亡。

惊闻噩耗，慈悲心怀的老阿祖悲痛不已。她气愤地骂道："足夭寿！三个保正，八十斤——偷斤减两[1]？毋惊予雷公砸死！"但对傅老四自杀，她仍深感痛惜。

傅弘茂摸不着头脑，既尴尬又纳闷。

傍晚，一向孤僻高傲的三女儿傅玉荷破天荒地跑回红楼，呜呜咽咽地告诉傅弘茂，她被划为"历史反革命分子"，今后一言一行都要接受管制……

"什么？"傅弘茂好像没听清楚。

"我……我……我参加过……'中统'"玉荷的心被四处渗进的泪水所淹没。她比玉樱小四岁，谈不上美貌，脸上有小雀斑；肌肤细腻，眼睛近视，身材小巧，性格外向。

"你呀你！人牵你毋走，鬼牵溜溜跑[2]。当初你在学校时，我再三叮嘱你专心读书，莫心比天高，成天不着家，歪嘴鸡想吃好米[3]？专听你那国民党老师的屁话，从什么屁政？为这事，我骂过你多少回，你听不进，月光下看人影——自视清高！"傅弘茂气得七窍生烟。

---

1 喻为偷斤减两。说的是日据台湾时，台湾蔗农总受日本人开设的糖厂压榨，偷斤减两。有一回，满车甘蔗一称，重量少了一半，在场的所谓三个保正也吓了一跳，三个人上去一称，仅有八十斤。
2 毋走，不走。溜溜跑，快跑。
3 喻为异想天开。

"哎呦！老六，玉荷哭得要死了，你还责怪什么？"柳芹急忙掏出手帕给玉荷抹泪说："玉荷，不是你阿爸存心骂你，而是近来家里接二连三出事，伤透了他的心啊！"

"唉！人咧衰，种瓠仔生菜瓜。你四伯走了，你玉菊姐也上西北了，你又……这林林总总，祸不单行啊？"傅弘茂喃喃自语，心底唯独庆幸田舒夫平安无事。

第三章

一、祸从天降

　　女人的直觉，往往有着惊人的准确性。连日来，傅玉樱眼皮直跳，预感田舒夫似有祸患，心中直发颤。

　　夜里，新任的人事科副科长秦好磋突然来到家里，阴阳怪气地对她说："田舒夫是右派，已被开除党籍和公职，判处劳动教养，即日押送。他的衣被等，务必在后天上午11点之前送东埔头看守所，否则……"

　　如此巨大的灾难突然袭来，她一下子被击垮了，心"唰"地一下就掉进冰窟窿，脸色倏然白得像死灰一般，眼睛睁大到失神的程度，浑身不停颤抖，眼前霍然一片漆黑，双脚一软瘫倒在地上，不省人事。

　　"阿母！阿母！……"孩子们顿时哭成一团，惊慌失措。

　　所幸，柳芹在场，急中生智用手拇指紧紧地按她的人中穴，呼喊嘉亮快去红楼请外公来。

　　很快，傅弘茂来了，老阿祖也赶到了。好大一阵子，她缓缓醒过来，众人七手八脚将她抬到床上，柳芹一口一口给她喂热茶。

　　"柳芹，出啥代志啦？惊死人！"老阿祖急扯柳芹的衣襟，走出卧室问。

　　柳芹懵了。她压根儿不懂什么叫"双开"，什么是"劳教"？只记得秦好磋恶狠狠地说，"田舒夫是右派，马上要押走了！"

　　傅弘茂像惊掉了下巴，慌忙截住柳芹的话："你听清楚了吗？这种话是绝对不能乱讲的呀！"

　　"我……"柳芹不禁战栗了一下，滑到嘴边的话又强噎下去。直到恍过神来，她才支吾吾地说:"我怎敢乱讲啦!"

"怎么?抓走了?"老阿祖用力扶住桌子焦灼地问。她听不懂什么鬼"双开",只知道要将田舒夫押走,如同旧时为官遭贬,发配充军一样。像有几滴冰水突然落在她的背上,她颤了两下,控制不住再问:"老六啊,老六,咁会出这款天大的代志呢?咱舒夫为啥这般歹命?这般业债[1]?靠山山崩,靠壁壁倒,靠猪寮死猪母[2]。他既无杀人,也无放火,究竟犯了哪一条王法?这般无天理,讲起来天就黑一边!好好的一个后生家,不让他当差也就罢了!为啥还要戴什么'碗糕帽子'?还要发配充军?唉!都是这夭寿许武良开公费,谢私愿[3]!五年来,关了放,放了关,搞得舒夫像一个柴头庵仔[4],任人摆布,足可怜!害得咱田家上天无路,落地无步,冷冷人何日才会回春?……"老阿祖哭得凄惨叮咚,捶胸顿足。

傅弘茂像突然遇上疑难杂症,束手无措,怎么也找不出舒夫的"病因"。他屈指一算,小小的红楼竟出了三个半的"右派":老大那工程师的女儿和老五的儿子傅宗莽,加上舒夫是三个,还有二婶在省外教书的小儿子心直口快,被划为中右分子——算半个。

眼下,再多的唉声叹气都是徒劳,应急才是上策。他立即把玉梅叫来,要她二十四小时陪护玉樱一家。叫柳芹专门负责帮忙打点舒夫的行装。

"大事不失小费。时间紧迫,衣物备齐、备足,最要紧!"他一边掏钱,一边对柳芹交代得严丝合缝,如同准备一场大手术,容不得半点差错。

开除党籍、劳动教养!如同山崩地裂。田舒夫,一个曾经无所畏惧的地下党员,左手拿着《决定书》,右手捂着额头,脸色苍白,浑身不停地发抖。但他没有哭,没有一点眼泪。被错误划为"右派",他有预感,也有思想准备。他曾冷静细想过:我不求宽恕,只求公道!无非是回龙岭种田去!归去来兮,既自以心为形役,奚惆怅而独悲……我已厌倦这种无休止的人斗,厌恶这种肮脏和血腥的斗争。我尚年轻,凭双手完全可以养活一家人。在龙岭自己动手,

---

[1] 指坎坷。
[2] 喻为祸不单行。
[3] 喻为假公济私。
[4] 指木偶。

丰衣足食啊！一家子团团圆圆，和和美美，共享天伦之乐，何乐而不为？玉樱在乡小学教书，孩子们就近上学，培养和教育他们成为有知识、有修养的自食其力的新型劳动者。我干自己喜欢的事，白天干农活，夜里看看书，和老乡们聊聊天，与孩子们乐一乐，不求名，不图利，不再过这种提心吊胆的日子，更不必戴上"积善堂"的高帽子……这虽是最低的要求，却是最大的快乐！

一整夜，他脑子里产生了许多难以忍受的精神大刺激：这辈子就这样完了吗？我这一辈子都在逃难。年仅二十五岁的我，强忍着失去唯一亲人老阿嬷的巨大悲痛，冒着深入敌营的巨大危险，受地下党组织的委派，到省北国民党部队里做兵运工作。隔年又被调到省城做学运工作，我对党忠贞不二，作战勇敢，怎么竟被党推出门外，成了被遗弃的政治孤儿呢？解放前后，我在报纸杂志上发表的一些文章，字里行间无不跳动着我对党、对革命赤诚的心，怎么一夜之间就变成了"反党黑文"呢？自"脚踏车案"以来，我已被提心吊胆、逆来顺受的生活折磨得筋疲力尽。我曾有过心如死水；也曾有过一种废然思返、怅然若失的心情；总觉得独自行走在一座横跨深渊的危桥上，摇摇晃晃，险象环生。我不明白，不理解，不服气。为什么一桩"脚踏车案"和一个"积善堂"竟然如影随形，永远抹不去，洗不掉？现在，要命的是被划定为"右派"，并且"双开"！这不仅将改变我的命运，甚至会影响子女啊！难道我注定背上"右派"这沉重的十字架吗？啊！这就是烙印，生与死的烙印！如今危桥已轰然垮塌了，我掉进万丈深渊，没人救得了我呀！

事到如今，我有什么办法和力量去申诉、去反抗呢？没有！一点也没有！难道我只能独自默默去承受、去死吗？在星云世界中，我只是沧海一粟，微不足道，即使我明天死去，太阳照升，地球照转，宇宙依然如故。但是我不能死！公道自在人心，不在时势！虽然此时我无回天之力，但是屈原说得好，"路漫漫其修远兮，吾将上下而求索"，无论如何得活下去！

只是，我去劳教，家怎么办？妻儿怎么办？一个光荣的革命之家转眼间变成可耻的"右派之家"，四分五裂，天各一方！天哪，这"罪过"，我拿什么来赎呢？拿什么去拯救家呢……他一阵心酸，钻进被窝里抱头痛哭，泪水湿透了枕头。

两天后，傅弘茂带着玉樱和嘉亮，还有拎着行李的柳芹，心急如焚地赶往市郊东铺头看守所。

多亏协和医院外科有位护士长的丈夫是看守所的副所长，她不怕被右派"传染"，雪中送炭，乐意帮忙让傅玉樱与田舒夫见一面。可是联络不畅，见面的时间像孙猴子的脸——说变就变，搞得傅弘茂如惊弓之鸟，无所适从。

中午时分，一团团阴惨惨的乌云，在冬天的天空中沉重地缓缓地移动着，大地沉没在泥泞和潮湿的空气里。路上行人稀少，两旁枯萎的小树和远处秃顶的梁山，像死人一样苍白，显得十分凄凉。

"傅主任，你怎么到这个时候才来呀？！"副所长焦急地问，"不是说好了，只来两人吗？"

"是，是两人！噢，我女儿玉樱和外孙进去见一面就行！"满头大汗的傅弘茂连声答道。

经严格的检查后，看守所黑漆漆的铁门轰隆隆地推开一条门缝，傅玉樱和嘉亮快步走去，好像一步就要跨过半个地球似的。

铁门终于开了，荷枪卫兵押着一个人缓步走来，副所长紧随其后。

"是阿爸！"眼亮的嘉亮惊叫起来。

"不许喊！"卫兵大吼一声。

嘉亮吓得浑身的血液都凝住了，蜷缩在她的身后。

"快，将他的手铐解开！"副所长向卫兵发话，转身对傅玉樱说："快！只能给你五分钟。"

"五分钟？"她的心猛地一揪，简直不敢相信朝思暮想的心爱的丈夫竟然沦为"名副其实"的罪犯：剃光头，戴手铐，好像经了霜的草儿似的。她目不转睛地望舒夫，人变黑了，胡子拉碴，眼窝凹陷，脸色憔悴，但那双炯炯有神的眼睛显得十分忧郁和茫然。她不顾一切紧紧地握住舒夫的双手，立刻感到舒夫的手也在发抖，准备了好久好多的心里话一下子全忘光了。

夫妻俩仿佛被钉在那里，紧握双手，久久凝视，目光痛苦、呆滞而沉重，足够瘆人的。

"阿爸！"嘉亮一下子扑上去，打破了短暂的沉默。

"玉樱，玉樱！你听我说，这——三年五载——就——就权当——我——过番去吧！"舒夫用极其痛苦低沉的声调一边说，一边抱着嘉亮，"阿亮，好孩子，不哭！阿爸是去南洋做工，你一定要听你阿母的话，认真读书。记住！把我的话告诉嘉欣、嘉顺、嘉欢和小嘉安。"

"舒夫，这两百元是老阿祖给你的。她老人家千叮咛万嘱咐，此去你无论如何，心要想得开，放得下，看得破，照顾好身体最要紧。她说，车到山前必有路。咱阿爸和柳芹也来了，在门外，没法进来。咱家里的事，阿爸会尽心照顾好的。你千万要放心，我和孩子们永远等你，等你平安归来，你一定一定要保重好自己的身体啊……"

"121号时间到！"卫兵厉喝道。

此刻，她才霍然看见舒夫胸前衣上还缝着一块小白布，写着"121"编号，舒夫生命中的一切难道就这样被消灭了？难道连自己的姓名也要被抹去吗？她的双脚顿时变得软绵绵，背上感到一阵阵发冷，心脏刹那间似乎停止了跳动。

突然，舒夫猛地抓住她的右手放在自己的胸前说："相信我，一定会平安回家的！这钱留给你，孩子们更需要，你……"看到舒夫的目光，流露出特有的坚定和自信，她瞬间心领神会。她知道，这是舒夫给她发出的暗号。解放前，每遇危急关头，舒夫都会流露出这种神色，说出这句话。

"121号时间到！"卫兵立即抓住舒夫的手，扣上手铐。

"咔嚓"一声犹如一把斧子劈裂了她的心，泪水扑簌簌地流满她的脸颊。

舒夫双膝阵阵冷战，仿佛置身冰天雪地之中，拖着沉重无力的步子，缓缓离去。

"爸，阿爸！"嘉亮哭着、号着。

副所长一个箭步冲上前，抱起嘉亮，轻轻地捂住嘉亮的嘴说："不哭！这里不能哭！"

此刻，她的双脚像灌满了铅似的，怎么也挪不开。相见时难别亦难，何日再重逢？一股难割难舍、悲痛欲绝的心情一起涌上心头。然而，此地岂能久留？她泪如泉涌，一步三回头，凝视着舒夫远去的背影，心从未有过这么痛啊，痛得碎掉了。

二、押解笼山

"吱——吱吱"一阵急促而又刺耳的哨声响彻看守所。急促的脚步声，此起彼伏的吆喝声，"吭咔吭咔"的咳嗽声……交织成一曲杂乱无章、糟糕透顶的打击乐。

男犯人惊慌失措地挤出牢房。无论年轻的、年老的、瘦的、胖的、高的、矮的、脸白的、脸黑的一律剃着光溜头；女犯人紧随其后，剪着短发，每个人胸前都缝着一块带有编号的小白布，背着被包，拎着行李，低着头，两人一排。

操场上，他们按编号被复查一遍，副所长在检查时，悄悄往田舒夫的衣袋里塞了一小包东西，默默不语，用友善的眼神与田舒夫道别。

夜幕降临，车队在坎坷不平的路上颠簸摇晃着。

田舒夫望着空中依稀的星辰，机灵地揣测汽车正驶往崎西火车站方向。这条路，他主持规划和设计，很熟悉。望着车灯光柱里的一缕缕灰尘和一群群飞蛾，他霍然产生一种奇怪的幻觉：尘土飞扬，细小的微粒像幽灵般，在闪光、在飞舞，绘出张牙舞爪的可怕图画。他心冰凉下来，紧紧闭上双眼，脑海里又浮现出与玉樱依依惜别的悲痛情景，心如刀绞。

突然，同绑在一条绳上的年轻人——122号蜷着的双腿已麻木了，赶忙用手撑着屁股，想直立起来，活动一下。

望着122号那张可爱的白皙皙的娃娃脸，他小声说："别动，找死啊？"

"真受不了！两条腿好像不是自己的了。"

"忍忍吧，小伙子！你是？"

"右——派。"122号显得十分沮丧。

"你才几岁？"他惊讶万分。

"二十四了，大学刚毕业就……"

"成家了？"

"刚结婚……"122号脸上露出拘谨、内疚、腼腆的表情。

"嘎吱"一声，汽车停在崎西火车站站台上。站台上车水马龙，全漉溪所辖县市的"右派"统统集中在这里上火车。

子夜，两个火车头前拉后推，喘着粗气，穿过隧道，沿着"之"字形的铁路蹒跚着，艰难地向山顶前行。

"究竟去哪里呢？"122号焦躁不安地触碰田舒夫手臂。

"向北，一定是北上！"田舒夫答。

"北上？去西北大漠吗？"122号吓得伸出舌头。

"不可能吧！"

"为什么？"

"没有配发干粮和水，如果要到新疆或西北至少也得走十天半个月啊！"

"那会去哪里呢？"

"噢，到了，你就知道了，可能会……"

"不准说话！"一阵子弹上膛声。

田舒夫思忖着，可能会被押送到省内的某个荒无人烟的大山里。他想：人类在发明监狱之前，或许早已有了放逐。远古时期，将某人逐出部落，也算称作放逐吧！人，一旦脱离了久已习惯的生活环境，生存的苦难便不言而喻，所以说，流放既带着耻辱的烙印，也伴随着死亡的威胁。

火车越北上，天气愈冷，一阵阵凛冽刺骨的寒风像鬼哭，似狼嚎不停地从门缝钻进来。车厢仿佛变成大冰窟。难以忍受的寒战冷得田舒夫浑身发僵，他赶忙在黑暗中手忙脚乱地解开背包，把厚厚的被子紧紧地裹在身上，仍瑟瑟发抖。寒夜里，冰透的冷气穿透力极强，谁也无法抵挡，他又冷又渴。忽然，他发现衣服口袋里有个硬邦邦的东西，伸手一摸，一粒粒，硬邦邦，噢，是糖果。他喜出望外地摸出一粒送给122号难友，再不停地摸啊，送啊，让身边难友与他一道分享这难得的稀有"珍品"。留下最后一颗美滋滋地含在自己嘴里。顿时，他由衷地感激那位素昧平生的看守所副所长。

拂晓时分，火车突然停靠在一个前不着村、后不着店的荒郊野外，犯人们像垃圾一样被扫下火车。紧急列队后，沿着弯弯曲曲的小路继续前行。

黎明前的天空挂满星斗，干冷的寒气把大地冻裂了，四处除了望不穿的山路和叫不破的寂寞，一无所有，呈现十分寒碜的景象。道路墨黑泥泞，路边的怪树摇着枯枝，带着一种不可思议的愤怒和责怨，仿佛在恐吓和追扑犯人似的。

直到傍晚，队伍才抵达楼前县城。

隔天凌晨，队伍开始向深山老林里的笼山进发。田舒夫极目凝视眼前的山路，虽和昨天的路一样孤寂，但显得陡峭和狭窄，呈"S"形地躺在那儿，像是一条无尽头的烂泥和乱石组成的线，到处是高大而瘦瘠的树，狰狞张舞，令人望而却步。

山路的确危险，右边绕着巉岩，左边临着深涧，狭隘的山路上布满草苔和枯叶，有些地方脚一踩，就坍塌了；有些地方早已结冰，一不小心就会滑倒，走起来相当费力。深涧山泉淙淙流过，时而覆着一层薄冰；时而在黑色的石头间跳跃激荡，泛起层层白沫；越往里走，天色愈发阴暗，山路愈发陡峭。中午下起小雪，灰蒙蒙的天空飘着雪粒，像一片片洁白的梅花似的飘撒而下。

"哎哟！"来自漓溪的犯人们大都从未见过雪，不约而同地惊呼起来，没有兴奋，只有恐惧。

田舒夫的耳朵和脸颊冻得厉害，凛冽的寒风夹着雪花不停地往棉衣里灌。他把棉衣裹得更紧，帽子压得更低，腰间还扎着一条草绳。风在山间怒号、呼啸，一会儿迎面扑来，吹得雪花沾住了眼睛；一会儿从头顶上嘲弄地灌进脖子里。四处灰蒙蒙、白茫茫，找不到任何一个路标，看不见任何一点尽头。

三、苦海无边

笼山像座大牢笼。

高耸入云的笼山主峰，把一座座连绵起伏的山峦紧紧地连接起来，宛如一个黑黝黝、密匝匝的大铁桶。四周原始森林遮云蔽日，令人寒毛直竖；巨树参天，虎啸狼嚎，野猪成群……踏入此地，有一种大祸将至的恐惧与不安，仿佛置身于一个与世隔绝的悲惨世界。

第一夜，笼山雪花狂舞，寒风怒吼，冰天雪地。疲惫不堪的田舒夫挤在矮小的茅草棚里，裹着棉被仍浑身发抖，背靠背，打一会儿盹。这是用竹子和芦苇围起来，再抹上一些泥浆搭起的茅草棚。由于连日来上千名囚犯一下子涌进笼山，原来每座棚里，只能住三四十人，现在硬塞挤进百来人。这夜，干咳声此起彼伏，撒尿声不绝于耳，还有刺骨的寒风狂呼不停，想要安稳地睡上一觉，简直是天方夜谭。囚友们能够抱团取暖，熬到天亮，不至于冻死，就算是阿弥陀佛了。

天亮后，首先是点名；再是剃头。田舒夫刚剃不久，也不行，得再剃一次，这是规矩；三是逐个搜查带来的行李。但凡农场规定的违禁物品，全部没收，至于钱和粮票，统统交给看管干部保管；四是编组，分农、林、副业和后勤四个大组。田舒夫被分到农业第十七小组；五是背规矩。农场规定多如牛毛，足足有四十多条。譬如，早晚点名——这是死规定。这不是简简单单地数数人头，而是必须老老实实地沿着大统铺床边，左右站立成两排，由看守点名。

初到笼山，头一项劳动是烧荒。场部命令务必在隆冬前，开辟一片荒地，搭建一座遮风挡雨的"囚窝"。想要在荆棘丛生、芦苇没顶、灌木丛杂、枝叶蛮披的万年荒坡上开荒，谈何容易？单就开辟一条三十多米宽，数十公里长的防火隔离带，就足够让囚犯们剥掉一层皮。这不是人垦荒，而是荒啃人。

初冬的清晨，近处一层薄薄的白雪宛如巨大轻软的羊毛毡子覆盖在荒坡上，闪亮着寒冷的银光。远处的森林和高山像死人一般苍白，显得十分悲凉。

此时，田舒夫和囚犯们一道冒着严寒，一头钻进荆棘丛中，挥舞着锄头，一米一米地开辟防火道。

无论白天，还是黑夜，田舒夫和囚友们每天至少得干十二小时，日复一日，顶风寒、斗冰雪、抗饥饿、披荆斩棘，无休无止，累得筋疲力尽，人仰马翻，真可谓度日如年。

经过一个多月的鏖战，终于挨到烧荒的日子。"点火啦！烧荒啦！"一声长哨，响彻荒坡。

随即，火焰腾空而起，红红的火舌吞噬着荒坡上的野草、芦苇、荆棘和灌木……火苗到处蔓延，势不可当。火焰像瞬息万变的群山，忽而千仞齐发，忽而独峰突起；忽而跳跃着，忽而狂舞着。热风呼呼地直叫声；荆棘、灌木、树枝折裂发出惨烈的号叫声；树冠上的枝条盲目地抽击着地面噼里啪啦的乱响声，一声声鬼哭狼嚎，如泣如诉。一片片红色火光从早烧到晚，从晚烧到早，被风吹得东倒西歪。田舒夫和囚友们从未经历过这种极其恐怖的场面，大家提心吊胆地紧攥住手中的树枝站在防火道上，严防荒火肆虐蔓延。

初更后，突然狂风大作，满坡火起，上下通红。到处是浓烟和纷乱，有人惊恐；有人逃跑；有人吓昏了。防火道上不时爆发出呼喊声和惨叫声。

忽然，一长串凌乱的荒火发疯似的朝田舒夫的左侧袭来，风助火势，扑过宽阔的防火道，点燃道边的芦苇，哗啦啦的火苗很快变成一团团火球，横冲直窜，足有几米高。

"快！后撤，集中扑灭！"田舒夫当机立断，大喝一声："朴壮壮你们一组往右！龚长沙一组往左！正面由我这组来！"他临危不惧，果断指挥，眼睛炯炯发光像荆棘丛中的一堆火。

千钧一发，他奋不顾身地冲进火场，眉毛烧焦了，衣服烧着了，手中的树枝仍在不停地扑打火苗。幸亏，管干事带了大队囚犯们及时赶来支援。火终于扑灭了。奋战中的田舒夫脚下踩着的石头，突然松动，跌进一丈多深的山沟里，昏死过去。

醒来时，田舒夫已躺在486号囚犯苏军医的草棚里，像死去一般一动也不动。

就这样闭上眼睛，该有多好啊！面对着这种望不到尽头的漫长囚期，他的精神和心灵似乎快被击垮了。他扪心自问：我什么时候能够解除劳教？什么时候才能回漓溪？什么时候能见到自己的妻儿呢？遥遥无期啊！"云横秦岭家何处，雪拥蓝关马不前"……他深深地陷入了无限的痛苦、迷茫和彷徨的旋涡中，久久不能自拔。

在生命的低潮时，他最难割舍，难以解脱的是对家的眷念，对妻儿无时无刻的牵挂和思念。当得知农场准许与家人通信时，他兴奋地连夜提笔，急匆匆地给玉樱写信，心头仿佛又点燃从前给玉樱写情书时的冲动，千言万语如滚滚波涛涌入脑海。可是，他写了撕，撕了写，天快亮了，无从下笔，想对玉樱诉说的话太多了，但岂敢如实说来？一怕雪上加霜，玉樱受不了；二怕无事生非，"邮检"过不了；说谎话，他从没学过。瞻前顾后，他只能先写上一封短信，试试邮检的"水温"。

果不其然，他的信当即被管干事退了回来。

"田舒夫，你的信有两处必须删除。一是，你说最对不起的是妻儿，错！你最对不起的是党和人民，马上改！二是，你写什么屈原，屈什么屈？你胆大包天想喊冤？还提什么李……"管干事急忙打开信照着念，"哦，在这里你写什么'屈原说，悲莫悲兮生别离'，什么'李商隐诗云，嫦娥应悔偷灵药，碧海青天夜夜心。'写这些屁话干啥？有病呀你？头上'右派'的帽子嫌不够？天冷？你还想多戴几顶'帽子'吗？想挨抽吗？你干得不错，别没事找事了！"

说实话，是管干事手下留情。他对田舒夫的确有一点好感。他亲眼看见那天夜里，田舒夫奋不顾身组织扑火时那副坚强有力的身影。他觉得田舒夫有血性，挺仗义，所以就没把田舒夫的信直接上缴场部。

田舒夫心领神会，只好重写。信终于发出了，他愈发焦灼地等候玉樱的回信。他的精神仍处在低迷的状态中。

一天，他接到玉樱的来信：

亲爱的舒夫：

宗莽走了！你知道吗？他是自杀的！你听说了吗？

……我想告诉你的是，无论贫穷与富贵；无论甘甜与苦辣；也无论暂时与长久的分离；我们都必须拥有一个完整的家，这才是幸福的。你我都必须惜福。不知为什么？这些天，我心里总有一种难以言状的恐惧，比与你分别时更加惊慌失措，但愿这是我的神经过敏。所以，我一定要告诉你：我们同在一个月亮下，流着同样的泪，做着同样的梦，不管前面的路多艰难、多曲折、多漫长，我和孩子们永远与你在一起。

老阿祖和阿爸今天特地把我叫过去，他们要我马上给你写信。老阿祖说，往事放得空，人生才有望。老人家盼着你早日平安归来。

昨天，我急匆匆带着孩子们到北京路"我的照相馆"专门为你照了一张相片。你瞧瞧，孩子们多可爱啊！阿欣、阿亮、阿顺和欢欢都长高了，懂事了！小嘉安笑得多么灿烂啊！你要把这张相片时刻带在身上，想家的时候，就拿出来看看。痛苦时，它会给你力量；忧愁时，它会给你希望；迷路时，它会给你导航。我相信它一定会让你记住，你有一个日夜牵挂的家，有一群天真活泼的孩子，还有我——一生只爱你的人。

舒夫，你的现在，我的痛。你的未来，我的梦。我的心永远与你在一起，生死与共。记住！这个家不能没有希望，孩子们更不能没有未来……我深知你是最关爱这个家和孩子们的真正的男子汉……

田舒夫那爱抚的目光久久地凝视照片，仔细地瞧着一张张熟悉可爱的脸庞，怎么也看不够，特别是看玉樱，看得十分入神，她的眼神那么忧郁，不由让他全身一震；孩子们笑得那么天真，令他情不自禁地亲吻这张珍贵相片。他暗自沉思，我们的生命不仅属于我们自己，还属于妻儿和亲人，活着，更是一种责任和义务！在笼山，生比死更难。死，只需一时的勇气。而生不仅仅需要一身胆识，还需要生存的智慧和一种超脱的心态；必须把苦难当做生活磨炼，从中硬嚼出一丝丝甜味来。谢谢玉樱的苦心啊！有这张照片陪伴，我不会再孤单。我该拿什么来报答你——我的爱妻？唯有六个字：活下去，早回家！

爱的力量是无穷的、不可战胜的。玉樱的这封信仿佛在无尽的黑暗中为他点亮了一盏希望的明灯。

四、针线情

"你是针,我是线,
针线永远粘相偎。
有针无线阮是要按怎?
思念心情无地看。"

笼山与漈溪,关山千重。"邮检"解禁后,田舒夫和傅玉樱靠鸿雁传书,寄托针线之情。

一月九日晚

亲爱的樱,此时屋外的雪,初如柳絮,渐似鹅毛,纷纷扬扬像编织成一张白网。我坐在床头,一边吃着你寄来的炒面茶,一边给你写信。古诗云:"有情饮水饱,知足菜根香。"一点不假!面茶既香甜可口,又充饥御寒,心里暖乎乎的。不过,话又说回来,寄包裹到此为止。理由很简单,我走后,你一分钱得掰成两分使,我把养家糊口的重担全撂在你的肩上,良心谴责永无宁日!我岂能让你鲂鱼赪尾,重负不堪呢?其他的理由就不多说了。新棉裤不必添置,阿爸的羊毛裤,不仅带给我温暖,而且带给我父爱。家里孩子们嗷嗷待哺,尤其是小嘉安,你把自己和孩子们照顾好了,就是对我的最大关心和最好安慰!

一月十九日

亲爱的舒夫，棉裤已寄出，想必月底就能收到。漉溪的裁缝店都不做棉裤，若不是洪校长帮忙拿到军人服务社加工，你就是想要，我也生不出来！针针线线寄深情。寒冬腊月，你能穿上它，自然也暖在我心头。涸辙之鱼，相濡以沫。家虽穷，可再穷也不能让你独自饥寒交迫，这是我做妻子的职责。我和孩子们少吃一口，你就可以多吃半碗，所以包裹无论如何还是要寄的，否则我会心疼的。阿爸也是这么说，有他和老阿祖，还有二嬷柳芹和玉梅妹的关心和帮助，你尽管放心！

一月二十八日晚

樱，不让你寄包裹，既是怕你多操心、多花钱，也是怕贼呀！很无奈，这里的贼比跳蚤还多。三教九流都是高手，贼的鼻子比犬还灵，只要打听到谁家寄包裹来了，只要是食品，便会悄无声息地把它一扫而光。曾有多少囚友费尽心机，绞尽脑汁，或偷偷地把它藏在竹筒中；或埋在杂物堆里；或夜里绑在裤腰带上……照样不翼而飞。管干事说得好，能出入银行打开保险柜的家伙，偷这点东西，如快刀切豆腐——不费力。这事谁也管不了！你辛辛苦苦寄来的面茶，我干脆当场拆了，给众人分享，让贼死了心！所以我劝你别再寄。

春节临近，小卖部开张了，最畅销的依然是烟酒。近日，不少平时不喝酒的人也噙着眼泪大口大口地喝，想借酒来浇灭心中的无限乡愁；谁都怕提"家"字，无非是怕捣碎自己的心。真可谓，不知今夕是何年！死气沉沉，没有半点过年的气氛和味道！你知道，我滴酒不沾，举杯消愁愁更愁，这种蠢事我不干。所以，我特别想家！想与孩子们一起过年，想与你共同迎接新春的第一缕曙光。再见了，我的爱妻，我在梦中紧紧地拥抱你！

二月七日晚

舒夫，洪校长出事了，被戴上与你一样的"帽子"！真可怜！老公离了，她膝下无儿无女，茕茕孑立，形影相吊。你说该如何是好啊？这些天，我为她流尽了泪。我无能为力，既见不到她，更救不了她。她是响当当的工人出身，不知为什么这次彻底栽了。据说，她将被押往笼山，所以，我万般焦虑地给你写信，你务必想方设法打听一下。如果能见到她，一定要安慰她，竭尽所能帮助她，鼓励她要顽强地活下去！你听到了吗？她是我心目中的好校长，好姐妹，如今有难，我们岂能袖手旁观，见死不救呢？

二月九日晚

舒夫，请原谅我的鲁莽。前天我之所以急匆匆告诉洪校长的事，是因为我担心她到笼山人地两疏，万一出事，如何是好？她和她爱人原本如胶似漆，众人夸她俩是"天仙配"。如今，风云突变，一刀两断，太残酷了！看来切不可把爱情当作信仰，烟花虽美，散场却是寂寞空无，悲惨荒凉。热情像一朵稍纵即灭的火花，美则美矣，无法持久。人世间很少有如火如荼的情人能成为白头偕老的夫妻，看来爱情一定要淬火，经磨难。

再有一周就是除夕了！想到你不能回家团圆，心里有说不尽的忧愁！你说得好，我们永远相拥在一起。你的来信给予我最大的安慰。

二月十六日晚

洪校长是否来笼山，我不得而知。如果能帮上忙，我一定会尽绵薄之力。只是，希望极为渺茫。一是农场大，囚犯多，难以寻觅；二是男女严格分处，极难接触。不过，你千万别急，我会另想法子。

二月十二日除夕夜

春天来了,笼山仿佛还冻结在冰里。我情不自禁作《丁酉除夕雪夜有感》两绝,赠与爱妻,权当新春贺礼。

一
雪舞风狂岁暮天,
笼山作客又经年。
此时最是伤心处,
洒泪迎新夜未眠。

二
岁月蹉跎万事空,
半生坎坷志无穷。
辛酸世味皆尝遍,
犹恐重逢云梦中。

二月十三日晚

亲爱的舒夫,大年初一给你拜个年!祝你健康平安!早日归来!孩子们一大早就笑逐颜开地去逛"公爷街"了。我抱小嘉安,陪老阿祖一起到西桥亭上香,一起为你祈福。入夜,鞭炮四起,甚为思念,聊作《相思》一首,请你斧正。

红楼一夜又东风,
遥望笼山冰雪封。
脉脉久别肠寸断,
绵绵思念泪珠红。

星残月落文思浅，
漏短灯阑情意浓。
但愿包公重抖擞，
天涯鸳侣早重逢。

二月三十日晚

亲爱的舒夫，你的新作，我只念给阿爸听，不敢告诉老阿祖，怕她伤心。阿爸说，他完全理解你的处境。然而，在穹苍极尽处当看见生命之光！正月新春，我们温暖和慰藉你的心，和你一起仰望星光。他嘱我步韵作《正月怀古》二首，经阿爸推敲后，寄上与你共勉。

一

运交华盖奈何天，
壮士无须怨旧年。
贾谊鸿文今犹在[1]，
夫君切勿夜难眠。

二

郑袖[2]岂容囹圄空，
屈平[3]《天问》意无穷。
且将悲愤心头忍，
花谢花开一笑中。

1　指西汉的贾谊。
2　指战国时期楚怀王的宠妃，加害屈原。
3　指屈原。

三月四日晚

樱，元宵灯红，读你新作，夜不能寐，作《戊戌上元夜怀爱妻》一首。

草窗冷雨一孤灯，
千里相思夜未明。
咫尺天涯长饮恨，
地绝海角误一生。
累妻受难千般苦，
害囝蒙羞百样惊。
天地轮回终不老，
三生石上续前盟。

四月二十日晚

夫，新年你的笔调仍很低沉，我何尝不是？故不敢再念给阿爸听了。夜读郑板桥诗："千磨万击还坚韧，任尔东西南北风。"感悟颇深，心绪汹涌，再次韵一首《劝夫》：

田家自有一花灯，
拨日见云分外明。
弹雨枪林忆旧梦，
风刀霜剑度今生。
良缘岂不心同热，
恩爱自然梦不惊。
地动天摇水倒转，
生生死死守前盟。

五月一日晚

诗言志。写诗需要静观默想，凝神入境，方有诗的灵感，美的佳句。而我整天在混浊的洪流中打滚，诗只是我的眼泪，愈伤心，愈难有诗兴。但我是有自省精神的人，精神是我应该坚守的园地。我会改的！

告诉你一个好消息，我已搬进自建的新房了。虽是三合土坯房，但比茅草屋坚实、暖和多了。听说，马上要建砖窑，烧砖瓦，届时把屋顶上的稻草一掀，铺上一溜子新瓦片，或许不比白楼的护厝差多少。你信不？我已抢先报名参加砖窑队了，不知管教干事放不放。

五月一日

舒夫啊，近日，八婶的大儿媳阿钏常常来找碴，实在令人心烦，老阿祖也看不下去，说吃教仔[1]是鸡仔肠、鸟仔肚。我一忍再忍，极力想修补关系，因为邻居是搬不走的，何况又是亲戚。可她得寸进尺，恶语相加，我是哑巴吃黄连！你说该如何是好呢？

五月十二日晚

佛教倡行善，道教讲不争，而基督教播大爱。万物并育而不相害，道并行而不相悖，皆有异曲同工之妙。儒家文化似可与西方文化融合。老阿祖一生与人为善，只不过对基督教总怀有偏见。我虽是无神论者，但我知道，在当今世界的三大宗教中，基督教无论从规模，还是影响力都堪称世界第一大宗教。所以对八婶的教宗信仰应予尊重，不能一味以"吃教仔"污名化。至于，阿钏无理取闹，可能是软土深掘！你说得好，邻居固然搬不走，但穷且愈坚。我们不惹事，也不怕事。关系就像玻璃，有时，与其痛苦地违心地去复合，不如就让它碎裂。心小了，事就大；心大，事就小，看世间纷纠，内心自然

---

[1] 指信教徒。

无恙。何况还有善良的八婶在，公道自在人心。别怕！

六月十六日晚

近月极少提笔给你写信是因"双抢"大忙。天上像火一样燃烧，地下的人像救火一样拼命，抢收抢种一刻也不容耽误，我们农业十七组的成绩总是名列前三甲。

你还记得原农林局的庄赛水吗？这人吃饭打冲锋，做事闪西风。人家个个挥汗如雨，他倒好，挑完一担谷子后，就溜到我们小组的田里来窝工，空担子一撂，晃晃悠悠躺在路边的草丛中，闭目养神了。正巧，我在那儿劈草，猛见一条黑白相间的眼镜蛇"嗖嗖嗖"地在草丛中蠕动着，蛇信一伸一缩抖动，张开大口朝他的脖子扑来。我大吼一声，抢起刀一阵猛砍，一米多长的毒蛇呜呼哀哉了！他吓得尿了一裤子。一样米，养百样人，这活宝竟然敢吃红柿配酒——存死！真替他捏了一把汗！

管干事说，五伯的宗莽也属这类活宝，难怪他撑不下去了。

七月二日深夜

舒夫，你又救了姓庄的一命，真为你高兴！同是天涯沦落人，该救还是要救的。不过，这小人的德性你比我清楚，千万别圆仔炒面线——膏膏缠。亲君子远小人，不论在哪儿，都如此。

夫妻间推心置腹的交谈是我所能给你唯一的安慰。你来信虽少，我依然会多写信。我想得出你痛苦和劳累的程度，相信我的每一封信能消解你心中的烦闷、寂寞与不安。

七月十五日晚

谢谢你的来信，每回来信，至少得看上七八遍，每看一遍就好像与你重逢一次。寄来《楚辞集注》等好书，勾起我无尽的忧思，人到中年，阅读好书之余，对世事自然感慨万千。一个人孤寂苦闷之时，一本一本啃下去，书会赐给我勇气和力量。人生总有过不完的坎儿，所以，要多学习，才能向前。唉！我这一辈子是活到老，学到老，不会到老！

第四章

一、软土深掘

贫穷像座大山压得她喘不起气来，一家六口仅靠她四十多元月薪度日。眼睛一睁，就得花钱；单喝漳江水，一担也得一毛钱。她既不愿时常向阿爸伸手，更不敢找老阿祖诉苦，光靠这点钱，一家子该怎样"生"，怎样"活"呢？

她紧缩开支，从油盐酱醋里节省每一分钱，连煤油灯都捻得如豆粒一般小。最严苛的是，每天买菜不得超过三毛钱，实施"分菜制"，孩子们不够吃，只能拌酱油或盐巴。偶尔，嘉欣欢天喜地从红楼捧回外婆高韵台恩赐的半小碗发馊的卤肉汤，孩子们高兴得眉开眼笑。

人心不是铁打的。每当看到孩子们瞪大眼睛，渴望多给点青菜的哀哀眼神；每当听到孩子们伸长舌头，把刚吃完的空菜碟舔得啧啧作响，她的心像刀割一般，深感自责和内疚。于是，她开始瞒着阿爸四处举债，寅吃卯粮。她债台高筑，四面楚歌，苦苦找寻开源的路子。

偶然的一次家访，她意外地获悉卖田藕能赚点小钱。孤注一掷，决心一试，她给嘉欣、嘉亮和嘉顺布置了暑假的第一个"临时作业"——卖田藕。

她叫嘉欣去北桥菜市场与那位家长跟班见习，投石问路，学怎买、怎削、怎卖……然后，偷偷摸摸地做起第一笔小生意。她生怕空穴来风，再三交代孩子们千万别张扬。

一粒小小的田藕，至少得削上几十刀才能削好，下刀要准，用力要均，全靠手腕的功夫。十斤田藕足有几百多粒，她和嘉欣削得头昏眼花，腰酸背痛，手脚发麻，直到晚上才削完，浸泡在清水缸里。眼瞅着一个个白花花的田藕静静地躺在清水中，仿佛见到一块块"银币"装满小水缸，全家人不由得心花怒放。

"卖田藕！新削田藕啰！大粒、便宜又好料！"嘉亮搬了块砖头当凳子，不停地吆喝着。

他俩不愧是"积善堂"的子孙，小生意一学就会，既会招揽顾客，又懂得随行就市。中午，田藕已卖得所剩无几。嘉亮口干舌燥，饥肠辘辘，真想吃粒田藕，但强噎下口水，不敢伸手。挨到十二点了，还没卖完，只好收摊。傅玉樱把剩下的五个田藕分给孩子们打牙祭。嘉欣掏光口袋里的钱，一算，赚了三角七分。

"好彩头！劳动最光荣！"她伸出大拇指夸奖嘉欣和嘉亮。在一旁的嘉顺像打翻了醋瓶子，心里极不服气。

一天，肖荷花到北桥买菜，偶见嘉欣和嘉亮在那里卖田藕，她不动声色。回到红楼便像疯子似的四处大声嚷嚷："太卸败[1]了！玉樱居然唆使团仔在北桥做生意……"消息像风一样迅速传遍"积善堂"大宅。令老阿祖、傅弘茂和柳芹都惊讶不已，觉得不妥，高韵台则以有损傅家的体面，横加干涉。

"阿樱，你太现世，卸败啦！"高韵台瞪大眼睛，像一头随时要扑过来的狮子。

"阿母，我做错什么呀？"她愣住了。

"七月半杀鸭子——鬼嘛知[2]！你，唆使嘉欣和嘉亮去卖什么碗糕，傅家的面皮都被你丢光了！"

"哦！阿母，孩子们卖田藕，一不偷，二不抢，光明正大，有啥错？"

"亏你做教师，满头壳全装屎！"高韵台说。

"我教孩子从小吃苦耐劳，靠自己的双手养活自己，有啥不对？"她据理力争。

"韵台啊，你做老母说话全没分寸，大乳压小囡——以势压人？玉樱的孩子既不姓翁，也不姓傅，哪会丢你的面皮呢？再说，孩子脸上也没贴字，写

1　喻为丢人现眼。
2　指闽南民俗农历七月普渡，必杀鸭子。喻为无人不晓。

上是'积善堂'的外孙？你是骂便宜，还是骂过瘾？"老阿祖忍不住连珠似的放炮。

"教坏囝仔啦！"高韵台不依不饶。

"阿樱啊，教孩子自食其力，我完全赞成。我知你薪水少，食水都不够[1]，走到这步确实不得已。但是，赚钱有数，性命要顾。囝子还小，万一有个三长两短，如何向舒夫交代呢？老阿祖和我都在帮助你，田藕就不要卖啦，好吗？"傅弘茂语重心长地说。

"我总不能长年累月都靠你们的资助，这件事，我会处理好的。"傅玉樱态度坚决。

"阿樱，我知你像澎湖查某、台湾牛，十足劳碌命！唉，自古，钱四脚、人二脚，钱要追人最要紧，人若追钱无性命！是咱舒夫太歹命，像卖鸭蛋的，侎翻倒担——看破啦[2]！一支草仔，一点露[3]。你要听你老爸的话，小心无蚀本。田螺含忍来过冬[4]！只要你将囝仔们养大，一家人平平安安就是福，平安就是赚钱啦！"老阿祖耐心劝道。

傅玉樱默不作声，依然故我。她咬紧牙关，继续带着孩子们每天周而复始地买呀、洗呀、削呀、卖呀；手指削破了，结茧了；手上的刀削钝了，磨成月牙形状了，带领着孩子们辛苦赚着血汗钱。尽管杯水车薪，远不能帮助家里解困，但是，能让孩子们尝到挣钱的甜酸苦辣，她的脸上露出了苦涩的笑容。

孰料，半路杀出程咬金，八婶媳妇阿钏跳出来对傅玉樱发难，使她不得不中断卖田藕。

不知为什么，自她搬进白楼护厝后，八婶的大儿子傅宗鑫和媳妇阿钏对她总是恶头恶面，歹声歹调，连孩子们也不放过。她忍气吞声，低三下四，吩咐孩子们像躲债主似的只从角门出入，不敢进白楼大厅半步。然而，抬头不见低头见，白楼唯一的水井就在护厝砖埕上，傅宗鑫夫妇每天都来护厝砖

---

[1] 喻为难以糊口。
[2] 侎，翻到，指卖鸭蛋血本无归。
[3] 喻为天无绝人之路。
[4] 喻为养晦待时。

埕提水、洗涮。在井边，阿钏经常挖空心思找碴，将她修理一番：说什么，用水太多了；骂什么，水槽占太久了；甚至砖埕湿了也要数落一通，无端的羞辱与谩骂竟习以为常。她只能像贼似的，趁夜里偷偷摸摸地来到井边提水、洗涮。

肖荷花见她继续卖田藕，耿耿于怀。因为肖荷花心里总万般妒忌傅弘茂明里暗里总护着她，便跑到白楼搬弄是非。

"阿钏，有件事我特地来告诉你，你可千万别过嘴，四处说！"肖荷花装模作样地说，"你别看阿樱是教书人，字识多，全装屎！她经常回红楼向老阿祖说你的坏话，骂你们白楼吃教仔……"

"哎呀，足可恶！真是人心肝、牛腹肚！"矮脚阿钏本来就一肚子坏水，一听就怒火中烧。

中午，嘉欣见阿母头疼在午睡，赶紧把田藕拿到井边洗。正巧，阿钏来倒尿桶，穿着木屐故意把石板踩得咔咔响。

"阿欣，你洗什么碗糕？"阿钏怒气冲冲问。

"洗田藕呀！"嘉欣头也不抬。

"死囝仔鬼！你把四处搞得脏兮兮，臭烘烘的，还敢顶嘴？！"阿钏放下尿桶，推开嘉欣，一把夺下小箩筐。"啪啦"一声将全部田藕连带箩筐一扔，一粒粒无辜的田藕连滚带爬跌落在砖埕上。

"你赔我！你赔我！"嘉欣怒不可遏，死死揪住阿钏的衣襟。

阿钏挥手狠狠地扇了嘉欣一个耳光。嘉欣双眼直冒金星，"呜呜呜"大哭起来。

"阿钏，你有话好好说，干吗动手打人呢？"她强忍着头痛，搂住嘉欣，义愤填膺地说。

"就打你这个死囝仔，没教示！洗什么田藕，还耍横，往我脸上啐痰，将我当作鬼仔不成？真可恶！"阿钏瞪起三角眼，双手叉腰，活像个泼妇。阿钏指着她鼻子说："你来得正好，好好教示你的囝仔，从今以后再也不准到我井边洗田藕，否则我就不客气！"

"你这是什么话？阿欣洗田藕犯了什么错？"她理直气壮。

"什么错，你自己心中有数！你老公是劳教犯，他被抓，你被撵，一家子走投无路才搬到我们白楼来，你还敢嚣张什么？"阿钏没想到她会这般愤怒，这般勇敢，居然敢用反问的口气。

"你讲话太无道理！阿欣洗田藕欠你什么理由？"她顿时如雷轰顶，听着不堪入耳的辱骂，羞辱和愤怒一下子涌上心头。

"劳教犯、杀头打枪货！你竟敢顶撞我！"阿钏恼羞成怒，竭斯底里大发作，"扑通"一声把整桶屎尿泼在她家门前的砖埕上，臭气冲天，不堪入目。

她一个箭步向前伸出手扯着阿钏的上衣大喊："走！咱找八婶讲理去！"

阿钏仿佛就在等她这一手似的，用快得出人意料的动作一把揪住她的头发，又伸出另一只手拼命地一阵乱打。

"住手！"犹如晴天打雷，正巧傅弘茂来到护厝，大吼一声。此时，狠心的阿钏像只野兽在用牙齿撕咬已经被打倒在地的她的手臂，直至血流出来，还不住手。

八婶闻讯赶到，厉声责训了阿钏，才制止了风波。

八婶约莫五十岁，身体又肥又胖，两道细弯眉，一双黑眼睛，胖乎乎的身子和懒洋洋的神态显得颇为善良。心肠极软的她不仅当面向傅弘茂父女道歉，而且执意要赔偿田藕款，并要退还一年的房租，以示赎罪。

在八婶的高压下，阿钏极不情愿地洗净了她家门前的污垢，并在傅宗鑫的陪同下，登门向她赔礼道歉。

她足足病了一周，在傅弘茂和柳芹的精心照料下，病愈了，田藕也卖不成了，"劳教犯"这三个字犹如沉重的十字架，背负在她的身上。

二、血泪汤圆

冬至前夕,寒潮来袭,艳丽的太阳让横暴的雨点淋湿了,融化了,倏然消失得无影无踪。刺骨的寒风像恐怖的乐曲,伴着冷雨无休止地演奏着,使温暖如春的漈溪顿时变得阴沉沉、湿漉漉。

寒夜里,傅玉樱伏在微弱的煤油灯下批改作业,脸颊冻得苍白,双腿不停地跺着。突然,嘉欣蹑手蹑脚给她送上一杯热腾腾的开水,刹那间一股暖流在她心头涌动。自舒夫去笼山,孩子们更懂事了,尤其是嘉欣日渐成为她的好帮手。

"阿母,冬至快到了!阿爸什么时候才能回家和我们一起搓汤圆呢?"嘉欣用渴望的目光凝视着阿母,往年阿爸搂着她,一家人围在桌前一起动手搓汤圆,过冬至的热闹情景又浮现在嘉欣的眼前。

嘉欣轻声地一问,触动了她极其敏感和脆弱的神经,贫血的脑中突然空白一块,像个搁久的鸡蛋似的,不知道冬至已悄然临近。恍过神来,她看了嘉欣一眼,虽说舒夫是肯定回不了家,但她不忍心去伤害嘉欣那颗孝顺的心,只能默不作声。

"噢,阿母!今天我去红楼,老阿祖有交代,冬至大如年。咱家一定要搓汤圆,过好节。"嘉欣一双美瞳似乎在说话。

"好好!你赶快睡,明天我拿钱让你去办。一定让你们吃上汤圆!"她一手捂住头。

嘉欣心里像吃上汤圆一样香甜。

每逢月底，家里总是十分拮据，时常东借西凑。没办法，前几天她戴上口罩偷偷地到协和医院卖了一次血。"冬至"是大节气，濑溪人把"冬至"称为"冬节"，既是期盼春天来临，又是祈福一家能平平安安，团团圆圆。再穷，也得过节。

一早，她从卖血款中掏出一块钱，吩咐嘉欣和嘉亮去买糯米和红糖。"咱们家也要搓汤圆！"这话说到孩子们的心坎上，孩子们眼前一亮，高兴得蹦起来。

穷人的孩子早当家。聪明伶俐的嘉欣渐渐学会了精打细算过日子。她飞快跑到红楼找二嬷柳芹，询问做三斤汤圆最多可掺入多少大米。正巧，遇见外公。傅弘茂匆忙对她说："阿欣，你来得正好，把这三块钱拿去给你老母，让她给你们做汤圆！"

她急忙摇摇手说："不用了！外公，我阿母已经吩咐我去买了。"

"好！那你就用阿公的钱，别花你老母的血汗钱！"

"什么血汗钱？"她蓦地一惊。

傅弘茂深情地抚摸着她的头，避而不答。

放学后，她顾不得煮饭，拿着陈旧的米袋子，拉着嘉亮，戴上斗笠，光着脚丫，急急忙忙冒雨跑到人民市场，一口气买了二斤半糯米，二两花生和半斤红糖。她兴奋地舒了一口气，背起米袋子，嘉亮手捧着红糖，两人笑盈盈，满载而归。

雨，一会儿像用瓢子往外泼，一会儿像用筛子往下筛，相互交错，持续不断。

半路上，忽听背后有人喊："囡仔，囡仔，米袋子破了！"她一听糟了！果然手里的旧米袋破了一个洞，白花花的糯米像断了线的珍珠一粒一粒往下掉。嘉亮眼疾手快，迅速用手捏紧破洞，可是米袋子经不起嘉亮重手使劲地抓捏，另有一处又暴裂开了，顾此失彼，慌乱中"扑通"一声，他手中的红糖掉进了泥泞不堪的地里，薄纸包裹着的红糖一浸到雨水，便立即湿透了，糖露出来，开始溶化。眼睁睁地看着，这边红糖一点一点无声无息地溶进泥浆里；那边糯米一粒一粒扑簌簌地掉入雨地里，她吓得不知所措，急得哭了起来。她十分后悔，明明知道家里的米袋子破旧不堪。每次买米之前，都要细细检查一遍，该缝得缝，该补得补。千不该万不该，今日这般粗心大意，以致酿成大错。嘉亮急中生智摘下头上的斗笠，连泥带水把红糖放进倒立的"V"形的斗笠里，再把她的斗笠紧紧地盖上。然后，嘉亮迅速脱掉身上的外衣把米袋子严严实实地裹起来，让她紧抱在怀里。最后，嘉亮急忙蹲下来，睁大双眼仔细地寻觅洒落在污泥浊水中的一粒粒细小洁白的米粒。

雨越下越大，密得像一铺帏幕。雨点像箭头似的斜打在泥泞的路上，雨水瞬间就把小小的米粒冲走了。嘉亮眼瞅着那米粒，时而无奈地顺着泥水流进路边的水沟里，时而挣扎着露出纯洁的身躯。不管他如何拼命地从中捡起来，一粒、二粒、三粒……但一切都无济于事。他怎么也无法捡回流失的糯米。他不死心，干脆连泥带米一把抓，可抓到手里的尽是冰冷的泥浆和坚硬的沙子。想到白花花的糯米不见踪影，他的眼在流泪，心在流血。他绝望地站起来，与姐姐一起抱头痛哭，任凭脸上的泪水掺和着雨水和泥水纵横流淌。

怎么办？他俩面面相觑，既怕挨打受骂，更怕全家人冬至吃不上汤圆，不敢回家。两人相约去红楼，找救星老阿祖和外公。可走到红楼大门口，又踌躇不前，谁也不敢跨进门槛。两人一脸铁青，浑身颤抖，像落汤鸡似的呆立在红楼大门屋檐下，像可怜的卖火柴小女孩儿一筹莫展。

恰好被柳芹一头撞见，立即心疼地叫起来："哎哟嘿！你两个憨孙怎像个流浪儿？雨这么大，站在门口做啥？"

老阿祖知道后，把他俩叫到跟前。听完事情的缘由后，老阿祖笑笑说："鸭仔下水身着浮——免惊！免惊！乖孙。这点小事，没什么了不起！我拿钱，你们吃饱后再去买。天公咁会饿死人？唉！你阿母真是俭得无谱无例，一个米袋子值几个钱？破糊糊，咁会用？这件事只能怪她啦！来！我这里还有南洋寄来的土白布，过几天我叫你二嬷抽空缝两只新米袋子。"老阿祖温柔亲切的目光宛如止痛良药立即愈合了他俩的伤口。

柳芹赶忙让他俩换上她孩子的干衣服，再喝下姜母汤、吃完饭。她悄悄地掏出二斤糯米装在自己的米袋子里递给嘉欣。瞧见嘉亮斗笠中被淋湿的红糖已经溶化成黑红色的泥浆了，她赶忙把斗笠冲洗干净，再拿出一斤多的红糖，塞给嘉亮。

回到家，他俩惊魂未定，把糯米和红糖悄悄放进厨房，不敢吱声。

夜里，嘉亮感冒了，不停地流鼻涕、打喷嚏、咳嗽。嘉欣打开阿爸送给她的日记本，工工整整地写下了检讨书：

"妈妈，我今天又让您生气了！我做了件大错事。我不该买米前没检查好米袋子就去买米，也不该没带上菜篮子，所以在路上米袋子破了，糖也掉地上了。我错了！我保证今后一定改正，做个好孩子。妈妈，您能原谅我吗？还有，这三块钱是外公给的，他说，不能用你的血汗钱来买汤圆。"

临睡前，嘉欣把日记本放在傅玉樱的教案上，学阿母装着熟睡的样子，躲进被窝里暗暗哭泣。

傅玉樱看到嘉欣的日记和钱，心痛不已，紧紧搂住嘉欣，泪水夺眶而出，贫血的脸上发青，显然阿爸早已知道她又卖血了。

冬至前一天，"积善堂"里磨米需要排队，因为仅有的三台石磨到处锵锵滚。嘉欣一早就去排队，可遇上一向趋炎附势的四嬷肖荷花绷着脸说："大人先磨，囡仔鬼统统靠后！"硬生生地将排队的嘉欣拉出来，让她先磨。嘉欣心里很不服气，但知道这个"虎扒母"不好惹。只好跑到其他两个地方，结果也差不多，大人们接二连三地挤着插队，她忍气吞声地挨到最后。

搓圆子啰！像过中秋和除夕一样，往年的这个时候是孩子们最激动、最甜蜜、最幸福的时刻，一家人其乐融融，围坐在一起，一边搓圆子，一边听阿爸讲关于汤圆的谜语："身穿雪白外衣，心里香甜如蜜，白沙滩上打滚，清水河中沐浴。"孩子们猜呀猜，怎么也猜不着，当阿爸将"汤圆"的谜底揭晓，并详细解析谜面后，孩子们笑得前仰后合，这笑声让冬至的田家洋溢着一片欢乐和喜悦。如今，阿爸远在千里之外，搓圆子的气氛像窗外的寒风一样冷飕飕，没有一点生机。傅玉樱强打起精神，按惯例先搓了两粒大圆子，曰为"圆公"和"圆母"，摆在竹筛子正中央，寓意一家子团团圆圆，和和美美。随后，除了小嘉安外，大家开始七手八脚地搓起圆子来，大大小小的圆子，紧密地围绕在"圆公"和"圆母"的四周,宛如群星绕着太阳和月亮,一圈又一圈。可是,谁也说不出话,谁也笑不出声。猛听见,白楼上留声机里飘来一阵凄凉、哀婉的歌声。

月儿弯弯照九州,
几家欢乐几家愁……

多么熟悉的旋律,多么动听的歌曲,这不正是傅玉樱喜欢教孩子们唱的歌吗?除了小嘉安外,大家都会唱。触景生情,嘉欣带头,嘉亮、嘉欢都情不自禁轻轻地唱起来。此情此景,傅玉樱难掩心中的悲伤,不由自主地和孩子们一起合唱,她那婉转悠扬的歌声极富穿透力和感染力。唱着、唱着,两行热泪汩汩地流过孩子们的脸颊,一滴滴掉在雪白的汤圆上。傅玉樱的眼眶也湿润了,小嘉安依偎在她的怀里,两只小眼睛直发呆,随后也哇哇大哭起来,顿时,全家人都沉浸在悲痛之中。

此刻,傅弘茂和柳芹提着菜篮子来了,一踏进门槛,忍不住异口同声地说:"今天是冬至,都别哭!"

"来,先尝尝你二孃做的汤圆,尝尝好不好吃!今天你们能吃上汤圆,阿欣和阿亮是头功。虽出了点纰漏,但不怪你们。今后做任何事情都要瞻前顾后,不要急,不能乱!阿欣和阿亮听到了吗?"傅弘茂温柔地说。

"听到了!阿公、阿母,我错了!"嘉欣眼角挂着两颗明亮的泪珠。

"不,是我错了!"嘉亮伤心地大哭起来。

"不哭!吃一堑,长一智。你们都是聪明的孩子,只要记住教训,今后就会少犯错误。"傅玉樱抹去眼角的泪水。

汤圆下锅了,一个个汤圆在沸腾的锅里纵情地跳跃;一张张挂着泪水的小脸蛋笑了,孩子们目不转睛地盯着锅里,努力地寻找着自己亲手搓的汤圆,都想亲口尝尝那浸透泪水的汤圆。然而,孩子们全然不知这一粒粒汤圆还浸透着阿母的一滴滴鲜血啊。

三、龙岭情深

翌年暑假即将来临，如何让孩子们过好假期，成了她的一块心病。虽然孩子们渴望参加市里组织的丰富多彩的夏令营，但受舒夫的株连，连报名的资格都没有。孩子们像笼中的小鸟，捉，怕死；放，怕飞。左右为难之际，她收到了舒夫的来信。

"玉樱，两天前我给你的回信，估计还在途中。我之所以焦急地从被窝里爬起来，漏夜再给你写这封信，是因为明天就是夏至了。日月如梭，春去夏来，一转眼暑假到了。我多么希望你和孩子们能过一个愉快而有意义的假期，不能因我而断送。只有这样，我良心上所受的责备和折磨才会有一点点的消释，或减轻。尽管我深知，原罪可能一辈子也无法洗刷，但我将竭尽全力去补赎。"

"我希望你能同意，让四个大孩子分两批回龙岭老家过暑假。这不仅可以减轻你的操劳，缓解家庭一点负担，而最重要的是让孩子们回去认认祖宗，看看老家，初识乡土，略知乡情。"

"我年幼离家，乡音不改，一草一木总关情。往日龙岭的月亮，祖母的目光，是照亮我心中的那一份思念。如今，身在笼山，我日益强烈地感悟到，老家虽穷，但最温暖，只有老家才是天堂。俗语说得好，在家日日好，出外朝朝难。家永远是我心中最幸福的港湾。如今，孩子们如果能替我回趟老家，去看看林婶和乡亲们；看看老田家门前的那棵石榴树，该有多好啊！那棵三四米高的红石榴是最能牵动我的故乡之物。它不仅见证了龙岭村百年历史，而且增强了我孩提时代不甘人后的斗志。每当我离开故土、远足他乡，它总是那样温情脉脉，成为我望乡时的归所，就像《乱世佳人》陶乐庄园里的那株大树，总让离乱中的孩子梦萦魂牵。孩子们回老家，不仅了却我积压在心头的夙愿，而且一定会给林婶和乡亲们带来一个大惊喜。你也知道，咱田家三代单传，老祖母自种下这棵石榴树后，我们家里竟有了一群小后生，真是石榴多籽又多福。"

"前些天，林婶的养女翠花来信也提及此事。亲人们都想尽一份心力帮助你和孩子们，只是力不从心，爱莫能助，如能让他们专程回老家看看，亲人们自然不亦乐乎。"

"至于他们的食住行，你不必担心，他们都长大了、懂事了。让他们吃点苦、流点汗，又算得了什么？从小经历农村生活，体验一下劳动的艰辛和人情世故，不仅给他们留下终生难忘的美好记忆，而且对他们今后成为一名自食其力的劳动者，大有裨益。我想，这就是我唯一能够送给他们最珍贵的暑假礼物。你说是吗……"

读完信，她犹豫不决，既想让嘉顺和嘉欢先回龙岭看看，又担心出意外。

老阿祖也不放心，极力反对。傅弘茂举双手赞成，他说："阿樱啊，舒夫是单丁，咱应该让孩子们多回龙岭走走，饮水思源，绝不能数典忘祖！农村社会治安好，不必多顾虑，汽车票我买了，尽管放心！"

就这样，嘉顺和嘉欢背上被包，兴致勃勃地来到象牙。

象牙是座千年老县城，城里没有一座像模像样的高楼，也没有一条宽阔平坦的马路，连汽车站都没有围墙，只有整齐的竹篱笆。篱笆上盘绕着常青藤，吊着一串串红花儿。篱笆下西红柿和小辣椒红着脸，肥胖的南瓜隐约闪露着……一片清新别致的景象，委实令嘉欢目不暇接。

嘉顺牢记阿母的叮嘱，无暇环顾，匆忙拉住欢欢，雇了一辆载客的脚踏车，急奔龙岭老家。

从象牙到龙岭有十多公里，沙土路面简直像麻子一样，到处是坑洞，晴天一身土，雨天一身泥。路两旁依稀散落着土灰色的房屋，排列着瘦瘠的树和灰绿的灌木，路上吱吱作响的牛车，灰头土脸的行人，整个景色全笼罩在凝重得令人窒息的灰色之中。

糟了！途中，嘉顺猛想起被包遗忘在汽车上，急得直跺脚，竟骂起嘉欢来，嘉欢委屈地流着泪。多亏，好心的骑车人赶忙掉头，带上嘉顺返回象牙，被包失而复得，只是虚惊一场。

跨过小溪，穿过翠竹林，来到了龙岭村。老厝极容易辨认，门前，那株老石榴繁花怒放，灿若云霞，分外鲜艳，像一幅美丽的图画映入眼帘。

老厝太破旧了。历经半个多世纪风雨的土坯厝比门前的石榴树矮了半截，像个驼背的瘦弱老人。门板虽已换新的，但斑驳残破的房墙露出干瘪的黄泥巴底色，隐隐约约看见三合土里面的石渣和石块。小厨房的灶台边挤着几个黑乎乎的瓶子、罐子。劈好的木柴靠墙一直堆到屋顶，木柱的锈钉上挂满破布条和一只竹篮子，只有那一串串白蒜头和红辣椒显得耀眼夺目。灶膛里还有点火星，几根焦柴在那里慢条斯理地吐着丝丝青烟。

阔嘴厅的正中摆着神龛，供桌的油漆剥落得干干净净，桌上的瓷香炉里还燃着香，没有烛台，两根燃过的蜡烛斜插在香炉上。桌上还点着一盏小煤油灯，熏黑的灯罩上沾满了令人恶心的苍蝇屎。

窄小的房间又暗又潮，角落里放着一只臭烘烘的大尿桶。房间里只有一张由干裂的木板和两只板凳拼成的床铺，以及床下的一箱古书籍，这就是田舒夫少年时仅存下的东西。

眼前的一切，与心目中向往的老家相去甚远，令他两大失所望。然而，老家人那一颗颗火热、滚烫的心，一下子就温暖了他两。

望眼欲穿的林婶听到他两齐声喊着"阿嬷"时，不禁老泪纵横，急忙把他两搂在怀里。

"回……回……来了！回……回……回家了！！"林婶结结巴巴，激动万分。她颤巍巍地紧拉着嘉欢的手，抚摸着嘉顺的脸，那苍白而又憔悴，亲切而又慈祥的脸上顿时露出了笑容，"舒……夫的……孩子啊……我……我的……孙子啊！"她说着，眼里闪耀着泪花，如痴如醉地看着嘉顺和嘉欢，"阿……顺……顺……像……像……他爸！"林婶笑着说，露出蛀掉一半的牙齿。霍然间，她又想起舒夫，那肝肠寸断的思念之痛，使她再也说不出话来了。

"来来来，快趁热吃！"一阵爽朗的笑声，翠花端来两碗热腾腾的羊奶面线和四个红纸染成的鸡蛋，乐呵呵地说："不知合不合城里人的口味？这奶，是自家的羊挤的；蛋，是自家的鸡窝里掏的，你们尽管吃！好吃，我就天天给你们做。还有，笋是厝后竹林里挖的，鱼是水塘里捉的，菜是自家种的……哈哈哈！"

三十多岁的翠花真是个心胸开朗的爱笑人，一有高兴事引她发笑，便会咯咯咯笑个不停。她虽长得不漂亮，但红扑扑的脸膛，黑如乌珠似的机灵的眼睛，透着乐观向上的朝气。丈夫死后，她不改嫁，拉扯着儿子阿土，伺候着林婶，快活度日。她，身强力壮，在生产队里顶个全劳力。她，勤俭持家，里里外外一把手。

老厝里的人挤得满盈盈的，仿佛石榴掉下来都没处搁，乡亲们争先恐后看一眼田舒夫的儿女们。东家送鸡蛋，西家捎龙眼，还有蔬菜、花生、山芋、甘蔗、菠萝，个个像春茶尖儿——又鲜又嫩，一时把方桌上下都摆满了。处处充满着令人动心的温馨和淳朴的乡情，回荡着一片难忘的欢笑声。

听说嘉欢与阿土同龄，马上有人提议，让两人当众比比个头。阿土就站在嘉顺身边，看样子不过八九岁，扁扁的头，黝黑的脸，身体不高，却结实得像头小牛，模样不俊，但颇憨厚可爱。平日里的"淘气鬼"阿土突然变得畏畏葸葸，像羞答答的小姑娘似的，始终不敢上前一步。

"去！快去！人家阿欢妹比你小两个月，你还生分什么啦！"翠花笑得合不拢嘴。

怯生生的阿土一直躲在翠花的身后，嘉欢主动走上前，送给阿土铅笔和写字本。阿土这才不好意思地与嘉欢比了个，足足比嘉欢矮了近一寸，乡亲们嘻嘻哈哈地哄闹。阿土的脸庞顿时涨红起来，翠花急忙解围说，"别看阿土矮，可他胖墩墩的，至少比欢欢重七八斤呢！"她笑得前仰后合。

龙岭的早晨美极了。当太阳从苍茫的山巅后露出脸，万道光芒跟着即将消逝的黑夜的清凉融汇在一起时，田野里的空气显得那么清新、那么甜蜜，让嘉顺和嘉欢感到一种从未有过的兴奋和惬意。头一回闻到，湿润润泥土的芬香；头一回看到，晶莹的露珠一滴滴凝结在小草的尖尖上，蜘蛛网沾上的露水，像银子似的闪闪发光。溪水淙淙，清澈见底，沉甸甸的稻子弯着腰倒映在溪水里，像镀上一层薄薄的黄金。这边，几只神气俨然的老水牛懒洋洋地吸着水，甩动尾巴，驱赶苍蝇；那边，一群小羊时而贪婪地嚼着溪边的野草，时而蹬蹬蹄子，刨刨地，岸上到处留下深浅不一的牛羊蹄印儿；头一回听到，成群结队的麻雀唧唧喳喳地高声叫着，仿佛朝着东方晨雾中升起的太阳纵情高歌。伴着雄鸡高亢的啼鸣，老牛低沉的吼声和小羊咩咩的叫声，宛如一曲和谐的田园交响乐。他两仿佛来到美丽的伊甸园。无数个第一次，永远定格在童年的记忆里，令他两的心醉了。

不到半天的工夫，阿土和嘉顺便称兄道弟，与欢欢更是亲密无间。阿土使出浑身解数，天天不断地变换玩法，尽情地陪着他两不知疲倦地吃喝玩乐。

这是他两最逍遥的日子，自由自在地找寻着自己从未遇见到的快乐。在龙岭，阿土手下有一群好哥们儿，大家八仙过海，各显神通，一天选一个好去处，乐此不疲。白天，阿土带着嘉顺，时而头顶烈日，打着赤脚，挽起裤筒下田里搬稻子、拾稻穗、拉打谷桶、扎稻草，干得浑身是泥，乐得心花怒放。嘉欢则不停地端茶、送饭，当起"后勤部长"；时而跑到后山，一边放牛羊、割草；一边"打游击战"，在荒坡上打滚，在竹林里撒欢，尽情奔跑；沿途看见牛车，他们会起哄追赶，一跃而上，发出一串串欢笑声；时而赶着鸭群下池塘，光着屁股跳入池塘中畅游、嬉闹、摸鱼虾。在水中，阿土和哥们儿只会"狗爬"，游不快，嘉顺大显身手，当起教练员，手把手教他们跳水，学自由泳。嘉欢在岸上目不转睛地追扑着翩翩飞舞的蜻蜓和蝴蝶。夜晚，孩子们时而在河塘边听蛙鸣，望着夜空数星星；时而聚集在石榴树下扳手比赛，或听嘉顺讲童话故事。为了看一场露天电影，嘉顺和阿土抢先去占领最佳"地盘"，享受着胜利的喜悦……孩子们玩得十分尽兴，林婶看在眼里，喜在心头，心情也像孩子一样快乐，"阿母啊，这群团仔戏文足多，搬过一出又一出啦！"翠花边说边响起银铃般的笑声，就像又看到一年的好收成一样，满溢着欢悦和幸福。

阴历逢八是石榴坂圩日。翠花一大早就推着独轮车，想载着嘉顺和嘉欢去赶圩，可是嘉顺死活不肯坐车，坚持跟阿土一起走路。翠花依着他，两人一路跑，一路闹。

再过三天就是农历六月半，过节了，石榴坂圩格外热闹。赶上大跃进火热年代的人们，个个像服了兴奋剂一样满面春风，精神抖擞。男女老少，提篮的、挑担的、牵牛的、拉车的，真可谓人夹人，脚叠脚[1]，熙熙攘攘涌入圩市。

山里人朴实又宽容。不管被踩了脚，或撞了肩，谁也不吹胡子瞪眼，更无暇吵架，全然不介意。山里人好奇又爱凑热闹。难得圩日，哪里人多就往哪儿挤，像看西洋景一样不怕磕头碰脑，就怕看不到。不论买的与卖的，不管买与不买的，只要能瞅一瞅、听一听、逛一逛，心里就觉得十分开心和过瘾。山里的人都大嗓门。在沸腾的圩市里，加上大榕树上的高音喇叭一浪高过一浪地宣传"总路线"和"三面红旗"的广播声震耳欲聋。即使你大声喊叫，也像蚊子似的嗡嗡作响；若不拉长耳朵细听，结伴同行的人恐会失散，买卖也难做成。嘉顺和嘉欢被眼前如此奇特、热闹的圩市惊呆了、吸引了！仿佛置身于石榴的"公爷街"，过山里人的节，看山里人的"海"。

圩市设在石榴村的三叉路口，一直延伸到河滩的大片空地上。翠花载着七只小猪仔，好不容易挤进牲畜交易区，兜了两圈，才找到一个空摊位，摆好车，她甜甜一笑，大声吆喝，做起生意来。阿土按捺不住心头的兴奋，央求翠花让他带嘉顺和嘉欢去大榕树下，看打拳卖膏药摊里的耍猴戏。嘉欢从小就怕猴子，不敢去。翠花给阿土和嘉顺各二分钱，千叮咛万叮嘱，中午在大榕树下会合。

阿土和嘉顺撒腿就跑，费了九牛二虎之力挤到摊前，看见两只头戴红色和绿色帽子的猴子，被小链子拴住，一只在不停地打锣，一只在灵巧地翻筋斗，逗得嘉顺和阿土一起尖声叫好，不停地鼓掌。不一会儿，戴红帽子的猴子开始跑到观众跟前，用弯起来的长尾巴平衡着身子，然后把帽子摘下来举到观众面前，开始收钱。然而，观众囊中羞涩，瞠目结舌，聪明的猴子对着观众龇牙咧嘴作鬼脸，惹得观众们捧腹大笑。突然，有人丢进一枚硬币，猴子急忙把硬币放进摊主的盘子里；另一只猴子一个筋斗翻到嘉亮跟前，摘下绿帽子收钱。

---

1 喻为摩肩接踵。

"快跑！"阿土紧攥嘉顺的手欲逃出来。可是嘉顺第一次看耍猴，意犹未尽，说什么也不肯离去。当猴子把帽子举到他面前，他不知所措，绿帽子猴子似乎有神经质，叽叽地歇斯底里冲他叫，红帽子的猴子也跑过来死劲敲锣，众人笑得前仰后合。

"囝仔快给钱呀！猴戏不能白看呀！"摊主大声喊着。

嘉顺迫不得已丢进了唯一的二分硬币，猴子立即把硬币捡起来，叼在嘴里，掀了掀帽子，一个筋斗翻到主人跟前，把钱吐进盘子里，咧嘴笑着，吱吱地叫着。摊主开始一边打拳，一边不厌其烦地推销膏药。像潮水似的，看腻的观众纷纷退场，新观众又哗啦啦地涌上来。

"嘉顺你真傻！白白将我阿母给你的钱丢给死猴子！封神什么？"阿土挤出来后十分气愤地往地上啐了一口。

"封神？"强烈刺激了嘉顺高傲且不服输的心，他立即反击："呸！天下哪有看白戏的？"

"瘦猪母掷硬屎[1]！你自己没钱又乱花。我呸！无毛鸡假大佫[2]！"

"你蠢蛋！"争强好胜的嘉顺恶狠狠地骂道。

两人互不相让，吵得脸红脖子粗，阿土气得咬牙切齿，随手揪住嘉顺的衣领，嘉顺当仁不让，还手挡开，一来一挡，兄弟两扭作一团，翻滚在地上，围观的大人急忙上前劝架。两人都哭了，哭得特别伤心。

"阿顺！阿土！哭什么？谁欺负你们了？"翠花和嘉欢卖完了小猪仔，正巧赶到大榕树下。

霎时，嘉顺和阿土哑口无言。

"阿土，过来！你说怎么吵架了？是不是你欺负阿顺？快说！"翠花大声吼道。她想从地上找一把竹条或树枝来打阿土，可一时找不到。

"阿母，是他把钱丢给死猴子！"阿土打嗝一样地哭泣着。

当嘉顺把事情的经过一五一十地告诉翠花后，翠花胸中的火顿时熄灭了一半。"为二分钱，兄弟就变脸，太不值了！你两都有错，各打五十大板，改

---

[1] 掷，强拉，喻为自不量力。
[2] 大佫，大块头，喻为打肿脸充胖子。

了就好。亲兄弟，今后不许再吵架！"翠花边说，边心痛地弹掉嘉顺和阿土身上的尘土。嘉欢赶忙上前拉着阿土哥的手，一起逛圩市。

在五光十色的小百货摊前，翠花给嘉欢买了一只粉红色的小蝴蝶发夹，嘉欢爱不释手。翠花还买了两斤猪肉和三只张牙舞爪的大螃蟹，好让孩子们美滋滋地饱餐一顿。

回家的路上，阿土表面上与嘉顺言归于好，但心里仍闷闷不乐。他一直想不通：对我来说，钱比糖还甜哩！我一年到头求爷爷、告奶奶，仅有的零花钱也不足两毛钱，你阿顺凭什么如此慷慨！一下子就把二分钱仍给鬼猴子呢？在圩市里，白看猴戏，算得了什么？赶圩的孩子们哪个肯掏钱？呸！城里人就是摆阔气，假正经！倔强的阿土瞪着两只虎眼，独走一边，全然不理睬嘉顺。

"阿土啊，你嘴巴翘得像猪八戒，还生什么闷气呀？"翠花推着车，憋不住说："你不要生气，人家阿顺兄要回家啰！"

"回家！"阿土哭丧着脸问道，"回哪个家？"

"当然是回漉溪城里的家啰！"

"真的吗？欢欢妹！"阿土冲上前惊讶地问着车上的嘉欢。

嘉欢笑而不语。

"阿土啊，男子汉大丈夫，得失钱，不得失人。钱再挣，就有。你为了二分钱吵到鸡啼，有啥意思？伤了兄弟心，怎能补回来？阿母知道你很节俭，但咱山里人不能小气，一分钱要俭，一百块也要花，别像盐馆里的称砣——咸带涩（喻指吝啬鬼）啦！"翠花说话从来是柴关刀直劈——直来直去，虽土味十足，却深深地撞击着阿土和嘉顺的心田。

"阿母我错了！阿顺兄真的要回去吗？"阿土焦灼地问。

"快了！反正过几天吧！唉，刚才圩里的广播你也听到，又要大侉驳[1]了！一条好好的路独轮车、牛车、板车、脚踏车都走得稳稳当当的，非要挖起来……"翠花露出百般无奈的眼神。

---

[1] 喻为折腾。

"阿母我要乖,我要听话,我要跟阿顺兄和好,你不要让阿顺兄和欢欢妹回去啊!"阿土跟着独轮车一脸挂着鼻涕和眼泪,显得那么诚恳、纯朴和率直。

"我也不想让他们回去,但总要回去读书呀!"

"阿母,你骗我!离开学还有一个多月哩!"阿土嘟噜着嘴。

"阿土,别怕,我们回去后,嘉欣姐和嘉亮兄还会来跟你玩的。"嘉顺赶紧插话。

"是吗?阿母。"阿土急得像热锅上的蚂蚁。

翠花一脸苦笑。

一周后,嘉顺和嘉欢要走了。从未见过这番离别的场面。屋里屋外,过道里,天井上都挤满了人,阿土所有的哥们儿,众多乡亲们都来为嘉顺和欢欢送行。林婶嘴巴一张一张没有声音,浑浊的眼睛没有表情,倒是泪水刷刷地流。翠花含着满眶的眼泪,手忙脚乱地把乡亲们送来的各式各样米糕、甜粿、水果和蔬菜逐一装进大袋里,让嘉顺和嘉欢带回家。

哭成泪人的阿土,一直把嘉顺和嘉欢送到村口,他与嘉顺紧紧地抱在一起,悄悄地相约寒假在漈溪相聚,不见不散。

四、砸床炼钢

嘉欣和嘉亮顾不得放下书包，也顾不得肚子里饿得叽里咕噜乱响，不约而同地闯进厨房，他们不是忙着烧火做饭，而是急切地寻找家中的废铁。全民大炼钢，漉溪总动员。学校号召全校学生踊跃捐献废铜烂铁，为"钢元帅升帐"做贡献。每个班级开展"插红旗、拔白旗"的竞赛，称斤论两，献铁多者插红旗。他们不甘示弱，立即回家"寻宝"。

快速扫视一遍，厨房里的铁家伙一目了然：一口铁锅、一把菜刀、一支铁铲，外加一把烧火用的小铁钳。这些都是家里煮饭炒菜的必备工具，献出去，用手炒菜？他们自然不敢轻举妄动。翻箱倒柜，卧室里还有一把小剪刀和一支手电筒，这也是家用必需品，动不得呀！除此之外，家里委实无铁可献。交不了差，插上"白旗"，这脸往哪里搁呢？急得团团转，无奈之下，嘉亮忍痛割爱将自己心爱的铁弹弓当废铁献上；嘉欣费了好大的劲从墙上拔出两颗锈铁钉。望着手里这不足半两重的"废铁"，十足寒碜，两人好像干了错事，被挨了一记耳光一样满脸通红，无地自容。而嘉顺却在一边袖手旁观，暗自窃喜。因为他的好同学石磊为他排忧解难，约他一道去草寮尾将石磊家搭瓜架的那几根铁柱子拆下来，一分为二献出去，"插红旗"十拿九稳，就等着看嘉欣和嘉亮"插白旗"的洋相了。

嘉欣和嘉亮始终不明白，为什么学校的任务五花八门，一个接一个，老师布置的"课外作业"越来越严苛和不可思议？上半年大搞"除四害"，爱国卫生，人人有责无可厚非。然而，下达每个小学生每天至少要上缴一火柴盒的死苍蝇，确实有苦难言。打苍蝇容易，可家里哪有那么多空火柴盒呢？有了火柴盒后，凑齐零花钱买支苍蝇拍，直奔臭气熏天的厕所；或垃圾堆里，那里的绿头苍蝇体肥个大，容易装满一个火柴盒。若完不成任务，只得硬着头皮跑到郊区的大粪坑里捞蛆虫，一盒蛆虫能抵三盒苍蝇。嘉欣往往边捞，边吐……还要缴老鼠尾巴、死麻雀等，刚折腾了半年，如今又要捐铁炼钢，交不了差，上哪儿去想办法呢？两人相约下午放学后到红楼去，碰碰运气。因为，嘉欣想到二嬷柳芹的厨房外有口破铁锅，专门用来盛鸡鸭毛之类的杂物。二嬷极疼爱嘉欣，定能首肯，将破铁锅一分为二，嘉欣和嘉亮就不会被插"白旗"了。嘉亮野心大，"积善堂"里有数不胜数的铁锅、铜铲、铁箱，还有大铁车、大铁架、大铜炉……仗着他在"积善堂"大宅的哥们义气，召唤几个溜进去捞一丁点，虽不那么光彩，但献铁是为国家，窃铁，不算偷！这样一来，他保准能够插上许许多多小红旗。

没想到，刚走到红楼门口，嘉欣和嘉亮就看见阿嬷高韵台一副从未有过的苦瓜脸，迈着小脚碎步踏出门槛，送走三个人，其中一位年长妇女一手夹着香烟，一手指着门框上"光荣人家"的大红匾对阿嬷大大咧咧地说："高韵台，你自己好好看一看这军属匾，想一想街政府对你的关心和照顾，军属光荣，样样优先，买东西免排队，过年过节还得慰问啦！拜年啦！给了你这个资本家的大小姐天大的面子和无上的荣光呀！可是，你老母连一张铁床都舍不得捐献，怎对得起街政府？"孙婶仔气得心头火直冒，仿佛会把嘴里香烟衔着的一头都烧红了。

"是是是！街长你说得完全正确！"高韵台一扭腰，转身背着风，突然风把她的旗袍下幅高高地吹起，露出一双赤裸裸的白腿和小脚。她扑哧一笑，双手一摊，做了个完了的手势，声音晶琅琅地答道。

"你老母老糊涂，竟敢问我，街长算什么碗糕？不是看在你的分上，阿扁就会找她问个明白！"孙婶仔要挟地说。

"对对对！街长，你大人不计小人过！"高韵台满脸的笑容瞬间僵化了。

"当军属要有军属的样子，不能像普通老百姓。你看，咱街的军属施大妈连炒菜的铁锅都砸了，献出来！可你呢？献一张铁床，像割心头肉，什么态度？你高韵台有的是钱，完全可以再给你老母买张新木床嘛！现在一切为了大炼钢，咱军属要带好头，响应政府号召！全民大炼钢铁，不就是为了保家卫国，多造炮弹打败蒋光头吗？你不献铁，叫你儿子大宝赤手空拳去解放台湾？你看现在的农村都办起公社大食堂，吃饭不要钱了，跑步进入共产主义，'各尽所能，各取所需'的好日子马上就要到了！你老母那张铁床还想留着当宝贝？赶紧回去好好动员动员，不要给军属抹黑，不能让咱街道插白旗！我给你两天时间考虑，自动献出来。不然的话，这军属匾被人拆了，你可别来找我！听懂了吗？"

"懂懂懂！我一定照你的指示办。"高韵台听到孙婶仔要拆匾时，脸色突然一片惨白，浑身像筛米糠似的发抖。

嘉欣心里凉了半截，紧扯住嘉亮的衣襟，不敢进门，两人慌忙转身，从"积善堂"对面的大巷子一拐，穿过大石埕，溜进后花园，跑到柳芹的厨房里。

"二嬷，门口的那口破锅怎不见了呢？"嘉欣一进门不由心急火燎地问。

"噢，大炼钢铁呀！前天就捐出去了，我也舍不得呀！"

"什么？你也要献铁呀？"

"人人献，非献不可啊！厂里天天开会催缴，还要砌高炉炼钢哩！我献的是一口破锅，可你四嬷最积极……"

说曹操，曹操到。只见刚刚参加全厂"插红旗，鼓干劲"大会的肖荷花春风满面，扬着头，挺着胸，哼着小曲，踮着脚尖走过柳芹的房前，显得十分得意和神气。

此刻，傅弘茂走进家门，满肚子郁闷，因为刚下手术台，医院行政处就催缴献铁的事。他急于洗脸，东张西望却不见用了十几年的铜脸盆，便粗声粗气地问："阿花，我的脸盆呢？还有床下那铁皮箱和铜尿壶，怎么都不翼而飞了呢？"

"你猜猜，会上哪儿去了呢？"肖荷花喜滋滋、娇滴滴地答道。

"快说！别给我卖关子！"傅弘茂急了。

"你吼什么吼！献去炼钢了嘛！哪能像老阿祖老顽固……"

没等肖荷花说完，说时迟那时快，"啪啪！"傅弘茂怒不可遏，左右开弓，狠狠地朝她的胖白脸上打去，愤怒地说，"固你个头！"

雷炸响了！肖荷花像杀猪似的号叫起来，傅弘茂手腕上的手表把她的牙床硌破了，嘴角流血，她的眼前霎时一片金光又一片黑暗。平生头一回挨了傅弘茂的打，她尝到了痛的滋味，脸上火辣辣的，直抽搐，呜呜呜地哭起来。

"咣当……咣当"一阵剧烈刺耳的声音，傅弘茂把陶瓷盆子狠狠砸在地上，厉声斥责："你好大胆！对老阿祖，你也敢比手划刀？你这个臭三八，目中无人！怎不把你自己也捐献出去呢？滚！快给我滚！"

她咬牙切齿地瞪了傅弘茂几秒，转身哭着、喊着、跑着，像鱼往水里钻似的一口气跑到制药厂工会副主席吕鬼仔家诉苦去了。自吕鬼仔老婆死后，她在吕家觉得特别舒服，像久旱的禾苗遇上甘露，她说什么，吕鬼仔都护着她，事事都让她占上风。不像死老头，总压迫着她，不理她。其实，吕鬼仔对她那对丰乳早已垂涎三尺，她心知肚明，尽用眼神勾他的魂。

"噢，原来如此！她竟然把你阿公用的东西全捐出去，难怪她插上红旗，当先进哩！还敢管到老阿祖头上来？！呸，十二月风吹，痟得无尾[1]！挨打，活该！"柳芹鄙夷地"啐"的一声向痰盂里射出一口浓浓的唾沫。

嘉欣和嘉亮顿时吓得口瞪目呆。嘉亮心想，难怪呀难怪！四嬷都敢这样做，难怪我们班的小连冠把家里仅有的菜刀偷偷放进书包里捐了；还有那小东北更绝，趁他爸妈上班时把铁锅硬生生给砸了，捐了！他两虽都插上小红旗，却闹得他们的爸妈冲到学校里大吵大闹。

"唉！今日，红楼搬'大戏'。楼上楼下锵锵滚啊！街政府的孙娣仔有点离谱，跑到楼上缠半天，非要你老阿祖捐出她睏的那张铁床，老阿祖吃到七老八老，她的床怎能捐出去呢？"柳芹愤愤不平地说。

"哦！刚才，街长对我阿嬷说，两天内，再不献床，就要拆下军属光荣匾哩！"嘉亮急忙插话。

"大人的事，你们囝仔有耳听，有嘴莫出声。两只牛相斗，必踩死泥鳅。你两赶紧回家，别上楼，免得挨骂！哦！记得，回家后告诉你阿母，叫她晚

---

[1] 痟，嚣张。无尾，至极。喻为疯狂至极。

上抽空过来一趟。"

耳闻目睹两场惊心动魄的献铁争夺战，嘉欣和嘉亮的心中不寒而栗，到红楼"寻宝"的事早已抛到九霄云外。红楼里连阿公、阿嬷都因献"铁"而大吵大闹，哪有团仔的份呢？希望像肥皂泡一样一下子全破灭了，两人只好垂头丧气地跑回家。

傅玉樱听完柳芹的话，心头犹如压上千斤巨石，又闷又堵，难受万分。学校献铁已经搅得她焦头烂额。所幸，夏老师班里有一家长是专收破铜烂铁的小贩，她两悄悄向他买了十几斤的废铁。尽管，此时的废铁比大米还贵，但是她还是忍痛买下，交了差。眼下，家里后院又起火。对于阿爸和肖荷花的争吵，她不敢碰，也无法调解，因为肖荷花犟得很，骚得很。自"积善堂"公私合营后，肖荷花摇身一变成了工人阶级，走起路来大摇大摆，说起话来大吹大擂，到处标榜她是贫下中农出身，是从"积善堂"被解放出来的奴隶，在家里总用白眼珠瞟人，简直不可一世。难怪肖荷花敢把铜尿壶也捐出去。至于老阿祖和阿母的纷争，她也无力调解，只是去安慰，生怕老阿祖伤心。她诚惶诚恐地上了楼。

"阿樱你来得正好！给我评评理！那孙婶仔究竟是什么碗糕？还有那个阿扁脚踏马屎傍官屁，说什么非要我将这张铁床捐献出去炼什么碗糕钢不可啦！我是黄土都埋到胸坎了，连睏的床都保不住？人未死，就要换铺[1]？床要捐献出去！这是什么道理啦！你看看，这张床是我那孝囝念台买的南洋大铁床，相当好料，陪我度过大半世人。如今你阿母假积极、薄脸皮，一心巴结街长，非要捐出去不可！天理难容！你说是不是啦？"老阿祖说着说着眼眶噙着泪水，鼻涕也不禁流了下来。她不是吝惜这张床，而是惊恐"换铺"的歹彩头！

"你不捐，孙婶仔说两天后就要拆咱的军属匾啦！"高韵台气得火冒三丈。

"拆就拆！大宝参军是真的，又不是冒牌货？你怕什么？再说，这又不是你一世人的护身符？救心丹？你将它当作心肝宝贝？笑死人啦！你这憨猪哥，也不看看自己脚底有几根毛，鸡想跟凤飞？她要拆匾，就让她拆，反正我死

---

[1] 闽南习俗，人死后要换床，叫换铺。

也不捐献这张铁床。她有本事就连人带床都抬去炼钢好了！横竖你老母是朽树皮啦！"

"你真是老颠陀[1]？尽说梦话！"高韵台说道。

"你才颠陀啦！你虚荣心怎这呢重？面皮怎这呢薄——死人还抹粉？咁连一点点良心都没？人家捐的是废钢铁，你怎捐老母每天必睏的床呢？我给你说白了，你就是心肝剖出来给孙婶仔吃，她也犹原嫌你臭臊啦！"老阿祖气得捶胸顿足。

"老阿祖，你免受气！有事慢慢说。这铁床还在嘛！没人给你捐出去。"傅玉樱轻轻地捶着老阿祖后背，望着老阿祖那稀稀疏疏、夹杂着斑斑白发的头发，她觉得阿母死要面子，太过分了。

素来最慈祥和蔼的老阿祖霍然变得又倔又犟。她说："两天，好！就两天！谁敢给我将铁床献出去，我老肉就配你个冷肉冻[2]！反正我活到今日，世间甜酸苦涩都尝遍，只是还没尝过死的滋味啦！"老阿祖愤怒地狠狠拍了一下桌子。

"阿母啊！免受气，怒伤肝！肖荷花毋知天地几斤重，今我就收拾她！还有谁像乞丐揭蠓摔——假仙[3]？尽管来，我伺候着她。你老人家好好睏觉，毋惊！"傅弘茂含沙射影地说。

孙婶仔皱着眉头回到居委会，吸着香烟，一边看着慢慢消散的烟圈，一边细细地想了想，压力确实比山大啊！到处"放卫星"，到处插红旗，拔白旗。我从来就是死要面子的人，输人不输阵，输阵番薯面。岂能让"积善堂"扯了后腿？连个小脚女人高韵台都管不了？她猛然把半截烟摔在地上，用鞋底碾碎，撇了撇大嘴对街桌布阿扁说："这'积善堂'最有膏[4]，小脚查某最难缠，明天你们再去催，但不要与她胡搅蛮缠，而要快刀斩乱麻，不肯献铁床，就是公然对抗全民炼钢。咱不怕她！咱要站稳阶级立场与资本家作坚决的斗争！确保咱西街插红旗！"

"是是是是！"身边的阿扁唯唯诺诺，俯首帖耳。

1　指老糊涂。
2　老肉，老命，喻为不顾一切。
3　揭，举。蠓摔，指仙人手中的佛尘。
4　指富有。

孙婶仔四十多岁了，中等个子，虽前额刻着抬头纹，但身子骨硬朗，走起路来像阵风。十九岁她嫁给郊区农民孙伯仔，生活过得很凄惨。解放后，两个儿子相继光荣参军、提了干，孙婶仔一家起了翻天覆地的变化，草屋变成新瓦房，屋前红砖埕，屋后绿竹林，以濠沟为界砌起了新围墙，"光荣人家"的大红军属匾高挂在大院的门框上，十足耀眼和气派。原先，她在西街居委会当上临时工，绰号叫"街桌布"，顾名思义就是抹过来、擦过去。她干得比蚂蚁还忙，比驴子还累，自然博得领导的赞赏，不到半年的工夫，被选上居民小组长。不久，坐上"直升飞机"，入了党，被破格提升为一街之长，她神气极了，总想更上一层楼，捞个市妇联主任当当。为这事，她与孙伯仔吵得面红耳赤。孙伯仔个大气粗，性子爆，又大男子主义。早前，他在西街建筑社当主任，威风八面。自从孙婶仔当上鼎鼎有名的街长之后，家里来了个一百八十度大转弯，他竟成了家庭主夫。他一出门，大家都改称他为街长老公，顿时，他觉得脸上无光，人前矮了三分。他很懊恼：自古，龙在上，凤在下，岂能天地扳倒转呢？对她的狂妄自大，官瘾十足，他颇有微词。每当她得意忘形时，他总给她泼泼冷水，让她知道天有多高，地有多厚。可她不吃这一套，妄想再有个三儿子。瞧，老大是陆军少尉排长；老二是海军中尉参谋，就缺一个当空军的老三了。如果上苍能恩赐，咱一家岂不是海陆空三军齐全了吗？

"别三八了！你多大年纪了，还想生什么空军？能当街长，早该知足了，别大心肝，白做梦！你当街长就得像我们泥水匠砌地基，实实在在！无好地基，怎起高楼？不要眼睛只看高，不看低，尽要嘴皮子！"他苦口婆心规劝也好，调侃也罢，全是瞎子点灯——白费蜡。

孙婶仔的最后通牒吓得高韵台脸如土色。她想，拆了"光荣匾"，岂不破了脸相？没了颜面，岂不一败涂地？大宝参军，我成了光荣的军属；念台弟是侨领，我又当上市侨联委员。一张铁床与脸面相比，简直是狗屎比肉酱！阿母老顽固，想不通。绝不能依着她，得想方设法尽快给她换张新床，把铁床捐出去，无论如何不能得罪孙婶仔啊！宁可挨老母骂，也不能丢失自己的颜面！得抓紧把这事办妥了。前思后想，她悄悄地掏钱，拜托前来催促的阿扁神不知鬼不觉地去办。

眼看两天平静地过去了,老阿祖和傅弘茂绷紧的神经放松了,孙婶仔既没来拆"匾",也没来砸床,误以为孙婶仔无非是没毛鸡装大架——虚张声势,便不把此事放在心上。

次日恰逢初一,老阿祖按惯例一大早就急急忙忙上南山寺,虔诚地拜佛唸经去了。傍晚回来,进房一看,铁床不见了!换上一张木床摆在原处,床上的用品依然如故。她瞪着眼,跺着脚,宛如一尊"怒"刻雕像似的一动不动。一切解释都显得苍白无力,无可挽回了。她知道,这一定是高韵台串通街里人来干的。砸床炼钢彻底揭开了高韵台伪善的面纱,令老阿祖的心彻底冰凉了。

木已成舟。傅弘茂气得想立即收拾高韵台,却被老阿祖拦了下来。她没有流泪,因为哭也哭不回铁床,何况,为一张铁床痛哭流涕不值得,大动干戈更不值得。她的太阳穴和腮似乎陷了进去,以致鼻子和颧骨都显得格外坚硬、棱角分明。她想,这是什么世道?难道,世间只惊睁目瞓的金刚,毋惊闭目瞓的佛[1]?难道'进士门第'不尊孝道?老高家里没有孝女吗?怎能连我老母都不放在目瞓里呢?真是和尚打伞——无法无天啊!她想破口大骂,但半天骂不出来声,事已至此,骂又有何用?

她那张皱纹满布、灰败苍老的脸上哭不出一滴泪来——几分震怒、几分悲催、几分无助的面容,怒火从眼睛中射出来,吓得高韵台不由倒退了几步,久久不敢正视。

---

[1] 指,只怕睁眼睛的金刚,不怕闭眼睛的佛,喻为趋炎附势。

五、嘉顺之死

九号台风来了。

台风像疯狂的大精灵从东南方飞奔而来。天色由灰黄突然变成昏暗，混沌而又沉滞。狂风席卷着地上的尘土、沙粒、树叶、瓦砾，还有干粪块，从四面八方跳着、跑着、飞着、舞着。风推着街上的行人，企图剥去身上的衣裳，行人们低着头，捂着嘴，弯着腰，夹着胳膊缓慢行走。三轮车顶棚被撕碎了，像蜗牛一样艰难爬行。沿街小吃摊上的布篷子被掀掉了，桌椅板凳东倒西歪。偶尔路过的汽车喇叭声也听不清了，狗也不敢吭一声，只有风的呼啸声鬼哭狼嚎，令人毛发耸立、毛骨悚然。

黄昏，风咆哮得更厉害，忽而直冲，忽而横扫，以摧枯拉朽之势袭击着地上的一切，折断了树枝，扯掉了电线，推倒了围墙，吹掀了屋顶，大树被连根拔起，木船被掀上岸……

入夜，滂沱大雨从漆黑的空中倾泻下来，犹如天河坠落，铺天盖地连成一片，倒下来的水，像落下千万条瀑布。

嘉顺的好友，孤苦伶仃的石磊幸好被傅玉樱强行带回家中，与嘉顺同吃同住。因为她担心石磊住在草寮尾的危房里，台风突袭，容易垮塌。深夜，狂风暴雨仍在肆虐施威，护厝仿佛要被连根拔起，一阵摇晃。尽管孩子们早已躲进被窝里，但谁也无法入睡。突然，屋里似有水滴，傅玉樱慌忙打开手电筒，睁大双眼一瞧，"糟了！"果然屋顶渗水了，雨像断了线的珍珠一滴滴落在床上。她连忙叫孩子们一起动手，将床铺挪开，用雨伞遮住被褥，把家里的锅碗瓢盆，甚至连痰盂都用上，四处接水。床铺是必须严防死守的阵地，她指挥孩子们使尽全力，把两张床铺挪过来，搬过去，终于靠到窗边，可不到十分钟，窗外的雨又斜射进来，她急忙用抹布和毛巾将窗户的缝隙塞紧，但无济于事，只好把被褥草席搬到客厅里，挤在一小块没有滴水的地方，打起地铺。被子淋湿了，煤油灯被嘉顺不小心摔破了，屋里黑黝黝的，伸手不见五指，她只好点上蜡烛，烧上一炉炭火，让孩子们围着火炉暖暖身子。整整一夜，屋外大雨滂沱，屋内小雨叮咚，一直闹到天明。她和孩子们轮流来回不停地在屋里端盆接水、倒水，折腾到五更，风雨才稍稍减弱。孩子们顾不上喝一口米粥，便东倒西歪地睡着了。

　　天亮了，对于嘉亮和嘉顺来说，台风降临既是额外的假日，也是拣柴火的好时机。大街上散落一地的树枝、杂木等，足以让他们满载而归。睡醒后，嘉亮和嘉顺迫不及待地提着畚箕，都想往外冲。傅玉樱绷着脸说，必须等台风警报解除后，方可出门！嘉顺急得直跺脚，闷闷不乐。机灵的石磊悄悄地告诉他："不急！等警报解除后，我带你到我家草寮尾的江边，打捞漂流的木柴，轻而易举。"石磊拍着胸脯，十拿九稳。

　　"真的？"嘉顺摸了摸圆滚的小脑袋说，"好！一言为定。"嘉顺摩拳擦掌。

　　"不行！这不是我们干的活儿。"嘉亮一听就立即反对。他知道，每逢台风来时，漳江上游确实有大量树枝、木材夹杂着垃圾一起漂流而下，但江流湍急，十分危险，所以他断然否决石磊的提议，他说，"我们身单力薄，还是到桥南木材厂外去剥原木树皮吧，那里的原木经过雨水浸泡，树皮容易……"

　　"哼！剥树皮，常被抓，我才不去呢！"不等嘉亮说完，嘉顺立即撅着嘴顶了一句。

　　在嘉顺胸中总有一股忌妒之火。论学习成绩，嘉亮比他优异；论能力，嘉亮比他出色；各种家务活儿，嘉亮又比他干得多、干得好。他不服气，总巴望有所突破，超越嘉亮，比如在体育方面，他就远胜嘉亮。去年市少年组50米自由泳比赛，他获得亚军。少年体校老师发现他手脚长，是游泳的好苗子，几次欲招收他到游泳班学习，可是，傅玉樱担心他分散精力，耽误功课，婉言谢绝。"泅水卖性命啦！"老阿祖一口拒绝。他因此与傅玉樱闹了几天别扭。

老阿祖出面相劝，他才慢慢消了气。因为老阿祖偏爱他。他长得最像田舒夫，高个子，浓眉大眼，好帅啦！每到红楼，老阿祖时常会塞给他几分钱，或糖果，或饼干。每逢他生日，老阿祖定要给他煮两个红鸡蛋和一碗甜面线，笑眯眯地对他说："乖狗！你今日又长一岁了，天公惜憨囝啦！你慢慢吃，千万不要噎住啦！"平日里，他争强好胜，总挨傅玉樱责训。而老阿祖却常护着他，找傅玉樱"算账"，"阿樱啊，人有脸，树有皮，你毋因一点小事就乱骂嘉顺。男子汉、大丈夫争强好胜有啥不好？我就是穿黑裳，占黑柱[1]啦！"有老阿祖的撑腰，他小小的年纪就显出一个执拗的性子，在家里心高气傲，飘飘然，敢与嘉欣、嘉亮争高低，在外头，心比天高，绝不服输。

中午，台风警报解除后，嘉亮提着破畚箕到桥南剥树皮。嘉顺把胳膊肘撑在桌子上，双手托住头推说："头晕，不去了！"待嘉亮远走后，他和石磊神不知鬼不觉地直奔草寮尾。

石磊带嘉顺到他家后，立即开始动手绑扎耙子，可找来找去，找不到合适的竹篙，太长，不好使，太短，又够不着木柴，石磊勉强从家中取出两个竹篙和一捆粗铁线，嘉顺用铁丝弯成数个钩子，石磊把这些钩子牢牢地扎在竹篙的末端，像猪八戒手中神通广大的九齿耙一样，两人比试比试，觉得得心应手。"出发！"嘉顺像班长把手一挥，两人各扛一支竹耙子，兴致勃勃地来到江边。

蜿蜒曲折的漳江是瀧溪的母亲河，宛如一条绿色的飘带，绕过梁山由西向东，时而像无限温柔的细语，时而似银铃的低鸣；时而如清朗的钟声，时而似孩儿的欢笑，永无休止地流入蔚蓝的大海。

谁知，台风过后的漳江突然变成一张狂嗥怒吼的凶恶脸孔，好像一头噬人的怪兽。放眼望去宽阔的江面上，浪涛如雪崩似的重叠起来，卷起忽隐忽现的旋涡，混沌一片，显得那么阴险、嚣张和可恶，势不可当，奔涌向前。江面上不时漂流着大大小小、高高低低像灵柩一般的垃圾堆和死禽畜……一会儿顺着水流冲击江岸，发出"噼里啪啦"的响声；一会儿被江岸挡住，急

---

[1] 喻为同伙。

退回江中，幽灵似的来来回回，周而复始，江面呈现一片黑沉沉、脏兮兮的土黄色。

刚开始，干得很不顺手。嘉顺和石磊个子小，竹篙长，宛如小团仔耍大刀。江面水急浪大，一耙，捞重了，拖不上岸；轻了，宛如水中捞月——一场空。两人你来我往，碍手碍脚，折腾了一个多小时，才捞上寥寥几片小木柴。嘉顺心里十分懊恼，我怎又输给阿亮哥了呢？我怎这么不争气呢？眼睁睁地看这么多的树枝、木片从眼前白白流失，我却无能为力！争强好胜的他抓了抓后脑勺，想出了一个好方法，两人分工，共用一支竹耙，捞小的时，一个人站着捞，一个人蹲在岸边捡；捞大的时，两人合力一起耙，如此一来效率高、效果好。不到半个小时，已捞满两畚箕的木柴。嘉顺笑了，脸上露出得意的笑容。他暗自鼓劲，今日无论如何一定要让嘉亮哥刮目相看。哼！输赢得看真本事！想到这里，他陶醉了。他催促石磊赶紧将捡到的木柴先搬回家。趁黄昏，再捞两畚箕即"班师回朝"。石磊觉得太累了，劝他还是先回家，明天放学再来捞。可他偏不干，赌气说："过了这村，哪有这店？明天江上风平浪静，还有什么可捞的？你若怕死，先回去，我自己干！"石磊怕他，只好从命。临走时，石磊一再劝他说："你累了，就坐着歇会儿，等我搬完，咱们再一起接着捞。"

"不必了！你快去快回，我自己干！"他挥挥手，头也不回，独自捞起来。

石磊走后，他渐渐感到疲乏和寂寞，不时走神，捞上来的木柴也寥寥无几。他放下竹耙，蹲下来用双手捧起冰凉的江水，拍了拍脑门，搓了搓脸，刺激兴奋的神经末梢。

突然，他发现前方五六米处一根根原木漂浮而来。他喜出望外，慌忙拿起竹耙，可竹竿太短，钩不着，捞不到。他心急，脑子一热，沿着江岸，穷追不舍，拼命盯住木头往下游奔跑，鞋子掉了一只，仍全然不顾。一二三，他终于耙到了最靠江岸的一根一米多长的原木，铁钩恰巧牢牢地卡在原木的蛀缝里，他用尽吃奶的力气，欲拖上岸。然而，原木重，水流急，冲力大无比。眨眼间，"扑通"一声连人带耙一起被原木拽入滚滚江中。尽管他有着良好的水性，但是，在湍急的浊浪中游泳与平静的游泳池里却有着天壤之别。他丢弃竹耙，慌忙用最后冲刺的速度向原木游去。可看得见，也摸不着。当他右手指刚触原木的那一瞬间，一个恶浪猛地扑过来，滔滔的江水塞满他的喉咙，他又与原木失之交臂。他慌了，只好放弃追逐，奋力地横渡回岸。突然一个旋涡急卷，让他一骨碌喝了几口冰冷的江水，他本能地扑打着，在生死关头中挣扎着，重新漂浮起来。他拼尽全身气力划着水，万分紧张地望着江岸，双眼瞪得又圆又大，终于快游到江岸旁，他显得异常兴奋和激动，眼看就要靠岸了！刹那间，一股不可抗拒的回头浪猛扑过来，无情地、恶狠狠地将他打入江底。他再也没能浮上来。

"嘉——顺——嘉——顺！"石磊回到岸边，前前后后寻遍了，怎么也不见嘉顺的踪影？奇怪，嘉顺跑哪儿去了？突然，他看见嘉顺的一只鞋，却不见人影和竹耙时，他心缩成一团，扯开嗓子，边喊、边哭，发疯似的沿着江岸，往下游奔跑，仍始终不见嘉顺。他脸色发青，满腔凄凉地哭喊："救命啊！快来救嘉顺啊！"江岸上有人围拢过来，问他，他跪倒在地，抖抖索索地指向江中，泣不成声地说："快救嘉顺！快救嘉顺！"可是，茫茫江面上，滔滔的浊浪一个接一个从昏暗中翻滚出来，怎么也寻觅不到嘉顺的踪影，谁也不敢贸然跳入江中救人。

石磊像被魔鬼追赶似的拼命冲回傅玉樱家。

"快——傅——老——师——嘉——顺——出——事——了！"石磊脸色如同从坟墓里跑出来一样难看。

"出什么事啦？"傅玉樱的心突然蹦到舌根。

"他——他——掉——进——江——里——了！"

这不啻为五雷轰顶，"你说什么？"傅玉樱眼前一黑，"快快快！"

傅玉樱扔下菜勺，像疯子似的直奔草寮尾江边。她的脑袋嗡嗡作响。她想，午饭时嘉顺还好好的，怎么会突然掉进江中？人若掉进台风后的漳江，不死，也得半条命啊！极度的恐惧，使她连喊叫的力气都丧失了。

夕阳西下，江流像打哈欠似的张开嘴巴，水中突出的岩石宛如尖利无比的牙齿。她跪倒在江边，瞪大双眼东张西望，江水显得那么无情、那么黯淡、那么怒气冲冲地奔流而去。她的脑袋里只有黑乎乎一片，眼泪在脸上哗哗哗地流。

"阿——顺——阿——顺!"她拎着嘉顺的鞋,撕心裂肺地哭喊着,沿着江边拼命地跑着,一阵呜呜的哭声,心痛欲绝,肝肠寸断。

闻讯赶来的傅弘茂,一边叮嘱柳芹全力看护好玉樱,一边吩咐内弟柳铁不惜重金,招来四艘小渔船到江中奋力打捞,同时还请十几个年轻力壮、水性好的渔民沿江寻找。

漳江暮色昏沉、黑暗,如同举行葬礼一样凄惨,四周仿佛都穿上丧服。傅玉樱呆若木鸡地坐在江边,她心中还抱着一丝的希望,脸上挂满泪水,眼睛肿得像桃子一样大,哭声由号啕转为时断时续的悲啼。她口中喃喃地说:"快快快!救救阿顺啊!阿顺,你不能死,不能死啊!你是阿母的心肝宝贝啊……"嘉欣和嘉亮紧紧依偎在她的身旁,姐弟两一会儿放声痛哭,一会儿轻轻啜泣。

夜幕降临,打捞毫无结果。傅弘茂只好下令全部撤回红楼,等明天继续打捞,"务必活要见人,死要见尸!"

傅玉樱几近崩溃,死活不肯回家。傅弘茂不容分说,叫柳芹和玉梅架住她,强行抬上板车,拉回家。

一整夜,死亡的恐惧笼罩着全家。傅弘茂和柳芹没合眼,一直陪护着傅玉樱和孩子们。傅玉樱不吃不喝,一动不动地依在床上。因心中的自责和悲痛,她的头,疼得似乎要裂开了,手脚冰冷,几近麻木。她哭得沙哑,没有眼泪。她预感:灾难已经降临,除非出现奇迹,否则嘉顺已……我怎么会,怎么能如此糊涂呢?为了拣一把柴火,省一点小钱,竟搭上嘉顺一条活生生的性命。真是死人不死猪,愚蠢至极啊!我只知道阻止嘉顺不能在台风警报未解除前去拣柴火,却未能及时提醒他绝不能到江边去拣。这是我做母亲的最大失职啊!一切的一切只能怪我呀!阿顺啊!阿母对不起你,你才十岁呀,还来不及品尝到人世间的幸福生活就这样匆匆地离去。你走了,我怎么向你阿爸交代呢?天大的责任与罪过皆由我来承受。一切只能听天由命了!她不停地捶胸顿足,仰天长叹,全然听不进傅弘茂和柳芹的半句规劝。

嘉亮既后悔又恐惧:后悔没有将嘉顺和石磊去江边捞木柴的事告诉阿母,让阿母来拦阻他们的鲁莽行为;后悔没能跟着他们,若他在场,绝不允许嘉顺往江中捞木柴。恐惧的是，如果明天再寻找不到嘉顺，该怎么办？

嘉欣和嘉亮哭湿了枕头。嘉欣非常内疚，因为她总督促嘉亮和嘉顺出去多拣些柴火，为家里节省点钱。如今嘉顺出事了，她当大姐的有脱不了的干系和责任。嘉欢格外伤心，嘉顺哥总喜欢跟她玩，逗她乐，还时常将老阿祖给他的糖果分一半塞进她嘴里。如今，嘉顺哥彻夜未归，她万分思念，万般恐惧。

隔天清晨，风歇雨停，一轮淡淡的灰色太阳，疲乏地挂在天空，好像被狂风暴雨折磨得筋疲力尽，夺去了无限的光辉和热量，对着大地冷冷淡淡，无精打采。江水似乎以极其温柔的姿态，把内心的罪恶深深地隐藏起来。混浊和平静的江面遮蔽了可怕的深度和速度，粉饰和掩盖了残暴狰狞的另一种本性。

柳铁增派十几条船和三十多人在江中继续打捞，所有人竭尽全力，但如大海捞针，依然不见嘉顺的身影。

直到下午三点多，傅老五的小儿子——游手好闲的猪头皮仔像着了魔似的，奔回红楼，神经兮兮地告诉一个石破天惊的消息：在漳江下游水闸口发现一具小孩的尸体。傅弘茂不管三七二十一递给猪头皮仔报信钱，雇了两辆三轮车，载着玉樱、柳芹和玉梅飞速前往。

小孩的尸体静静地躺在江边的沙滩上，盖着一条破草席。掀开草席，傅玉樱一眼就认出是嘉顺，赤条条的上身，圆滚滚的肚皮，湿漉漉的裤子上打着补丁，冷冰冰的小手握紧拳头，被江水浸泡的脸已浮肿，只有浓眉下的一双大眼睛，依然张开着。

"哇！"傅玉樱发自胸腔深处的第一声哭声仿佛是喷出来的。她一个箭步扑在嘉顺身上，紧紧地搂住他，摇晃他，呼唤他，嘉顺一声不吭。她颤抖的嘴唇紧贴在嘉顺的脸上，这脸蛋蜡黄而冰冷。抚摸着嘉顺僵硬的身体，她一动不动，没有生息。足足持续一两分钟。傅弘茂突然害怕了，担心她一口气上不来，憋死了。他慌忙叫柳芹和玉梅，七手八脚地把玉樱死活拉起来。玉樱的身体剧烈地抖动一下，嗓子里发出一种凄惨的咯叽叽的响声。她抬起头呆呆地怒视长天，怒视江水，嗓子嘶哑地呼喊着嘉顺的名字，一个多好的孩子啊，理应活下去的呀，可他死了，死了，死了……她连续吼了几声，江水依然露出不理不睬的神色，依然故我地流淌着。

一会儿，她又扑倒在嘉顺身旁，把嘉顺搂得更紧，嘉顺是她身上掉下来的肉，她恨不得再与他合为一体。看到一个母亲受到那种眼睁睁的生离死别的苦痛，柳芹的心碎了，急忙和泣不成声的玉梅上前紧紧扶起傅玉樱。柳芹急忙给她捶背，泪和言语一齐迸发出来："阿樱啊，别再哭啦！你急死也没用！"可越劝，傅玉樱越放大悲声，直到缓不过气来，仍哽咽着，抽泣着，生命好像只剩下一条线那么细，而这条线，还要洒出无穷的泪来。她双手颤抖轻轻地揉了揉嘉顺的眼睛，抽抽噎噎地哭个不停。她那双沉浸在极度悲痛中，充满绝望的忧郁的眼睛，叫柳芹和玉梅不忍再多看一眼。

天人两隔。在冷酷无情的江面上找不到任何可以寄托哀思的凭借，傅弘茂红着眼睛在一旁紧紧地陪护着。作为父亲，他也曾有过丧女的切肤之痛，只能耐心地等待，直等傅玉樱哭得死去活来已有好几次时，他才悲痛地大声说："好了！都别哭啦！死人是哭不活的！天快黑了，柳铁快去叫土公仔来收尸吧！"

嘉顺没有新衣裳，只穿上一身过于短小，但浆洗得很干净的有补丁的衣裳和一双嘉亮给他的旧万里鞋……

"想不到啊！想不到！天公祖咁会这呢无目睭？"半个月后，老阿祖才惊悉嘉顺噩耗，老泪纵横，捶胸痛哭。柳芹劝不住，只好陪着她一起流泪。痛定思痛之后，老阿祖终于抹尽脸上的泪水，吩咐柳芹把傅玉樱叫来。她颤巍巍地紧紧拉着傅玉樱的手，当着傅弘茂、高韵台和柳芹的面，语重心长地说："阿樱啊，免怨叹！我知道你的苦，你的疼！知道你没阿顺像刀割心头肉啊！这几天，我心肝头也一直在痛。但做人总会死！从古到今，真仙难救无命囝。阿顺命薄！古人说，会泅的人快死。你怨叹也无用，伤心过分，反而害了自己的身体。以前你外公常说，自盘古开天地，死的死落去，活的照常活，无以死而伤生！你还有阿亮和阿安两个团仔，如今舒夫正在落难之时，你要替咱老田家争口气！天塌下来，也要咬紧牙根顶住，我这把老骨头与你相斗阵[1]。你免烦恼！咱老田家不会见死不救！只有一件事我要给你挑明了，那就是阿顺的事，绝不能让舒夫知道，能瞒过一天，算一天，等他回来后，我自然会替你出面，向舒夫讲清楚。你千万免挂心！简单一句话，你要听我的劝，饭要吃，苦自吞，活下去，顾好家！"

老阿祖深入浅出，至情至理的一席话，不禁让傅玉樱感动得热泪盈眶，在一旁的傅弘茂和柳芹也被老阿祖发自内心的亲情融化了。唯有高韵台听得脸上青一阵，紫一阵的，哑口无言。

一年后，傅玉樱仍无法释怀，无法原谅自己。每当舒夫来信询问嘉顺的近况时，她总是泪流满面。她始终不能接受嘉顺离去的残酷事实，总觉得嘉顺还活着。多少回，她梦见嘉顺拿着畚箕笑着对她说："阿母，我拣柴去了！"她急忙喊："别别别！千万别……"

1　指在一起。

六、念台归来

"怎样啦！阿樱，看到了吗？"老阿祖忐忑不安地问。

"阿嬷，我一直站在十字路口，连汽车影子也没见着呀！"傅玉樱气喘吁吁地答道。

整个夜晚，老阿祖丝毫没有睡意。她焦灼地坐在藤椅上，手中不断地拨动着那串心爱的佛珠，嘴里不停地唸着阿弥陀佛。她急切地等待宝贝儿子高念台从南洋归来。

红楼上下灯火通明，热闹非凡。从大门到客厅，沿梯口到楼上，到处挂着白炽炽、亮晶晶的大汽灯，即便过大年，红楼也不曾有过这般显耀的装扮。高韵台将头发用茶籽油篦头梳得乌黑晶亮，金累丝钗，在灯下光彩照人。她已老了，稍许发福的身材，压根儿说不上美，但仍要凸显其风姿，非要打扮得像年轻时一样俊秀。身着的白绫旗袍，绣有遍地玉兰花，袍下露出尖尖的粉红洋缎绣花鞋，金灿灿的派克钢笔依然插在旗袍上，虽不协调和刺眼，但她觉得，只有插上这支金笔才能显露出派头与气质。她恭恭敬敬、寸步不离地陪着老阿祖，发光的眼睛却滴溜溜地时常转动——每一转动发射出无限的机警与娇艳。

"真的看不见吗？"老阿祖将信将疑地又问傅玉樱，"夜晚，这小轿车驶来，先看光，后听声，再有影啦！"

"没光，没声，也没影呀！"傅玉樱赶忙解释。

"唉！"老阿祖一声叹息，抬头望了望时钟，望眼欲穿。

再过三天，就是老阿祖的八十大寿了。两个月前，高念台来信说："鸦有反哺之义，羊有跪乳之恩。二十多年，朝思暮想回漉溪拜见老母。今年国庆节，我受邀回国观光，无论如何一定要先回漉溪，给老母做大寿。"这句话，令老阿祖喜极而泣，多少个夜里睡不安稳。她扳着指头，数来算去。昨天终于收到了念台的一封加急电报："儿已安抵香港归国。今包车日夜兼程，拟明晚到家。切勿挂念！"眼下，已经十点多了，还不见踪影，怎不叫她忧心忡忡？

"阿母毋急！夜里开车，耽误一时半刻是常事，我以前在日本，也常遇到这种情形。"傅弘茂在一旁低声劝道。

"是呀！阿母千万毋急。你还是先去睡。我们来等阿弟就好。"高韵台轻声细语，一种从未有过的温存和体贴。

"我睏不去啦！"

"要不，你上床躺一躺，眯一眼也好嘛。等阿弟到了，我马上叫你起来，好吗？"高韵台伸出双手欲搀扶老阿祖。

霍然，老阿祖拄着拐杖站了起来，一动不动，侧耳倾听，仿佛听到越来越近的车轮声，轰隆隆地向她心中驶来。这是人世间神奇的母子之间的一种心灵感应？还是极度焦躁中的一种精神错觉？大家一时目瞪口呆。

"到了！到了！"刹那间，楼下的柳芹扯开嗓子使劲地呼喊着。她像箭似的冲上楼来，惊喜万分地说："我在十字路口听到喇叭声，看到一束刺眼的灯光，准是阿弟的小车驶来啦！"

"是是是！肯定是阿弟回来了，阿母！"高韵台激动万分，极力附和。

不一会儿，一辆黑色的小轿车缓缓地停在红楼门前。一阵喜庆、欢快、热闹的鞭炮声响彻夜空。

"阿母阿母阿母，我回来了！回来了！"阔别故乡二十多个春秋的海外游子高念台在泪水和感恩中，"扑通"一声跪倒在老母的面前，连连磕头。他噙着眼泪吻着老母粗糙的双手，目不转睛地凝视着：当年风姿犹存的老母，如今已满头白发，憔悴的脸上皱纹密集，嘴角下垂，眼睛浑浊，但还亮出一些光彩和生气，眼角腮旁还皱出含笑的皱溜。母爱如泉水细细流淌，似春晖融融沐浴他的心头。此刻，老阿祖两只手颤抖地、轻轻地抚摸着念台的头发和脸颊，仿佛还在梦中。她有点不相信，眼前这张可爱的脸庞，这熟悉轮廓竟是她魂牵梦绕的心爱儿子。此刻，果真与儿子团聚了！看到儿子西装革履的模样，长得愈发像他老爹了，像是一个模子印出来的。个高、微胖、国字脸上浓密的眉毛微微上扬，英挺的鼻梁上架着一副金丝眼镜，双目深邃有神；听见儿子的声音，极像他老爹，谈吐不凡、中气十足——多么可爱的心肝宝贝，我的儿子啊！她激动地搂着念台，禁不住热泪直淌，搂着念台的头紧紧地贴在自己的胸前，一句话也说不出来。

此时此刻，她真不知道，这是佛祖赐给的幸福之泪，还是长年累月一直压抑在心头的痛苦之泪。

很久，很久，老阿祖才松开了手。她再一次如醉如痴地望着念台的脸，凝视念台的眼，爽朗地笑了！客厅里回荡着一阵阵甜蜜的笑声。

傅弘茂见天色已晚，担心老阿祖劳累赶忙说："阿母，阿弟一路奔波，刚到家，是不是让他早点休息，有话明日再讲呢？"

"慢着，我先问阿弟一件要紧的事，再睏也未迟！"老阿祖摇摇手说，"阿弟你在N国可好？家内人呢？"

"好好好！"念台不住点头。

"俗话说，在家奇檀香，出外奥刺桐[1]。当年我忍痛让你出门，不是只听你老爹的话，而是害怕日本番仔坑害你啦！番仔历来欺负咱中国人，你能好到哪儿？我不信！"

"阿母啊，是你和老爹从小就教育我要善良、博爱、坚强、奋进。我在海外当记者、任校长、办实业、做金融，都是一步一个脚印走出来的！再说，如今祖国一天天强大了，华侨有了大靠山！哪个番仔再敢瞧不起咱？欺负咱？"

"阿母，阿弟说得对！日本鬼子早就举双手投降了。阿弟现在N国的生意兴隆，名气大，这才受邀回国观光，专程坐飞机赶回来给你老人家做寿呀！"傅弘茂赶忙插道。

---

[1] 奇檀香，珍贵木材。奥，腐朽。喻为在家是宝，在外是草。

"说得也是！"老阿祖略思忖一下。

翌日清晨，高韵台破天荒头一回敲打傅弘茂的房门，郑重其事地与他商量筹办老阿祖寿庆之事。不等傅弘茂开口，高韵台便口若悬河地说："老六啊，这次阿母做寿绝对不能称称采采[1]！阿母常说，人有脸、树有皮。往大处讲，这次要办得有头有脸[2]、拍锣拍鼓，厚礼厚素[3]，绝不能虎头鼠尾，更不能大热闹、大漏气！往细处说：一要放好帖。一定要用阿弟从香港买来的红底烫金的大'寿'字请柬。咱阿弟不仅财大气粗，而且是N国颇有名望的侨领之一。堂里的内亲外戚要请，厝边头尾也要请，市里的大小头家更要请，免惊封神。二要办好宴。我算好了，楼前红砖埕搭起帆布，作迎宾接待处；楼上楼下客厅里摆八桌专门接待贵宾；古厝大厅上摆十桌接待内亲外戚。咱开流水席，重要头家统统安排赴晚宴。菜要精、料要好，咱自己煮无味无素，歹吃啦！要到广发大酒楼，专订头牌潮汕师傅的手工菜，龙虾海参鱿鱼翅，炒好即刻挑过来。别惜钱，小弟全额报销。三要抓细节。我最怕的是，人客多，话就多。三色人，讲五色话，花钱又失体面！多牛踏无粪[4]，不行！十嘴九尻仓[5]，也不行！十军九头目[6]，更不行！你要做总管，督好阵，负全责。任无大小，事有专管，各司其职，杜绝推诿。叫柳芹，负责采买，添足烟茶酒、打好卤面，煮好红蛋，分头派送到堂里各家各户；派荷花负责布置场所、预备桌椅、打水、烧茶、洗地板；命阿樱、阿荷、阿梅赶紧分发请柬，专门接待，千万莫像罗汉请观音，宾少主多。四要找老五，这最要紧！咱红楼一半是老五的，他若发个话，一家大小，谁敢作声？阿弟送给老五的伴手礼，我已准备好了，你吃饱后，就先带阿弟去拜访老五……"

傅弘茂愣怔了好久。好家伙摆什么谱？眼前的高韵台俨然摆出《红楼梦》里王熙凤协理宁国府的那副架势，丁是丁、卯是卯，不愧为进士门第的千金

---

[1] 喻为随随便便。
[2] 指很体面。
[3] 喻为热热闹闹，重礼仪。
[4] 喻为人浮于事，效率低。
[5] 喻为七嘴八舌。
[6] 喻为政出多门。

小姐，胸有成竹呀！他本想顶撞她两句，但又想，老阿祖毕竟待他不薄，念台远渡重洋，归来不易，且老阿祖的身体已大不如前了，是该冲冲喜，他只好点头，全数答应。

庆寿那天，红楼张灯结彩，喜气洋洋；鞭炮烟火，此起彼伏；客厅里红寿幛、寿联满壁，耀眼夺目；酒桌上处处觥筹交错，笑语喧天。

老阿祖身着念台专门从南洋买来的精绣金寿字的红绫上衣，半卧半坐地靠在枕头上，显得很疲惫。从早到晚，四世同堂的众儿孙们接连三跪九磕头，"积善堂"的远亲近邻，亲朋好友，以及各方宾客陆续前来送寿礼，道祝贺……委实令她应接不暇，眼花缭乱，头昏脑涨。她只要傅玉樱一人静静地陪着，闭目养神，清清心。

"阿樱，这几天舒夫有来信吗？"老阿祖突然发问。

"没，阿嬷！"

"唉！此时，他若能回来与念台见见面该有多好啊！可叹，本地话叫咱姓田（甜）的，其实毋'甜'，一世人苦半死，劳碌命！"老阿祖喃喃自语。

"阿嬷，舒夫也祝福您老人家寿比南山，福……"

"舒夫的心，我最知道。他做人实实在在，从不趋炎附势。你阿舅这次回来，我足欢喜！但花这么多钱，费这么大力，给我做生日，太奢侈，太浪费啦！你看，我这条被面还是几年前叫你将无用的布头布尾一片片拼缝起来的，看起来虽是花花绿绿的粗布被，却比你老母的绸缎被面好看又贴心。你老母凡事瞒我像铁桶似的，什么都不与我商量。昨晚，我就对你老母和你阿舅说，我一世人信佛，就是遵照咱老高家的祖训：广种善因，俭吃急计做。你听，外面锵锵滚、哗哗叫，假封神，结澎皮[1]，哼！世间钱做人，我实在毋爱啦！"老阿祖摇着头，摆着手。

"阿嬷，你八十年才热闹一次，完全应该！"傅玉樱双手捧着一杯西洋参茶递给老阿祖。

"阿母、阿母，外面有市的头家，还有街政府的头家都要进来给你拜寿啦！

---

[1] 指好牛气。

大仙佛难请！阿母让他们进来见一见，咁好？"此时，高韵台急匆匆推开房门，娇声娇气地说。

"你别叫她来，我要瞓啦！"老阿祖脸色一沉，高韵台六神无主，慌忙答道："好好！阿母别受气，别受气！"

客厅里灯火辉煌，好不热闹。酒过三巡，坐在主桌上的市政协谢副主席站起来，满脸笑容地举杯向高念台祝酒："幸会啊，高先生！来来来，这杯酒，我先替省统战部柯副部长敬你。他赴京开会，没能来，特地嘱我代他敬上这杯酒！你是 N 国有名望的爱国侨领，有一颗爱国、爱乡的拳拳之心。在'亚非会议'期间，你不仅夜以继日、不辞劳苦采编新闻，不惧恫吓，用事实说话，与反华反共势力针锋相对，及时、客观地对中国代表团作了大量的新闻报道，为祖国的新外交鼓与呼！受到总理的接见和表扬。我代表市政府和父老乡亲们真诚地感谢你！热烈欢迎你的归来！"

"谢谢！实在惭愧！我还做得很不够。二十多年虽旅居国外，但我的祖先早已把我烙上了中国印。作为中国人，这是我义不容辞的本分。记得离开祖国时，我老母十叮咛、八吩咐，'生是中国人，根是在中国！'这句话我一直牢记在心。这些年，我是尽一份绵薄之力报效生于斯、长于斯的祖国和家乡！"念台激动得热泪盈眶，鞠躬致谢。

顿时，客厅里响起一阵阵掌声。

孙婶仔像突然打了鸡血似的，当起半个主人。她站起来，把所有能拿出来的笑容都立马搬运到胖脸上来，不停彬彬有礼地给这位领导斟酒，替那位要员夹菜，满腔热情地招呼领导们一定要吃饱喝足。其实，她并非有请必到之人，在她脑子里，阶级界限划得经纬分明：哪怕"积善堂"的菜再好，酒再香；哪怕八人大轿来抬，她也绝不会去的。可是，当阿扁打听到高念台的真实来头，了解到连市政协、统战部都已派要员出席时，她大吃一惊，顿觉失策，急急忙忙提着一篮子寿桃赶来红楼祝寿。刚刚听了谢副主席一席话，她庆幸自己没有站错队，来得很及时。既然无法当面向老阿祖祝寿，她就坚持要与高念台一起"为老阿祖寿比南山"而连干三杯。高念台不胜酒力，而已喝得满脸通红的高韵台挺身而出，一干而尽，博得满堂彩。第一次听到这么多领导的当众夸奖,她陶醉了。

席间,高念台大胆地向谢副主席建言:"积善堂"的"神癀片"是漉溪一宝,在东南亚华侨中久负盛名,但一直供不应求。政府应加大扶持力度,扩大出口,扬名声,多创汇,一举多得。他还提议,"神癀片"应考虑在东南亚增设授权代理商,扩大销售,打响"神癀片"品牌效应。如果在资金或经营场地上有困难的话,他愿意鼎力相助。谢副主席听后连声称赞。

傅弘茂压根儿没想到,念台竟如此了解"积善堂",如此关注"神癀片",真不愧为"懂"事长。

不一会儿,谢副主席主动走上前向傅弘茂敬酒。慌忙中,傅弘茂诚惶诚恐地站起来。

只见谢副主席亲切地握住他的手,笑着说:"傅老,这杯酒你非干不可!"

"我……我……"傅弘茂谦卑地说不出话来。

"这也是柯副部长交代的!当年在巫山革命老区,你曾救过他的命!还记得吗?"

"噢!不敢当!不敢当!治病救人那是我当医生的天职。"傅弘茂一脸通红。他始终记得,逢年过节柯副部长必送来问候和礼物,如今还忘不了向他敬酒,他连声道谢。

寿宴一直闹到半夜才结束。整整一天一夜,确实给"积善堂"的红楼抹上一道令人难忘的光彩,犹如五彩缤纷的彩虹,显得格外耀眼、夺目。

高念台在家里虽陪老母四天,度过了十多年来最幸福、最兴奋、最留恋的日子。但是礼尚往来,亲朋好友和地方官员的会见和宴请络绎不绝,令他应接不暇,陪老母促膝谈心的时间所剩无几,他只好再三禀告老母,等他赴北京国庆观光结束后,一定一定再回来,闭门不出,好好陪老母住上一个星期,再回 N 国。

临别的那天夜晚,高念台仍像往常一样坚持睡前陪老母坐一阵尽其孝道,直到老母睡了,才蹑手蹑脚走出房门,两行热泪不禁扑簌簌地滚下来。他拉着傅弘茂的手说:"姐夫,我看阿母的气色欠佳,饭量也少!如需服用什么补品补药,你尽管说,国内能买则买,买不到的我即从国外寄回来。好吗?"

"哎呦，阿弟！人生七十古来稀，阿母都八十了，哪能像少年家——勇壮壮？这几天，阿母必是做生日累的，好好养一养就好了！"高韵台立马抢白。

"阿弟，阿母的事，你尽管交代我。老人家的身体需要慢慢静养，慢慢调理，该进补，该检查，我会安排得妥妥帖帖，你尽管放心！"

傅弘茂的话说得入情入理，高念台悬着的心自然放下了许多。他觉得，老爹和老母确实没有看错人——姐夫傅弘茂的心里藏着一颗舍己爱人的心。他随即掏出五百元，塞给傅弘茂，说："听阿母说，外甥婿舒夫出点'事'，玉樱现在落团坑恰惨落油鼎，这些钱就请你转给玉樱以贴补家用……"

高韵台急红了眼，劈手把钱抢下来说："免免免！论艰苦，玉菊最惨，一家人还在北方喝西北风呢！这钱，我来分配！"

傅弘茂像哑巴，一声不响。

高念台似木雕，一脸尴尬。

七、驾鹤西归

高念台刚离家，老阿祖就卧床不起。起初只是便秘，烦躁不安，高韵台以为，皆因阿弟匆匆离别，老阿祖伤心过度，郁闷伤肝所致，只要喝喝凉茶，降降火即可，毫不介意。一周后，傅弘茂从省城开会回来，见老阿祖面色苍白，手脚冰冷，加之血压升高，心律不齐，急忙劝老阿祖住院治疗。可是，不管傅弘茂和高韵台，还有柳芹和傅玉樱如何劝说，老阿祖就是死活不去。

"老六啊，未注生，先注死。我吃到七老八十了，不去医院啦！你就是给我抬，我也不去，只要阿弟从北京回来，我的病自然就好啦！"老阿祖说着说着，又冒了一头冷汗。

"阿母啊，不住院也行。那就上医院看看，拿点药，就回来，好吗？"傅弘茂苦苦央求道。

"你毋叫我腹肚做药橱！我从来就不爱打针吃药，更惊去医院闻那股消毒水的臭味啦！你也知我的脾气，此事免讲，莫让我受气啦！"老阿祖微闭双眼，气喘吁吁地说。

傅弘茂急了，慌忙请内科主任来家诊治，主任发现老阿祖有心肌梗死的征兆，千万要小心，建议立即住院为好。但老阿祖十分固执，只好开些药先服一服。西药勉勉强强服一天，老阿祖就闭口不吃了。整天躺在床上扳指头，数日子，望穿秋水巴望念台早日归来。

无奈之下，傅弘茂急请老中医来家里会诊。老阿祖历来相信中医。老中医细细望其颜色枯黄，闻其声音浑浊，问得病根源，切脉息迟缓，斟酌再三，开了几帖中药，叮嘱她一定要少安毋躁，静心细养，她答应了。

自老阿祖生病以来，每天中午和夜晚傅玉樱必伺候在老阿祖床前，家里的事全撂给嘉欣和嘉亮。她不仅煎熬中药，一汤勺一汤勺给老阿祖喂服，还要给老阿祖梳头、洗脸、捶背……累得骨头架子快散了，她毫无怨言，只盼老阿祖能早日康复。令她左右为难的是，老阿祖常常问，今天是初几？念台怎还未到家？她既不知实情，又不敢瞎猜，只能不断重复地说："阿嬷莫急！快了快了！"

"快什么碗糕？你阿舅明明对我讲再十日就回来！今日十四了，按怎全无消无息呢？"老阿祖忐忑不安，在她心目中"四"是个最不吉利的数字。

"阿嬷免烦恼，阿舅去趟北京参加十年国庆大典不容易，多待几日很正常啊！再说他是领队，总不可能自己说回来，就能回来呀！"

"唉！人在江湖身不由己。念台肩上的担子确实太重啊！尽拼啦！阿弥陀佛！阿弥陀佛！阿弥陀佛！"老阿祖无奈地喃喃自语，混浊的泪水又流出来。

原来N国风云突变，一小撮暴徒掀起一股"排华"的恶浪，公然打砸抢杀无辜的华侨……形势万般危急，高念台不得不紧急中断观光的行程，提前从北京直飞N国。临行前，他给傅弘茂拍了电报，直接发往协和医院。

傅弘茂刚下班，收发室的老头突然叫住他，"傅主任，你有封加急电报！"

"什么？"他惊讶地问。

急急忙忙撕开一看，"姐夫：N国时局突变，我欲速回。请暂勿告家人，多加照护老母！我自会妥善处置，切勿挂念！近期暂莫通信，我抵达后会择机禀报平安。弟念台"。他顿时脑子里像一团乱麻，怎么办？念台此返凶多吉少，可鞭长莫及，爱莫能助，万一……他不敢往下想。眼下，唯一能做的是，绝对不可泄露此消息，否则，高韵台无休止地哭闹，老阿祖更会遭遇不测！他反复背了几遍后，果断将电报撕了。

装着一副若无其事的样子回到红楼，他即去探望老阿祖。

"老六啊！今日我右眼皮一直在跳，咁会出啥歹代志啦？"老阿祖眨巴着眼。

"怎么会？"傅弘茂心揪紧一下，难道是心灵感应？他急忙上前说："来，让我先看看！"他仔仔细细看了看眼睛，听了听心音说，"无事！无事！阿母你切莫神经过敏!"

老阿祖嗫嚅脱光了牙齿的嘴："老六,我问你,阿弟怎还没回来呢?咁是行程有变?"

傅弘茂一怔,慌忙说："阿弟真是个大忙人,像你常说的话,孔子公不敢收隔夜帖——难说。他现在是大通银行董事长,日理万机,一时回不来也是正常事。你老人家好好保重,不要想东想西,阿弟迟早肯定还会回来看你的!"

老阿祖觉得傅弘茂言之有理,也不好再追问,只是心中积满一团团疑云。

一周来,始终等不来高念台回 N 国的音讯,傅弘茂愈发惴惴不安,可他外表上却显得愈加平和、愈加从容,有时还轻松自如地和柳芹打诨逗趣,把心里隐伏的危机掩饰起来。每天上下班,他必到收发室询问有没有他的电报,都扫兴而归。难道念台出事了?他冒出一身冷汗。此时此刻,他又能找谁商量呢?他垂头丧气地回家。

刚踏进门槛,忽听背后有人在叫,"傅弘茂电报!电报!"他猛回头见到邮递员,惊讶地问："是我?是我的电报?!"打开一看,虽仅有"平安"两字,但压在他心上的那块铅铁终于掀掉了,顿时眉开眼笑。

"老六快快进我房里去,韵台姐她……她……"柳芹六神无主。

"她出什么事?一惊一乍,你是撞着鬼?"傅弘茂问。

"她去市侨联开会,一回来就疯疯癫癫似的进我屋里一个劲地哭,水也不喝,话也不说!急死我了!"柳芹说。

"老六啊!阿弟……阿弟……"高韵台一见傅弘茂如同见到救星,号啕大哭起来。

"哭什么?"傅弘茂不等高韵台说完,就把念台的电报一递,"你自己看看这是什么!"

"平安?!谁发的?"高韵台恍然如梦。

"平安二字值千金啊!这是我刚刚收到的,当然是阿弟发来的呀!"傅弘茂喜形于色。

"什么?阿弟平安回 N 国了?"高韵台惊诧地问。

"是呀!他已回去半个月了,从北京走的!"

"好呀！老六，这么大的事情，你都敢瞒着我！我跟你没完！"高韵台霍地站起来，一边抹着泪，一边恶狠狠地大喊。

"我全按阿弟交代：一是怕阿母担心，加重病情；二是怕你焦急，大哭大闹，所以暂时保密。如今阿弟一家平平安安，你还有完没完？"

"原来如此呀！今日开会通报了 N 国发生的'排华事件'，把我吓死了，我都没有力气，没有胆量上楼，就怕阿母知道……"高韵台绷紧的神经才松弛下来，不禁喜极而泣。

"好了，好了！这事可千万不能让阿母知道，就骗她说阿弟因生意上的急事，从北京直接飞伦敦去，一时无法回漉溪，只等明年开春再回来！她若不信，就用这封电报搪塞一下。只要我们不露声色，她定不会怀疑的。"傅弘茂果断地说。

不出所料，老阿祖虽将信将疑，但她理解念台的难处，她只有将泪水往肚子里吞，心情随之也就平复下来。

一天，老阿祖对傅玉樱说："阿樱啊，你为我端屎端尿，难得有这份孝心伺候我，我真舍不得拖累你呀！你的孝顺，你的艰苦，你阿舅这次回来，我都一一跟他说过。哎呦！我吃老了，无头神，记得你阿舅临行前，曾有拿钱叫你阿母转交给你！有吗？"

"钱？什么钱？"

"五百块呀！"老阿祖伸出五个指头。

"哪有？"傅玉樱摇摇头。

"唉！都说'贪'字，'贫'字壳[1]。可你老母穿金戴银，珍珠藏到变成老鼠屎，怎未满足？钱，生不带来，死不带去！积到多时，目睭闭，有何用？白鸽鸶拼死食，也是无脚后腿肉[2]啦！明天我一定要好好责问她！"

"阿嬷、阿嬷！你千万莫作声，受免气！我有钱，前几天阿爸才硬塞给我二十块呢！"

"唉，你老爸这几年一家分三伙鼎，几十口，牙齿敲起来半米箩。依我看，

---

[1] 壳指外壳。意为劝人莫贪心。
[2] 喻为得不偿失。

他使手术刀不如杀猪刀有油水！鸟嘴、牛尻仓[1]，三不五时也得拖前搭后呀！"

"是呀！我阿爸最疼我，他足辛苦，但他从来不叫一声苦和累。"

"对！老六是个好老爸！不愧为'积善堂'的好子孙！"老阿祖赞道。

日月如梭，一晃两个月过去了，老阿祖的病反反复复，始终没能好起来。

一天夜里，老阿祖突然拉着傅玉樱的手动情地说："阿樱，我的病看来是凶多吉少，祖公叫食糖粿啦！古人说，寿则多辱。我八十啦，该老该寿啦！难得你阿舅这次从南洋回来，面也见了！你老外公常说，一世人像做人客。生命像后花园里的树叶，一从嫩绿到枯黄，终将入土化为泥。我一心无挂，四大皆空。唉！人间富贵花间露。你看，你傅家百年'积善堂'，赤的金、白的银、圆的珠、光的宝。但是，富贵头，狼狈尾！到头来，赤的是土，白的是纸，圆的是羊仔屎，光的是风中烛。俗话说，大厝大海海，饿死无人知！唉、富（傅）就是好，好就是了啦！"老阿祖脱掉牙齿漏风的嘴把"好"字和"了"字全说混了。"记得当年，你那当县太爷的外公愤然辞官时，曾对我讲过一句话：'功名盖世，无非大梦一场；富贵惊人，难免无常二字。'他做过老爷，讲得深奥！若按我粗人讲，人生就像一杯茶，满也好，少也好，有啥好争？浓也好，淡也好，味素原在。"

傅玉樱不禁泪水肆流。老阿祖的话似乎意有所指，在她的面前仿佛突然腾升一片浓雾，顿时陷入了茫然失措而又极度痛苦的孤独之中。

"乖孙，你免惊！毋号！你一哭，我心事就无了。我再给你讲遍，你如今是落围坑，舒夫落难，人不成人，家不成家。人生像一杯苦茶，会苦一阵，但不会苦一辈子。你没比我艰苦，我中年丧夫，守寡至今，靠什么？靠的是佛在心中，种善因，得善果。做人都要有佛心，有人缘才有佛缘。你一定要像我真心诚意信佛，佛祖定会保佑你。浐溪西桥亭和南山寺的佛祖足灵感，你要像我坚持日日烧香拜佛。有食有行气，有烧香就有保庇。佛祖慈悲一定会无条件救度舒夫出头天的。来，我这只手镯给你戴上，留个念想！这世间，人情薄如纸，笑人贫、怨人富；既爱人赢赌，又恨人有钱；'积善堂'也是扶

---

[1] 喻为入不敷出。

旺毋扶衰啦！但是你老爸和柳芹靠得住，会挺你。你一定要咬紧牙根，把团仔养育成人。让他们有一技之长，千万毋为官，一代为官九代牛啊！舒夫忠厚人就是吃这个大亏！田螺含忍来过冬[1]。你，搁咔[2]艰苦也着忍……"老阿祖眼角的泪花清晰可见，一阵咳嗽后又说："咱台湾人韭菜命啦！番薯毋惊落土烂，只求枝叶代代湠[3]。搁咔艰苦也着走！你听入耳了吗？"老阿祖嘴唇翕动不已。

"有啦，有啦！阿嬷、阿嬷！"傅玉樱心如刀绞。

"只是有件事，我只交代三个人，你老爸和你阿舅，还有你，你一定要办，而且要办好！你咁做得到？"老阿祖睁大双眼，一只手颤巍巍地指着玉樱。

"啥事？阿嬷，你尽管吩咐！"

"人说，树高千丈叶落归根。记住，我祖籍台南县，我走后，等台湾解放之日，你一定要帮助你老爸，或你阿舅将我这把老骨头和老爹一起葬回台南去！你咁做会到？"老阿祖一本正经，嗫嗫嚅嚅地说着，泪水和涎水从脸腮上流灌进脖颈里。

"会会会！阿嬷你毋想那么多，你的病很快就会好的呀！"傅玉樱的心仿佛已碾成齑粉，连哭都哭不出来。

俗语说，灯火尾，瞬倒光[4]。一连十几帖中药似乎有所对症，老阿祖的病情突然有了好转，傅玉樱和众家人高兴地缓了一口气，唯有傅弘茂愈发忐忑不安。

那天深夜，老阿祖突然急着通便，她蹲在尿桶上刚一用力，一下子就不动了。在身旁的她大惊失色，慌忙问道："阿嬷，阿嬷，您怎么了？"

老阿祖猛地把头一歪，没有一点呻吟，没有一声呼唤，没有一丝痛苦，就这样静静地走了。

顷刻间，如同天塌一般，傅玉樱目瞪口呆，随即而来的是一阵撕心裂肺的哭喊声，傅弘茂、高韵台和柳芹一道两步并作一步奔进老阿祖房里。傅弘

---

[1] 含忍，忍耐。喻为养晦待时。
[2] 咔，语气助词，指再。
[3] 湠，繁殖。喻为生生不息。
[4] 喻为回光返照。

茂急忙开始抢救，做人工呼吸。忙碌好大一阵，仍不见效，他急忙打开手电筒，看到老阿祖面容苍白，再拨开她的双眼，瞳孔已散，细摸手脉、心跳全无。

人死如灯灭。刹那间，傅弘茂一家老小跪在地上，哀声一片，号啕痛哭，那哭声仿佛要掀掉红楼的房顶。

傅弘茂赶紧派人请土公仔，为老阿祖搬铺，盖上"天地被"。楼下客厅做灵堂，铺前张挂白幔，幔前安放供桌，桌上摆着香炉和供品。白幔后，在老阿祖脚下方点燃一盏长明灯，摆上插着竹筷的一碗"拜脚尾饭"。一切安排妥帖后，傅弘茂硬拽着高韵台上楼商议后事，留下柳芹和傅玉樱等人在床边守灵，烧冥纸。

老阿祖撒手而去，傅玉樱最最悲痛，她已经哭傻了，张着嘴，含着泪，泪与鼻涕一起浸湿了胸前。她的哭声里没有吐一个字，只是由心里往外倾倒眼泪，由喉中激出悲声。哭了好大一阵子，她噎住，把声音都哭哑了。

突如其来的噩耗，强烈地刺痛高韵台的内心深处，不禁泪如雨下。傅弘茂在极度悲痛中仍然保持异常冷静和沉着。他说："韵台啊，人事已尽，天命难违。阿母驾鹤归西乃天意，咱只能节哀顺变。眼下，最要紧的是尽孝心，办好阿母的后事：一是即刻报丧。明早发加急电报给阿弟，N 国排华事件刚平息，估计他是回不来的，能否由他出面请在 X 市的同父异母的慕台兄速来替他当孝子，老阿祖四世同堂不能没人当孝男，我做女婿是半子，只能挑大灯；二是速叫木匠，将原咱为阿母预备的好杉板，搬到花园内，制好棺材；三是请和尚唸经。阿母一生信佛，一定要去南山寺请高僧们来为阿母诵经超度，让阿母早日圆满成就佛果；四是大出殡。要将阿母安葬在阿弟为她购置的那块荔枝园的墓地里。咱尽心尽责为阿母办好后事，让她老人家一路走好！你说怎样？"

傅弘茂的一席话，说得高韵台心底透彻，抹着泪，连连点头。

天亮了，嘉欣发现阿母彻夜未归，不知出了什么事，急急忙忙跑到红楼。进门一看，红楼上下一片皆白，门前吊着两盏"四世大母"的大白灯笼，上下走廊上挂满白挽联，客厅里围上白色的帏屏，厅内哭声一片，香蜡纸钱的气味令人窒息，到处是披麻戴孝的人。阿母正与柳芹一边哭泣，一边跪着焚烧纸钱。嘉欣吓破了胆，不禁放声哭叫。

"阿欣！老阿祖归西了。你赶紧回家把阿亮、欢欢和嘉安叫来，到老阿祖灵前点香跪拜！"傅玉樱吩咐道。

孩子们齐刷刷跪在老阿祖灵堂前号啕大哭，望着那光怪陆离、五光十色的纸糊人、纸轿子和牛头马面；听着那哀婉刺耳的吹奏声，"叮叮当当"的摇铃声，"朗朗嗡嗡"的诵经声，心中充满无限的困惑与恐惧。尤其是，当穿着许多层寿衣的老阿祖被装进黑漆漆的棺材里，钉棺材的长命钉响起"啪啪啪"捶心的声音时，一股股对死亡极其敏感、极其神秘和极其恐惧的恶浪猛烈袭击着孩子们的心。在这最悲痛、最心碎、最难忘的一刻，身着白孝服的傅玉樱的心让悲哀撕碎了，"老阿祖啊！我们再也听不到、看不到您老人家的音容笑貌了！"她领着孩子们长跪不起，辞灵烧纸，号啕痛哭。

老阿祖的灵柩在红楼足足停放了三天。出殡那天，天空没有一点阳光，阴云密布，宛如戴上一顶黑纱似的，大地万物显得那么悲惨、凄凉和哀伤。红楼外，只听得一阵阵八音锣鼓声使人身上发毛，只见得一片片纸钱像大白蝴蝶似的飞向空中……

第五章

一、洪水横流

漋溪属于南亚热带海洋季风性气候，台风对于这座城市而言，司空见惯，不足为奇。十二号台风刚擦肩而过，十三号台风警报又拉响了，百姓们却不以为然，小孩子们依然念着熟悉的顺口溜：

气象台，黑白来
风台有报都没来……

台风刚来时，天空只飘落下黄豆般大小的雨点，时而稀疏，时而密集，"噼里啪啦"地砸落在瓦片和石板路上，宛如一阵暴躁而又烦闷的打击乐。街道也放松警惕，没有像往日那样立即派出"街桌布"四处叫嚷，要求特别的防范，所以百姓都误以为跟往常一样，只不过是一阵短暂的台风雨而已。

暴雨来了。整个天空中直下的雨，铺天盖地倾倒，没多久，天地已分不清，空中的河往下落，地上的水四处流，转瞬间，漋溪变成一个白亮亮的水世界。

白楼护厝门前的红砖埕已变成一片水池，傅玉樱不顾一切头戴大斗笠，冒着雨，弯着腰，双手飞快地清理着已堵塞的下水口，生怕漫溢。

嘉欣和嘉欢七手八脚地把房前屋后地上怕浸水的东西逐一拾兜起来，统统往上搬。嘉亮与嘉欢一道把卧室里的细软全塞进衣橱里，再把客厅地下的东西搬到沙发上。精明的嘉欣首先想到的是食物。她满头大汗地把厨房里的米缸搬过来、挪过去，觉得搁哪儿都不安全，最后干脆把大米倒出来，装进米袋子里扎紧；把油盐酱醋等统统放进大铝锅里，放到餐桌上，这才松了一口气。但是，令她头疼的还有两捆柴火无处摆放，她叫嘉亮一起挪到屋外铁棚子里的石臼上，用绳子扎牢，再盖上一张破油布。

晚饭后，孩子们累了，蜷缩在床上歇息，明天放假的高兴心情早已丢到爪哇国去了，只留下一双双紧张、疲惫、迷茫的眼神。傅玉樱拿着手电筒，四处转，一会儿检查孩子们堆放的东西是否稳妥；一会儿查看屋顶有没有漏雨；一会儿忐忑不安地走到门前，观望天上的雨情和地上的水情，不时发出长吁短叹。

足足六七个小时，倾盆大雨丝毫没有减弱的迹象，这似乎不是雨，而是从天上倒下来的水。残暴的风旋卷着雨，从四面八方狂泻下来。整个漉溪城陷入了极度焦虑、迷茫、混乱和痛苦之中。

漉溪平原地处漳江流域的"锅底"，俗语说得好，三天无雨火烧埔，猪母放尿做大水。漳江江面绕过巍巍梁山，截直取弯，造成东排不畅，上游来水迅猛，下泄流量巨增。漉溪自古以来是个不设防的城市，漳江成了地上悬河，沿江没有一尺防洪堤，市区的排涝仅靠数百年前修建的东西南北四条从未整治的濠沟。这场台风造成极端罕见的强降雨，使漉溪城成了"雨窝"，历时长，强度大、面积广，突破历史极值。时值农历十六，适逢天文大潮，波涛汹涌，潮水顶托，排水受阻，洪涝不分，濠沟四处漫溢，海水开始倒灌……

子夜，洪水突然涌进傅玉樱家。刚开始，洪水像烧开似的冒着一连串泡儿，顺着门槛和门缝儿偷偷地挤了进来，羞答答的，似乎很暧昧，犹抱琵琶半遮面；接着，一步一步开始蚕食，干脆撕下了面纱，不停地拍打着砖墙和房门；最后，像疯狂的日本兵肆无忌惮"哗啦啦"地冲进门来了。

"糟了！"恐怖的水声把傅玉樱从睡梦中惊醒。她急忙打开手电筒，低头一看，洪水正不断地涌进卧室，床铺似乎在漂移，房子好像在水里游荡。

"快、快起床！孩子们洪水来了！"傅玉樱一骨碌起床，一边大声喊着，一边颤颤惊惊地点着煤油灯。

睡意蒙眬的孩子们惊慌失措，哭着、叫着，乱成一团，慌乱中这个穿错了裤子，那个扣歪了纽扣，连被子都掉进洪水中。

"大家莫惊！多穿几件衣服，卷起裤筒，戴上斗笠，手牵手，快跟着我，马上去白楼八婶婆那里避一避。一定要小心走，千万别慌，扶着墙，靠边走，防止摔倒！"傅玉樱用沙哑颤抖的声音，不厌其烦地重复着。

雨夜，伸手不见五指，傅玉樱背着嘉安，快速地用手电筒依次检查每个孩子的行装后，匆匆打开房门，左手紧扶着房墙，右手紧握住手电筒，小心翼翼地踏在墙角二尺多宽的小石板上，涉着半尺多深的冰凉的洪水，一步一步慢慢地往前挪。此时，她显得很镇静，一步一回头，用手电筒照看着扯住她后衣襟的嘉欢、嘉亮和殿后的嘉欣。对于全家人来说，屋檐下这条近十米长的小石板路是多么熟悉，除了小嘉安，每个人都已走过了无数回。尤其在盛夏的夜晚，孩子们都喜欢睡在这冰凉的石板上，做着美梦。然而此刻，小石板路却变得如此陌生，如此漫长，举步维艰，好似电影里的慢镜头，每举手投足，不仅异常缓慢，而且格外恐惧。在迈上白楼五级石阶的那一瞬间，战战兢兢，唯恐跌进洪水中。

"八婶开开门！我是阿樱，我家被洪水淹了！"傅玉樱焦急不安地趴在八婶的窗前，一边大声喊道，一边不停地拍打着玻璃窗。

八婶惊慌失措，开了门，赶忙叫傅玉樱和孩子们住进她的卧室里。傅玉樱婉拒了，只在大客厅里歇息。刚喘口气，傅玉樱立即吩咐嘉亮和嘉欢照看好小嘉安，自己和嘉欣奋不顾身地冲回护厝，想抢回一点全家必备的食品和衣被。第一趟，洪水尚未漫到嘉欣的膝盖，嘉欣眼疾手快紧紧地抱住那只装满食品的大铝锅，傅玉樱背上那袋大米。母女两摸黑慢慢地涉水，终于把食物抢出来了。第二趟，洪水已漫到大腿了，傅玉樱死活不让嘉欣再去冒险，独自扶着危墙一步一步地挪着走。手电筒一照，她看见屋里的桌椅板凳，连同床铺都在水中漂移。她慌了，往前时，脚绊到门槛，一趔趄，手电筒掉了。幸亏她双手死死抓住门框，才没有跌入水中。四周像泼上墨汁一般漆黑，哗哗的洪水撞击着墙壁，发出毛骨悚然的声响，她浑身颤抖，赶紧转身折返，黑暗中泪水和洪水沾满了她的双眼。她再也不敢铤而走险。

不到半小时的工夫，白楼楼下已挤满了从四周逃出来的亲戚和难友，男女老少，个个衣衫不整，疲惫不堪。客厅里熙熙攘攘，有蹲的、坐的、抱的、站的，虽姿势各异，但脸上惊慌和迷茫的神色大都一样。不时，还有人逃往这里避难，不知是谁在走廊上绑了两头猪，刺耳地嗷嗷直叫，令人心烦意乱。

此刻，唯有白楼的楼上依然是那么空旷和宁静，仿佛置身于世外桃源。

天亮了，大雨仍下个不停。八婶的大儿子傅宗鑫被暴雨和难民整整吵了一夜，十分懊恼。他揉揉眼，伸伸腰，顺着逼仄的铁梯攀上屋顶，察看水情。

对白楼，傅宗鑫很有自信。他虽不清楚，父亲傅老八为了建这座白楼耗费了多少两黄金，熬白了多少根头发。但他知道，白楼比红楼不仅美观，而且坚固，单地基就比红楼多打了一层哩。母亲没与他商量就擅自让这么多人住进白楼避难，他心里很不爽。父亲英年早逝，他和母亲只好从南洋回来，对"积善堂"，尤其对红楼，他有一种莫名的怨恨和忌妒。所以，他极少与"积善堂"的亲戚们打交道，总是天马行空，独来独往。

刚一探头，傅宗鑫被眼前的情景吓呆了！凶猛的洪水像切豆腐似的将整个漉溪市区分割成若干块。近看，街上到处是汪洋，逃难的人们，有的卸下门板当小舟；有的坐着木桶拼命划；有的抱着木梁；还有的撑着竹排或小船；甚至有的冒死泅渡，为逃一命，有人灭顶了，随后又出现，忽浮忽沉，险象环生，惨不忍睹。远瞧，漳江上唯一的中山桥已荡然无存，高耸的梁山依然乌云密布，阵阵隆隆声传来，预示着已下了一整夜的暴风雨未善罢甘休，挟住雷神继续咆哮着、肆虐着。他吓得两腿发软，慌忙抓住扶梯下来，匆匆叫上母亲八婶、妻子阿钏和弟弟傅宗汕，关起楼上的房门紧急商议。

"阿母，不得了啦！我刚刚上楼顶看，像在看海，俗语说，梁山戴斗笠，无风也有雨。楼下人挤人，脚叠脚，咱要紧耍手段，立刻赶他们走。否则，今夜会更惨呀！"傅宗鑫搓着双手，不停地踱来踱去。

"是呀！咱白楼又不是收容所。昨晚，像犯着鬼啦，咱没欠人债，何必半夜三更开大门，接这么多难民进来住。哼！生鸡蛋无，放鸡屎有。你看，阿樱她一带就是满厝间的人，连猪母也牵来凑热闹，太无谱了！你不赶，她连楼上都敢挤上来。阿鑫、阿汕，你们赶紧趁天亮，将楼下的人统统撵出去，要不然等洪水淹上来时，全都冲上楼来，怎么办？我是丑话说在前，我好度量是假的，总不能慷慨得，草鞋咬进来，猪肚咬出去[1]？这楼上是我住的，一个也不准上来。若楼下被淹水了，是死是活？你们自己看着办吧！"阿钏的嘴像机关枪似的"嗒嗒嗒"不停开火，每个字像射出的子弹。

八婶明知阿钏指桑骂槐，故意默不作声。她是个虔诚的基督徒，心中无时无刻铭记着：我的神，我的主。她的一生都在倡导一个"爱"字，她的爱，是博大的。她始终认为，在苦难面前，尤其应该将大爱带给世间的每一个人，这是上帝的旨意。至于媳妇阿钏的这些话，她觉得万般羞耻、无知和不可容忍。

"对！咱楼上是绝不能放人上来的！"傅宗鑫斩钉截铁地附和阿钏的话。虽是男子汉，但他小肚鸡肠，心胸有时比妻子还要窄。

"阿兄、阿嫂，你两讲话像在讲古[2]，吃剩饭，也着看天时。外面风雨连天，亲戚厝边被水淹，无可奈何才逃到咱家来的，都是沾亲带故，何必苦苦相逼？能撤，早就撤了！撤不了，只好暂时住这里。同为一家人，互帮互救，天公对地道！"傅宗汕忍无可忍地说。

"哎呦！阿汕真会做人，吞刀吞剑[3]，连楼下你的房间都腾出来让难民住。但这楼上，你无发言权！姓'傅'的满世界，哪都是你的祖公？！"阿钏嘴若青竹丝[4]，极尽挖苦和讥讽的本领。

"放肆！粗嘴野斗[5]，成何体统！"八婶听阿钏那些不堪入耳的粗秽的话脸红了又白，终于按捺不住，猛拍桌子说，"姓傅的怎啦？若没有傅老八，哪有你们，哪有这白楼？你们光知道在这里耍嘴皮子，却不知道楼下的人多可怜。你们下去看看，你阿樱姐三更半夜就一直站在走廊一边背着嘉安，一边烧水、熬粥分给大家吃，用她从大水中抢出来的米，为大家能够喝上一口粥，抵御一点风寒。她是为啥？人人都应有一颗爱心啦！只有爱和信仰才能给遭受灾难的世人带来安慰，基督对我们的怜悯是无微不至的。所以我绝不允许你们在这危急关头置这些亲人和难民于不顾，否则你们就不配做傅家的子孙！"

---

1 喻为舍己为人。
2 指讲故事。
3 喻为大度量。
4 喻为尖酸刻薄。
5 指满口粗话。

傅宗鑫低着头，依然我行我素。他向阿钏丢了一个眼神，匆匆下楼。

"大家听好啦！"傅宗鑫站在楼下客厅的桌子上扯着嗓门大声喊着，"洪水还在涨，白楼很危险。这里不安全，没吃的，也没处睡。大家应趁现在，天刚亮，雨较小，赶紧跑到地势高的地方，赶快撤！赶紧跑！"

客厅里响起了愤愤不平的低语声，瞧瞧石埕里的水已经齐腰深了，这老弱病残孕怎么逃？往哪儿逃？

的确有几个年轻人自告奋勇泅水先撤，可刚游到街面上，又扑腾扑腾地折返回来，因为整条崇武路汪洋一片，确实无法泅水逃生。此刻，不知是谁，提议卸下白楼前后左右的八块大门板，钉成木排将人运出去。傅宗鑫一听，火冒三丈，说："谁出这馊主意？拿别人的拳头拇撞石狮？亏你还想得出来！屁话！"一句话骂得大伙儿像乌龟似的把头缩了回去。

眼看大家赖着不走，傅宗鑫再次站在椅子上说："好！我打开窗子说亮话，你们不走，就别怪我无情……"

"阿鑫啊，本地话说，杀鱼杀到鳃，讲话讲透枝[1]！我是工人，不识字。我问你，你今日是六月芥菜——假有心，还是裤头里插斧头——真砍囊[2]？大家无奈来白楼逃难，无沾亲也带故，全是看着你老爸老母的头脸才来的！当年，你小时候，我背过你，做马让你骑，陪你耍；还有，搬水泥、卸钢筋，盖白楼我不知出过多少力，流过多少汗！如今，怎好头好脸，对你臭尻仓呢？你前一句'撤'，后一句'跑'，说什么屁话？居心何在？我把你的话揭穿了，无非是想要赶众人走，活活去淹死！好啦！今日我甘愿拿老命与你陪到底，你与我一同去泅水试试看，一对一，游到北桥去，你敢吗？"人群中霍然站出金诚伯。五十多岁的他，个子不高，身体却壮得像头水牛，古铜色的脸膛，精神抖擞。论资格他比吕鬼仔还要老，可他赤脸、无私，好直言，总得不到傅老四和傅老五的赏识，堂里人都乐称他为《红楼梦》里仗义执言的"焦大"。他是制药厂的工会主席，在这生死关头，他愈发忍无可忍，扒下上衣，冲着傅宗鑫放横炮。

---

[1] 喻为把话讲清楚。
[2] 喻为蛮不讲理。

"讲得好！""讲得对！"客厅里涌动着一股怒潮。

"大家别说气话！八婶家让我们住，咱也应体谅她的难处！是不是？"傅玉樱慌忙从走廊挤进来，站在门槛上大声说。

"这……这焦大，狗咬吕洞宾，不识好人心！假肖假癫[1]？好！雨再下，水再涨，我楼上，一个人也休想给我上来！"傅宗鑫把重话一扔，气急败坏地"噔噔噔"上了楼。

楼上的梯口处有一块活动的梯门板。这是为防劫匪，傅老八专门设计的，必要时可放下梯门板，把梯口封死。傅宗鑫恼羞成怒，恨不得马上动手把梯门板放下，可是母亲和弟弟都在一楼，还有厨房一时也搬不上来，他只好暂时作罢。他叫两个儿子轮流把守梯口，不准让任何一个外人上来。

烧水、熬粥虽简单，但连续八九个小时不间断地干，的确又累又苦。傅玉樱担心阿钏再无事生非，不敢在八婶的厨房里干这活。她向八婶借来一筐木炭和一只大烘炉，架上自家的大铝锅，在走廊边角上，靠承接屋檐下的雨水来烧水、熬粥，让客厅里的亲友们驱驱寒，暖暖身，止止饿。小嘉安哭得厉害，她只好将他抱过来背着，一边熬粥，一边拍着哄他入睡。大米用尽了，她不心疼，反而觉得很舒坦，因为她觉得这是义不容辞的事。僧多粥少，可谁也不争、不抢，你推我让，老弱妇幼优先，毫无怨言。八婶三番五次跑过来，又是送米、又是送菜，她都婉言谢绝。她不想再给八婶增添任何麻烦和困扰。八婶见她执意不收，干脆另起炉灶，也在厨房里淘米熬粥。看到傅玉樱和八婶忙得不可开交，大家纷纷动手，有的承接雨水，有的洗刷碗筷，还有的烧炉火……患难与共，不分彼此，难民们纷纷把自己带来的大米、咸菜和萝卜干等全都交由她来统一安排。

嘉亮像囚犯似的困在客厅里，觉得十分郁闷和焦躁。从小，就听老阿祖一再灌输，信佛与吃教水火不容。尖鼻子、红头毛和蓝眼睛的番仔吃教徒是十分凶神恶煞，如狼似虎的歹人。他从未踏进这客厅一步，因为每当他看到挂在墙上的十字架，心里便充满一种难以掩饰的厌恶和恐惧。然而，他做梦

---

[1] 喻为装疯卖傻。

也想不到，胖乎乎的八婶居然与老阿祖一样慈祥温厚，脸容那么亲切，语气那么平和。她对每个人都彬彬有礼，还特别关心老人和小孩，时常走过来嘘寒问暖，悄悄地塞给他、嘉欣和嘉欢各一粒水果糖。他舍不得吃完，只和嘉欣各吃一半。怪怪！这水果糖比往日香甜可口，吃后，饥饿感仿佛渐渐消失了，睡着的胃也暖和了。他舍不得再吃一口，拿着吃完的糖果纸不停地舔着。在八婶分发糖果时，他好奇地发现八婶胸前佩戴着一个精美、细小的金十字架，他感到困惑，不敢问。带着困惑，嗅着糖果纸的余香，他进入了梦乡。

午夜，整整忙碌了一整天的傅玉樱已筋疲力尽。她把炉里剩余的火星逐个捡起来浇灭，叮嘱几个年轻人轮流值夜后，才坐在地上抱起小嘉安闭上双眼，聆听窗外疯狂的雨声，心底充满不安和茫然。

二、命悬一线

子夜，突然"吱——吱吱吱——"一阵阵异常紧急、刺耳的哨声划破白楼的夜空。

"不好啦！洪水淹上来了！快快快！"守夜人呼天抢地不停地喊着。顿时，昏暗的白楼客厅里乱作一团，哭喊、急起、跌倒、乱爬，犹如一股突如其来的狂潮猛烈地扑向楼梯口。

嘉欣和嘉欢还未站稳，差点被撞趴，幸亏身边大人急忙搀扶一把，才站稳。"大家不要挤！莫慌！别乱！"傅玉樱背着嘉安艰难地在人群中呼喊着，但无济于事。因为笼罩在人们心头的惊恐比屋外的洪水更加可怕。强烈的逃生欲望迫使每个人像无头苍蝇似的不顾一切地往梯口挤去，争先恐后、互不相让。

"不准上来！不准上来！"傅宗鑫手执木棍，阿钏挥舞扫帚，站在楼上的梯口处气势汹汹，大声狂吼。

刹那间，空气仿佛凝固了。

冲在最前面的人懵了，畏缩不前，双方僵持不下。楼下的洪水已没上脚踝，后面的人群还一个劲地往上拱，老人和小孩们被挤得像压缩饼干似的快要窒息了。

"请大家莫慌！"千钧一发之时，忽然一个平缓而有力的声音让大伙儿立即安静下来，迅速闪开一条道，只见八婶左手提着马灯，右手牵着嘉欢一步一步走到梯口。她抬起头，两眼怒气冲冲地瞪了傅宗鑫一眼说："大家莫挤，让老人、妇女和囝仔先上楼！上帝会保佑大家的！"她吩咐傅宗汕在梯口维持秩序，防止意外，随后牵着嘉欢的手，上了楼。

眼瞅着母亲那慈祥、和蔼的目光，霍然变得如此严厉和愤怒，傅宗鑫和阿钏慌忙后撤，躲进自己的房里，紧闭房门。八婶上楼后，一直站在梯口，手中那盏马灯摇曳着微弱的灯光，仿佛照亮和温暖着每个人的心。

洪水上涨十分迅猛。傅玉樱背着小嘉安最后一个上楼时，洪水已吞没了三级阶梯。洪水突袭，她深感恐慌，上楼避难，她却犹豫不决，踌躇不前。因为面对张牙舞爪的傅宗鑫和阿钏，她的确心有余悸。

"阿樱！快上楼呀！"八婶见傅玉樱姗姗来迟，便大声地说，"你免惊，有我在！"

傅玉樱没有随八婶进房间，而是执意和孩子们挤在梯口的拐角处。整个楼上客厅和走廊里黑压压挤满了一百多人。

此时，洪水像着了魔似的疯狂猛涨，不一会儿已淹没了五级阶梯，傅玉樱的头皮噌地麻了一下，她估计街上的洪水已近两三米深了。难道天——真的被捅破了吗？怎么会有这么多的水呢？她疑惑不解。

原来，漳江上游的合溪水库溃坝了。

说起合溪水库，漉溪百姓并不陌生。这是"大跃进"运动的"杰作"。瞧它巍巍然，皇皇然，俨如巨人般的大坝顶天立地，何等雄伟气魄！谁曾想到，红龟粿包臭豆馅。这是一座名副其实的"豆腐渣"工程。在狂热的年代，采用近乎疯狂的所谓革命性的"定向爆破堆石坝"技术，功效高，速度快，投资省，然而质量低，寿命短，成为悬在漳江头顶上的一枚"定时炸弹"。

水库四周原本环抱着茂密的森林和丰盛的草木，一排排参天大树形成一堵堵厚厚的墙壁，像一支步调一致的忠实卫兵，日夜守护着大坝的安全。无奈，全民大炼钢铁，乱砍滥伐，漫山遍野剃成了光秃秃的和尚头，植被破坏、水土流失，沟壑堆满了大小石头。

连日来，百年不遇的暴雨引起山洪暴发，加上大坝基础不牢，根本受不了高水位的压力，数千立方米的蓄水胜过百吨黄色炸药的能量。"轰隆隆"一阵惊天地、泣鬼神的巨响，百丈水头宛如核爆般将巨坝轰然摧毁，以雷霆万钧之力，迅雷不及掩耳之势，挟裹着大量的泥沙、石块、树木和杂物奔腾着、翻滚着，像一群脱缰的野马，势不可当，一泻千里。所到之处，房倒屋塌，农田冲毁，村庄淹没，家破人亡，连铁路都被拧成了麻花……中山桥水位超过警戒线近五米，达到历史最高峰，整个漉溪彻底瘫痪了。

突然，白楼一阵晃动，令客厅里的人们心惊肉跳。胆大的人抬头一看大喊，"护厝护厝！——阿樱姐！"原来是紧挨白楼的护厝左墙瞬间倾坍了，整个房顶一半淹没在水中，一半横七竖八地趴在白楼墙边喘息。众人急忙大喊傅玉樱，傅玉樱惊恐中从走廊低头一看，淹没在滔滔洪水中的护厝已经支离破碎，她心如刀绞，紧紧地搂住惊魂失魄的孩子们，仰天长叹。

"轰隆隆"又是一阵阵惊天动地的轰鸣声震击着白楼，只见斜对面的酱油厂厂房轰然坍塌了，瞬间变成一堆瓦砾场淹没在水中。

洪水一路狂奔，东冲西突，横扫市区，摧毁房屋，阻塞街道，势不可当。不到两个小时，已经淹没了白楼三分之二的楼梯，恐怖的阴影顿时笼罩在楼上所有人的心头。

黄昏时，忽然一声霹雳，白楼正对面临街的一整排楼房像定向爆破式地垮塌了。这一刻，触目惊心：先是街口拐角处的第一座楼房宛如软脚虾似的由南向北倾倒，紧接着一二三……八座楼房，如多米诺骨牌接连垮塌下来。顿时，尘烟滚滚，残物纷飞，水中激起冲天水柱，冒起无数水泡，卷起可怕旋涡，令白楼上人们脸上露出死一般的苍白和恐惧。近在咫尺，眼睁睁地看着死亡的悲哀，无助地听着撕心裂肺的绝望的呼喊，不禁深感生命的脆弱与无奈。唇亡齿寒，人们嘴里和心里都不停地祈祷："白楼不能倒！千万千万不能倒啊！"

八婶临危不乱，依然和傅玉樱忙碌地烧水熬粥。尽管锅内的米粒寥寥无几，但她觉得稀粥里盛满着大爱，流淌着温暖。她无私地将家里所有的食品全拿出来，分发给大家，直至吃光用尽。她心里默祷着，求主救大家脱离凶恶，求主与大家同在，给她信心和力量摆脱目前的险境。

与八婶截然相反，傅宗鑫夫妇却一直躲在房间里长吁短叹。傅宗鑫开始怀疑白楼的坚固性和承受力，既抱怨母亲不该将这么多人放到二楼来，更后悔自己上午没能果断出招把难民撵走，如今只有望洋兴叹，一筹莫展。阿钏深知色厉内荏的老公在大难面前只能像只缩头乌龟，而她自己也束手无策。情急之下，她想到一直呆坐在房前门槛上的算命先生傅阿鼠，便迫不及待地开门，请进来。

绰号阿鼠是傅弘茂四叔庶出的败家子，五毒俱全，长得酷像梨园戏《十五贯》里的娄阿鼠，骨瘦如柴，灰白的脸上隆起两块高高的颧骨，一对小鼠眼，糊瘰瘰，全靠一张嘴：讲三色话，食四面风。他曾被撵出"积善堂"，直到其父死后才挤住在白楼边上的"积善堂"九间排的平房里。洪水来时，他第一时间提笼架鸟——这是他算命的敲门砖，怀揣一瓶高粱酒，直奔白楼，他心里比谁都清楚，白楼比红楼安全。

阿钏开门轻声唤他，他喜出望外，急忙擦了擦黑眼镜，捋了捋稀疏的胡子，像一只老鼠钻进房来。

"阿鑫世侄，大事不妙啊！远看四周洪水连天，近看楼毁人亡，白楼是凶多吉少，危在旦夕啊！天色已晚，越晚越危险！你应当机立断，人无远虑，必有近忧啊！"

"那要怎么办？"傅阿鼠的一席话正中傅宗鑫夫妇的下怀，夫妇两不约而同地急问。

"分流！"傅阿鼠托了托眼镜框，假鬼假怪地从脑子里挤出一条妙计。

"分流？"傅宗鑫略一愣怔，"洪水滔滔，白楼已成孤岛，往哪儿分呀？"

"后面分！"傅阿鼠手指后窗外的一排平房口沫横飞地说，"这不是供销社的石头仓库吗？你们来看，它的四面墙全部用石条砌起来，抗水性强，很坚固。退一万步讲，即使倒塌了，也只会趴在水面上，不会被水冲走的。咱只要从窗口放上一张竹梯子，一头架在窗头，一头架在仓库的屋顶上，将楼顶的一半人分流出去，坐在仓库屋顶脊上，既减轻白楼的压力，又解除你的后顾之忧，一举两得呀！你若不敢分流，这百号人如同大石压沉船，到头来，欲哭都没目水！"

"太好啦！"阿钏拍手称快。

"行吗？"傅宗鑫急问。

"有何不可？人人顾性命，个个都惊死！只要咱口径一致，都说白楼已有险情，谁敢不分流？"

"若大家死活不去呢？"傅宗鑫问。

"那就抓阄，轮流去！"傅阿鼠摘下眼镜，小眼睛往上一吊。

"怎分？"傅宗鑫抢问。

"分三批！让大家抓阄，轮流去；每批必须在仓库顶待三小时；生死关头，你得软硬兼施；第一批先叫少年家去！"

"若是咱那老番颠又出来干涉呢？"阿钏对八婶耿耿于怀。

"哎哟，她不正在房里祈祷吗？你得偃旗息鼓，绝不能像昨日那样大喊大叫，暗度陈仓，赶鸭子上架，你们懂吗？当断不断，反遭其乱啊！"傅阿鼠小眼睛里闪烁狡黠的目光。

"好！"傅宗鑫当即拍板，尽管他觉得此提议并不高明，但自己保命要紧。

事与愿违。不管傅阿鼠与傅宗鑫如何软硬兼施，挤在客厅上的人都无动于衷，明知白楼岌岌可危，但傅宗鑫和阿鼠的话像死水鸡——满腹风，无人相信。大家琢磨着，与其冒雨爬到仓库屋顶上去找死，不如就挤在客厅里等死！横竖，是福不是祸，是祸躲不过！谁也不愿伸手去抓阄。

傅阿鼠见没人理睬，便扯了扯傅宗鑫的衣襟来到傅玉樱面前。

"阿樱，大难当头，你为人师表，得带个好头！"傅阿鼠故意用激将法。

"阿樱姐拜托你了！"傅宗鑫乞求的眼神，装得十足可怜。

夜幕降临，窗外又猛然传来一阵阵凄惨的救命声，白楼护厝前面一列十五幢临街的骑楼像即将倒塌的积木一样摇摇晃晃，约几分钟后，中间突然裂开了一条吓人的长缝，楼体裂成两半。雨在泻、水在涨、楼在摇、墙在垮，有人奋力砸破天窗爬上屋顶大喊救命；有人拼命从窗户架梯子攀上街边的凤凰树企图逃生；还有人则发疯似的直接从危楼上往水里跳……"轰隆隆"宛如末日审判的声音那样惊恐骇人，十五幢骑楼像雷劈一样二次坍塌了，飞扬的尘土瞬间弥漫整个白楼，巨大的冲击波使得白楼一阵激烈晃动，宛如天崩地裂。

"哎哟……"众人不约而同发出了凄惨恐怖的叫喊声，有的失魂落魄；有的四处躲藏，有的仰天长叹。傅玉樱心真要从口里蹦出来，全身都出了冷汗，无助的凄凉轰轰地逼到胸口。是啊！白楼危在旦夕。老阿祖说过"生死天注定！"此刻，我不下地狱，谁下地狱？事到如今，抓阄就抓，横竖生死有命！她咬咬牙，抓到2号，被排在第二批。

金诚伯则自告奋勇抢在第一批。眼看洪水漫上二楼仅有一步之遥了，他觉得白楼确实危机四伏，摇摇欲坠，他必须带个头。

疲惫不堪的八婶一觉醒来时，第一批爬到仓库屋顶上的人已平安地返回白楼。即使她极力反对这种冒险的举动，但木已成舟，她无力制止。眼看着傅玉樱即将带着孩子们去冒险，她心急如焚，连声阻拦："阿樱，说什么你也不能去！孩子们更不能去！风雨这呢大，洪水这呢凶，你一个弱小的女人拖团带囡怎能爬得过去呀？"八婶泪流满脸。

"八婶你的心意我领了！你看金诚伯带第一批去的人都平平安安回来了，我和孩子们会小心的。你放心！"傅玉樱不敢直视八婶，低着头，双手把背着小嘉安的背带扎得很紧、很紧。

"不不不！阿樱你不能去，就是不能去！"八婶紧紧搂住嘉欢不放。

"阿樱姐，我阿母说得对，你拖儿带女绝不能去呀！"傅宗汕一把拦住。

"多谢八婶！我是第一个抓阄的，不能言而无信！"傅玉樱脸色凝重，但语气异常坚定。

"那你也得将小囡仔留给我。"八婶无可奈何退了一步。

八婶的提醒使傅玉樱如梦初醒，刹那间，她脑子里掠过一丝阴影，万一，也该给老田家留颗"种子"。她缓缓解下背上的小嘉安，深切地亲吻一下小嘉安和嘉欢的额头，把小嘉安和嘉欢托付给了八婶。

"心莫慌、眼朝前、手抓紧、脚踩稳！"金诚伯反复交代嘉欣、嘉亮爬竹梯上屋顶的秘诀，傅玉樱毅然踏上客厅的窗口，戴好斗笠，腰间系紧长绳，顶着风雨，跨出窗门。

白楼与仓库相距两米多，中间平行地架起两张竹梯，四把手电筒忽明忽暗地照射着雨中的竹梯。天像泼了墨一般黑，竹梯如抹了油似的，湿漉漉、滑溜溜；梯下洪水滔天，梯上狂风骤雨。傅玉樱聚精会神，手脚并用一步一步往前爬。突然,左手一滑,没有抓住梯杆,人趴倒在竹梯上,窗口上的金诚伯和傅宗汕不慌不忙地拉紧她腰上的长绳,帮助她用尽吃奶的气力,撑起身来。她的牙咬得很紧很紧,连脖子上的筋都挺了起来。她没喊,也没回头,继续向前爬,像攀登珠穆朗玛峰的勇士一样临危不惧,殊死拼搏,终于一步一步爬上了仓库的屋顶,骑在屋脊上,深深地喘了一口气,她解开腰上的长绳,目不转睛地看着嘉亮和嘉欣,开始最可怕的生命的接力。

初生牛犊不怕虎,嘉欣和嘉亮从小就勇敢、不娇嫩,加之身子轻盈,手脚灵活,绑上腰绳,虎头虎脑,不顾一切地拼命往前爬,终于爬上仓库的屋脊。

姐弟两还未喘过气来,暴雨就像一只怒不可遏的巨手泼下来似的,斜射着,形成一堵无数斜纹似的雨墙。闪电一个接一个,每次持续的时间可以数到四下之久。可怜的傅玉樱和嘉欣、嘉亮之间全凭腰间的一条麻绳,系着生的希望。

远处,黑漆漆的雨夜不时闪烁着火把的光亮,像野坟里的萤火虫,模糊不清。脚下,迎风崩裂的波涛接连不断地从黑暗中翻滚出来,咆哮地扑向仓库,喷溅着泡沫的浪脊。耳边,急遽浩荡的洪涛声,时而似大炮轰鸣,时而像森林呼啸,时而如万马奔腾,时而似人声嘈杂,一刻也不停止,好像四周的水对人全怀着仇恨。令姐弟两感到最恐怖的是,此起彼伏的撕心裂肺的呼救声、哀号声、惨叫声、谩骂声,伴随着一阵阵"轰隆隆"的房屋坍塌声,不停地冲击耳鼓,简直快要神经错乱了。

恐怖的黑夜特别的漫长,嘉亮的斗笠突然被狂风刮飞了,雨像鞭子似的抽打着他的身子,让他痛苦不堪,傅玉樱慌忙解下自己的斗笠给他戴。过了好大一阵子,雨稍歇,成群的飞蚁扑来了,疯狂地咬着他的头、脖子和手脚,异常瘙痒和灼痛,他噼噼啪啪打个不停,抓个不停,但无济于事。此刻,他又冷又饿,又疼又困,只能死死地从身后搂住阿母。傅玉樱不时轻轻地扯动着腰上的绳子,一再提醒孩子们要坚持,千万不能打瞌睡。嘉亮拼命地寻找临行前八婶给他的最后一粒糖果,怎么也找不到,糖果丢了,他痛哭流涕。

"阿亮别哭!快看,有灯光!船来了!"傅玉樱大声惊呼。

果然,有只小船向四处射出一束束像萤火虫似的手电筒亮光,好像正朝仓库方向划过来。

"救命啊！救命啊！"仓库顶上所有的人们撕声呼喊，仿佛看见了生命的曙光。

小船好像喝醉酒似的晃晃悠悠，一会儿又不见踪影了。仓库屋脊上的难民们呼喊着、哀求着、咒骂着。

从傅玉樱登上竹梯的那一刻起，八婶的心就提到了喉咙口，她久久趴在窗栏上以祈求的目光寻找傅玉樱的身影，可茫茫雨夜，伸手不见五指，怎么也找不着，她后悔自己没能阻止傅玉樱和众人冒险爬到仓库屋顶上，不该让他们冒此生命危险。她只好背着小嘉安双膝跪下，默默地合起双手，喃喃祈祷，"主啊，你是唯一的真神！你怜悯和宽恕我的软弱，伸出你大能的膀臂，救我们脱离凶恶，求你垂听我的祷告……"忽然，窗前吹起回撤的紧急长哨声，八婶一阵欣喜，那颗悬着的心这才缓缓落下，心中充满无限的感恩。

哨声划破夜空，骑在仓库屋顶上的人们听到福音，喜从天降，纷纷冒雨回撤。在众人平安撤离后，傅玉樱立即吩咐嘉欣和嘉亮要特别小心谨慎地往回爬，一步一步爬回白楼去。

"回去！"嘉欣和嘉亮一听，惊喜不已。嘉欣先爬，嘉亮紧随，傅玉樱殿后。

上山容易下山难。从仓库倾斜的屋顶往下爬极难，最可怕的危险是，瓦片又轻、又脆、又滑，赤脚下如同踩着黄油一样，万一，不小心刺溜一滑，掉进滔滔洪水中，就没命了。傅玉樱在后面死死攥住嘉欣腰上的绳子，看嘉欣手脚并用，缓慢地爬半步，放半尺，一步一尺，步步惊心，犹如在生死线上拉锯着。

看到嘉欣和嘉亮顺利地爬回白楼。傅玉樱深深舒了口气。她小心翼翼地最后一个往回撤。

当她双手抓到白楼窗槛，前脚踩上窗台的那一瞬间，身后的竹梯突然一震，幸亏，在窗口的金诚伯和傅宗汕死死攥住她的两只胳膊，她才没有被竹梯掀翻，掉进洪水中。

"轰隆隆、轰隆隆"一阵巨响，石头仓库倒塌了！竹梯一头扎进了滚滚洪水的旋涡中，一眨眼，无影无踪。

惊魂一刻，傅玉樱仿佛刚从坟墓中被架了出来，死神仿佛与她仅隔着薄薄的一扇窗，关上窗门，无常悄然与她擦肩而过。在竹梯掉落的瞬间，她把自己最宝贵的生命紧紧地攥在手里。

三、雨中寻儿

百年不遇的"六八"洪水将漉溪城围困了五天五夜后,太阳终于露出了脸蛋,射出了一道道强烈的金光。洪水在太阳的威逼下开始低下头,极不情愿地缓慢撤退,久违的阳光给濒临绝境的灾民们带来了一线生机。

白楼上饥肠辘辘、憔悴不堪的人们蠢蠢欲动,翘首期盼早点得到救援。眼瞅着天上的军用直升飞机不停地盘旋,抛下一袋袋食品,只可惜大都泡在水里,看得见,捞不着。然而,街道上抢救灾民的小船、木排和竹筏穿梭不断,点燃了每个人心头的新希望。

中午,忽听一阵亲切的声音在使劲地呼喊,"白楼的老乡们,解放军救你们来了!都别慌,让老弱病残孕和小孩先撤!"

天灾无情人有情。"解放军!人民子弟兵来了!"白楼上的人们欢呼雀跃,肃然起敬。傅玉樱猛抬头一望,果然,七八艘解放军的橡皮艇和小舟急速划过来。她不禁挥手致意,热泪盈眶。

八婶催促她赶紧带上孩子们先撤。

"这船小载不了呀!"她有点犹豫。

"不要紧!分几批。让老人和孩子们先上来,我们会安全送他们到北桥安置点。请放心,我们保证立即回头来接你们!"一位军官亲切地说道。

"阿樱,你还犹豫什么?赶紧走!要不,让两个大的先走!"八婶喜出望外,连忙塞给嘉欣两毛钱说:"你们先走,到北桥先买点东西吃吃。千万别乱跑,记住要等着你阿母!"

"慢着，慢着！我忘了带小皮包了！"开船的一刹那，最先挤上冲锋舟的阿钏突然慌里慌张站起来大声叫喊，她转身想冲回白楼，顿时身体失去平衡，"扑通"一声掉到水里。

"救命啊！"船上和白楼上一片惊叫，阿钏在水中拼命挣扎着。

两位年轻士兵奋不顾身纵身一跳，很快就将阿钏救起。浑身湿漉漉的她像死人一般直挺挺地躺在白楼走廊上，一脸铁青，直吐黄水，阿鑫气得脸色发青。

嘉欣和嘉亮抵达北桥后，深恐走失，不敢擅自去灾民安置站。只听见街边卖面茶小摊上的开水壶吱吱直响，一下子唤醒了姐弟两早已沉睡了的胃。好不容易挤到摊前，一问，吓了一跳，价格足足涨了三倍，钱不够，姐弟两悻悻地退出来。再挤进香喷喷、锵锵滚的油锅前，油条也涨了，每根二分钱涨到七分钱。讨价还价，买到三根油条，姐弟两张开大口咔嚓咔嚓三下五除二吃完了，剩下一条，说什么也舍不得吃，想留给嘉欢。冷不防，从背后伸出一只又脏又黑又瘦的手，嘉欣还没缓过神来，手上的油条已不翼而飞。她回头看，抢油条的是个瘦弱不堪的高个男孩，他一边没命地跑，一边把油条塞进嘴里。嘉亮拔腿就追，没追上，嘉亮气得骂起来，围观者哄然大笑。

不到半个小时，橡皮艇又靠到白楼楼上的走廊前，傅玉樱劝八婶先走，八婶执意不走。傅玉樱只好背起嘉安，含着泪，"扑通"一声跪倒在八婶面前，救命之恩，铭肌镂骨！八婶急忙拉起傅玉樱的手臂。傅玉樱也给难友们深深地一鞠躬。八婶紧紧地搂住嘉欢，感慨万千，执意塞给她十元钱和一条毛毯，两眼闪着泪花，语重心长低声地说："阿樱，不要沉浸在过去的痛苦里。"

当橡皮艇划过护厝前，傅玉樱万分不舍地再看一眼自己的家。一眼望去，满目疮痍，惨不忍睹：三面墙壁全倒塌了，整个屋架七歪八斜地倾倒在白楼的墙边；黄浊浊的洪水包围着这堆废墟，所有的家具物品不见踪影；只有两头涨鼓鼓的死猪和几只死狗、死猫和死老鼠，伴着青萍及乱七八糟的垃圾漂浮在废墟边上，发出阵阵刺鼻的恶臭，再也寻觅不到自己温馨的家的半点痕迹。她猛然觉得，在这悲惨世界里，难以用笔墨和言语来表达痛苦和灾难。

橡皮艇沿着崇武路由南向北划去，停靠在地势较高的北桥路口，她背着小嘉安，牵着嘉欢，与嘉欣和嘉亮平安地会合了。她让饿瘪了的孩子们吃上一碗热腾腾、香喷喷的面茶后，疾步赶到灾民登记站。

抬头一看，黑压压的、乱哄哄的一大群人，门前已排了七八条长龙队，最短的队也有两三百米长。人群中，扶老携幼，拖儿带女，街道两旁挤满老弱伤残者，躺着依着靠着瘫坐着攒动着，一片蓬头垢面、褴褛的衣裤构成浑浊的洪水，从四面八方源源不断地涌入，真像一幅活生生、惨兮兮的"灾民图"。

她三步并作两步挤上前，排在最后。真后悔来迟了！早知道，让嘉欣和嘉亮抢先占个位，或许能够排得靠前一点。但是，人山人海，万头攒动，喧哗如雷，像是刚打开箱盖嗡嗡作响的蜂群，更像是倾巢出动的庞大的蚂蚁家族，万一找不到嘉欣和嘉亮，岂不更糟？她让嘉欣带着嘉亮和嘉欢在路旁等候，自己背着小嘉安在太阳下排队。

站立久了，太阳越来越强，阴影越来越小，排队的灾民们愈发感到郁闷和烦躁，叫苦不迭，大发牢骚。可是没人理睬，也没人维持秩序，人群像老牛拉破车。她瞪大眼睛猛见排队者的手里都拿着红、黄、白三种颜色的票子，她疑惑不解，忙问。好心人说，"你得先去登记，然后拿到这三张票子后才能上这儿来排队呀！"

"请问什么票子呀？"

"瞧，这红票是安置住处的，黄票可发给一床薄棉絮，白票每人马上可以领到一粒热腾腾的粽子呢！唉！我已经站了近一个上午了，排得头昏脑涨，得排四次队呢！"

她恍然大悟，真没想到自己心急火燎竟然站错了队，白白耗费时间。她不懊恼，在大灾大难面前，作为母亲，她必须挺身而出，无论如何也得排队，让孩子们尽快找到避难所，吃上热粽子。

火球般的太阳在洪水之后似乎愈发显得威风、神气，无情地把火一样的红光倾泻下来，她的头发、脸颊和脖颈黏糊糊、脏兮兮的，痒极了，几只苍蝇嗡嗡地盘旋着。经历洪水的煎熬后，又遭受阳光的暴晒，她浑身上下不住地冒汗，顿时觉得在炽热的白光里每一个颜色都极刺眼，每一个声响都不堪入耳，每一种气味都混含着浊水污泥蒸发出来的难以形容的腥臭。她头晕目眩，赶忙解下背带，把小嘉安交给嘉欣，再三叮嘱嘉欣一定要照看好小嘉安。

票子终于领到了,她不顾疲惫,又挤进另一条长龙队中。太阳更热,空气愈闷,她汗流涔涔,口干舌燥,心中愈发感到焦躁和不安。不时有人插队,有人狂喊,守规矩的她只能气得直跺脚,忘了脚酸,忘了毒热的阳光,只盼早点拿到粽子。

忽然变天了,乌云聚拢过来,完全遮住了太阳,暗淡无光,好像日食一般。风,顽强地把她朝后面刮去,吹得街道两旁的玻璃窗乒乒乓乓乱响,她不顾一切地朝前扑去,使尽浑身解数,领到了五粒救命的大粽子。

当她兴冲冲地提着粽子转身走出饮食店时,暴雨霍然降临,街上的人群横冲直撞、四处躲避、疯狂奔跑……她惊呆了,被裹在了一阵狂风暴雨里,飞快地没命地跑着,一心只想赶快把这粽子拿给孩子们趁热吃。

忽然,她看见嘉欣在雨中疯狂地奔跑着、呼喊着,"阿……安阿……安你……在哪……里啊!"嘉欣惊慌失措,背生芒刺。

"阿安?阿安怎么了?!"她的心猛地揪紧,颤抖了一下。

"阿母,阿安不见了!"嘉欣绝望地号啕大哭。

"丢了?"她好像突然走到了尽头,万般惊恐中,手里的粽子下意识地掉在雨地里。

原来,突如其来的暴雨让街上成千上万的灾民惊慌失措,四处逃窜,宛如狂风横扫过来,潮水奔涌而去一般,嘉欣和嘉安猝不及防,躲闪不及,刹那间,姐弟俩被冲散了。无论嘉欣哭着、喊着、跑着、寻着,始终不见小嘉安的身影。

"找!拼命找!也要把嘉安找回来!"她咬着牙、忍着痛说:"嘉安一定没跑远。嘉欣你莫慌!你往东边找,我往西边找,嘉亮和嘉欢你们要像铁钉一样钉在这里,绝对不准再乱跑。嘉欣记住,无论如何,找一遍后就得回来这里,与我碰头;天黑前一定要回来!"说完,她和嘉欣消失在茫茫的雨幕中。

"嘉安!嘉安!你在哪儿呀?"

雨哗啦啦地下,她像疯了一样,声嘶力竭地号叫。这是爱的呼唤,发自母亲心灵里的呐喊,像一曲悲歌,如一阵哀鸣,好像连老天爷也在为她的不幸而哭泣。

她不停地喊,眼睛不断地四处张望。每遇行人,她都低三下四地询问;

每见到像嘉安模样的男孩,她迫不及待地上前细瞅一眼,绝不放过任何一丝蛛丝马迹。她估计小嘉安不会跑远,所以,她在以北桥饮食店为圆点的百米区域内寻找,她不相信小嘉安会走失。

雨,时大时小,交错地、持续不断地下着。她浑身湿透了,像只可怜的落汤鸡不停地发抖,然而,她仍在煎熬中坚持,一个劲儿地寻找。

一个多小时过去了,嘉欣一无所获,无奈地回到饮食店,蜷缩在店门前的屋檐下痛哭流涕。尽管阿母丝毫没有责怪她,但是她心里非常清楚,洪水已冲毁了家,如果再失去小嘉安,将会给家带来毁灭性的一击。

瞅着嘉欣那苍白、呆滞、挂满泪水的脸蛋,她心疼地低声说道:"阿欣不哭!你歇一会儿,再往西边找,走远点。"

她往东寻找时,一位好心的老大妈告诉她一条极其重要的线索,说曾经看见一个像嘉安模样的男孩在门前哭泣。

"那小孩呢?"她急忙问。

"好像被一个中年妇女抱走了。"

她吓得脸都变了形,站也站不稳,天旋地转,发疯地大吼:"嘉安,我的宝贝呀!我的儿子,你在哪里呀!"

她一边哭,一边跑进北桥派出所。当她惊悉,今天来登记失踪的孩子已有27个时,宛如五雷轰顶,双腿发软,一头栽倒在地上,额头碰破了,流着血。民警连忙将她搀扶起来,给她涂抹红药水,她本能地捂住伤口,急想回去,却筋疲力尽。她没觉得疼痛,因为身心已麻木了。

走在街上,她才觉得伤口像撒上一些盐巴,一咬牙,摇摇晃晃走到饮食店。

"阿母,你流血了!"嘉欣惊叫起来。

"阿母疼吗?"嘉亮和嘉欢异口同声地问。

"没事!"她轻轻地说,"天黑了,咱们先到一中去住,晚上我再来找嘉安。"

嘉欣、嘉亮和嘉欢挤在一中大礼堂里抱团取暖,既无席子,也无被褥,幸好有八婶的毛毯能抵御风寒。小嘉安的意外丢失,让三个孩子都哭傻了。一个个张着嘴,睁着眼,泪和鼻涕流湿了胸前。阿母又出去找嘉安了,大礼堂里挤满灾民,孩子们谁都不敢哭出声。夜深了,谁也睡不着,焦灼地等待阿母抱着小嘉安平安归来。

在阴沉和黑暗的雨夜里，傅玉樱不顾骤雨的无情鞭打，独自奔走在北桥附近的大街小巷，不停地寻找。腿快跑断了，仍不见小嘉安的踪影。她的心像掉进冰窟窿，冻彻了五脏六腑。在街边的屋檐下，她狠狠地痛哭了一场，刹那间脑子里一片漆黑。她不禁扪心自问：舒夫离家还未三年，嘉顺死了，房子塌了，小嘉安也丢了，灾难怎么总缠绕着我，一步步摧毁我的家呢？我怎么向舒夫交代？我有何颜面再见舒夫呢？

不知为什么，当她伫立在太古桥头时，桥下滔滔河水像魔鬼一样在奔腾涌动，朝她发笑。哗啦啦的水流声，宛如正向她呼唤呢！人的一切痛苦，本质上都是对自己无能的愤怒。刹那间，她想死！也许死，能洗刷我的罪过，能挽救家的苦难，能保佑孩子们的平安……想到生的苦处，无常未必是恶客。可死——又好似是万丈深渊，她站在危险的边缘，一面战栗，一面心胆俱裂地往后退却。倘若我死了，孤苦伶仃的孩子们怎么办？身陷囹圄的舒夫怎么办？支离破碎的家交给谁？此刻，她无意中触碰到右手上的白玉镯，耳边猛地响起了一个亲切而又熟悉的声音，"阿樱啊！一生生死天注定，佫咔艰苦也著走！"

是老阿祖的声音！是老阿祖临终时的肺腑之言。老阿祖慈祥的脸与温和的笑容，依然清晰地浮现在她眼前。这形影像发着光与热，给她温暖和力量。她想，死后才知万事空，我若双眼一闭，往这滚滚河水中一跳，什么事都了了！然而，我将更大的灾难留给孩子们，作为母亲这是无可饶恕的罪过啊！既辜负老阿祖和阿爸的教诲，也辜负舒夫的重托！可眼下，是极其难熬的日子，连救命都要凭出身，分先后。无辜的孩子们只能跟我一起受煎熬。活着，难道只能脸上打着耻辱的"右派"和"积善堂"的烙印才能活吗？这种政治生命上的黑点，像是烙在肉体上和精神上一个致命的、难以洗刷的大黑点，这黑点将永远把我编入另册，打入另一个世界。天哪！我该怎么办？怎么办？剧烈的思想斗争，仿佛要了她的命。痛定思痛，她觉得老阿祖的话言之有理，此时我不下油锅，谁下油锅？

彻夜未眠，她焦灼的心始终牵挂着失踪的小嘉安，额头上的伤口感染了，肿痛不已。大清早，听说市红十字救灾医疗队在礼堂门口为灾民义诊，她便匆忙前往。

"阿樱啊，我四处找你，你怎么突然从这里冒出来了？孩子们呢？"傅弘茂惊喜万分匆忙走向前去。

"阿爸，小嘉安丢了！护盾也倒了！"她泣不成声。

"怎么丢的？"傅弘茂的心咯噔一下，极为吃惊地问。

她一把扑到傅弘茂的怀里，一阵号啕，如江水崩堤，瞬间爆发。这是一种长久的痛苦，压抑到了极限，终于爆发出来的哭声，是一种痛心疾首、肝肠寸断的悲啼。

四、走投无路

听罢她凄惨的哭诉，傅弘茂的心脏跳到耳鼓里似的，仿佛大梦初醒。他的确不知道，在短短的六天里她和孩子们竟惨遭如此横祸。

水淹红楼的那天，他正在医院里抢救从四处不断送来的生命垂危的灾民，连续一天一夜完成二十多台手术，累得靠在手术室的墙角边睡着了。醒来时，才知道水漫西街，已回不去了。他义无反顾地报名参加抗洪抢险救护队，日以继夜地奋战在手术台上，熬红了眼，拼尽了力。他牵挂着家里的灾情，尤其担心玉樱和孩子们的情况，因为白楼的地势低，玉樱孤立无援；而红楼人多势众，且内弟柳铁有船，是可靠的外援。洪水未退，当柳铁运送伤员到医院时，他再三吩咐柳铁一定去看看玉樱。可是，柳铁告诉他，洪水已将白楼的护厝冲没了，阿樱一家可能逃到北桥去了。他不放心，叮嘱柳铁四处寻找，依然杳无音信，他忧心忡忡。孰料，踏破铁鞋无觅处，得来全不费工夫。今天，他再来一中灾民安置点义诊，就与玉樱和外孙们不期而遇，他松了一口气。

"阿樱，免烦恼，天灾人祸在所难免！你看，政府全力救灾有力有序，连解放军都全部出动了，灾情正在减弱。我马上叫人去四城门找小嘉安，相信一定会找到的，你放心！现在洪水已退，你还是赶紧回红楼去。"

一听回家，傅玉樱脸色尴尬，陷入左右为难的泥沼中，无法自拔：大灾之后，若能和阿爸及柳芹住一起，当然是好事！只是偏心刻薄的阿母能首肯吗？几年前，老阿祖在世时，阿母就因我欲搬回家住，而与阿爸吵得不可开交，死活不让。如今，老阿祖走了，阿母更加有恃无恐。况且，玉菊说是"水土不服"

与北贡离婚了。上月带着北仔子从北方回来，就住在老阿祖生前的那间屋里，阿母岂容我和孩子们再搬回去住呢？再说，玉菊妹一向生性狭窄，斤斤计较。她这次回来后，愈发变本加厉，好像我欠她一百年债似的，跟她说话，总是不理不睬，如何与她同在一个屋檐下生活呢？万万不能啊！于是，她毅然决然地婉拒阿爸的好意，"阿爸，我想还是在外面租个房子为妥，你能帮我再找找吗？"

"哎呦，水都淹鼻孔啦！这场洪水，城里房屋倒塌数以千计，漶溪哪还有空房可租呢？"

"那……"她惊惧得像个哑巴。

"先克服一段时间，再慢慢找嘛！"

"不，我不想回去住！"

"你不要固执啦！天灾面前还犹豫什么？"

"那，那也得等你与阿母商量好，我才敢搬回去，免得……"

"说什么憨话？你阿母小肚鸡肠，再等一百天，把嘴讲破了，她也不会给你好果子吃啦！她的脾气，你又不是不知道？你放心，我做主！"

"那玉菊妹呢？"

"哎呀！你怎变得这般啰里啰唆。阿菊与你阿母一个半斤、一个八两。你怕阿菊干什么？再说，一人一家待，井水不犯河水！"傅弘茂越说越生气。

"那好吧！阿爸，找到小嘉安最要紧。我这马上要到派出所打听消息，下午再回家吧！"

"好！事不宜迟，别让孩子们再受苦了！"傅弘茂十叮咛，八吩咐。

黄昏，她瞻前顾后，走投无路，只好带上嘉欣、嘉亮和嘉欢磨磨蹭蹭地回到红楼。

洪水过后，满街上的淤泥像月球表面百孔千疮，到处弥漫着浓烈刺鼻、难以忍受的臭土味。被洪水浸淫了近一周的红楼已面目全非：高高的红墙和大红漆门上涂满了一层层黄褐色的污泥，灰头土脸，暗淡无光；墙角的那株老龙眼树枝叶已被折断，显得死气沉沉；楼前埕里一尺多深的污泥，臭气熏天，令人作呕；埕边的石阶东倒西歪，花卉盆景七零八落，满身泥浆；一楼所有的墙壁上都刻着一道深褐色的吃水线,线上沾满死蟑螂、老鼠屎和绿浮萍,密密麻麻,触目惊心;后花园里变成一片垃圾场,树倒亭塌,不堪入目,死禽死畜,充满腥臭。

"哎哟!阿樱真可把你们盼回来了!"柳芹正满头大汗地冲洗一楼的大客厅,见玉樱带着嘉欣、嘉亮和嘉欢进门,而小嘉安已丢失,不知生死,不禁悲从中来,与玉樱抱头痛哭。哭罢,她急忙拉着玉樱,带着孩子们走进她的房间,掩上门,小声地对玉樱说:"你先在这里歇会儿,喝杯热茶,千万毋急着上楼!"

"怎么了?"

"你阿母正在楼上大闹天宫哩!"

"闹什么?"傅玉樱心中不由突突乱跳。

"不让你们来住呢!从中午到现在已经闹过三四回了,真没办法!"

"唉!我早就料到会有这个结局。"傅玉樱的眼眶里蓄满了泪水。

"哎哟!你这人的目水怎么这么不值钱,动不动就与目水做伴呢?这事有你老爸做主,你哭什么?你和孩子们先喝杯茶,配点花生米。我上去听听动静,随后就来!"

柳芹上楼,蹑手蹑脚走到高韵台门口,倏地"啪啦"一只茶杯从屋里飞出来,狠狠地摔在地上,茶水溅了她一身。

"呸!天底下哪有乞丐赶庙公?太可恶了!"高韵台的怒气像夏天的云似的涌上来。

"哼!她狼狈了,才想到红楼来。这种小人,阿母你难道不知道?"玉菊在一旁使劲地添油加醋。

"阿菊,你说什么番仔话?六月蚶,开嘴臭[1]!滚!这里没你插嘴插舌的地方!"傅弘茂大声怒斥,迁怒于玉菊。

玉菊吓得跳起来,慌忙转身回房里。

"人说十指连心,手心手背都是肉,你怎能厚此薄彼?阿樱无家可归,岂

---

[1] 喻为胡说八道。

能雪上加霜？于心何忍？"傅弘茂平心静气地劝道。

"她的厝倒了，咁是我害的？"高韵台十足尖酸刻薄。

"话不能这样讲！她们都是你生的，难道阿菊能住，阿樱就不能住？"

高韵台故意掸了掸衣服，像是要掸掉灰尘似的，掸掉傅弘茂的话题，"哼！狗屎比肉酱，阿菊又乖又孝顺，哪像她……"

"你太偏心了！气话免说，我已经说得有嘴没沫[1]了。今日，你肯也好，不肯也罢。你的房子不让，就让她先住在楼上的客厅里。我老六在红楼里从不求人，也说一不二，不信你试试看！"傅弘茂吹胡子瞪眼，撂下狠话。

柳芹见势不妙急忙溜下楼来，在梯口，冷不防，差点撞上正匆匆上楼的悦嫂。

"哎哟！悦嫂，这不是小阿安吗？"柳芹瞪眼一瞧，年轻俊俏的悦嫂抱着小嘉安匆匆上楼。柳芹惊喜万分地扯着嗓子大喊："阿樱，阿樱，阿安找到了！阿安找到了！"

"阿安？！"傅玉樱简直没法再信任自己的耳朵，她像箭似的一步冲出去，见到魂牵梦绕的小嘉安，霍然心灵深处瑟缩噤战，"阿安啊！你到哪里去了呀！"她把小嘉安紧紧抱在怀里，深情地吻着，不停地看着，似乎还不敢相信，眼前的小嘉安终于回来了，回到她的身边了。看着小嘉安可爱的模样，听着小嘉安亲切的叫喊，她紧紧地抱住小嘉安，仿佛抱住了世界，抱住了明天。

无巧不成书。前天，悦嫂也在北桥排队领棉絮，突如其来的一场暴雨，不仅没有领到棉絮，反而淋了一身雨。她急忙跑到骑楼下避雨，猛然间，她听到一个极其熟悉的时断时续的孩子的哭声，心突然揪住了。她焦灼地左顾右盼，追着哭声，在人缝里拼命寻找，终于看到哭泣的孩子竟是小嘉安！嘉安一个劲地哭喊着："我要找妈妈！"

"阿安！"悦嫂像母鸡护着鸡雏奋不顾身挤上去把小嘉安紧紧抱起。

"妈妈！"小嘉安扑在悦嫂的怀里。

"你阿母在哪儿呢？"

---

[1] 指唾液。

哭懵了的小嘉安一句话也答不上来。

悦嫂知道小嘉安肯定与傅玉樱走失了,她赶紧抱起小嘉安四处寻找傅玉樱。可茫茫雨中,骑楼下人头攒动,像大海捞针,悦嫂艰难地寻找,一无所获。她担心浑身湿透的嘉安患感冒,于是就把他带回自己的安置点西铺头小学。她知道,傅玉樱没有找到嘉安,一定寝食难安,丢魂失魄。怎么办?眼下唯一的通信渠道就是写信,她目不识丁,只好请人代笔。可是洪灾,本埠的邮件最快也得两天才能到达。前思后想,无计可施,她只好挨到天亮,抱着嘉安赶到白楼。孰料,白楼护厝已成废墟,令她大吃一惊,连忙转身直奔红楼,这才找到了傅玉樱,让她们母子重逢。

"悦嫂,多谢你了!"听完悦嫂一五一十地诉说巧遇小嘉安的经过,傅玉樱和柳芹不约而同地连声说道。

"哎呀!一家人不说两家话。阿安从小就喝我的奶水长大的呢!"

"是呀!是呀!悦嫂是自己人,大好人。幸亏嘉安命大福大,遇上了你,要不万一被人拐走,那……好了!不说歹彩头的话。你们都坐下来先喝茶,我马上炒个菜,菜和酒都是柳铁刚刚送来的。悦嫂你不弃嫌,就在我这里喝两杯再走!"柳芹的脸上露出灿烂的笑容。

"不!不!我得马上回去冲洗屋子,洪水一退,整个房子里垃圾一大堆,还有死狗烂猫,真的惊死人!我得先回去,有空再来!"悦嫂吻了吻小嘉安,扭头就走。

说来也怪,小嘉安找到了,楼上的争吵声也戛然而止。人心都是肉做的,高韵台也为玉樱一家平平安安感到庆幸。

晚饭后,好心的柳芹主动陪着玉樱悄悄地上楼。

"阿姐,阿樱和孩子们都平安回来了!阿安也找着啦,你看!"柳芹抢先打开话匣子。

"阿母!阿母!"胆怯的玉樱低着头站在门边,身开始瑟缩,手也抖起来,连喊了两声。

"嗯!阿安找着就好!你和孩子们就在客厅边暂住下来吧!我累了,爱睏了!"高韵台半躺在藤椅上,微闭双眼,两只小脚跷在小椅上不停地晃动。

玉菊闭门不出，竖起耳朵偷听隔壁阿母房间里的对话。听到阿母一反常态居然答应玉樱一家住进红楼时，她不由妒火中烧，怒形于色。

虽然玉樱和玉菊是同胞姐妹，但素来不合，究其原因，自然是玉菊生性孤僻，鼠肚鸡肠，加上母亲偏心宠爱，从小在红楼唯我独尊，好高骛远，众姐妹只能众星拱月，顺着她，依着她，忍气吞声地让着她，否则便会遭来母亲的责骂，甚至挨打。如此一来，众姐妹就与她日渐疏远。用老阿祖的话说，她是门扇板凑错爿——格格不入。婚后，她当上了经理太太，更是得意忘形，根本不把众姐妹们放在眼里。从大西北落难回家后，脸总是阴森森的，在人后，她惶惶终日；在人前，她声势凶狠，她的心思从不告人。其实，她把这冤枉债全记在大姐夫舒夫头上。舒夫去劳教，她幸灾乐祸，认定是"报应"。玉樱无家可归，她暗自窃喜，巴不得玉樱和孩子们流落街头，比她的遭遇更惨。可是，全然没有料到阿母居然变卦，令她气得彻夜难眠。

玉樱的到来，肖荷花也是怒上心头，红楼真像吕鬼仔所说，池浅王八多啊！洪水来时，高韵台吓得六神无主，躺在床上不敢出门半步，由她发号施令，妄自尊大，俨然成了救世主。在红楼接收的上百号难民，她最关照吕鬼仔一家。

天刚蒙蒙亮，在客厅里睡觉的玉樱和柳芹以及孩子们突然被一阵"吱咔、吱咔"的开门声惊醒了。

"起来！起来！天亮了，还睡什么懒觉？红楼又不是旅馆！"玉菊拖着木屐"咔咔咔"故意来回走动，索性放开嗓子骂骂咧咧。

玉樱和柳芹面面相觑，一言不发。

玉菊蹬鼻子上脸，一会儿敲缸；一会儿泼水；一会儿摔盆，噼里啪啦、乒乒乓乓，把孩子们都吓坏了。

"阿菊啊！你能不能轻声一点？天未亮，你就七吵八吵，烦不烦啊你？"柳芹抑制不住，坐了起来。心想，这玉菊真如老阿祖所说，阴阴深深，咬人三寸深呀！

"惊吵？就回自己家睡去！"

"你讲谁？有本事你再给我讲一遍！"柳芹火了，"不正是因为我楼下的房间还很潮湿，有一股刺鼻的臭土味，我才到楼上客厅里多住几夜吗？犯得着玉菊你这般狼嚎鬼叫吗？七天来，这一大家子的日食三餐全靠我一个人张罗！如果没有柳铁三天两头划着船往红楼送米、送菜、送大头鲢鱼，你们都得喝西北风去！哼！今日我就是睡迟一点，犯得着你来砸碗摔筷吗？"

"我又不是讲你，你发什么火？"玉菊酸溜溜地说。

"那你讲谁？"

"死狗懒猫，还有谁？"

玉菊的话像把尖刀，让玉樱的心一阵剧痛。玉菊的火全然冲她而来，实属意料之中，她难过至极，但强忍下来。

"讲谁都不行！一家人和和气气，谁也不能搅家！"柳芹眼睛里迸射出愤怒的火花。她知道这是玉菊故意找玉樱的碴，所以站出来护着玉樱。

"谁搅家？谁搅家？你把话讲明白！"玉菊大怒，"咣当"一声把脸盆摔了。

"噢！你蛮不讲理！一大早，就故意大吵大闹？太离谱了！"

"我怎么离谱？你讲来听听！"玉菊怒气冲冲走到柳芹面前。

"对！芹菜，有本事，你就讲来听听！"肖荷花唯恐天下不乱，霍地站到玉菊的身后，双手叉着腰，摆出一副要干仗的架势。

"噢！原来荷花你和玉菊是穿一条裤！怪怪，今日头打西边出来了。前几天做大水，我既要顾船，也要顾载，为众人吃饭忙得天黑地暗！你们呢？只会躺在房里指手画脚，吃的吃到牙酸，我做的做到手酸，你们像个'大家'，我是'查某婢'[1]，离谱不离谱？大家心知肚明！"

"芹菜毋大声！天未光，七早八早，你就像墓仔埔放炮——吵死人啦！"高韵台存心护短，居然绷着脸，叱责柳芹。

"阿姐……"柳芹刚要开口。

"好啦！别吵别闹啦！我早就和老六讲过，这红楼不是旅馆。你看，刚来住一夜就吵翻了天。日长月久，这骂大骂小，砰碗摔箸的日子，叫人怎么过呀？"高韵台的小脚噔噔噔响到客厅，冲着玉樱和柳芹骂起来。

"是呀，饲蛇咬鸡母！可恶！"肖荷花眼睛里闪着一道凶光。

---

[1] 大家，指婆婆；查某婢，指奴婢。

"阿母……"玉樱瞬间感到一种有如鞭子抽打的疼。

"免讲！"高韵台像吃了火药似的，懒得瞧玉樱一眼。

嘉欣、嘉亮和嘉欢被宛如雷电交加的吵闹声吓得胆战心惊，如坐针毡。孩子们做梦也没有想到第一次睡在这没有十字架的红楼客厅里，居然比挂着十字架的白楼更加惊恐不安，这吵骂声似乎比洪水浪涛声更刺耳、更无情。

突然，傅弘茂的"雷"响了。

"都给我闭上臭嘴！无事生非，洪水刚走，你们就想搅家是吗？居心何在？给我滚出去！"他毫不留情地怒指着玉菊和肖荷花，跺着脚，口中响了雷："滚出去！这个家，我说了算！从今以后谁再敢欺负玉樱一家人，就别怪我老六不客气！"

顷刻间像雷公走入厝，玉菊和肖荷花像丢了魂似的，还有高韵台吓出了一身冷汗，整个客厅沉寂无声。

五、过大年

一晃又到年关,傅玉樱心里直发怵。逢年过节,她总是焦虑不安,仿佛患上了一种莫名其妙的"节日恐惧症"。对她来说,过年确实艰苦:一是思亲苦。"每逢佳节倍思亲",对舒夫的思念犹如天文大潮一样汹涌澎湃,令她欲哭无泪。二是手头紧。有钱日日节,无钱节节空。三是活儿累。按习俗过年要"清尘""炊粿""敬佛""拜祖"……一大堆事,像陀螺一样转个不停。"六八"洪水已倾家荡产了,如今哪有钱来张罗过年呢?她四面楚歌。自搬进红楼后,她始终夹着尾巴做人,不敢给阿爸和柳芹增添任何麻烦。

没想到,夜里,傅弘茂和柳芹却悄悄地来了。

"免惊啦,阿樱!年年难过年年过啦!"傅弘茂笑容可掬地掏出三张崭新的十元大钞,塞到她手里。

"阿爸,我……"

"都别说!舒夫不在家,得让孩子们过个好年,至少得打打牙祭,这是我的一点心意!"

"阿樱,过年的鸡、鸭和鱼你就不必买了,我已交代柳铁从乡下一起捎来!"柳芹笑道。

"阿爸,二嬷……"她感激得一句话也说不上来。

嘉欣和嘉亮看阿母累得疲惫不堪,自告奋勇争着去排队购年货。

在商品计划供应的年代,凭票购物,说是简单,其实特难。单排队,就累得像狗熊。那年头从未见过家用冰箱。过年嘛,为买新鲜货,大伙儿都挤在腊月廿七八才开始排队大抢购。霸道的人，夜里在菜市场供应摊位前扔个空竹笼，或破凳子，抢先占个位；有气力的人，干脆通宵达旦不睡觉，挤在前排，像正月初一凌晨寺庙外排队抢"头炷香"似的；有关系的人，"开后门"，只要一声招呼，就能买到称心如意的年货。

凌晨三点，嘉欣和嘉亮从暖呼呼的被窝里爬起来，哆哆嗦嗦、迷迷糊糊地提着菜篮子往菜市场跑。天，冷得可怕，刺骨的寒风像刀子似的扎在小脸上，恍然醒得利落和精神。

菜市场宛如沸腾的大锅。黑乎乎的一条条长队已经排到市场外头了，在昏暗的路灯下犹如一条条黑龙，见首不见尾。嘉亮赶紧冲进去，挤在倒数第三位。漫长的三个多小时，这黑龙仿佛睡着了，一动不动，姐弟两焦躁不安。突然，像龙头猛地腾起，全身一阵抽搐，人群一阵涌动，六点半准时开张了。饥寒交迫的姐弟两兴奋地挤在人群中，焦急地等待，不停地跺着已冻得半僵了的脚。市场里趁火打劫的小偷多如牛毛，嘉欣小心谨慎地用手紧捂着口袋，嘉亮瞪大眼睛当起小保镖，像征战沙场的小兵既兴奋又害怕。前面不停有人插队，长龙队走走停停、仿佛变成了一条有气无力、磨磨蹭蹭的蚯蚓，四处怨声载道。又过了一个多小时，谢天谢地终于来到肉摊前。

眨眼间，一壮汉毫不讲理地猛插进来，疾呼卖肉者一声，顺手把砧板上仅有的五花肉抢光了。

"不许偷插队！"嘉欣和嘉亮扯开嗓子，异口同声愤怒地大喊。

"军属优先！"卖肉者若无其事，慢条斯理地回答。

"我都没看他拿购粮证呀？"机灵的嘉亮冲着卖肉者又是一声大喊。他知道，外婆"军属优待"的大红印章就盖在购粮证上。

"死囝仔鬼！你知道什么碗糕！"壮汉满口酒气，大咧咧地骂道。

"囡仔你急什么？这里还有这么多排骨、瘦肉和猪蹄呀！"卖肉者说。

"太贵了！我们只想买五花肉。"嘉欣生气地说。

"五花肉卖光了，明早再来买吧！"

无可奈何，空手而归。

隔天，姐弟两不甘心，凌晨两点就去排队。费了九牛二虎之力，终于凭票买到了冻得硬邦邦的一斤八两的五花肉和一点儿白带鱼，高兴得流出了喜悦的泪花。

"哇！怎么买鱼了？"傅玉樱惊讶地发现菜篮子里有两条仅有两指宽的白带鱼。

"这……这很便宜呀，阿母，我想年年有鱼嘛。"嘉欣噎了一下，不敢再说了。

"哦！我忘了说，二嬷会送草鱼来呀！"傅玉樱看到这么寒碜的小鱼，心底不由涌出一阵苦涩。

"排队轮到我们时，只剩下这小鱼仔了。"嘉亮搓了搓冻僵的手。

"哎呀，过年干吗还买海带呀？"

"噢，是硬搭配的，非买不可！"嘉欣无可奈何。

"买白带鱼搭海带，古今奇闻！"傅玉樱半笑半恼地说。

除夕下午，傅弘茂在客厅的大八仙桌上挥毫写春联，嘉亮和阿耀等一群孩子们在一旁围观。傅弘茂一见嘉亮，沉思一下，急忙用雍容端庄的颜体楷书写了一副对联，晾干后即叫嘉亮拿去贴在客厅的大门上。好漂亮的字，寓意深长，傅玉樱一看，心头一热，热泪盈眶。

傍晚在黝黑的厨房里，孩子们等待一年的香喷喷、美滋滋的"年夜饭"一盘又一盘摆上桌时，傅弘茂笑呵呵地拎着一瓶竹叶青走进来了，他先给孩子们挨个发红包，孩子们激动不已，雀跃欢呼。嘉欣急忙在桌下毕恭毕敬地摆上一只红焰焰的小烘炉火，嘉欢蹲在炉边小心翼翼地放上四粒黄澄澄的大芦柑；嘉亮在走廊外点燃一串小鞭炮，在欢快的"噼里啪啦"声中，孩子们兴高采烈地围坐在外公和阿母的身旁，目不转睛地瞪着那最吸人眼球的过年"大餐"——红烧肉，禁不住直流口水。一年不知肉滋味啊！整个下午，闻着厨房香味四溢，看见锅里肉色红润，孩子们早有一种陌生的惊喜。可此时谁也不敢先动筷子，这是家规。

傅弘茂斟满酒，深情地说："来来来！阿樱，辞旧迎新，我特地赶过来先与你一家围炉，你最辛苦！来，干了这杯！正如我春联里写的：'梅传春信寒冬去，竹报平安好日来'，老田家否极泰来了！"傅玉樱急忙站起来领孩子们一道感谢外公。随后，她往桌下的炉火里撒下一把盐，随着"啪啪啪"的欢乐声，正式宣布：除夕夜的围炉开席了！傅弘茂先动了筷子后，孩子们便乐不可支，争先恐后地抢先挟起红烧肉，迫不及待地塞进嘴里，猪油从嘴角边溢出，嚼着、咽着、笑着、叫着，一张张笑脸像绽放的花朵。傅玉樱瞅着孩子们狼吞虎咽的食相，怎么也舍不得动筷子，想到独处笼山的舒夫，泪水不由在眼眶里打转转。

清晨，星星还在闪耀，嘉欣、嘉亮和嘉欢便纷纷起床，迫不及待想逛"公爷街"。

嘉欣帮着阿母煮甜面线，拜灶君公。嘉亮挽起裤管，直奔白石埕打水。嘉欢赶忙收拾被褥，只等活儿干完，相约去"公爷街"玩耍。嘉亮装满了一大缸水，还多打两桶作为备用。倒霉的木桶又漏水了，一趟趟，来来回回，把整个楼梯和走廊淋得湿漉漉的。傅玉樱急了，连忙拿起破麻袋蹲在地上不停地擦。淋湿的木楼梯，怎么也擦不干，只能将干麻袋垫在楼梯口。

这时，嘉欣正提着外婆那只积着厚厚一层尿垢的大尿桶急急忙忙下楼。楼梯又陡又湿，尿桶又大又重，她左手抓扶手，右手拎尿桶，刚走两步，忽听，背后有人急着要下楼，心一慌，不留神，左手一松，前脚一溜，像踩着一块西瓜皮，"扑通扑通"乘滑梯似的，连人带桶一起滚到楼下，粪水像瀑布一样浇湿了楼梯和四周。

"哎哟！"惨叫一声，嘉欣躺在地上，浑身粘满了臭不可闻的粪尿，腰骨一阵疼痛，额头上不停地淌着血，披头散发像个臭疯子。一阵麻木后，她随即号啕大哭，那哭声像方锥一般砸落在傅玉樱的胸膛。楼下的柳芹一个箭步冲上前去，一手轻轻扶起嘉欣，一手用手帕捂住嘉欣头上的伤口。楼上的傅玉樱撕裂着嗓子，急着、喊着欲冲下楼去救嘉欣，却被傅弘茂一把拽住。

"阿樱别急！没事的！你赶紧将嘉欣的衣裤包好扔到前埕来，我替她清洗，千万别下楼，别再摔倒了！"柳芹大声一喊，把傅玉樱给镇住了。

此刻，正对着镜子精心梳妆打扮的傅玉菊，探了探头，慌忙捂住口鼻，"砰"的一声重重地关上房门。

"怎啦？"高韵台懒洋洋地问。

"还不是那个'扫帚星'阿欣干的好事。前日，蒸甜粿，她将咱的蒸笼给烧着了，今日，她居然把尿桶砸破了。你说这大年初一上哪里去找修尿桶的呀？上哪里去买只新的呀？这小妖精真是莽撞鬼来出世的！"玉菊骂得咬牙切齿。

　　"唉！岁岁（碎碎）平安，落地开花，富贵荣华！"高韵台眉头一皱，急忙诚惶诚恐地念叨着，唯恐新年带来歹彩头，"阿菊，初一早，你的嘴也该甜一点，不要动不动就给人开正[1]！"高韵台挪动小脚，踏着轻盈的小步，往门缝里瞅了一眼，长叹一声。

　　肖荷花闻到臭气，不由怒火中烧，破口大骂："初一早，就闻这五香十八味[2]，阿欣这死囡仔生鸡卵无，放鸡屎一大堆[3]！真是太无谱，足可恶！"

　　忽听，"呃"一声打嗝声，傅弘茂忍无可忍，烈火一般地发飙了。肖荷花见势不妙，赶紧闭上臭嘴，低着头，一闪从花园角门溜走，去吕鬼仔家拜年了。

　　柳芹烧好一锅热水，帮忙嘉欣洗净身上的粪水，额头涂上红药水。随即，叫上她的两个儿子宗荣和宗耀立刻去提水，在众人的齐心协力下，楼梯被冲洗得干干净净。她还不忘在梯口铺上两条干净的麻袋当踏脚布。

　　犹如一场噩梦。傅玉樱赶忙让嘉欣喝上一碗热腾腾的红糖姜母茶，为女儿压惊。她心里十分内疚和自责，嘉欣之所以每天给她外婆提水、倒尿桶，无非是为了每月多挣一块钱嘛！为什么我的囡仔这般歹命？嘉亮和嘉欢都围在嘉欣的身旁，嘉亮为自己的过失而懊恼，傅玉樱独自带着脏衣服到南门头的溪边去洗涤，而让孩子们赶快去逛逛"公爷街"，解解晦气。

　　古老的"公爷街"闻名遐迩。漋溪旧俗，过年必游春，城里人都要逛"公爷街"，讨个好彩头。这里，从初一至十五张灯结彩，耍狮舞龙，摆百摊，演百戏，锵锵滚，足热闹。解放后，破除迷信，移风易俗，"公爷街"更名为"游春园"，移到牛肚底体育场，可漋溪的百姓依旧乐称它"公爷街"。这里好看、

1　指不吉利。
2　喻为臭不可闻。
3　鸡卵，鸡蛋。喻为成事不足败事有余。

好吃、好听、好佚佗[1]，成了濑溪百姓心中向往的春节庙会。

新春的阳光洒满大地，像镀上一片金色，空气格外清新和甜蜜。不管人世间有多少烦闷、不幸与痛苦，春节总带着它那独具魅力的春色、温暖和喜气闯进人们的心里。嘉欣、嘉亮和嘉欢手拉手，随着滚滚人潮涌进"公爷街"，仿佛走进了欢乐的海洋、神奇的世界。铿锵的锣鼓声，震耳的鞭炮声，人群的喧闹声交织汇成一曲迎春的交响乐，荡激在每个人的心头。

"公爷街"大彩门红旗招展、宫灯高悬，左右两旁的舞龙队宛如两条巨龙腾空飞舞，时而直飞云端，时而入海破浪。迎面头一阵是红、白、黄、黑、绿五支舞狮队，狮踏鼓点，鼓助狮威，欢腾雀跃，好不热闹；第二阵是独具濑溪特色的"大鼓娘伞"，壮实的小伙子们敲着大鼓，俏丽的姑娘们荡着花伞，伴着鼓声翩翩起舞，美不胜收；第三阵是披红挂绿的杂耍：踩高跷、顶缸、耍猴、打拳头……杂耍阵的两侧是五彩缤纷的大戏棚，歌仔戏、布袋戏、潮汕戏精彩纷呈，令人流连忘返。最吸引孩子们眼球的是最后一排，左边是濑溪特色的小吃专摊：卤面、蚵仔煎、炸春卷、炸五香、手抓面、菜头粿、烧肉粽、麻糍、鸡仔胎……应有尽有，吆喝声不绝于耳，油香味扑鼻而来。嘉欢从没见过大海，从未尝过蚵仔煎的滋味，蚵仔的味道、海水的味道，令她难以想象，多么想尝上一口呀！她的一张小嘴张得很大，可一看阿欣姐和阿亮哥都没反应，哪敢开口？再说，太贵了，说什么她也舍不得花掉红包里仅有的一角二分钱。

百货摊和玩具铺人山人海。五颜六色的气球在头顶飘扬，神色各异的大头面具，模样逼真的大关刀、小驳壳枪、小汽车、小坦克……在孩子们的眼前晃动，目不暇接。嘉亮看得眼花缭乱，喜形于色，津津有味。他想，如果有一天，我能把这些玩具统统搬回家。不！哪怕只拥有一件，该有多好、多过瘾、多幸运呀！此时，一把漂亮的冲锋枪着实令他入迷，看到小朋友带上冲锋枪那威武神气的样子，他羡慕极了，只恨袋子里的红包只有两毛钱，买个枪柄都不够！只能驻足欣赏，一饱眼福。

---

[1] 玩耍。

"哎哟！阿姐快看，这不是小欢欢吗？"忽然，身旁有人惊叫起来，一把拉住嘉欢的手。

原来，她是沙慧珠的妹妹沙慧红。自打她调入专署建设局当打字员后，按姐姐的嘱托数次来过傅玉樱家，看望嘉欢。恰巧，大年初一许武良带上妻儿到漉溪给上司拜年，厌恶官场的沙慧珠以许子杰吵着要逛"公爷街"为由，甩开许武良，携着儿女，跟妹妹一道去逛"公爷街"。做梦也想不到竟会在这里遇见了朝思暮想的小嘉欢，还有嘉欣和嘉亮。

一股难以形容的高兴和激动、愧疚和自责一齐涌上沙慧珠的心头。她瞪眼一看，不顾一切地挤进人流中，一把紧紧地搂住小嘉欢，情不自禁地摸了又摸，看了又看，从头到脚，久久凝视着。整整九年了，从赴省城工作至今，她从未见过小嘉欢。虽然她一再嘱托妹妹沙慧红多抽空去看望，竭尽所能关心和资助傅玉樱，可总被傅玉樱婉言谢绝。她知道傅玉樱的脾气，不敢贸然登门拜访。如今，若不是妹妹眼疾手快，她简直认不出眼前这位穿着一件不合身的粗布上衣，头扎两条小辫子，身材瘦长的小姑娘就是——小嘉欢，一副怯生生的神态，两只大眼睛深深地隐在一层阴影里，少了光彩，一张干苹果似的脸蛋，两片薄薄的嘴唇，一双细脚——真是可怜极了，可爱极了！

"阿姨新年好！"嘉欣对这位热情而又陌生的阿姨的举动感到莫名其妙，赶忙问："阿姨，你是谁呀？"

"噢，我……我是你老爸的学生呀！"看着嘉欢的这身打扮和弱不禁风的样子，摸着她那皮肤细嫩，瘦巴巴的手，沙慧珠心底一阵酸楚和苦痛，紧咬嘴唇，强忍住眼泪。

"哦！"嘉欣应道。

"欢欢，你读几年级了？在哪个学校？读得怎样？"沙慧珠抚摸着嘉欢的小脸蛋，一个劲地问着，仿佛想把积压在她心中的话一股脑儿地掏尽似的。

聪明稚气的小嘉欢眨了眨水灵灵的眼睛，一一作答。

沙慧珠侧耳倾听，惊奇地发现嘉欢十分灵聪，读过的书似乎过目不忘。喜悦的泪水不禁夺眶而出，"你阿母好吗？她怎么没带你们来呀？你阿爸好吗？"

"我阿母好,她在家忙。我不知道阿爸去哪里了,很久、很久没见他了。"嘉欢嘟噜着小嘴。

此时,站在沙慧珠身旁的许子杰极不耐烦。他一身崭新的海军装,头上还戴着小军帽,腰上扎着皮带,挎着小冲锋枪,显得威风凛凛,神气十足。他对眼前的一切根本不屑一顾。他从小就瞧不起穷苦的孩子,在学校里对衣衫褴褛、光着脚丫、背着破书包的同学,嗤之以鼻,从不与之为伍。如今他蔑视地扫了扫嘉欣、嘉亮和嘉欢一身穷酸相,心想,过新年还穿得如此寒碜,足见这些人是穷光蛋。他愈发瞧不起,鄙夷地啐了一口唾沫。

"子杰!你干什么?这么没礼貌!"沙慧珠不由怒上心头,狠狠地瞪了许子杰一眼。

"臭,这里太臭了啊!臭得我要吐了!"许子杰龇牙咧嘴扮了个鬼脸。

嘉欣不由自主地嗅了嗅自己浆洗得十分干净的衣袖,"没有一点臭味呀!"她惊愕地说。

"子杰,你过来和欢欢比一比身高,妈看你比欢欢妹妹高了多少?"沙慧珠牵着嘉欢的手说。

"不,我就不!这里真臭!我要回去了,去找我阿爸!"许子杰一扭头,转身消失在人海中。

"快!慧红妹快去把子杰拉回来,不能让他乱跑,会跑丢的呀!"

沙慧珠急了!她多么希望能和嘉欢多待一会儿,哪怕再多待一分一秒啊!可许子杰这捣蛋鬼不知跑哪儿了,万⋯⋯她猛地不寒而栗。顾此失彼,她心如刀割,只好无奈地深吻了久别的嘉欢,并匆匆忙忙塞给她们各一个大红包,流着泪水,挥着手,依依不舍地离去。

"哇!十块钱呀!"平生第一次拿到一张崭新的十元钱,嘉欢不知所措,手在抖,心在跳,左看右看,上下细摸,仿佛做梦一般。我怎么瞬间变成了高贵的小公主了呢?这位从未见过的阿姨怎么如此慷慨、如此喜爱我呢?我从不贪财,这钱是她硬塞给我的。我从来没拿过这么多钱。我一定要存起来。如果每天只花二分钱,买自己最爱吃的油条,哇!那足足可吃一年哩!我要到东方红食品店,买鸡蛋糕、茯苓糕、五爪面包⋯⋯不,这太贪吃了!我得让阿母给我做件漂亮的新衣衫,开学时穿上它,让同学们刮目相看;不,这太自私了!我应当如数交给阿母,订一份《小朋友》杂志,全家人轮流看,那该多美呀!不,不!这太浪费了!咱阿爸最苦,孤单一人在外过年,我要把这钱寄给阿爸,让他过一个好年!她想得出神,乐滋滋地把钱仔仔细细地包好,小心翼翼地塞进裤兜里,右手还紧紧地压在裤兜上,心像掉进蜜缸子里一样甜。

嘉欣和嘉亮的红包各五块钱,对他们来说这简直是个天文数字,彼此惊讶不已,困惑不已,兴奋不已!嘉欣屈指数来,尽管她一年到头给外婆倒尿桶,还从楼梯上摔下来,吝啬的外婆给她的红包也仅有两毛钱,而这素不相识的沙阿姨竟如此大出手,不由一脸惊喜。

"欢欢,快把红包交给我,我替你保管好,咱们赶紧回家告诉阿母,明天再来玩吧!"嘉欣当机立断,伸手索要嘉欢的红包。

"不!我不嘛!这钱我一定要亲手交给阿母才行。"嘉欢撅着嘴,执意不肯,"姐,要不,我把小红包交你保管吧!这大红包我非自己管不可!"

嘉欣执拗不过,只好作罢。

在汹涌的人潮中,嘉欢一刻也抑制不住内心的喜悦,时常摸摸裤兜里的红包,生怕不翼而飞。她还两次急不可耐地停下来,掏出红包,打开来,美美地看了看那迷人的十元钱一眼,心醉了。

跟着熙熙攘攘的人流,三人终于挤出了"公爷街"。

"糟了!糟了!我的红包呢?"嘉欢再一次细摸裤兜,一脸煞白,抖抖擞擞地把裤兜往外翻遍了,仍然不见红包,急出一身冷汗,随即放声大哭。

嘉欣和嘉亮瞠目而视,慌忙认真仔细地帮嘉欢搜遍全身,红包真的不见了。毫无疑问,已被可恶的小偷偷走了。

从欢乐一下子跌入忧伤的谷底,仿佛被魔鬼吹了一口妖气,嘉欢蹲在地上蜷缩一团,双手抱着头,哭得像个泪人。第一次拿到这么多钱,还未捂热,还没看够,怎么就神秘地飞了呢?她原想把这红包亲手交给阿母,给阿母一个大惊喜的呀!万万没有料到,一切犹如肥皂泡一样全都破灭了。她的心情悲伤到了极点。她恨那害死人的小偷,更恨这挤死人的"公爷街"。

"真是蠢蛋！叫你交姐保管，你不干，这下倒好，被偷了！活该！"嘉亮忍不住骂起来。

"阿亮别乱说！唉，过什么大年？！"嘉欣的心一阵阵发冷。

三人像泄了气的皮球，垂头丧气回到家里。嘉欢忍不住了，全身瑟瑟发抖，她几乎是歇斯底里地尖叫一声"阿母"，失魂落魄般扑进傅玉樱怀里，"哇哇哇"地号啕大哭起来。她的小嘴唇哭肿了，头发散了，像一个经受强烈神经刺激的病人。傅玉樱大吃一惊，慌忙问："怎么回事？"嘉欣把来龙去脉哭诉了一遍。傅玉樱听后，怜爱地把嘉欢紧紧地搂在怀里说："过大年，大家都别哭！钱这东西啊，生不带来，死不带去！来无影，去无踪。是你的，它跑不掉，不是你的，你也抓不住！唉！欢欢你不哭！别难过。阿母就用沙阿姨给嘉欣和嘉亮的那十元钱给你做一件漂漂亮亮的连衣裙。"傅玉樱理了理滑到额下的几缕乌黑的头发，语气沉重地说："今天，你们遇见的那位沙阿姨是个好人，她确实是你阿爸的好学生。可……"她突然噎了一下，不说了。

不一会儿，她猛然问："你们见到许子杰了吗？见到她的那个儿子了吗？"

"见到了！"嘉欢说。

"他太坏了！"嘉亮连忙插话。

"怎么坏？"她神经质地浑身一抖，头上的动脉在太阳穴里宛如铁锤在敲打似的。

"他老嫌我们臭，真讨厌！"嘉欣更是愤愤不平，"我出门时已经洗得、换得干干净净呀！"

"噢！他长得多高了？胖吗？"她急切地问。

"比欢欢高了半个头，壮得像头小牛。"嘉欣赌气地答。

"胖得像头猪！大蠢猪！一看就像个小坏蛋！"嘉亮讥笑地说。

嘉欣和嘉亮情不自禁地哈哈大笑。

"不许乱说！"傅玉樱若有所思，仿佛苦涩的思绪如潮，汹涌澎湃而来，不堪重负。

六、投机倒把

洪水前脚刚走，灾荒接踵而来，仿佛老天爷有心作对。无情的饥荒比漫天的洪峰还可怕，从农村包围城市，席卷整个漉溪城。眼瞅着家里入不敷出，每况愈下，精明的嘉亮瞒着阿母到市场上捡"烟屁股"，捡破烂，挣小钱。

南门头市场坐落在漉溪博爱道与香港路的交叉口，这里两旁商号林立，人烟凑集，地铺麻密，车水马龙。由于马路两旁全是清一色的骑楼，晴天，在街上摆地摊；雨时，到骑楼下设铺位；风雨无阻，委实是做生意的好地方。昔日，这里牛车、马车、大小板车、三轮车、自行车与人流交错在一起，偌大的马路像一个腹大腰肥的胖姑娘忽然硬被束成了水蛇腰一样，拥堵不堪，好不热闹。如今冷冷清清，只剩饮食店生意还凑合。

一放学，嘉亮跟着几个同学兴致勃勃地奔向四合饮食店。未进门，一股菜包子和黑馒头的香气扑面而来，他忍不住咽下口水，用衣袖擦去额头上的汗珠，瞪大眼睛一看，店里十几张桌子围坐着不少吸烟聊天的人，烟雾弥漫，语声嘈杂。他赶忙将书包往后一甩，一头钻进餐桌底下。呦！地上果然有长短不一的烟屁股。他眼前一亮，仿佛见到一枚枚闪闪发光的金币一般兴奋，目不暇接地抢着，把捡到的烟蒂头往自己的衣兜里塞。这一桌刚捡完了，又钻进另一桌，这家店捡完，又赶往另一家，满头大汗，口干舌燥，心里却愈捡愈欢，愈捡愈快。

糟了！上衣兜冒烟了。他慌忙把烟屁股全掏出来，扔在地上，不顾一切掐灭了仍在燃烧中的一个烟屁股，手指被烫伤了，衣兜烧破了个小圆洞。他连忙把灼伤的手指放到嘴里吸了吸，涂抹唾液，继续干。像小侦察兵一样目不转睛地巡视着每个角落里抽卷烟的人，守株待兔，等候他们手中的烟屁股落地的那一瞬间。忽见，一胖子猛地吸了三口，扔下手中的烟屁股，他急忙扑上去，手刚一伸，"咔嚓"一声，小手被胖子的大头皮鞋狠狠地踩住了。

"死囝仔，捡什么碗糕？"

"哎哟！"他的右手指一阵钻心刺骨的痛，痛得尿差点儿流出来，泪珠儿一滴滴滚下来。他不忍心看那充满瘀血的小指头，瘫坐在地上，久久站不起来。

头一回吃尽了苦头，他捡到了半衣兜的烟屁股和一把菜叶。回到家里，他把菜叶交给嘉欣后，偷偷拿起剪刀跑到花园里把一个个烟屁股上燃过的黑色烟蒂仔细剪掉，然后，轻轻地剥开烟屁股，把里面的烟丝收集在一起，包好，藏起来。他自以为神不知鬼不觉。

细心的傅玉樱发现他的右手指又红又肿，上衣兜还烧破了一个小圆洞，马上问他："你跟谁打架了？在哪里玩火了？"

"没……没……"他吞吞吐吐不敢说，直摇头。

傅玉樱不依不饶，他只好实话实说。

傅玉樱既心疼，又生气地说："阿亮，你怎么能瞒着我独自去闯呢？不行，绝对不行！阿母再苦、再累、再拖磨，也不能让你去捡烟屁股挣钱！"

嘉亮吃了秤砣铁了心，依然我行我素，坚持继续捡烟屁股。不到一个星期的工夫，他积少成多，捡来烟丝约一两重，拿到市场上现卖。都说烟屁股劲大，一包可卖三四分钱。如此一来，他一个月也能挣上一两毛钱。他如数交给嘉欣贴补家用。傅玉樱见他没影响学业，也就睁一只眼闭一只眼。

捡破烂的活儿并不顺利，挣钱虽多，但这行当早被许多专职的成年人垄断，竞争十分激烈，他确实拼不过人家。再说，这年头挨家挨户的鸡毛、肉骨、废铜、烂铁都各自收集起来当废品卖钱，他只能偶尔在垃圾堆里拾到一丁点破纸箱，或几个空酒瓶，这些东西又脏又臭，捡回红楼必挨骂，寄在同学家也难，所以他渐渐放弃，只当捡烟屁股的"专业户"。可是，好景不长，困难时期，众多的吸烟者都穷得抽不起卷烟，纷纷改抽喇叭烟，烟屁股也难以寻觅，他"失业"了。

开学临近，孩子们新学期的学费多，傅玉樱捉襟见肘，在家里翻箱倒柜地想寻找一点可以变卖的东西。不经意间，找到压在箱底的一件藏蓝色进口哔叽面料。这是念台阿舅那年回国赠给舒夫的礼物。这年头，能穿上咔叽中山装就十分派头了。穿哔叽，太奢侈，等舒夫回来也不敢穿呀！摩挲着布料，睹物思情，勾起对老阿祖的无限怀念，的确舍不得卖呀！但没钱交孩子们的学费怎么办？咬咬牙，她毅然决定把它卖掉。

"卖了，阿爸回来穿什么呀？"嘉欣嗓子里噎了好几下才说出话来。

"噢！等你阿爸回来时，咱再买新的，这布料浸过洪水，又压在箱里，会变旧的。还是卖掉为好，趁春节前或许还能多卖几个钱。"

"要卖多少钱呢？"嘉亮问。

"这布料可是正宗的英国货。至少也得卖十五块钱，反正让商店定价吧！你们悄悄去办，千万别让人知道，听懂了吗？"傅玉樱说。

嘉欣和嘉亮兴冲冲地去了大半天，灰溜溜地带着布料跑回来，说，信托商店拒收小孩子带来的东西，幸好他们身上带着户口本，不然会被当成赃物没收的。无奈之下，傅玉樱只好硬着头皮去办理信托。这不是她脸皮薄，也不是她懒得去，而是怕被鹿麻子再揪小辫子，无事生非。

布料摆在信托商店里寄售。嘉欣和嘉亮相约轮流到店里"盯梢"，祈盼这块布料早早不见踪影，以便让阿母快点去结算取钱。时光仿佛停滞似的，天天那么漫长，姐弟两左顾右盼，一周过去了，布料依旧躺在柜台里，像睡着了似的纹丝不动。傅玉樱心急如焚。此刻，嘉亮提出把布料拿到南门头市场去卖，即可变现。傅玉樱将信将疑，犹豫不决。

"阿母，你让阿亮去卖吧！他会做生意，准能卖个好价钱。"嘉欣扯着阿母的衣襟。

束手无策的傅玉樱只好首肯。她一再叮嘱嘉亮要多留神，能卖则卖，不必勉强。嘉亮高兴地像磕头虫一样直点头。傅玉樱把布料整整齐齐用报纸包好装进网兜里，嘉亮像箭头似的直奔南门头。

困难时期的南门头市场，人烟稀少，今非昔比。博爱道和香港路仿佛突然拓宽成迎宾大道似的，连"天字号"的四合饮食店也冷锅冷灶，门可罗雀，一切显得多么冷清和萧条。凄凉的景象,委实让嘉亮懵了。他揉了揉双眼,仿佛踏入一个陌生的地方。今天出什么事了?他心里直打闷鼓。兜了两圈后,来到人流较多的香港路百货店门口的人行道上,好不容易与卖旧衣服地摊挤在一起,他清了清嗓门,开始吆喝:"卖布料啰!全新上等英国哔叽面料,够做一套中山装,好货又便宜啰!"他来回走动,不停地喊着,却无人问津。他不服输,继续鼓劲,大声吆喝:"阿叔,你买哔叽布料吗?"

过往的行人,来去匆匆,不屑一顾。

"阿伯,你买……"

"唉!憨团仔,这年冬,嘴孔都塞未饱,哪会去顾穿衣裳?"一位长者双手捂着肚子,垂头丧气。

纳闷之时,忽听"来人了,快跑啊!"刹那间,地摊上像刮起十二级的台风,风卷残云一般,四处逃窜。他躲闪不及被撞倒在地上。他挣扎爬起时,一只大手从背后紧紧揪住了他。

"不许动!跟我到派出所去。"身材魁梧的公安气势汹汹地呵斥道。

"我……我没干什么呀!"嘉亮双手紧紧抱住小网兜,几近哭泣的哀求声说。

"走,你这小偷!"

"哇哇哇!"嘉亮委屈地号啕大哭起来,"我不是小偷!不是小偷!这块布料是我阿爸的呀!"

"谁能证明?"

"你去问问我阿母!"嘉亮低垂着头,嘴唇和下巴都在颤抖。

"你拿到市场来卖,就是投机倒把,还敢哭!快走!"

"不!"嘉亮愤怒的目光像把利剑,"我不是投机倒把,是我阿母叫我来这里卖的!"

顿时,四周都是人墙。漉溪人最好凑热闹,只要有看头,无论如何也要挤上前去围观。不管时间耗多久,一点儿也不觉得烦闷与无聊。

嘉亮的眼被泪眯住了,眼前晃动的脸孔,他看不清;耳旁喳喳的声音,也听不见,拼命守护网兜里的布料,绝不能被抢走。他无法辩解,也无力反抗,只能乖乖地像只小狗，被关进南门派出所那像鸽子笼似的禁闭室里，令人恐惧和阴森。他像突然被推进墓坑里一样，浑身颤抖，绝望地痛哭起来。

"不许哭！再哭就把你铐起来。"门外的公安大声呵斥。

嘉亮吓得面如土色，蜷缩在墙角不停地哽咽着。

"阿樱姐，快快！不得了了！"挤在人群中最前排，好凑热闹的猪头皮仔惊恐万状，赶忙跑回来报讯，"阿樱姐，不好了！嘉亮被派出所抓走了！"

"什么？"她脸色刷地苍白，差点瘫倒在地。可她定神一想，猪头皮仔历来是三分病，嗙死症[1]。她半信半疑，慌忙问道："胡说，你在哪里见到嘉亮？"

"在……在南门头市场呀！"猪头皮仔一根火柴杆还塞在牙缝里说，"我对天公发誓，若无此事，分文不取，真的啦！"

她一怔，没准是嘉亮在那里卖布料，被抓走了！她不再细问，跟着猪头皮仔，一口气冲到派出所。

"干什么？"派出所里传来一声斥问。

"我……我……我找我的孩子。"她气喘吁吁。

"胡扯！这是派出所，又不是托儿所！认错门了，你文盲？也不张开眼看看这大招牌，真是的！"

她急匆匆说明情况后，抓嘉亮的男公安现身了。

"你什么身份？"

"职员。"她答道。

"什么职员？分明是'积善堂'的资本家，还想骗我？"

"我是教师，自然是职员！"

"我们已经查明，你爱人田舒夫是劳教犯，你是'积善堂'傅弘茂的大女儿，难怪你儿子会干这种投机倒把的勾当，必须送'少儿劳教所'去改造！"男公安抓了抓脖子上的痒痒后，拍着桌子说。

"什……"她忽然觉得天旋地转，"什"下面的"么"字再也说不出来，泪水在眼眶里直打转。

---

[1] 嗙，吹牛。喻为危言耸听。

"考虑到你儿子是初次违法。"身旁的一位女公安突然插话。

她仿佛听到从天边传来一声福音。

"是的。初犯可以从宽处理，但你作为母亲，必须写份检讨书。"男公安语气依然十分严厉。

"我？"

"是的！"

"为什么？"

"田嘉亮虽是未成年人，但投机倒把是犯罪行为！检讨必须由你当场写，写好了，我们可以考虑把他放了，由你带回去教育。布料嘛！就地没收！写不写，你看着办！"男公安的双眼射出犀利的目光。

牛不喝水强按头。连自己申诉的一点点权利全被剥夺了，她还能做什么，说什么呢？她猛然记起好汉不吃眼前亏，咬着牙，咽下一口气，提起笔用清秀的字体疾速地写下《检讨书》。

"去！这是什么检讨呀！"男公安从牙缝中硬挤出这话。他以为不给她上上课，下下马威，似乎不尽责。他把检讨书撕得粉碎，扔在地上，恶狠狠地说："太不深刻了！'积善堂'资本家剥削阶级的思想根源都没挖出来，重写！亏你还会教书？"

此话像一把匕首直插她的心脏，她的自尊心受到莫大的侮辱和践踏，心中满腔的怒火仿佛像火山一样就要爆发了。

"傅老师，你就写写吧，不必紧张！"身边的女公安似乎认出她来，轻声地嚅了嚅嘴。

她再次强忍着心中的怒气，极不情愿地递上第二份检讨书。

嘉亮像遇见大救星似的一头扑进她的怀里，双眼哭肿得像小核桃。她搂住他，轻轻地擦去他脸上的泪，心疼地说："阿亮不哭，没事了，咱回家去！"

次日，她刚进学校，就被鹿麻子叫到办公室。

"傅玉樱，瞧你尽干坏事，多丢人！"鹿麻子怒不可遏，小眼珠气得直往上翻。她一手把检讨书扔在她身上说："你自己丢脸事小，给咱东桥小学抹黑事大！幸亏南门派出所的子女大多在我们学校里读书，好歹把你这份检讨书转交我直接处理。否则上报市教育局，连我都要和你一起吃不完，兜着走！傅玉樱，你越来越不像话，胆大包天，居然敢唆使你儿子违法乱纪，投机倒把，破坏市场。你这种行为与现行反革命有什么两样？你是学校的害群之马！"鹿麻子越说越猖狂，满脸通红，脸上的麻点突然变成小小的葡萄，灰中带紫。见她一言不发，鹿麻子自以为攻势凌厉，初见成效，愈发嚣张，难怪老公一提起傅玉樱就恨得直咬牙，这个人确实和田舒夫一样像粪坑里的石头又臭又硬。于是，鹿麻子继续一板一眼地拍着桌子说："我告诉你，你的行为性质严重，危害极大。在国家面临暂时困难之际，你身为人民教师却投机倒把，大发国难财。古今中外，但凡发国难财者，一经发现都要上断头台，被枪毙！派出所给予宽大处理，是看在我的脸上，你必须好好反省，保证绝不重犯，否则死路一条！"

在长期与鹿麻子交锋中，她找到了以柔克刚的法宝——忍为上。我无愧作，何嫌之有？对鹿麻子危言耸听"发国难财"的天才结论，她嗤之以鼻，不屑一顾。

一个月后，鹿麻子突然开会宣布她因"投机倒把"被行政记大过和降级处分，立即调往偏远的南山小学。

第六章

一、曲线求学

嘉欣中考和嘉亮初考双双落榜，田舒夫心急如焚，孩子们没了应有的父爱，又失去应有的教育，该如何办呢？他匆匆赶到汶庄，找好友老文商量。

老文比田舒夫年长一岁，在笼山农场两人相见恨晚，称兄道弟。老文去年解除劳教后留场当"二劳教"，既有二十多元月薪，又有"二等公民"待遇。笼山虽环境恶劣，但少了城里许多郁闷和压抑。妻子文嫂原在老家当小学校长，因受老文牵连，被贬到郊区当教师，拖着三个孩子，累得贼死，瘦得皮包骨，走投无路只好随老文回笼山，在章场长的帮助下，到汶庄小学任教。凭着丰富的教学经验和良好的师德，文嫂很快赢得师生们的爱戴，成了这所村级小学的"一把手"，一家子扎根在汶庄，过着劫后余生的平淡生活，老文觉得这就是最大的满足。

"恭喜！恭喜！"老文一见田舒夫就满脸笑容地拱手作揖。田舒夫不知喜从何来？心想，难道老文哥居然有心拿我两个孩子的落榜当笑料？他一脸难色，避而不答。

"你真的还蒙在鼓里？！舒夫老弟，你猜猜有何喜事？"老文眯起双眼，故弄玄虚地卖关子。

"猜不着啊！"孩子的事已让田舒夫心上堵了块石头，根本没心思。

"好，我告诉你，你被解除'劳动教养'了！"老文一板一眼地说。

"真的？这是真的吗？"田舒夫简直不敢相信自己的耳朵。眼前是灿烂的阳光，还是稍纵即息的彩虹？是甜蜜的梦幻，还是幸福的果实？三年多来，他悬悬而望,他寸阴若岁,他枯苗望雨,就盼着这一刻,这一天的到来。他坚信会有这一天,但又不敢相信天上掉下的大馅饼竟会这么准,一下子就砸中了他。

"舒夫,这是真的,千真万确。昨天章场长从省里回来,到这里歇脚,悄悄告诉我的呀!"

震惊、疑惑、紧张、狂喜,顷刻间,喜怒哀乐一齐涌上心头,田舒夫霍地站起来情不自禁地紧紧拥抱着老文,双手不住地拍打老文的背。此刻,像一阵春风吹拂心田,像一股暖流激荡全身,像一道多年未曾见过的强烈的光,一道人生的真实的光突然射进他的心里,重获自由的他不禁热泪夺眶而出。都说"男儿有泪不轻弹",一个蒙受冤屈,身陷囹圄,历尽苦难的人能够重获新生,这种悲喜交加的复杂心情是无法用笔墨来形容的。

"来!咱兄弟俩喝两盅!为你解除'劳教'干一杯!"

从来滴酒不沾的田舒夫微闭双眼,掺和着泪水,抿了一口。

"好!顺便聊聊你今后的打算。"

"回家!"田舒夫不假思索。

"什么?"

"回家!我要马上回家!"田舒夫毫不犹豫地答道。

"噢!才抿了一口就让你醉了?家是回不了的!释放不等于解放。农场这批解除劳教的人一个也不能回,统统留场,跟我一样当'二劳教'。规定得清清楚楚。你我是有家不能回啰!"没想到,田舒夫说要回家,又勾起老文的心病。他愁绪满怀,借着酒兴,不吐不快。

"什么?那'解除'又有何用?"田舒夫失望地问。

"对呀!就像一只气球看上去很美丽!"老文猛喝一杯酒后,说:"去年,宣布'解除'后,我兴奋得失眠好几天,满以为精神和肉体上所遭受的痛苦从此一去不复还了!妻儿们所遭受的株连和煎熬从此一刀两断了!"

老文又呷了一口酒,哽咽地说:"舒夫啊,我跟你一样,何尝不想回家呢?故土难离,亲人难舍呀!年初,章场长终于批准让我回家落户。我兴高采烈地捧着《解除劳动教养证明》回家,没想到我的档案比我先走一步,市县乡没有一个派出所同意我入户口。我像个'黑人'，四处碰壁，亲朋好友都像避瘟神一样，远远地躲着我，有的还投来白眼。我没活儿干，整天在街上丈量马路，连口水都喝不上，猪狗不如啊！有一天，我那风烛残年的三叔喘着气，惊恐万状地塞给我一块钱，他老人家拉住我的手语重心长地说，文儿啊！不是乡亲们六亲不认，而是你脸上的烙印像麻风病人一样，没人敢靠近啊！三叔的话一针见血。老家连年闹饥荒，我走投无路，含着泪跟你文嫂商量，好死不如赖活，回笼山吧！这里当'二劳教'，饿不死。现在一家子自力更生，温饱不愁，世事不问。风天海雨任去来，帝力于我有何哉？"

"舒夫你呀，还是要想开些，放得下！主动找章场长通融通融，跟我一样，把全家人搬到汶庄来吧。你妻子可到汶庄小学，和你文嫂一起教书，你一群孩子的读书也不必愁了。眼下，穷山沟里的学校对家庭成分把关不严，孩子们上初中和高中应该没有问题。若想上大学，那是瞎子点灯白费蜡。因为大学的政审是全国统一的'鬼门关'。要劝自己的子女不要白日做梦，考也白考！能读上初中，再考上中专，那就谢天谢地，阿弥陀佛了。常言道，给子千金，不如教子一艺。我的孩子长大后，个个都要学门手艺，木匠、铁匠，哪怕是剃头匠也行。虽说六工七匠，但毕竟是凭自己的本事，安身立命。你看，咱们农场，有手艺的人，一进来，干活就比较轻松。百无一用是书生啊！我不让孩子们受上大学的窝囊气！退一万步讲，即使能够上大学，孩子们毕业后，还不是要发配到穷乡僻壤，天涯海角？大城市、大机关、大单位连门你都找不到。唉，老弟现实点吧！来，干了这一杯！儿孙自有儿孙福。且酩酊，任他两轮日月，来往如梭。"

这夜，田舒夫平生第一次喝得酩酊大醉。

一个月后，田舒夫获准回家探亲一周。归心似箭，他匆匆踏上回家的旅程。

走进家门，见到妻儿的一刹那，他确有过兴奋和喜悦，可是，一切像海市蜃楼，回家时的高兴，一下子蒸发了。得知，老阿祖早已归西，嘉顺也突然走了，他肝肠寸断。目睹，妻儿灾后仍挤在丈母娘的客厅打地铺栖身度日，他心如刀绞。久久凝视着老阿祖的遗像，老阿祖的眼神永远是那么慈祥和那么温暖。他永远铭记着老阿祖的大恩大德。他为自己在老阿祖生前未能尽一份孝心，死后未能给她老人家送终尽孝，而痛哭流涕，抱恨终身。

对于嘉顺的死，他不敢多问。他深知，这是玉樱心头上一块永远无法抚平的伤痛，丝毫不能责怪玉樱。他只是非常惋惜苦命的嘉顺，深深地责备自己害了嘉顺！他，真正体验到被"解除"精神和肉体的痛苦不仅没有减轻，反而愈发沉重，愈发激烈，愈发长久。

这天，傅弘茂特地买来滃溪特产陈酿糯米酒，嘱咐柳芹多买点鱼肉，做几道好菜，为舒夫接风洗尘。嘉欣急忙挽起衣袖，当帮厨。柳芹确有一手好厨艺，一连炒了几道舒夫最喜欢的家乡菜：甜滋滋的菠萝桂花肉；红馥馥的糟肉笋；油酥酥的海蛎煎和鲜美美的江东鲈鱼，还有香喷喷的五香手抓面……色香味俱全，让嘉欣大饱眼福，直流口水。柳芹特地分了几小盘，让孩子们也打打牙祭。

高韵台故意姗姗来迟。对田舒夫归来，她喜忧参半：喜的是玉樱终于有个完整的家，不再依附她；忧的是玉樱一家不搬走的话，她心里很别扭，不舒坦。三房肖荷花推说"牙疼"，刻意回避。她以为自己下中农出身，又是光荣的工会小组长，与'劳教犯'同桌吃饭不仅是一种耻辱，而且会"中毒"。

席间，田舒夫冒昧地请求老丈人出面向傅老五租楼上的那间空房，以便一家人有落脚之处。

说曹操，曹操到。傅老五闻知老六请佳婿，特地前来凑热闹。体弱多病的他眯缝起眼睛端详着田舒夫，脸上露出一种久违的快活的神情。尽管，心爱的宗莽像闪电一样在他脑海里掠过，心中一阵酸楚。但是，在"积善堂"里他确实挺喜欢像田舒夫这种有精气神、不怕死的后生，觉得此刻能够与田舒夫见面，是一种慰藉，一种振奋。

"来来来，舒夫喝一杯！天兵时驶得过，富不退[1]。我为你和阿樱高兴！"傅老五颤巍巍地举起酒杯，一饮而尽，他用小眼睛看了看舒夫，自己的眼睛又干又亮，脸上由灰白变成微红。他兴奋地说："子曰，'生死有命，富贵在天'。当年堂里与你一同落难，去笼山的四个人，唯独你命大福大能顽强地活

---

[1] 天兵：天灾人祸。富：大富大贵。喻为大难不死，必有后福。

着回来，可喜！可贺！你刚才不是说房子的事吗？老伯我，喝人头盅酒，讲人头句话，这就答应你，明天叫小儿子把钥匙交给你。韵台啊，你楼上的那间破厨房也一道腾给舒夫用吧。如此一来，舒夫和阿樱一家六七口不至于吃喝拉撒都挤在我的那间斗室里。恻隐之心人皆有之，何况咱是为人父母。对吗，老六？哈哈哈！"他额头上的皱纹全舒展开了，小眼睛笑得眯成一道缝。

没想到，田舒夫绞尽脑汁，苦于居无定所的事竟一下子迎刃而解。大家举杯庆贺，唯有高韵台气得发抖，满脸变成个紫茄子。她极不情愿让傅玉樱一家继续赖在红楼，更不情愿腾出那间厨房。尽管厨房的走廊曾经发生过一次小火灾，烧塌了一整块楼板，但像割心头肉一般，她舍不得让出来。然而，在众人面前，尤其当着傅老五的面，她不敢撒娇，只好半娇半嗔地说："老五成人之美，雪中送炭，得连干三杯呀！"

田舒夫回家急办的第二件大事就是解决嘉欣和嘉亮读书的问题。为了让孩子们继续读书，他愿意付出任何代价，依照他与老文商讨的办法，他想向场部申请，将两个孩子带来笼山。不仅解决孩子的读书难题，还会减轻家庭的负担。姐弟两再补习一年后，明年考上楼前县一中，定有把握。傅玉樱舍不得孩子们去笼山受苦，取折中方案，只让嘉亮上笼山求学。男孩子，少年多吃点苦，将来必有好处。曲线升学是没有办法的办法。嘉欣毕竟是女孩子，留在她身边，帮忙家务，照顾弟妹，再找个学徒工做。田舒夫理解和尊重她的建议。

当舒夫和玉樱将商量结果告诉傅弘茂时，老人家一声不吭。

"阿爸，这是无奈的抉择。让嘉亮去也可减少一点家庭负担呀！"玉樱解释道。

"舒夫，只怕嘉亮此去不是'留学'，而是'溜穴'[1]！因为笼山，并非是龙山，到劳教农场读书，万一嘉亮学坏了！该怎么办？"傅弘茂单刀直入。

"阿爸说得没错！我会加倍小心的。嘉亮此去与老师同住在学校里，文老师与我关系极好，保证不会出事的，你放心！"舒夫赶忙说。

---

[1] 指跌入粪坑。

"既如此，那就试试看！嘉亮聪明，会读书，一定要好好培养，不能出事！不行，就马上送回家来！"傅弘茂再三叮嘱。

这一夜，傅弘茂与田舒夫谈得很多、很深、很久。他一再嘱咐舒夫要寻找机会调回漉溪来。

阿爸快要走了，嘉欣和嘉亮的心里十分难过。学校开会，傅玉樱送不了。嘉欣和嘉亮无论如何要送阿爸上火车。傅玉樱执拗不过，同意了。临别时，傅玉樱五内如焚，强忍着心中的泪水，田舒夫也竭力控制住内心的悲伤，用一种变得异样的嘶哑的声音说："樱，多保重，再见！"

"呜——"一声撕肝裂胆的汽笛声，火车就要开了。这仿佛不是汽笛声，而是一种人间最心酸的悲啼。姐弟两与阿爸难舍难分，"哇哇哇"地哭起来了。嘉欣一下子扑到阿爸的胸前，双手紧紧地勾住阿爸的脖子，浑身哆嗦，像一株刚刚倾倒的小树。嘉亮死死搂住阿爸的腰，犹如一片树叶贴在大树上，大声哭着，连一句话也说不出来。嘉欣一面哭，一面说，每说一个字，就抽一个气："阿爸啊，——你要早点，——回来啊！——阿爸啊，——我们，——不能没有你啊！——"

田舒夫用颤抖的双手抚摸着嘉欣和嘉亮的泪脸，深深地吻了吻孩子们，他的嘴唇冷得像冰，身子也在抖，"好孩子，别哭！阿爸一定会早点回来的。"

火车缓缓地离站了，嘉欣和嘉亮手拉手不顾一切地奋力追赶着火车，跑着、哭着、喊着："阿爸，阿爸……"舒夫把头探出车窗外，不停地招手，一双充满泪水的大眼睛始终望着嘉欣和嘉亮，直到孩子们的身影渐渐地消失在白茫茫的雾气中。

二、笼山行

猪头皮仔像幽灵似的，成天不着家，连影子也找不着。听说，他又下乡白吃白喝去了，一住就半个多月。回家后，不知怎的，又吐又泻，折腾了一周，直到傅老五动怒了，他才极不情愿地把空房钥匙交给傅玉樱。

傅老五比老六年长两岁，显得老气横秋，头发秃了，眼袋垂了，脸上撒着大大小小黑褐色老人斑，唯有下巴那把飘逸的白胡须炫耀着他的年长和威严。他娶了三位太太，大房姚娘与高韵台一样是小脚女人，只生傅宗莽一人，成年累月病恹恹地躺在屋里抽水烟，几乎足不出户。二房是北方一京戏班里的花旦，长得俏丽妖娆，但唱功欠佳，挂不了头牌，只能给人垫戏。她脾气倔，喜欢反串小生。那年戏班来漉溪演出，不到一个月就偷偷摸摸与老五勾搭上了。嫁入红楼后，常与老五怄气。她十分挑剔，无所不嫌，连漉溪的天气，也抱怨连连：盛夏，嫌酷热；严冬，嫌潮冷。她生有一子，大学毕业后在北方工作。一次，她与老五突发口角后，毅然赌气登火车，不辞而别，直奔北方投靠儿子去了。临别时，悄悄把她的房门钥匙交给猪头皮仔，附上五块钱，嘱咐猪头皮仔代她看管。她以为，偌大的"积善堂"唯有傅老四与猪头皮仔懂戏，会捧角。在家里她和猪头皮仔臭气相投。她儿子曾来信说，母亲一生酷爱京戏，在漉溪南腔北调，知音甚少，且水土不服，将定居北方，甘当票友。气得老五把信撕得粉碎，还恶心地啐了一口唾沫。三房生一男一女，男的乳名叫"弟仔"，因为本地话"弟"与"猪"谐音，俗语说，猪头皮炸无油，堂里人都讥笑他为"猪头皮仔"。他是"积善堂"里出了名的浪荡儿，读书没长进，口才倒不错，狐朋狗友交了一大帮。他最大的本事就是四处当街溜。在堂里他的嘴是座"小喇叭"广播电台，大至漋溪城天气，小到家长里短，甚至张三头上有几只虱子，李四脚下有几根细毛，他都津津乐道，抢发头条新闻。每当酒足饭饱之余，他会选在人多嘴杂的地方，比如堂里店铺大门口，或白石埕的老杨桃树下，手拿着那把有裂纹的脏兮兮的紫砂茶壶，一本正经地发布他精心采编的新闻、绯闻和丑闻，还不时夹杂自己独特的短评，每每说得眉飞色舞，讲得嘴角全泡。三七讲，四六听[1]。堂里的遗老遗少们平日里懒得出门，无聊之际，听他膨风吃绿豆[2]，偶尔逗人一笑，聊以打发时光。这使得他愈发得意忘形，自以为是世界第一等，天上知一半，地下全知晓的人。老阿祖对他深恶痛绝，骂他是"一日悾悾、二四点[3]"的人。不过，但凡给人通风报信，他必收钱，用他的话说，捞一点"辛苦费"。他极羡慕在梨园戏场里当管理员，无所事事。戏开场前，可溜到后台偷窥美旦化妆；开场后，可带人查查票，像个威武的警察，愿查谁，就查谁。上班不仅可留几张紧俏戏票，做做人情；还可跷着二郎腿，一边看戏，一边嗑瓜子，优哉游哉像神仙过的日子。为此，他曾三番五次央求母亲出面，让老爸帮帮忙，请老相好——梨园戏院的老板高抬贵手，到戏场混混。但是，他阿母却被老五一口啐在脸上，骂得狗血淋头："亏你生了个满头壳装屎的歹囝！乞丐神上身[4]！我没指望他升官发财，当老板。至少也得读点书，干点有头有脸的事。去戏场？哼！亏他想得出来。一日食饱算蚊罩目——无半撇[5]！人交陪的都是关公刘备，他交陪的都是林投竹刺[6]，太卸败了！"他阿母无地自容。老五最宠爱猪头皮仔的妹妹，红楼楼上朝南的那间靓房非她莫属。为此事，猪头皮仔曾争吵过，但均被老五臭骂一顿，并扬言事不过三，如果猪头皮仔再敢闹，就逐出家门，吓得猪头皮仔连屁都不敢放。

临近中午，猪头皮仔来了，穿着一件油迹斑斑的上衣，满脸青春痘，身

---

1 喻为姑妄言之，姑妄听之。
2 喻为道听途说。
3 悾：傻傻的。喻为浑浑噩噩。
4 上身：附身。喻为好吃懒做。
5 蚊帐目：蚊帐的网孔。无半撇：没本事。喻为终日游手好闲，无所事事。
6 关公刘备：益友。林投竹刺：损友。

上散发出臭烘烘的气味，懒懒地打了个哈欠，揉揉双眼，对着茶壶的嘴呷了两口茶懊恼地说："阿樱姐，我把锁匙交给你了，你该如何谢我呀？"他嗔了玉樱一眼，瘦长的脸上露出一丝讪笑。

"说是借，实为租。我按月给你一块钱租金，一言为定。"傅玉樱答道。

听到钱，猪头皮仔干脸上笑得要裂缝似的，"太少了，不够我塞牙缝呀！"

"你要多少？亲兄弟明算账！"

"嘿，阿樱姐，你别生气啦！我朋友多，花销大，入不敷出。我知道，姐夫已经释放了，你俩都有工资。不说雪中送炭，也该投桃报李嘛！再加点！"他那块像豆腐的脑子马上飞快地转动起来。

"行，每月一块二！"

"哎哟！好了，好了！"猪头皮仔咽下一口痰，舔了舔嘴唇，眼珠一转说，"阿樱姐，告诉你两条免费的好消息：一、南门头卤面店今日加料无加价，便宜又大碗；二、你最爱看的电影《一江春水向东流》，下月中旬大众电影院又排上重映的档期了，可别错过哦！届时你要票，全包在我身上，保准买到好排好号！"他摇头晃脑，傅玉樱听得极不耐烦。

连日来，嘉亮渐渐发觉阿母似乎对他格外疼惜。令他困惑不解，为什么阿母总给我加菜？以前，菜吃光了，我只能白饭拌着盐巴"白白扒"。而现在，阿母总会多给我一块小豆干或两小勺青菜；有时还破天荒地往我碗里悄悄滴上一两滴香喷喷的猪油哩！为什么阿母要减轻我的"课外作业"？我每天必须提水、买早餐、捡柴火、拾菜叶，还要给嘉安洗身⋯⋯阿母竟然发话，凡欢欢能干的活，尽量让她干，干不了的事，就让嘉欣顶上。这一来，我有时闲得发慌。我不管，依旧照干，阿母反而不高兴地责备我，大包大揽会害了欢欢。更让我不解的是，为什么阿母夏天给我添冬衣？不知跑了多少路，终于为我买了既便宜又合身的一条棉毛裤和一双万里鞋；还将她的羊毛背心拆下来，为我织了一件羊毛衣。每当夜深人静，看到阿母不停地赶工，为我织毛衣时，我总是目不转睛地盯着阿母飞快的双手，急切地想问问，这些都是为什么？但是，他怕阿母生气，始终不敢开口，只好不停地眨着眼睛，直发呆。

一天，他发现嘉欣躲在厨房的门后哭泣。

"阿姐，你哭什么？"没想到这一问，反而使嘉欣哭得愈发伤心。

嘉欣一双黑乎乎的手不停地擦着脸上的泪水，把整个脸抹得像个黑花脸，十足可笑。

"阿姐，你快说嘛！"他使劲地拽着嘉欣的衣袖，"别擦了，别擦了，越擦越黑！"

"你要走了，我也想跟你一块儿去！"嘉欣哭泣着说。

"我要走？上哪儿去呀？"

"你要去笼山，到阿爸那儿读书。"嘉欣哽咽着，"今天早上我去倒尿桶的时候，二嬷悄悄告诉我的。我也很想阿爸，跟你结伴同行，就怕阿母不让我去。"

"去笼山！"宛如天大的喜讯，嘉亮兴奋得不住打嗝，仿佛被食物噎住似的，"太棒了！太好了！我去，我一定要去。难怪阿母近来让我享受'特殊待遇'，原来如此！"嘉亮的心仿佛已经飞到笼山，飞到阿爸的身旁，他高兴得蹦了起来。

"阿姐你别哭！别急！我去跟阿母说，咱们俩一起去，来拉钩，一言为定！"

傅玉樱原想等舒夫落实好嘉亮读书的具体细节后，再让嘉亮知道此事，以免嘉亮分心，耽误了他在烟厂打工。事到如今，她只能当面向孩子们挑明，为什么只能让嘉亮去笼山，为什么嘉欣必须留在家里的道理。她叮嘱嘉亮要把自己的书包整理好，等候阿爸来信。

嘉亮望眼欲穿，焦灼地等待阿爸的来信，每天收工回家，第一句话便是，"阿爸来信了吗？"当听到"没来信"时，他将信将疑，怀疑会不会邮递员投错了？会不会把阿爸的信给弄丢了？他心急火燎，寝食不安。白天，他时而走神，时而发呆，工效大大降低了。夜里，他做离奇古怪的美梦，一会儿梦见大火车；一会儿梦见黑森林；还有几次他梦见了朝思暮想的阿爸，他高兴地喊，"阿爸！阿爸！"他心想，笼山是座美丽的伊甸园，蓝天、白云、青山、绿水，沁人肺腑的空气，还有自由飞翔的小鸟……

一天中午，从笼山来的白叔叔带着阿爸的亲笔信来到家里。正巧，那天烟厂歇工，嘉亮一听，异常兴奋，巴不得扭头就走。傅玉樱一边忙着接待老白，一边嘱咐嘉欣快煮鸡蛋，手忙脚乱，心神不定，仿佛丢了魂似的。嘉亮喜形于色，急匆匆背上书包。这时，傅弘茂将他叫到房间里，递给他五块钱，摸着他的头说："阿亮，当年我去日本留学时也和你此时一样兴奋和激动，就是不知天高地厚！虽然你此去有你老爸在，但是，我只希望你记住，唯有吃得了苦，才能享得了福！长话短说，就送你这句话。"

嘉亮睁大双眼看着慈祥的外公，把这句话刻在心坎上。

不到一小时，白叔叔起身告辞，嘉亮要走了。傅玉樱轻轻地扯了扯嘉亮的衣襟，慢慢地往嘉亮的衣兜里塞上两个染了色的红鸡蛋，泪水在眼眶里直打转。儿行千里母担忧，虽说嘉亮去找舒夫，但她的心仍悬在半空中，尽管心爱的儿子因失学，万不得已才离家去笼山。但是倘若没有那该死的烙印，他小小年纪怎会逼上梁山呢？她一会儿看看嘉亮的脸，一会儿摸摸嘉亮的手，千叮咛万嘱咐，要嘉亮路上小心，听叔叔的话！平安抵达笼山后，一定要捎个信。嘉亮高兴地不住点着头，他不明白，去笼山找阿爸是件大好事，怎么阿母竟会这般伤心，这般依依不舍，眼眶里还挂着泪珠呢？

"不！……阿亮……你……不能去！……不……能……去！……要去……我俩……一道去呀！"嘉欣哭得很伤心，每说几个字都呜咽一下。她死死地拉住嘉亮的手不放，泪水模糊了她那双美丽的大眼，与朝夕相处的弟弟离别，她的心被撕碎了。

"阿欣别哭！阿亮是去读书，明年就回家！叔叔急着要带阿亮赶火车，不能误了点！听话！"傅玉樱鼻子一酸，眼睛也湿了。

嘉欣哭得身体一抖一抖，把一盒六色的小蜡笔塞在嘉亮手里，这是她用节省的零花钱悄悄买下的唯一礼物，她伸手摸了摸嘉亮的脸。

平生头一回坐上火车，嘉亮心里就像掉进蜜缸里一样甜。犹如哥伦布发现美洲新大陆，他以莫大的自豪感和好奇心如痴如醉地打量着眼前这钢铁王国里的庞然大物：高高的机头，长长的车厢，圆圆的车轮宛如一条吞云吐雾的钢铁巨龙，美不胜收。"瓦特发明蒸汽机真伟大！"他油然而生敬意。

列车缓缓开动了，他的心随着铿锵的车轮声呼呼直跳。搭上风驰电掣的火车，犹如骑上奔驰的骏马，心旷神怡，兴奋不已。眺望着车窗外呼啸而过的田野、村庄、山川、河谷，像一幅流动的美丽神奇的画卷，令他顿时心胸开阔，视野宽广，这是自然之美，祖国之美。他觉得太过瘾了！真的不虚此行啊！直到夜幕降临，窗外变成一块黑黝黝的幕布时，他才依依不舍地把头倚在白叔叔的身上，伴着火车轻快的脚步声，甜美地进入了梦乡。

坐了一整夜火车后，嘉亮又急急忙忙登上汽车。这是一部老掉牙的汽车，一路上倚老卖老，桀骜不驯，脾气还真倔，时而飙劲得像个大力神；时而别扭得像小脚的外婆，走起来除了木座椅外，其余的全都"叽叽咔咔"作响。车子在蜿蜒的山路上盘旋，乘客们东倒西歪，叫苦不迭，车尾吐着浓浓的黑烟，扬起滚滚灰尘，乘车人都成了灰头土脸的泥鬼。车子磨磨蹭蹭走了近一天，在半山坡上熄火，怄气不走了。司机急忙下车，修了一阵，焦头烂额，还是不行，只好叫乘客们下来推。嘉亮使出浑身的气力和大家一起把车推上坡。汽车下坡时像醉汉似的摇晃着，阿弥陀佛，终于启动了，车到楼前县城，已是午夜时分。嘉亮饥寒交迫，又脏又累，一个馒头才吃一半就一头栽倒在床上，睡着了。

隔天一早，还需步行二十多公里才能到达笼山。"天哪"！嘉亮的心像突然冻结在冰里，来时的兴奋、喜悦和快乐一扫而光，情绪一下子坠到了谷底，他后悔！不该来到这连鸟儿都飞不到的鬼地方。

头顶烈日，在坎坷不平、弯弯曲曲的新开辟的山路上行走，嘉亮晒得满头冒出黏糊糊的汗，越出汗，口越渴，喉咙极为难受，心中愈发焦躁。天色由白而灰，山色由绿转黄，路上除了他和白叔叔，没有一个人影，没有一点声音，一阵热风卷起一片尘沙。他低着头，极热的光像无数烫红的针尖刺着他的头、脖颈和手脚。白叔叔连忙用一条粗布巾披在他头上，减轻他身上的灼痛。他口渴，不停地喝水。他头晕，紧扯住白叔叔的衣襟。他双脚已经软弱无力，只好走走停停、停停走走。头上是毒花花的太阳、光秃秃的荒山，脚下是滚烫烫的山路、热腾腾的尘土，仿佛置身于西游记中的火焰山。他焦灼地问白叔叔："这是什么地方？"

"和尚山呀！"

"怎么不见人影？听不到鸟声？"

"噢，翻过这座山就好了。"

"到笼山还多远啊？白叔叔。"他不厌其烦地问。

"快到了，快了！你再坚持一下。"白叔叔握紧拳头，微笑地鼓励他勇敢地向前走。

爬过和尚山，登上了最高的山顶，天气忽然转凉了，一阵凉风袭来，他的皮肤竖起鸡皮疙瘩，心在颤抖，腿似乎不听使唤。

忽听，白叔叔一声大喊："嘉亮，你快往山下看，那一片就是笼山。你阿爸就在那里呀！"

顺着白叔叔手指的方向眺望，在黑压压、密匝匝的崇山峻岭环抱的山谷底，有一块黄绿交错，密闭得像铁桶似的小盆地。盆地上依稀散布着星星点点的土黄色房子，宛如一座座孤坟。一群乌鸦在山顶不远处的枯树上落着，凄清地哀叫了几声，飞起来，又落下，吓得嘉亮胆战心惊。

当暮色和阴气像潮水般注满整个山谷的时候，笼山似乎与世隔绝，没有阳光，没有生机，连空气也变得如此稀薄，整座山谷像死一般寂静，令人毛骨悚然，不寒而栗。

嘉亮十分惊恐，万般沮丧。他痛苦地蹲下来，坐在石头上一动也不动。心想，眼前的世界怎么一下子变得如此黑暗污浊，如此丑陋不堪，如此不可思议呢？难道我只有到这地狱般的地方来才有书读吗？他困惑不解。这不仅仅是因为他的年幼无知，而是因为此刻他的心早已被眼前可怕的景象吓得麻木了，蜷缩成一团了，神经似乎暂时死去了。

三、触目惊心

　　一整夜，睡在阿爸的胳肢窝下，好像一只麻雀栖在屋檐下乐不可支，他成了世界上最幸福的人，两天来的颠簸、疲劳、委屈和痛苦全抛到九霄云外。他揉了揉双眼，发觉阿爸不在，眼前朦胧和迷离的一切，令他十分陌生和惊诧。

　　矮小的茅草屋顶活像乌龟的背壳，结满蜘蛛网的椽子像大象骨架上的肋骨，黑斑的木头满是蛀虫。四面墙是用竹篱笆抹上红土拼凑而成的，泥土早已剥落，好像一面筛子，百孔千疮，大的破洞里塞满破布和乱草，阳光从缝隙中钻进来。小屋只有门柱，没有门扇，屋里除了一张简易床铺和破桌外，只有一只阿爸的旧木箱。床板上铺满稻草，床大，草席小，四边的稻草全都挤露出来。床上那顶被熏成黄褐色的蚊帐和桌上那盏沾满油烟的小马灯，更是不堪入目。

　　嘉亮不敢细瞧，心中仿佛有一种窒息的感觉，急忙下床，大声连喊："阿爸，阿爸！"一边穿衣服，一边冲出小屋。

　　出小屋，他恍然大悟，阿爸住的小屋原来仅是大茅屋的一个小角。他慌里慌张地探头望去，右边的大门柱里是一溜子的大统铺，住二三十人。铺上尽是七零八落、杂乱无章的旧衣服和从没洗过的脏被褥；地上满是破胶鞋、烂麻袋、臭布筋，还有老鼠在上蹿下跳。左边是厨房，这是世界上最脏、最臭的厨房，饭菜里看到苍蝇、蟑螂和老鼠屎，习以为常。中间是大屋，比阿爸的小屋大得多。大屋的门扇已倾斜，门联早已被风撕得七零八落。强烈的太阳光射进屋里正中央的大木桌上，桌子的四周尽是横七竖八的凳子和木头桩子，这就是耕山队吃饭、开会和学习的场所。嘉亮见过很多房子，大的、小的、新的、旧的、砖砌的、木造的，就是从未见过环堵萧然，不避风日的茅草屋。

"来！嘉亮，你阿爸清晨六点就带耕山队上山了。中午才回来，还要赶到场部开会哩！"一位五十多岁的干瘪老头痛苦不堪地一连咳嗽，从厨房里端出一大碗稀饭，一小盆咸萝卜干和几块地瓜。一群苍蝇紧随他的身后，雄赳赳地飞过来，仿佛它们才是一家之主。

嘉亮边吃，边驱赶着苍蝇，心里很不是滋味。

"别怕，入乡随俗！俺笼山有'二宝'，一是笼山蚊，叮破尿桶；二是笼山蝇，粘死人。待久了，自然习惯。"瘦老头若无其事地说着，一只红头苍蝇，似乎听懂了他的话，立刻飞过来，冲着他的塌鼻子，嗡嗡地来回兜圈，想停留在他那暗淡灰黄的鼻尖上。他熟视无睹，泰然自若。

吃罢，嘉亮起身帮忙收拾碗筷。他好奇地发现厨房里全是清一色的竹质餐具，竹碗、竹筷、竹勺、竹汤匙。每支汤匙的竹柄上都刻着一行字："悔过自新"；或"痛改前非"；或"立地成佛"；等等。他仔细端详自己刚用过的竹汤匙，柄上也刻有"重新做人"四个字。他困惑不解，忍不住问："伯伯，这汤匙上干吗还刻上字呢？"

"噢！就地取材，各人自做的竹餐具，刻上自己的记号呀！"

"那为什么要刻上'重新做人'呢？"

"警示语呀！"

"人就是人！怎么还要重新做人呢？"

"犯错误了呀！"老头猛然全身战栗了一下。

"老师说过，犯了错误改了就行。干吗还要重新做人呢？"

"唉！你学过'脱胎换骨'这个成语吗？"

"没有！"

"噢！那俺打个比喻吧，像你爸和俺到这里来就是为了'重新做人'。你阿爸现在已经重新做人了。"老头吸了吸鼻涕，喃喃地说，"可俺还没有呀！

俺还得改造！改造！唉！也许直到俺死了，这把老骨头抛在荒山野外，也成不了新人。"伛偻的老头眨着疲倦的眼睛，带着痛苦绝望的神情，抽着用报纸卷的一根喇叭烟。他心慌意乱，就像落网的苍蝇晕头转向地拼命挣扎，找不到出路。

"不！我阿爸从来都是好人！"嘉亮撅着嘴。

"是呀！你阿爸确实是个好人，俺都钦佩他。他真是个好队长。但是，自古好人多磨难。你听过《西游记》的故事吧，像唐僧这样菩萨心肠的人，也得过九九八十一难呀！这世上，好人和坏人有时是分不清的，你长大了，慢慢就会懂了。"老头门牙掉光了，说话不关风。

嘉亮呆若木鸡地望着老伯，一头白发，满脸皱纹，两腮深陷，四周还长着杂乱的黑白相间的胡子，一脸饱尝悲苦、劳顿的风尘颜色，眼睛露出无比忧郁和痛苦的神情。老伯的一席话，犹如一把钢针深深地刺痛了他的心。

中午，田舒夫汗流浃背地赶回来了，匆匆喝了两碗稀饭，捎上三个地瓜，便带着他下山。

从耕山队到笼山场部足有八九公里的山路。八月的笼山，酷热难熬，空气在灼人的阳光下颤抖和闪光。农忙后的山川，一眼望去全是光秃秃的梯田，只有路旁的夏玉米忧郁地发出沙沙的声响，偶尔有蜻蜓在空中闪闪盘旋。下山的路焦干、滚烫，一步一串尘烟，确实让他难耐。

突然，枯树上一只乌鸦绝望地叫了一声，一阵莫名的恐惧袭来，汗流涔涔的他急忙紧紧地抱住阿爸的腰。

"别怕，阿亮！走山路，胆要大，气要足，步要稳！胆大才能气足，气足才能步稳，步稳才能走快。你得学一学，练一练！"田舒夫边走，边教他。

"救命啊……救命！"刹那间，从远处传来一阵哀哀欲绝的声音。田舒夫带着他急忙跑上前，抬头一看：炎炎烈日下，两个打赤膊的人正站在大粪坑的石板上，折腾一个人。

在不远处的树下，管干事一边摇着蒲扇，一边大声叫喊："不准停！我就不信治不了这狗崽子！"

"停下！"田舒夫一声怒吼，把两位行凶者给震呆了。

"管干事，消消气！何必发这么大的火，这大热天，人都快给烤死了，如果再继续，恐……"田舒夫跑到管干事面前一边递上香烟，一边好言相劝。

"老田，你又不是不认识庄赛水这个狗杂种，他害你还浅吗？成天窝工，在队里搬弄是非。对他这张臭嘴，非得好好治治！"

"天气确实太热了，极易中暑，还是先把他放下来吧？"

经田舒夫这么一提醒，管干事也生怕闹出人命，便顺水推舟，卖个大人情，故意大声说道："好吧！既然田舒夫慈悲为怀，这个面子，我老管还是要给的，把那姓庄的放下吧！"

入夜，嘉亮早早就躲进蚊帐里，他害怕成群结队的嗡嗡声的笼山蚊，更害怕今天的所见所闻，像特写镜头始终定格在他的脑海里。他心里滋长着一种阴郁的情绪，觉得笼山这鬼地方太阴暗、太恐怖、太可怕了。可是，他不敢向阿爸诉说，思来想去，他拿起笔，借着手电筒微弱的光线，给嘉欣写上第一封信：

亲爱的欣姐，我终于见到阿爸了！

这次，我乘了火车，又坐了汽车，还走了很长很长的山路，好像到了天边，最后才见到阿爸。

你不知道，那火车像条龙，跑得真快！那汽车像条虫，爬到半路就坏了！真气死人，还要人推。那山路像阿母手中织的细长的毛线，弯弯曲曲通向笼山。这里山很高、林很密、水很冷。蚊子多、苍蝇多、小咬多，人稀少。这里的人，都是怪怪的，有的很凶，有的很好，有的很惨，有的很可怜。这里的一切让我很害怕，很恐慌。第一天，书也没读，课也没上，看到的、听到的都好害怕呀！

姐，我真想回家，回家……

信还没写完，嘉亮就睡着了。田舒夫一读，心好像被烙铁烫着似的。他压根儿没有想到把嘉亮带到笼山的负面影响竟来得这么快、这么大、这么多。

千不该万不该，不该让仅十二岁的嘉亮初读另类人生中这赤裸裸、血淋淋、惨兮兮的第一课，这将会在他幼小无知的心灵里刻下永恒的无法修复的创伤。他痛心不已。他多么盼望文嫂回娘家能早点回来，好让嘉亮早点上汶庄小学。

四、汶庄复读

　　转眼间，一周过去了，嘉亮在荒凉的耕山队如同被软禁一般，浑身上下好不自在。除了见到苏军医，带回小字帖，露出笑容外，心里总笼罩着一片挥之不去的阴影，感到难以形容的苦闷、空虚和压抑。阿爸起早摸黑，忙得不可开交，入睡时，阿爸还未忙完；醒来时，阿爸早已出工。每天只有门前的一只大黑狗和一群苍蝇与他做伴，坐在门槛上双手托住脸腮呆呆地看着山。开门见山，这话一点不假，茅屋外真是山连山，山叠山，山外有山，山上有山。山峰刺破青天，林荫直插云端，群山绵延不断地向天际伸展开去，好像玄学哲理似的奥妙难测，他的灵魂仿佛在这巍峨群山中四处游荡，犹如一只孤独的小鸟苦苦地寻觅着属于自己的栖息之处，始终落空。厌倦之后，他趴在木桌上一笔一画地临摹小字帖，学写字。他最恨小咬，成群结队，无时不刻地袭击他，真的太恐怖了，一双小巴掌，足以打死十几只。他的皮肤极敏感，被小咬一叮就红肿起来，痒得要死，无处可躲。他只好写写停停，到屋外的山泉边，用冰凉的泉水冲冲患处，这儿抓抓，那儿拍拍，缓解皮肤的奇痒和红肿。

　　这些天，煮饭的老伯病了，躺在床上像抽风箱一样不停地喘气，样子十分吓人。苏军医开的药对他这样的老病号似乎不见效。嘉亮一听到他的咳嗽声，便急急忙忙给他递上一杯热开水。病苦催人老。看到老伯皱纹满额，两颊浮肿，面容惨绿，四肢枯槁，嘉亮愈发感到孤独、寂寞和恐慌。

　　文嫂回来了，不等开学，田舒夫就迫不及待地带着嘉亮，抄近路来到汶庄小学，让嘉亮换上新环境，安心读书。

从笼山到汶庄有两条路：走大路，必须从耕山队折返到场部，绕过蜈蚣山，兜一大圈子；若从耕山队直插黑树林，翻过乌鸦岭，至少节省一半的路程。

汶庄，原名蚊庄。闻名遐迩、令人谈虎色变的笼山蚊的"原产地"就在这里。也许，这"蚊"字太不吉利了，土改时就更名为"汶"庄村。荒芜凋敝的汶庄村就坐落在狭长的山沟里，村很小，仅二三十户人家，靠天吃饭，穷得屁股冒烟。但村里的地理位置却十分重要，因为它处在笼山通往楼前县城的咽喉，所以，自笼山成为劳教农场后，村里常驻一个班公安人员，把守路口，执勤放哨。人来人往，汶庄村也渐渐有了人气。

通往笼山的大路旁，有座破旧不堪的小庙，这就是汶庄小学。从前小庙的香火颇旺，直到大炼钢那阵儿才衰落下来。兴办人民公社，这里作为队里唯一的公共食堂，红红火火仅十几天，食堂倒了。以后，村里在这儿办起一所初级小学。生源少，师资缺，资金无，学校怎么也凑不足二十名学生，只能办一个一、二、三年级的复式班，聘用村里一位识字老人当教师。直到这里办起了女劳教分场后，学校的状况起死回生。高小复式班开设了，老师增加两人。文嫂就扎根在这里，校长兼敲钟、教书兼门卫，忙得团团转。

嘉亮大失所望。心中向往的小学居然是一座破庙，他以为自己的眼睛出毛病了。

庙很小，历经风雨的剥蚀，山门腐朽了，砖石倒还结实；屋顶的飞檐坍塌了，有的檐瓦脱落了，山墙却还很厚重。黑褐色的墙脊上万年藤宛如头发似的，与金银花、野蔷薇纠缠在一起，像杂乱无章的羊毛摊成一团。墙面上长出一片片绿霉苔，像狗皮膏药似的，不堪入目。"汶庄小学"的小木牌极不显眼地挂在墙上。

进门，便闻到腐木和青苔的气味。门内有个小庭院，院里鹅卵石铺地，杂草丛生，院子两旁的走廊成了敞开式的教室。倘若一阵急骤的山雨斜泼下来，老师便紧急停课，让同学们背上书包，跑到正殿上避雨，雨过天晴，重新上课。正殿的东西厢，一间为文嫂的宿舍，另一间是学校办公室。正殿的中间为五、六年级的混合教室。教室里的桌椅大小不一，东歪西倒，破烂不堪；

右边墙上挂着一块小黑板；正面的墙上挂着一副"有求必应"的破匾，匾上结满星罗棋布的蜘蛛网，这匾便是山庙仅存的老古董了。

"文老师好！"嘉亮连忙鞠躬。

"好！嘉亮好！田嘉亮，汶庄小学欢迎你！"文嫂紧紧拉着嘉亮的双手，仔细端详后，高兴地说："从今天起，你就是汶庄小学六年级的学生，也是我们文家的一员了。来，这位是小薇妹妹，比你小一岁，你们既是同班，又是同桌，今后学习和生活都在一起，要互相帮助，共同进步！这里的条件与泷溪确有天壤之别，你可不能灰心呀！我相信，小嘉亮会在这里锻炼成长的！"文嫂乐哈哈地笑起来。

嘉亮一边聆听，一边目不转睛地看着文嫂，仿佛见到了阿母的影子。她个头比阿母矮，身材比阿母瘦弱，可双眼，与阿母一样坚定、有神。他不由一愣，顿时勾起对阿母的无限思念。

"来！小薇，你带嘉亮哥哥去学校四周转转，别忘了，等会儿回来吃饭！"文嫂似乎看出嘉亮的心思，让小薇与嘉亮出去玩玩。她坦诚地对田舒夫说："老田，不必挂心！小孩子对环境的适应性很强，嘉亮在这里定会衣食无忧，学业有成。"田舒夫深知老文夫妇的为人，把嘉亮托付给他们，自然放心。

的确，人有一种本能，能够较快地适应各种不同的环境和遭遇。在汶庄，嘉亮悄然拉开了一生中独自生活的序幕，心里蓦然有一种全新的感受。

汶庄小学的确与众不同。课堂上的声音极嘈杂，秩序很混乱，简直像个菜市场。在狭小破旧的山庙里，六个不同年级的学生像挤在罐头里的沙丁鱼一样混合开课，相互干扰，不言而喻，教学效果，可想而知。尤其，令嘉亮惊讶的是，上课时总有几个喜欢调皮捣蛋的孩子，率众造反。只要一不顺心，他们便会突然大喊大叫，或拍桌起哄；搞得鸡犬不宁，哄堂大笑，连文嫂都拿他们没辙，只好将他们逐个叫到院子中罚站。然而，适得其反，他们不但不收敛，反而把院子当成小舞台，一会儿学鸡叫，一会儿扮鬼脸，逗得全校同学捧腹大笑，气得文嫂一脸铁青。

幸亏，嘉亮是优等回炉生。对课堂上所教的课文，他早已背得滚瓜烂熟，布置的作业他驾轻就熟，提前完成。面对这种别开生面的课堂，他不仅没有受到影响，反而觉得好奇和有趣。他觉得，只有在这种奇异的读书环境里，以奇特的学习方式来复读过去的课文，才不会枯燥无味，老生常谈。每当上课感到厌倦时，他会开小差，或打瞌睡，或俯首远眺庙外的蓝天白云，或低头细看土墙脚下成群蚂蚁在搬家，甚至会侧耳倾听墙头上唧唧啾啾的鸟鸣……如此一来，一节课轻轻松松一晃而过，他享受一种从未有过的惬意和快活。

下课铃声一响，他主动脱下鞋子，找那几位光着脚丫的捣蛋鬼玩，他大胆地介绍自己，和他们交朋友。大山里的孩子们心地非常纯朴，对于从城里来的嘉亮怀有特别的好感，以为他不仅见多识广，而且学习上定有"灵丹妙药"，以致他能学得如此轻松自如，成绩斐然。他们从不忌讳嘉亮是笼山犯人的孩子，更不会有任何歧视，或欺负。尽管，在家里，他们会经常听到大人们对笼山犯人的"妖魔化"，但他们觉得与嘉亮相处就像亲兄弟一样友好和融洽，他们拥有自己极其纯净的少年世界，没有受到一丝世俗趋炎附势的污染。日复一日，嘉亮在校内成了他们的小辅导员，帮助他们补习功课，改正缺点。在校外，他们却当起嘉亮的教练，使得嘉亮的课外活动骤然变得十分丰富多彩，趣味横生。

爬树，是大山孩子们最拿手的看家本领。学校后面有一片林子，数以百计的松树、樟树和楠木树等雄赳赳、黑黝黝地耸立在明净的碧空中，映出整齐的轮廓线，像天幕一般展开其铺张的、繁茂的、多节的枝丫。他们把这里当作"教练场"，一个个施展各式各样的爬树技巧，手把手耐心地教嘉亮如何爬树，如何在高高的抖动着的树上掏鸟窝，把一个个鸟蛋取下来。勇敢的嘉亮，为了学会爬树，衣服被钩破了，身子被划伤了，仍继续向上爬。这一切瞒不过文嫂锐利的眼睛，她几度向嘉亮亮出"黄牌"，无可奈何的嘉亮只好改玩捉麻雀。

秋后的山野，成群的麻雀像乌云似的不时从树林里腾空而起，又像下雹子似的纷纷散落在满是尘土的小路上。大山的孩子们教嘉亮用筷子支着小筛子捕捉麻雀。嘉亮性急，不愿守株待兔，而麻雀机灵，往往在嘉亮猛拽绳子，筛子倏然扣下的一瞬间，麻雀就逃之夭夭了。偶尔，捕到一只，也因掀起筛子的瞬间不慎失手，再次空手而归。

最有趣的是，雨天在稻田里捕捉野生的黄鳝。嘉亮原本不懂什么是黄鳝，更从未尝过黄鳝的美味。他戴着斗笠，披上棕衣，糊里糊涂地跟着大山的孩子们来到田埂边。低头一看，一条条圆滚、细长，体形约一尺多长，褐黄色的背，像小蛇一样三角头在水田里悄然摆动着，这就叫黄鳝。说时迟，那时快，大山的孩子们屏住呼吸，弯下腰，仅用食指、中指和无名指像三叉戟似的突然猛地一叉，死死夹住黄鳝黏滑的身子，迅速往木桶里狠狠一摔，把黄鳝摔晕了；或往路上一甩，让黄鳝沙上沙土，即手到擒来；否则，光溜溜的黄鳝身上黏液润滑无比，立即溜之大吉，躲进泥洞里，或石缝中，无影无踪。嘉亮迷上了这活儿，他沉住气，反复学，反复练，不停地叉、叉、叉，尽管十有八九都落空，但他每次下田准能捕捉到两三条。自己动手，丰衣足食，他不仅尝到黄鳝的美味，而且享受了劳动的快乐，心旷神怡。

汶庄的复读使他仿佛置身于另一个世界，这里饱含着鲜活的人情与人性，饱含着追求少年快乐时的密码，闪烁着人世间无比温馨的亮光。

五、独闯黑树林

嘉亮狼吞虎咽地吃完午饭,还在咀嚼着,衣袖往嘴边一抹对文嫂说:"文老师,我要去找阿爸!"

"去笼山?那不行!走大路,到天黑你也赶不到笼山!抄近路,九曲十八弯,你不识路!明天我找人捎你回去。"

"我不!文老师,我认路,近路我都走过两回了。上次,我阿爸送我来时,还特地教我如何识路标呢!"嘉亮撅起小嘴。

"你记得再清楚,也不能去。你还小,独自去闯荒山野岭,我怎能放心呢?"

"文老师,我能行!你就让我回去吧,求求你了!"

"不行!老师说不行,就不行!"文嫂不依不饶。她把嘉亮拉到跟前,用毛巾轻轻地抹去残留在嘉亮嘴角上的饭粒亲切地说:"嘉亮你要听话。既然你阿爸把你交给我,我就要对你负责,让你阿爸放心。懂吗?"

嘉亮一言不发。他太想父亲了。第一次背井离乡来汶庄读书,他归心似箭。在汶庄,尽管文叔叔一家无微不至地关心他、呵护他;尽管,成天与同学们一起学习、玩耍十分开心,可是每当夜幕降临,黑暗像只巨兽吞噬整个汶庄的时候,一股难以言状的孤独、寂寞和恐惧就像潮水一般涌进他的心,仿佛隔墙便是阴暗可怕的坟墓。好不容易挨到周末,他急于回笼山,想见日夜思念的阿爸;想读阿母和欣姐的来信……然而,全被文嫂搅黄了。他十分沮丧和懊恼,扭着头,跑进房间,躺在床上,望着昏暗的屋顶发呆。

走的欲望异常强烈,像千万只蚂蚁不停地疯狂地噬咬他的心。他装睡,趁文嫂到河边洗衣时，蹑手蹑脚从边门溜出来，拼命往笼山方向跑去。

从汶庄到笼山的近路十多公里，山路弯弯曲曲，需翻过乌鸦岭，穿过黑树林，蹚过冷水河才能到达。成年人至少需走两个多小时。每当夕阳西沉，残辉消逝，晚风从密匝匝的黑树林的树梢吹落最后几片黄叶的时候，这条山路昏天暗地，阴森骇人，无人敢于问津。

然而，生牛仔毋惊虎[1]。嘉亮踏上了回笼山的近路，心里很兴奋。一边兴冲冲地向老鸦岭进发，一边细心辨认脚下的山路。他印象最美的是，这山路两旁长满星星点点的小野花。阵风吹拂，小花承不住风力，东倒西歪，花瓣儿痛苦地纷纷脱落，生生死死，新的小野花依然自强不息地生长着。看到这些小野花，他就记得眼前这条迷宫似的山路直通老鸦岭。

老鸦岭，顾名思义就是乌鸦麇集的地方。据说笼山农场初创时，乌鸦不多，直到岭上堆满累累荒冢后，骤然倍增，岭上岭下，枯树枝头筑满乌鸦老巢，简直是乌鸦的世界。白天，一大群乌鸦像电影里腾空而起的日本轰炸机黑箭似的穿过晨雾，刺向云端，黑压压的连成一片，时而低回盘旋，时而奋力疾飞，把天空搅得乌烟瘴气；夜晚，成群栖息在树枝上的乌鸦"呱——呱——呱"叫个不停，仿佛是漫山遍野的荒冢欲冲破十八层地狱的恐怖叫声，令人毛骨悚然。因此，每当夜幕降临，老鸦岭断无人迹。

嘉亮清楚地记得，第二次走过老鸦岭时，他阿爸曾在岭上点了一支烟，深情地指了指不远处的一个小荒冢，沉痛地对他说："阿亮，你来笼山后，不是一直想见见你们学校的洪校长吗？她——就在那里。"

"什么？洪校长她……"嘉亮睁大了惊愕的眼睛。

"是的，洪校长已长眠这里，回归大地慈母的怀里已多年了。可是，我一直不敢写信告诉你阿母啊！唉，天尽头，何处有芳丘？"

"阿爸，洪校长是好人，怎么这么快就死了呢？"

"好人啊，好人！不堪受辱而自杀了！你老阿祖不是有句口头禅'好针快折，好人快死'吗？"

---

[1] 喻为初生牛犊不怕虎。

嘉亮抬头一看，乱七八糟的一个个小土堆，没有墓碑，没有标记，只有乱石、杂草和乌鸦。有的新坟，裸露着红土；有的旧坟，坟头长满野草；有的坟头早已凹陷；有的似乎夷为平地，露出遗骸。夕阳渐渐入土了，残辉照射在荒冢上，显得无限空濛和凄凉。

此刻，再次路过这里，他情不自禁地抬头望了望，一座座新坟，像刚出笼的一个个黑不溜秋的大馒头。忽然，他看到路边荒冢中，野草在秋风中微微颤抖，一阵如鼻息般的气流吹拂而过，野草瑟瑟缩缩，宛如冤魂在寻觅归去的路。他像被幽灵追逐似的，慌忙拔腿就跑，什么也不敢看，什么也不敢听，直到气喘不过来时，才稍稍放慢脚步。

忽听迎面"呀——"的一声大叫，他惊悚地蹲下身，抱着头，一只乌鸦张开黑色的双翅，一挫身，箭似的飞向远处的天空。突如其来的一幕，吓得他几乎要崩溃了。他真后悔！不该不听文嫂的劝阻，独自跑到这该死的老鸦岭。他双腿发软，踌躇不前。进吧？回笼山的路还有一大半；退吧？乌鸦岭惊魂一刻，令他脸色发青，浑身战栗，打死也不敢走回头路。况且，回去他觉得无地自容。想到这里，他紧张的情绪稍有缓解，坚持迈开双脚往前走。他一边走，一边竭力晃动身后的书包，亲切的窸窣声与他做伴，为他壮胆。他像一只受到惊吓的小兔子，疾步往前奔，终于走到黑树林。

林子很静，一点点风吹过的声音，或树枝触擦的声音都没有；偶尔有松鼠在树上把松蕾咬落在地上，或鸟儿骤然拍下翅膀，惊叫一声都会让人吓得六神无主。林子很暗，高耸入云的树木黑黝黝地连成一排排，遮天蔽日，连金秋季节里那种神秘的透明柔光也只能像筛子似的折射到林子里。高大的杈丫像鬼怪一样狰狞张舞；折断的枝叶像尸体一般无力低垂；杂乱的藤萝像辫子似的绞缠在一起；满地是树叶和枯草，苔藓和地衣，阴冷和潮湿的空气中夹杂着一股浓浓的霉味。

走进林子，他全神贯注地沿着踩过的足迹走着，因为这是阿爸教给他上山识路的一个简易方法。"世界上本没有路，走的人多了，便成了路。"阿爸经常引用鲁迅先生的这句话开导他，他一直牢记在心里。

走出黑树林，大约只需半个小时。刚开始，他没有迷路，因为这路上残存的许多脚印好像在无言地指引着他。他的眼睛不敢东张西望，始终盯着脚下，唯恐迷失方向，唯恐看见树枝和草丛里出现可怕的蛇。越往前走，路面越暗，越不易识别，他的脚步自然缓慢下来。忽然，他站着不动了。他把右手伸进头发里，慢慢地搔了搔，这是他惊慌失措之时惯用的姿势。他急中生智，从地上寻觅了一根长短合适的小树枝，作为防卫武器。他紧握树枝向地下用力地扎了几下，坚实的树枝似乎在对他说："有我，别怕！"他继续鼓起勇气，一边走，一边高声唱：

"准备了好吗？

时刻准备着，

我们是共产主义儿童团……"

唱完一曲又一曲，歌声为他壮胆，给他助威。他越唱越快，越走越快。回荡在林里的歌声，一时仿佛把他保护起来了。

突然，迎面一棵半裂的老树残骸，横卧路中间。不知是被雷，或是什么劈开了，树干从中间裂开，阴森森地张着大口子，劈开的两半还没完全脱离，倒下的那一半茂密的树干和枝叶像个庞然怪物一动不动地躺在黑荫中，狭窄的小路顿时不见踪影。他吓呆了，不禁打个寒噤，这寒噤使他一直冷到心头，没有任何语言可以表达此刻他心头恐惧的滋味。他愕然地睁大眼睛，再次搔着头，泪眼汪汪看着前面，又望望后面。怎么办？往哪儿走？他紧张焦灼的脑子里，像一把灰沙在疾风中飞散似的，搅得心慌意乱。仔细一瞧，左边是错杂交横的树枝；右边是色如死灰的树林，他只好赶紧往右走，想绕过倒下的大树，重新找回原有的小路。此刻，他只有一个念头：快逃！逃出黑树林，回到阿爸的身旁。可是，眼前像一座迷宫。无论他怎么走、爬、钻、扒，费尽气力，左冲右突，兜了一圈后，似乎又回到原点。在惊慌失措中，木杈和荆棘划破了他的衣裳，刺伤了他的脸颊和手脚，他狼狈不堪，焦灼万分，完全迷失了方向。一种自然的，无法克制的迷路的恐惧横扫心头，这种恐惧和焦灼的心情绞成一团，令他痛苦地带着呻吟的声音喘气，阵阵的哭泣梗塞在喉头。人，在害怕到极点的时候，已经哭不出声来了。

突然，肩上的书包被身后的杈丫死死地钩住了，扯不动，拽不开，他生怕扯破书包，只好先低头脱身，扔下挂在树枝上的书包。在解书包的那一瞬间，一双恶毒的、亮晶晶的、绿豆般的小眼睛在树杈缝中闪闪发光，一条大蟒蛇在慢慢地游动，S形的身子像藤蔓一样盘曲着，显得十分柔软而又有韧性。三角形的蛇头上下摆动着，依稀看到鲜红的信子一伸一缩，正在搜寻猎物。顿时，他的心被更紧迫、更恐怖的危险攫紧了，像着了魔似的，本能地急忙往后退了十几步，"扑通"一声，跌进一个神秘的黑洞里，晕死过去了……

当他大喊着"救命啊！救命啊！"从噩梦中醒来的时候，已经躺在阿爸的床上。他一身冷汗，霍地睁开双眼，急于爬起来，可是左手已经打上石膏，夹上木板，缠着纱布，动弹不得。"我怎么了？怎么走出黑树林？怎么会到阿爸身旁？"他困惑不解地问着阿爸。

"阿亮，你闯大祸了，受伤了！幸亏苏军医及时搭救了你呀！"阿爸语气极为严肃。

"这不是做梦吧？阿爸。"

"是在做梦！你昨天做了一场惊魂大梦，你不听文老师的话，独闯黑树林出事啦！差点丢了你的小命。"阿爸脸带怒色地责训道。

"阿——爸——我"嘉亮心有余悸，无言以对。

"幸亏啊，好人苏军医救了你！"阿爸感激涕零地说。

"苏叔叔怎么知道我在那里呢？昨天我遇见一条大蟒蛇，就——哦，我就急忙往后退，好像掉进深渊了，后来，我什么也记不得了呀！"

"你掉进了抓捕野猪的洞里。幸亏，这是个早已废弃的旧洞，要不然，洞里安放着的大铁夹和尖如刀削的竹竿，足够要你的命了。"

"我的左手怎么啦？怎么动不了了？"

"别动，你的左手骨折了，苏医生已经给你接好了。你要好好听话，养伤，若再不听话，我就马上送你回漉溪！阿亮啊，勇敢不是莽撞。你一时头脑发热独自往黑树林闯，这是万般危险的呀！文老师劝你不听，刚愎自用，做有应公？"

"啥叫有应公？"

"少年若无一次憨，路边哪有有应公？有应公就是少年冒险的无主孤魂啦！"

"阿爸，我错了！一定听你的话，好好读书，考上县一中。"

"你敢保证？"

"一定保证！"

"好！起来吃饭。下午跟我去当面谢谢你的救命恩人苏医生吧！"

来到医疗室，他诚惶诚恐地站在门口不敢进去。

"嘉亮，你这冒失鬼快进来！"苏军医亲切地喊着。

"谢谢苏叔叔救了我的命！"嘉亮走上前，向苏军医毕恭毕敬地三鞠躬。

"别别别！你是大难不死，必有后福呀！不过，你才十二岁就铤而走险，独闯黑树林，会出大事的呀！"苏军医严肃地说。

"我错了！"嘉亮低头认错。

"知错必改，善莫大焉！好好养伤，你别担心，一个月后就可以康复的！"苏军医说。

"苏叔叔，你是怎么找到我的呀？"嘉亮睁大眼睛。

"你是福大命大呀！昨天下午，我出急诊从汶庄赶回笼山时，在黑树林遇到遭雷劈的老树横挡在路上，我们三个人只好绕着走。突然，我的手电筒照在树枝上，看见一个书包挂在上面……"苏军医说。

"是我的书包呀！"嘉亮抢白道。

"对对！我取下书包一看，包里的书写着'田嘉亮'三个字，我预感到你有不测，我们就分头找。费了好大一阵工夫，才发现你已掉进洞里了。"苏军医两手一摊。

"我……我什么也记不得了。"嘉亮面红耳赤。

"那时，你已处于半昏迷状态，多亏叔叔尽心尽力才把你救回笼山。你要懂得感恩！"田舒夫说，"你好好牢记这个惨痛教训，下不为例！"

嘉亮万分羞愧地抿着嘴，使劲地点着头，恨不得像老鼠一样钻进地洞里。

六、军医失踪

月牙儿,像把玉梳子高高地挂在天空,洒下淡淡银光。月光下,四处像死一般寂静,汶庄小学显得格外形单影只。远山、近树、丛林、荒丘及忽明忽暗的萤火虫纷纷以各自的形态和颜色,在残月下,似乎都隐藏着一种不可告人的秘密。

睡梦中的嘉亮突然被一阵肚子痛,惊醒了。他内急,慌忙提着裤衩,跑到柴草间。

忽听门外传来一阵密集的狂吠声,他好奇地往窗外一看,心似乎要蹦出来。月光下,三个荷枪实弹的公安押着一个五花大绑的囚犯,急匆匆走来。奇怪的是,他们南辕北辙,不朝笼山走,还给囚犯戴上口罩,捂得严严实实。

"他是谁?怎么三更半夜押往县城?"他一边留神细听,一边睁大眼睛偷窥。

"我忍不住了!班长,行行好吧,让我蹲个茅坑?"忽然,窗外传来一个极其耳熟的声音。

"不行!快走!"一个严厉的声音喝斥着。

"不用找茅坑,就地解决!小单,快将他的裤子扯下!要不一路上臭烘烘,怎生了得?"另一个声音说道。

"是!姓苏的,我警告你,老老实实蹲着,不许耍花腔!否则,我一枪崩了你!"严厉的声音中夹杂着子弹上膛的咔嚓声。

"开枪?"嘉亮本能地低下了头。一会儿,他屏住呼吸,小心抬头往外看,从月色的反光中看见那囚犯戴着眼镜,朦胧的身影像是脑海里熟悉的某个人,

"他是谁？"一时想不起来。

"好了吧？马上走！别磨磨蹭蹭的！听见了没有？你他妈的装聋作哑？"又是一阵责骂声和脚踢声。

"好了！好了！可还没擦……"

"臭医生！都死到临头了，还这般卫生呀！别擦了！马上走！"

借着明亮的月光，嘉亮终于看清那囚犯站立的身影，脑海里恍然定格："姓苏？！医生？！千真万确就是他——苏叔叔。"他的心"咯噔"一下，急忙捂住嘴，一动不动。

直到那四人渐行渐远，不见踪影之后，嘉亮才如梦初醒，极其惊惶，一口气跑到文叔叔的房前，"乓乓乓乓"像报丧似的，用拳头猛捶房门。

一进门，这种惊惶有增无减，渐渐加剧，他不禁号啕大哭起来。

"哭什么？嘉亮。"文叔急问。

"快——快——文叔——苏——苏军——医——被——被抓——抓走了！"嘉亮哭道。

"嘉亮，别哭，慢点说！"文嫂一把搂住嘉亮。

嘉亮还未说完，老文已敏锐地预感到苏军医可能出大事了。他急忙叮嘱嘉亮，要把刚才的所见所闻一股脑烂在肚子里，对谁都不许说！文叔显得异常严肃："记住了吗？嘉亮，此事非同小可！若说出去的话，连你阿爸都会大难临头！"

又是一个"大难临头"！嘉亮的耳边猛然响起当年抄家时老阿祖骂他的那句话，"害父害母！"他胆战心惊，辗转难眠。躺在床上，望着窗外的月牙儿发呆，他的脑海里像放电影似的，苏军医亲切的面容顿时一一浮现在眼前。

苏军医，长得相当英俊。中等个子，俊美的眼睛配一对黑框眼镜，乌黑蓬松的头发有些卷曲着，十分潇洒。已进入不惑之年，他很注重保养自己，在农场每天必定要拍脸、搓脸和刮脸。他喜欢穿上一身发白的军装，外挂一条打着补丁的大白褂，头戴一顶旧军帽，肩背一只破药箱，跋山涉水，不辞劳苦地为囚友们看病送药，救死扶伤。大家都亲切地称他为"苏军医"。

嘉亮听阿爸讲过苏军医的悲惨遭遇。

苏军医是苏北人，生在中医世家。幼年，父亲早亡，由爷爷和母亲将他抚养成人。医科大学毕业后，他当上一名国民党军医。淮海战役，他被俘了，自愿加入解放军，仍当军医。在朝鲜战场上，他多次主动请缨，上前线，抢救伤员。最后一次上前线，他被美军包围了。十多天的浴血奋战，大部队垮了，他和小分队却奇迹般地突围了。回到营地，随即被押送回国，进入审查甄别站。经过严格的政审，大部分突围者重返原部队，他却因参加"国军"的历史问题和自由职业者的家庭成分，过不了关。最后被开除军籍，押往笼山劳动教养。解除劳教后，他孑然一身，只能待在笼山当"二劳教"。

嘉亮虽与苏军医接触不多，但脑海里却留下终生难忘的三件事。

第一件，自然是黑树林遇险，苏军医的救命之恩，令他刻骨铭心，永志不忘。

而初次见面时，苏军医不经意间对他的名字和写字的点评，则是令他耳目一新，受益匪浅的第二件事。

那是他刚到笼山不久的一个礼拜天，阿爸到场部开会，顺便带他去医疗室认识好友——苏军医。

"来来来！快坐！你是新来的小客人，叫什么名字？几岁了？"苏军医忙完后，微笑地连声问他。

"叔叔好！我叫田嘉亮，今年十二岁。"

"嘉亮！好名字！你是哪个jia呀？"

他瞠目结舌，不知所措。

"是'四海一家'的'家'吗？"苏军医亲切地问。

他摇了摇头。

"那是'才子佳人'的'佳'啰？"

他急了说："是嘉奖的'嘉'。"

"噢，那是三国大贤人郭嘉的'嘉'呀。嘉，美也。哪个liang呀？"

"漂亮的'亮'。"他赶紧抢答。

"噢，又是大军师诸葛亮的'亮'。亮，明也。嘉亮呀，看来你爸爸是从《三国志》里给你起了这个响当当的好名字啊！"

众人笑了。

"来！嘉亮，正巧小薇、麦央华都在汶庄小学读书，今儿你们三人就在这里，来个写字比赛！好不好啊？"苏军医兴奋地招呼起来。

"怎么比？"嘉亮腼腆地问。

"很简单。你们各自写下自己的姓名，让大家评评看，谁的字写得好，写得漂亮，谁就拿第一！"

"好啊！"嘉亮胸有成竹。

不一会儿，嘉亮、小薇和麦央华都交了卷。

众人挤破头皮，伸长脖子，瞪大眼睛，瞧着、比着，横挑鼻子竖挑眼。最后由苏军医点评："人常说，字乃人之衣冠。小薇的字工整，娟秀，当属第一；而麦央华的字虽潦草，但有些灵气，可居中；唯独嘉亮的字，中规中矩，四四方方，显得呆板、迟滞，只能名落孙山啰！哈哈哈！"

意外的比试结果，令嘉亮无地自容。这字，他真的是憋住气，铆足劲，横平竖直，一撇一捺，正儿八经才写出来的，怎会落个倒数第一呢？他不服气，心里十分沮丧和懊恼，像只泄了气的皮球。

苏军医似乎一下子就猜透了嘉亮的心思，他抚摸着嘉亮的头笑了笑说："小嘉亮，古人云，名亮者，字明。明在自知不足也。明代医家傅山说得好，'作字先作人，人奇字自古'。老祖宗给咱们留下的方块字在《康熙字典》里大约有五万多个，一辈子要写好它几百个，都很难很难。其笔法、点画、结体、气韵都相当讲究，必参悟其玄机，一丝不苟，锲而不舍，而非一日之功啊！我这里有一册老药帖，是爷爷留给我的。你想学写字，可借你一览。不过，有借有还，再借不难哦！你若能下苦功，先学硬笔字，再练毛笔字，练好了，修养自然就会提高。时间就像一张网，你撒在哪里，收获就在哪里！"

这是一本发黄的线装小册子，像残旧的古书籍，一排排蝇头小楷，遒劲清秀，工整有力。虽书上许多字看不懂，但一手好字确实令他目不暇接，自愧不如。他暗自下决心，练好字，做好人。

饶有兴趣的第三件事，是他平生第一次被苏军医硬拽去登戏台，跑龙套。

那年隆冬，距春节还有个把月，一个意外的好消息不胫而走。场部秘而不宣，决定要办"春晚"，热闹热闹。这对于长年在政治高压线下苟延残喘的囚友们来说，不啻是从幽黑、寒冷的门缝中蓦然见到一缕春光，嗅到一丝年味。囚犯们津津乐道，翘首以盼。

晚会该怎么筹办？管干事自然想到多才多艺的苏军医。他不仅医术好，且能歌善舞，二胡、三弦、笛子样样精通。听说他最拿手的绝活是男扮女装唱青衣。在朝鲜，祖国派来的京剧慰问团的演出中，他还上台，当了特别客串哩。可是，管干事找他，却碰了一鼻子灰。管干事很生气，只得叫田舒夫出面。田舒夫知道，除夕恰巧是苏军医母亲的忌日，他是孝子，断不能唱。田舒夫灵机一动，对管干事说："除夕夜，得让大伙儿先打打牙祭，初一接着看大戏，好事连连，岂不更美？你找个借口，把春晚挪到初一办，让领导和看管们安心过个大年夜，两全其美。至于苏军医，全包在我身上。"管干事觉得言之有理。晚会果真改在大年初一，苏军医只好答应了。可是，他附带提了个小条件："必须让嘉亮和小薇跟他跑跑龙套，长长见识。"田舒夫欣然答应。

"跑什么'龙套'呀？"嘉亮觉得很新鲜。他爱唱歌，可对京剧一窍不通，他喜欢和苏军医在一起，乐意登台试一试。

苏军医办事麻利，不干则已，一干就是"拼命三郎"。编节目、找演员、搭戏台，他忙得不可开交。令他意想不到的是，一波三折，戏还没开张，就差点黄了。

先是《节目单》政审，过不了关。农场的牛教导员果真像人们私底下骂的"牛魔王"，他一看《节目单》就火冒三丈，狂扇苏军医几个大耳光，大兴问罪之师，"办啥晚会？你想反了不成？乌烟瘴气，你想搞复辟呀？演什么《铡美案》？你想借秦香莲来喊冤吗？唱什么《三套车》，你骂'可怜的财主'不就是在指桑骂槐吗？改！统统得改！不改，我就把晚会给毙了！"

身旁的管干事吓得连冷汗也顾不得擦。

苏军医肺气炸了，"我还想演《窦娥冤》呢！不就为了让嘉亮和小薇能上台，才找'英哥'和'冬妹'这两个小角色，才选上《铡美案》这段折子戏的吗？谁承想你牛魔王最恨秦香莲，最怕老婆骂你陈世美。呸！"他啐了一口，撒手不管了。管干事急得团团转，又找上田舒夫。田舒夫苦口婆心地对苏军医说，

"哎呦，我的小兄弟啊！说白了，不就是为了让咱囚友们过个年，图把乐吗？呸！牛眼看青草，狗眼看人低。你可千万别撂下担子呀！"

好说歹说，节目终于换成《失空斩》全本京剧，苏军医来个青衣串老生，他扮演诸葛亮，嘉亮和小薇不仅扮他在《空城计》里的随身二童，还要跑龙套。紧张的排练令嘉亮不胜其烦，虽不唱曲，不表演，连半句台词都没有，可是，苏军医再三要求得入戏，一丝不苟，不许马虎，只好一遍遍重来。嘉亮第一次品尝到做小配角的辛酸与苦楚。

戏紧张排练着。苏军医抽空风雨兼程赶到县京剧团借服装和道具，却空手而归。京剧团团长非但不借，还数落他一番："大过年，咱把这身明晃晃、亮晶晶的行头让你们这般'贼配军'穿了，岂不晦气？"眼看晚会就要搁浅了。章场长赶紧出面，犒劳县京剧团二十斤猪肉，总算拉回了服装和道具。

彩排那天，苏军医仔细地给嘉亮和小薇画眉毛，涂胭脂。嘉亮穿上大行头，像穿长衫似的，在地上拖着走，险些跌倒，尽闹笑话。苏军医一再叮嘱，跟着他，轻步缓进，控制锣鼓，不疾走，莫低头。嘉亮和小薇携琴与他一起登上"高楼"，凭栏而望，焚香弹琴，好一副闲情惬意……彩排相当顺利。

初一凌晨，扮演司马懿的净角因除夕夜暴饮暴食，吐泻不止，卧床不起，简直糟透了！这节骨眼上，没有司马懿这花脸，诸葛亮怎唱《空城计》呢？好端端的春节晚会一下子砸锅泡汤了。苏军医急得像热锅上的蚂蚁。无奈之下，他只能让跑龙套的小郭硬生生地顶上，扮演司马懿。论扮相，小郭还凑合；可论唱功，谁也不敢恭维。小郭匆匆应招，填鸭式地排练了大半天，急忙赶鸭子上架，应付应付。谁也没料到，小郭过度紧张，一上台就把词儿给忘光了。任凭锣鼓铿锵，琴声悠扬，他瞠目结舌，直愣在台上纹丝不动，活像银幕上傻傻的、憨憨的卓别林。台下观众先是惊讶地愣住了，鸦雀无声，随即迸发出一片翻江倒海的笑声，有的笑得前仰后合，有的笑得泪流满面，还有的笑得弯腰捧腹……多么罕见，多么难得的笑声呀，瞬间把囚友们积压在心头的种种痛苦、忧愁、郁闷和不安，全抛到九霄云外。

笑声好像给小郭注入了灵感。他急忙用嘎哑的破锣样的声音唱起"西皮快板"，跑音跑调，似鬼哭狼嚎，如哭爹喊娘。慌乱中，他帽子歪了，脚步乱了，逗得台下囚友们哄堂大笑，乐不可支。就这样，一场国粹京戏竟变成插科使砌的滑稽戏，带来的却是谁也想象不到，创作不出的喜剧效果。

毕竟，姜还是老的辣，苏军医依然坐怀不乱。他唱道："我正在城楼观山景，耳听得城外乱纷纷……"似有谭派之风，唱腔优美，酣畅淋漓，朴实大方，顿时博得满堂喝彩，把晚会推向了高潮。面对台下的一阵阵掌声，嘉亮的心陶醉了。谢幕时，他抬头看见苏军医的眼角挂着泪珠儿，那双忧伤的眼睛，让嘉亮念念不忘。

苏军医突然失踪的消息迅速传开，引发囚友们的震惊、困惑和不安。"谁也不准议论此事！"场部骤然紧张起来，荷枪实弹的岗哨增多了，聚集的人们稀少了。田舒夫的心情格外沉重，因为从场部打听到的唯一原因是，苏军医企图"密谋暴动"，荒谬绝伦的罪名，犹如一块巨石压得田舒夫喘不过气来。他知道这完全是"牛魔王"恣意强加在苏军医头上的莫须有罪名。可为什么"牛魔王"要将苏军医置于死地呢？他百思不得其解。

直到一周后的一天，场部突发一场命案，才抖搂出苏军医失踪的一点真相。

这天傍晚，"牛魔王"又无端暴打他那漂亮而又倔强的妻子小陶。小陶忍无可忍，披头散发跑到章场长家里，喊冤叫屈。她毫不留情地揭发"牛魔王"假公济私，栽赃祸害苏军医的罪恶。她说，因近来腰酸，她常去找苏军医做针灸。不料，"牛魔王"却怀疑她与苏军医有染，虽经明查暗访，查无实据，但"牛魔王"仍不死心。于是，"牛魔王"以"阴谋暴动"之嫌，将苏军医秘密抓捕。她把自己的所见所闻，声泪俱下地控诉了这些年来"牛魔王"如何独断专行，草菅人命；如何巧取豪夺，中饱私囊；如何强奸洪校长等众多女犯，恶迹昭著。她央求章场长主持公道，尽快释放苏军医，还苏军医一个清白。说完之后，她一头猛撞门外的石柱，脑袋破裂，血流如注，惨死在洁白的石柱下。

一石激起千层浪。笼山成了一座即将喷发的火山。"牛魔王"做贼心虚，闭不出户。章场长唯恐大事不妙，慌忙向省城报告。不久，工作组来了，"牛魔王"灰溜溜地滚蛋了。

那一刻，笼山像乱了营，囚犯们眼睛都发了光，脸上都带着笑，心里都开了花；都想到小陶和洪校长的坟前献上一束野花；都祈盼苏军医能早日平安归来，开个庆祝会。然而，日复一日，望眼欲穿，始终见不到苏军医的身影。

　　夜里，嘉亮时常悄悄溜进汶庄小学的柴草间，趴在窗前，深情地久久地凝视着天空和大地，没有月牙儿，也没有苏军医，只有茫茫的、凄凉的、漫长的黑夜。

第七章

一、"摘帽"务农

嘉亮果然不负众望取得高分被楼前县一中录取，读一学期后，田舒夫带着他高兴地回到漉溪，为他的转学而四处奔波。尽管嘉亮有份亮丽的成绩单，但是漉溪一中门槛高，对来自小县城的高才生不屑一顾。所幸，傅老五的三女儿在漉溪一中任教，帮忙办妥转学手续。如愿以偿，嘉亮心花怒放，田舒夫和傅玉樱也高兴地松了口气。

申请调回漉溪工作是田舒夫此次回家想办的急迫而又棘手的大事。眼下，大地回春，笼山农场的"二劳教"们纷纷返乡工作，有的竟破天荒地摘了"右派"帽子。这让他又萌发起回乡念头，为这事，他绞尽脑汁，却毫无进展。因为，返乡工作首先要有接收单位。找马奋民，缘木求鱼；找老丈人，爱莫能助，因为傅弘茂从不喜欢求人。咬咬牙，硬着头皮，他以傅玉樱的名义，给省城的老领导柯副部长写了封长信，倾诉自己的心声。很快，柯副部长回了信，仅十八个字："改恶从善可喜，申请回乡有理，早日'摘帽'争取。"右派"摘帽"，石破天惊！反复琢磨老领导这意味深长的话，田舒夫不禁热泪盈眶。他想："右派"这顶帽子犹如孙悟空头上的紧箍咒，"摘帽"，我何尝不想！可比登天还难！孙大圣也是历经九九八十一难，取经归来，抵达灵山成佛后，才摘除紧箍咒的呀！还是先走"申请回乡"这一步棋吧，摸石头过河。于是，他壮着胆子，挥笔疾书给农林局党委写了信，附上申请书，他想，不管马奋民多么无法无天，相信党是他不可动摇的信念。然而，信件犹如泥牛入海无消息。这次，他专程回来，特地去趟局里，当面作陈述。

他惴惴不安地走进农林局。一别四年多了，面目全非，人地两疏。

"请问你找谁？"值班室里有人问。

猛然见到当年的通讯员小李，他惊喜地说："噢！小李呀！你认不出我了？我是田舒夫啊！"

"田舒夫？"小李愣了一会儿，然后说，"哎哟！你是田副局长呀！真……真……认不出来了！你啥时回来的？快进屋！"

"我想找马局长，不知在不在？"

"马局长？机构改革，撤销建设局后，他就调计委当副主任了。现在是丁局长了！哦，就是原来农业科科长！唉，你来得真不巧，他上省城开会了。哦，要不找胡书记？他就在二楼办公室。"小李热情地说。

"哪个胡书记？"

"局党委书记胡瑞麟呀！哦，就是原来的人事科长，你们不是老相熟吗？"

提起胡瑞麟，田舒夫心头不由一热，他如今当上局里的一把手，没准是个好彩头。

"哎哟，老田呀！我真没想到你会来！啥时回漉溪的？身体好吗？家里都好吧？"胡瑞麟见到久别的老领导显得有些激动。岁月真像一把杀猪刀，当年雄姿英发的田舒夫，一张黑苍的脸颊勾画着道道皱纹，下颚的胡子茬儿像刺猬的针刺似的突出，腮帮上有些褐斑，身体瘦弱，但双眼依然流露出一种坚定且不服输的眼神。倘若是在街上相遇，他准定认不出来。他双手紧紧握住田舒夫那结满老茧和刻着很深伤疤的手亲切地问道。

"好！一切都好！我是上周请假回来的。谢谢胡书记的关心！"

"哎哟，就叫老胡吧！来，快坐下！"胡瑞麟满脸笑容，一边提壶倒茶，一边说："你给局党委的信我已经看了，转由人事科回复。你收到了吧？"

田舒夫莫名其妙，说："没有呀？"

"这个秦好碴科长怎么办事总拖泥带水！不过，不要紧，你这次回来，我们当面谈谈更好。"胡瑞麟说。

很仔细、很耐心地听完田舒夫的申诉，再次读完申请书后，胡瑞麟不由得心潮起伏，从田舒夫的脸上，他看到了淡定与从容，田舒夫的微笑干净得像澄碧的蓝天，他的心被田舒夫坚不可摧的精神深深地震撼了。他情不自禁地站了起来动情地说："老田，你能相信党，正确对待自己，主动改造思想，提前解除劳动教养，真不容易啊！过去，你在局里的情况，我了如指掌。如今，你申请回漉溪工作合情合理，按政策应该给予支持和帮助。不过，我想，你应该争取摘掉'右派分子'的帽子。这项工作上级早就开始对确实表现好的右派分批处理了。你回去后，能否请笼山农场党委尽快对你的表现作一个鉴定，我们党委会会作认真研究。如果能够获准，岂不一举两得？老田啊！'摘帽'是你政治生命中的头等大事，'摘帽'后，你的工作安排就事半功倍了呀！你说是吗？"

"摘帽？"田舒夫心有余悸。头上这顶右派帽子原本就是马奋民一手遮天以"莫须有"的罪名强行扣上的。如今马奋民又升官了，岂肯放我一马？还有人事科秦好碴科长往日为虎作伥，如今大权在握，连胡书记交办的回信都敢拖着不办，岂会善罢甘休？想到这里，他不由倒吸一口冷气。

"老田啊！你不必顾虑！实事求是乃我们党的优良传统。摘不摘'帽'关键在于你是否确实表现好，改造好？至于，过去的人和事，时过境迁，我相信，你会一切向前看的。"

胡瑞麟一席话字字句句叩动他的心扉，倘若真能"摘帽"，虽不能洗刷他身心上所蒙受的一切耻辱，但至少能早日回家，与亲人们团圆啊！他噙着眼泪与胡瑞麟道别，胡瑞麟用力握手，仿佛给他枯死的政治生命中注入一剂强心针。

回到笼山，他抑制不住内心的兴奋与激动，急忙找老文商量。

"噢！天下果真掉下一块馅饼了！老弟啊！你是大难不死，必有后福啊！"老文一听拍着他的肩膀说，"这大事，你得找章场长说去。我呢，全力打边鼓，争取场部早发函。"

然而，好事多磨，田舒夫确实是个歹命囝。

章场长为人忠厚，对田舒夫印象也好。可是，哪有一个"二劳教"竟然向党委提出要鉴定的事呢？不可能啊！真要，也得由漉溪农林局党委发函来。章场长一句话把田舒夫顶到喉咙口了，急得他吃不下、睡不着。老文急忙找章场长疏通，也碰了硬钉子，章场长把话说死了，这是组织原则！田舒夫只好心急火燎地给胡瑞麟和玉樱写信，期盼农林局党委能尽快发函，并嘱玉樱抽空去找胡瑞麟，当面催一催。

傅玉樱接到信后，犹豫不决，不敢去。她把信交给傅弘茂。

"这是好事，惊什么？"傅弘茂直截了当地说，"我看胡瑞麟是个性情中人，不像许武良嘴甜、心肝黑的贪官，你要抓紧去找他。"

傅玉樱匆匆赶到农林局，可总见不到胡瑞麟。值班室小李说，他不是去开会、就是下乡去。第三次，她意外地碰上了秦好碴科长。

遇上这位丧门星，事情可就麻烦了！她假装没看见，低着头，急忙闪开。

"喂！你来是为田舒夫的事吧？我可告诉你，别找了，找也白找！"没想到秦好碴一眼就认出傅玉樱，当面泼了一盆冷水。

霎时，她吓得如满月小孩听霹雳，骨头都震碎了，用手捂着流泪的脸，像被魔鬼追似的冲出农林局大楼。

希望犹如肥皂泡破灭了。田舒夫收到她的泪书后误以为：秦好碴的恶语相向，足以说明"摘帽"的事犹如竹篮打水一场空，他仰天长叹，愤笔疾书：

樱：事已至此，你我都无须悲伤，更无须流泪！我的问题关键不在于"摘帽"，而在于彻底平反。我深知，虽然这是一条遥不可及的漫漫之路，但是我相信总会有这一天的。我们共同努力和等待吧！

一天，老文笑嘻嘻地告诉他，场部党委的鉴定函已发出了！他惊呆了，像个泥塑木雕。原来，秦好碴只知道田舒夫申请回漉溪工作的事，误以为傅玉樱是专门冲着调动一事而来的。他根本不愿意解决此事，所以向傅玉樱下逐客令。然而，胡瑞麟在接到田舒夫来信后即交由党办处理，不让秦好碴再胡搅蛮缠。

事情似乎有点进展。不过，半路又杀出个程咬金。马奋民插手干预此事。田舒夫"摘帽"回乡的路一下子变得扑朔迷离。

那是秦好碴报的讯，他连夜赶到马奋民家里。

"马主任大事不好了！胡瑞麟想给田舒夫摘掉右派帽子！"秦好碴气喘如牛地说道。

"啥，真有此事？"

"是的，下午召开党委会专题研究了。"

"狗日的！"马奋民不由骂起娘来。一提起田舒夫，他自然想到风韵犹存的傅玉樱，恨只恨当年没整死田舒夫，更没能引得傅玉樱上钩。他始料未及接他班的竟是胡瑞麟；想为田舒夫"摘帽"的，又是胡瑞麟。他不敢轻举妄动，生怕引火烧身。前思后想，他急忙拨通许武良的电话，请他想办法阻止。许武良不仅满口答应，而且面授机宜。

一周后，漉溪农林局党委会突然陆续收到三封匿名信，信中揭发：田舒夫在笼山劳教农场不但没有改恶从善，反而变本加厉，在言行上继续顽固坚持"右派"的反动立场，拒不改造。信中还列举了，他利用耕山队队长之权，残酷迫害劳教人员……信末分别署名为："笼山目击者""笼山知情人"和"笼山揭发人"。胡瑞麟细细一读，觉得奇了怪了！为什么在党委会收到对田舒夫改造表现的鉴定函后，竟会一连收到从笼山寄来的如此强烈反差的，且充满火药味的匿名信呢？局党委仅开了两次会讨论而已，尚未作出决定呀！为什么匿名信就来得如此迅速，写得如此恶毒？这绝不是偶然的巧合！具有丰富政治工作经验的他嗅到了一股异味，"八分钱拖三年"，他猛然想到匿名信的可怕危害，觉得这些匿名信表面上剑指田舒夫，实质上是指向他和党委会的。有必要查出真相，让造谣诬陷者原形毕露，暴露在光天化日之下。

于是，与丁局长商定后，他便不动声色地派党办鲁主任等二人直奔笼山调查此事。

"岂有此理！"章场长看完三封匿名信后拍案而起："主任同志啊！我可以负责任地告诉你们。我们农场对田舒夫的鉴定函是经过党委会集体研究同意的，我们作出的鉴定是客观、公正的。你们先住下来，我立刻派人去查，三天内保证查个水落石出。"

很快，章场长立即把农场大大小小的干事召集来。因为他觉得兹事体大，小小的三封匿名信不仅仅是对田舒夫本人的恶意诽谤，也是对农场鉴定函的公然否决和挑战。管干事仔仔细细看了这三封信的笔迹虽各有不同，或工工整整，或歪歪斜斜，或潦潦草草，但内容大抵相同，尤其是信中列举田舒夫依仗耕山队队长之权，残酷迫害劳教人员一事，令他猛一怔，脑子里忽然浮现几年前的那一幕，"是庄赛水！"他不由自主地蹦了起来，大声说，"章场长，这事准是农业十三队的庄赛水干的！"

章场长霍地站起来问："证据呢？"

"一、庄赛水和田舒夫原本就是同在漉溪建设局工作，他们是老同事。二、庄赛水一贯阴阳怪气，不仅拒不改造，而且常给人使绊子、打小报告。刚来不久就诬陷过田舒夫。三、庄赛水确实有被队友修理过，我亲眼所见。"管干事刀切斧砍地答道。

"噢！我也记起来了，当年这人专搞所谓揭发信，企图讨好牛教导员，混淆视听！"章场长说。

庄赛水被押到场部办公室。

"庄赛水，你老实坦白，这信是谁写的？"管干事怒形于色地呵斥道。

"什么信？"庄赛水故作镇定。

"这三封信！"管干事把信朝庄赛水脸上扔过去。

庄赛水一眼见到他亲笔写的匿名信吓得脸色陡然变成灰黄，死了似的，瘫坐在地上。

"快说！是怎么回事！"章场长拍桌子大吼一声。

"是……是……我……我……杜……撰……的。"

"为什么要这么干？你良心喂狗了？前年，你被打，还是田舒夫救了你，你怎能恩将仇报、血口喷人呢？狗东西！"管干事气愤地骂道。

"我……我……忌妒……他！"

"他是他，你是你，有什么好忌妒的！快说实话！"

"是……漉……溪……农……业……局……叫……我……写……的"庄赛水吞吞吐吐、抖抖擞擞地说着，额头滚下豆粒大的汗珠。

"漉溪农林局？"在场的农林局鲁主任霍地站了起来。

"是……是……我……有……信……可……证……明……"

"信在哪儿？"管干事问道。

"在……我……床……下……的……箱……子……里。"

真的令人匪夷所思，果然有用漋溪农林局便用笺写的信。信是打印机打的：

近悉，笼山劳教农场的田舒夫向我局申请调回漋溪工作。田舒夫在农场是否确实改恶从善？其表现如何？欢迎知情者踊跃来信揭发。来信寄我局党委会和漋溪地区公安局。

一九六四年九月十三日

信末竟然没有落款，只是堂而皇之地盖上鲜红的漋溪地区农林局收发室的收发专用章。

鲁主任托了托眼镜细细一看，顿时明白了。没有犹豫，他果断地要求章场长出具证明书，带上所有的材料，当即返回漋溪。

三天后，胡瑞麟突然接到地委老领导的电话，请他速到地委办公室。

一进门，他见到公安局朱副局长也在办公室里，急忙想退出去。

"坐！胡瑞麟同志，请你来，是想让你看看朱副局长带来的这三封《匿名信》，我想听听你的意见？"老领导的语调极其平和。

"信？"胡瑞麟猛然一愣。眼瞅着茶几上的三个旧牛皮纸信封，他不禁莞尔一笑地说："这信我们也收到三封。这是我们专门派人到笼山劳教农场调查的情况汇报，请领导和朱副局长审阅。"

真相大白，谣言不攻自破。鲁主任的调查报告附件中有：（一）笼山农场的证明书，（二）庄赛水的悔过书，（三）漋溪地区农林局收发室的那张便函。犹如一个响亮的耳光打在朱副局长的脸上，他的脸红一阵，青一阵，额头上冒出冷汗，低着头，哑口无言，无地自容。

"没有调查就没有发言权啊！朱副局长，咱共产党办案得靠真凭实据，汇报也得实话实说呀！"老领导摘下老花镜严厉地批评道。

原来，胡瑞麟看完鲁主任的调查报告后，即令鲁主任顺藤摸瓜进行内部暗查。局里收发室的小李和唯一的女打字员沙慧红都证明，这封便函是沙慧红按人事科科长秦好磋的口述打的；章，则是秦好磋亲手盖的；并且授意小李立即用挂号信发出，唯恐丢失。胡瑞麟恍然大悟，原来秦好磋只不过是闹剧中的一粒小棋子，有许武良，还有后台老板马奋民才是真正的主谋。为不打草惊蛇，他故意按兵不动。秦好磋是鬼精灵，他知道事情露馅了，慌忙请假装病。在党委会上，胡瑞麟将匿名信和调查情况公之于众，会上一致同意摘掉田舒夫"右派分子"的帽子，并同意他的申请，调回局里安排适当的工作，尽快上报地委审批。

机关算尽太聪明。当马奋民惊悉此消息，并听说朱副局长已挨了地委老领导的严肃批评，他像缩了头的乌龟，不敢吱声，只是把秦好磋叫到家里臭骂一顿，解解气。

"绝不能让田舒夫回农林局里工作！'摘帽'的右派仍是右派，一粒老鼠屎，坏了一锅粥。这一关，你人事科长就有权卡住，不要硬顶！我找人事局长说一声，拖着不批，让姓胡的吃不完，兜着走，听懂了吗？"马奋民咬牙切齿地说。

秦好磋心领神会，软缠硬磨，就是掐住不让田舒夫回局里工作。

胡瑞麟确实犯难了。他不能为了田舒夫的事，而和人事局长直接干起来。求平衡，他只能和丁局长商量把田舒夫安置在局里下属的果树研究所里当个职工。这样，既避开了人事局的干预，又能解决田舒夫回家就业。可是，他唯一担心的是，果树所在郊区，距市区还有十多公里，说是职工，实际上是拿锄头的工人，确实委屈了田舒夫，他会愿意吗？

"行！只要能回漉溪，扫大街，挑葱卖菜，掏大粪我都愿意！"田舒夫回答得干脆利落。

二、初读背叛

　　刚进漉溪一中学习，嘉亮就傻眼了。楼前县一中的教学进度比漉溪差了一大截。上课，像鸭子听雷——听不懂；做作业，像猴子看戏——干瞪眼。他焦躁不安，无从下手，只好向阿爸诉苦。

　　"书山有路勤为径。"田舒夫笑着说，"你已是初中生了。苏秦刺股；匡衡凿壁偷光；范仲淹喝粥度日等故事，你都忘了吗？学习无诀窍，关键在于一个字'勤'。勤能补拙，笨鸟先飞！"

　　听父一席话，胜读十年书，嘉亮茅塞顿开。从此他勤动脑、狠补课、苦钻研、多练习。功夫不负有心人，他不仅补齐了全部落下的功课，而且一跃成为班上的学习尖子，被学校选为年段的"小宝塔"，在会上交流自己的学习经验。

　　两年多来，每见到同桌的谭峨眉胸前挂着闪闪发光的团徽，他常羡慕地多瞧了几眼。阿爸"摘帽"后，他才敢递交《入团申请书》，眼看初中快毕业了，申请书都写了十几份，可总说考验！考验！这要考验到猴年马月，才能入团呢？当班里贴出第三批入团光荣榜时，他再也沉不住气了，心想，这无休止的考验，是不是将我拒之门外？不行！得问问谭峨眉。

　　"谭峨眉，我为什么入不了团呢？"他鼓起勇气大胆地问。

　　"哦，你得经受团组织考验呀！"

　　"已经考验两年多了呀？还要多久？"他与谭峨眉很要好，从来直话直说。

　　"你是必须考验的！不论时间长短。"

"为什么？"

"我给你直说了，你千万不能泄露？"谭峨眉东张西望后，贴近他的耳朵小声地说道。

"好啦！快说！"

"因为你出身不好……"

"出身？"没等谭峨眉说完，他忍不住问。

"是的。"

"我阿爸早已经'摘帽'了呀！"

"那也不行！"

"为什么？"

"'积善堂'呀！"

"那该怎么办呢？"

"这……这……"谭峨眉像被肉丸子噎住似的一时答不上来，猛想起，刚看过电影《以革命的名义》便急中生智地说："就是要——背叛！"

"背叛？怎么背叛啊？"

"那……那就是列宁说的'忘记了过去就意味着背叛'，这就叫背叛呗！"

"忘了过去？"他如坠入五里雾中，赶忙问："过去的事，我早已忘得一干二净了呀！难道不算背叛了吗？"

谭峨眉傻了。对背叛，她的确一窍不通，无言以对。恍过神后，她干脆说："这样吧，我去问问关老师，再告诉你怎么背叛。好吗？"

他飞快跑到图书馆，借了一本厚厚的《四角号码新词典》，仔细查找"背叛"一词的注解。

谭峨眉气喘吁吁地将情况报告关老师。

"好啊！你的报告非常及时！学校正准备抓准时机，抓住典型！"关老师轻轻捋一捋短发，以政治老师惯有的严肃口吻说："背叛就是斗争！田嘉亮是'积善堂'的孝子贤孙。他想入团，就必须与'积善堂'及他的'右派'父亲决裂。你是团支书，要主动督促他把'积善堂'和他父亲的反动言行一一揭发出来，以实际行动接受团组织的考验。"

与谭峨眉再次深谈后,嘉亮像丢了魂似的,满脑子里都塞满了"背叛"二字。谭峨眉说背叛就是斗争,要我敢于和家庭作斗争,怎么斗呢?她也说不出个道道,只是一再催促,要把"积善堂"和我阿爸的反动言行统统写出来,说这是关老师一再强调的。她还说,我能不能入团在此一举,而关老师一句话就说了算。我若答不上来,那就是没背叛,包准入不了团。可是,字典里对"背叛"一词的解释是:"违反""叛离""叛变"。我年纪还小怎能离家出走呢?我怎能当上臭名远扬的"叛徒""叛匪"或"叛军"呢?带着一连串的困惑和苦闷,他诚惶诚恐地找关老师。

"嘉亮啊,出身不由己,道路可选择!"关老师一脸严肃地说:"你从小就住西街'积善堂'红楼里,而且,你父亲又是右派!这在你的政治生命中是永远抹不掉的事实。……你现在是站在危险的十字路口,一定要划清界限,背叛反动家庭,与'积善堂'坚决斗争,我们全力支持你!你应站出来揭发,把他们的反动言行统统暴露在光天化日之下。我期待你能够大胆背叛,争取早日成为一名无上光荣的共青团团员。"关老师说得抑扬顿挫、铿锵有力。

在疯狂的不可思议的年代里,空洞政治说教的动力确实是惊人的、巨大的、无法比拟的。嘉亮每天起早摸黑,挤时间偷偷摸摸地一遍又一遍地写背叛书。

他的确没法选择,也无权选择。童年和少年惨痛的阴影和家庭出身的沉重包袱无形中已在他的心里扎下了根。为了比生命还要宝贵的政治前途,不管他是否愿意,都只能被绑在关老师那架百孔千疮、破烂不堪的极"左"战车上,拽着走。

那天,班会上气氛显得异常紧张、严肃和生冷。

面对黑板上写着"千万不要忘记阶级斗争"的十个大字,他左顾右盼,身不由己地站了起来,瑟瑟发抖地摊开稿纸,吞吞吐吐地念着:"我从小生长在万恶的'积善堂'剥削阶级家庭里……"

教室里一片寂静。

他站在那里,脸像死人一般苍白,如临深渊,如履薄冰地继续念着:"平日里,我的外公和父亲常对我说'万般皆下品,唯有读书高',再三叮嘱我要

'两耳不闻窗外事，一心只读圣贤书'，千方百计对我灌输剥削阶级的反动思想，其罪恶目的就是要我走'白专道路'，做剥削阶级的接班人。他们的反革命狼子野心，路人皆知！然而，我还蒙在鼓里，还以为外公和父亲是在关心我、鼓励我，我真的大错特错了！今天，请允许我背叛！背叛这个反动的'积善堂'……"

读完最后一句时，他热血沸腾，思绪澎湃，仿佛觉得经过这场暴风骤雨般的忏悔之后，自己的思想已得到一次伟大的升华，精神已受到了革命洗礼，灵魂已得到彻底的触及，犹如破茧成蝶，转瞬间自己已蜕变成为一个"可以教育好的子女"，即将成为一名光荣的共青团员。他异常兴奋地、长长地舒了口气。

奇了怪了！班里鸦雀无声，各种可怕、困惑、厌恶，甚至鄙夷和憎恨的目光齐刷刷向他投射来。没有赞许，没有同情，没有怜悯，更没有掌声。谁也没想到，一个学习尖子竟如此带头背叛了自己的家庭。此刻，嘉亮的心突然被速冻了。

三、桔子洲风波

桔子洲是漷溪城外东北角一道靓丽的风景线。满眼望去，淙淙的小河像一条美丽的飘带萦萦绕绕桔子洲，汇入浩浩的漳江。水是绿油油的，镜子似的水面波光粼粼，岸边成千上万株芦柑树葱葱茏茏，每一片绿叶欣欣向荣。

芦柑花开了。数百亩芦柑树披上宛如水仙花瓣织成的白色锦衣，一排排、一行行整齐地沿河边伸展，一望无际，整个桔子洲弥漫在乳白色的云雾和淡淡的花香中。当皓月当空，晚风荡漾之时，伫立在桔子洲头，静听，花枝摇曳发出微微的簌簌声响；轻闻，四处飘逸的扑鼻花香；细看，银蓝色的巨浪把桔子洲淹没后的迷人景色，不由心旷神怡，怡然自得，仿佛置身于一个充满希望的新天地。

太久太久没有这般舒畅的心情，旺盛的精力了。怀着一种对家庭悲惨遭遇的原罪，对自己命运的不服输的责任感，田舒夫投入新工作、新生活。风景这边独好啊！想当年，在建设局时，若主动提出到这里来工作，岂不躲过了笼山一劫吗？唉！人算不如天算。这里原本是资本家的农场。当年我参与接管农场的工作，力荐并着手在这里创办全区一流的果树科研所，为水果之乡的漷溪做贡献。真没想到，命运给我开了一个啼笑皆非的玩笑。时过境迁，峰回路转，数年后的我竟成为这里的种柑人！

知足常乐，这是他多年来向往的平静、惬意的日子：白天扛锄头到桔子洲辛劳耕作；傍晚在河边游泳、洗衣；夜里在宿舍里看书、聊天、走象棋；周末回家享天伦之乐。眼看孩子们一个个长大成人，他的原罪感似乎有所减轻。

柑桔队都乐称他为"老田"。尽管，极少数耳尖的人私底下议论，他是"摘帽"的右派，丢了乌纱帽才被贬到桔子洲。但是，果农们并不介意谁左谁右，只要合群就好。几个月的同吃、同住、同劳动，大家觉得与老田相处融洽又投缘。他为人极随和，乐于助人。队里人最喜欢听他讲故事。他满腹珠玑，博古通今。一有空，大家便请他讲文史典故，或名著选段，或民间寓谚等，他从不推辞，信手拈来，讲得绘声绘色，娓娓动听。桔园里忽而笑声四起，忽而鸦雀无声，欲罢不能，直呼过瘾！每每听得入迷时，他会戛然而止，微笑着说："且听下回分解。"

七月流火。天热得发狂，日头射出灼人的光芒，枝繁叶茂的橘园密不通风，四处就像卷来了一阵阵蒸郁的热浪，桔子洲像划根火柴便可点着似的。此时，正是病虫害的高发期，满园的柑树像得了瘟疫一般，秃眉烂眼的非常难看：叶子挂着密密麻麻的虫儿在枝上打起卷；爬满虫儿的枝条一动也不动，筋疲力尽地低垂着，仿佛病入膏肓。全所总动员，副所长宫天寿亲自督阵，打起一场除虫灭害的"人民战争"。

在高温酷暑下喷洒农药，真是活受罪。赤膊上阵，不行！烈性农药极易伤及皮肤；穿上衣裤，戴上口罩更不行，极易中暑。芦柑树树冠大，需两人一组配合干，一人站在柑梯上逐一喷洒农药；一人在树下拼命地打喷雾器。老式的铁制喷雾器像颗大炮弹，又沉又重，喷完一株得费九牛二虎之力，喷完一行又一行。浓烈刺鼻的农药沫喷到树上后，直往下滴，和着汗水一道道流过脸颊，顺着脖子，渗进身体，皮肤潮红、奇痒、肿胀、臭不可闻；滴在眼睛里，双眼痛得睁不开；滴进嘴里，咽喉疼得似火烧，恶心、呕吐、直至腹泻。懊恼的是，宫天寿不仅是个十足的教条主义者，而且不近人情。他只拼命强调，必须不间断地喷洒农药，除虫害，全然不顾果农们的作业防护。为节省开支，连劳保手套也舍不得购买。

田舒夫全力以赴，日夜加班，从不计较个人得失。他以为，这活儿与笼山的劳教相比，那是小巫见大巫，不足挂齿。没想到，有机磷杀虫剂毒性大，加上遵照宫天寿的指示，中午不能休息。在异常高温下继续喷药，他不慎中毒了，头痛、头晕、流口水，大汗淋漓，误以为是中暑，突然眼前一片发黑，晕倒在橘园里。不一会儿，浑身抽搐，肌肉震颤，口吐白沫。把老队长吓得惊恐万状，连背带跑送到医疗室抢救，所里医生一看是急性农药中毒，慌忙派车直奔附近的陆军医院。

傅弘茂闻讯，急匆匆骑着自行车赶到病房。他急忙了解病情、联系军医，寻求最佳的医疗方案。

傅玉樱和玉梅日夜轮流守护在田舒夫的病榻前，柳芹则在家里负责熬汤煎药，全家人忙得团团转。

宫天寿和傅玉荷不以为然，从未上医院探望过田舒夫。宫天寿还在所里放话，"我早就说过，咱果树所不是收容所，田舒夫非来不可，出事了，当然只能怪他自己啰！"所里工会拟发给田舒夫的工伤补助款，也因他怕人家说闲话，大义灭亲一笔勾销，将田舒夫的名字给划掉。

当队里耿直的何双鼎愤愤不平地将此事一五一十地告诉傅玉樱时，在身旁的玉梅脸已气紫了，"姐，这四姐夫也太可恶了！欺人太甚啊！"

"对！有人情、拍无狗肝[1]！当年宫天寿能调到果树所，不都是舒夫的功劳吗？"柳芹愤愤不平说，"得找他算账去！"

"莫莫莫！二嬷、玉梅妹，如今社会太现实，人心足多变啊！舒夫仍在抢救中，何苦呢？"傅玉樱忍了。

直到舒夫转危为安后，傅玉梅越想越不对劲，你宫天寿和玉荷姐不需要大姐夫时，可以桥过拐丢[2]，但绝不能得寸进尺！这些年，大姐和大姐夫，凡事能忍则忍，但大姐夫已经'摘帽'了，连自家人都这样欺负他，予人做肉砧[3]？不行！老阿祖常说，人争一口气、佛受一炷香。做人得要有一点傲气，一份骨气！大姐能忍，我可受不了！大姐不敢惹，我敢！我争的是理而不是钱！我非替大姐夫出这口气不可！

"阿梅，你来了！啥事？"傅玉荷冷漠地说。

---

1 喻为恩将仇报。
2 喻为翻脸不认人。
3 予，被。砧，砧板。喻为任人宰割。

"四姐夫呢?"她怒气冲冲地问。

"玉梅啊,稀客稀客,坐坐坐!"宫天寿托了托眼镜,皮笑肉不笑地说。

"我问你,大姐夫与你是连襟,当年你是怎么调来果树所的,你摸自己的良心就知道!而大姐夫进所里,那是农林局里的决定!他一没挡住你的仕途;二没踩着你的尾巴,为什么你总要明里暗里对他使绊子、跟他过不去呢?明人不做暗事,你说说,居心何在?良心何在?公理何在?"她那灼灼发亮的目光严厉地逼视宫天寿。

"这——这——"突如其来的连珠炮似的发问,让心虚的宫天寿满脸通红,大金鱼眼珠像要撑破镜框。

宫天寿比田舒夫大四岁,他有两个臭脾气,一是清高。自诩是老牌中央大学的农博士,目空一切,喜欢踩着其他知识分子的肩膀往上爬。二是伪善。总自诩是"积善堂"的叛逆者,从未与"积善堂"沾上丝毫的铜臭味。所以自打结婚后,他和傅玉荷极少回红楼串门。他开口闭口常说,臭柑黩笼[1]。见到"右派"田舒夫就像怕被发霉腐烂的臭柑桔传染一样,躲得远远的。田宫两家因此极少来往,只在春节时,傅玉樱会叫嘉欣和嘉亮上门给四姨和四姨丈拜个年。每到宫家,嘉欣和嘉亮必听宫天寿上两节课:一是论坐飞机的妙处,从飞行高度,到乘机舒适度,从跑道长度,到乘机着西装的风度;二是评"积善堂"的脏处……乱七八糟、天花乱坠,仿佛他拔着自己的头发,即可飞出地球似的。听得嘉欣和嘉亮如同晕机一般,坠入五里雾中。回家时,宫天寿必定钻进床铺下精挑细选四个长着青白色霉斑,流臭水的烂芦柑硬塞给嘉欣和嘉亮。若不拿,他必鼓起金鱼似的眼珠子,跟你急!美其名曰:"臭柑退火,囝仔吃尚好!"

当他听说,田舒夫要来果树所,难受得半天打不出喷嚏来,他硬顶,可扛不住。尤其是老丈人傅弘茂撂下重话,花无百日红,人无百日好,莫把事做绝了,天地不容!没想到,所长又把田舒夫安插在他分管的柑桔队里,心里更像发了酵的面粉,气鼓鼓的。

---

[1] 黩,传染。笼,装橘子的笼子。喻为近墨者黑。

"阿梅，你怎这么说话？所里喷农药中毒，又不止大姐夫一人？不会驶船嫌溪狭[1]！怎能怪天寿呢？"玉荷故意护短。

"我问他，你插舌插嘴做啥？四姐夫，咱好歹也是一家人，相煎何太急呢？"玉梅在玉荷面前腰杆子从来是硬邦邦，因为理直气壮。

"这——这与我何干？农药中毒，是舒夫操作不当，亏他读了那么多书，连使用说明书也不懂。"宫天寿恍过神来，前言不搭后语。

"就你大博士识字？！今日我不跟你说中毒的事，我只是想问问你，你与大姐夫有冤吗？"傅玉梅问。

"没——没"宫天寿摇摇头。

"有仇吗？"傅玉梅再问。

宫天寿双手一摊，额头直冒冷汗。

"那好！既然无冤无仇，为什么要把所里工会给大姐夫的工伤补助款扣发了呢？"

"哎呦！玉梅，这哪是你管的事？象数想过河吃卒？有本事你叫大姐夫来讲！"傅玉荷七孔生烟。

"有没有？你问他！"傅玉梅理直气壮，当仁不让。

"我又不管工会，你问我，我问壁？"宫天寿耍赖。

"真不要脸！敢做不敢当，还算什么男子汉？"傅玉梅气得手直发抖，"老阿祖常说，人情留一线，日后好相见。不要做得太绝了！"

"真有此事？天寿啊，这种事亏你也干得出来？"傅玉荷责斥道。

宫天寿像个哑巴。傅玉梅得意地拂袖而去。

冬月，柑桔红了。漉溪的气候犹如北方的阳春，在金灿灿的阳光下，橘园里一株株树上结满又红又大的芦柑，闪烁着晶莹的光彩，像天上的星星洒落在绿色的地毯上；像千万盏小红灯笼挂满枝头树梢；像凤凰木开满一树红花在桔子洲争奇斗艳，整个桔子洲层林尽染，万木红遍。

采收芦柑的季节，园里园外，车声隆隆；树上树下，人声嘈杂，畦沟上

---

[1] 狭，窄。喻为怨天尤人。

安满楼梯似的高柑椅，椅上站着采柑人，柑树下排满盛柑的方木箱。从树上采下的柑桔一篓篓轻轻地往箱里装。园大畦长，一箱箱柑桔只能用独轮车推过崎岖不平的畦沟，小心翼翼地运到路边，再装上拖拉机运回仓库。由于每一棵橘树，每一根枝条都结满累累果实，树边都插满带有叉子的竹竿撑起枝条。采柑人只能弯着腰来回穿梭，一不小心拳头大的芦柑就会碰痛头皮。在园里，"咔嚓咔嚓"的剪刀声，"哗啦哗啦"的柑桔倒箱声，"吱嘎吱嘎"的独轮车声，"轰隆轰隆"的拖拉机声，话声、笑声汇成一曲欢乐的丰收的田园交响曲。

正巧所长去开会，宫天寿忙得焦头烂额，一波又一波的参观团，采访队，一批又一批的大小官员，亲朋好友，令他应接不暇。他不仅要陪好、吃好、喝好，而且要吹好、送好、谢好。虽然这些乱七八糟的"好"，险些让他的心脏病再次发作，要了他的命。但是，他就专好这"口"。难得今年芦柑大丰收，咱又不是搞浮夸风，不吹白不吹？他心里偷着乐。这不，刚才又接到农林局秦好磋科长的电话，说明天《漉溪日报》摄影组专门要来桔子洲拍照，把丰收的美景传真到北京。秦科长专搞政工、人事工作，平日里想巴结都没有机会，他兴奋不已，欣然应允。他当即发令：一、明天进入橘园拍摄区者一律身着工作服；二、统一听从摄影组的调遣；三、"闲杂人员"一律不准进入摄影区；四是……林林总总定了八大戒令，把桔子洲搞得戒备森严，如临大敌。

田舒夫自然被列入"闲杂人员"之类，不得越雷池半步。

一场闹剧开演了。拍摄组的确尽心尽职，趴在水塔顶慢拍远景；躺在畦沟仰拍近景；骑在柑梯上抓拍；蹲在车头抢拍，横竖乱拍，拍得头昏脑涨，拍得汗流浃背，拍得天旋地转。满头大汗的帅哥和美女们忽而站在树上采柑桔；忽而蹲在树下装柑桔；忽而将一箱箱柑桔堆满路两旁；忽而将一筐筐柑桔装满汽车，来回倒腾，筋疲力尽。然而，宫天寿似乎意犹未尽。他突发奇想坚持要摄影组拍最后的水景，夕阳西下，晚霞满天，从对岸、从岸边、从船上……取最佳的镜头，拍最迷人的丰收喜景。于是，车上的、路旁的、园里的，甚至从仓库里搬出来的柑桔又被折腾一番。漳江畔，绿水中，小船上处处是红艳艳的柑桔，甜蜜蜜的笑脸，倒映在水中，好似红了半边天，好一派天上人间。

凑巧嘉欣有事，跑到柑桔园里找她阿爸，被一老摄影师发现了。穿着花衣裳，梳着小辫子的她，水汪汪的眼睛像春天的海。老摄影师急忙一把将她拦住了。在挂满芦柑的树前，一连拍了几张。亭亭玉立的嘉欣笑起来的样子确实非常动人，两片薄薄的嘴唇在笑，一双泉水般清澈的大眼睛在笑，腮上两个陷得很激动的酒窝也在笑，笑得那么甜、那么美、那么醉人！谁也没想到，翌日《漉溪日报》刊登了一幅嘉欣在桔子洲的靓照。

太美了！老田玉洁冰清的大女儿嘉欣登报了，消息不胫而走，宫天寿急得像油锅上的蚂蚁，一心想删除，可木已成舟，怎删得了呢？气得他怒火攻心，犹如被偷了食的馋猫。

四、小保姆

嘉欣辍学后，烟厂临时工干了四个月，就没了，天天待在家里闷得慌。傅弘茂找医院，想让她到住院部当个小勤杂工。张院长说，才十五岁，谢绝"童工"；柳芹找制药厂，想帮她寻个学徒工，肖荷花暗中唆使吕鬼仔出面干涉，说，不许"走后门"；傅玉樱硬着头皮找玉荷妹，想让她到果树所打短工，宫天寿说，囝仔须读书，莫误人子弟。真是四面楚歌。

山穷水尽之时，高韵台突然找上柳芹，说，想叫嘉欣去傅大宝家当小保姆。柳芹一怔，推说不好开口。

原来，傅大宝的妻子蒋飞飞生了个男囝，无限的喜悦使高韵台的心仿佛荡漾在春水里，沉浸在幸福中。小宝宝快三个月了急需找个保姆，这让她操碎了心。傅大宝和蒋飞飞对保姆的要求高得吓人，学解放军的"五好战士"，也提出五好：一要年轻身体好；二要经验老到好；三要聪明伶俐好；四要吃苦耐劳好；五要卫生勤快好。百里挑一，比找对象的条件还要苛刻，着实难倒了高韵台。早在蒋飞飞怀孕时，她就想让玉菊去帮帮忙，可尖嘴薄舌的玉菊与蒋飞飞像龟笑鳖无尾——半斤对八两，根本无法相处。再说，玉菊在红楼里吃香喝辣，哪肯去抱囝仔受苦。找堂里人，本地猪屎厚沙[1]，她瞧不上；找堂外人，一款人，二样心，她不放心。左思右想，万般焦虑之时，蓦然回首看到嘉欣，不由眼前一亮：这孩子亲，从小看到大，像瘦瘦水牛三担骨[2]，

---

[1] 厚，多。喻为近庙欺神。
[2] 喻为素质好。

聪慧乖巧,手勤脚快,任劳任怨,就是无经验。但经验可以教,可以学呀!大宝找自己的外甥女当保姆,要说、要骂、要打都可以,比谁都强。考虑再三,她即速给大宝写信。

俗话说得好,老母疼团长流水。三十多年来,高韵台无微不至地疼惜大宝,无时无刻不操心大宝,无处不在袒护大宝。哭大宝参军,她夜不能寐,以泪洗面;急大宝婚事,她茶饭无心,欲哭无泪;愁大宝转业,她费尽心力,四处奔波。按理说,大宝是正连级,转业安置在漉溪名正言顺,理所当然。孰料,却安置到象牙县。为这事,她心急如焚,乞求傅弘茂出面,可是,傅弘茂一推三六九。因为大宝自参军后拼命想入党,怨恨他阿爸的资本家出身,坏出身成了他进步的拦路虎,所以他从不把阿爸放在眼里,连一封信也不曾给他阿爸写过。从此,父子之间好像筑起了一道高墙。"知子莫若父",傅弘茂心灰意冷,对他转业之事自然束之高阁,袖手旁观。她只好亲自出马,拿着弟弟高念台的名片,坐着三轮车,上统战部,到侨联,说得口干舌燥,头昏脑涨,跑得小腿都快断了,依然无法改变。原先,拟定安排在象牙县委宣传部的,档案拆开一看,傅大宝出身"积善堂"资本家,再看政治面貌:非党员。随即,扔到县卫生局,卫生局又接手一扔,勉勉强强安排在县兽医站。木已成舟,高韵台只好一把鼻涕、一把泪地目送心爱的大宝携娇妻蒋飞飞到象牙县安家。

接母亲来信,傅大宝随即与蒋飞飞商量。"这嘉欣长个啥样?"蒋飞飞极不耐烦。傅大宝急忙翻出上周的《漉溪日报》,把刊登嘉欣在桔子洲的传真照片递上。蒋飞飞托了托眼镜,近瞧瞧,远瞄瞄,照片上的嘉欣一张迷人的笑脸,一条乌黑的长辫子,一对美丽的眼睛显得特别大、特别亮,落落大方,招人喜爱。她看了大半天,不吭一声,报纸一扔,睡着了。傅大宝怕蒋飞飞就像老鼠怕猫,再也不敢提及嘉欣。一晃假期快到了,蒋飞飞急着上班,"五好"保姆无处寻觅,无可奈何,只好同意暂时叫嘉欣来顶一顶。

嘉欣虽不想当什么小保姆,却她还是愿意去。作为姐姐,整天在家里吃闲饭,她很羞愧和自卑。无论如何要为家里挣点钱,减轻阿爸和阿母的负担。外婆的钱都穿在每条肋骨上,每月只给可怜兮兮的四块工钱,岂敢嫌少?她根本不懂怎样当保姆,只听得二嬷说过,带团仔,不是哭,就是笑;不是屎,就是尿——真烦！不过，总比扫马路、掏大粪强。所以，柳芹悄悄问她时，她满口答应了。傅弘茂极力反对，嘉欣干什么都好，去大宝家当保姆，那是白白布染到黑，绝不能去！柳芹也不赞同，心想，俗语说得好，甘愿挑一石米，毋甘愿担一个团仔疟[1]！且不说韵台姐和大宝，就蒋飞飞那副臭德性，嘉欣绝对受不了。傅玉樱犹豫不决，田舒夫却极力赞成。他当着玉樱和柳芹的面说："咱不在乎那钱不钱，没有四块钱，咱也饿不死。关键在乎情与理。亲不亲一家人，如今大宝有困难，嘉欣又闲着，怎能拒之门外，情理难容啊！古人常说，寸草春晖。不管阿母怎样对待咱，咱都要感恩。既然她老人家开口，嘉欣岂有不去之理呢？去！还要做好！"玉樱和柳芹只好默而不语。

嘉欣打起背包，匆匆赶到象牙。

刚进门，她，水还没喝一口，舅母蒋飞飞当即就给她来个下马威。

"阿欣，你外婆说，你很能干。那好！这些是你每天必做的最基本、最重要、最紧迫的活儿，你得一条条背下来，一件不漏地做好！我每时每刻都要检查！记住了：宝宝要常抱，尿布要常换，衣服要常洗，地板要常拖……"蒋飞飞迫不及待像只母鸡"咕嗒咕嗒"地说个不休，一连串"常"字就像外婆的裹脚布又长又臭。

天哪！嘉欣望着蒋飞飞扔给她两张写得密密麻麻的工作清单，听着蒋飞飞发出的一道道威严的命令，不由一阵惊悸，茫然不知所措的脑子里像一张白纸。她一动不动像生根似的站住，只觉得脊梁上流出一股冷汗。

数月小保姆，一把辛酸泪。每天清晨五点就得起床，烧水煮饭，刷锅洗碗，洗衣扫地，抱宝宝，喂牛奶，换尿布，倒尿桶……一个劲儿像陀螺似的，不停地被抽着、转着，转得头昏眼花，转得体倦肌乏，转得四肢麻木，直至半夜才能躺到床上。可只要宝宝轻轻一声哭啼，她就被叫醒，不许睡觉，不停地摇着摇篮，直至宝宝睡着了，有时通宵达旦，只能偷偷地趴在宝宝的摇篮上眯一会儿……

这些苦和累，对于从小就受尽苦难的她来说，不足挂齿。然而，最忍受

---

[1] 石：一石为十斗。团仔疟：小孩子。喻为带小孩比做苦力还艰辛。

不了的是，蒋飞飞与傅大宝那无端的无休止的争吵。她全然没有想到舅母蒋飞飞竟与三姨玉菊像同一个木模倒出烧出来的两块砖，且有过之而无不及。

二十多岁的蒋飞飞，剑锋鼻，小密牙，头发烫得像鸡窝，穿着十分时髦，走路扭腰摆臀，是个典型的装妖作怪的母老虎。她是生在大城市的大学毕业生，瞧不起泷溪的乡巴佬，之所以一心想嫁给解放军帅哥傅大宝，图的是一辈子荣华富贵，一步登天。万万没料到，傅大宝一转业便鸡飞蛋打，一落千丈，被抛在象牙这块地图上都难找的"穷不啦叽"的地方。她既不想待，也回不去。心中的郁闷和不快自然像火山一样喷发出来。她与大宝恰好是一对活灵活现的女瘟神与吝啬鬼，一天到晚，没说、没笑、没玩乐，专为一些鸡毛小事吵，为一分半厘钱吵，吵起来像饥鹰似的凶猛，闹呀、哭呀、砸呀，无所不能。她是县广播站的播音员，语速快，声调高，吵得鸡飞狗跳，天昏地暗，连邻居都不得安宁。如今，嘉欣来了，正好成为他俩的出气筒，受到无情的挤压。每当他俩吵得不可开交之时，无能的大宝不由自主地把焦点转到嘉欣身上，可怜的嘉欣不是挨骂，就是挨打。他俩惊涛骇浪般的吵闹声，每每惊吓小宝宝。吵得，嘉欣心都乱了，事都忘了：饭烧糊了，尿布忘换了，小宝宝哇哇直哭，岂能不受惩罚呢？蒋飞飞最擅长的是捏皮肉，揪耳朵，扇耳光。傅大宝生性暴戾，几乎病态，出手极狠，二话没说抄起鸡毛帚，劈头盖脸地一阵猛打，像打贼似的，打得她皮开肉绽，鲜血淋漓，直到大宝手酸了，解气了，才罢手。刚开始，嘉欣又哭又叫、又喊又跑。日子久了，她不哭、不喊、也不跑了，只是两只愤怒的大眼睛紧紧地瞪着他俩，牙齿咬得咯咯直响，让他俩不由倒吸一口冷气，后退几步。直等到他俩上班了，或睡着了的时候，她才躲进被窝里捂着嘴号啕大哭一阵。多少次，她想撂下小宝宝奔回家，不再受这冤枉罪；多少回，她想写封信，哭诉这一切，让阿爸阿母能救她早脱苦海。然而，她没有跑，也没有写信。因为她一怕伤了阿爸阿母的心，二怕给老田家丢了脸。

人唡衰，放屁弹死鸡[1]。小宝宝是早产儿，先天不足，十分难养，似乎跟

---

[1] 衰，倒霉。指放个屁都能够把鸡弹死，喻为倒霉运。

他的父母一样也无端地欺负嘉欣。整天又吵又闹，抱也不是，背也不行，放进摇篮里哭翻了天。蒋飞飞没奶水，全靠奶粉和米糊喂养，饿了、饱了，他哭；热了、冷了，他也哭，她不懂得哄，更不懂得养。傅大宝和蒋飞飞又各自瞎指挥，乱说一通，搞得她无所适从，狼狈不堪；搞得宝宝时常呕吐腹泻，感冒发热，隔三差五往医院里跑，不是打针，就是吊瓶，小宝宝简直成了药罐子，急得他俩像油锅上的蚂蚁，猴骂猪哥，猪哥骂猴，一切责任和怨气全泄在她的身上。

不久，小宝宝呼吸道感染高烧不退，慌忙住院。消息传到红楼像炸开了的锅。高韵台痛哭流涕，不管三七二十一，说什么也要柳芹和玉菊立即陪她火速赶往象牙。柳芹本想推，不想去，可她一想，顺便去看看嘉欣，也就欣然前往。在医院走廊里，蒋飞飞迫不及待地控诉嘉欣的罪状，埋怨高韵台有眼无珠，不该找这"莽撞鬼"来当保姆，责怪傅玉樱恩将仇报，唆使这小妖精来捉弄小宝宝。傅玉菊幸灾乐祸，不时在一旁添油加醋。高韵台不由怒火中烧，用霹雳般的目光直瞪着在病房里日夜陪护小宝宝的嘉欣。柳芹憋住一股气，一言不发，心想，人咧做，天咧看！世间怎有这般无人情味的卑鄙小人呢？是你韵台姐三番五次求我叫嘉欣来的；是舒夫和玉樱知恩图报才让嘉欣来的；是你大宝和蒋飞飞走投无路才急催嘉欣来的。一个乖巧伶俐的囡仔怎么一到你家就变成"鬼"和"精"了呢？她看到嘉欣蓬头垢面，双眼疲惫，瑟瑟发抖，阵阵的哭泣哽塞在喉头，一滴泪珠吊在她那双大眼睛的边上，心中一阵酸楚，急忙上前一把紧紧地搂住嘉欣。仔细一瞧，嘉欣的额头、脖子和手臂上青一块、紫一块的，她一目了然，义愤填膺，但仍默不作声。

临别时，嘉欣突然猛扑在她的怀里失声痛哭起来，这泪水仿佛要把几个月里积压在心中的痛苦、委屈、忧伤和不公道全倾倒出来。她一边抚摸着嘉欣的秀发，一边低声哽咽地紧贴嘉欣的耳旁说："阿欣莫哭！二嬷让你受苦了！你要不自在，咱这就回家去！二嬷再替你另找工作，不哭！千万莫号！"一丝丝苦涩的内疚和自责交织在她的爱抚中。

"不！我还待在这里，等你找到工作，才回去。"嘉欣推开了她，用衣袖抹干了脸上的泪水。

一回到红楼，高韵台骂了玉樱一百分钟，眼睛像刀一样在玉樱身上划。

傅玉樱惊恐万状，没来得及向柳芹问明底细，就急匆匆给嘉欣写了一封短信。

阿欣，听你外婆说，你阿舅和阿妗对你颇有意见。是真？是假？清官难断家务事，阿母不在场，不能妄加评判。若你有错误、有疏失，就要认错，有则改之，无则加勉。今天，我要急于提醒你：凡事要忍，绝不能像在家里一样耍因仔脾气。你因仔功，有的是气力，凡事多做点，做好点，少计较，自然会得到你阿舅和阿妗的认可和好评。至于，小宝宝的病很正常，不能责怪你。大人都会头痛脑热，何况一个小囝仔？何况眼下正值流感盛行之时？你应记住：未吃五月粽，破袄仔毋甘放[1]！幼囝无六月[2]，要给小宝宝穿暖点。与在家一样，家务事多如牛毛，你切不可丢三落四，要有头有尾，件件办妥。我深知你当保姆很苦，小宝宝睡时，你要忙中抽闲，歇一歇，多保重身体，勿念家。我和你阿爸及你弟妹们都好，千万别挂念！

匆祝

安好！

阿母即刻

阿母的苦心，点点滴滴在心头；阿母的箴言，字字句句刻心上。嘉欣将信藏在衣兜里，有空就读，边读边哭。

小宝宝出院后的那天夜里，蒋飞飞和傅大宝又大吵大闹起来了。

"大宝，大宝，我的票呢？"

"票！什么鬼票？"傅大宝睡得迷迷瞪瞪，霍地睁开眼。

"明天的电影票啊！"

"我……我没拿呀！"

"没拿！放在抽屉里怎不翼而飞了呢？"蒋飞飞愤怒的脸扭曲成一头暴怒

---

[1] 毋甘放，舍不得。意指端午节前天气还会冷。
[2] 幼囝，刚出生的婴儿。形容婴儿的衣着无冷热寒暑之分。

的狮子，那尖叫声格外恐怖。

"哇哇哇！"小宝宝惊醒了！正在厨房里烘尿布的嘉欣，急忙跑进屋里，想抱小宝宝。

"别抱！阿欣，你也过来给我找！一张电影票七分钱，怎能说没就没了呢？快找，统统给我找！"蒋飞飞简直要吃人。

傅大宝只好低着头，紧握手电筒，嘉欣手提煤油灯，分别从乱七八糟的抽屉里，到杂乱无章的书桌上；从一团乱麻的衣橱里，到七零八乱的床铺下，仔仔细细地找个遍，连个票影子都找不着。

"臭三八！头脑被门夹了？连张电影票都管不好！别找了！明天我再给你买一张。"傅大宝按捺不住骂道。

"管你个头！王八蛋！哦，你有私房钱，怎没上缴？"

"你是铁公鸡，缴个屁？"

"胆大包天！你反了不成你！"

"就反了！臭三八！你想怎样？"

"离婚！"

"离就离！"

"哎哟呦！这日子没法过了，生不如死啊！"一阵"稀里哗啦"；又一阵"乒乒乓乓"，蒋飞飞把桌上的东西全扫到地上，像疯子似的揪住傅大宝的衣领，捶胸顿足，寻死觅活……

突然，厨房里冒出一股烧焦的气味。"糟了！尿布烘焦了！"嘉欣冲进厨房，一连舀起几瓢水把炉火扑灭，地上一片狼藉。

如同天塌了一般。他俩不容分说，一个箭步冲上前，一阵冰雹似的殴打嘉欣。蒋飞飞像有什么魔鬼附身似的，顺手抄起葫芦水瓢狠狠地砸在嘉欣的头上，顿时血花飞溅，一声惨叫，嘉欣倒在无尽的黑暗中。

窗外，电闪雷鸣，大雨滂沱……

五、半农半读

中考，嘉亮再次落榜了。

这次的打击巨大而又沉重，他的心变成空白，人快要发疯。他没有眼泪，只有恐惧和愤怒。自打考场出来，他就扬扬得意，充满自信，因为，他的答题与老师的标准卷逐一核对，相差无几。他的第一志愿又是直接填报漉溪一中，母校历来酷爱高才生，他觉得胜券在握。

然而，在走向极端的年代里，他的命运只能重蹈初考的覆辙——二连败。所不同的是，这次他猛然惊醒了，切身地强烈地认识到惨败的原因全在于——"积善堂"。只是他无法理解：为什么一个人的出身就决定了命运？难道"积善堂"就等于罪恶吗？关老师不是再三说，"出身不由己，道路可选择"吗？不是说，只要我"背叛"，就可以"一视同仁"吗？我是原原本本、一字不漏地按照关老师的要求，公开地、大胆地、毫无保留地揭发了"积善堂"剥削阶级的罪行和阿爸的"右派"言论啊！怎么还不够呢？还要遭受如此严厉的惩罚呢？他心中有一股上当受骗的感觉。他极不甘愿，想破罐破摔，一气之下把网兜里的书全扔进厨房里，恨不得马上烧了。他想，从此不再读书了，学门手艺，工作去！

可是，田舒夫和傅玉樱坚决反对，他们何尝不理解，何尝不知道此时儿子心底的痛？这苦在儿子身上，痛在父母的心头。多少个不眠之夜傅玉樱为此痛哭流涕。夫妻俩都深深懂得，所谓"坏出身"是与生俱来的原罪，是无法逃避，无处争辩，无容置疑的罪恶呀！如今，不仅夫妻俩日复一日、年复一年地被清算，而且这"积善堂"资本家和"右派"的烙印像魔鬼的幽灵无时无刻地缠绕着孩子们的躯体；像超级病毒无孔不入地侵蚀孩子们的血液；像可怕的怪兽无处不在地吞噬孩子们的灵魂。这就是万恶的、恐怖的、可诅咒的烙印。然而，夫妻俩谁都不敢直截了当地向嘉亮说明这一切。因为，为人父母谁都不忍心让自己的孩子一再无端地受折磨、受伤害；谁都非常害怕自己的孩子想不通而走上极端。对于嘉亮的前途和未来，夫妻俩虽一夕白发，但无计可施。

一天，张院长兴致勃勃地告诉傅弘茂，"地区教育局正在创办一所新型的中等职业学校，设有西医班，实行半农半读的学制，正准备从卫校调几个老师，还打算与医院挂钩，聘请他为教授，带领学生到外科来实习。"

"好啊！几时招生啊？"傅弘茂立即想到嘉亮。

"快了！快了！听说过几天招生公告就会张贴出去了！"

一回家，傅弘茂就把好消息告诉田舒夫，"我想，应当让阿亮去报名！他自幼聪明好学，学医有前途，说不定将来能接我的班？要不然你看，红楼里的这些孩子无所事事，阿荣上公路局说是招工，却像只土牛，整天挖山开路，好不容易混了个'火头君'，拿菜刀；阿耀一心想读艺校，对学医根本没兴趣；其他的孩子一个个都是扶不起的阿斗……"傅弘茂喃喃自语，"唉，老阿祖说得好，严官府出厚贼[1]！我白养了这一大群孩子，竟一代不如一代，没有一个能接我的班，实在可惜啊！"

"半农半读？"田舒夫不由一阵惊喜，"如果让阿亮去读高医班，学点医术，将来或许有机会进县卫生院，或当个乡村医生。好啊！我看行！阿爸，你放心！"

嘉亮犹豫不决，特地跑到汽车站仔细地读了三遍招生公告，仍不想去报名，他恨死读书，觉得既是坏出身，读书也没前途，还是一心想去工作。

"阿亮啊！俗语说得好，桐油桶里装桐油。你从小就是读书的料，读书行医，跟外公一样，治病救人有何不好呢？再说，你才十六岁，不读书你能干

---

[1] 喻为适得其反。

什么？当个小学徒，不如读书去。如今社会，虽说不是万般皆下品，但仍是唯有读书高呀！管他什么半农半读，只要有书读总比没书读强得多！"田舒夫苦口婆心地劝道。

"不！我只想去工作，为家里挣钱。"嘉亮固执地说。

"不行！家里虽穷，但砸锅卖铁，也得供你上学，这是阿爸阿母的责任。你还小，挣钱自有挣钱的年龄和机会。过去你阿爸不在家，阿母让你做点小生意，那是万不得已的呀！如今阿爸回来了，再苦再累也得我们大人来扛，你就听父母的话，不要再争了！我们都是为你好啊！"傅玉樱的眼泪又在眼眶里打转转。

在阿爸和阿母，还有外公的软磨硬泡下，嘉亮不得已报了名。

第二次背井离乡求学读书，嘉亮像打翻五味瓶一样，甜酸苦辣涩一齐涌上心头，四年前赴笼山求学时充满好奇和急切的心情已荡然无存，留下的只是一片迷茫、困惑与不安。他不是舍不得离开父母，离开家，而是未来的路在何方？这"半农半读"的葫芦里究竟卖的是什么药？阿爸阿母逼我来读什么书？将来能干什么不得而知？他只知道这次是外公为他凑足了学费和生活费。背上家里东拼西凑为他添置的新棉絮，拎起旧木箱，他踏上了西去的班车。

一个多小时后，汽车停在荆江县的麻山村旁，公路旁高高地竖立着一块墨汁未干的"漉溪地区职业学校停靠站"的新木牌。一下车，环顾四周，一股说不出的凄清顿时横扫他的心头。虽说这里是漳江上游的一块小盆地，但人烟稀少，蛮烟瘴雾，细长的公路静静地绕溪而去，路旁的溪水哗啦啦地流淌，仿佛在倾诉着永远也猜不透的秘密。沿着指示牌，翻过两座光秃秃的馒头似的小山坡，绕着小路，再走十几分钟，灰茫茫的山脚下有四座平房依荒坡由低向高而排列，远远看去活像横躺着四口棺材。走近一看坡上的二栋校舍尚未完工，到处是横七竖八的木架、门框和七零八落的砖瓦堆、沙土坑……嘉亮猛地一怔，忽然记起汶庄小学的破山庙。难道我只配来这种鬼地方读书吗？心中不由扼腕兴嗟、心寒齿冷。

开学典礼在荒坡上举行。四十多岁血气方刚的雷副校长站在高高的红土堆上，手拿着铁制的扩音筒，慷慨激昂地发出总动员令：全校师生大干一百天，自力更生，艰苦创校，为创办新型的一流的半农半读职业学校而努力奋斗。他振振有词，大有气吞山河之势，仿佛每一个字都会永垂不朽似的。不过，台下被火辣辣的太阳晒得稀里糊涂，一脸茫然的学生们，谁也搞不清这"半农半读"为什么得"先干再读"？"重干不重读"？而且"至少得干半学期以上"？原来，为不误新学期而抢先办校，学校不顾一切匆忙招生，校舍没建好，学生只能先挤住在教室里，等校舍建好了再开课。"同学们，你们是一支不可战胜的生力军！你们靠自己的双手来创建学校，不正是弘扬伟大的延安抗大精神，显示半农半读新型教育制度的无比优越和强大的生命力吗？"雷校长满脸通红地发表着演讲。

早晨六点，哨声一响，全体起床，即刻开始一天新的"战斗"。嘉亮盖的新棉絮没钱买被套，招来不少麻烦。连日来，棉絮一掀，浑身上下像粘满毛茸茸芦苇花似的细碎的棉絮，纷纷扬扬，连头发和眉毛都被纠缠着，抹不完，抖不掉，气得他干瞪眼，还几次挨了小组长的批评。阿母急匆匆为他亲手缝制的两件蚊帐布做的"T恤衫"也不争气，缩水变形，一钩就破，弄得他狼狈不堪，干脆赤膊上阵。所幸三个多月，像新兵连似的摸爬滚打并没有把他吓倒，因为他从小吃过苦，离过家，闯过黑树林，卖过苦力，不像班里有些娇生惯养的同学叫苦连天，甚至躲进被窝里哭鼻子，所以他屡次受到班主任的表扬。

吃尽苦头，他所在的高医一班提前半个月完成了：运土搬砖、挖沟开渠、挑石铺路、种菜植树等繁重艰巨的任务，终于获准优先搬进十人一间的新宿舍。

人未下鞍，马不停蹄。还来不及喘口气，他又被选入校里第一支耕山突击队，向后山进发，奔赴"张祠仔"开辟"第二战场"。

地处深山沟里的"张祠仔"，有一片长满水汪汪的青草和密匝匝的芦苇洼地，一脉潺潺的溪涧，流入左边的一泓园沼里，沼水凝然不动像一缸浓浓的绿酒。突击队的任务就是开垦眼前这片洼地，抓紧种上农作物。

这对于十五六岁的青年学生来说，是个异常繁重的，似乎不可能完成的任务。在张祠仔的一个多月里，是他最难挨的日子。他从未想到，在这深山老林里拓荒竟是如此疲惫不堪，如此惊魂摄魄，如此狼狈不堪。天刚亮，他就得起床，面对层层密密的芦苇，一把砍刀，一根锄头，弯下腰来不停砍呀、挖呀，一直奋力劳作到日落为止。回到茅草棚躺下时，他的骨头架子全要散开了。

"张祠仔"的夜晚宛如大自然的演奏厅，十分奇特。山沟刚把昏暗吐出，天空就把黑暗倾下，两种动作窸窸窣窣交接得如此迅速、默契和协调，简直是鬼斧神工，这是他从未见过的。每当山沟里注满一气氤氲，一片死寂且神秘莫测的时候，他特别想家，特别后悔：如果我把这"半农半读"的真相一五一十地告诉家里的话，阿爸阿母恐会捶胸顿足。外公是送我来读书学医的，并非送我来服苦役的呀！可天底下没有后悔药，我只能报喜不报忧。我已经长大了！不能，也不敢再让阿爸阿母操心，更不能让老外公失望，这粒苦果只能由我自己吞下去！不知为什么，睡在茅草屋里，常常会做噩梦，心惊胆战。只有两次做了美梦：一次是梦见北京，兴高采烈地逛了天安门，还登上雄伟的长城；另一次是梦见阿爸平反，恢复了革命老干部的名义，乐不可支地洗尽了心中的耻辱和冤屈，享受做人的尊严和权利。这是他心中美好的憧憬，若能拥有，此生足矣！两个美梦与这山沟和夜色似乎一样，互动紧密，配合巧妙。然而，美梦稍纵即逝，遥不可及。连高中都读不上，只能在这山沟里半农半读的他，梦想上大学，犹如用自己的手拔头发想要飞出地球一样，荒唐可笑。难怪，这两个美梦都被半夜里偷袭的山猪惊醒了，吓出一身冷汗。尽管带队的老师手里紧握一杆鸟枪，也惊天动地连放了几枪，发威的山猪十分凶猛，似乎视死如归，用尖锐的獠牙轮番向草棚驻地发起进攻，吓得他和同学们一个个面无人色。

一个月后，突击队的任务尚未完成，他就"挂彩"了，尖如刀削似的竹头刺穿他的胶鞋，鲜血直淌，耕山队的救急箱里只有红汞药水，没过几天，伤口就发脓感染了。万般无奈，他只好在曾广阳同学的搀扶下，挂着拐杖一瘸一拐地下山回校治疗。

突击队胜利凯旋后，他既无缘参加积极分子的评选，登上光荣榜，又不能与每个队员一起胸戴大红花。同寝室的好友曾广阳和冉云洞都为他打抱不平，找了高农班班长兼耕山突击队队长的游彪问个究竟。没想到被游彪一句话顶到喉咙口："嘉亮流点血，受点伤，算个啥？耕山队员哪个不流血？谁个不受伤？就他皮嫩，半途而废当了逃兵！"

"逃兵！"嘉亮怔愣一下，像腊月寒天里的心，冷缩了。这令人耻辱和羞愧的字眼如同泰山压顶轰然扣在他的头上。他怒火中烧，却不敢抗争。因为"积善堂"出身的包袱太沉重了，压得他抬不起头来。他只想一心一意争取做个"可以教育好"的人，而断然没有一丝一毫与游彪斗争的信心和勇气。

距离寒假还有半个月，谢天谢地终于开课了。然而，嘉亮全傻眼了。课堂上，既没教英语、解剖学，也不学疾病学、药理学基础。几乎全是半农半读、革命化、劳动化、新愚公、阶级斗争、反帝反修、世界革命、讲成分、不唯成分、重在政治表现等。雷副校长始终以为，只有以革命的名义，把这些"童子功"与嘉亮这些十六七岁青年人萌动的青春期同步，一刻不停、争分夺秒、洗脑式、填鸭式地猛灌进他们的头脑里和血液中，迎着他们一张张洞开的饥渴的幼稚的精神大门，迅速占领他们的灵魂高地；加上无休无止的劳其身骨的劳动锻炼和无时无刻的触及灵魂的思想改造，才能锻造学生们钢铁一般的革命意志和精神。最后再来上专业课，才能培养又红又专的革命接班人。

雷副校长这一套"童子功"还来不及摆好架势，就被史无前例的无产阶级文化大革命席卷而去。

六、明亮眸子

柳芹从象牙回来就急匆匆地把嘉欣的遭遇告诉傅弘茂。

"我早就对你说过,连'孝'字都不识的大宝,怎会尊重人、怜惜人呢?可惜阿欣勤脚勤手,在他家吃豆腐水,扛扁担刀[1]!咱得赶紧设法,为阿欣寻条活路啊!"傅弘茂对柳芹抱怨连连。

"是呀!我是一时没想到,半斤提头捞[2]。这事千万别告诉玉樱,否则她会找大宝和蒋飞飞论理!谁家父母不疼囡仔?"柳芹责备自己不该将嘉欣送进"虎口"。

"论啥理?天作孽犹可恕,人作孽不可活!你给我留着目睭金金看[3],大宝若执迷不悟,一条路走到黑的话,绝没有好下场!只可怜韵台尽心孝囝,什么话也听不进,到头来非死在这逆子手上不可!"傅弘茂义愤填膺。

"依我看,大宝和蒋飞飞实在太无谱!阿欣是外甥女,而他是母舅。外甥若做不好,可讲、可教,但不可打!俗语说,外甥吃母舅,像嚼豆腐[4]!哪有母舅打外甥,像打贼?昨日,我是满腹火,若不是看在韵台姐的脸上,我非找大宝算账不可!"柳芹越说越气愤。

"大宝这种人是吃屎大的,书都读到头壳后,六亲不认。连做人最起码的道德都不讲,还想入什么党?哼,党,又不是无目睭?"傅弘茂狠狠地啐了一口唾沫,吹灯,睡了。

---

1 喻为刻薄寡恩。
2 指用手杆称,称错了。喻为忙中出错。
3 目睭金金看,眼睁睁地看。
4 喻为理所当然。

几天后，柳芹一头撞见汗流满脸的好友七姊姑，忙问："你满头大汗，急匆匆做啥？"

"哎哟！去街政府找孙婶仔，找得心急火燎啦！"

"无事，你找那'三八婆'做啥？你都这把年纪，好好的竹器社一社之长不当，还想去做'街桌布'？"柳芹故意挪揄她。

"没啦！没啦！我是无事不登三宝殿，为招工的事找她啦！"

"招工！招什么工？"柳芹一听，异常兴奋，急忙问。

"咱竹器社最近新进三台机器，专门要做竹筷子，销路很好，急招一批临时工。你是不知道，天外有天。咱社是街办企业，招工大事统归大头家孙婶仔管。这不，名单备齐了，可屋前厝后却找不着她的人影，万事俱备，只欠东风，急死人啦！"

"哦，好康怎无凑相报？"柳芹灵扯着七姊姑的衣襟说："快设法，帮帮忙，给我外孙女塞一个名额啊！七姊姑。"

"哎呀，满了满了！你怎不早说呀？"

"唉！我哪知道你要招工！塞一个吧！就一个，不看僧面看佛面！今我给你说，这个忙，你非帮不可！拜托了！"

"谁呀？让你这般焦心？"

"田嘉欣啦！十七岁，手脚麻利，包你满意！噢，她长得可水灵，尤其那双大眼睛会说话。不信，你去看看报纸，还登过她的照片呢！将来，拜托你当月老，给她找个好女婿，我包送你一对大猪腿！哈哈哈！"

"姓田？又不是你'积善堂'的！人情遍天下，做不完啦！"

"哎哟！她是咱老六的大女婿的女儿嘛！傅家的外孙女，岂能说是做人情？"

"噢，原来是玉樱姐的女儿啰？我的孩子都是她教的呀！"

"这就好啰！阿樱是好人，落团坑[1]，生活真艰苦。阿欣没书读，又无工作，你帮帮她，我给你磕头、作揖都行！好吗？"

1　喻为孩子多。

"好是好，只怕过不了孙婶仔那道关啊！"

"为什么？"

"'政审'啊！"

"政什么审？当个屁临时工还得'政审'？孙婶仔拿鸡毛当令箭，专干整人的事！不过，无论如何你得给想个法子。"

"你要这么说，我只好把阿欣挤进家属工照顾的名单中，她若查出来，我就说是我的干女儿，反正名单还没上报，行吗？"

"行行行！我和老六，还有阿樱和阿欣都会感激你的。"

"哎哟！我的傅二太太，咱俩还分什么你与我？长话短说，你赶紧把阿欣的户口本拿到我家来，下午去办，一言为定！"

七姊姑走了，柳芹欣喜若狂。她为嘉欣能脱离苦海，找上好工作而深深祈福。

七姊姑拎着傅弘茂特地备好的两瓶"积善堂"的"固本老药酒"和一条"飞马牌"香烟上孙婶仔家"进贡"来了。

孙婶仔正躺在摇椅上优哉游哉地抽着烟。

"街长，咱社里的临时工批了吗？"

"批了！"

"那好，那好！"

"三个'政审'通不过！"

"谁呀？"七姊姑的额头上顿时渗出了几滴冷汗。

"记不得了！好像有……有个姓单的，单位的'单'，还有一个姓……噢！田，种田的田……还有……唉，记不得了。"孙婶仔识字读音，从来有边读边，无边读中间，只抓大概，还自鸣得意。

"田嘉欣！"七姊姑僵住了。

"对！是她。还是资本家'积善堂'的……"

"哪能啊！街长，田嘉欣是我的干女儿，她只是'积善堂'的外戚，又不是内孙。"

"她老爸……好像……像在果树所？"

"是是！"

"是个'右派'？！"

"哎呀，街长，人家早已'摘帽'了，又不是现管的'四类分子'嘛！你就行行好，赏我一个脸吧！"

孙婶仔不应了。她猛吸了几口烟，想了一会儿，抬头瞪眼地问道："她果真是你的干女儿？"

"是呀！千真万确，不信你可以去问问！"

"七姊姑啊！你是革命同志，又是社长，你的忙不帮，还帮谁呀？！不过，招工'政审'——大如天。我把这道关就像解放军扫雷一样，一刻也不能放松！所以嘛，还得好好研究研究！"孙婶仔说得既严肃又认真，像个标准军人的样子。

"哎哟！我的好街长，你就高抬贵手吧！阿欣只当个临时工嘛！再说，你这大恩大德，我七姊姑怎能忘了呢？"七姊姑半急半笑地说。

"瞧你这张麻油嘴——滑溜溜！好了，我睏了！明天下午你再来居委会找我吧！"孙婶仔笑得脸上直往下掉烟灰。

柳芹兴高采烈地把嘉欣招工的喜讯告诉高韵台，巴不得立刻去象牙把嘉欣接回来。

"什么？哪能说走就走？"高韵台坐在藤椅上像弹簧似的蹦了起来。

"韵台姐，你好好想想，既然大宝夫妻俩那么嫌弃嘉欣，说她不听话，像废物！何不早换、早轻松呢？你让她天天在那里吵翻天，对小宝宝的健康有益吗？"柳芹故意用激将法。

这话，如同一根鱼刺突然卡在高韵台的喉咙里，难受极了。她何尝不想早早撤换嘉欣，只是苦于找不到合适人选去接班，才犹豫不决，拖延至今。

孰料，四房肖荷花忽然冒了出来，满脸堆笑地说："哎哟哟，韵台姐你别急！不必找了，让我女儿阿莲去是最好不过。她去，我保你一万个放心！"

"阿莲？"高韵台恍然问道。

"对呀！阿莲比嘉欣大两岁，做事稳，又机灵……"肖荷花像王婆卖瓜连吹带捧。

"阿母，四嬷说得有理！早就该将嘉欣这'扫帚星'撤了！"傅玉菊挤了挤眼，高韵台若有所思。

谁都没想到，平日里翘头摆尾，极少上楼的肖荷花，之所以如此大献殷勤主动上门，为的全是填饱自己的私欲，她暗地里与钟鬼子勾勾搭搭。可女儿玉莲长大了，懂事了，成天没事干，成了她的跟屁虫、绊脚石，碍手碍脚，撵都撵不走，十分烦人。所以她举贤不避亲，想让玉莲早点滚到象牙去。

"唉，没牛使马！"高韵台想了一整夜，勉强答应了。她觉得玉莲那双眼睛贼亮贼亮的，远不及嘉欣那般单纯和清澈。

上班的第一天，嘉欣心花怒放，异常兴奋地坐在前排，静静地聆听孙婶仔对新来临时工的训话，一双明亮的眸子无比纯澈，充满新的希望。

"这个，我今天没准备，简单说两句。"孙婶仔这杆老烟枪，按惯例一上台，先点燃一支烟，吞云吐雾，再喝口水，清清嗓子，才开始那语无伦次的训话。不知为什么，她今日把"政治"和"竹箸"绑在一起讲。忽而讲政治，忽而讲竹箸，而漉溪方言中的"竹箸"与"政治"极押韵。她说什么"政治管竹箸"，"竹箸促政治"，犹如相声中"喇嘛与喇叭"的绕口令。可她偏偏不会绕，吐字不清，乱七八糟，"与其昏昏，使人昭昭"，嘉欣和临时工们都莫名其妙，只听懂她最后的一句俗语："无碗又无箸（筷），生活无滋味！"逗得全场哄堂大笑。

生产一双极普通的竹筷子，看似十分简单，却需要经过锯、劈、削、磨和包装等五六道工序。除了磨筷子头需用机器外，其余全凭一双手。七姊姑暗地里照顾嘉欣，将她分在包装小组。这活儿简单，计件工资，比几年前在卷烟厂拔烟秆轻松多了。而且，从红楼到竹器社仅一步之遥，上下班不必起早摸黑。嘉欣大喜过望，仿佛眼前飘来一朵吉祥的云彩，让她轻轻地踩在脚下，顿时心中有一种苦尽甘来的感觉。

日月如梭，一连三个月，嘉欣干得笑逐颜开。月收入从刚入社时的七八块，翻了近一番，逐渐成了家里的生力军。她眼里总闪着快乐的神采，笑得像朵盛开的玫瑰，越发精神和美丽。

一天上午，七姊姑匆匆跑来包装组里大声问："你们有谁会开磨筷头的机器呀？"

"我会！"嘉欣自告奋勇，眼睛——很美的一对大眼睛——一个劲闪亮着。

"你……你真的会吗？"七姊姑将信将疑。

"我试开过，很简单，一学就会！"嘉欣笑眯眯答道。

"那好，你跟我来，试看看！唉，磨筷头的工人病了！要不，你就顶替一两天，免得你们包装小组停工待料，好吗？"七姊姑用商量的口吻说。

"好的，我慢慢学，一定做好！"嘉欣毫不犹豫。

说也简单，所谓的磨筷头机器就是把一根根竹筷子插进去，夹好、夹紧了。然后按动开关，让削刀将筷子头轻轻地削成四个三角形，就算完工了。

七姊姑在一旁，仔细地看着嘉欣操作，觉得嘉欣虽动作不熟练，但规范无误。她拍着嘉欣的肩膀说："行，好好干！千万慢点，别急！"说完就走了。

嘉欣毕竟是新手，磨好的竹筷自然供不应求。眼见包装组三番五次来催，她不由自主地加快了节奏和速度。

欲速则不达。突然"噼啪"一声，一根没有夹紧的竹筷子从飞速转动的机器中"砰"地弹射出来，不偏不倚插入正埋头作业的嘉欣的左眼。顿时，一阵剧痛，鲜血四溅。"哎哟"一声惨叫，她瘫倒在地，双眼紧闭，血流满脸，浑身不停地抽搐，身子都扭弯了，冷汗湿透了全身。

"不好了！田嘉欣出事了！"七姊姑听到这痛彻心扉的呼救声，像箭似的冲上去，一把挽起瑟瑟发抖的嘉欣。眼瞅着一根竹筷子插在嘉欣的左眼上，宛如一把尖刀突然刺进了她的心脏。可是，她很镇静，一边说："阿欣免惊！有七姊姑在，天塌不下来！"一边喊道："快！快！送协和医院，找傅弘茂。"

凑巧，门口有辆刚卸完竹子的货车，七姊姑不管三七二十一双手紧抱着已昏过去的嘉欣上了车，直奔医院。

在手术室门外，傅玉樱几乎崩溃了。她瘫倒在长条椅上重重地喘着气，眼泪沿着腮帮簌簌地流着。

"都是我造的孽啊！"七姊姑双手抱着头，满脸的泪水和愧疚。

"不不不！是我，都是我的错！我千不该，万不该不该去象牙把阿欣带回来呀！"柳芹冲上前抱着七姊姑，两人哭成一团。

直到午后，傅弘茂从手术室缓慢地走出来。他神色沉重地告诉柳芹：竹筷穿通嘉欣的左眼球,伤处抵近脑部,虽左眼已摘除,但仍很危险。

"什么?阿欣左眼瞎了!"田舒夫简直不敢相信自己的耳朵,好似晴天霹雳当头一击,他全身麻木,痛不堪言。

田舒夫日夜守护着嘉欣。他觉得这既是对他的原罪的补赎,也是作为父亲与女儿一道与死神作斗争的责任和义务。他想,无论如何得保住嘉欣的命!她才十七岁,竟吃了这么多苦,受这么重的罪。倘若没有无端的株连,此时的嘉欣绝不会躺在惨白的病床上,而是会坐在明亮的教室里。她那美丽动人的眸子会瞪着黑板,或看着书本,或眺望着窗外五彩缤纷的世界。嘉欣的照片登报后,所里和堂里的人们都夸她有一双美丽的会说话的大眼睛。可如今明晃晃、亮晶晶的眸子少了一只。花样年华的她,就这样活生生地被摧残了,只留下一只眼,伴她度过一生。不!如果有"换眼术",我甘愿献出我的眼球。但是,阿爸说,目前医学仍无能为力。唉!一失足成千古恨,再回头是百年生。从此,嘉欣的命运将完全不同了,她成了残疾人。她能承受如此巨大的打击吗?她将来还能嫁得出去吗?谁来厮守她一辈子呢?他的心全碎了。

阿弥陀佛!嘉欣终于转危为安了。傅弘茂、傅玉樱和田舒夫,还有柳芹和七姊姑悬着的一颗心终于暂时放了下来。

在病房里,嘉欣每次轻轻地睁开右眼老是隐隐约约、朦朦胧胧地看到无数双泪眼:有阿爸和阿母,有外公、二嬷、五姨玉梅和七姊姑,还有嘉亮、嘉欢和小嘉安,以及许多竹器社的工友们。她知道,这些泪水都是为她流的。但是她始终不明白,为什么大家哭得如此悲悲切切、神神秘秘?为什么总在她闭上眼时才偷偷地哭呢?

拆线的那天,她非常高兴,以为拆了线,左眼伤口痊愈了,厄运过去了,出院指日可待。然而,拆线后,她慢慢地睁开左眼,总觉得左眼皮似乎像被厚厚的胶水粘住似的,怎么也睁不开,依然黑黝黝的一片,仿佛上帝拉上了一层帘子,遮住她的左眼。顿时她的心像坠入冰窖一般,全身瑟瑟颤抖。她想:可能是左眼受伤太重了,不适应马上张开?可能是左眼本能地惧怕刺眼的光线而闭上的缘故吧?稍稍歇了歇后,她重新试图张开左眼,还是不行。她只能重来,张开、张开、再张开。她暗暗用力,仍无济于事。她焦急了!难道线头没拆完？难道左眼真的看不见东西了吗？不不不！我手术醒来时，外公清清楚楚告诉我，手术很成功，没有大碍呀！怎么拆线后，我仍然看不见任何东西呢？难道病情恶化了吗？难道左眼失明了吗？……无数个问号一齐撞击着她的脑海，吓出一身冷汗。她暗自闭上右眼，用尽气力睁开左眼，可是左眼皮像睡着似的根本不听使唤，见不到一丝光线，看不到一点人影。犹如山摇地动，她彻底崩溃了！泪水簌簌地从右眼流出来：我左眼瞎了。我竟成了常被人谑骂和讥笑的又脏又丑的"独眼龙"了？怎么办？我该怎么活下去呢？她惊恐地睁开右眼，蓦然见到床边慈祥的外公，像抓到一个救生圈似的，她心急如焚地问："外公！外公！我的左眼怎么看不见呢？"

傅弘茂连忙俯下身来，轻轻地抚摸她乌黑发亮的头发，忍痛地说："阿欣啊，你千万别激动！好孩子！外公把真相告诉你，但你一定要坚强！勇敢面对！"

她右眼流着泪，点了点头。

"阿欣啊！你的左眼珠被竹筷子击伤了，为保命，只能摘除了。今后怎么办呢？半个月后，外公带你上省城同仁医院，找我的老同学眼科专家，给你安上义眼。你的左眼虽看不见，但眼窝不会凹陷，只需佩戴一副眼镜，没人会知道你眼睛有缺陷的。人生如梦，是祸躲不过。外公行医数十年，曾见过有的人像你一样眼睛受过伤了，上了手术台后就再也起不来。你是不幸中的万幸啊！生命有时非常脆弱，时常有风险，但只要能活着，就必须坚强。我也见过，许多像你这样的人，不仅活下来，而且活得很好。你还年轻，一定不能自暴自弃，胡思乱想！我和你阿爸、阿母，还有你二嬷、五姨都在你身边，大家一定会倾心照顾你，关心你，帮助你的。我相信你会勇敢地面对这一切，站起来，不畏缩，朝前走！"

傅玉樱抹去嘉欣右眼上的泪水，哽咽地说："阿欣啊！外公说得千真万确。在这医院里，你只是不幸地失去了一只眼，可有人却白白丢了一条命。一切都怨命啊！命里一尺，难求一丈啊！"

"阿欣，别哭！千万别哭！把好眼哭瞎了，那该怎么办啊！"柳芹泪水涌流。

"嘉欣啊！照你外公说的做！你是工伤，咱竹器社无论如何都得全额负责你的医药费，给你安上义眼，给你转正为固定工，让你无后顾之忧！好吗？"

七姊姑充满自责和内疚地说道。

"阿欣！我只有一句话，希望你处变不惊，自强不息！你是好孩子啊！"田舒夫不忍心再说下去了。

望着众人一双双噙着泪水的眼睛，嘉欣极其痛苦地闭上了眼睛，右眼的泪水，沾湿了枕套。

第八章

一、红楼浩劫

1966年8月的一个子夜,三辆宣传车为前导,一百多名红卫兵和工人赤卫队队员浩浩荡荡分左、中、右三路,杀气腾腾包围了从修文路红楼到崇武路白楼的积善堂大宅。宣传车上的十几个高音喇叭不停地播送《一号令》:"正告牛鬼蛇神们,你们胆敢利用'旧思想、旧文化、旧风俗、旧习惯'大搞阴谋复辟,我们红卫兵誓死不答应!我们要砸烂旧世界,创造新世界,不获全胜,决不收兵!……"

柳芹从睡梦中惊醒,吓得脸色苍白,浑身发抖。傅弘茂脑子里顿时蹦出"宠辱不惊"四个字,忍不住说:"惊什么?开门去!无做亏心事,莫惊鬼敲门。"她只好惊恐万状地开了门。刹那间,她吓瘫了。黑压压的一大群红卫兵,如天降神兵,手举火把,横眉怒目,杀气腾腾,像潮水一般涌进红楼,领头的一个红卫兵大声喝斥:"'积善堂'的狗崽子们都给我听着,一个也不准跑,统统到双井的白石埕集合、点名。只准你们规规矩矩,不许乱说乱动,否则我们红卫兵绝不轻饶!"

这位乳臭未干的小伙就是红卫兵"零点行动"的总指挥许子杰。他才十六岁,正处在躁动的青春期,充满着反叛的激情和盲目的狂热,追求着毁灭的快感和暴力的冲动,怀揣着一颗被造反理论搔得奇痒、被崇拜搞得几近疯魔的心。他一身绿军装,胸戴大像章,臂佩红袖章,腰系皮腰带,显得英姿飒爽,威风凛凛,不可一世。许子杰是年初才转学到漉溪三中的。因为许武良调任泰和县当副书记。将他留在象牙读书,许武良不放心,带到泰和来,他又不愿意，只好转学，寄宿在漉溪。十多年来，他的傲气和霸道逐渐恶性膨胀，凭借许武良的权势，他喜欢出头露面，为非作歹。史无前例的"文化大革命"正好为他彰显人性之恶带来了千载难逢的表演和宣泄的大舞台。"红五类"的金招牌和父亲的大靠山，使他一跃成为三中红卫兵的副司令。他有一种近乎宗教般的狂热，崇拜几近疯魔。在他看来，革命就是造反，顺我者昌，逆我者亡。他向父亲学习，造反有理成为他大耍流氓和强盗行为的护身符。很快，他成为三中最敢说、最敢闯、最敢造反的红卫兵，仿佛漉溪没有他不敢造反的事，没有他不敢批斗的人。这一切，不仅来自他刚愎自用、狂妄自大的个性，更得益于许武良的耳濡目染、言传身教，以及学校长期灌输的"童子功"，使他从自愿变成无知，从无知变成疯狂。运动初期，每回家，许武良不管工作多忙，都要挤时间向他面授机宜。当《横扫一切牛鬼蛇神》的社论刚发表，许武良便一针见血地告诉他，只有以革命的暴力"破四旧"，才能干出一番新天地。当他苦于找不到突破口时，许武良又及时指点他，找派出所提供本辖区的抄家对象名单，从漉溪百年老字号店铺身上动刀——事半功倍。正巧，"积善堂"距三中不远，自然被他列为首选目标。此次"零点行动"，虽然许武良再三交代要如何布线、踩点、找靶子……但是他只有满腔激情和冲动，脑子里只顾冲冲杀杀。多亏，此时的吕鬼仔摇身一变成了制药厂工人赤卫队队长，他不请自来，并带来一整套方案。密商后，吕鬼仔又拉了与红楼仅有一墙之隔的木器厂厂长——马母，三人沆瀣一气，一拍即合。红卫兵正面进攻，赤卫队负责警卫和后勤保障。马母断后，负责"拉天线"，与市里联络。就这样，一场精心策划的腥风血雨的"破四旧"风暴以迅雷不及掩耳之势向"积善堂"大宅猛扑过来。

"阿樱，阿樱！快起来，快起来！"柳芹神色慌张大喊着。

"二孃啥事啦？半夜三更的。"嘉欣揉揉惺忪的右眼。

"你阿母阿爸呢？"柳芹问。

"阿母在学校学习班，没回来。阿爸在果树所也没回来呀！"

"惊死人啦！阿欣，红卫兵来抄家啦！统统要赶到你二婶婆的白石埕那里啦！要快！"柳芹上气不接下气地说道。

红楼里的人们慌作一团,在一片乱纷纷的窸窣声中,有人衣服穿反了,有人鞋子穿一只,有人披头散发,有人打破煤油灯,乱窜乱叫,哭哭啼啼地跑了出来。半夜里走过花园的时候,草地里的小虫琐琐屑屑地梦呓,树上的鸟儿惊恐地拍打着翅膀,吓得一大群大人都不敢嚷叫了,只有小孩还在哭泣。

白石埕从未有过这般灯火辉煌、轰轰烈烈的大奇观。但凡在家的"积善堂"的上上下下,老老少少,几百号人都被驱赶到这里,接受红卫兵的大审判。大人们脸色苍白,犹如惊弓之鸟,小孩们惊魂未定,泪珠儿还挂在脸上。

许子杰双手叉腰耀武扬威地站在大石阶上,身后站满斗志昂扬的红卫兵,四周是虎视眈眈的赤卫队队员。许子杰手里拿着铁皮卷成的喇叭话筒,声嘶力竭地喊道:"'积善堂'的牛鬼蛇神们都给我听好啦!现在宣读《向'四旧'宣战的最后通牒》……限你们在二十四小时内必须将自己全部的变天账、反动日记、金银财宝,以及一切封、资、修的历史垃圾统统交出来,否则我们红卫兵将完全、彻底、干净、全部地砸烂!"

"砸烂!砸烂!砸烂!"埕上的红卫兵和赤卫队队员振臂一挥,好像要拨开黑暗的天空。

"我们红卫兵要毫不留情地向'四旧'宣战!"许子杰喊道。

"宣战!宣战!宣战!"怒吼声响彻夜空,震耳欲聋。

"现在,把死不悔改的大资本家傅老五、日本特务和反动医术权威傅弘茂、四类分子傅玉荷……统统押上台来示众!"许子杰一挥手,这些人狼狈不堪地被红卫兵押到台阶上。

吕鬼仔迫不及待地第一个站出来发言,干脸上露出兴高采烈、老奸巨猾的神情。从往日斗争傅老四,到今天批斗傅老五、傅弘茂,他都冲锋在前,狐假虎威。因为他是货真价实的变色龙,如今傅老五和傅弘茂已成了落水狗,而痛打落水狗则是他的拿手好戏。

他的讲话没完没了,翻来覆去总是那么几句陈词滥调,像高韵台的裹脚布又长又臭,谁也不愿听。可是,他在台上凶神恶煞的表演和台下杀气腾腾的气氛,似乎在预示傅老五和傅弘茂的下场可能会比当年的傅老四更加可悲。

第二个登台亮相的是,自诩为"积善堂"的工人阶级——傅阿鼠。这个终日装神弄鬼，招摇撞骗的算命先生长得贼眉鼠眼的，一看就像奸细。他破口大骂傅老五和傅弘茂是吸血鬼、害人精。随后话锋一转说："今晚有条漏网大鱼必须给揪出来。这个白骨精在'六八'洪水时，竟然出夭寿撒步[1]，想把逃到白楼上的上百个革命群众扔到洪水里去喂鱼啦！真是相皮无相骨。大家莫看她平时面善，其实，她是好形骸，臭腹内[2]，十足残忍！她居然不让我们在白楼上避难，硬逼我们到白楼对面的石头仓库顶上去淋雨，等死！好在，天公惜憨囝，仓库倒塌时，人没被淹死。她是谁？她就是从南洋派来的臭美国大特务，死吃教仔，白楼的——傅八婶呀！"

傅阿鼠话音未落，无辜的八婶立即被红卫兵愤怒地从人群中揪了出来，跌跌撞撞，戴上美国大特务的铁帽和铁牌，跪在石阶上。她的胳膊被两条粗臂反提着，两只大掌猛按着头，做成"喷气式"，耳朵里灌满一连串骇人听闻的罪行。

此时，义愤填膺的金诚伯霍然挺身而出放了一横炮："阿鼠啊，你这算命嘴，糊瘰瘰[3]，十五支拐仔拿双手——七拐八拐[4]。'六八'大水，若不是八婶救咱，你我早已去见阎王了，你的良心喂狗了？还敢在这儿放狗屁！你这搅屎棍！"

"你——你——不能乱骂人！"傅阿鼠做贼心虚，慌忙躲闪一边，找不到北。好不容易看见老榕树，倚着树身坐下来。心想，能在这么大的场面亮相，死了也——值。

俗语说得好，臭头鸡仔无人缘，全场一片唏嘘。

"肃静！肃静！革命无罪，揭发有功！老八这个臭妖婆不投降，就叫她带着花岗岩脑袋去见上帝！"吕鬼仔急忙站出来打圆场，"下面继续揭发！"

"我……我要……揭……发！要揭发！"猪头皮仔突然高举双手，挤到石阶前。石埕上一阵骚动，无比惊诧。谁也没料到，傅老五生了这个最不成丁的浪荡仔，居然在这种场合、这种时间，干这种天大的蠢事。

石埕里，顿然空寂得令人窒息，好像一条条绳子紧紧地勒在"积善堂"

---

1 喻为短命的绝招。
2 形骸，外表。腹内，肚子。喻为表里不一。
3 指胡说八道。
4 拐仔，拐杖。喻为尽心拐骗。

子孙们的脖子上。

"我揭发,前天,天刚蒙蒙亮,我看见六婶高韵台独自一人去后花园呀!"瘦高个的猪头皮仔不知为何显得十分紧张,十分古怪,青灰色的脸上刮净了胡茬,三七开的分头上刷了许多油,穿着一件崭新的蓝色中山装,却扣错了一只纽扣。他的脚又直又细,岔开着像只支开的圆规。他神经兮兮地说,"真的!真的!她神色慌张,十足可疑啦!我问她这么早去花园做啥?她吞吞吐吐,不敢开口。我想,她一定是……是……将金条藏在花园里啦!有可能藏在粪缸里啦!真的噢,千真万确!我从不骗人,不像阿鼠!"猪头皮仔吊起白眼,用手背擦了擦嘴角上的白沫子,说得神乎其神,仿佛在讲述一段荒诞不经的天方夜谭。

众人如锥的目光纷纷移射到猪头皮仔的脸上。"积善堂"里,谁人不知他一身死了了,只剩一张嘴[1];哪个不晓他像开嘴蚶,粒粒臭[2];像阎罗王讲古[3]——骗鬼?因为连鬼都不会相信,一个年已花甲的小脚女人竟敢独自摸黑下楼到后花园去夜游?

"高韵台,站起来!快!"刹那间,数十把手电筒齐刷刷地照在高韵台那张吓得像死人一般的脸上。许子杰迅速解下腰上的铜头军皮带,一个箭步冲到消瘦矮小的高韵台的面前……

高韵台一声惨叫,晕倒了过去。

傅弘茂花白的头发,根根倒竖,一双血丝满布的眼睛射着怒火,他用悲愤、颤抖、嘎哑的声音喊道:"猪头皮仔,你讲话要凭良心啊,不能血口喷人啊!"

"什么良心?这就是造反派的良心!"许子杰霍地摔下头上的军帽,竭斯底里地大喊。

嘉欢和嘉安六神无主,吓得栗栗冷战。接着,许子杰转身掏出事先准备的手稿对红卫兵下达命令:

一小队搜红楼,并协助搜后花园;

---

[1] 一身,全身。了了,全没了。喻为爱讲话又不讲好话。
[2] 喻为尽讲坏话。
[3] 指讲故事。

二小队搜白楼和傅老八的老宅，兼搜护厝；

三小队搜傅老四的老宅，兼搜前园；

四小队搜傅老大和傅老二的大宅，重点搜防空洞；

五小队搜傅老七的大宅。

六小队留守，盯住这群狗崽子，一个也不能跑；

机动队跟我来，押这群牛鬼蛇神到红楼后花园搜查金条。除恶务尽，就是挖地三尺，也要把所有的金银财宝统统挖出来！

军令如山倒。"积善堂"大宅像是平地刮起一阵飓风，各小队如猛虎下山，似蛟龙入海，对"积善堂"大大小小百余间民宅进行史无前例的"大扫荡"，闹个天翻地覆。

红楼的后花园如同白昼，归功于马母厂长及时送来的几十盏明光锃亮的大汽灯。

油头滑脸的猪头皮仔从未见过如此大阵仗，吓得魂不附体，急想溜之大吉。可红卫兵和赤卫队队员紧贴身旁，他插翅难逃。

"快说，金条藏在哪儿呢？"许子杰揪住猪头皮仔胸前的衣襟恶狠狠地问道。

"可——可能——会——会在——在那——那——枯井里——里吧！"猪头皮仔躬着腰，好像电影里的狗汉奸结结巴巴地说，心跳得极快，急忙又咽下一口痰。

"好，先搜枯井！"吕鬼仔当机立断。

搜枯井？谈虎色变！这口井，死了人。那年冬天，傅老五的大房姚娘惊悉其独子宗莽儿在笼山自杀时，执意要在后花园当天作祭，趁人不备就是跳进这口井中自尽的呀！傅老五悲痛欲绝，干脆叫人用石块将井底封了，成了一口深枯井。此刻，说要下井，搜金条，谁都心惊胆战，毛骨悚然。

"猪头皮仔，你给我先下去！"许子杰喝道。

"我……我……"猪头皮仔双腿一软，扑通跪倒在许子杰脚下，一把鼻涕一把眼泪，浑身筛糠连连求饶："求求你了，红卫兵老爷，我……我不敢……下去啊！"

"非下去不可！"许子杰斩钉截铁地说，随即转身去各处督战。

"救命啊！吕队长救命啊！吕队长、肖荷花，你们讲鬼给虎听？说好要给我四十块，骗我来揭发的，你们真想害死我呀！你们的心肝比狗屎还臭！呸！狼心狗肺！呸！……"猪头皮仔发疯似的破口大骂，越骂越凶。

"快快快！把嘴给我堵上！"吕鬼仔气急败坏地说。

赤卫队队员和红卫兵一齐涌上，把猪头皮仔按倒在地，泥巴和杂草塞满一嘴，堵得他眼睛暴突，太阳穴的青筋像榕树根须一样凸鼓出来。

"呸！你这个逆子！大路毋行行弯岭，好人毋做做歹囝！"傅老五抬起突然灼灼发亮的小眼睛，冷不丁地上前狠狠踹了这个"现世报"的猪头皮仔一脚。他那张苍白、清瘦的脸已气紫了，胡子乱七八糟地遮住嘴，鼻子两旁有两行泪道子，用沙哑苍老的嗓音愤怒地说，"我下去！"

"好！"吕鬼仔一声狞笑。

傅老五的脸色像死人一般惨白，深陷的眼眶里闪射出毅然决然的神情，仿佛被押往刑场，他把头趴进井口大吼一声："姚娘啊！我陪你来啦！"说时迟那时快，一个倒栽葱，他跳进黑漆漆、阴森森的枯井里。

在场的人们呆若木鸡。红楼上的许子杰不由吓出一身冷汗，显然他方寸已乱。狡诈的吕鬼仔向肖荷花丢了一眼，悄悄地溜了。

金诚伯闻讯赶来，扛着竹梯奋不顾身地下井，柳芹和二婶也不怕死，七手八脚，帮着金诚伯救傅老五。费了好大一阵子，金诚伯拼尽全身的气力才把傅老五拉上来，然而，傅老五已一命呜呼了。

此刻，柳芹真恨不得把猪头皮仔按倒在这满是蛆虫的粪缸里，这畜生，一点良心都没有！八婶在一旁心平气和地不停地掏着粪。看着眼前发生的一切，她觉得，今夜似乎魔鬼闯入了人的心，驱使人做出如此疯狂的事。可怜的高韵台瘫坐在满是粪水和蛆虫的地上喘着粗气，身旁一条沾满粪水的红鲤鱼垂死地挣扎着……

猪头皮仔在傅老五跳进枯井的一刹那，不顾一切地挣脱了身旁的红卫兵，扑向井边，往前一趔趄，重重摔倒在地上，不省人事。红卫兵急忙用冷水往他头上猛泼。突然他爬了起来，一口痰堵住喉头，这搔得喉头发痒的黏痰，上不去，压不下。

他疯了！"嘻，我要揭发！嘻，揭发！"他跑到粪缸前，双手使劲地掏着粪便，从头到脚淋淋漓漓，臭不可闻，一会儿涂在胸前，一会儿抹在脸上，任凭蛆虫在脸颊上蠕扭钻爬，眼睛不时往上吊，往上吊，口里依然不停地喊着："嘻！我要揭发！嘻！我要揭发！"

猪头皮仔围着老枯井，边跳、边叫；时哭、时笑，直闹到天明，仍未休止。

二、大义灭亲

傅老五的惨死使红卫兵一片慌乱。大义凛然的金诚伯再也沉不住气了，一不做、二不休，他架上竹梯，趁机将傅弘茂解救下来。金诚伯虽没有参加赤卫队，却是"三代红"、老党员、老工会主席，浑身是胆不好惹。看守的赤卫队队员眼急了，慌忙报告吕鬼仔。此时，墙头草的吕鬼仔见势不妙，躲都来不及。他一推三六九，撒手不管了。

傅弘茂已奄奄一息，危在旦夕。他像僵尸般躺在石板上，脸色像石头一样惨白，眼睛似炭火一般血红，脸上的皮肉越来越瘦，眼窝也越陷越深，胸部艰难地起伏着，发出一种死气沉沉的"嘎嘎"声，嘴里不停地咯出血来，令人悲痛欲绝。仿佛知道自己有内出血，他拼尽全力发出断断续续、含糊不清的声音，"芹……芹……"

金诚伯觉得大事不好，慌忙疾呼柳芹。

柳芹从后花园狂奔到傅弘茂身旁。此时的她，吓得睁圆了眼睛，哭都哭不出来，一阵战栗掠过全身，冷汗涔涔滴下来。她一手紧紧地握住他那颤抖、湿冷的手，一手用毛巾擦去他满嘴的血，噙着泪水，大声地不停地呼喊："老六啊老六！你不能走呀！你怎么能走呢？"过了好大一会儿，他才慢慢睁开眼睛，闪出了一点跟从前一样的光彩，唯恐抓不住自己的生命，他忍着内出血的巨大痛楚，拼尽力气说，"上——协——和——"声音是那么孱弱，似乎变成了耳语，他头上的汗和血连接在一处，觉得眼前一片红，红的天，红的地，连柳芹也变得红彤彤。

"快！快送老六上医院抢救啊！"二婶大声喊道。

然而，"积善堂"所有民宅的大小门一律紧闭，只准进、不准出，全部人都集中在傅老大的大楼里，睡地铺，没有总指挥许子杰开具的出门条，谁都插翅难飞。

十万火急！心焦如火的金诚伯寻遍了"积善堂"大宅，始终找不到许子杰的踪影。他满头大汗，无可奈何地跑回白石埕，心想，傅弘茂——这位一辈子在手术台上抢救无数病人的好医生，居然在自己生命垂危之际，不准上医院抢救，只能眼睁睁地看他死去呢？不行！绝对不行！即使自己掉脑袋也要救傅弘茂。他豁出去了！

金诚伯飞快地拉来一辆板车，抱起傅弘茂，冲出巷子口。

"站住！干什么？"红卫兵和赤卫队队员一齐涌上来。

"老六快不行了，得马上去医院啊！"柳芹苦苦哀求。

"不行，要有通行证！"

"我就是通行证！"金诚伯义愤填膺地说，"去，把你们队长吕鬼仔给我找来！我倒要问问他，堂里究竟还要死多少人，他才肯善罢甘休？"金诚伯洪亮的声音震响整条巷子。

赤卫队员和红卫兵全懵了。有人急忙跑去敲吕鬼仔的房门。吕鬼仔正搂着肖荷花，吓得不敢开门。万一金诚伯这个莽撞鬼硬闯进来，该如何是好？许子杰这小子大闹天宫，如今跑哪里去睡大觉了，把烂事全撂给我！呸！姜还是老的辣，我还嫌他太嫩呢？他鬼眼珠一转，朝门外的人喊："吵什么吵？上医院？只准金诚伯拉死老六一人去，你们派三人跟着，盯紧点！这不就成了吗，这点屁事也值得大惊小怪来报告，滚！"

金诚伯拉着车，如离弦之箭，直奔协和医院。

当傅老五像死猫死狗似的被扔进火葬车时，随车的土公仔[1]康阿歹一眼就认出，这是老同学傅大宝的家，他东张西望不见傅大宝，一问，才知道傅大宝还蒙在鼓里，而傅弘茂正在医院抢救，高韵台也朝不保夕。知恩图报，康

---

[1] 指殡葬员。

阿歹记起自己的这条残腿，还是傅弘茂给接上的，急忙扯着柳芹的衣角低声地问："阿婶，要不要告诉大宝呀？""要！要！"柳芹恍过神来，连连点头。柳芹偷偷摸摸塞给康阿歹两块钱，悄悄拜托他快去拍个电报，催大宝赶快回来。

"父病危速回"两封加急电报，令傅大宝感到十分惊诧和蹊跷，阿爸自己是名医，膝下儿女成群，他若有病，直接找医院就行，干吗催我？我既不是医生，也不是救世主！左思右想，他决定置之不理。

说实话，傅大宝与傅弘茂根本谈不上父子情深，而是心存芥蒂，形同路人。在他心里始终怨恨傅弘茂三不该：一不该留学日本；二不该娶三个老婆；三不该住"积善堂"红楼。道理很简单，日本是帝国主义；娶妾是封建主义；而"积善堂"明摆着是资本主义。这三座大山，压得他喘不过气来，抬不起头来，仿佛满脸烙上了封资修的黑色大烙印，让他永世不得翻身。按理说，凭着他自己的红色革命经历——十八岁就参加过"抗美援朝"，至少也是个正团级。可是，他至今连党都入不了。让他转业也难，连个股级干部都当不上。多少次他渴望划清界限，与傅弘茂一刀两断！

隔天一早，第三封电报不期而至，而且末尾多加了"母"字，犹如"三道金牌"，逼得傅大宝无奈地赶回溇溪。

刚到红楼，猛抬头，傅大宝心惊胆战，仿佛有一股寒气袭过他的脊背。往日热闹的红楼大门，如今面目全非：踢寿处的精美石雕和彩门上的木雕全被砸得支离破碎；原来挂着"光荣之家"大红匾的门框上，如今贴上"牛鬼蛇神之家"的大白纸；朱漆大门上原有的那对铜门环不翼而飞，"庙小妖风大，池浅王八多"一副白对联贴在门上，万般刺眼；东西两侧的红墙上用白灰水写着："老子反动儿混蛋！"和"敌人不投降就叫它灭亡！"的大标语。这些字犹如一颗颗钉子，直扎进他的心，令他全身一阵剧痛和痉挛。

"你找谁？"把门的红卫兵喝斥道。

傅大宝脸如土色，呆若木鸡，心想，好家伙，原来是家里出了这等大事，才接二连三地拍电报，谎称阿爸病危，骗我回来收拾这烂摊子呀！红卫兵运动势如破竹，拿鸡蛋碰石头？将我当枪使？想得美呀，呸！自己屁股的屎，自己擦。阿爸你也太歹毒了，活该你今日倒霉！他缓过神来，转身拔腿想溜。

"大宝怎么回家不进家门？待在门口干什么？"恰巧，肖荷花与吕鬼仔一道出门，一头撞上，便酸溜溜地说道。

"噢！四……"傅大宝皱紧眉头，忽见到肖荷花手臂上那鲜红的"赤卫队"袖章，强忍着把"嬷"字噎了回去。

吕鬼仔一声不吭，目不转睛地死死盯住傅大宝，扯了扯脸上的肌肉，嘴唇上挂着一丝怪笑，肖荷花很得意地笑了笑。

傅大宝只好硬着头皮，跟着吕鬼仔走进红楼。

眼前的这一幕，委实令他以为自己的眼睛出了毛病，红楼好像刚发生了一场大地震，满目疮痍，一片狼藉，不堪入目。偌大的红砖埕，只能小心地踮起脚尖才能辟出路来。客厅更是惨不忍睹。

目睹这一切，傅大宝惊魂未定，即被传唤到楼上的红卫兵临时指挥部。

"你就是傅大宝。"许子杰瞅了瞅傅大宝一眼。

"是的。"傅大宝非常紧张，毕恭毕敬地回答。

"你怎么不在象牙，急急忙忙跑回来干什么？是来挑衅，还是想来向红卫兵示威的？说！"许子杰用拳头往桌子上一捶，茶杯里的水四处溅射。

"我……我是……是……接……接到……电……电报……才……才赶……赶回……回来……的呀！"傅大宝吞吞吐吐。

"电报？什么电报？"许子杰问。

傅大宝掏出电报，双手颤抖地递上。

"小队长，立即去查！究竟是谁？敢发这份该死的电报！"许子杰看后，立即命令道。

"傅大宝，你是什么出身？"许子杰故意挑衅地问。

"知道！资——本——家。"傅大宝低着头，像挤牙膏似的。

"知道就好！这次，我们红卫兵是来破四旧，砸你这个王八蛋'积善堂'老家的。我要告诉你，你老爸傅弘茂是日本特务兼反动医术权威；而你老母高韵台是资本家老婆、白骨精。据革命群众揭发，你老母将全部的金条，不，包括珠宝首饰、变天账等封、资、修的东西全部秘密藏到后花园里，至今拒不交代。现已被我们红卫兵扣押起来了。你来得正好！如果你想跟父母划清界限，必须马上去告诉你老母，不要执迷不悟，尽快把窝藏的东西如数给我上缴，否则小心你的人头！"许子杰将父亲许武良言传身教的训人与审人的本事发挥得淋漓尽致。

"是是是！"傅大宝连声答道。当他听到了"金条"二字时，如雷贯耳，吓出一身冷汗。

"大宝你是转业干部吧？"吕鬼仔接着问道。

"是！是的！"傅大宝答。

"大宝啊！你是读书人，敢不敢革你反动老子的命，革自己的命，站到红卫兵这边来，这个大是大非的原则问题，你心里比我清楚！"吕鬼仔站起来说。

"谁不和我们红卫兵站在一起，谁就是我们的敌人！"许子杰说道。

"所以，我想，你若一意孤行不与我们红卫兵和工人赤卫队站到一起，你还配当国家干部吗？"吕鬼仔转了转眼珠说道。

"是……是……"傅大宝已说不出整句话来，只由嘴中蹦出一两个字。这一刻，他额上的青筋全部鼓起，鼻子上出着汗，手心直发凉。他的心急剧地跳动着，思绪也剧烈地波翻浪卷着：怎么办？怎么办？红卫兵一针见血，搜的是金银首饰，要的是"战利品"，所以才挖地三尺！不说？下场可悲；要说……

"如果你拒不配合的话，我可以马上将你扣押起来，从严查办！"许子杰厌烦吕鬼仔讲的，既啰唆，又多余，干脆站起来，撂下最后通牒。

"不不不……我配合！"傅大宝一个寒噤，把"我配合"三个字吐出来。他死尸般地僵立着，一种难以承受、突如其来的感觉仿佛一声雷击中了他。在政治恐怖高压下，人，瞬间能变成完全预想不到的东西。他觉得大祸临头了，心想，阿母肯定完蛋了，自己再不配合，肯定也得赔进去！对了！即使是家被抄了，父母没了，我也是崇拜革命，渴望背叛的呀！

"好！现在就押你去见你老母……"

"不！不必了！"未等许子杰说完，傅大宝使劲地摇头，像拨浪鼓似的。

"又怎么了？"吕鬼仔狗仗人势地吼了一声。

"我该死！我不是人！我——我阿母的金条，还有珠宝首饰……全……全放在我那里。"傅大宝突然一边哭诉着，一边自打耳光，承认自己站错了队。

"什么？真的全在你那儿？"许子杰激动难耐，热烈癫狂、心跳加速，狠狠地又捶了一下桌子。

"是真的！上个月，是我阿母叫我二姐玉菊偷偷摸摸分四次送到我家里来的。我根本不知道呀！原封不动！原封不动！"傅大宝如释重负，字斟句酌说得很清楚，唯恐许子杰听不明白。

"走！吕队长，立即派车，统统取回来！"许子杰兴奋到了极点。

"你敢欺骗红卫兵？必死无疑！"吕鬼仔一双浮肿的小眼睛里不满地露出怀疑、凶狠的神情。

"不敢，绝对不敢！对说过的话，我负全责！"傅大宝觉得自己似乎脱离了险境。

"好！人信字，牛信鼻。把你说的话，一字不漏地给我写出来！"狡猾的吕鬼仔说。

"好好好！"傅大宝战战兢兢地拿起钢笔。

看完傅大宝的认罪书后，吕鬼仔对许子杰说："好！我这就回厂里打电话，找马厂长派车。"说完，他便匆匆下楼。

很快，地区行署的一辆吉普车开到了红楼。许子杰亲自押着傅大宝直奔象牙取回高韵台的金银首饰。即将大功告成，许子杰扬扬得意，当然也格外感激这位要风得风、要雨得雨的马厂长。

原来，马厂长就是马奋民局长的亲妹妹。她叫马奋娥，四十多岁，人高马大，阔肩巨腰，看起来像会走的一只泡菜坛子。她的那张宽脸长满雀斑，看上去就像只漏勺。她至今未婚，所以人皆称她"马母"。她光喝水也长膘，愈发圆滚，肥胖的手指像刚灌好的香肠。尽管她每天十分用心地涂脂抹粉，可野马似的脸上的雀斑依然故我，个个发亮。依仗马奋民，她有吆五喝六的威势，她点头，就是"行"，不行也行；她闭口，便是"不行"，行也不行。你若干得好，她十倍妒忌你；若干得不好，她百倍恨死你；若干砸了，她立马开除你。木器厂成了她的独立王国，水泼不入，针插不进。她虽只有小学文化，却巧舌如簧。与马奋民是一丘之貉，好色之徒，红卫兵对"积善堂"大抄家，她像吃了顺气丸似的百般畅快。她主动承揽红卫兵抄家时的对上联络和押运事宜，妄图从中获利。如今，许子杰抄的是金银珠宝，而她心目中窥视的是红楼后花园的这块宝地。她朝思暮想，想借"文化大革命"的滚滚洪流把后花园一口吞没，归木器厂所有。

很快，高韵台"窝藏"在傅大宝家中的全部金银首饰，被许子杰如数没收了。当着县兽医站造反派的面，许子杰给傅大宝贴上了"大义灭亲"的红标签，既往不咎。傅大宝激动得热泪涌流，再三表示，一定要痛改前非，划清界限，重新做人。

第四天下午，一场精心策划、别开生面的批斗大会在"积善堂"大宅的白石埕里粉墨登场。

与上次批斗会截然不同的是，会场上拉起"批斗大会"的白布横条，四周插满红旗，老洋桃树上还专门挂上高音喇叭。批斗会尚未开始，语录歌曲和革命造反口号已经响彻云霄。石埕上涌动着一股股红彤彤的革命洪流，挤得水泄不通：前排坐满红卫兵；中间是赤卫队队员；后排是街道派来的革命群众，"积善堂"遗老遗少们只能站在老厝大厅及巷道上。

许子杰像获得伟大胜利，时间未到，便声嘶力竭地喊道："把现行反革命分子高韵台押上来！"

几天来无情的斗争，老人已形容枯槁，若不是两位红卫兵左右架着，恐怕连石阶都上不来。身旁陪斗的还有她的二女儿傅玉菊，三女儿傅玉荷，还有柳芹，这些人一律五花大绑，分别挂上"四类分子""窝赃犯"。令人啼笑皆非的是，跛脚康阿歹居然从殡葬所里被揪出来，耷拉着脑袋，高挺的鹰钩鼻子和浓密的黑胡子早已没有一点生气，畏畏缩缩站在一起"陪斩"。

"高韵台不投降，就叫她灭亡！"口号声此起彼伏，震耳欲聋。

"战友们，同志们！告诉大家一个好消息，经过我们红卫兵三天三夜连续奋战，终于截获了现行反革命分子高韵台窝赃的全部金银珠宝，同时，我们还挖出了窝藏犯傅玉菊，揪出了通风报信犯柳芹和坏分子康阿歹，初战告捷！我们一定要'宜将乘勇追穷寇'，不获全胜，决不收兵！"许子杰慷慨激昂，抑扬顿挫地念完开场白。

紧接着，街长孙婶仔登台亮相。好家伙，半老徐娘的她也穿上一身绿军装。上台时，不忘时髦地挥舞手中的"红宝书"，与场下的红卫兵一起三呼口号，热热场子，清清喉咙，再大声朗读九段《最高指示》，才正式发言。

"高韵台是什么碗糕呢？外表看，裹脚、旗袍、插派克金笔，十分时髦！里子呢？臭不可闻！她的反革命本质，我早就看透透！抗美援朝那年，她哭死哭活，哭什么？哦，原来是哭她的儿子傅大宝，惊他上战场去打仗啦！大跃进那年，她又哭爹喊娘！哭啥呢？哭她老母的铁床捐去炼钢啦！她是啥货色？看一看她的反动家谱，便一目了然。她老爸是满清进士兼台湾特务；老公是资本家、日本特务兼反动医术权威；她本人不但是封建进士的千金小姐，'积善堂'资本家大太太，而且是地地道道的现行反革命分子；她的儿女和女婿也全是烂货，不是历史反革命，就是劳教犯。她一心想复辟，想变天，妄想继续骑在劳动人民头上作威作福！我们一千个不答应，一万个不答应！打倒高韵台！……"

孙婶仔带着一大堆时髦的"套话"喋喋不休，越说越激动，越说越令人怨倦，仿佛来了说瘾。只可惜，再也找不出伟大的语言；而大烟瘾着实嚼心难忍，她只好就此打住，溜下台阶，点燃一支香烟，先过一把烟瘾再说。

谁也没有料到，肖荷花居然走上台，声泪俱下地控诉傅弘茂和高韵台，还有柳芹长期以来对她进行惨不忍睹的阶级迫害，无时无刻地骂她、打她、压榨她，她在红楼里连猪狗都不如，真是生不如死。最后，她语出惊人，说，决心与傅弘茂一刀两断，划清界限，投身到革命赤卫队的怀抱里来。

吕鬼仔鼓掌的手都拍酸了，拍疼了，还觉得不够，急忙抢过话筒，露出大黄牙高呼，热烈支持肖荷花的革命行动！向肖荷花致以崇高的革命敬意和最热烈的欢迎！

最后，吕鬼仔当场唸了傅大宝的揭发信。

"……我的母亲高韵台长期坚持剥削阶级的反动立场，死不悔改，她将在'积善堂'里赚取的沾满劳动人民血汗的金银首饰偷偷转移到我家……"

长时间的批斗，高韵台几近昏死过去。当听到"傅大宝"三个字，她像触电似的惊跳起来，脑子里一片发黑。往下一听，她不由心惊肉跳，浑身打战。大宝的信像鞭子把她身子打得体无完肤，像钢爪把她的心脏撕得支离破碎，像炸弹把她的灵魂炸得魂飞魄散。她已粉身碎骨。她做梦也想不到，一辈子最宠爱、最宝贝、最信任、最炫耀的独子竟然会在此时此刻，给她最狠毒、最卑鄙、最无情、最致命的一击。她像一个被逮住的，濒临死亡的病鬼，一阵阵剧烈的痉挛，脸一变歪，一下子栽倒在地，不省人事……

三、在劫难逃

　　眼瞅着高韵台奄奄一息，柳芹五脏俱焚，她不难卜算在大宝的致命一击下韵台姐已在劫难逃了！她无论如何也想不通，为什么大宝会如此缺德，竟敢向亲生母亲下如此毒手？俗语说，莫惊虎有三只嘴，只惊人有两样心。人人爱自己，爱父母，爱亲人，天经地义。唯独他六亲不认？有情毋报毋是人啊！亏他读过书，当过兵，行万里路，怎与无半滴墨水的猪头皮仔一路货色，禽兽不如？还有那玉菊像躲瘟疫似的，连个影子也见不着。可怜韵台姐一生最疼爱这两个活宝，真是歹囝不如无！呸！大宝和玉菊如此忘恩负义！更有肖荷花竟敢青天白日抢关帝庙[1]，如此丧尽天良！我倒要留目睭看看这些卑鄙龌龊的小人有什么好下场！

　　手无缚鸡之力的高韵台确实经不起这般折腾。原本一场批斗会就足以让她去阎王殿报到了，何况，最最心爱的儿子傅大宝致命的反戈一击，她就此一蹶不振，卧地不起。她觉得，活着是最大的耻辱："反革命"三个罪恶的大字永远烙在心上，成了"进士门第"老高家和"积善堂"老傅家中最丢脸、最丑陋、最不幸的女人，还有何脸去见列祖列宗？尤其令她痛入骨髓的是，数十年呕心沥血抚养成人的大宝居然敢向她"开枪"；数十年来拼命积攒的所有金银珠宝和积蓄竟然全部被没收充公，该怎么活呀？她胡思乱想，只求速死。次日，她发高烧，梦呓不断，时惊跳起身来，号啕大哭；时而绞着双手，低声呻吟；时而昏昏沉沉，口吐白沫。柳芹和二婶日夜伺候她，寸步不离。

---

[1] 喻为干邪淫事。

精心熬制的米粥，她不喝；苦口婆心相劝，她不听。她干瘦的脸色已枯萎得如同一张干瘪的黄菜叶，身子活像是一具木乃伊。

柳芹束手无策，急得干瞪眼。她不敢找吕鬼仔说情，更不敢找许子杰讲理。因为他们早已定调——高韵台是阶级敌人。"敌人不投降，就叫它灭亡！"这是红色风暴中的真理。谁敢冒天下之大不为韪呢？

抄家后的第五天傍晚，汤水未进的高韵台渐渐陷入昏迷之中，有时她全身瑟瑟发抖，缓缓转动呆滞的眼珠环顾四周；有时她神志不清，艰难地、嘶哑地喘着气，喉咙里好像有什么东西在呼哧呼哧作响。深夜，猛听到她有气无力地喊了一声，"大——宝——你——"声音那么慌急，那么促迫，那么哀弱。每说一个字，都要停下来喘一口气；说到"你"字时，冷汗从前额上涔涔地滴了下来，柳芹和二婶急忙将瘦骨如柴的她扶住，汗水湿透全身，身子渐渐冷了。只见她那张苍白中透出蜡黄，干瘪瘪的脸往柳芹怀里一仰，小嘴巴大大一张，缠着一条沾满血迹的破烂裹脚布的三寸金莲猛一蹬，便撒手而去。

"韵台姐！"柳芹突然发出一声惨烈的哀号，热泪滚滚流满脸颊。阴阳两隔，韵台姐的尸体就横陈在她面前，使她陷入了一种茫然无措而又极其痛苦的孤独之中。如何办呢？眼下，老六在住院，玉荷遭隔离，玉菊躲起来，而肖荷花又离婚。她一想到肖荷花的所作所为，便不禁鄙夷地啐了一口唾沫。左顾右盼，她心中唯一盼望玉樱和舒夫能够闻讯早早赶回来，一道把韵台姐的丧事办了，可是，欲眼望穿，仍不见踪影。

人死了不能复生，真的。这就是命！柳芹想，无论如何都必须给韵台姐买件寿衣，盖上天地被，点上香烛，烧些纸钱。至少，也得给韵台姐穿一双新鞋，让韵台姐一路走好。然而，她的话还没说出口，就被许子杰这个该死的毛孩子骂得狗血喷头，"别啰唆！死了就烧！大破'四旧'，谁想搞封建迷信那一套，就叫谁去见阎王！"她偏偏不死心，想回红楼找几件干净的衣服给韵台姐换上，也被拒之门外。她只好和二婶从白石埕的井中打起干干净净的清水，轻轻地、细细地、慢慢地给韵台姐洗脸、洗手和洗脚，擦去韵台姐身上的血迹和污垢。望着高韵台这张熟悉的清秀的脸庞，如今却变得那么蜡黄、冰凉和瘦长，双目紧闭，两腮深陷，张着的嘴有点变形，宛如仍在做着一场噩梦——为什么脑袋里从来没有政治细胞的人，却死在政治风暴中。她的心突然被碾成粉齑。

此刻，田舒夫正急匆匆地赶回红楼。他已半个多月没能回家了。果树所里的"文革"运动虽不如城里搞得惊天动地，但造反派早已勒令：所里的牛鬼蛇神，只许老老实实，不许乱说乱动。虽是"摘帽"右派，他仍如履薄冰，不敢请假回家，根本不知道玉樱已进了学校学习班。这天中午，听说城里的"破四旧"搞得天翻地覆，所有百年老字号商铺都被红卫兵砸得稀巴烂，自然想到"积善堂"。他惴惴不安，慌忙请了假，想回家探个究竟。

入夜，天空很黑，黑得可怕，路灯好像突然矮了一截，灯光在颤抖，路边一盏盏小煤油灯跳动的火焰像蓝莹莹的精灵，如鬼火般忽明忽暗，一个个"牛鬼蛇神"按时准点站在那里敲盆击碗像背书似的不停地请罪。路上行人极少，连猛犬也不敢叫一声。田舒夫低着头，急匆匆赶路，浑身像有千万个细小的钢针刺着他。

刚拐进空荡荡的修文路，迎面撞上金诚伯。

"去去去！"只见金诚伯神色严肃，连忙对他摆手，示意他赶快离开。

猛一怔，他纹丝不动，仿佛是块木头。抬头一望，红楼黑漆漆的一片，唯有门前灯火通明。顿时，他预感大事不妙，像蹚到邪灵似的，本能地扭头闪进骑楼，快步离去，也顾不及与金诚伯道个谢。他知道，"六八"洪水，金诚伯在白楼救过玉樱一命。他想，金诚伯刚才反常的举动，必有所暗示。他连夜奔回果树所，长嘘了一口气，头上冒出虚汗。虽躲过一劫，心却如刀割一般痛苦。红楼怎么了？玉樱和孩子们怎么了？他牵肠挂肚。

颇具讽刺意味的是，傅玉菊的儿子北仔子躲在二中，不仅没事，还混迹"红卫兵"组织，参加"破四旧"运动。因为他个子高，胖墩墩的，说一口北方腔。俗话说得好，十大九呆，无呆总兵才。他自诩是"革命干部"出身，谁也不敢怀疑。

夜里，嘉欢突然惊叫起来，嘉欣赶忙起身，"怎么了？欢欢！"

"肚子……肚子……疼得要命了！"嘉欢直捂着右腹部。

嘉欣猛然记起，这些天嘉欢时常叫肚子痛，忽儿说这边，忽儿指那边，感觉肚子总是闷闷的。嘉欣不介意。如今,她伸手一摸嘉欢的额头滚烫,像在发烧,她惊慌失措地喊叫刚刚躺下的二嬷。

"欢欢,你怎么了?"柳芹心疼地问。

"哎——呦——痛——死——了"嘉欢一边用力紧压肚子,一边哭号着。

"好孩子,别怕,二嬷在!"柳芹把嘉欢紧紧地搂抱在怀里。她想必须马上送嘉欢去医院,可又苦于没有"通行证"。

大婶和二婶急忙回房间找止痛药,可所有抽屉,连药罐子、药瓶子早已被扔到天井里去了,怎找得着?赶紧用土办法,一边按止痛穴位,一边给嘉欢喂茶水,可没多久,嘉欢又吐了。

折腾到凌晨四点多,嘉欢肚角上针刺似的剧痛,仿佛这几天来大抄家的所有痛苦都集中到她身上了,痛得蜷缩成一团,痛得在地上直打滚,哀号声把楼里的人全吵醒了,嘴唇发紫,双眼直往上翻。

"不行,别再等了!得马上送医院!"柳芹叫宗耀先悄悄地探路,背起嘉欢,与嘉欣像做贼似的偷偷摸摸绕过大榕树,溜出九间排的边门。所幸,门岗睡得像个死人。

"叫啥?几岁?什么成分?"急诊室挂号员问。

"田嘉欢,16岁,成分……"柳芹把话又强噎到肚子里。

"家住哪儿?"

"积善堂……"嘉欣急忙抢答。

"'黑五类'靠后等!"护士填好病历卡,头也不回。

"什么?"柳芹全身的血顿时涌到脸上。她豁出去了,背着嘉欢猛地撞开诊室房门,冲了进去。

"安静!"值班医生一怔,见是柳芹连忙问道:"呦!柳婶,你来做啥?"

"孩子病了,快救救她吧!"柳芹脑子里一片空白,根本不记得眼前这位医生就是傅弘茂的学生。

"必须马上开刀!"那医生诊断后果断地说。

"开刀?"如五雷轰顶,柳芹和嘉欣目瞪口呆。

"快!马上签字,办手续去!急性盲肠炎不手术不行!"医生催道。

开刀并不顺利。切盲肠，本是小手术，由于没有"通行证"，耽误了开刀的时间，又跑了那么多路，结果发生了肠粘连，不得不进行全身麻醉，手术整整进行了四个多小时。术后，那医生悄悄告诉柳芹，若再晚一步，嘉欢的生命就会出大危险了。

"老六在哪儿？能不能让我去见一眼？"

"傅主任已经脱离危险了！但现在被医院的造反派关在哪里，我也不知道。不过你放心！傅主任人缘好，在这里扫厕所，总比回红楼遭批斗强！"那医生说。

柳芹无可奈何地点了点头。

术后的嘉欢被抬回病房，刀口开始彻骨地疼。此刻，她多么盼望阿爸阿母能在自己的身旁啊！

嘉欢住院，柳芹心力交瘁，两头夹击。自抄家以来，傅弘茂一家老小，除了肖荷花外，三餐饭菜都由她一人张罗，她的小儿子阿耀和嘉欣当帮厨。如今，趁门卫有所松懈，她还得派阿耀给住院的嘉欢和陪护的嘉欣送饭。曾经犯过"通风报信罪"的她，再也不敢贸然托人给玉樱和舒夫捎信了，她独自默默挑起照看嘉欢的重担。

六天六夜，仿佛经历了人间炼狱，嘉欣的心已分崩离析，乘着监视的红卫兵不在医院时，她逃了出去。视力不好的她跟跟跄跄跑到南山小学，想找阿母，想告诉家里发生的一切。然而，门卫的老伯告诉她，"傅老师早已进市里学习班了！"

"进学习班？学习班在哪里呢？"她焦灼地问。

老伯直摇头。

怎么办？去果树所找阿爸？不行！四姨丈都被揪回来批斗了。此时，怎能给阿爸添乱？前思后想，走投无路，呆呆地伫立在中山桥头，心更慌，滚滚漳江像是阴阳分界的标记，她狠狠地痛哭一场。

许子杰玩腻了。虽然他对运动始终很狂热、很亢奋。但是，他野心勃勃，一心想干更大的、更轰动的事，以彰显自己的造反气派和威力。这些天，他只到红楼指挥部巡视一下就溜了，把一大堆乱七八糟的事情全撂给吕鬼仔。唯一念念不忘的是挖掘"积善堂"防空洞的进展。

原来，在"积善堂"傅老大的厝后有座小山似的防空洞，洞里空荡荡的，一无所有。然而，许子杰听吕鬼仔说，当年，为躲避日机的轰炸，"积善堂"将所有的金银财宝藏在防空洞里。他暗自窃喜，渴望像阿里巴巴一样，在防空洞里发现"积善堂"的牛鬼蛇神们处心积虑隐藏十多年的巨大宝藏。这样一来，他的战绩自然辉煌无比。

孙婶仔相当卖力，调派了全西街近百个"四类分子"到这里来，"三班倒"，不分昼夜死劲地挖。七天七夜，整座小山几乎夷为平地，仍一无所获。令许子杰十分懊恼和失望，他狠狠地把吕鬼仔臭骂一顿。

许子杰心灰意冷之时，正是马母雄心万丈之日。这几天，马母经常到红楼上的指挥部，表面上是满腔热情地支持、关心许子杰"破四旧"的革命行动，实际上是假公济私：一是想抢占红楼两间属于自己的房子，作掩人耳目的"行宫"；二是想侵吞红楼的后花园。她嫌木器厂太小了，做木家具，桌椅板凳、大小木桶能卖几个钱？要不是看上厂里的年轻人身强力壮，"战斗力"极强，她早就远走高飞，另谋高就了。她原本在手工业管理局当科长，就是看不惯局里尽是熊样的奶油书生，才自动请缨到木器厂当厂长。可这不满四十人的小工厂能让她看上的就这么几个，必须招兵买马，扩大厂房。她通过马奋民获批制造农用车的木车厢。可惜，没有场地建不成。她曾几次爬梯子窥视红楼后花园这块肥肉，垂涎三尺，只要把墙一推，新车间不就建成了吗？可惜，她找不到借口，强征后花园。如今，千载难逢的"文革"，让她梦想成真，唾手可得。傅老四有个浪荡孙子在局里当小干事，乳名叫狮嘴。听说家里闹地震，狮嘴吓得死活不敢回家。她找到了胆裂魂飞的狮嘴，尚未施压，狮嘴就满口答应把后花园中属于他爷爷傅老四的四棵老龙眼树无偿捐献给木器厂，签字画了押。她冠冕堂皇地开始圈地了。既然资本家傅老五、傅弘茂的财产已被红卫兵没收了，而这满园里的树呀、花呀、草呀又算个啥？让它统统见鬼去吧！

马母站在楼上的后走廊，挺起一身横肉，双手叉着腰，得意地望着眼前的花园，承载的是疮痍和残破：石径没了，凉亭倒了，枯井埋了，红鲤鱼死光了，连大粪缸也被砸了，只剩下无数的绿头苍蝇在漫天飞舞，散发一阵阵冲天的臭气。她眯起眼，暗自窃喜。

指挥部开会时，马母兴冲冲开头炮，"这次红卫兵最辛苦！战绩辉煌！应该在《漉溪日报》来个大宣传，表彰表彰！这，我来张罗，你们别操心！"

"别！别！马厂长，听说人家一中和二中的红卫兵干得比我们好，抄出来的金银财宝比我们多得多啊！"许子杰赶忙说。

吕鬼仔白眼珠往上吊，若有所思，一声不吭。

"说话呀！吕队长。"马母坐在小椅上不停地挪动着大屁股。

"噢！言之有理！言之有理！登报，必须制造一个好的新闻点，譬如……"吕鬼仔绿脸上露出狡诈的笑意。

"有话快说！老子最受不了卖关子！"马母发飙了。

"譬如说，三中红卫兵小将许子杰率先提议：将'修文路'更名为'反修路'；'崇武路'改为'要武路'；将汽车站的汽车出入口改为'红灯'行，'绿灯'停！"

"高，实在是高！"马母兴奋地竖起肥胖的大拇指。

许子杰不得不折服吕鬼仔。他高兴地紧握吕鬼仔的手说："谢谢吕队长！你想要的房子，由我们红卫兵来封。不管红楼，还是白楼，'积善堂'大宅里的房子，你们想要几间，就封几间。我们说了算！"

"封房？"马母像触电似的从椅子上蹦了起来说："我们木器厂至少要十五间，后花园的地，我们已经征用了。"

吕鬼仔小脸给气绿了，做梦也没想到马母竟然像马后炮——死毋到！

"好！下午三点，我们准时撤。你们想封哪儿，只要告诉我一声就行。我们先封起来，三天后，再来拆封，交你们使用！"许子杰说道。

"好！"马母和吕鬼仔异口同声地答道。

四、徒步串连

许子杰光荣赴京串连了。

临行前,他兴高采烈地回了趟家,把这一特大喜讯告诉阿爸和阿母,并强烈要求自己非改名不可。

"改什么名?不行!不行!"沙慧珠执意不肯。"就叫'忠东'!行不?阿爸。"许子杰恼羞成怒,

"反正,我就要改!"

"依我看,红卫兵小将改个革命的名字很有必要!就叫'志杰'吧!'志'与'子'谐音,但意思截然不同,'子'字一改,你就真正成为毛主席的红卫兵。至于'杰'字就不改了,一来阿杰在咱家都叫了十几年了,多顺口;二来嘛,你不杰出,怎革命?怎造反?哈哈哈!"许武良开怀大笑。

"我不!我一定要改成大红大忠的名字!"

"糊涂!志杰就是立志杰出,矢志不渝地做毛主席的忠诚卫士,有何不好?!就这样定了!别啰唆!"许武良板起脸,一锤定音。

许子杰嘟噜着嘴,不敢吭声。

沙慧珠忍气吞声,不敢反驳。

"那好吧!不过,阿姐也要改,咱'红五类'叫什么香玲?难听死了!简直是中了封建主义的毒气弹。"

"这,你就不必管了!"许武良脸色一沉,打断许子杰的话。

雄赳赳、气昂昂登上火车的一刹那,许子杰激动得哭了!太光荣!太骄

傲！太自豪了！

眼瞅着学校里红卫兵一批批赴京大串连，而"黑五类"无人问津，只能守株待兔，嘉亮的心再也沉不住了，"去北京！我无论如何要去串连！既是革命师生大串连，我怎么不能去？！"他暗自下决心，悄悄购买全国地图，办好学生证，铆足劲做好各种准备。此时，他对红楼惨遭洗劫一无所知，只有强烈地预感到，再不走，就得留在学校扫大门了！于是，他焦急万分地约上冉云洞、曾广阳和谢雨湄几位好同学商量，决定各自偷偷溜回漉溪。

一进"串连办"，嘉亮的心猝然凉了半截。因为现在只办理徒步串连。出省外步行串连者，必须到省城办理手续。

"北京远在千里，单凭两条腿，我们猴年马月才能走到啊？"冉云洞叹道。

"徒步是苦，但若不去，后悔一辈子更苦！'千里之行始于足下'，我们既然来了，就要走！爬也要爬到北京！我是铁下一条心了，咱们可不能打退堂鼓啊！"嘉亮斩钉截铁地说。

"对！死活也要走。"曾广阳说。

冉云洞和谢雨湄被嘉亮说服了，同意一起去冒险。然而，怎么上省城办证呢？嘉亮一脸茫然。

半夜里，冉云洞突然风风火火赶到红楼告诉嘉亮，明早他二叔恰好开车要上省城，同意捎上他俩。嘉亮喜出望外，两人高兴地抱成一团。

孰料，赴省城办证一波三折。

冉云洞二叔开的是辆老掉牙的货车，缺零件七拼八凑，时常抛锚。车子刚开出漉溪城就熄火两三次，开到半路忽地刹车不灵了。幸亏，老练的二叔把稳方向盘，直往路旁一米多高的碎石堆里猛撞过去，惊魂一刻，车终于刹住了，嘉亮的额头撞了一块包；冉云洞磕断了半颗门牙，满嘴流血……二叔劝他们说，算了，赶紧回家吧。嘉亮死活不肯。二叔只好为他们拦了辆车，才顺利抵达省城。

顾不上吃喝，就直奔省委"串连办"，嘉亮挤了半天才挤到桌前，一问，他傻眼了。按规定，出省外徒步串连须八人以上方能组队。他们才四人，缺了一半。

"咋办呢？"嘉亮捂着额头上的肿包，一筹莫展。

办证的老阿姨极热心，把嘉亮与邻近的X市五中的四个同学凑合在一起，起名为"红征兵长征队"，嘉亮当队长，领到了《革命师生徒步串联证明书》，嘉亮心头一热，踌躇满志。

孰料，隔天一早拼队X市的领头找嘉亮说，徒步上北京太远、太累了！决定撤出。还未走，就打退堂鼓？嘉亮愁眉苦脸找到老阿姨。软磨硬缠，老阿姨破例给嘉亮四人改签了证明书。这不是普普通通的一纸空文，而是一个弥足珍贵，不可多得的护身符。

回到家，嘉亮迫不及待亮出"护身符"，兴致勃勃地说："阿爸，阿母，我要走路去北京串连啦！瞧，这是'通行证'啊！"

傅玉樱惊恐万状。几个月来，痛失老母的悲伤，抄家风暴的梦魇仍在心头，如今，怎能让嘉亮再去冒险呢？"不行，不行！吃剩饭，也要看天时，现在到处乱哄哄，锵锵滚。你们四个小毛孩徒步上北京，多危险！万一出个三长两短，如何是好？"傅玉樱坚决反对。

田舒夫默不作声，心里喜忧参半。喜的是，嘉亮长大了，敢闯了，想去他心驰神往的首都北京，多好啊！忧的是，红楼刚刚惨遭洗劫。人家"红五类"是免费乘火车赴京，可嘉亮只能靠双腿跨越千山万水，且不论艰辛，万一路上受尽政治歧视，孤立无援，咋办？他犹豫不决。

"阿爸，你不是常对我说，年轻人应该经风雨，见世面，练就一颗坚强、忍耐、豁达的心吗？眼下的大串连，正是千载难逢的好机会。去北京是我梦寐以求的夙愿。跋山涉水，吃苦受累我愿意！阿爸、阿母你们就让我去吧！补贴的钱和粮票都领来了，我又是队长，怎能临阵脱逃呢？求求你们了！"嘉亮急得边说边掉眼泪。

"阿亮啊，不是我狠心不让你走，而是不放心啊！你想想抄家才过多久？你吃豹子胆了？竟敢徒步去北京？"傅玉樱愈发觉得不安。

"阿亮说得对，机会难得，不可放弃。让他出去到外面闯一闯，长长见识，未尝不可？现在成千上万的学生都在全国各地大串连，怎能将他锁在家里当宝贝？男儿当自强。我从小离家，腥风血雨，枪林弹雨，不都闯过来了吗？有什么不放心的？"田舒夫想了想，转身对嘉亮说："阿亮，我支持你。但不等于同意你盲目去闯。你得做好两种准备：一是充分的思想准备。此行绝非一马平川，一朝一夕，其艰难险阻，始料不及。既要吃苦耐劳，又要夹着尾巴做人。二是足够的物质准备。你的行李既要简单，又要备足，不打无准备之战。我相信你，也提醒你记住：胆大心细，安全第一，激流勇退。"

"阿爸你来得正好！嘉亮要独自徒步上北京串连，你老人家刚刚受这么大的横祸，在家里都不太平，岂能随随便便就答应呀？"傅玉樱没想到傅弘茂一直站在门口，便一口气埋怨道。

"舒夫说得对！应当让阿亮去！"傅弘茂笑盈盈地说，"阿樱，你越说越糊涂！这'北京'与'东京'相隔千里。我无辜受批斗与阿亮去串连是两码事，风牛马不相及。这次，我大难不死，感恩金诚伯，感恩张院长，感恩众位好心人。我能够平安回来，足以说明，人间自有真情在。咱就放心让阿亮出去闯吧！"

"不过，阿亮，你老爸刚才讲的那十二个字可谓'锦囊妙计'，你切要时刻牢记在心，尤其是'激流勇退'。在家样样好，出门事事难。凡事忍为上，切不可冒进。只有这样，才能确保平安顺利。你都听清楚了吗？"傅弘茂语重心长地说。

嘉亮激动万分，连连点头。

"红征兵长征队"迎着晨曦，出发了。

穿上阿母费尽心力借来的旧军装，肩背水壶和挎包，腰扎军皮带，戴上军帽，挂上"红征兵"袖章，双肩背上行包，再打起绑腿，这副神气，活像当年长征时雄姿英发的小红军。

田舒夫高兴地点了点头，握着嘉亮的手，递上一包已经写上地址、贴好邮票的信封说："阿亮，你此行，我没别的交代了，只望你多保重，每到一地，住宿后，尽可能写上几字，把这些平安信寄回来。祝你一路顺风。"傅玉樱含着泪，执意要送嘉亮到十字路口。望着嘉亮远去的背影，她的心犹如十五个吊桶——七上八下。

来到牛肚底体育场会合处，嘉亮才知道谢雨湄突然变卦不去了。长征队仅剩三人，照常出发。人高马大的冉云洞扛红旗走在前，矮个曾广阳居中，嘉亮断后。

行军第二周，困难接踵而来。

脚上起泡事小，中暑真受不了。爬天岭，天没有一丝儿云，太阳像火一样悬挂在空中，熊熊地燎烧着大地，这酷热的天气果真像秋老虎。极目远望，天岭名副其实，高耸直插天边。从脚到顶，全是苍黑的岩石，有的苍然突兀，有的悠然横卧，岩石上下的缝隙里，到处长着枝丫弯曲的野生杂木，看起来像巨人身上长的粗毛一样凶残吓人。沿着盘山公路越走越热，越走越艰难，滚烫的尘土一阵阵跟着脚步扬起，蒸腾、窒息、酷烈、奇闷，简直要把血管炸裂了。水都喝光了，忽然，曾广阳觉得头晕目眩，浑身乏力，一个趔趄险些摔倒。嘉亮赶忙上前紧扶着他，只见他大汗淋漓，嘉亮慌忙掏出外公给他准备的藿香正气水，让曾广阳慢慢喝下去。冉云洞找到路旁一个狭小的石缝阴凉处，背着曾广阳在那里侧身坐着，透透气。

"怎么下山呢？"嘉亮记起阿爸"激流勇退"的警语，不再坚持徒步，果断地站在路边拦车。可是，两个小时过去了，车子一辆也没拦下，灰尘却吃了一肚子。直到黄昏，他才幸运地拦下了一部拖拉机。下山的路，坎坷不平，七高八低，坐在空车斗上，颠得嘉亮的五脏六腑仿佛都错位了，曾广阳一个劲地吐，冉云洞也疼得哇哇直叫。最不堪的是当拖拉机急速下山时，车尾扬起的一阵阵滚烫的尘土，宛如翻腾着的一条黄黄的、长长的烟雾阵，他们被窒息得只能张开嘴呼吸，浑身上下都是厚厚的黄土，只有眼圈是白的，像泥鬼似的。

摸黑到了县城，已筋疲力尽，而串连接待处又下班了，他们又渴又饿，的确走不动了，只能露宿在接待处门口。夜晚，小县城的夜色一点也不迷人。天依然很热，没有一丝风，他们狼狈不堪地背靠背打盹，嘉亮像哑巴吃黄连——有苦说不出。

一天，嘉亮听说，赤岭脚下有条水渠，到 S 县可节省一半的路程，他喜出望外，决定不爬赤岭，抄近路，走水渠。

道听途说，单凭路人手指的方向，他们便不假思索兴冲冲地钻进一个五六米高的岩洞里。谁知，里面黑洞洞、阴森森、湿漉漉的，洞顶宛如数念珠似的，一滴滴水像一粒粒珍珠缓缓落下，发出极其恐怖、清越和可怕的"咚咚咚"溅声。三人紧握手电筒，一步一回头，提心吊胆，越往深处走，越觉得不对劲，于是，他们赶紧往回走。然而，岩洞像迷宫似的，走了半天，又回到了原地。嘉亮吓出一身冷汗，急得团团转。

"都怪你嘉亮，耗子上天平——不自量，瞎指挥！"曾广阳惊慌失措，急得哭起来了。

"曾广阳，进洞前，你还在欢呼万岁哩，怎么这时就放狗屁呢？"冉云洞忍不住骂起来。

"臭狗屁？"嘉亮脑海中霍然一亮，他记起，曾广阳曾在洞中拉了一坨屎，不禁笑了起来。

于是，他们像狗拉长鼻子一样，不断地嗅着臭味，七弯八拐终于走出了死亡之洞。

"我错了！我太粗心了！"嘉亮热泪盈眶与冉云洞和曾广阳紧紧地拥抱在一起。

历尽千辛万苦，抵达 W 市，就地休整了一天。此时，接待处里风声鹤唳，传说大串连快要终止了。为抓紧时间，嘉亮三人不得已自掏腰包买了船票，从 W 市赶往上海。

海——对于他们来说是多么陌生，多么神秘。平生第一次见大海，第一次乘坐大轮船，心情无比兴奋和激动。尽管，他们像难民似的挤在超载的四等舱里，又闷又热，又吵又闹。天亮时分，他们偷偷溜到甲板上，极目大海的宽广与壮阔，聆听波涛的欢唱和笑声，他们陶醉了。

在大上海，他们仅逗留三天，心里愈发强烈地向往北京，北京！

长征队在出发的那天夜里，发生了不愉快的争论，一直吵到半夜。冉云洞和曾广阳坚持把队旗收起来，直奔华亭铁路枢纽站扒货运列车进京，嘉亮则断然反对。

"你干吗那么死心眼！眼巴巴地放着火车不坐，却要像愚公一样每天走路不止，累死累活咱再两个月也到不了北京！要不，咱们干脆散伙！"曾广阳既带点挖苦，也带点愤怒，又带点威胁。

"现实一点吧，嘉亮！你看看，现在哪个徒步串连队不在扒火车？咱扒不上客车，扒货车已经够检点了。"冉云洞说。

嘉亮一言不发。他一直想到天亮，无可奈何，只能服从多数，否则将前功尽弃。

入夜，蒙蒙细雨，冰冷的寒风夹着纤纤雨滴吹过来，脸颊仿佛盖上一层冰凉而有渗透力的水分。繁忙的华亭站，汽笛轰鸣，铁流滚滚，好一派热火朝天的景象。

顿时，嘉亮、冉云洞和曾广阳都惊呆了。他们之所以选在夜里，是想容易扒上北去的火车，可此时，四处黑蒙蒙，既分不清东南西北，更不知该攀上哪列货车呀？他们束手无策，又怕被人发现，只得像做贼似的东张西望。

忽见匝道口上，迎面走来了一位铁路扳道工。

"同志，请问哪列是开往北京的货车啊？"冉云洞赶忙冲上前去。

"不知道！"扳道工冷漠地答道。

"工人师傅，这枚像章送给你。"嘉亮把胸前一枚金灿灿的大像章摘了下来说，"不好意思！为了共同的一个革命目标，你就帮帮我们吧！"

扳道工人瞅了瞅像章，爱不释手。他指了指前方的铁轨说："往右走第七道，那儿有列货车就去北京。你们动作要快！"

嘉亮一听心花怒放，他们不顾一切拼命往右冲。

糟了！在茫茫的雨夜中，他们数来数去不知哪儿是第七道，晕头转向，找不到北。只见眼前的一列火车正在鸣笛，吐着白烟，他们断定就是此列火车。手忙脚乱地冲上前，迅速地攀上敞篷车，尚未坐稳，火车就缓缓开动了。

"胜利了！我们向北京出发了！万岁！"三人泪流满面，紧紧地拥抱在一起，振臂高呼，终于当了一回"铁道游击队"队员。

这是一列运煤的专列，车里尽是黑不溜秋的焦炭。白天他们窝在煤堆里，靠着自备的干粮和水，节俭度日；夜晚，穿上棉衣，裹着塑料布背靠背睡觉。斜飘的雨越下越大，火车头强烈的光柱划破沉睡的黑夜，阵阵铿锵有力，有节奏的车轮声伴随着雨声唤醒广袤的山野。雨点斜打在烟尘凌乱的车厢里，让他们猝不及防。云雨偶尔被雷电切开，隆隆的雷声同火车的隆隆声混杂在一起，十分恐怖。雨哗啦啦地倒下来，嘉亮身上的塑料布被风刮飞了，他们只好抱作一团，棉衣湿透了，浑身像落汤鸡似的冻得瑟瑟发抖……

中午，雨歇了，火车停下好久仍一动不动。嘉亮估计快到北京了，他兴奋地打着喷嚏站在乌黑的煤堆上放眼眺望，怎么四周尽是群山峻岭？他一下子懵了。他不怕被抓，手忙脚乱跳下车来，火速跑到站台的牌子一看，赫然醒目写着"江西"两个大字，他还没来得及细看站名，就快晕倒了。

南辕北辙。原来他们糊里糊涂扒乘的竟是一列北煤南运的专列。命运给他们开了个大玩笑，摆了个大乌龙。此时，他们都感冒了，偃重新北上，那是异想天开，只能偃旗息鼓，狼狈回家。

回到家，傅玉樱哭笑不得，好端端的一个风华正茂的帅小伙出门串联后，竟变成蓬头垢面，垂头丧气，且浑身长满了虱子的小乞丐，差点认不出来了。

五、不准革命

　　一个多月的徒步串连，嘉亮虽吃尽苦头，却委实大开眼界。难以忘怀的是，大串连呼吸着自由、平等的新鲜空气，享受着红卫兵的特殊待遇；沿途数千里，从未遭遇与"出身"有关的盘查，更未听过"黑五类"恐怖的喝斥声。从许多大字报和传单中，他欣喜地获悉：狂妄鼓吹"血统论"的始作俑者已声名狼藉，不堪一击。曙光即在前头。各地如火如荼的"文革"烈火点燃了他胸中的革命激情，他更加崇拜伟大领袖，觉得自己应抓住这大好时机，全身心地投入到运动中去，以实际行动做一个"可以教育好"的子女。

　　然而，回到麻山，整个校园空空荡荡，冷冷清清，外出串连的师生们大都还没回来。冉云洞和曾广阳的心凉了半截。

　　嘉亮不灰心，心想，这万马齐喑的局面，不正是点燃革命烈火的好时机吗？大串连给了他无穷的力量。他顾不得放下书包，动手干了三件大事。

　　头一件是写标语。他写得一手好字，派上用场。可是，当他向校总务处索要毛笔和纸时，却碰了一鼻子灰。什么也没有！他只好悻悻地拿了把刷子和一捆旧报纸。曾广阳机灵，从办公室倒来半碗墨汁。在宿舍里，嘉亮挽起袖子，蹲在地上，挥起刷子，不假思索一口气写就一幅黑体字标语。冉云洞悄悄地到食堂里偷了几把面粉，熬成糨糊。曾广阳扛来竹梯，七手八脚，赶在天黑之前把标语贴在全校最显眼处——学校办公室西墙上。

　　"革命无罪，造反有理！"署名为鲁迅战斗队的斗大的标语在夕阳的照耀下显得格外夺目耀眼。

晚饭后，嘉亮马不停蹄地干起第二件事。趴在微弱的蜡烛下，他聚精会神，毕恭毕敬地临摹绘制毛主席的木刻画像。小小的木刻刀，是他串联上海时买来的；薄薄的胶合板，是他从家里特地捎来的。木刻画技巧，是他串连时学来的；而最重要的临摹毛主席的侧面木刻头像的画稿，是他在串连中精心收集而来的。整整花了一夜，每一笔，每一画无不浸透着他对伟大领袖的无限爱戴和崇拜。双眼熬红了，手指也麻木了，他异常喜悦和兴奋。当一张张印好的红彤彤的伟大领袖毛主席的头像呈现在眼前时，冉云洞和曾广阳禁不住拍手称快，嘉亮也激动得热泪盈眶。

第三件，也是最重要的事，就是在高医班教室里布置一个"忠字台"。

可是，"忠字台"安在哪里好？三人各执己见，互不相让。

"这是神坛。必须讲究方位，只能坐北朝南。"曾广阳好吹毛求疵。

"扯淡！咱教室是依山而建，你拿指南针来，要坐北朝南的话，只能放在旮旯处。绝对不行！"憨厚的冉云洞反驳道，"我认为，既是'忠字台'理所当然就要在教室正中。咱把木黑板挪一边去不就成了？"

"那要上课怎么办？"嘉亮忙问。

"哎哟！我的书呆子。天下大乱，还上什么课？"曾广阳揶揄地说。

很快，他们齐心协力把木黑板连同架子一块挪到墙角边，布置好"忠字台"。他们万般虔诚，东瞅瞅，西瞄瞄，生怕出现一丝半点的纰漏。等到一切都布置得正正规规、妥妥帖帖、安安稳稳之后，才开始进行第一次"早请示、晚汇报"的演练。

"好家伙，这是谁干的？谁是'鲁迅战斗队'？居然把革命先驱鲁迅抬出来，派头还真不小啊！"刚从韶山串连回来的游彪一看到大标语，就像打翻了醋坛子，心里极不舒服。

戴着"自来红"桂冠的游彪历来认为，在职校革命造反是他"红五类"的专利，不容他人盗用和亵渎。从哪儿冒出个"鲁迅战斗队"呢？他四处打听。不听则罢，一听气不打一处来。原来是高医班里的田嘉亮、冉云洞和曾广阳三人所为。

"这帮'黑五类'想革谁的命、造谁的反？这不是明摆着了吗？"游彪恨得咬牙切齿，但不漏声色。

隔天，办公室西墙上贴出一幅署名为"职校毛泽东思想战斗兵团"的大标语："密切注视我校阶级斗争新动向！"这幅标语把嘉亮写的标语覆盖得严严实实。

山雨欲来风满楼，空气变得格外紧张诡异，充满火药味。斗争的矛头突然指向嘉亮，令他大惑不解。为什么"革命无罪，造反有理"这句响彻神州大地的革命口号竟成了"阶级斗争新动向"了呢？难道这口号刺疼了谁的神经？难道我只能像阿Q一样不准革命？难道我没有权利参与"文化大革命"运动吗？他觉得事不宜迟，应当赶快搞清楚。

"别问了，百分之百是游彪干的。他已放话了，全校的大字报和标语，游某想贴哪儿就贴哪儿，爱贴哪儿就贴哪儿！谁也管不着！"冉云洞低声对嘉亮说。

"呸！那就叫他把那屁话的标语贴在自己的屁股上吧！欺人太甚！"曾广阳忍不住骂娘。

"小点声，隔墙有耳！"嘉亮劝道。

"怕什么？他是早上八九点钟的太阳，我们是晚上八九点钟的月亮？放他娘的狗屁！大不了我不读了，回家跟老爸拉板车去！"曾广阳答道。

"其实，咱们也有错。"冉云洞支支吾吾地说。

"什么错！"嘉亮像被电流击了一下，蹦起来。

"不是错，是疏失了。如果咱们把标语冠以无产阶级，没准就不会给人家抓住把柄了。"冉云洞说。

"不！这是鸡蛋里面挑骨头，存心想整我们！别软得像块豆腐！"曾广阳跳起来反驳道。

"好了！别争了，问题并非这么简单。醉翁之意不在酒。信不信，我们可以再写一幅新标语贴上去。我们光明正大，不搞覆盖别人标语那种偷鸡摸狗的事。"嘉亮一边说，一边挽起袖口，挥笔写下"无产阶级的革命造反精神万岁！"

墨汁未干，嘉亮、冉云洞和曾广阳三人就把标语匆匆贴出去。可是，刚贴了"无产阶级"四个大字，游彪就带着十几个同学怒气冲冲地围了上来。

"不许贴！统统给我撕了！"游彪气势汹汹厉喝着。

"革命标语，怎就不许贴呢？"嘉亮平心静气地问道。

"我说不准就不准！"游彪拍了拍胸脯大言不惭地说道。当他手中的手电筒往墙上一照，看到刚贴上的那四个大字时，立刻暴跳如雷，指着嘉亮的鼻子说："无产阶级，你也配？"

"怎不配？"嘉亮当仁不让。

"哈哈哈！你也不撒泡尿照照自己，'积善堂'是什么出身？"游彪紧追不舍。

嘉亮突然像被尖刀猛扎了一下，在他的"心病"上再戳出一个血淋淋的大伤口。

"不许骂人！"曾广阳奋不顾身地冲上前去，护着嘉亮。

双方剑拔弩张，眼看就要打起来了，嘉亮见游彪人多气盛，急忙拽住曾广阳，高个子冉云洞断后，赶紧撤。

"有种就别跑啊！老子反动儿混蛋，基本如此。哈哈哈！"游彪一边喊着，一边将嘉亮的标语撕得粉碎。

嘉亮、冉云洞和曾广阳三人彻夜未眠，面对游彪挥舞"血统论"大刀，向他们恶狠狠地砍来，赤手空拳，怎么办？冉云洞主张，"三十六计走为上"，大个子的他胆子却特别小，"惹不起，咱躲得起！回家当逍遥派去，何必在这儿受气！我早就认定，世界上的'黑五类'就像虾子似的不断地退向黑暗，我们现在只有后退，才是上策！"倔强的曾广阳反驳，"屁话！怕什么？破罐破摔呗！"嘉亮劝，不能偏激，公道自在人心，我们要文斗，不要武斗。应该写封"致全校革命师生的公开信"，揭穿游彪"血统论"的反动本质。

"有啥用！连标语都不让你贴了，还写大字报干吗？"曾广阳说道。

"对呀！雷副校长都被关进牛棚了。这穷山沟里，你我谁投诉？何处伸冤？不如趁早回漉溪去！"冉云洞说。

三人都在气头上，各不相让，谁也想不出好办法。

天未亮，冉云洞早早起床，到外面溜达溜达。不一会儿，他像鬼追似的一口气跑回宿舍。

"不——不——不——好——了！"冉云洞上气不接下气地喊着，脸色像死人似的灰黄。

"一惊一乍地干什么呀？一夜没睡，你梦游呀？"曾广阳从梦中惊醒，十分懊恼地说道。

"不好了！不好了！真的不好了呀！"冉云洞吓得丢魂失魄，两条腿像弹棉花似的不断打战。

"什么事？慢慢说。"嘉亮一骨碌爬起来。

"快！快！咱教室里红墙上那……那伟大领袖的石膏像……不……不知为什么，被摔破了……"冉云洞吐吐吞吞，颤抖地说。

"什么？你看清楚没有？"嘉亮和曾广阳的心不由一揪，异口同声地问道。

"看……看……清……楚……了……碎……碎……落……一……一……一……一地了！"

"谁干的？"嘉亮问。

"不知道啊！我真的不知道！"冉云洞双手抱着头，蹲在地上，呜呜呜哭泣。

"走！快去教室看看。"嘉亮二话没说，直奔到教室。

现场的气氛瞬间凝固了。

"这是现行反革命罪行！"

"谁干的？立即揪出来示众！向伟大领袖请罪！"

"谁反对毛主席，我们就让他粉身碎骨，死无葬身之地！"

围观的同学们个个义愤填膺，口诛笔伐。

"肯定是'黑五类'干的！"游彪一见嘉亮和曾广阳就歇斯底里地怒吼起来。

"游彪，你说话得有真凭实据，不能信口雌黄！"嘉亮义正词严地说。

"我又不说你，你认什么？不过，'黑五类'想复辟，搞破坏是有目共睹的。"游彪不示弱。

"不必争论！保护好现场，立即报案。请县公安局来侦破，真相必定大白于天下！"嘉亮大声说。

中午时分，公安局果然来人了。游彪自告奋勇代表职校红卫兵负责接待。两位公安像福尔摩斯侦探，很快就把冉云洞圈定为"重点嫌疑对象"。一是因为他笃信基督教，对伟大领袖假虔诚；二是没有人证明他凌晨到教室里没干这种滔天大罪；三是他父亲是"四类分子"，单这三条就完全具备作案的动机和背景，很显然，他是贼喊抓贼。

冉云洞被屈打成招，他只能认罪。

天一亮，两位公安在游彪的引领下来到宿舍搜查冉云洞的东西。仔细查完后，忽听游彪神气地说："这就是田嘉亮，上铺是曾广阳。"

"快！你们两人把自己的箱子打开，我们要一道搜查证据。"老公安异常严厉地说。

除了破旧的衣服外，他俩的箱子里找不到公安们想要查抄的东西。唯一的只有嘉亮心爱的一本《唐诗三百首》和集邮册。老公安抄起唐诗集，扔掉集邮册厉声说："放着《红宝书》不读，净看这些乌七八糟的旧书，简直反动透顶！"

"这邮票中也有封资修的东西，必须没收呀！"游彪凑前瞅了瞅，看到《梅兰芳邮票小型张》急忙拾兜起来。

"不！不！"嘉亮突然奋冲上前，争夺集邮册说："游彪，这里有许多'文革'邮票，你敢动，我就与你拼了！"

游彪傻眼了。

嘉亮一个箭步，冲上前，把集邮册紧紧地攥在怀里。这是他十多年来花尽心血、用尽积蓄好不容易收集到的邮票，一枚枚都弥足珍贵。

"抢什么抢？革命邮票可保存，反动邮票一律就地销毁。"老公安说。

无可奈何，嘉亮只好将所谓封资修的邮票当众在煤油灯下烧毁。捧着轻盈的邮票纸灰，他的手在抖，眼中无泪，胸中却泪如雨下。

临走时，游彪当场宣布：即日解散非法的"鲁迅战斗队"，对嘉亮和曾广阳实行"边缘化"——不准革命。

这是什么世道？难道"出身"成了判断一个人可不可以"革命"的唯一标准？

嘉亮和曾广阳心里充满巨大的惊惧和困惑，眼睛一个劲地眨巴着，半句话也不敢说出来。眼睁睁地看着冉云洞被五花大绑，戴上手铐，押走了。

六、游街示众

几天后,许子杰惊讶地发现,身边的造反派战友们对他不但丝毫没有敌意,或歧视,反而急切地请求他快点吹响新的冲锋号。于是,他想,老爸被关的事必须彻底隐瞒,打死也不能说,否则自己不仅会声败名裂。眼下只有一条路,振作起来,拉起队伍,主动出击。干!自己解放自己。至于,今后怎么办?管他的,不知道!深夜,一辆卡车发疯似的直奔果树所,"咔吱"一声停在办公楼前。许子杰带领十几个红卫兵,与西街群众专政队队长"老街桌布"阿扁一道急匆匆地走进大楼。

值夜班的"群专队"何双鼎队长早就接到电话:今晚西街"群专队"和三中的"赤卫军"联合行动,点名要将"积善堂"的黑女婿田舒夫和宫天寿揪回西街批斗。何双鼎猛地愣怔一下:当前清理阶级队伍运动如火如荼,半夜三更跨部门、跨单位突袭抓人,司空见惯,理应全力配合。像宫天寿这类活宝,抓去城里修理修理,活该他倒霉!可是,抓田舒夫却有点冤,说实话,老田确实是个大好人。虽说以前犯了错,但人家悔过表现好,"摘了帽"。这些年来,老田在柑园胼手胝足,任劳任怨,所里上下有目共睹。我自农校毕业分配到所里,和老田既是队友,又是室友。朝夕相处多年,老田成了我的良师益友。这次"清队",我将老田与所里的牛鬼蛇神一道关进"牛棚",既是掩人耳目,也是暗中保护!如今抓老田的人来了。箭在弦上,像从大象口里拔牙——难办呀!他硬着头皮应付。

"宫天寿地主出身,你们可以马上带走。至于田舒夫是贫农,至今还没发现他有问题，得留下我们'群专队'继续审查！"何双鼎不甘示弱。

"那不行！哪有剃头剃一半的道理？我们刚从协和医院抓回傅弘茂。田舒夫和宫天寿都是他的女婿，明天游街示众一个也不能少！"阿扁狗仗人势，说话一板一眼。

"这我懂！可是，这几天我们正在集中火力深挖田舒夫的问题，你们并不知道呀？"何双鼎据理力争。

"绝对不行！这是我们赤卫军的特别行动！快！带我们去抓人！"许子杰不耐烦了，态度十分粗暴。

"你数一数我们的介绍信，上面盖了几个大公章。这两个反革命分子非抓不可！游街批斗后，再押送回来。"阿扁口气愈发强硬。

"那……那好吧！"何双鼎推诿不过，只得放人。

一大群"群专队"队员像馋狗等骨头——急不可耐地冲进"牛棚"，许子杰大声吼叫："田舒夫和宫天寿快给我滚出来！"

"啊！"头发一阵剧痛，田舒夫彻底惊醒了，他忽地被许子杰揪着头发，摁在地上。他下意识地想抬头，而许子杰的一只脚已经踩着他的后脖颈吼道，"不许动！"一个稚嫩而又严厉的声音震响在他的耳际，脑袋像被踢出个洞似的痛得要命。

一阵麻利的五花大绑后，他被拖了出来。"你叫田舒夫？"许子杰问道。"是的。"借着强烈的灯光他扫了许子杰一眼，无意中发现眼前这位出手如此狠毒的毛小孩的左额上有颗明显的黑胎记。

"看什么看？"许子杰对着那张可怜巴巴的嘴用鞋底猛抽起来。他眼冒金星，怒火中烧。许子杰叫人迅速从他头上套上一只大麻袋，扎紧后，像一口被捆住的猪往车上一扔。"嘀嘀嘀"汽车在坑坑洼洼的路上一路狂奔，颠簸摇晃，他的头和脸在车板上来回磨蹭，被木刺扎伤，手又保护不了头，只能在车厢里滚来滚去，忽而弹起来，忽而撞下去，疼得好像五脏六腑都要震出来似的，仿佛坠入十八层地狱。

……

夕阳西沉，批斗会终于收场了，仿佛长达一个世纪，傅弘茂的灵魂才重新回到了自己身上。猛抬头，他看见孔庙门口的两座白石牌坊仿佛早已露着横眉蹙额的神色，"德配天地"，"道冠古今"，他喃喃自语唸着牌坊上的八个大字，倏然觉得：天无照甲子，人无照天理[1]。

呵壁问天，天地无言。

---

1 指感叹天道沦丧，人心道德败坏。

七、牛棚岁月

批斗后，田舒夫东张西望，不见宫天寿，忍不住问，"宫天寿呢？怎没一道回来？"孰料，这一问，燃起许子杰心中的无名火，狠狠地将他按在地上，猛踢了几脚。他的右肋骨被踢断两根，痛得在地上直打滚。回到"牛棚"，何双鼎十分同情，偷偷地塞给他几片止痛药，默许他在牛棚里"静养"几天。所幸，他这把老骨头还有点免疫力，没引起并发症。

在"静养"的日子里，最令他揪心的是，无休无止的认罪；最令他牵挂的是，孤苦伶仃的孩子们，以及水深火热中的阿爸和妻子；最令他悲伤的是，命丧九泉的连襟宫天寿；而最令他痛苦的是，"外调"没完没了。

伤未痊愈，前来审问的外地调查组，络绎不绝，不依不饶。何双鼎无法让他回避，只是一再叮嘱他，不能硬顶，一定要好好配合，写好证明材料，免得再被拖出去批斗，搞不好，性命难保。他忍声吞气，时而假装糊涂，时而保持沉默。"外调组"来自四面八方，有漉溪的、有省内的，还有京城的。这些"外调组"人员大都是二三十岁的年轻人。他们的调查对象虽各有不同，但目的却惊人地相似：无论如何都要逼取他的口供，来坐实强加在被调查者身上的罪状。调查省城柯副部长的"外调组"，像走马灯似的来得特别勤，接二连三地拷问他，柯副部长是如何叛变投敌的？问得他瞠目结舌。倘若老领导果真是叛徒的话，他又怎么能够领导省城的地下党取得对敌斗争的节节胜利呢？这种弥天大谎，即使被立即枪毙，他也不敢编造；调查当年地下党战友们的"外调组"，打破砂锅一问到底，谁是特务？谁是叛徒？非要他逐个说得一清二楚不可！更有甚者，远道而来的"京城外调组"，关起门来，谁也不让进，还要何双鼎亲自在门外站岗，像要打开潘多拉魔盒一样神神秘秘，三天三夜"疲劳轰炸"，只许他喝水，不准睡觉和吃饭。仨对一，调查他的革命引路人，老同学——贺为义在大学期间如何被捕投敌的？他傻眼了。当年贺为义负责创办校刊《钟声》，积极宣传抗日，旗帜鲜明。他时常投稿，认识了贺为义，接近了党的地下组织。贺为义指引他阅读《共产党宣言》等革命书籍，使他从中认清了党的纲领、性质等革命道理。在此期间，人手不够，他主动帮忙，参加《钟声》的编辑、校对和发行。他的革命热情，能干和踏实的作风，得到贺为义等人的赞赏和重视。从此，他积极主动靠拢党组织，一步步踏上革命道路。

《钟声》校刊曾被国民党警备司令部查封过，并抓走三人。恰巧，贺为义和他因事外出，没有被捕。事后，贺为义立即组织营救被捕的同志，使他们很快被释放出来……颠倒黑白，这哪是调查？面对只要他编造伪证，不许他讲真话、实话的"外调组"，他只能用沉默来死守自己诚实为人的底线。于是，"外调组"时常惩罚他：轻则扇耳光、揪耳朵、挨鞭子、撞脑袋，重则吊起来毒打一番。最可恶的是"京城外调组"，有恃无恐地用手铐将他的双手吊在屋梁下的铁钩上，让他踮着双脚接受审问。手腕肿了，脱臼了，重重地拉动他的胳膊，痛得眼睛直冒火星。好在他是"老运动员"，不畏惧，不开口。虽生不如死，但他宁死不屈。在这个瞬间就会把人席卷而去的疯狂年代里，他没有昧着良心，无中生有给老领导、老战友栽赃陷害，绝不背叛革命信仰，出卖自己的灵魂。

在"牛棚"的日日夜夜里，一闭上眼睛，他就仿佛看到了"积善堂"里那个支离破碎的家。他细细琢磨：阿爸一个悬壶济世的医生，玉樱一个清清白白的教书匠，父女俩从不说谎，更不会阿谀奉承，溜须拍马。既未参加过任何反动组织，也没有任何历史污点，怎么突然变成"特务"了呢？唉！黄钟毁弃，瓦釜雷鸣。这年头，连老革命柯副部长都被打成了"叛徒"，何况阿爸和玉樱这类凡人俗子，实在不足为奇。问题是，阿爸他老人家能够扛得住、挺得过吗？阿爸啊，红楼不能没有您！玉樱啊，我不能没有您；孩子们不能没有您；这个家不能没有您！您们可千万不能倒啊！

他的伤未痊愈，何双鼎暗中护着他，派他外出到漉溪糖厂的养猪场去掏猪粪，为橘园积肥；比起所里的苦役，干这活儿算是特殊待遇了。

然而，同在"牛棚"里的傅弘茂却远没有田舒夫的这般"幸运"。

市卫生系统"清队"学习班设在天保大山脚下的小学里。在两间破旧房屋之间的空地上用竹谷笪围成的墙壁，茅草搭成的屋顶，便成了"牛棚"，形同鬼屋。从被关进"牛棚"的那天起，傅弘茂就一直陷入生不如死的绝境中。

"傅弘茂，老实交代你'日本特务'的罪行！"一个声音歇斯底里地吼着。

"没……"不等他说完，专案组的头头就发飙了，"没什么没？你到日本是板上钉钉的事，人证、物证俱在！你还想狡辩，想带着花岗岩脑袋去见阎王？"

"你还敢抵赖？我问你，解放前你为什么去日本？"

"去留学呀？"

"不！是去当特务的吧！要不，那你干吗回来呢？"

"我……我回家呀！"

"那你怎么念念不忘日本的樱花呢？"

"樱花？没有啊？"

"还想抵赖！玉樱是什么暗号？说，密电码在哪儿？"

"什么码……"他愣着愣着，天大的冤枉无处说。因为这种冤枉并不是由他给大女儿取名招来的，而是靠一种极其荒唐可笑的、卑鄙无耻的伎俩，硬生生压在他背上的。

……

三天的逼限期快到了！不堪受辱的他陷入了极其绝望的深渊中。给大女儿起名"玉樱"，居然成了"日本特务"的罪证，真是偷扛古井也得认[1]啊！然而，识时务者为俊杰，我若坚持不认，"群专队"必置我于死地；若暂避风头，只认"是"，而不认有活动，待运动后期再喊冤翻案，或许还有机会。这是没

---

[1] 古井是偷扛不走的。喻为无中生有。

有选择的选择，文弱的他只好无奈地违心地承认自己是"日本特务"，以暂缓"群专队"非人的折磨。

孰料，这份坦白书成了专案组对他"升级"的正当理由，当即宣布将他列为"重案"，实行"监护"，把他单独关押起来，日夜值班轮流审讯，逼他供出"日本特务"的罪行与同党。

这不啻为山崩地裂，他被自己的《坦白书》活埋了。这分明是个生死战场，他的脚下全是地雷，一不小心就会随时爆炸，将他炸得粉身碎骨。

第九章

一、报名下乡

  1969年冬天的脚步似乎来得特别早、特别勤。刚到十月，漉溪城已披上灰沉沉的外衣，仿佛准备过冬似的，阵阵冷风掠过大街小巷带来不尽的寒意和哀思。

  孙婶仔忙得焦头烂额，苦不堪言。市里下达第二批知识青年上山下乡的任务一个也不能少，令她头昏脑涨。半年前，第一批"知青"上山下乡已经扫得一干二净；接连又扫第二批，难度不言而喻。为保先进，她心急如焚，丝毫不敢怠慢，夜以继日地镇守在居委会。白天督阵，指挥"街桌布"们敲锣打鼓，沿街发动；夜里催促，亲自挨家挨户，动员报名。

  半夜，她一身臭汗酸，好不容易挤出时间回趟家。刚进门就大喊："死老头，紧来给我'抓龙'[1]啦！全身痛得要死了！"

  "叫什么啦？一礼拜不回家，入门就哭爸哭母？"孙伯仔边给她按背，边埋怨道。

  "你说什么屁话？上山下乡是头等政治任务，你头壳入水[2]，知道什么芋仔和番薯[3]？"

  "我不知？！哼，论党龄，比你早；论当官，比你大；论经验，你当我的学生还不够格！好了好了！不跟你争了！"孙伯仔知道争也白争，点上一支烟，喃喃地说，"我一直劝你，街长要有菩萨心肠！心歹无人知，嘴歹大厉害！不

---

[1] 指按摩。
[2] 喻为二百五。
[3] 喻为目不识丁。

要太过分了！"

"不催！任务怎能完成？你是吹喇叭的，累死扛轿的！你看，'积善堂'里一大群子女，嘴里说得好听，就是拖着不报名！我今晚就去作最后通牒。"

"哎哟！你想做一世人街长呀！要我看'积善堂'里无歹人，只不过成分歹点，可都是人，论成分做啥？当饭吃？你还放什么碗糕通牒？你也不摸良心想想，你多年的妇科病，不是专靠'积善堂'的药治好的吗？"

"噢，你是说我吃'积善堂'的'鸟鸡九'呀？"

"什么'鸟鸡九'？是'乌鸡丸'啦！王氏家庙看作土民猪朝？呸！连斗大的字你都不识，牛面前唸经。十足'悾军'！"孙伯仔火冒三丈，把嘴上的烟头连唾沫一起啐出来。

说实话，孙婶仔一点也不"悾"。全街数千户人家，还有多少"知青"必须走，像瞎子食圆仔——心内有数。只不过，今非昔比。第一批，很积极，喊走就走；而第二批却像蚂蟥卡畚箕——赖着不走，用铲子也铲不走。若完不成任务，比上吊还难受！她牢记，"阶级斗争一抓就灵"，做什么事都习惯采用极"左"的手段和办法，觉得越做越顺手。她横下一条心，突破口就选在"积善堂"，再夺全市第一名。

刚才，她就在"积善堂"白石埕上当场宣布："傅宗耀、傅玉莲、贾北仔子、田嘉欢、田嘉安……限三天之内报名上山下乡，否则我们将采取革命行动！后果自负！"

听到孙婶仔的话，像通知山洪、地震或其他灾难即将降临似的，简直要了嘉欣的命。此时，田舒夫和傅玉樱仍关押在"牛棚"里，生死未卜，而嘉亮因职校解散，早已在麻山就地插队。如果嘉欢和嘉安又下乡，家中只剩下孤零零的我一个人，活着还有什么意思呢？她呆呆地睁大右眼，望着茫茫的黑夜，身上一阵发颤，脚像一根突然折弯的小竹子似的那么一软，整个人摔倒在地上。

第三天，"积善堂"大宅里就只剩下田嘉欢和田嘉安两人还没有报名了。

中午时分，老"街桌布"阿扁三步并作两步跑到红楼，煞有其事地交给嘉欣一张字条。他气喘吁吁地说:"快看!这是你右派老爸给你们的信,是孙婶仔叫我专门去果树所给你捎来的。别不见棺材不掉泪!"阿扁像呵斥一个乞丐似的。

嘉欣和嘉欢急忙打开写在"经济牌"卷烟壳背面的信:

欢欢和阿安:下乡光荣,切勿迟疑。我已经为你俩报了名。农村天地宽,必将有作为。记住一定要往前看!

父字即刻

又及:多保重,常来信。

读完阿爸的字条,嘉欢泪流满面,阵阵痉挛,嘴唇掠过一丝痛苦地说:"欣姐,听阿爸的话,不要再迟疑了!嘉安一时想不通,我先去办手续。"

"可嘉安上哪儿了?等他回来,你俩一道去吧!"嘉欣说。

"不能再等了!以免大祸临头!"

"那好吧!我去拿户口簿,跟你一道去。"嘉欣拿起一串锁匙,打开衣橱。

"糟了!户口簿怎么不见了呢?"嘉欣急忙翻箱倒柜,四处找遍了,就是找不到户口簿。她愣了,愣了好久。她怀疑自己的视力不好,又叫嘉欢细细查找一遍,仍不见踪影。

"奇怪!咱家的户口簿明明一直都是锁在衣橱内的抽屉里的。前天开抽屉时,我还见过。怎么就不翼而飞呢?"嘉欣自言自语。

"会不会是阿……"嘉欢把"安"字强噎进肚里。

"是呀!没准是阿安!"嘉欣恍然大悟,"昨晚回家,他自称有办法,会不会带着户口簿跑了呢?"

"他会跑哪儿去呢?"嘉欢急得哭起来。

山穷水尽之时,嘉亮回来了。

"阿兄,你怎么到现在才回来呀!"嘉欢一见嘉亮不禁责怪地哭道。

"怎么了?欣姐,家里又出了什么大事了?"嘉亮迫不及待地问,身上散发出一股浓重的汗酸味。

麻山虽距漉溪不足百里，可加急电报送达却足足需要两天半。因为公社的邮递员每两天才投送一次邮件。嘉亮收到电报后就急急忙忙请了假，这才风尘仆仆赶到家。

听完嘉欣的哭诉，嘉亮预感到大事不妙。当务之急，必须尽快找到嘉安，说服他下乡去，并追回户口簿。

可是，上哪儿找嘉安呢？显然嘉安是有备而逃。偌大的漉溪城，找嘉安犹如大海捞针。嘉亮当机立断，分两路：嘉欢去四中找嘉安的同学；他则到草寮尾找石磊，一定要找到嘉安的下落。

石磊在草寮尾居无定所，已好几天没在码头露面了。嘉亮和嘉欢皆一无所获，扫兴而归。

深夜，一阵急切的敲门声，响彻红楼上下。

"查户口！查户口！快把户口簿拿出来。"孙婶仔带着派出所的民警直冲田家。

"户口簿？"嘉欣一听，心像一下子猛掉进冰窟窿，浑身直打寒战。

"我家的户口簿丢了。"嘉亮说。

"奇怪！怎么早不丢晚不丢呢？"孙婶仔说。

"你——田嘉亮不是已下乡了吗？干吗又流窜回来？"民警问。

"我是下午请假回来的。"嘉亮说。

"请假？有公社革委会或生产大队的证明吗？"民警追问。

"没……没……我的确是刚回来的呀？"嘉亮说。

"嘉安呢？上哪儿去了？"孙婶仔再问。

"他出去了，还没回来。"嘉欣说。

"歹仔浪荡，半夜三更还在外头逛？已经够条件，和他右派老爸一样去劳动教养了！"民警说，"田嘉安回来，马上叫他到派出所一趟！听见没有！田嘉亮，跟我们走！"

"我？"嘉亮不由一惊。

"没户口,没证明,分明是流窜犯。带走!快走!"民警大声喝道。

嘉亮被带走了。嘉欣和嘉欢惊恐地瞪大泪眼看着,像木偶般站着一动不动了。

二、泪别漉溪

"呜——"一声撕天裂地的汽笛长鸣划破了阴沉沉的雨空。

火车吐着一股令人窒息的滚滚蒸汽，拖着极其沉重的大铁轮，有气无力地蠕蠕启动，先是往后退一下，然后那些连在一起的车厢磕碰着，一个个缓缓驶离漉溪站。

令人揪心的离别时刻来临了！

挤满月台的送别人群，骤然像大海掀起巨大波浪，抑制不住突如其来的悲痛，抢地呼天向列车扑去。瞬间，站内站外乱成一团，车上车下哭声一片，窗里窗外挥不完的手，扯不断的情，仿佛欲强行拽住车轮。沥沥秋雨，飕飕秋风在为人们悲哀地哭泣……世界上还有什么比此情此景更残忍、更让人心碎的呢？

嘉欢已哭成泪人。她不顾一切把头伸出车窗外，发疯似的猛挥着手，尖声哭喊着："欣姐、欣姐，再见了！替我去探望阿爸和阿母啊……"然而，汽笛声无情地淹没了嘉欢的哭喊声，月台上的嘉欣也拼命地挥着手，什么也听不到。

一大早，嘉欣和柳芹，还有傅玉菊、二婶婆结伴同行赶到火车站，为下乡的嘉欢和嘉安，还有宗耀、北仔子等积善堂的十几个孩子送行。此时，嘉欣被挤在月台上的人海中，根本无法动弹，眼巴巴地看着凶神恶煞的火车"哢嚓哢嚓"地开动，巨大的铁轮子仿佛从她心上碾过，一阵难以形容的剧痛，令她禁不住抱着柳芹号啕大哭，这是一种发自胸腔深处的哭声。谁忍得关山阻隔，生死两茫茫？谁愿意骨肉分离，从此难相聚？她和柳芹不停地挥手，直到火车消失在灰蒙蒙的雨幕中。

列车飞快地奔驰，一路向西，满载着一群纯真、善良和稚嫩的知识青年；满载着他们的悲伤与泪水、失落与迷茫，离开了可爱的漉溪。车厢里笼罩着一片愁云苦雨，个个沉默不语，郁郁寡欢。

突然，车厢的另一头传来一阵爽朗、得意的欢笑声。这笑声与哭声形成强烈反差，极不协调。知青们不约而同投出惊诧、困惑的目光。

只见那欢笑者一身绿军装，胸戴大红花，春风满面，一副高傲和神气的样子，全然蔑视眼前的悲伤与泪水，他就是许子杰。许武良已复出，当上了象牙县革命委员会副主任。依仗父亲的新权势，他完全可以躲过上山下乡的狂潮。可许武良故意不肯，一本正经地要他带头报名下乡，先镀镀金，当当表率，一举两得。他只好无奈地听从父命，许武良私下许诺：不出一年半载即将他荣调回城；届时参军、招工或上大学，任他选择。他心领神会，相信父亲自有通天的本领。报名后，他被选为市里第二批上山下乡的知青代表，戴上大红花，趾高气扬地登上主席台表决心，宣读《立志扎根农村干革命的宣言书》，博得市领导的掌声。此刻，他正与市里带队的干部们高谈阔论，谈笑风声。

嘉欢打开水从他身旁走过。他的声音如同火车刹车声一样尖涩、刺耳，不由瞪了他一眼。她惊讶地觉得这张丑陋的脸似乎有些眼熟，好像曾经在哪儿见过？然而，她一时想不起来，也无心理会这种人。

许子杰见到嘉欢的一瞬间，犹如一只美丽的蝴蝶飞过他的眼帘，一展那五彩缤纷的翅膀，一晃而过。一种莫名的兴奋注入心头，他情不自禁地站了起来伸长脖子，探着身子，想多看一眼。嘉欢那张迷人的脸上洋溢着少女青春的活力，配上她苗条优美的身材，像磁铁一般深深地吸引他。嘉欢那双深藏在浓密睫毛下的闪闪发亮的黑眼睛一扫而过，好像在辨认他似的。他想，奇了怪了，这眼睛怎么长得挺像我妈，如同一个模子里印出来似的？他心里不由自主地"咯噔"一下，痴痴地凝视着嘉欢高挑的背影，直至她消失在车厢的尽头。

此时，嘉亮也混进车厢里。凭着大串连扒火车的经验，他肩扛着嘉欢和嘉安的行李，轻而易举地登上了火车，乘车厢里一片混乱之际，一头趴进座椅底下，直到火车开动后，才钻出来，专程护送嘉欢和嘉安到五峰。他觉得这是当哥哥义不容辞的责任。回想一个星期前的那个夜晚，他被无端羁押在派出所，理由是他没户口，流窜到城市；实质是胁迫他查明嘉安的下落，敦促嘉安立即下乡。

他抱怨嘉安无知，不该听信石磊，半夜偷走家里的户口簿；更不该与石磊一道躲进草寮尾袁老大家中，隔天双双被逮个正着。见到户口簿上被盖上注销的红印章，嘉安伤心得号啕大哭，还当场写了悔过书，才准领回家，老老实实下乡去。不过，他确实不敢当面责怪嘉安，更不敢在嘉安痛苦不堪的心灵伤口上再撒上一把盐。

眼瞅着嘉安一路上抿着嘴，眼眶里噙满泪水，呆若木鸡地直望车窗外一排排树木和电线杆滑窗而过，一个个陌生站名扑面而来……他心如刀绞，真想上前劝劝嘉安。可是，劝又有何用呢？嘉安在派出所里备受折磨，衣服都扯烂了，眼睛也打肿了。嘉安不说，也不哭，心里蒙受的巨大痛苦，谁能抚平？唯有阿母啊！临行前，嘉安做梦也想能与阿母见上一面。可说什么也不准见，只能带回阿母的一封信。久久端详着阿母那如此熟悉、如此亲切的娟秀的小字，嘉安读了哭，哭了读，不知读了多少遍，每读一遍都好像和阿母团聚一回。他真后悔没有听阿母的话，认真读书，以致信上的许多字都看不懂啊！

瞧，嘉欢又掏出阿母写给她和嘉安的信，默默地读着：

亲爱的欢欢和安儿：你们好！

听说，你们即将奔赴五峰农村插队务农了，妈妈心里无限牵挂。原谅妈妈不能为你们打点行装，更不能为你们送行。千言万语只能写在这封信上，权当妈妈的话别之言吧！

走吧！孩子们，爸妈老了，而你们已经长大了，不要眷恋家，在家里你们已经吃尽苦头了。走吧！孩子们，农村固然艰苦，但可以磨炼你们的筋骨、意志和能力。人生需要磨炼，苦难是所大学。阿安虽小，能与欢姐一道下乡，姐弟俩互相关照，互相帮助，妈妈较为放心。你们下乡的行装，交由阿欣和阿亮用心张罗好。山区寒冷，冬衣是必备品。家里穷，只能把我的那件旧棉袄改一改让欢欢过冬。不是妈妈偏心，只是因为阿安个小，穿不了你爸爸的那条旧羊毛裤。欢欢你先凑合着穿，待明年手头宽裕一点，妈妈一定给你买件新棉袄。

山高水冷，欢欢体弱且肠胃不好，切忌吃生冷的东西；阿安切忌到河里游泳……

再见了！我的孩子们。妈妈对不起你们，对不起这个家！妈妈让你们吃这么多苦！受这么多难！

保重吧！我的孩子们！多来信，不必惦记家，不必挂念妈妈。妈妈在这里一切安好，会一直为你们祝福！你们一定要学会忍耐与宽容！愿你们坚强、幸福！

祝

安好！快乐！

妈妈
星期日写于南坑

阿母的信像火一般的热，让她心灵受到强烈的撞击。这些朴实无华的言语无不浸透着阿母圣洁、慈爱的泪水，无比承载着伟大的母爱，滋润和温暖着她那孤独与寂寞、冰冷与痛苦的心。字里行间打开情感闸门，让她心潮汹涌，泪水横流，每一颗都掉在信纸上……

刹那间，嘉亮的一阵清脆美妙的口琴声，打断了她的沉思。

她的心随着琴声一起起伏，霍然体验到一种从未有过的情感。她情不自禁地低声唱了起来。

再见吧亲爱的故乡，
胜利的星会照耀我们。
再见吧妈妈，

别难过，莫悲伤，
祝福我们一路平安吧……

歌声似乎在知青们的内心产生强烈的共鸣，许多人都不由自主地跟着唱了起来。

歌声宛如一泓潺潺的细流，洗涤了知青们心中的忧愁；宛如一阵微微的春风，拂去了心中的悲伤；宛如一缕灿烂的阳光，照亮了知青们的心扉。

三、忆苦思甜

下午时分,火车"吱——吱"一声声巨大刺耳的轮轨摩擦声,停在一个铁路工地上,到五峰大队插队的近百名知青就在这里下车。

嘉欢和嘉安一下车就懵了,环顾四周,铁路两旁荒凉凄暗,大地震颤着秋风的呜咽,泥土散发出枯叶的腐臭。高大而瘦瘠的密树林里,树与树之间那望不透的方洞好像一个个墓穴,一切呈现出悲凉的景象。

"别看!这还不是五峰!"嘉亮一边挑起被包一边说,"咱们还得走十多公里的山路呢!"

"什么?"嘉安一脸茫然。

"那阿耀、玉莲和北仔子呢?"嘉欢惊讶地问。

"他们和你们不同公社。"嘉亮答。

五峰多山,呈连绵起伏之状,好像一大群牲口沉浸在白茫茫的雨雾里。极目远眺,细长的山路像条曲线歪歪斜斜地伸展,好像满头黑发中间分出的一道缝儿,越远越细,消失在天边,从西方飘来的缕缕白云,徜徉在这些山峰之间。爬山苦不堪言,尤其是朝天岭又高又陡,嘉安背着一网兜行李,汗流浃背,走起路来非常吃力,十分难受。他心想:我怎能在这穷山恶水扎根一辈子?怎能将美好的青春埋葬在这不毛之地呢?越想越沮丧,越想脚越软。

"快到了!快到了!"一个多小时后,忽听前面有人在大声喊叫。

嘉安和嘉欢抬头望去,在群山环抱的小山包上冒出一座巨大圆筒似的庞然大物,活像一个赤身裸体的怪兽拔地而起。在夕阳残辉的映衬下,五大三粗,足够吓人。四周的山坡上，散布着星星点点的自然村落，吐着袅袅的青烟。

"瞧，那就是土楼！"嘉亮气喘吁吁地说。

"什么土楼？"嘉欢和嘉安不约而同惊讶地问。

"人住的地方呀！真有意思，你俩分配在五队，就住在这土楼里。"嘉亮说。

"我们？这鬼地方怎么住呀？"嘉安傻眼了。

嘉亮默不作答。

雨住天开，云缝里泄下一抹羞怯的阳光，洒在湿漉漉的屋瓦上，土楼显得格外苍老、憔悴。黑瓦屋顶上，有的杂草丛生；有的似乎承受不了重压而弯下来；还有的被风刮得支离破碎；黄褐色的墙壁异常坚固，足有一米多厚；墙基是用五峰特有的结实花岗岩筑成的；墙面以生土夯筑。历经百年风雨的侵蚀，墙体已剥落，凹凸不平的墙壁有许多纵向的裂缝，有的可塞进两三个手指头；有的成为交错纵横的老鼠洞；还有绿色的常青藤悲哀地倒挂在上面。然而，土楼依然像古城堡一样坚不可摧。墙上用白灰写着"农业学大寨"的五个大字赫然醒目。

跨过宽大的石门槛，雨后的土楼好像刚从水里浮出来似的，大圆形的房檐滴着水；木柱上挂着水；鹅卵石铺成的大圆石埕上汪着水。圈养在埕上的鸡呀、鸭呀、猪呀全淋得湿漉漉，到处散发着一股脏兮兮的水腥味和臭气。所幸，土楼是内通廊式布局，顺着圆长廊，无须踏进石埕就可直接走进任何一间屋里。一楼三十几个环形房间均不住人，除了与正大门遥遥相对的大厅作为宗祠外，其余的房间都作为厨房，或杂物间。走廊边堆着横七竖八的锄头、铁犁、铁耙、畚箕、扁担、扫帚……还有光怪陆离的破胶鞋、烂木屐、臭麻袋、空瓶子……满天星斗似的撒落四处。

知青厨房在一楼，黑得像个洞。屋里摆着两张方桌和几把跛脚的椅子，墙角有口大灶，灶上的大铁锅吐着热腾腾的水汽，四周蛛网密布，熏黑的墙壁像尸布一样令人作呕。

"来来来！别站在外面，进来喝碗热茶，暖暖身子。"一位四十多岁的中年妇女极其热情地招呼着知青们。她性情开朗，一边忙着指挥身边的小孩子们搬凳子抹桌子，一边不停地端茶，忙得不亦乐乎。眼瞅着嘉安入屋后东张西望，坐着发呆，她急忙送上一碗热茶笑嘻嘻地说："喝、快喝！阿弟，路上淋雨了吗？哪儿不舒服？你们刚从城里来，可别小瞧这旧土楼，古早味、冬暖、夏凉、水甘甜，不信你们住久了，就知道了！别不好意思啊！"她滔滔不绝，看样子挺实在。

上山看山势，入门看人意。嘉欢立刻被她那发自内心的亲切融化了，急忙说："队长，别这么说！"

"我不是队长，我叫水仙。队长是我老翁——矮脚松！他正在外头与王支书商量要事哩！你们女知青安排住在三楼，三人一间。要不，我带你们上楼看看！"水仙婶笑起来，眼睛像雨后青山一样明澈，声音像水花打在银铃上。岁月对她似乎格外仁慈，她的容颜虽经过风吹日晒的打磨，但依然温润如玉，使人还能看出她年轻时的漂亮。

登木梯，先看男知青住的房间：旧得发黑的木板房，木墙上霉斑点点；木门窗破烂得像一群衣衫褴褛的乞丐，拱肩缩背地挤成一圈；有一间还掉了一扇门，没有修补，好像秃着嘴巴，缺少一颗门牙似的。

三楼也好不到哪里去。嘉欢住的那间木房虽有一扇朝外的窗户，房门框却因年久腐烂而松脱了，钉上三根蚂蟥钉，勉强支撑着；门扇破烂不堪，似乎一场暴风雨就会脱落。屋内墙角暗处结满蜘蛛网，窗台蒙上一层厚厚的尘土。尤其令女知青们毛骨悚然的是，三楼的阔嘴厅中居然明晃晃地竖着四口黑黝黝的棺材……

"不好意思！今晚你们得打地铺。我老公说了，过几天统统给你们换上新木床……"水仙婶话未说完，忽见她的儿子冲上楼来说："阿母，不好了！阿爸和哨仔王又吵起来了，可厉害呢！"

"吵什么吵？"水仙婶一怔，慌忙下楼。

其实，吵就吵在接收知青的人数上。早在半个多月前，指标就下达了，一个也不能少。土楼五队穷得屁股冒烟。支书哨仔王说，土楼大、房子多，硬逼矮脚松队长多接收几个。为这事矮脚松一肚子窝火，与水仙婶吵了好几次。他想不通，"城里的知青干什么不好，干吗非到穷山沟里种田？十几岁的知青手不能提、肩不能挑、四体不勤、五谷不分怎能种田？分明是来队里争口粮的！你说，咱五队尽是梯田，有的还是巴掌大的山坡石头地，广种薄收，交完公粮、统购粮，连自己都养不饱，怎能再添人来抢饭碗呢？少收一个，少累赘！"水仙婶可不这么看，她说："有量就有福！知青好不容易来五峰，咱土楼有的是空房，多收几个算什么？多人多福气！俗话说，有缘才做伙，做伙是有缘[1]。这些知青哪会一辈子待在这里呢？届时，咱就想留，一个也留不住啊！"老实巴交的矮脚松横竖听不进，"哼！就你十个手指按得住十个活跳蚤？哪能应付这么多麻烦呢？这些年，尽与人斗，斗来斗去，最终跟自己的肚子斗，都斗不过去，只能为吃饱饭而奋斗啊！"水仙婶似笑非笑地抿着嘴，"别说了，你这'落后分子'！"他不服气，瞪大眼说："你先进？队长这枷，你来扛呀？！"水仙婶一句话直顶到他喉咙口，"哼！小队长，我才不稀罕！我呀，要当，就当书记，为五峰的穷苦农民流点血汗、干点实事！"这话，说得他哑口无言，自愧不如。他虽比哨仔王小两岁，但论辈不论岁，在王氏家族里，他辈分大，算起来哨仔王得叫他表叔，加上牛脾气，他敢顶撞哨子王，可对老婆，他服服帖帖。

绰号"哨仔王"的王支书不是盏省油的灯。他参了军，入了党。退伍回乡后，当上五峰一把手。"文化大革命"狂飙席卷五峰，他急忙翻箱倒柜，找出那套珍藏已久，早已褪色的黄军装；戴上帽檐已耷拉的旧军帽；手捧红宝书；胸佩红像章；雄赳赳、气昂昂地投入到革命洪流中。五峰老神庙，他带头砸；"四类分子"家，他带头抄；斗私批修大会，他带头开……刹那间红得发紫。成功秘诀全在于他所谓的"三靠"：一靠一把刀，上级来人，吃香喝辣，全凭菜刀使得快；二靠一杆枪，镇压"牛鬼蛇神"全靠它；三靠一支哨，有事没事使劲吹，吹得天花乱坠，把一粒芝麻吹成地球那么大，五峰怎不出名？因此，他如鱼得水，左右逢源，口袋里总放着发号施令的好工具——哨子。

"好了好了！你们都很辛苦，少说两句！"水仙婶见到老公与哨子王吵得脸红脖子粗，互不相让，赶忙上前劝道。她拉扯着矮脚松的衣袖故意大声地调侃："猪头，给你说过多少次了，上山下乡是革命需要，又不是哨子吹出来的。

---

[1] 做伙：在一起。

多收几个，又怎么了？"

"不行！！"矮脚松吹胡子、瞪眼睛。

"你是队长？别在知青面前丢面体皮了！"水仙婶小声抢白道。

"说得好！咱水仙婶觉悟就是高！"哨子王连忙夸道。

"你！"矮脚松气得直跺脚，脚下沾满泥土的湿漉漉的胶鞋，就像在水塘了泡过似的。

"算了，算了！你再收田嘉欢和田嘉安两人，其余三人，我另外安排到七队去。不过，明天的忆苦思甜大会，无论如何要在土楼里开，你绝对不能误！阶级斗争一抓就灵！还有明天要吃的鸭子，你五队超编鸭中先杀五只！其余的，我分派到各队筹措去，就这么定了！"哨子王挪了挪耷拉的帽檐，哨子一吹，一锤定音。

"你……"矮脚松瞪大一双雷公眼，想还口，被水仙婶捂住了嘴。

"行啦！行啦！一切行动听指挥，你就尽管使劲吹！王支书。"水仙婶一串笑声，像山涧清泉咚咚欢畅，着实让哨子王的心差点酥了。

隔天，五峰大队忆苦思甜大会在土楼召开了。

会场是由许子杰精心布置的。他分配在五峰九队。市"知青办"干部临走时特地向哨仔王"隆重"推荐，他和哨仔王臭气相投，一拍即合。他主动请缨包揽这项任务，哨仔王自然连声叫好。

五峰大队部寒碜得连张白纸都买不起。许子杰只好用旧报纸，从墙角里一堆乱七八糟的杂物中找到一条破旧的红布条，连夜叫九队的女知青缝缝补补，凑合着用。

一大早，"忆苦思甜大会"的红布横幅高挂在土楼二楼正大厅的廊杆上，主席台设在王氏宗祠厅里，原先这里摆放着各式各样的神牌，早在"破四旧"时就洗劫一空，厅上贴着伟大领袖的大画像，两旁台柱上贴着大对联：阶级斗争记在心，忆苦思甜干革命。十几个大字在四周大大小小红旗的映衬下，显得格外醒目、大气、有力。

"好！好！"哨仔王东看看、西瞧瞧，心里爽极了，不由伸出大拇指连声赞道："咱红卫兵小将真了不得！不到一袋烟的工夫就把土楼装扮得焕然一新，像个革命的大熔炉啊！佩服！实在佩服！"

许子杰英俊的脸向着阳光，额上和鼻子上都很亮，一双大眼睛更亮，笑容满面，像刚从北京回来似的那么神气和得意，仿佛整个世界都属于他的似的。"王支书过奖了！我们是来接受贫下中农再教育的，这点小事是我们应该做的。今天，你特地给我们知青上阶级斗争教育第一课，如春风化雨，我们知青应当好好向你学习啊！"在许武良的调教下，许子杰拍马屁的本领的确大有长进。

"不！咱们是同一个战壕里的革命战友。今天的大会，气氛要热、炮口要准、温度要高、火力要猛，才能触及知青们的灵魂，才能立志一辈子扎根五峰。待会儿，你再组织十几个'红五类'的知青配合咱村的基干民兵批斗'四类分子'。你要上台发言、喊口号，让大会的高潮冲出土楼，刺破青天。千万别冷场啊！"哨仔王整个脸上都拧起笑纹。

"王支书你放心！不瞒你说，斗地主、喊口号、造气氛，对我来说那像张飞吃豆芽——小菜一碟！"许子杰本能地摆出红卫兵造反派的架势，"至于发言，我得准备准备。"

"哎哟，来不及了！尻仓插蜡烛[1]，你还准备啥？大胆冲上去，一枪撂倒一个。我历来就敢拼，不认输。稿子全在脑子里，想吹什么，就吹什么！你们知识分子就爱写什么稿子，怕出乱子，我当兵的可不兴这一套！"

"那，那好！我就听支书的。"许子杰被哨仔王的一席话镇住了。他不是不敢登台，而是生怕在五峰头一回亮相不精彩，丢了面子。

初来乍到的知青们对雪花般的大大小小运动和会议早已十分疲惫和怨倦。不得已从喧闹、嘈杂和乱哄哄的城市里走出来，来到这与世隔绝的土楼里，至少图得一份清静和安宁；没想到，山高皇帝远的土楼也成了红色海洋。真是躲得过初一、躲不过十五！土楼的知青们大都还未吃早饭，有的睡懒觉；有的躺在被窝里闲聊；还有的站在窗口眺望远山的风景。嘉安仍在被窝里做自己的好梦。嘉亮和嘉欢一大早就起来，在水仙婶的厨房里当帮手，嘉亮不

---

[1] 尻仓，屁股。喻为火烧眉毛。

停地从石埋上的水井里打水，灌满水缸。嘉欢则在灶台前烧火。水仙婶和十几位中老年妇女正忙着分头给知青们准备忆苦思甜饭，洗菜、淘米、杀鸭、切肉……真像大年三十的案头——家家忙。矮脚松忙着督阵，串了这家、走那家，团团转。

上午九点大会准时开始。

哨仔王清了清嗓子，对准麦克风："喂、喂！吱——吱吱"一阵高音喇叭刺耳的尖叫声，把熟睡中的知青们惊醒了，土楼仿佛被击穿成两半。

"妈的！矮脚松，谁家的兔崽子又动了机器？"会还没开，哨仔王就骂娘。

许子杰赶忙跑上去，调试好扩音器。

"喂喂，快开会了！各队队长清点人数。知识青年们坐中间，贫下中农坐两边，带小孩的要管好啰，不许乱跑！大家肃静！肃静！"哨仔王大声喊道。

知青的队伍，除了九队的知青在许子杰的强制下稍微整齐地坐在中间前几排外，其余的如散兵游勇，三三两两，懒懒散散地坐在后几排；或插在农民队伍中；有的姗姗来迟；有的干脆捂住被窝睡懒觉，不来了。矮脚松生怕丢了五队的面子，挨个房间敲门、动员，好说歹说才把人给凑齐。他十分讨厌哨仔王"左撇子"，每当哨子王搞花哨的鬼把戏，他就狠狠地啐了一口唾沫。

"忆苦思甜大会现在开始！全体起立，跟我念《最高指示》。"哨仔王挺起胸脯，打开红宝书，振振有词地大声朗读起来："最高指示：千万不要忘记阶级斗争……"他特别兴奋，声音洪亮，中气十足。台下的人似乎念得勉强，敷衍了事。有的含糊其辞，只张口不出声；有的像蚊子嗡嗡地小声念着，一直跟不上，落在哨仔王的后头，显得很别扭，很尴尬；有几位村干部好像害怕似的，赶紧跟了上去，却又合不上拍子；唯有许子杰带领的那拨人像背诵誓词一样声音高亢，铿锵有力，仿佛带着寻衅斗殴的意味；还有身强力壮的基干民兵们慷慨激昂，把拳头捏得紧而又紧，好像生怕漏掉一个字似的。

语录读毕，哨仔王激动得直冒汗，好像刚跑完了一场马拉松，气喘吁吁。他擦了擦汗，大声一吼："把'四类分子'统统押上来！"

诉苦开始了。哨仔王首先发言，他慷慨激昂，不停地变换姿势，四肢动弹起来好像木偶似的：一忽儿昂着头；一忽儿挥着拳；一忽儿紧攥话筒；一忽儿双手叉腰。他一方面极力用最革命、最时髦的种种警语，让知青们受到深刻的再教育，另一方面一刻也不停顿地滔滔不绝倾泻下来，务必要保证占领一个小时零五分钟。好几回他顿住了，咽了很久很久的唾沫，忘词了，只好把说过的话又绕回来重复一遍。几位村干部和贫雇农陆续上台，有的声泪俱下地控诉万恶的旧社会；有的怒不可遏地批判封资修的罪恶。义愤填膺的许子杰在一旁高呼口号："不忘阶级苦，牢记血泪仇！"可是场上的气氛与他当年主持的大大小小批斗会相比，简直是小巫见大巫，令他越喊越没劲。知青们似乎兴趣全无：有的昏昏欲睡；有的交头接耳；有的频繁上厕所；还有的饥肠辘辘，巴不得赶紧结束开饭。

哨仔王急忙宣布，"现在，开始吃忆苦饭。"矮脚松指挥水仙婶等妇女们把一桶桶野菜汤和一筐筐黑粿，挑到知青们的面前。

顿时，知青们傻眼了！许多人早餐未吃就赶来开会，听说中午大队要专门为知青们接风洗尘，搓大餐，打牙祭，怎么突然变成吃这黑不溜秋，像一坨坨猪屎干一般的鬼东西？喝这又苦又涩的野菜汤了呢？大家你看我，我看你，哭笑不得，没有半点食欲。

"革命的知青战友们，这就是旧社会咱贫下中农吃的比猪狗还不如的饭菜，这就是剥削阶级压迫贫下中农的罪证。让我们以革命的名义，亲口尝一尝忆苦饭，不忘阶级苦，牢记血泪仇吧！"许子杰率先抓起黑粿，猛咬一口。这是水仙婶用香蕉头，配点米糠蒸成的粿仔，确实难吃，就像嚼着一块泥巴，他的喉咙淤塞，真想吐出来，但为了保持形象，他赶忙闭上眼睛强咽下去，眼泪差点流出来。他急忙喝一口野菜汤，又涩又苦，连盐巴也没放。真他妈的，什么狗东西！他不由怒火中烧，忍不住把黑粿仔砸在一个地主的头上，把野菜汤也泼在一个富农的身上，泄愤地大声狂呼："千万不要忘记阶级斗争！千万……"

知青们不由哄然大笑起来。

"不许笑！不许捣乱！"哨仔王暴跳如雷，村干部和基干民兵们急忙带头吃起来。

"吃吧，吃吧！团仔要惜福！我从小不识字，但旧社会的苦说一千道一万，说也说不完！别嫌弃这黑粿，在困难时期，三年歹年冬、闹饥荒，连这都吃不上啊！惜福吧，吃吧！"六十开外的老贫农王淡水颤巍巍地站起来，带着山里人的那种爽利朴实的劲儿一气说完，教知青们听了一点也不感到别扭，挺实在。一张饱尝愁苦劳顿的宽脸膛看上去很面善，讨人喜欢。他，拿起黑粿，津津有味地大口大口吃起来，粗大的喉结猛烈地滑动着。

"胡说！不许胡说！"哨仔王在沸沸扬扬的嚷嚷声中蹦出一句，又尖又响。这简直像反动宣传！怎生了得？！他一个箭步冲上前，不容分说狠狠扇了淡水伯一个大耳光。

"干吗打人？"淡水伯身旁的两儿子愤怒地站起来异口同声地责问道。

刹那间，不知是谁带头把一块狗屎干似的黑粿朝眼前的"四类分子"的头上狠狠地砸去；愤愤的知青们纷纷跟上，一块块黑粿、一碗碗野菜汤朝"四类分子"身上砸去，泼去。积压在胸中的怒火像山洪暴发似的猛扑向牛鬼蛇神。土楼顿时成了硝烟弥漫的战场。台前十几位"四类分子"成了活靶子，野菜汤泼完了还不解恨；有人别出心裁地把埕边畚箕里的鸡屎和猪粪泼撒上去……

突如其来的暴风骤雨般的狂轰滥炸，把哨仔王炸得晕头转向，找不到北，他瞪大眼睛，鼓起腮帮拼命地吹哨子。然而，斗地主天经地义，刚从城里来的知青们谁也不服他，秩序完全失控了。哨仔王气得肺炸了！他抢话筒，可掉在地上的话筒没有声响；猛吹哨，可吹哑了嗓子也无济于事。这种场面是五峰从未有过，始料不及的，村干部惊慌失措，社员们无可奈何。他真后悔没叫基干民兵带上枪，要不然朝天空放它几枪，没准能镇住脚阵。突然他发现：自己身上这套最珍贵、最显摆的军装上；还有这张最神圣、最威严的国字脸上；甚至头上，居然都溅上了野菜汤和鸡屎。他大发雷霆，刚要发飙，一看糟透了！连宝贝哨子也粘上臭不拉叽的鸡屎，怎吹呢？真他妈的乌龟王八蛋！他狠狠地把臭哨子摔在地上。猛地一想，此时此刻，自己浑身脏兮兮的，如果在百来号知青面前站出来镇压，确实有损大支书的形象啊！小不忍则乱大谋。哼，姜还是老的辣！强压着怒火，他一甩手，趁着土楼乱成一团之际，混在人群中，拔腿就走。

会散人尽。热腾腾、香喷喷的"思甜饭"——鸭子粥上桌了！出乎意料，只供土楼里的知青们和矮脚松等十七户男女老少爷们和十几位打死也不走的嘴馋知青和村干部美滋滋地饱餐一顿。

四、粪坑掏表

嘉亮要回㵾溪了。

天刚蒙蒙亮,他急忙起床,帮水仙婶为"知青灶"烧水、煮饭,还打满了二大缸水,扫净了走廊和石埕,累得汗流如雨。

"哎哟!嘉亮你大包大揽做什么?既当农民,就得吃苦。这些事都得让嘉欢和嘉安自己干,你包办不了!别操心,我会慢慢教他们的!"水仙婶坐在灶膛前,烟雾飘过脸面,像一尊香火笼罩着的活菩萨。

"水仙婶,拜托你了!我妹嘉欢体弱多病,胆小爱哭、爱读书;小弟嘉安幼稚调皮、胆大贪玩、好打闹。烦劳你和队长今后多指教、多关照!"嘉亮擦去脸颊的汗水。

"哎哟哟!同住土楼里,不说二家话。你妹子嘉欢聪明伶俐,内向害羞,我挺喜欢她的。爱看书好啊,我年轻时也是书迷。不瞒你说,我一家六口,就我一个女政委。我呀,早就想要个像嘉欢这样的闺女!至于嘉安,既是同队队员,我就不客气地说几句,今后确实要多调教调教。你看,昨天开会,他躲在屋里睡大觉。你说话,他不听,还得让矮脚松好说歹说,才出来。忆苦思甜有啥不好?!只不过是哨子王专爱搞吹喇叭、抬轿子形式主义那一套,顶啥用!我也反对!咱农民最讨厌不实在的东西,吹得再响也无路用!本来嘛,你们咽不下黑粿,喝不了野菜汤,我们都能理解。但不能没头没脸、吵吵闹闹地乱起哄呀!我亲眼见你弟嘉安第一个狠命地泼鸡屎,撒猪粪,象要过河吃卒,这不对!'四类分子'该批,但他们也都是人呀!总不能回回都往死里斗。人心都是肉长的呀！再说把好端端的会搞砸了，谁高兴呢？你昨晚狠狠骂他，是对的，但别太重，他毕竟才十五岁呀！咱王支书是属马蜂的——不好惹！他跺一跺脚，土楼也得摇三摇，他昨日没发火，全看在你们知青刚来的分上。不过，你别太在意，我会尽力照看他的。矮脚松是粗人，刀子嘴豆腐心。你瞧，他派我来'知青灶'做半个月的饭，让知青们先学会做饭这一关。我想叫嘉欢当帮手，让她轻松点。要做牛，不怕没犁拖，往后的日子还长着呢！以后，他们个个都是好样的，我们土楼像墙上挂棋盘——一个子仔也留不住！不信，你看看！哈哈哈！"水仙婶银铃般的笑声清脆悦耳。

水仙婶的话，句句说到嘉亮的心坎上。想不到，在古老的土楼里竟会遇上这样通情达理的好人，今后嘉欢和嘉安有这样的贵人相助，他自然放心了许多。

嘉欢躲在厨房门口边偷听，边抹泪。这两夜她和同宿的女知青基本都没睡。因为跳蚤吃客[1]，躺在地铺上，四周的跳蚤就像喷泉似的纷纷跳到她身上来，浑身被咬得满是疙瘩，奇痒难耐。只好翻来覆去掀抖被子，这一来，蚊帐外成群的蚊子有机可乘，轮番偷袭，里外夹攻，简直比死还惨！再说，多年失修的楼层板缝隙越来越大，一大早，楼下的炊烟夹杂着猪圈鸡窝的臭味纷纷飘上来，令人作呕。她多么巴望阿亮哥别走，多么巴望能与阿亮哥插队在一起啊！既下乡务农，三个兄妹在一起，抱团取暖，总比分开强。有阿亮哥在，她心里踏实！可是，该死的规定不准。如今，阿亮哥要走了，她真后怕！不是怕苦，也不是怕累，只怕嘉安不听话再闯祸；只怕"黑五类"受折磨！水仙婶的一席话给了她一丝的安慰，犹如在黑暗的土楼里见到了一点摇曳微弱的灯光。

哨子王怒发冲冠奔回家后，大门不出，二门不迈，都两天了。像被小毛孩暗算了的恶霸，他不是闭门思过，而是想如何尽快挽回面子，伺机报复。每想到一个堂堂的支书居然让新来的知青们看笑话，还挂了"彩"——鸡屎和野菜汤。他的牙齿不由咬得"咯咯"作响，眼里迸出火焰般凌厉的目光，好似一头被激怒的狮子，连宝贝哨子也扔了，所幸他家抽屉里还备有一大把

---

[1] 指咬客人。

新哨子。他恨不得立即报复那天的始作俑者淡水伯和他的两个臭小子。可细想，他们都是贫农，论辈分比他大，投鼠忌器，只能秋后算账。至于其他参与者，他已吩咐村干部明查暗访，先把其中几个坏成分的，揪进"四类分子"的劳改队中，来个杀鸡给猴看。

天未黑，许子杰匆匆赶到哨仔王家。

"王支书好！"许子杰学着他父亲的样，见到上司必点头哈腰，露出一副讨好似的目光。

"好好！"哨仔王一怔，随即满脸堆起笑容。他双眼紧盯着许子杰肩上的军用挎包，胀鼓鼓的。心想，这小子识相，懂得咱五峰的"规矩"。

"支书，我是来报告阶级斗争新动向的！"许子杰恭恭敬敬地站着说。

"噢！坐坐！什么动向，坐着说。"

许子杰正儿八经地说："据查，那天忆苦会上肇事者中也有我们知青呀！"

"什么？是吗？谁？"

"是的！我们九队的知青发现有土楼五队的知青乘机捣乱！那鸡屎和牛粪就是知青泼撒的。"

"鸡屎？！"哨仔王像触电似的惊叫起来，"是哪个兔崽子干的呢？"

"具体姓名，还不清楚！因为我们不同队，不过我敢百分百肯定是'黑五类'干的，我将继续追踪。"

哨仔王暗自叫苦不迭：又是土楼！真他妈的，五队矮脚松是个刺头兵，如今又有新知青入伙，岂不如虎添翼？怎生了得！

许子杰见哨仔王一言不发，心虚地问："王支书，我说错了吗？"

"不不不！"哨仔王缓过神来说："小许呀！你的阶级斗争觉悟高，不愧为革命干部的儿子啊！好好干，大有可为！"

许子杰站起来，彬彬有礼地说："王支书，这点小东西，不成敬意，请笑纳！"

"这……这哪好意思呀？不、不！"哨仔王言不由衷，贪婪的眼珠早已被许子杰的东西磁铁般地吸住了。

"这香烟是我爸捎给你的，烟酒不分家。"许子杰转身走了。

哨仔王眉开眼笑，急不可待打开一看，哇！两条大前门香烟和一只明晃晃、亮晶晶的上海牌半钢手表。他迫不及待地把表戴在手上，左看、右瞄，爱不释手。很久、很久，就渴望有只手表！可太贵了，一只国产表至少也得上千斤谷子；还得凭票，即使有钱也买不着啊！前不久，上县城开会，乍然看见县领导手上挂着的就是这款亮闪闪的"上海表"，十分显眼，十足派头。私底下偷问，这款新表既便宜又好料——特供，他望洋兴叹。他是个老烟枪，却从未抽过大前门。社会流传这样一句顺口溜："县官抽前门，农民吹喇叭[1]。"他抽不起，也买不着大前门香烟。平时，他口袋里配有"双枪"：一包二角多的"红梅"或"水仙牌"香烟藏在裤内兜里，专给领导和自己享受；而九分钱一包的白牌经济烟常放在上衣口袋，必要时请请村干部。他绝对不抽喇叭烟，觉得太掉价。如今骤然连升两级，他匆忙点上一支大前门卷烟，吞云吐雾，像乌龟晒肚皮——爽翻了。四十多岁的他，贪财、好色。但深居五峰，所能收敛的都是不起眼的小财和山货；所能鬼混的女人也尽是歪瓜裂枣。只有水仙婶一枝独秀，虽早就垂涎三尺，却偷不着，干瞪眼。没想到，如今村里来了这么多女知青，十六七岁的少女宛如仙女下凡，个个令他心醉神迷。如能落在他手里当一团麻糍，随心所欲地搓揉，该多幸福啊！他正愁不知从何入手，许子杰的话使他开了窍，打蛇打三寸，先把刺头儿知青打下去，何愁女知青不肯低头？

清晨，戴上新手表，抽着"大前门"，他神气十足赶到土楼。

"哟！有啥事？这么早就赶来？"矮脚松见哨仔王便随口问。

"哪早？都五点十七分了！"哨仔王飘飘然，一挽手，亮出崭新的手表。

"哟！猪屎篮结彩——摆阔！还戴上新手表了。难怪起得这么早。"矮脚松讥讽地说。

"屁话少说！鸭肉呢？"哨子王劈头就问。

"哪敢呀？你表婶知道你最会秋后算账，特地给你留了一只，挂在我厨房里，谁也不敢动！"

"这就好！我再问你，前天闹事你们土楼的知青泼鸡屎、撒猪粪的兔崽子，

---

[1] 指喇叭烟。

姓啥名谁？"

"没有呀！大白天说梦话，吹哨子不怕天黑呀？"

"有人揭发了，就是你们五队知青干的！"

"揭发个屁！那天你不是从头到尾都在场吗？你问我，我去问谁呀？你自己去找吧，我要喊出工了，没闲工夫陪你聊！"矮脚松一跺脚，扭头要走。

"站住！你过来看看才几点，就要喊出工？"哨仔王故意一甩手，在矮仔松面前显摆他的手表。

"呸！臭美！"矮脚松头也不回。

哨仔王进矮脚松的厨房剁了一只鸭腿，一边啃，一边走进知青厨房。忽见一女知青正埋头往灶里塞柴火，不由喜上心头，便轻轻咳了一声。

像撞了鬼似的，嘉欢吓了一大跳。猛回头，见是哨仔王，她慌里慌张站起来，理了理头发，扯了扯衣襟，颤颤惊惊地说："王支书，你找谁？"

"没！没！"哨仔王用力把嘴里的鸭肉吞咽下去。眼前的美人儿玉洁冰清，楚楚动人，尤其是脸颊上那对小酒窝，着实让他看呆了，腿软了，心也酥麻酥麻的。他色眯眯地打量着嘉欢说："你叫啥呀？"

这是一副她从未见过的如此肉麻的面孔，仿佛在黑暗中遇见了流氓，她吓得倒退一步，不敢呼吸，低着头，轻声说，"田——嘉——欢。"

"哎呦！你就是田嘉欢呀！你还有个弟弟叫……"

"田——嘉——安。"嘉欢背上掠过一阵寒战。

"对对对！你们姐弟俩可是我特地安排住土楼的，这矮脚松死活不收，是我……"

"哨仔王啊！你三百年没吃鸭肉？也不能边走边吃，有损大支书形象呀！这知青锅里煮的是地瓜粥，你又不爱吃，来这里干啥？"水仙婶提着一篮子菜进来，撞见哨仔王那熊样忍不住开涮。

哨仔王自知有水仙婶在，准没好戏唱，便一言不发，自讨没趣上了楼。在二楼走廊上，他突然想起嘉欢和嘉安好像都是"黑五类"，急忙想掏出身上的笔记本查一查，可是双手油腻腻的，只好作罢。他琢磨，如果嘉欢果真是"黑五类"，那就有机可乘了，他暗自窃喜。

正巧，嘉安和几个知青们下楼从哨仔王身旁走过，嘉安一眼见到哨仔王啃鸭腿那副洋相，听着他像两把刀子在互相摩擦发出的嚼咀声响，联想那天哨仔王挨泼鸡屎的那副窘相，忍不住"扑哧"一笑。

"站住！你笑什么？"哨仔王抬起袖子擦擦长满胡子的嘴，两个腮帮子像秋田里搬运粮草的老田鼠一样饱满地鼓着。

"没笑什么呀！"

"你叫什么名字？"

"报告书记，本人姓田名嘉安，五队知青。"田嘉安双手插在口袋里，故意鼓起腮帮，嘴里发出瓮声瓮气的声音，逗得知青们哄堂大笑。

"好你个田嘉安……"哨仔王正想发火，好好训一训嘉安，可猝然肚子一阵绞痛，把话噎住了。他内急，急忙转身下楼，跑到井边洗洗油腻腻、黏糊糊的双手。他生怕新手表溅上水了，赶忙叫水仙婶帮他把手表解下来，塞进裤兜里。他顾不上擦手，紧紧捂住肚子，急匆匆直奔茅坑。

土楼的门前屋后散落着大大小小、高高低低的茅坑，是土楼一道有碍观瞻的"风景线"。虽说这是村民们自家唯一的"小化肥厂"，可晴天臭气冲天，蚊蝇肆虐；雨天粪水横流，惨不忍睹。这些茅坑似乎也盖有鲜明的烙印：有钱有势的人在茅坑四周支起木柱，砌上土砖，盖上茅草或瓦片，装上一扇破木门，倒也像模像样；而穷苦农民仅有露天茅坑，靠几片遮羞布围起来。

哨仔王确实憋不住了，顾不上选择，就近一头冲进茅坑。一看，肯定是"四类分子"的破茅坑，一只破化肥袋往篱笆门上一挂，就是门帘。他憋住气一蹲，"轰"的一声，粪坑里的绿头大苍蝇像蜜蜂一样一拥而起，恶臭一下子扑鼻而来，差点把他憋死！他急忙掏出裤袋里的大前门香烟。始料不及，拔出萝卜带出泥，糟了！"扑通"一声，他心爱的新手表掉进粪坑里了，转瞬间被粪水吞没得无影无踪。他傻眼了，急得像油锅上的蚂蚁。

"王支书！王支书！你在哪里呀？"忽听有人在大喊大叫。

"妈的！这该死的丧门星！"他从破门帘探头一看是许子杰，忍不住臭骂起来。刚便完，他猛地站起来，茅坑里仅有的两片脚踏板高低不平，失去重心，他急忙抓住篱笆，差点整个身子掉进粪坑里。

"真晦气!"他一动不动呆呆地望着这臭烘烘、黏稠稠、脏兮兮的粪池,气得眉毛立起,浑身发抖!望着被篱笆扎伤的手,流着血,他狠狠地猛踢了篱笆几脚,仍不解恨,转身出门,对着许子杰破口大骂:"你这催命鬼!哭爸哭母,喊什么?"

许子杰像半截木头般愣愣地戳在那里。

"有屁就放,有话就说!愣着干什么?我还有急事呢!"

"我……我……已……查到了!"许子杰支支吾吾地答道。

"查到什么?"哨子王猛打一个喷嚏,喷了许子杰一身唾沫星子。

"查到那天参与闹事的知青叫……叫田嘉安。"

"田嘉安。"哨仔王脑袋"嗡"的一声,胸中顷刻燃起不可遏制的怒火,"走!快跟我来!"哨仔王带着许子杰,怒气冲冲奔回土楼。

"哟!你又吃了什么屁枪子了?"正带队出工的矮脚松见到哨仔王的脸庞忽而由红变青,忽而由青变紫,瞪圆的双眼直逼视着他,眼中仿佛迸出火花。

"少废话!把田嘉安给我揪出来,还有臭淡水伯和他的两个兔崽仔,加上你队的三个'四类分子'统统到楼外那个茅坑里给我掏粪去!"哨仔王火冒三丈地命令道。

"掏粪?!你发什么神经?"

"刚才我的新手表掉茅坑里了!不掏粪,怎办呢?"哨仔王用手捂着嘴,在矮脚松耳边轻声说道。

"怎么可能?你的表不就戴在手上吗?"

"哎哟!你就别问了,少啰唆!"哨仔王气得直跺脚。

"那,要派就派'四类'去掏!干吗非要淡水伯一家和田嘉安呢?"

"他们那天带头闹事,得好好惩罚!掏粪是看在你脸上照顾他们了!否则,我立马将他们押到劳改队去!"哨仔王见软的不行,来硬的。

"谁说田嘉安闹事?"矮脚松不依不饶。

哨仔王指着一旁的许子杰说:"是他!"

矮脚松问:"他是谁?"

"许子杰,九队的知青,'红五类'!"哨仔王说。

"我不管你什么屁类！你九队也敢管到我五队的头上来？快，给我滚一边，去晒！"矮脚松瞪眼一瞅，原来是那天在忆苦会上蹿下跳的小丑许子杰，不由怒上心头。

"你敢！敬酒不吃吃罚酒？反了你？好好！矮脚松有本事你给我等着！"哨仔王横眉怒目，撂下重话。

"我去！好汉做事好汉当，不就掏粪吗？种田人还嫌臭？"淡水伯忍不住发话了。

"好！田嘉安滚出来，跟着去，不去从今天起上劳改队！"哨仔王嚣张到了极点。

一切来得如此突然，如此意外，如此激烈，嘉安目瞪口呆，茫然失措。他感到自己就像一片可怜无助的枯叶，被暴风雨肆意吹打着、踩躏着。他双眼直视矮脚松。

"田嘉安别怕，我和你一道去！其他人跟随副队长上山干活去。"矮脚松见状，朝大伙说道。

一场从未有过的粪坑掏表"战斗"打响了。

矮脚松双手捏着大粪勺，故意磨磨蹭蹭，慢条斯理地干着，哨仔王急得火烧眉毛，顾不得眼前这臭气冲天的蛆虫世界，卷起裤筒，一脚高，一脚低站在茅坑边认真督战。他生恐手表浸泡在粪池太久，锈了！坏了！两只眼睛死死地瞪住从粪池里掏出来的每一勺粪水，巴望早点掏出手表。同时，他派许子杰到倒掉粪水的干枯的小鱼塘边复查、督阵，无论如何必须尽快掏到手表。

平生第一次挑粪，嘉安强忍着心中的痛和眼前的臭，挑着担子，走一步，摇三摇。矮脚松生怕压坏了他瘦嫩的肩膀，只给他装了半桶，可半桶的粪水晃得很，不时溅到鞋子和裤子上。他只好挽起裤腿，打赤脚。脚下的沙砾如同针刺一般，痛得脚底发麻；肩上的担子愈发沉重，愈发摇晃；每走一步都得咬住牙，拼住劲。一趟、两趟、三趟……他默默地坚持着。

"快，快点！别磨洋工！小右派！"许子杰拿着小竹竿像魔鬼似的吆喝着。

"你骂什么？"嘉安火了！他毅然"砰"地一声把粪桶撂下来了，两眼一瞪，闪射出决斗的眼神，挽起衣袖，恨不得立马把许子杰踢进臭不可闻的鱼塘里。

"你！你敢？"许子杰举起手中的竹竿。

"住手！不许乱来！"水仙婶闻讯及时赶来，冲着许子杰大声喊道。

"阿安！阿安！你怎么了？"嘉欢不顾一切跑过去。面对蛮横至极的许子杰，她怒目而视。

许子杰被眼前的这一幕惊呆了，做梦也想不到，在列车上遇见的美人儿竟在眼前，顿时，举在头顶上的竹竿缓缓落下。

嘉欢狠狠地瞪了许子杰一眼，不理不睬，一声不吭地挑起嘉安的粪桶，摇摇晃晃地走近鱼塘。

望着嘉欢摇曳生姿的迷人背影，许子杰恼羞成怒，把竹竿狠狠地摔在地上，走了。

掏了半天的茅坑已快见底了，仍不见手表。哨仔王心急如焚，目不斜视紧瞪着茅坑底部，始终不见手表的踪影。

"哪有手表呀？这不是纯粹坑人吗？"矮脚松一边掏起最后的粪水，一边怒气冲冲地责问哨仔王。

哨仔王不作声。他顾不了手上的伤口和粪坑里密密麻麻的蛆虫，挽起裤筒，跳下去和"四类分子"们一起在坑底，像在捉鱼虾似的，这边掏掏，那边摸摸……

矮脚松执意要替嘉安挑起最后一担满满的粪水。他眯了眯眼，对着水仙婶眨了一眼，笑了笑，优哉游哉地挑着担子，健步如飞地走到鱼塘边。粪水倒着、倒着……突然，他眼疾手快地从桶中掏起那块手表，像标枪运动员一样，奋力一掷，那沾满粪水和蛆虫的手表划出一道可诅咒的抛物线——消失得无影无踪。

从此以后，"粪坑掏表"成了五峰村民茶余饭后一则说不完的笑料：有的说手表根本就没丢，那是哨仔王故意整人的花招；有的说，手表被矮脚松掏走了，成为他的"传家宝"；还有人说，手表真的长翼高飞了，飞回造物者的手中……

五、麻山救火

回到麻山，天边的最后一抹晚霞已融入冥冥的暮色之中，四周的群山显现出青黛色的轮廓，乳白色的炊烟和灰色的暮霭交织在一起，若隐若现，漂浮不定。嘉亮的心情格外沉重，好端端的一个家就像砸破了的水缸，四分五裂，今后将何去何从，他茫然失措。

半年前，他在㴋溪防洪堤上卖苦力——打钎灌浆。一天，忽听堤上有人大喊大叫："田嘉亮！田嘉亮！"

抬头一看，是曾广阳，他找我干啥？

曾广阳神色不安地告诉他：学校紧急通知，学校即将解散。66届、67届和68届原城镇毕业生一律就地插队务农。

"就地插队！谁说的？"嘉亮惊出了一身冷汗，心里跳得咚咚响。

"《最高指示》！"曾广阳一本正经地说，"你呀，只顾挣钱，晕了头！现在正掀起上山下乡的运动高潮，咋还蒙在鼓里呢？"

嘉亮撅着嘴说："我只管打钎，哪有心思听广播？不去！"

"不去？胳膊拧得过大腿吗？听说，冉云洞已被重判十五年押往新疆劳改了，他爸妈哭得死去活来呢！而人家'红五类'游彪、郝要武都参军去了呀！"

"唉！"嘉亮摸着手上的血泡。

"我还听说，学校一解散，咱们的户口全都迁到公社去，不走也得走呀！此一时，彼一时啰，现在的'老三届'就像当年拿破仑的老兵，已成为失落的被抛弃的人群，没人要了！你还臭美呀？"曾广阳垂头丧气地摇了摇头。

"那你作何打算呢？"

"我妈说，这年头只能随大流。我想，趁现在上山下乡运动刚开始，赶紧找个好的生产队，就地插队远比硬性分配强多了。所以，我才跑过来找你商量的！"

"别商量！横竖我不去！我在这儿活干得好好的，谁也管不着！"嘉亮扭头就走。

"别走！你傻？这活儿你还能干多久？听说，市里马上要挨家挨户查户口了，你是'黑人'，抓进派出所，遣送到新疆和冉云洞一起喝西北风！还是好好想想吧！我尊敬的'红征兵'队长同志！"幽默的曾广阳突然敬个礼，作出一副鬼脸。

嘉亮猛地一怔，慌忙问："那……那你想到哪里插队呀！"心里突突猛烈跳动起来。

"我原本不想去，我爸坚持让我妹妹去！可是我的户口早就迁到学校了呀！农业户口打死都迁不回来的。我妈说，就找咱校附近的生产大队为好，一来离家较近；二来交通也方便，这比我哥去那冷水坑穷山恶水、深山老林强百倍。我想了想，麻山大队还不错，你不是有认识的吗？"

"噢！有，江支书，这人好，很有同情心。"

"那好啊！咱俩赶快去找他，只要他同意接收，我们即可办理插队落户手续呀！你看怎样？"曾广阳的声音突然变得暖融融的。

"这……这容我再好好想想吧！"

"好，一言为定！给你三天考虑，我再来找你！"曾广阳说完就走了。

现实生活是无比残酷和无情的。没想到，隔天堤管处通知所有打钎者必须查看户口簿，农村户口一律不准干。

失业了！嘉亮处在人生最痛苦的十字路口。要么像隐身人躲在城里当无业游民，要么下农村甘当一辈子农民。进退两难的抉择像把刀子绞碎他的心。他既无法与"牛棚"里的外公、阿爸和阿母商量，也不敢与嘉欣姐沟通，怕她哭瞎了另一只眼睛，只好找二嬷。

"阿亮啊，这等大事，二嬷也不敢替你做主。我只想说一句，做人要看破。风一阵，雨一阵，天地扳倒转。你外公喝过洋墨水，你老爸和老母，还有你四姨丈喝过浓墨水，统统要受拖磨，甚至下地狱。现在又轮到你和阿耀这种喝过淡墨水的少年人，喝过墨水的人为什么这呢歹命？我也不知道。你的户口早就不在潋溪，依我看，与其待在城里躲躲藏藏半死不活，当街溜，不如暂且到乡下寻找一条活路。老阿祖常说，车到山前必有路，船到桥头自然直。我相信，治天下终归要靠你们这些喝过墨水的，且有良心的能人！"柳芹苦口婆心说。

　　嘉亮豁然开朗。他约上曾广阳一口气奔回学校办手续，来到麻山插队务农。

　　麻山大队几个自然村散落在西溪边。嘉亮住在村里江氏祠堂里，这是一座破祠堂。堂前陂塘地势低洼，一潭死水污浊发臭；每逢下雨，水漫金山，把祠堂前的小石埕淹没了，所以大门常年紧闭，只能走边门。祠堂常年失修，职校的红卫兵们曾把这里当作"破四旧"的战场，里里外外一扫而空，只留下残墙、破瓦和天井里的一片乱草。半年前，嘉亮和曾广阳来村插队，村支书江水头四处找不到安置的地方，只好将祠堂翻修一下。东厢房安排给嘉亮和曾广阳住。历经笼山磨炼的嘉亮过惯了朝齑暮盐的日子，对此心满意足。

　　此时，推开祠堂的破边门，只见房门紧锁。曾广阳这鬼又跑哪儿蹭饭去了？他暗自叫苦。临行时，嘉欣塞一块钱车票钱和一个菜头粿，此时他已饥肠辘辘了。面对锈锅冷灶，他赶忙生火、淘米做饭。可是，柴湿，燃不起来，尽冒青烟，呛得他咳嗽不止，泪流满脸，急得心烦气躁。这时，江支书端来一碗热腾腾的番薯还捎上一把空心菜。五十多岁的江支书，魁梧奇伟，粗壮结实，双肩宽阔且微微上拱，有点驼背，他是个刚直不阿的老支书。斗地主、分田地，他冲锋在前；合作化，大丰收，他享受在后。他敢说真话，曾带领乡亲们抵制"五风"，斥骂所谓的"密植论"，被拔白旗，丢了乌纱帽。但他一心为群众办实事、办好事，过后又被选上当支书。江支书告诉他，"曾广阳被派去当民工，参加公社小水电站建设了。原本队里也想派你去，能吃上大锅饭。可你迟迟不归，只好另派别人去。"嘉亮一听傻眼了，怎么这般倒霉？上个月就听说公社要调派民工，心里就直痒痒的，他曾找过江支书，江支书满口答应。怎么上了趟五峰，说没就没了呢？唉，什么时候再有此"美差"呢？他的心情跌落到谷底。

吃完饭，百无聊赖，他随意摊开《鲁迅文集》，这是历次抄家后仅存的书籍。忽见书中夹有一封信，想必是曾广阳留的，瞪大双眼一看，却是阿爸的来信。他急切打开：

阿亮：

　　你读到此信时，我估计你已下五峰、返回麻山了。欢欢和阿安年纪小，又从未离家；此去五峰，山高路远尽荒凉，他俩的心情，不言而喻。你当哥哥的应多加疏导，千万不能带着抵触情绪。锻炼是人生最大的财富，是彻彻底底的独立王国。我以为，你们下乡务农若能过得三关：思想关、劳动关、生活关。学会知艰难、知学习、知进退，将来在人生路上定会有出息。你要为弟妹们树立好榜样，先把自己的心态调整好，敢于直面人生，迎接挑战。

　　来信中，看得出你对扎根麻山有纠结、有苦闷，这很正常！没有苦闷，没有矛盾，人就不会进步。农村是当代社会的缩影，农民是中国几千年来的脊梁。能够深入农村、体验民情，甘当农民、吃点苦头，这对你今后的人生绝不是坏事。下乡难，就像行路难。我建议你重读李白的《行路难》，或许会有新体会。你们正年轻，青春虽变幻莫测，但依旧绚丽迷人。国家的未来仍需要知青来建设，你们的未来则需要自己去创造。来日方长啊，孩子！好好锻炼，先为人，为人要正，勿自卑，不要受出身的影响。要坚信，未来美好的机会总是留给勤奋好学、锲而不舍的年轻人。要珍惜每一寸时光！记住，藏在你心中的梦想和读进你脑里的书是谁也夺不走的。

　　此行五峰，你是否已对欢欢和阿安重申我半年前与你订的《约法三章》呢？下乡农村一不准沾烟酒；二不准搓麻将；三不准谈恋爱。抽烟酗酒是坏习惯；打麻将是误时光；而早恋爱则毁前程。这三点沾上易、改掉难！这是我的忠告，你要带头遵守。常在河边站，就是不湿鞋，这需要极大的决心和毅力。你从小跟我上过笼山，我相信你。我担心的是，欢欢的怯懦和阿安的任性，最担心他俩出事，你当哥的必须盯紧点，要警钟常鸣。

　　来信提及，你没有时间读书，这是你为自己的懒惰作辩解。"时间就像海绵里的水，只要愿意挤总还是会有的。"除了农忙之外，你得抓住时间，珍惜时间，多借些好书来读，下苦功，把读书当成每天的乐事。读书不宜快，不能囫囵吞枣，好书尤其是名著要精读、细读，常读常新。为学要通透，通透才不迂腐，才有胸襟和眼光。要记住！天道并非一定酬勤，光靠勤奋是远远不够的，深度思考比勤奋更重要；通过你的思考做好读书笔记，日积月累，自然会有新收获，新进步。我记得，鲁迅先生还说过，"倘能生存，我当然仍要学习。"这句名言应作为你的座右铭。我虽老了，仍想学习，仍抱着"宁天下人负我，我毋负天下人"的心愿，你当跟我一样。

我一切尚好！近在糖厂养猪场劳动，虽未能回家看阿欣，但比在所里轻松些。你不必挂念！如有你老母的点滴消息，盼速告我。

眼下秋收冬种大忙，切注意劳逸结合，多保重身体。想再谈谈，但纸已经写满了，只好就此搁笔。祝安好！进步！

父字

家书抵万金！密密麻麻写在四张卷烟纸背面上的是一封充满父爱的苦心孤诣、呕心沥血的教子篇。嘉亮发现这信封是用他寄去的旧信封的反面糊制成的，足见阿爸的窘境与苦心。连读两遍，感受极深，他霍地站了起来，遥望窗外，仿佛每根脉搏都在震荡，陷入一片沉思。

突然，他发现窗外距离不远处火苗四蹿，浓烟滚滚，"不好了！一定是着火了！"来不及细想，扔下信，吹灭灯，他像箭似的冲向着火点。

村里一处三间连排的老房子着火了。嘉亮赶到时，火势比自己想象的还要猛。熊熊的烈火像一条火龙吞吐着肆无忌惮的火舌，逐渐包围了老房子。刚一靠近，就听见一阵阵"噼噼啪啪"的爆响声，强烈地感受到一股股灼烤的热浪。

"着火了！着火了！快救人呀！"黑暗中有人敲着铁桶不停地大声疾呼着，四处的狗凶猛地狂吠着。

嘉亮不假思索第一个奋不顾身地冲入火海中。第一间房屋的大门反闩着，他使劲地敲门，拼命地呼喊，屋内年近七旬的耳聋眼花的徐番婆仍在睡觉。当她睁开眼睛时，满屋通明透亮，吓得魂不附体，光着脚爬起来，迷迷糊糊辨不清方向，又瘫倒在床上，手足无措。在村民的帮助下，他当机立断用木柱子撞开门，冲了进去。烟雾弥漫，光线忽明忽暗，他一时找不到徐番婆，火在屋上怒吼着、尽情发挥暴虐之能事。突然，他头发也着火了，他没有却步，用湿毛巾扑灭，毫不犹豫往里冲，小心翼翼搜索，终于找到了徐番婆，将她背起往外冲。

徐番婆获救了。嘉亮没歇一口气，折身又冲入火场。烈火映出他虚弱的双肩，浓烟包裹着他奋力冲行的身影。此刻，大火像沉睡中的巨人被唤醒，越来越猛。忽听有人在哭喊着："快救命啊！救救我的儿子啊！"他和村民们赶紧冲过去。然而，赤手空拳，谁也冲不过去了。此时，江支书果断地将一床床湿漉漉的棉被盖在大家的身上，挡住了不断舔舐过来的火舌，再三叮嘱大家要齐心协力，确保安全第一。

嘉亮隐隐约约地听到小孩的哭救声，冲进第三间房屋时，屋顶的瓦片已烧得"噼里啪啦"乱响，烧断的房梁不时砸落在地上，他一路踩着火炭，将惊恐万状的小男孩一把抱起，咬着牙，奋力逃了出来。说时迟那时快，"哗啦啦"的一声巨响，整座平房轰然垮塌了，烧焦的房梁横七竖八地躺在地上。"嘉亮真了不起！"现场指挥救火的江支书忍不住眼泪刷刷流下来。若稍晚一步，嘉亮和小男孩就没命了。浓烟熏得嘉亮突然瘫软在地，几乎昏厥过去。

不到一顿饭的工夫，熊熊大火把房屋夷为平地，连屋后防洪堤上的樟树叶都烧得焦黑。大火扑灭后，一层黑色灰烬依然凝重地、痛苦地铺在废墟上，星星点点的炭屑还在黑暗中闪闪发光，吐着白烟。

六、阁楼惊魂

土楼"知青灶"办了三个月就分崩离析。刚开始,水仙婶苦口婆心,极力劝阻;可后来,她一百八十度大转弯,力主分灶吃饭。

为办好"知青灶",嘉欢不知受了多少委屈和羞辱,偷偷抹了多少泪。当"火头君",虽不必扛锄头,冒风雨,但天未明就围着灶台团团转,劈柴挑水、煮饭炒菜、洗盘刷锅、养鸡喂猪,忙得头晕目眩,累得心力交瘁,苦得以泪洗面。对她来说,众口难调,没有同伴们的赞扬声,也没有同情的目光,有时还遭来白眼和责难,她都能忍。最令她恐惧和崩溃的是,哨仔王像幽灵似的总来调戏和骚扰,她却像哑巴吃黄连,唯有水仙婶略知一二。

事情得从"知青灶"养猪养鸡说起。

头一个月,"知青灶"红红火火,知青们相安无事,一团和气。"知青灶"的饭菜虽没有漈溪家里清香可口,不过大家既来之、则安之,能克服,也不敢挑剔。一来是水仙婶主勺,谁也不敢公开叫板;二来各自携有"私家菜",自个儿吃得津津有味;三来有矮脚松每天摊派队里各户供给新鲜蔬菜,不必种,更不必偷。于是,有人提议,"知青灶"应养一头猪和一群鸡,既消化残羹剩饭,又能改善生活,打打牙祭。如此好事,何乐而不为?大家一致同意,水仙婶却直摇头,说不行!

原来,狠割资本主义尾巴,五峰大队挨家挨户饲养的家禽家畜一律须先"申报户口",才准饲养。按规定每户只准养一头猪、两只鸡,或两只鸭。哨子王经常半夜三更亲临猪圈、鸡窝和鸭棚突击搜查。但凡"超生"的鸡、鸭、猪统统格杀勿论，轻者罚款，重者批斗，搞得全大队家家谈虎色变，人人如惊弓之鸟。

嘉欢不敢去找哨仔王。她既怕哨仔王那狡诈的面孔，更怕那双色狼般的眼睛，只好恳请水仙婶抽空陪她去。水仙婶也讨厌去哨仔王家，虽说是亲戚，但哨仔王是哪路货色，她一清二楚。她怕嘉欢吃亏，只好答应带嘉欢去。

这夜，水仙婶来不及喂猪，赶紧拎着一小坛自制的糯米酒，带着嘉欢来到哨仔王家。哨仔王是石狮吃到烂肚子[1]的人，凡登门者，无伴手礼，免来！

"哎哟哟！水仙婶来了，稀客，稀客！快进屋！"哨仔王一边接过糯米酒，一边瞪大双眼望着嘉欢说："这……这不是田……田嘉欢吗？哎哟哟！你也来了呀！欢迎欢迎！"哨仔王眉飞色舞，笑得合不拢嘴。

"不，不坐了！有件事找你，土楼的知青们想养猪和鸡，你高抬贵手就给批准吧！"水仙婶不卑不亢，不想久留，直截了当地说。

"呦！知青还想长资本主义尾巴？新鲜，新鲜！五峰的头条新闻啊！"哨仔王一见水仙婶和嘉欢一直站着，心里很不舒服，故意调侃，采用缓兵之计。

"行不行，不就你一句话吗？干吗说得那么难听！依我看，这事极简单，按规定批准养一头猪，养多了知青们也喂不起。鸡嘛，可以适当多养几只，理由是知青人多，不能按户计算。"水仙婶快人快语，根本不管哨仔王心里舒不舒坦。

"嘿！站着说话不腰疼？这……这等大事，不好好研究研究，你就信口开河？"哨仔王故弄玄虚。

"研究什么？有样学样，无样自己想！什么事能难倒你这大支书？养鸡鸭的屁事，还劳得着伤你宝贝脑筋？笑话！"水仙婶不依不饶，不冷不热地顶撞哨仔王。

---

1 喻为贪得无厌。

"你怎说得这么轻巧呢？养猪养鸡——事关举什么旗、走什么路？是大是大非问题呀！知青不懂，田嘉欢还小，你得多给她们再教育！你呀，三日无馏，爬上树[1]！头等大事，怎能不研究，就随便答应？再说，全村十三个生产队，上百号知青，单批你五队，岂不闹翻天？全批了，养了那么多猪呀、鸡呀、鸭呀，统统大超编，被公社拿来当资本主义泛滥村的典型？到时，船若反平平沉[2]！"哨仔王不愧为"酒精"考验的村支书，打起官腔来一套接一套，咄咄逼人。

"别拿鸡毛当令箭，吓唬我，批不批？你说句话！不批，拉倒！走！"水仙婶急了，脸色一沉，拽着嘉欢的衣袖。

"急什么急？"哨子王嘴角一笑，"坐下来！好好说嘛！咱又不是外人。哦，你不是来吵架的吧？别把田嘉欢吓坏了，害得她今后都不敢上门来！是吗？田嘉欢同志。"他乘机瞟了嘉欢一眼。

水仙婶和嘉欢只好坐下来。

"这就对了嘛！田嘉欢，你还负责土楼'知青灶'吗？"哨仔王明知故问，迅速上下打量眼前的美少女，通红的瓜子脸上微微抖动着，两个酒窝卷得深深的，显得格外迷人，真恨不得一口把嘉欢吞了。

"是的，王支书！"嘉欢低着头。

"哎呦！'火头君'最辛苦，起三更，睡半夜……"哨仔王伸出大拇指连连夸道。

"哎呀！你有话快说，有屁就放！我还得赶回家喂猪呢，批不批你说一声！"水仙婶急不可耐。

"那……那你就先回吧！我和田嘉欢再说几句。不看僧面看佛面，批、批，一定批！有你水仙婶出面，岂有不批之理呀！哈哈哈！"哨仔王把手一挥，执意让水仙婶先走。

"不！嘉欢也有事，我们得一块儿走！夜黑、路暗、狗多，我怕……"水仙婶说。

---

[1] 馏，重蒸，这里意指复习。喻为没有学习，不进则退。
[2] 喻为同归于尽。

"怕？怕什么？你有事先走！这么一小段路，大不了，叫你侄媳送她回土楼，总可以吧？田嘉欢，你说好不好？"

"我……"嘉欢的心被猛戳了一下，既不想留，又不敢走。

"行了，水仙婶你先走吧！走吧！"哨仔王打发道。

"那……那好吧！嘉欢你得早点回来！"水仙婶见哨仔王的妻子正在厨房里，心里也就踏实许多。

嘉欢站起来，无可奈何地望着水仙婶离去，怀里像揣只兔子，心儿忐忑，跳个不停。

"来来来！坐坐坐！"哨仔王色胆包天。他贪婪地看着嘉欢，从脸到胸部，又从胸部到全身，那么瘦弱苗条，那么美丽纯真，仿佛她的身上有一种魔力，使他神魂颠倒。他急忙揩去额头的汗珠、带着焦灼的神情，目不转睛地看足了嘉欢的俏脸后，居然一个箭步上前，双手按住嘉欢的双肩让她坐在椅子上，嬉皮笑脸地拉着嘉欢的手用双关语问："你打算养多少呀？"

嘉欢吓得脸如土色，急忙甩开他的手，一句也答不上来。

"养几只鸡呀？"

"七……七……七八只！"嘉欢恍过神来，那又长又黑的睫毛不住地颤动。

"那……那可不行！你'积善堂'，还一心一意走资本主义道路，那就……"哨仔王故意羞辱嘉欢，触碰她心灵上最敏感的痛感神经。

好似穿甲弹在脑中爆炸，她浑身直哆嗦，仿佛魔鬼已经踩住了她的一只脚。她真后悔不该来，更不该没同水仙婶一道回去。

"当然啰，道路可选择！听说你表现不错，办'知青灶'任劳任怨，这很好！只要你继续努力，听我的话，将来村里一有好机会，招工啦，招生啦，参军啦，招干啦等，我都会优先考虑你、照顾你、推荐你的！你说好不好呀？"哨仔王像吹花俏口哨一般，边吹、边挨近嘉欢。

嘉欢极其紧张，脸上的肌肉缩紧，上门牙咬着下嘴唇。墙上挂钟的嘀嗒声，犹如沉重的铅锤一下一下撞击她的心，她本能地站起来，一步一步往后退。

"你别怕！我会保护你的，包括保护你弟弟田嘉安，只要你好好接受再教育。"哨仔王的声调霍然变得又柔又细、又轻又甜。他凑近嘉欢的耳边说，"我知道，你多养几只鸡，为的是知青们，你不图私利，甘为奉献，精神可嘉！这样吧，看在你面上，我特批你养四只鸡，就四只！翻一番了，不可再多，养多就成资本主义尾巴。会咔嚓！咔嚓！决不留情啰！"哨仔王迅速板起脸，青面獠牙地作出一连串宰鸡的手势，吓得她连连后退。

她慌忙说："嗯……嗯，我走了！"

"等等等，我还有话说！"

"不，不，我还有事！"看着他那色狼似的眼睛直射出一团团欲火，她不由自主急忙退到墙角。

"那好！你可要常来！"哨仔王冲上前拉住嘉欢的手，情不自禁地顺势一个拥抱，那只满是酒气和野猪鬃胡子茬的臭嘴闪电般地在嘉欢绯红的脸上强吻了两下。正欲上下其手时，忽然，门推开了，他老婆进来了，他仓促收手说，"记住我只多批两只，一共四只！哈哈哈！"

嘉欢拼尽全力一路狂奔回土楼。头发散了，鞋子丢了，脚也踩上牛粪，她全然不顾。她，记不得自己是怎样冲出哨仔王家门的，也记不得临走时哨子王说些什么，只觉得整个脸像被刚刚烧红的电烙铁烫伤似的，火辣辣、滚烫烫、针扎扎，苦不堪言。尽管在路边的小水沟里，她洗了又洗、搓了又搓，仍觉得尽是污垢，怎么也洗不干净。平生第一次蒙受如此奇耻大辱，她觉得哨子王十足肮脏、十足下流、十足卑鄙。

跟跟跄跄奔回土楼，她躲进被窝里整整哭了一夜。五更后，照常起床下楼，淘米做饭。在天井打水时，水仙婶猛然见到她那两只哭肿的眼睛像熟透的桃子似的，心疼地问："嘉欢，啥事哭成这样了？谁欺负你了？"

"没、没！刚才不慎炉灰吹进眼里了！"嘉欢低下头，揉着眼。

"我不信！是哨仔王吗？你告诉我，我找他算账去！这个老色鬼。记住！你以后离他远点，千万别上当。懂吗？"水仙婶愤怒地说道。

"没……没！"嘉欢矢口否认。昨夜的事她只能万般痛苦和无奈地烂在肚子里，对谁都不敢说。

水仙婶半信半疑。

不久，土楼"知青灶"养了猪和鸡。每当嘉欢喂猪养鸡时，一种难以言状的耻辱、愤恨和恐惧油然而生。

"知青灶"才开一个月，水仙婶不再主勺了；蔬菜供应时断时续，知青们只能自力更生动手种菜；加上"私家菜"基本吃光了，邮寄包裹又供不上；十几人的大锅饭全靠嘉欢一人张罗，她绞尽脑汁，操碎心。每瞅着同伴们收工回来像一头头被拖得疲惫不堪、饥不可堪的牛，她心里如刀割一般，何尝不想炒一道有点油腻，或荤味的青菜，给大家来一个惊喜啊！可巧媳妇难为无米之炊。一日三餐全是"老三篇"：《两干一稀》《青菜白笋》和《咸菜脯》，千遍一律，经久不变。唉！现在还能填饱肚子就是万幸，还想奢望吃好？那是白日做梦！现实如此残酷，纵使我有孙悟空的本事，也无法给同伴们做一顿朝思暮想、垂涎三尺的卤肉饭呀！三餐仅有的、宝贵的、可怜兮兮的食用油全靠知青灶的大锅正中上方粗铁丝挂着的一块黑乎乎、油腻腻的半个巴掌大的肥肉刷出来的。每当炒菜时，她就像魔术师的手，一瞬间把这肥肉从铁钩上迅速一摘，往热得冒烟的铁锅里"扑哧"一刷，油腥画出了一个极美妙的小圈圈后，便飞快地将肥肉重新挂回原处。土楼里挨家挨户只有请贵客吃饭时，才舍得把这肥肉在铁锅里多刷出一两个圆圈。土楼人穷，肥肉来之不易，即使有钱也买不到，必须熬到队里有人杀猪了，才有可能买到新肥肉，才能把这块蜷缩一团，像黑不溜秋的油刷子的肥肉取下来，炒了、吃了，重新挂上一块新肥肉。水仙婶移交时，慷慨给"知青灶"留下三块肥肉。嘉欢觉得太寒酸、太苦涩了。她不管三七二十一，炒菜时总爱把手中的肥肉往锅里多刷几圈，让它多冒出点油腥，刷着，刷着，没多久肥肉就剩下一块烧焦的黑猪皮了。等到三块肥肉都用光时，她又悄悄地把临行时嘉欣姐硬塞给她的一斤花生油贴补上，这可是每户城镇居民两个月的定量供应食油啊。每次炒菜就像用味精一样，她只洒几滴，以解燃眉之急。

然而，嘉欢的苦日子才刚刚开始。

强吻嘉欢后，哨仔王像着了魔，丢了魂似的天天往土楼里跑。待大伙儿出工后，他像狗一样跟踪嘉欢：时而调查"知青灶"的情况，时而搜查"超生"家禽，时而了解知青再教育近况，五花八门，层出不穷，脑海里旋风般旋来旋去，无非是想得寸进尺，占有嘉欢。他对全大队的女知青悉数登记在册，逐一摸排，独占鳌头确非嘉欢莫属。因为嘉欢不仅美，而且怯弱。在他的脑海中，嘉欢的美，就像古书里描写的花容月貌，出水芙蓉一样，美得如此无瑕，如此不食人间烟火。而嘉欢的弱，那就不言而喻了。她是地地道道的"黑五类"子女，且她胆小如鼠，吃她的豆腐，易如反掌。老子十八岁就上战场，当不了大官，十分憋屈！在这深山沟里睡几个女人算什么？他真后悔，不该不看长相，仅凭花名册，稀里糊涂地把嘉欢这样的美女硬塞进像铁桶似的土楼里，他妈的自讨苦吃，真！让他出入难，下手更难。倘若把嘉欢和嘉安安排在他家附近的小木屋里，嘉欢早就成了他的囊中之物。所幸，白天土楼仅剩老弱病残，他才能乘虚而入。

不过，他这一切卑鄙的伎俩逃不过水仙婶的火眼金睛。想当年，他追求水仙婶时也是如此疯狂，如此不要脸。水仙婶义愤填膺，但苦于抓不到把柄。她只好暗中给嘉欢提醒、支招，暗中当起嘉欢的保护伞。

"嘉欢啊！这些天哨仔王破天荒常来土楼，往你那里跑，醉翁之意不在酒啊！你别怕，有我在！惹不起，躲得起！我跟矮脚松说好了，从今起，出工后，咱土楼大门外的木栅仔半门一并闩上，让他吃闭门羹。万一他进来了，你千万别独自与他待在厨房里。三十六计走为上。我来对付他！听懂了吗？"水仙婶不厌其烦地再三叮嘱嘉欢。

这一招果真厉害，哨仔王一连碰了许多软钉子。他恼羞成怒、暴跳如雷。但不见黄河心不死，他狡猾地改变了"战术"，来个欲擒故纵，调虎离山。他连续半个多月，都不露面。

这天，听说水仙婶昨午回娘家去了，他大喜过望。一大早，就大步流星地赶到土楼。刚进门，他扯开嗓子大喊大叫，掏出一百斤化肥供应券奖励矮脚松，命他立马亲自下山购买。嘉欢正在烧水，忽听他的声音，像老鼠见了猫似的飞快躲进三楼的屋里。

直等到矮脚松走了，村民和知青们都出工了，土楼空荡荡的时候，哨子王才蹑手蹑脚地窜进知青的厨房里，见空无一人，他匆匆四处寻找，不声不响地爬上三楼，见房门反闩着，从门缝里偷窥，只见嘉欢正躺在床上，他暗自窃喜。

土楼结构很奇特，三楼房顶两米多处留有一层通廊式的木阁楼，阁楼均有小窗，以便居高临下观察和抵御外来入侵者。他轻车熟路，不费吹灰之力，便从三楼的其他空房里爬上阁楼，轻捷似猫儿一样潜伏在嘉欢房间的阁楼上。他当过兵，深知潜伏的重要，必须等候没人的最佳战机，

突然，"啪"的一声脆响，阁楼上的腐朽的楼板断裂了，一不做，二不休，不风流处也风流，他像条饿狼，顺着木柱溜了下来。

"哎哟"一声惨叫，嘉欢吓得魂不附体，她以为是魍魉鬼怪，本能地把头缩进被窝里。巨大的恐怖使她的每根骨头都在瑟瑟发抖。

"田嘉欢、田嘉欢，别怕！是我呀！"低沉的声音，足以给恐怖片配音。他猛地掀开嘉欢的被子，发出一阵狞笑。

"哨仔王？"嘉欢突然一阵抽搐，心顿时像裂成两半，面如死灰，没有一丝丝血色，一双明亮美丽的眸子充满难以形容的恐惧，樱红的唇变得又紫又青。

"你……你……你想干什么？"嘉欢恍过神来，一边说，一边紧扯着被子不由自主地往墙角缩，无限的恐惧使她本能地将双手紧紧地抱住双臂，双腿牢牢地交叉在一起，脸颊因愤怒和恐惧变得十分滚烫。

正当哨子王打着赤膊欲向嘉欢猛扑上去之时，突然传来一阵清脆、响亮的喊叫声和"咚咚咚"的上楼脚步声。

"嘉欢、嘉欢！你怎么了？都什么时候了，你还在睡大觉，怎不煮饭呀？"水仙婶急切地大喊大叫。

哨子王吓得屁滚尿流，脸皮下的一条条隆起的筋肉不断地抽搐着。他霍地一头钻进黑乎乎、脏兮兮的床铺下。钻进前，他还不忘向嘉欢做了一个杀鸡宰猪的蛮狠手势，似乎在说，"出声，我宰了你！"穷凶极恶的目光像把利剑直插嘉欢的心脏。

"怎么了？嘉欢、嘉欢，你哪里不舒服了？"开门后的嘉欢像刚刚遭受电击一般，一动不动地钉在门后。她失语了、麻木了，仿佛已经死了一大半，"砰"地瘫软在地上。水仙婶手忙脚乱，赶忙将她抱上床，紧紧按住她白煞煞脸上的人中穴。

不一会儿，嘉欢终于缓过气来，微微张开的双眼，很快又闭了下来，水仙婶赶忙冲下楼去提开水、喊人。

此时，床下的哨子王一个滚翻，爬出房门，东张西望，见没人，他迅速站起来，从另一处楼梯仓皇逃窜了。

七、突击入团

秋收冬种对于嘉亮来说，一点儿也不比夏收夏种的"双抢"来得轻松。

漉溪民谚说得好："立秋无落雨，必有秋老虎。"秋老虎果然厉害，天热得发狂，太阳炙烤着大地，地上仿佛着了火，沟里的水烫手，地上的土冒烟，四周一丝风也没有，稠糊糊的空气好像凝住了。

嘉亮挥汗如雨和社员们一起抢收水稻。他光着膀子，穿着短裤衩，手上的镰刀"嚓嚓嚓"一个劲响个不停，好像镰刀在飞，人也在飞，稻子也在飞。从清晨五点多干到快中午了，像打仗冲锋似的，身后的稻田宛如刮起一阵旋风，一丘又一丘吹倒了，可眼前，尚未收割的金黄色稻子一片又一片，宛如杀不完的敌军，砍倒一片，"咻——"在眼前又冒出了一群。他的腰弯得像弓似的，早已麻木。直到听见队长大喊，收工了！他抬起头，一伸腰，后背痛得一时直不起来，缓步走到打谷桶前。又累、又饥、又渴时，他还得完成最艰巨的任务——挑起一担湿漉漉的谷子回村。从稻田往村里约四五公里，路上独轮车、板车、担子、人拉肩扛，你来我往，狭窄的小路像拧绳似的愈发拥挤不堪。连日来，他的双肩又红又肿，挑着担子，不停地换肩，多想停下来歇一歇，擦擦汗，可是一撂下担子就会把路堵了。一条吐着舌头的黄狗紧盯在他身后，多半想是要吠叫一声催他快走，只是天热得连狗都叫不了。他只能咬着牙，继续走。

晒谷场上金灿灿的稻子铺满一地。

"哇！嘉亮你这担一百五十七斤呀！"仓管员一过秤，不禁连连赞道。

"好！输人不输阵，输阵番薯面[1]！"江支书大声夸道。

嘉亮莞尔一笑。他满头大汗，蓬乱的头发沾在前额上，晒得黝黑的脊背和胸脯上也是汗水淋漓。

拖着筋疲力竭的身子回到祠堂里，他匆匆把早上多煮的剩饭炒一炒，狼吞虎咽地填进肚里，再喝几口水，来不及眯一眼，队长又喊，"出工了"，他即挑起空箩筐直奔稻田，一直干到天黑才收工回来。

入夜，还得到田里捆扎稻草，为队里的耕牛储备过冬的草料。月光如银子，洒落在田野上，四处的暗影好像散了。阵阵凉爽的秋风，吹过滴着露珠的稻叶，吹过哗哗作响的树木，也吹过他浑身发热的英俊的脸颊。他一边扎着稻草，一边眺望着被明空夜色的柔和情趣所浸润的闪闪发光的西溪，一边聆听着蟋蟀，蛙群和树隙上夜鸟轻轻唱出的乐曲，不禁勾起对故乡和亲人的无限思念。

"田嘉亮，快！有长途电话！"

"长途电话？哪里来的？"嘉亮心一揪。

"漷溪！公社电话总机说今天打来三四回了，都打不通，没人接。刚才，我正巧到大队部，电话铃又响起来了。我约对方等一个小时后再打来，你快去接吧！可能是你家里有急事！"江支书气喘吁吁，关切地说。

急事！嘉亮猜想，十有八九准是嘉欣打过来的，没有火烧眉毛之事，她绝不会打电话。于是，他和江支书一道急速奔往大队部。

队里仅有一部老掉牙的手摇式电话机，跟电影《地道战》里日本鬼子用的几乎一模一样，必须不厌其烦不停地摇啊摇，有足够的耐心才能呼叫到公社总机，还时不时断线；从漷溪或各地打来的电话，只有通过公社的总机转接才能通话。堂堂的大队部，除了抗灾抢险非常时期外，其余都是大门紧闭，空无一人，这最时髦的电器——电话机自然像花瓶一样成了村部的唯一摆设。

果然，一小时后嘉欣再次打来电话。

"喂喂喂！阿亮，我是阿欣呀！"嘉欣焦灼地大声喊道。

一阵刺耳的"嘶嘶"声，该死的长途电话不仅断断续续，而且声音像蚊

---

[1] 喻为不甘人后。

子一样嗡嗡嗡，根本听不清楚。

"阿母……"嘉欣哭泣道。

"喂喂，阿母她怎么了？"

电话又断线了。嘉亮急得满头大汗，使劲地摇着电话机的手柄。在一旁的江支书急了，一把将电话筒夺过来朝桌子轻轻地磕了磕，再用手掌狠狠地拍了拍，仍然无声无息。无奈之下，只好由江支书直接出面请总机接线员帮忙代为中转传话。

原来是阿母病重，急需嘉亮回去陪护。江支书二话没说，开了张证明书递给嘉亮说，"田嘉亮，你明天赶紧回家一趟，别管农活多忙，需要住几天，就几天，好好照顾你老母最要紧！这证明你带上，城里户口查得严，谨防万一。"

隔天一早，嘉亮归心似箭赶回红楼。听完嘉欣的哭诉后，他急不择路地直奔南坑。

在十分简陋的卫生所里，他见到朝思暮想、慈祥可亲的阿母。她消瘦了，晒黑了，苍老了许多，她的双鬓和嘴角露出皱纹，脸容憔悴，双眼凹陷躺在长条椅上吊瓶输液。

"阿母、阿母，我来了！"他忍不住热泪夺眶而出。

傅玉樱挣扎着想从条椅上坐起来，可力不从心。苍白消瘦的脸庞因痛苦而扭曲，细细的汗水从额头渗出，好像每移动一下都要承受巨大的折磨。

"阿母，你别起来！"嘉亮赶忙上前双手扶着阿母的头，让她重新躺好。

"阿……亮……你……怎……么……来……了。"傅玉樱声音嘶哑，每吐一个字都很乏力，不停地咳嗽。

"我来伺候你！"

"家……家……呢？"傅玉樱噙满泪水的眼眶不禁汩汩流下来。

"好！都好！阿爸在糖厂，阿欣在竹器社，欢欢和阿安弟在五峰……"

"你外公和你二嬷呢？"傅玉樱又是一阵猛咳。

"好好！外公已经'解放'了，回医院上班了。"嘉亮急忙答道。

"阿……安……和……欢……"

"好！好！我陪他俩上五峰，一切安顿好了，我才回来的。"

"噢……"傅玉樱时而眉头微蹙，时而重重吐纳，时而闭上双眼，可怕的病魔和无端的审查双重折磨使她已丧失了往日的活力。

医生悄悄告诉嘉亮，傅玉樱患重感冒快一个月了，发烧未退，专案组不准转院治疗，只能在这里吊瓶输液。

此时，南坑的牛棚已大不如前，原来人满为患，如今已冷冷清清，除了鹿麻子钦点的傅玉樱等十几名重犯必须留下来，继续清查外，其余人大都回家了。"群专队"的监管似乎比以前宽松了些，允许嘉亮每天背母亲去卫生所吊瓶打针，再背回牛棚，不得越雷池半步，否则后果自负。姐弟俩分工：嘉欣连夜为阿母煲汤、煎药、熬粥；嘉亮早起捎上给阿母喂食。姐弟俩不辞劳苦，精心护理，阿母病情终于逐渐好转。嘉亮这才匆匆赶回麻山。

在最后一次背阿母回牛棚的路上，傅玉樱一只手轻轻地抚摩着嘉亮的头，嘴里喃喃地说："阿亮啊！你懂事了。阿母没白疼你，半个多月，阿母让你受苦受累了，回去好好歇歇吧！阿母没事了，你回去后一定要赶快告诉你阿爸，让他放宽心，千万别挂念我。一年多来，我像做了一场噩梦。虽不知道还要折腾多久，但说我参加'军统'，分明是信口雌黄，栽赃陷害。我的政治历史从来就像青葱炒豆腐——一青二白。在师范学校因为我是进步学生，才认识你老爸。她们查无实据，我死也不怕，一定会'解放'的。只怕你们四个兄弟姐妹分居三地，该如何是好？这次，我听你说了麻山的情况，我觉得你应继续努力，好好干，争取将来有机会把欢欢和阿安都调到你那里去，这样我就放心了，放心了！"阿母轻轻地拍着嘉亮的手臂。眼瞅着，嘉亮脸颊开始呈现田舒夫的轮廓，上唇和下巴颌上的茸毛已经变黑，眉高眼大，眼睛深邃，睫毛又黑又长，长得挺像他阿爸，那么朴实、沉静、文雅，心中不由一阵欣喜和慰藉。

"阿母你放心！我一定听你的话，为你争气！你千万要保重自己，早日回家团圆！"嘉亮蹲下身，小心翼翼地放下阿母，感慨万千地说道。

在"牛棚"母子依依惜别的一幕，一辈子镌刻在嘉亮的记忆里：永远忘不了阿母的谆谆教诲，更忘不了阿母那双充满泪水和企盼自由的眼睛。

归队后，还来不及做饭，江支书就赶来通知他，晚上务必到村部开会。

"好！开什么会呀？"嘉亮顺便问。

"团支部会议，八点开始你得准时呀！"江支书说完就走。

"团支部？"嘉亮像丈二和尚摸不着头脑。他三步并作两步追上江支书说："我……我不能参加团支部会议呀？"

"怎不行？你是堂堂正正的大队团支部副书记呀！"

"副书记？"嘉亮傻眼了。

"噢！我忘了告诉你了，根据你一年多来的表现，大队党支部决定，并报公社团委会批准，你已是大队团支部副书记了，恭喜你呀！"江支书憨厚的脸上露出了笑容。

"可我还不是团员呀！"

"什么？你还没入团？不可能！你既为革命青年，又是救火英雄，怎能不是团员呢？"

"我的的确确尚未入团。"嘉亮一本正经地说道。

"这不可能！既非团员，又非贫下中农出身，你怎能与贫下中农打成一片？怎会扑进火海救出贫农徐番婆呢？怎有舍生忘死的革命精神呢？不可能！绝对不可能！"江支书像拨浪鼓似的摇着头，仿佛坠入五里雾中。

"因为我老爸是'右派'，已经摘帽了。而我外公是'积善堂'……"嘉亮低着头。

"哎！既然摘帽了，就不是'右派'了嘛！再说，'积善堂'是制良药，又不是制毒药嘛！"江支书拍了拍嘉亮的肩膀义正词严地问："田嘉亮同志你想入团吗？"

"我愿意！"嘉亮不假思索立即答道。

"这就好！你马上写份入团申请书，由我交给团支部。今晚团支部就根据你的实际表现，研究你入团的问题，批准后，你就可以参加团支部会议。"

"支书，我……"没等嘉亮说完，江支书已匆匆走了。

半个月后，喜从天降，嘉亮不仅入团了，还一帆风顺地当上大队团支部副书记。他想：多年来，入团是我矢志不移的追求。我渴望进步，渴望成为一名又红又专的革命青年。所以，我比别人更认真、更积极、更努力地争取入团，甚至公开宣读自己的背叛书，然而这一切努力都是徒劳。我之所以经受无数次的考验都铩羽而归，全是因为家庭出身这座大山压得我动弹不得。如今多年的大山终于掀掉了，多年的梦想终于实现了。

想当年，学校里的团员凤毛麟角，闪闪发光的小团徽在胸前一戴，身价百倍，似乎预示着一个人华丽辉煌、无可估量的政治生命将大放异彩。多少同学争先恐后，犹如千军万马过独木桥，像我虽挤破了头，仍拼命往前冲。而在麻山却截然相反，村里的团员似乎显得平淡无奇，有时还会遭来白眼和讥讽。不少青年对入团无动于衷，甚至一口拒绝。他们大都热衷于：工分挣多少；烟酒好不好；对象找没找；儿子生多少。如此庸俗、低级、无聊的追求。

不行！这种对政治生命的冷感，说穿了是世界观、人生观、价值观的大是大非问题，必须整肃！既然我当了团支部副书记，新官上任三把火，这第一把火得从这里烧起，彻底转扭这种被动的局面，才能不辜负党支部对我的期望！才能大显身手，干出一番大事来⋯⋯

于是，他兴高采烈地给阿爸写信，让阿爸分享他的喜悦和欢乐。

没几天，他收到了阿爸的回信。

阿亮：你离家后，我被宣布获准每周日可回家一趟，只可惜没能见到你，与你好好畅谈。

数十年来，唯有这次回家，家里是如此冷清，有一股说不出的凄清顿时横扫心头。然而，此事古难全，但愿人长久，千里共婵娟。我希望、也坚信，你们的明天一定比我更美好。

悉你已入团，是件大好事！但读了你的信后，我喜忧参半。喜的是，你终于摆脱我带给你的阴影，靠自己的努力，闯出一条路。人生在世，奋斗两字。紧跟着党，一生奋斗，才有前途。你懂得奋斗，敢于奋斗，我极支持，但务必谦虚谨慎，戒骄戒躁。我和你阿母都老了，一切全靠你自己去打拼。你是大哥，应该也必须给弟妹们树立好榜样。从这点上说，我祝贺你！

忧的是，你入了团似乎有点飘飘然，我倒要泼泼冷水。人贵有自知之明。

入团仅仅是革命新起点,团副书记像鼻屎大的官,但责任重大。凡事要以身作则,走群众路线,绝不可头脑发热,忘乎所以。我是不赞成你为官,因为为官终非是安身立命之所。既然一时辞不掉,那就得时时刻刻如履薄冰,如临深渊,要有一种使命感,甚至是危机感,一步一个脚印地干下去!农村青年的落后思想与农村的贫困生活息息相关,你若搞"假大空"那一套,肯定碰得头破血流!新局面不会一蹴而就,要分清轻重缓急,关键在务实,抓落实,先抓好团员当好表率的工作。你得记住:青年人最容易给人扣上"骄傲自满"的帽子,这是因为有时说话太直,或有时串门太少,容易被人误解。至于你将来能否大成,大成到什么程度,我劝你,切勿有非分之想。总之,莫问收获,但求耕耘。你当静下心来,脚踏实地,埋头苦干,刻苦学习,耕耘好真正属于自己的那块新天地!不仅在学识,而尤其在修养和品德上更上一层楼。

以上是我的忠告或善意的提醒。我不当严父,可作你的良师和益友……

多好的阿爸啊!危难时,父爱是一座巍峨的山;迷路时,父爱是一盏明亮的灯;得意时,父爱又是一个长鸣的钟……总在关键时刻为我撑起一片蓝天。

八、文艺宣传队

  已是二月，春天仍姗姗来迟，天气依然阴沉和寒冷；灰色的浓雾迷漫整个山野，好像掩蔽着季节的神秘变换一样。土楼内外铺满薄薄的一层白霜，楼外寒风中瑟瑟颤抖的树林，宛如盛开的一片片梅花。这种鬼天气，最冷了。一大早，矮脚松和几个社员们在天井里忙着整理犁耙。春耕大忙已经到来了。

  嘉欢起得早，冷得直打哆嗦，赶紧穿上旧棉袄，入乡随俗，腰上还紧扎一条布带。在五彩缤纷的世界里，五峰农民的着装仅有黑和蓝两种颜色，而她头上裹着老阿祖送给她阿母的粉红色毛围巾，显得格外亮丽、耀眼。她急急忙忙下楼烧火做饭。"知青灶"散伙后，甩掉了久压在身上的可怕重负，心里倏然轻松了许多，只做她和嘉安的饭菜，一点儿也不累。早起早睡，习惯了土楼的生活节奏，天天无休止地出工干活，累得她苦不堪言。她咽得下这些苦，就是受不了嘉安的气。唉！人生烦恼无穷尽！惊魂一梦，刚摆脱了哨仔王无耻的魔咒，化解了"知青灶"无端的纷争，却深深陷入了与嘉安弟矛盾的痛苦泥沼中，无力自拔。每想到此，天性懦弱的她就泪如雨下。

  在嘉安的身上有一种不屈服的叛逆性格。他日愈不服管，不让管，桀骜不驯，着实让她大伤脑筋。软的不行，硬的她又不敢做，为这事不知有多少泪水伴她度过无数不眠的夜晚。五峰这只大染缸真厉害！好端端的一个天真无邪的嘉安，不到半年多的时间，很快就沾染上"社皮仔"[1]流氓习气：怠工、抽烟、酗酒、打牌他样样都学；偷鸡摸狗、打架斗殴、粗嘴野斗他无所不能，

---

[1] 指农村小痞仔的绰号。

甚至为打赌,夜里他敢站在走廊往天井里撒尿。死猪不怕开水烫。"小右派"和"积善堂"的骂名,已不再感到刺痛,因为他心上已罩了一层硬壳。气得她胸都快炸裂了。

一天收工回家,嘉安饿得慌,一边催着她煮饭,一边对她胡诌:

下乡苦、农民累
修理地球活受罪
终年到头赚无镭[1]
饿饥失顿哭无泪……

她一脸铁青,没等嘉安说完,紧捂嘉安的嘴说:"你不要命了?这等话能说出口?!万一传到哨仔王的耳朵里,非得抓你个'现行'不可!我怎么向阿爸阿母交代呀!"说着泪珠就像不值钱的珠子,一把一把地往外撒。

"怕什么?这又不是我编的,是宿舍里……"嘉安把话强噎了下去。

"阿安啊!听姐一声劝,咱出身比人差,怎能与人瞎胡闹呢?"

"出身怎么了?就你老鼠胆,腰都挺不直!咱阿爸和阿母从没杀过人,放过火;老外公一辈子治病救人,别跟着那帮混蛋王八张嘴闭口就给我讲出身!咱生来就是坏蛋?就是小右派?!呸!'积善堂'怎么了?'神癀片'救活千万人!劳改犯被押去种田,咱也一样只能种田!我可不像阿爸,一个地下党、老革命受尽耻辱,还一声不吭!我也不像阿母,只懂得忍!随他去吧!我生来就是挨克的命,有什么了不起!至少也要有点阿Q精神!"嘉安霍地把碗狠狠地砸在地上,怒气冲冲地走了。

嘉欢气晕了。她确实管不了嘉安,阿爸和嘉亮每次来信都叮嘱再三,非要她管好、照顾好嘉安不可。她左右为难,压力比山大,既不敢如实禀报嘉安的出轨言行,又无法劝阻嘉安悬崖勒马,老老实实按阿爸"三不"的要求,夹着尾巴做人。她最担心、最惊惧的是,嘉安越滑越深,一旦被哨仔王抓住

---

[1] 指钱。

把柄，准定新账、老账一起算，连她也得赔进去。所幸，水仙婶知道她的苦衷，疼惜她，暗中吩咐矮脚松盯紧嘉安，管束好嘉安。顶司管下司，锄头管畚箕。这一招倒还管用。在几近封闭的土楼里，矮脚松敢作敢为、说一不二、威信极高，知青们大都服他管，暗地里钦佩他的纯朴和土生土长的智慧。嘉安虽有怒气，但也不得不服，不敢太过分。

这时，嘉欢把早饭和带上山的午饭团都备齐了，急忙上楼叫嘉安。千呼万唤，嘉安不吭声，还闭着眼多享受一会儿被窝里的温暖，她着急，有两颗急出来的泪在眼中盘旋。矮脚松瞧见了，气鼓鼓地跑到嘉安的房前大声嚷嚷："春耕头一天，谁也不许请假，所有队员赶紧吃饭，马上要出工了！"

弦外之音，意有所指。嘉安只好无奈地爬起来，吃了饭，懒洋洋地扛起锄头、披上棕蓑，跟着嘉欢一道上山。

寒风飕飕，层层梯田，大小不一，或椭圆，或长方，或像折扇一样张列，或似珊瑚的形状分裂开来。田埂如梳，有宽有窄；烂泥深浅不一，走在田埂上像走钢丝似的摇摇晃晃，一不小心便会滑倒。知青们冻得瑟瑟发抖，谁都不会犁田，只能跟矮脚松一道去挖烂泥田。

山间里一块块沉睡的烂泥田泥深、土烂、水冷，像尸体一般无力地躺着；在一片片黄褐色的锈水浸淫中，显露一种沉重、可怕和神秘的神态。矮脚松一马当先，耐心地教知青们如何劈岸草、开沟渠、挖烂泥、排锈水；如何在烂泥深处，埋下松木，填上泥沙，让烂泥变浅……

直到黄昏，从烂泥田里艰难走出来的知青们一个个从骨子里累坏了，又冷又饿；像一群败兵，裤子全湿透了，浑身沾满烂泥。许多人的腿上还流着血，那是蚂蟥造的孽。沉睡的烂泥田是蚂蟥的王国，嘉欢双腿上被咬住五条黑褐色的蚂蟥，钻心一般地痛。她不敢抓，也抓不起来，又哭又叫。多亏矮脚松眼疾手快，用砍刀轻轻铲起。此后，一提起蚂蟥，她就浑身起鸡皮疙瘩，不寒而栗。

好不容易熬过农忙，大队要组织文艺宣传队的消息宛如一股春风扑面而来。该死的春播，把知青们折腾得像机械人一样忙个不停，谁都想挤进宣传队，逃脱农活一段时间，借机轻松轻松，休整休整，唯独能歌善舞的嘉欢想都不想。

她生来自卑，从未走出"积善堂"的阴影。她认命，以为阿爸的"右派"烙印不仅印在脸上，更是烙在骨髓里。眼下，阿爸和阿母都被关进"牛棚"，自己的青春和才华只能埋葬在这古老昏黑的土楼里。她生性惊惧，从第一次抄家，到阿爸去劳教；从嘉顺溺水，到阿母被关，她无不感到巨大的惊惧。而哨仔王从阁楼上跳下来那一瞬间，更让她感到土楼像一座恐怖的城堡，恐将吹灭她心中的希望之灯。所以，她不敢抛头露面。她害怕再受伤害，她担心嘉安出事……然而，事与愿违，她的名字赫然列在宣传队的名单中。她不想去，又不敢不去，进退维谷，痛苦与无助碾碎她的心。

这夜，水仙婶把她叫到家里。

"嘉欢，你一直沉默寡言，我知道你心里一定有难言的痛。但是，参加宣传队是政治任务，你可不能明知故犯。哨仔王逼得紧，我和矮脚松也保不了你。所以我想，能不能各退一步。矮脚松已和哨仔王商量好了，批准嘉安回漈溪探亲，让你无后顾之忧。宣传队是临时性的，且大都是你们知青，哨仔王不敢太放肆，否则闹出事来，他担不了天大的政治责任。再说，与你同去的还有你同房间的孟贵妹和梁嫣圆，你们排练时同去、同归；演出时同吃、同住；彼此相互照应，也就不怕骚扰。该想的、该办的，我都替你想了，帮你办了。你就高高兴兴地去吧！好吗？"水仙婶的话，句句在理。她只好答应了。

然而，让她意想不到的是，文艺宣传队队长竟然是令人作呕的许子杰。

原来，组建文艺宣传队的始作俑者正是许子杰。在五峰深山沟里，差点把他给憋死。开门见山，山外有山，青春躁动的他看得头晕目眩，难熬至极。他一面拼命地给他阿爸写信，催迫尽快兑现诺言，让他早早调离这鬼地方；一面拼命巴结哨仔王，溜须拍马，甘当哨仔王的跟屁虫。不到半年，他火速入了党，当上大队团支部书记。许武良一再来信劝他别急，准有好消息；鼓动他得站起来，多摇旗呐喊，壮大声势。这天，他突发奇想，在团支部里搞个宣传小分队，闹一闹，既可扬扬名，又可泡泡妞，一举两得。可是，团支部里的女知青既少又丑，没搞头。像蜂儿嗅准了一朵花，他蓦然想起楚楚可人的田嘉欢，能泡上她，该多好啊！可惜她不是团员。土楼密得像只铁桶，他根本进不去。自从粪坑掏表一事传开后，土楼里的知青们都骂他是小说《红岩》里的叛徒"甫志高";矮脚松更是公开把他列为土楼最不受欢迎的人。他想见嘉欢,没门!只能求助于哨仔王。于是,拎上家里捎来的好烟、好酒,匆匆来到哨仔王家。

哨仔王贪婪的眼睛一瞄,笑眯眯地说:"哎哟!这么晚了你还来,又捎什么好料?我说小许啊,干吗这么客气呢?咱革命同志,五湖四海一家亲,今天我得批评你几句,下不为例啰!"哨仔王把礼物紧紧抱在怀里。

"是是,下不为例!支书批评得完全正确,我保证虚心接受,坚决不改!"许子杰嬉皮笑脸。

"你呀,叫我说你什么好呢!坐坐,今晚有何要事,尽管说!"

"为占领无产阶级思想文化阵地,我建议咱大队组建一支文艺宣传队。"许子杰察言观色不敢再往下说。因为他知道哨仔王经常啃报纸,鬼点子特别多。

"宣传队?噢好,说下去!快,接着说!"哨仔王眼珠子一吊,似乎若有所思。

"我建议,宣传队以团支部为主,并吸收能歌善舞爱好文艺的知青……"

"好!这个主意好!单靠你们团支部确实办不成的,不仅要广纳人才,还要选好人才,这关系到咱大队的形象呀!哈哈哈"哨仔王一听,正中下怀,迫不及待地打断许子杰的话。所谓选好人才,不就是选美吗?他的心里自然想到心中的美人——田嘉欢。唉!那天鬼使神差,半路遇上了水仙婶这个丧门星,不仅坏了他的好事,而且差一点令他身败名裂,所幸,腿长,跑得快,躲过一劫。近月来,他虽另寻目标,却贼心不死。没想到,许子杰冒出这好主意,只要顺水推舟,把田嘉欢拉进宣传队,离开土楼,田嘉欢不就成了自己的囊中之物了吗?想到这里,他心里美滋滋、爽极了。

许子杰真没想到,哨仔王会答应得如此迅速、如此爽快。他揪住机会,连忙递上一份草拟的宣传队名单。

"田嘉欢?"哨子王摊开名单一看,不由一愣怔,像砸破了大醋坛子一样,酸溜溜地瞪大双眼问,"你们原来认识?"

"不不!我是三中,她是四中,根本不认识。我听说,她是四中文艺宣传队的台柱,革命样板戏唱得字正腔圆,京味十足哩!还有,那舞跳得……"许子杰说得眉飞色舞,哨仔王急速白脸。许子杰慌忙把话噎下去。

"噢,不认识就好!就好!"哨仔王如梦初醒,如释重负。他皮笑肉不笑地说:"哦,举贤不避亲嘛!既然她多才多艺,那就非把她拉进宣传队不可!"

哨仔王与许子杰各怀鬼胎,目标一致。文艺宣传队的事就此敲定,哨仔王当领队。

嘉欢极不情愿地加入宣传队。她十分低调,不急于表露才能,处处如履薄冰。节目排练时,她躲在别人身后;中途休息时,她绻缩在旮旯角;队伍解散时,她即刻奔回土楼。哨子王像只幽灵如影随形。看着她抬头、挺胸、收腹,站丁字步"亮相";听着她的踢腿声、说话声、唱歌声,他就像吃了人参果,三十多万个毛孔,无处不舒畅,简直神魂颠倒。不过,在光天化日、众目睽睽之下,他无从下手,只能干瞪眼。

许子杰对她也是格外亲热,百般殷勤。但是,她始终不屑一顾。若不是她懵懵懂懂犯了所谓的"偷听敌台"的大错,她绝不会改变对许子杰的恶感。

事情得从头说起。宣传队非得让她独唱两首革命京剧《红灯记》选段不可,因为哨仔王觉得她唱《都有一颗红亮的心》太短了,听不过瘾。许子杰猛记起《爹爹给我无价宝》的歌词,那是他最爱听的《红灯记》选段。她不会唱,许子杰二话没说,把自己心爱的小收音机塞给她说,"广播里天天在唱,你抓紧学学就会了。"她不敢推辞,只好把收音机带回土楼。入夜,她打开收音机,在搜索电台的不经意间,蓦然响起一首从未听过的扣人心弦、如泣如诉的歌曲:

母亲、母亲,孤零零,
像海角的一盏孤灯,
到何时,在何处,
才能找到我亲爱的母亲……

那不是在唱,而是用心在韵,像沥沥春雨,如袅袅明光,若荷叶露珠,似清露晨流，宁静中透出凄凉，朴素中掺杂悲苦，这是一种从未听过难以形容的天籁之音。她竖起耳朵，屏住呼吸，多么陶醉，多么惊喜，多么出神入化啊！声声震颤她的心扉，她第一个感觉就是恍如依偎在阿母身旁，忍不住哽咽，眼泪像断了线的珠子，不住地往下淌。

突然，收音机里传来："这是邓丽君……台湾……"她大惊失色，寒毛竖立，慌忙把收音机紧紧关上，气都喘不过来。虽然邓丽君的歌令她如痴如醉，但收听敌台是弥天大罪，她吓得赶紧躲进被窝里，害怕魔鬼抓住她的小辫子。

极快，次日清晨"田嘉欢偷听敌台"的爆炸新闻传到哨仔王的耳朵里，打小报告的竟是与嘉欢同床共枕的梁嫣圆。她为立功，显示自己坚定的阶级立场，把嘉欢给出卖了。按常理，哨仔王对处理现行反革命案件异常迅速、果断，不费吹灰之力。只要他的哨子轻轻一吹，立马就将嘉欢五花大绑打入死牢。如今，他怜香惜玉，犹豫不决：既怕引火烧身，事情闹大了；更怕把田嘉欢整没了，自己的美梦破碎了。于是，他装模作样，当即警告梁嫣圆不许对外乱说，一切等他调查，随即找许子杰商量。许子杰一怔，糟了！大事不好！阿爸常说，偷听敌台是现行反革命行为，轻则劳教，重则劳改。田嘉欢明知自己"黑五类"出身，岂敢以身试法？此时，我若袖手旁观，势必牵连到自己，因为收音机是我给她的。再说她一被抓，宣传队岂不垮了？不行！英雄救美，挺身而出，她必定会感激于我！于是，他故作镇定地说："王支书，这纯属无稽之谈，栽赃陷害！其目的就是搞臭、搞乱咱文艺宣传队呀！"

"此话怎讲？"

"道理很简单。一、我的收音机根本接收不到敌台，因为山区干扰大，中波收不到；二、若把田嘉欢整趴了，连我也抓了！宣传队不就寿终正寝了吗？"

哨仔王默不作声，一个劲地抽烟。

"好了！你拍板，立即抓人上报吧！反正，我也不干了！"许子杰故意大声说。

"小声点，你疯了！不正与你商量吗？"哨仔王站起来，关闭房门。他想，拔出萝卜带出泥，若真报案，势必牵涉到许子杰。若把许子杰也抓了，自己岂不是飞蛾扑火，自投罗网吗？他猛吸了几口烟，把烟蒂狠狠踩在脚下说："你说得对！这事就像清理阶级队伍一样，事出有因，查无实据。"

"不！纯属诬陷！"许子杰得寸进尺。

"对对对！是造谣，是破坏！"哨仔王连连点头。

一场刀光剑影一触即发的现行反革命事件的炸弹引信就这样悄无声息地拆除了。嘉欢仿佛做了一场噩梦，吓掉了下巴，痛定思痛，她自然对许子杰存有一丝好感。

文艺宣传队在公社的首场演出，一炮打响，掌声雷动，好评如潮。在庆功会上，哨仔王和许子杰称兄道弟，两人抱成一团，烂醉得像两头死猪。嘉欢不屑地看了一眼，猛记起她刚刚唱过的《红灯记》中的一句词："爹爹的智慧传给我，儿心明眼亮永不受欺瞒。"她霍然清醒认识到，自己与许子杰是两股道上跑的车，走的绝不是同一条路呀！此刻，她的心犹如一潭没有一丝涟漪的湖水，澄明宁静，平如镜面。

第十章

一、生死冤孽

两个月后，文艺宣传队载誉归来。春风满面的哨仔王当场拍板：宣传队的知青们统统放假半个月。

知青们无不雀跃，归心似箭，纷纷奔回漉溪。唯有嘉欢说什么也不肯走，甘愿独守空房。嘉安乘机冒名顶替，又溜回红楼。嘉欢终日愁眉苦脸，躺在床上不吃、不喝，两只眼睛瞪着屋顶直发呆，任凭泪水一个劲儿地往外倾倒。

嘉欢真的中邪了？水仙婶急坏了！她怎么也没想到，水灵灵的嘉欢回到土楼后，竟然变成另一个人，目光呆滞，神情恍惚，黯然失色，居然连日夜思念的老家都不想回了，真是奇了怪了！她曾悄悄地询问过与嘉欢同屋的孟贵妹和梁嫣圆。她们都说，在宣传队嘉欢与大家在一起，从未发生任何争吵，或不愉快。她也曾旁敲侧击地试探过哨仔王，哨仔王说，嘉欢真是台柱子，能歌善舞，一登台光鲜靓丽，满堂喝彩。但太清高，放不下知识分子的臭架子，需好好接受再教育……从哨仔王一大串话语里，既发泄对嘉欢的不满，又暗藏着对嘉欢垂涎三尺的欲望。由此水仙婶断定，这只馋猫尚未偷食到手。既如此，为何嘉欢苦不堪言，痛不欲生呢？她猜不透，也摸不着。她认为，无论如何得让嘉欢起床吃饭，想办法让嘉欢说出实情。

"嘉欢、嘉欢快开门！吃饭啰！听见没有？"她"砰砰砰"直敲打嘉欢的房门。

"水仙婶，我不想吃。"嘉欢哽咽地说。

"不吃？那怎行啊？你已一天没吃一粒米饭了呀！"

"我……不……饿!"

"不饿!哪有不饿之理?你快起来,不吃也得给我开门,我有话对你说!"

"改天再说吧!水仙婶。"

"不行!非说不可!你马上开门,否则,我可要砸门了!"水仙婶猛击破旧不堪的房门,仿佛整间小屋都在摇晃。

百般无奈之下,嘉欢只好拖着疲倦的身子开了门。

水仙婶拎着竹篮子进屋,一边把热乎乎的饭菜和香喷喷的咸肉炖竹笋汤放在桌上,一边平心静气地说:"嘉欢啊!记得你哥嘉亮临走时对我说过,你自小无胆,总爱与目水做伴。这次真的应验了你哥说的话,让我长了见识。你已二十岁了,天大的事,也得先吃饭,再处理,哪有靠目水度日的道理?你不想吃,也得给我吃几口,要不,喝点汤也可以!人是铁,饭是钢。不吃,我水仙婶就再也不理你了!"她板起脸孔,嘉欢头一回瞧见,委实吓了一大跳。

看着嘉欢勉勉强强地吃完小半碗饭,喝完一大碗汤,水仙婶深深地缓了一口气。

"难怪土楼里的人都说我偏爱你!"水仙婶笑着问,"吃好了!你说,出什么事了?"

嘉欢一言不发。

"是身体不舒服吗?"水仙婶急忙伸手捂了捂嘉欢的额头。

嘉欢摇了摇头。

"那是你家出了大事了?"

嘉欢仍摇头。

"到底是为什么呀?我坦白对你说,我问过你们宣传队,也问过哨仔王,大家都说平安无事,可你怎么一进土楼就哭成个泪人呢?想家?想父母?你又执意不回去!莫非是撞到了鬼?"水仙婶摩挲着嘉欢的头。

这话,猛烈地触碰嘉欢心底最可怕、最痛苦、最羞耻的创伤,她再也控制不住自己,一头扑进水仙婶的怀里,她哭不出声,眼眶里像有两把断了线的透明珠子,掉下来不是一颗颗,而是一串串,又急又快,一眨眼就在水仙婶的胸前落满了。

的确，嘉欢真真切切遇上恶魔了。

嘉欢记得一清二楚：那天夜晚宣传队在金山村最后一场演出，刚谢幕，她还没来得及卸妆。突然，一阵迅遽的旋风，从山上直扑村口，卷起晒谷场上的沙砾和尘土；掀掉场上的无数椅子和板凳；吹倒临时搭建的戏台；刮走台柱上的红布条；撕裂台上的布幕，吓得台上台下的人们踣地呼天，仓皇逃窜。刹那间，狂风挟着大雨无情地落下，"噼里啪啦"的雨声四处乱响，仿佛在发出警告似的。一道道闪电瞬间亮起恐怖的白光，一阵阵雷声沉重、愤怒、铺天盖地滚滚而来，吓得她惊慌失措，左顾右盼，无处躲藏。忽然，身后有人给她披上一件军用雨衣，猛地拽住她的手，大喊一声："快！跟我跑！"在极度的惊恐和慌乱中，她不假思索地裹好雨衣，低着头，借着那人微弱的手电筒亮光，拼命地跟着那人冒雨摸黑奔回金山村里。

一进屋，脱下雨衣，瞪大眼睛一看，这是一间简陋的民房。令她大惊失色的是，站在眼前的这个人，竟是宣传队队长许子杰。他浑身被雨淋得像只落汤鸡似的，实在可怜。原来，是他把自己的雨衣让给了她，是他把她带进这小屋里躲避风雨。她心里顿时充满感激。

"哧溜哧溜，阿嚏！"她和他不约而同地接连打了几个喷嚏。

"真不好意思！"她一脸羞涩地问，"这是哪里呀？"

"噢！这是我暂住的小屋。咱们同是'知青'。你就别客气了！来，先坐坐！快把脸上的妆卸了吧！看你成大花脸了！"他瞧得入神，不禁"扑嗤"一笑。

她往脸上一摸，十分尴尬和狼狈。他急忙递给她一条新手帕和几张纸，不经意间触摸到她的指尖，他的心猛地跳弹起来。

"别，别麻烦了！我得赶紧回去呀！"

"不不不！擦好再走也不迟啊！你看外面的风雨有多大！"

她恍过神来，赶快打开房门往外望了望，无奈地把门半掩着。她用纸草草地擦了擦脸，用手捧着清水洗了洗，始终不愿碰触他的手帕。

屋里的煤油灯扑闪扑闪的，借着微弱的灯光，他亢奋的目光捉住了她那天真无邪的脸蛋，迷人的胸脯和苗条的身材，全身立刻像通过了一股电流。

两个月来，虽与她朝夕相处，却从未有过如此近距离的单独接触的绝好机会。他曾百般献媚，千般呵护，她却视若罔闻，冷若冰霜。加上哨仔王总尾随着她，好像在监护自己的亲女儿似的，令他无法与她靠近半步。每当听到她那美妙的歌声，看到她那优美的舞姿，他便欣喜若狂，如痴如醉；尤其爱看她的笑，因为她总是沉默寡言、难得一笑。她笑起来的样子最为迷人，两片薄薄的嘴唇在笑；大大的眼睛在笑；还有腮上两个深酒窝也在笑；令他神魂颠倒，脑子里尽是奇里古怪的肉欲，爱的渴求无时无刻在啃噬着他的心。宣传队刚组建时，他就急匆匆奔回溇溪，为的是向老爸讨要一套崭新的女式军装给她穿。他还乘机偷了老妈的几片安眠药，为的是必要时派上用场。如今这套军装穿在她的身上，显得英姿飒爽，楚楚动人。恨只恨，宣传队凯旋后就要解散了！她肯定会如约把军装退还我的。因为当初她就一口拒绝，还是哨仔王发了话，她才乖乖地接受的。此时，天时好、地利佳，哨仔王回公社参加紧急会议去了，我就是老大。可缺的是人和呀！我若来软的，纵使跪下来求她，把天底下的好话说尽，她也会断然拒绝的！想碰她？那是痴心妄想！若来硬的，恐适得其反，她警惕性高，连门都不让关。这金山村人地两疏，万一她大喊救命，惊动了左邻右舍，我岂不身败名裂？若放弃，过了这村，准没那店！犹豫不决，举棋不定，将后悔终身啊！不如来个不软不硬，用这两片安眠药，偷偷让她吃下去，让她迷迷糊糊，来个神不知鬼不觉，岂不两全其美？不行，不行？万一她醒了，怎办？哎呦！一不做，二不休，反正我是"红五类"，我有靠山。她是"积善堂"的小右派，算个屁！爹爹的胆量传给我，刀山火海也敢闯！即便她半夜醒来，生米早已煮成熟饭，她吃不完，只能兜着走！强烈的欲望完全燃烧着他的心，他决定孤注一掷。

"好了好了！咱们快走吧！"她擦完脸，忍不住又打了个喷嚏。

"急什么了你！至少也得喝口热开水呀！千万别感冒了！"

"不不不！不喝了！"

"连喝口白开水，你也怕呀？难道怕我把你吃了不成？真是的！你至少也得容我换件干衣服，再带你回去吧？"

"噢！"她咬了咬嘴唇，不敢如此不近人情，只好说："那好吧！"说完，她即转身跨出门槛。

门外风雨交加。黑暗笼罩着杳无人烟的田野，阵阵猛烈的霹雳，忽而照亮黑漆漆的村庄，暴雨的声音，狂风的怒号，令她胆战心惊，不由倒退半步，赶紧掩上房门，无奈地等候。

过了一会儿，他手捧口杯递上前说："来来来！田嘉欢，快喝上这半杯热开水，暖暖身子，喝完咱们就开路！好吗？"

突然，她连打了几个喷嚏，不假思索，急忙将开水喝光了。

刹那间，他的脸"刷"地红到脖子根，心像打起波浪，手心都冒出汗来。

"走！走吧！"她刚喝完，就急着要走。

"等……等……等呀！外边的风雨这么大，你得把雨衣穿上呀！"他慌里慌张，有意拖延时间。

"穿好了！走吧！"

"等……等……等！"

"又怎么了？"

"糟了！我的手电筒放哪儿了！得等我找找呀！要不，屋外伸手不见五指，怎走呀？"他故意装神弄鬼，端着小煤油灯，装模作样地四处寻找。

半个小时过去了，该死的手电筒仍不见踪影。她急得像油锅上的蚂蚁，只好帮着找。

寻找中，她不由自主地眯起眼，双眼好像突然灌满铅似的越来越沉重，越来越睁不开，两腿突然沉甸甸的，好像有着浓浓的睡意。

又过了半个多小时，谢天谢地，手电筒在他的挎包里找到了。

"走吧！"他暗自窃喜，把房门"咔嚓"一声紧紧闩上了。

"走……"没等话说完，她的脸上一副困倦的样子，连扯动嘴皮子的力气也没有了。她双眼迷离，没有焦距，似乎在说快让我上床吧！双腿发软，身子晃晃悠悠，鬼使神差地把头靠在他的肩上。可刚一触碰，就本能地反弹过来，一而再、再而三，直到动弹不得。

"田嘉欢，田嘉欢！你怎么了！快醒醒呀！咱们得走了！"他兴奋不已，使劲地晃动她的双肩。

此时，在安眠药的强烈作用下她已立旽行眠了。明明已是闭上眼睛昏昏沉沉地睡着了，但她的心里似乎仍在做垂死的挣扎，身子一直往他的反方向倾斜。她恨不得马上用竹竿撑开眼皮，恨不得大喊救命！恨不得立即插上翅膀逃出这魔窟！

然而，一切都无济于事，她像只可怜的沉睡的羔羊，完完全全动弹不得了，只能任由他摆布了。

……

黎明时分，她渐渐苏醒了，浑身一阵阵撕裂般的刺痛，仿佛有条毒蛇紧紧地缠住她。她想做垂死的挣扎，可是，四肢软绵绵的，四处酸痛，根本无力摆脱。她想拼命地大喊大叫，可是，干涩的喉咙里像有只刺猬在扎，又痛又痒，半点也喊不出声来，整个脑子依然像一桶糨糊似的。

直到天亮，她才完全苏醒了，一瞬间发现自己一丝不挂，而他像死狗一样抱住她。她一声尖叫，双手奋力摔开他的手臂，迅速地滚下床，抖抖擞擞地穿上衣服，双手无力地扶着墙边，无助地蜷缩在床下的旮旯角，两只眼睛睁大到失神的程度。她羞得浑身痉挛，如同残废一般。她想撕咬，想吼叫，但一颗心在分秒间已坠入无底的痛苦的深渊，冰凉且绝望，根本哭不出声来。

此刻，一股说不出的无比羞耻、无限愤恨一齐涌上心头，痛苦得嗓子都被泪水哽住了。

"哭夭呀！睡也不让人睡！再哭就宰了你！"他一骨碌坐起来瞪大怒眼斥道。

她吓得胆战心惊、魂飞魄散，只能小声抽泣着。

"哎哟！我的美人！"他脸色一变，伸出手臂想拉她上床。

"别，别碰我！不然，我就喊人了！"她怒不可遏地说。

"你敢！你喊呀！敬酒不吃吃罚酒，也不撒泡尿照照脸，看看自己是什么东西！'积善堂'的小右派，狗崽子，半夜三更，狂风暴雨，居然偷偷溜到我床上来，你还有脸喊呢？喊呀！"他似乎占据道德高地，戳击她的致命弱点，恶毒地羞辱她、诽谤她、恐吓她，妄图达到让她缄口的目的。

"你……你……血口喷人！我……我一定要告你！"她的双眼射出从未有

过的复仇目光。

"告我？吃剩饭也不看天时，我是谁？'红五类'！我有个好老爸，老革命，当官的！你呢？你老爸呢？劳教犯、老右派、反革命就像一堆臭狗屎。哈哈哈！我老爸给我无价宝，你老爸给你黑烙印！不知天高地厚，你就去告吧！"他继续揪住她的弱点展开攻势凌厉的心理战，步步紧逼。

"那……那我就去死！"她咬着牙勇敢地蹦出"死"字。

"你想死？那还不容易！你偷听敌台，唱反动歌曲条条都是死罪！你身上就像挂着两颗没有拆除引信的定时炸弹，随时都会粉身碎骨的。要不是我竭尽全力保护你，你早被哨仔王抓起来，打成反革命，打入死牢里了，和你牛棚里的阿爸和阿母一道被枪毙！我可没吓唬你，我老爸是管公检法的！仅凭我保过你，你也得犒劳犒劳我，让我玩玩，才对呀！"他荒淫无耻的嘴脸暴露无遗。

"我可没偷听敌台，更没唱反动歌曲！"她的脸煞白得吓人，那双乌黑明亮的大眼睛燃起一团怒火。

"想狡辩！证人、证据都在我手上。你收听靡靡之音，梁嫣圆早就发你了！你昨晚还在唱《知青之歌》我都听见了！有没有？"

"真不要脸！我听歌、唱歌犯什么罪了？"她凄厉地说。

"《知青之歌》就是反动歌曲，《知青之歌》的作者已被抓起来，要判死刑了！你还敢唱？"

突然，她仿佛看见两颗定时炸弹绑在自己身上，而导火索就攥在他的手中，一种无限的恐惧再次从头到脚彻底控制了她。

"我马上要去整队了！你先到隔壁阿婆家等我。若有人问，就说昨晚雨大，你住阿婆家了！我等会儿派人来接你归队的！记住！不许乱说，否则后果自负！"像许武良在审讯犯人一样，兽性的他不仅玷污了她的肉体，还揪住她的灵魂。

这一刻，她的每一寸理智，每一块肌肤，每一条神经，好像都被撕碎了！踩躏了！崩溃了！根本无法揉成一团，她徘徊在生与死的十字路口。

面对如此嚣张、如此猖狂、如此残暴的他，她怎有脸面、有胆量、有勇气把罪恶之夜的事原原本本地告诉水仙婶呢？不！绝不！连自己最亲爱的阿爸和阿母都得三缄其口啊！胆怯、懦弱的性格使她下意识地决定：将这个无限的痛苦和耻辱深深埋藏在心底，直到地老天荒。

二、土楼遗书

犹如生活在地狱里的嘉欢，不知该如何迎接即将到来的二十岁生日。半个月来，她羞愧和害怕到不敢出门，既不敢回漉溪，也不愿出工；怕见乡亲，怕见知青，没脸见人。脑子里一直在"重播"那个雨夜里阴森恐怖的一幕幕，山崩地裂，足以将她活埋了。她想给家里写信，心里沉甸甸、惨兮兮，提起笔来犹如千斤重，不知从何写起，只知道哭，不停地哭，眼睛亮得出奇。夜里的噩梦极其可怕：既梦不见红楼，也梦不见兄弟姐妹们，更梦不见慈祥的父母亲；梦见的尽是魑魅魍魉、琴瑟琵琶、张牙舞爪地向她扑来，让她心惊肉跳，几近崩溃。

水仙婶有一副菩萨心肠。她不忍心，也不愿意看到嘉欢在土楼中颓废、沉沦。眼瞅着嘉欢像病囡[1]一样，面黄肌瘦，目光呆滞，犹如一朵刚被折断的行将枯萎的花朵，她心焦如火。像疼惜自己的孩子一样，她白天照顾嘉欢的饮食，夜里还抽空来屋里陪嘉欢闲聊。

"嘉欢啊！生活哪有事事如意，样样顺心？所以，咱不能，也不该对每件事情的结果太执着、太较真。过去的事，就让它过去吧！想当年，我高中毕业，心比天高，一心想冲出五峰，独闯天下。但是，力不从心啊！不瞒你说，那时，我在公社里算是一枝花，追我的人至少有一个排。"水仙婶眼角上已爬上细小的鱼尾纹，但双眼依旧纯澈、有神。凝视着嘉欢，她仿佛在嘉欢的身上找到了自己年轻时的影子。嘉欢的一声抽泣才将水仙婶的思绪拉回来，脸上

---

[1] 指怀孕。

难得一见的轻松笑容稍纵即逝，转为一声叹息："唉！我有时会数一数自己平淡无奇的人生，除了膝下的四个儿子，两手空空，一无所有。为什么偏偏嫁给了土楼里其貌不扬的矮脚松呢？是酒迷心窍啊！年轻时我能喝，心烦，多喝。矮脚松自酿的土楼糯米酒特别清香甘醇，他对我好，时常陪我喝，喝得我痛快淋漓，喝得我酩酊大醉。有一次，让矮脚松占了便宜。醒后，我害怕，没主意，总觉得这是丢人现眼，奇耻大辱，不干不净。就这样在纠结、痛苦与怨恨中度过半年后，我毅然认命嫁给了他。你说，问世间情为何物？要我说，能爱你，能疼你，就是真情啊！矮脚松是个真正的男子汉，老实的种田人。对于女人来说，爱情是人生中最最关键的转折点，我虽有失落，没能嫁给自己心目中的白马王子。但矮脚松不像哨仔王，当面说人话，背后说鬼话。矮脚松懂我就足够了，我觉得很快活。不过，这些都已经过去啦！"水仙婶拉住嘉欢的手在掌心摩挲着，微妙地笑着说，"不说我了，说说你吧！你还这么年轻，将来找男人也得多长几个心眼，站得高点，看得远点，千万别因一时冲动，而悔恨终身。嫁个好翁婿，幸福一世人。哈哈哈！"水仙婶说得很动情，笑得很开心，言语中充满自信和坚定。

水仙婶的现身说法，字字句句撞击嘉欢的心田。她怎么也想不到，水仙婶对人生真谛的领悟竟如此务实、如此洞明、如此透彻，跟她的名字"水仙"——凌波仙子一样冰清玉洁，脱尘出俗。难怪水仙婶对土楼里的人生滋味的感觉依然铺天盖地，汁透味浓，难怪水仙婶活得如此无怨无悔、无拘无束、无忧无虑。

几天后，返乡的知青们陆陆续续归队了。嘉安却推说胃病，打了张病条。水仙婶让矮脚松睁一眼闭一眼，给搪塞过去了。往日，冷冷清清的土楼里又喧闹起来。热火朝天的夏收夏种打响了，知青们干得人仰马翻，苦不堪言，嘉欢被矮脚松照顾与水仙婶一起去晒谷子。活儿虽轻，但酷热蒸人，晒谷场像座烤炉，被阳光晒得滚烫的水泥地上，发着火气，灼炙着她的脸，汗珠直往下滚，连裤子都湿了，还得一遍又一遍、一垅又一垅在场上来回翻晒、拉堆、扬尘……繁重的体力劳动使她暂时忘却了心中的忧伤和痛苦，也使她渐渐产生好死不如赖活的念头。

许子杰回漉溪后,一去不回头,逃得无影无踪,连"双抢"大忙也没归队。倒是哨仔王依然挺关心,来得特别勤快。他,一会儿找嘉欢核对收割进度,一会儿要嘉欢陪伴抽查谷子的质量,借机凑近嘉欢,哪怕能闻闻她身上的汗臭,也心满意足。不过,有水仙婶在,他无从下手,只得狗吃芥末——干瞪眼。

这天,他兴致勃勃地来到晒谷场,一见水仙婶就大声嚷嚷:"真不得了,朝里有人,好做官啊!"

"又有什么屁事?"水仙婶抹去满脸的汗水,故意不屑地调侃道。

"告诉你一个内部消息,公社来电话,许子杰即日调回漉溪!"

"呸!一更散、二更富、三更起大厝、四更五更走未赴[1]。许子杰像个赌博歹团,今日赢,明日输,输得脱裤,赔上小命呢!有什么值得大惊小怪?"水仙婶早就对许子杰十足反感。她晓得许子杰这一走,哨仔王少了一块敲门砖,心痛极了。

"哎哟!人家是'红五类',革命知青呢!你怎么老往他脸上泼屎呢?"

"红个屁!他革命,怎在五峰待不足半年就溜了呢?他先进,出过几天工?爬过几座山?流过几把汗?生鸡蛋无,放鸡屎一大堆!全村里这么多知青,他带什么好头?做什么党员?我和矮脚松当时就投反对票,你还有意见!呸!"水仙婶恶心地吐了一口痰。

哨仔王直愣愣地站在火盆似的晒谷场上,额头上的汗珠不住地往下滴,活脱脱像根快溶化的冰棍。

偷偷听完水仙婶一连串责骂声,嘉欢着实很解气,但仍不解恨。她想,许子杰这个最卑鄙、最无耻、最丑恶的色魔滚得越早越好、越远越好!她永远都不想见他。这种干尽伤天害理之事的人,即使我饶恕他,老天爷也一定不会放过他。她心里缓缓地舒了一口气。

人衰,种瓠仔生菜瓜[2]。万万没料到,嘉欢怀孕了:白天,她头痛、疲倦;夜里她尿频、失眠。头几天,水仙婶还以为她中暑了,赶忙又是刮痧,又是熬绿豆汤。不但不见好转,反而一连恶心、呕吐。水仙婶暗自叫苦不迭,这

---

1 散,穷。原指赌徒暴起暴落,来不及逃。这里形容人生兴衰变化快速。
2 衰,倒霉。瓠仔瓜,葫芦瓜。生,长。喻为交倒霉运。

哪是病啊？分明是有"喜"了呀！近月来积压在水仙婶心中的谜团终于解开了。难怪嘉欢哭得死去活来，可嘉欢怀上谁的孩子呢？水仙婶百思不得其解。夜深人静，她急不可耐地告诉矮脚松。

"准是哨仔王！"矮脚松一骨碌地坐起来，点上一杆旱烟，吧嗒吧嗒地猛抽几口。

"不可能！我从哨仔王的眼神里就可断定，这只色猫只闻到臭臊味，要不他绝不会大热天直往咱晒谷场上跑！"

"那是他担心嘉欢'有'了呀！"

"担心个屁！哨仔王这号老色鬼在咱村里搞了那么多女人，怀了流，流了怀，他有老虎胆，才不怕呢！你若真不流，就生啰！反正他有钱，养得起！"

"那……没准是知青！"

"知青？"水仙婶心里不由一揪。

"是的！你想想，嘉欢在宣传队一待两个多月，男女知青，干柴烈火，不烧起来才怪哩？"矮脚松一口接一口地抽着烟，浓重的烟雾从他嘴里喷出来，飘散在水仙婶的脑额周围。

"要说别的女知青，我信！要说嘉欢，打死我也不信！你看她胆小如鼠、畏手畏脚的，绝不会干这种丢人现眼的事来！"

"哎哟！不管怎样，生米已煮成熟饭！要生，要流，她若真的不知，你是过来人，得给她提个醒！嫁翁生团，随人自愿，只是别给我五队丢脸就行！"矮脚松敲了敲旱烟杆，倒头睡了。

眼瞅着嘉欢妊娠反应愈来愈重，吃不下，睡不安。水仙婶心急如焚：说吧，怎好开口？劝吧，怎才有效？进退维谷，她只好硬着头皮偷偷地问："嘉欢，你这月的月经来了吗？"

"月经？"这两字像是烧红了的铁似的！从来不知性知识的嘉欢仿佛被那刺热的火花烫得满脸通红，难以启齿。

"是呀！如果还没来的话，我带你上公社卫生院检查一下，好吗？"

"检查？！有什么好检查的呀，我才不去呢！"嘉欢突然觉得，水仙婶今日怎么说话怪怪的，居然当面提起"月经"这难以启齿、不堪入耳的话，简直难听死了！顿时，她的脸红得像落汤的红虾，愧羞不已。

"那……"水仙婶喉中噎了一下，不敢说下去了。

水仙婶的话并没有触动到无知的嘉欢那条敏感的神经，她毫不介意。只是到了第二个月仍不见月经来时，她才霍然紧张起来，心一下子提到嗓子眼上，浑身像拉满了弓的弦一样。她六神无主，烦躁不安。夜里，她不经意摸了摸自己的肚子，猛地发觉肚子好像微微隆起。她惊魂落魄，慌忙摸了一圈又一圈，看了一遍又一遍，仔仔细细地摸啊摸、看啊看。顿时，犹如五雷轰顶，脑子里天昏地转，耳朵里发出幽灵般吱吱声，眼前仿佛站着一个如狼似虎的鬼影，她万般惊悚地发出一声嘶哑的惊叫，把屋里的知青都吵醒了，孟贵妹赶紧给她倒了杯水。只见她嘴唇哆哆嗦嗦着，好像拼命想说话，可一句也说不出来。脸上没有一点血色，两只眼睛含着泪花不住地闪动着。

完了完了！彻底完了！肚子大起来，我果真怀孕了！羞耻啊，天大的羞耻！难怪水仙婶一再催促我去做检查，难怪我近来一直吐酸水。许子杰，你这狗东西！一个十恶不赦的刽子手；一个死有余辜的大坏蛋；一个杀人不见血的臭恶魔……我这怎么见人，怎么活呀？一想到怀孕，她猛记起小时候，老阿祖骂未婚先孕的女人一句最难听的话："五斤番薯、臭八十一两[1]！"顿时，大脑的血管仿佛要炸开似的，身上的每个部分似乎都在颤抖，手脚也突然变得像冰一样凉，陷入了无法忍受的极端恐惧和无限耻辱之中。她双手捂着脸，一头钻进被窝里，呜呜地哭个不停，哭得像小孩子一样，嘴里哼哼唧唧，吸溜着鼻子，吞下咸味的泪水。我该怎么办呢？苦思痛想，眼前只有两条路，不是死，就是生！活下来！苟且偷生。生命只有一次，我要活！必须活！不管前面是火坑，还是深渊，都必须把孩子生出来！为了我的孩子忍辱负重活下去，熬下去。希望还会有的，就像晴天里，阳光总会把一条长长的亮带子投射到我的床前一样。可是，生下这没爸的孩子，我该如何向阿爸和阿母交代呢？该如何面对兄弟姐妹及"积善堂"的亲人们呢？俗语说，"未做衫，先做领；未嫁翁，先生囝。[2]"那就是潘金莲呀！就是明目张胆违背"积善堂"

---

[1] 旧制一斤十六两，五斤为八十两，多出一两为臭水。臭，烂了。喻为臭不可闻。
[2] 领，衣领。翁，老公。喻为本末倒置。

家规，是件最见不得人的丑事！不如把情况如实说了吧？不！打死，我也不敢说。因为许子杰有恃无恐，他父亲管的是公检法，万一告不倒他，我岂不成了千夫所指、万人痛骂的"破鞋"和"女流氓"了吗？我若被抓，这无辜的孩子交给谁养呢？交阿爸和阿母？自古尼姑生囝赖众人[1]，万一老人家受牵连，岂不菜瓜㨃狗——双头了[2]吗？退一万步想，我若躲进万劫不复的土楼里，让痛苦渗透覆水难收。我这辈子再也不回红楼，再也不嫁人，就待在这里抚养这孩子。不！不行啊！一来，我连自己都养不起，一天只挣四个工分，才三毛多钱，连自己的口粮款都付不起，超支户拿什么来养活孩子呢？二来，水仙婶和矮脚松接受不了，因为他们极讨厌许子杰，怎能留我待在土楼里呢？即使他们同意，我怎忍受得了知青们和乡亲们的白眼和讥笑呢？三来，哨仔王肯定饶不过我。他天天对我虎视眈眈，唾涎三尺，如今我被许子杰玷污了，他必恼羞成怒，抓住我所谓"偷听敌台"的小辫子，非狠狠报复我不可，除非我一辈子甘愿沦为他的奴隶。再退一万步想，我若甘愿含辛茹苦养育这没爸的孩子，这是个"黑五类"的孙子呀！"积善堂"和"右派"出身的烙印不也血淋淋地刺在孩子的小脸蛋上吗？记得有位哲人说过，"每个人都有与生俱来的高贵"。为何我却有与生俱来的彻骨的自卑与惊惧呢？这二十年里，失落、痛苦和恐惧像毒蛇一样紧紧缠绕着我，像在老君炉里被煅烧七七四十九回。我之所以在自卑和惊惧中成长，在哭泣和战栗中度日，在悬崖边缘行走，直至被强暴，统统是因为"积善堂"的坏出身，被打上了"死"字的烙印！我怎么能养个带有"死"烙印的可怜兮兮的孩子呢？这烙印或许是"世袭"的，哪怕是刚出生的孩子？这是孽债啊！不能！绝对不能！我只能选择死亡来捍卫生命的纯洁与尊严。天堂里有爱我的老阿祖，还有嘉顺哥。老阿祖啊，天理在哪儿？公道在哪儿？用您的魂灵保佑我吧！高高的天上可有伸冤的地方？用您的智慧告诉我吧！我情愿选择自杀，因为，只有这样才能避免田家再蒙受一场灾难；只有这样才能洗刷我的冤屈和耻辱；只有这样才能拯救孩子的灵魂和未来，不再成为被欺压、被制裁、被奴役的劣等人！我的

---

[1] 生囝，生孩子。赖，诬赖喻为无端牵连。
[2] 㨃，打。喻为肉包子打狗。

青春早已干枯、萎缩了！我作为人所拥有的权利已被全然剥夺了！像一片飘荡在空中的鸡毛，像一只任人宰割的羔羊。活着，还有什么意义呢？痛定思痛，她抹去脸上的泪水，久久凝视着黑黝黝的土楼，静得像死绝了，只有蚊子嗡嗡地乱飞，发出一丝丝微弱的声音。顿时，她觉得似乎有什么鬼魂在悄声说话——那些躲藏在阔嘴厅的黑棺材里已经死了很久很久的鬼魂——并且好像在议论和嘲笑她似的。让她觉得死了好，死了就万事皆休了。

生与死，只在一念之间。活着需要一千次的耐心规劝，一万次的热情鼓励，而自杀只需要一个理由。人生最大的敌人莫过于自己。当嘉欢无论如何不能够把自己心灵里的一切悲伤与痛苦、恐惧与耻辱排空，及时将自己"归零"，且拒绝外界任何善意的帮助的时候，死，便是她唯一的选择。

在数个不眠之夜，嘉欢挥泪给阿爸和阿母写下了一封沉甸甸、血淋淋、悲切切的诀别信。她写了哭，哭了写，仿佛用尽最后的生命在倾诉。在破壁残垣的土楼里，将自己最后的一丝生命之光从无尽的黑暗中投回阿爸和阿母最温暖的怀抱里。

最亲爱的阿爸和阿母：你们好！

当你们读到这封信的时候，欢欢已经不在人世了。请千万不要为我悲伤，不要为我难过，更不要为我流泪！因为，我是个不孝的女儿。当你们还在含冤蒙难之时，我不但没有带来福音，反而给你们带来永远洗刷不掉的奇耻大辱。对不起了！我已无颜面再回漉溪，重上红楼跪见你们了！我只有选择在这里悄悄地离去。这是宿命的悲，还是轮回的痛？我不知道。但我明白：人生百态，路固有千万条，总有一死。这个结局都宿命般地奔向同一个——白茫茫大地真干净的地方。当人性中的恶已无情地把我吞噬；当这种巨恶如此肆虐无忌，无法无天，甚至连传统道德中的"以人为本"都毁于一旦的时候，我只能选择有尊严地死去。我把我的悲歌唱给古老的土楼听，把我的故事刻在被风化的黄墙上，只恐猿闻也断肠。世间只有两个人，视我胜过自己的命——那就是你们。回首我的一生是不幸的。童年时，慈祥的老阿祖和外公常说我是"十生九死——没病本"。我从小什么都怕，一只苍蝇飞过我都会吓一大跳，所以我比兄弟姐妹们就更容易受到伤害。然而，我又是万幸的。因为有你们这天底下最慈祥、最可亲、最忍辱负重的父母，万幸的是生长在这个虽历尽磨难，却温情浓浓、亲意融融的家。忘不了阿爸的胡子茬把我扎；忘不了阿母的泪水为我洒；忘不了阿爸的教诲育我大；忘不了阿母的叮咛伴我眠。你们吃的是草，挤出的是奶，含辛茹苦地把我养育大。你们的恩太重、情太深，无法丈量！我一辈子也还不清你们的恩情。我至今依然不懂：为什么你们这样的好人会吃尽苦、遭尽罪？为什么你们信仰不改，仍然对儿女绽露笑颜，念念不忘教育我们长大要听党的话。你们就像一部古书宽大而厚实，多想读懂你们啊！我感恩你们赠予我生命，教会我好读书、勤思考！我感恩苦难的逆境，没有把我压倒，让我学会做好人、行善事。想到家的温馨，想到生的乐趣，我是多么留恋，多么希望能够活下去啊！人的本能和对生命的渴望，的确很难，很难让我下定决心去死。

但是，我已经蒙羞了一切，容忍了一切，失去了一切，痛哭了一切，成了一块浸满苦水的海绵。我不能含垢忍辱，我无法逃脱死神的纠缠，我对羞耻的害怕，胜过死亡。前天，我梦见了嘉顺哥和龙岭老家的阿土哥。嘉顺哥说，天堂里不论出身，不分"红与黑"。记得那年我回龙岭，那是我一生中最逍遥的日子，我像小鸟一样自由地找寻着自己的快乐，尽情地玩，开怀地笑，这一幕幕在我尘封的记忆里永远闪闪发光。当时，我们曾相约来年再相聚龙岭。想不到现在只能相会于九泉之下了。想必这就是死生契阔吧！生命是一种过程，我本不该这么早就此停住脚步。但是，我的直觉告诉我，什么都可以丢，却不能给你们丢脸；我可以忘掉伤疤，但无法忘却耻辱。我懂得阿爸常说，"夹着尾巴做人"的道理，可如今笼罩在我身上的始终挥之不去的是一种悲剧的色彩和命运。我不能三分像人、七分像鬼地活着！阿母常对我说，苦难是一种财富。可如此摧残，直至埋葬我的美好青春的苦难经历，到底会结晶成什么形态，什么意义的财富呢？一切都留给后人评说吧！请原谅女儿的无知和愚昧。再次说声对不起啊！我的好阿爸，我的好阿母！

我走了！带上孟子"所欲有甚于生者，所恶有甚于死者"的名言走了。我只跪求你们保重玉体，颐养天年！我只跪求你们，假如有来生还让欢欢做你们的女儿，我一定侍候在你们身旁！我只跪求你们将我的墓碑永远朝向故乡漉溪！

永别了！我亲爱的阿爸和阿母！我把冤魂留在了土楼，因为我曾在这里流过汗、流过泪，甚至流过血；在这里留下了苦，留下了仇，甚至留下了永远难以启齿的恨。我把心留在有一个永久共同蒙难的名字——知青。

你们的不孝女儿：欢欢

这不是信，也不是遗书，而是嘉欢在绝望中一种淋漓尽致地呐喊，在短暂人生中的一响绝唱。

三、嘉安复仇

"救命啊！快来人啊！快救命啊！"水仙婶拎着午饭刚走进晒谷场的仓库，霍然发出声嘶力竭的惨叫声，令人肝肠寸断。

乡亲们不顾一切地冲进仓库里，只见水仙婶眼泪肆流，双手颤抖地紧紧搂住嘉欢。嘉欢的头发被汗水和农药浸得湿漉漉的，脑袋耷拉着，颤抖的嘴唇灼烈，嘴里的白沫不断涌出，身子扭蜷成一只干虾，极其痛苦地抽搐着、挣扎着，浑身散发出一股浓烈刺鼻的农药恶臭，一只空乐果瓶丢落在身旁。

嘉欢自杀了！她曾想在土楼里上吊，但怕给土楼带来晦气，吓坏了知青同伴，放弃了；也曾想从土楼顶一跳了之，又怕万一没死成，摔成终身残废，更可悲。所以，她选择在仓库里喝农药。当水仙婶回土楼做饭时，她毅然地打开一瓶农药，闭上双眼，"咕噜咕噜"地喝下去。她压根儿不知道，喝农药竟有千般痛苦，万种煎熬。既不像上吊，凳子一蹬，挣扎几下，即魂归冥府；也不像跳崖，纵身一跳，就命丧黄泉。刚喝下，臭气冲天；一进肚，如火中烧；一会儿，肚子翻江倒海，痛得在地上直打滚，五脏六腑全翻了个儿。她张着口，双手死命地紧捂住肚子里的小生命，肠子仿佛都要扯断了。她重重地喘着气，脸色煞白，眼睛凸出，死神已向她不停地招手。在见不到任何希望，所有的苦都是白受，所有的泪都是白流，所有的不堪只落得如此悲哀、如此痛苦的下场时，她垂死的眼睛放出一股仇恨的凶光。她死不瞑目。

"快快快！立即抢救！"哨仔王闻讯赶来，一声令下，十分果断。眼瞅着嘉欢这副惨不忍睹的样子，他的心不由"咯噔"一声，充满内疚和自责。他想，此事非同小可！一个花容月貌的知青居然在白天服毒自杀，其中必有天大的冤情？除了奸情不会再有什么更深更多的因素令人思索了。在五峰，居然有人敢瞒天过海，罪不容诛啊！他立即转声喝道："罗脚仔，你马上去，把赤脚医生给我叫来，要快！盼嫂，你立即带三个人回村弄张小竹床来，扎成担架，送来！矮脚松，你迅速呼唤土楼的七八个基干民兵，抬担架，并准备好松苗火把，马上把田嘉欢抬到公社卫生院去抢救！"中午极热，太阳一动不动地高悬在头顶，烧灼着山野，树枝没有一声窸窣，水潭没有一丝涟漪，四处一片寂静。突然，从空中远远传来嘈杂的人声，只见哨仔王和矮脚松带领八九个人抬着担架跑步冲出村口，沿着歪歪扭扭的山路大步奔去，大家都像从蒸笼里出来的，汗流浃背。上山容易下山难，从五峰村下山到公社虽仅有二十多里，但尽是连绵起伏的峰峦，坎坷不平的山路。哨仔王像重赴战场一样，沉着冷静地指挥着：一会儿换人抬担架，一会儿叫人听脉搏、测血压；始终不断地叫喊着快快快！一个多小时，来到了朝天岭。这里山高路陡，九曲十八弯，极其险峻，弯曲的山路一边贴着山壁，一边临着悬崖，单人挑着担子走，都很危险，何况是四人抬着担架。他急令放下担架，把嘉欢与担架细细地轻轻地捆扎好，以防万一。

"王支书，嘉欢已不行了！"赤脚医生大喊道。

"什么？"哨仔王和矮脚松呆若木鸡，异口同声地问。

"是的。她……她已测不到血压了！"赤脚医生哭丧着说。

哨仔王急忙蹲下来，细细按了按嘉欢的脉，嘉欢的手已经冰凉，回天乏术。他低下头，忘了一切，耳中仿佛只听到了自己的心跳。足足有两三分钟，才长长地叹了口气，摇了摇头说："回……回撤吧！"

黄昏，离村口不远处的一间孤零零的茅草屋里发出一阵阵毛骨悚然的悲哀的声音。破了的屋门，在风中时开时闭，低低地发出"吱吱呜呜"的悲鸣；栖息在屋檐下的鸟儿"叽叽咕咕"地呻吟；屋外枯树上的乌鸦"哑哑呱呱"地惨叫；还有屋内"呜呜呜呜"的哭泣声，使人仿佛听到了坟墓打破寂静的声音。嘉欢的尸体就静静地停放在这里。

身上满是臭汗与灰土的哨仔王僵站在草屋门前，仿佛像生了根似的，脸上一个劲儿地抽搐，回忆燃烧着他的良心，想到土楼阁楼的情景，他吓出一身冷汗，幸亏他没下手，否则知青人命案，撤职严办！他怕，他惊恐，他忧虑，最怕嘉欢这冤魂来找他，所以他不能走，不敢走，坚持在这里守护，好让乡亲们，尤其是知青们看看，我哨仔王不是冷血动物。矮脚松心中蓄满疑虑、愤恨与悲痛，他默默地挑来一桶清水。水仙婶痛哭流涕地一边给嘉欢洗脸，换衣服，一边喃喃地说："嘉欢啊嘉欢，你才二十岁啊！为什么要走呢？为什么非得干这可怕的蠢事呢？为什么不告诉我呢？我不是一再劝你，咱女人可流泪，但不可泄气；可悲伤，但不能放弃吗？你怎么半句也听不下呢？这是为什么？为什么呀？"土楼的乡亲们七手八脚为嘉欢点香、供饭、烧上纸钱。刚直不阿的淡水伯来了，他老泪纵横地对哨仔王和矮脚松说："可怜啊！嘉欢年纪轻轻就把命丢在咱深山沟里，咱怎么向她的父母交代呢？怎么对得起她的父母呢？隔山毋知囝仔啼[1]！一个无老鼠胆的囝仔，居然敢喝农药？这事，哨仔王你得认真查清楚啊！矮脚松你赶快回去土楼，派人把三楼上我的那口黑漆杉木棺材抬过来，一定得给嘉欢用，让她一路走好！"淡水伯态度镇定、坚决，语气中夹杂着哀怨、痛惜和愤愤不平的神情。土楼里的知青们惊悉噩耗纷纷赶来，悲痛不已，扼腕长叹。谁都为这场突如其来的悲剧，疑疑惑惑，百思不解。

嘉安接到哨仔王的加急电报已是夜里九点多了。撕开电报一看，顿时手脚麻木了，好像有一把锐刀直刺他的心田，五脏六腑全被刺破了。他不敢告诉嘉欣，更不敢告诉外公和二嬷，直到自己缓过神来，慌忙跑到草寮尾找石磊。石磊一听，半信半疑，担心有诈，连忙说，"哨仔王整人有术，会不会是骗你回五峰呢？"嘉安一怔，束手无策。他俩左思右想，唯一的办法就是连夜赶到麻山找嘉亮。

月亮苍白，神态阴沉，仿佛得了重病似的，整条沙土公路朦朦胧胧，大自然好像到处都有不祥的预感，嘉安的心难受极了，幸好有石磊做伴，两人连夜骑着脚踏车直奔麻山。

---

[1] 毋知，不知道，指重山阻隔父母听不到孩子的哭声。

四更时，刚进村，就迷路了。狗吠四起，七弯八拐，费了好大劲，才找到了麻山的破祠堂。

嘉亮从梦中惊醒，急速打开电报，赫然十一个黑字扑入眼帘："田嘉欢病故，请速来五峰。王"顿时，一股酸楚和悲痛涌上心头，他的全身都在轻微地颤动，一串串泪水从他悲伤的脸上无声地流了下来。他毫不犹豫地对嘉安说："人命关天，刻不容缓！马上回漉溪。无论如何得赶上头班火车去五峰，不管是真是假，非去不可！"

黄昏，嘉亮、嘉安和石磊终于赶到了五峰村。太阳像黄疸病人的脸一样黄惨惨的，远处山峰上挂着白云，近处的树木像一支支黑色的剑刃闪着寒光。嘉亮霍然觉得，这仿佛是孤独的嘉欢，把蔚蓝色天空的回光藏在自己的怀里，披散自己浓密晶莹的秀发，用她那透过云霞的落日把最后的光线直射他的心房，无限悲哀而沉重的目光凝视着他的眼睛，他不禁潸然泪下。

"欢欢啊，欢欢，我和安弟，还有石磊看你来了！"还未走进茅草屋，嘉亮就捶胸顿足，号啕大哭起来。谁能料到，半年前他送嘉欢上五峰，竟然是兄妹俩的生死诀别！他痛心疾首，任凭泪水簌簌地流淌，一边驱赶嘉欢尸体上的苍蝇，一边轻轻地掀开了盖在头上的毛巾，小心翼翼地拨动着嘉欢额上的一绺头发，久久地深情地凝视着。

嘉欢仿佛还醒着，就是不闭眼睛，痛苦的大眼睛老那么直愣愣瞪着屋顶。

"嘉亮快，快告诉嘉欢，你是来引她的魂回归漉溪故里的，让她闭上双眼，灵魂安息吧！"水仙婶哭道。

嘉亮赶紧说着，用手轻轻揉了揉，嘉欢的眼睛终于慢慢地闭上了。

嘉安哭得最惨、最凶、最厉害！他无论如何也没想到欢姐会走上绝路！我真浑！我不该与欢姐争吵，不该老躲回家里，让欢姐独自在土楼里受苦受难！如果我在，谁敢欺负欢姐，我让他白刀子进，红刀子出！如果我在，欢姐心头纵有天大的不爽，也不会去死的。都是我的错啊！欢姐，你告诉我，是谁害了你？是谁逼你走上绝路的呀？欢姐你快快给我托个梦吧！我一定为你报仇雪恨！不管他跑天涯海角，我也要为你报仇！欢姐！你一路走好啊！欢姐啊！我亲爱的欢姐啊……他"咚"的一声跪在竹床旁，蓦地大哭起来，呜呜呜死劲地拍打着竹床,不管石磊怎么劝、怎么拉,都不肯站起来,半个多小时过去了,他仍哭个不停,谁也拿他没办法。

夜晚,在整理嘉欢的遗物时,嘉欢那封尚未寄出的遗书用一条洁白的手帕包好和她心爱的日记本整整齐齐地放在阿母留给她的那件旧棉袄里。嘉亮和嘉安含泪读完遗书,嘉亮一声不吭,急匆匆下楼找水仙婶。他向水仙婶和矮脚松恭恭敬敬地三鞠躬后,哭着说:"滴水之恩,当涌泉相报。我代表我阿爸和阿母谢谢你们了!欢欢在九泉之下会安息的。只是还有三件事得再烦劳你们,一是欢欢说她的坟墓方向要朝漉溪,明天能否烦劳队长还她这个遗愿?还有,能不能给她立个碑呢?入乡随俗,木碑也行!只要能做个记号,来年清明节,我们来祭扫,也好辨认。再就是,能否再批准嘉安一个月长假。他受刺激太大了,我真担心他再出事!"

"好好好!"矮脚松一直点头。

"你老爸和老母怎没来呀?"水仙婶已哭得像泪人,拉着嘉亮的手问。

"我怕老人家伤不起,就没敢告诉。"

"是啊!白发人送黑发人,心如刀割呀!还是不来为好。这山高路远,老人家也不方便来!"水仙婶说。

"对不起啊!我们没能关心和照顾好嘉欢,让她走上了不归路。我当队长的也有责任!"矮脚松内疚地说。

"不不!你们待嘉欢恩重如山,我们感激不尽!"嘉亮连连说道。

"你是嘉欢的大哥,有句话我想告诉你,不知当讲不当讲?"

"水仙婶,你待嘉欢如亲生女儿,有什么不当讲?"

"那你可千万别告诉其他人,尤其是嘉安!"

"一定!"

"你可怜的嘉欢妹是有身孕了呀!毁的是活生生的两条性命!"水仙婶贴着嘉亮的耳边低声说道,唯恐让外人听见。

"什么?"嘉亮突然感到一股寒气直透全身。

"大婶不瞒你,你欢妹就为这事走上绝路的呀!"

"那个男人是谁?"嘉亮焦灼地问。

"不知道！嘉欢始终守口如瓶，我也不好意思追问。我一直劝她去检查，言外之意，就是想劝她早点去做'人流'。可是她既听不懂，也无动于衷！我又不敢开口捅破这件让她觉得羞耻万分、难以见人的事。我生怕她伤心，没面子，所以一直不敢直说。唉！当初，我若讲了，也许她不会走上绝路呀！都怪我！没想到她一气之下就……"水仙婶哽咽着，想把心中的积郁和自责一下子全倾吐出来。

"噢……"水仙婶的哭诉，顿时让嘉亮心头笼罩一片阴云。他猛记起在嘉欢的日记本里有几页写满无数个"姓许的"，不仅打了十几个叉叉，而且写下许许多多"千刀万剐""死有余辜""罄竹难书"等诅咒的成语，急忙问，"队长，咱队里可有谁姓'许'呢？"

"没……没有呀！"矮脚松像丈二和尚摸不着头脑。

"那知青呢？"嘉亮再问。

矮脚松数了数，摇摇头说："也没有呀！"

"那全大队的知青呢？"嘉亮追问。

"这……这我就说不准了！好像是没有！"矮脚松懵了。

水仙婶脑子机灵，立即说："哪没呀！那个滚回老家的许……许志杰，不就姓'许'吗？"

"别提那个狗杂种！我一听就烦！"矮脚松粗声粗气地说着，每个字都带着一团火。

嘉亮原想一问到底，问个水落石出，可一见矮脚松一脸漆黑，只好把话封锁在嘴里。

在哨仔王和矮脚松的张罗下，嘉欢的丧事总算妥帖办完。嘉亮要嘉安一道回濂溪，可嘉安和石磊硬是不走，非要等到祭了"头七"才要回去。"双抢"大忙，嘉亮不能再待，只好拜托水仙婶和矮脚松多予关照，并叮嘱石磊寸步不离嘉安，决不可莽撞闹事。

回去该怎么办？要不要告诉阿爸和阿母呢？要不要如实诉说，还是留下一截呢？嘉亮绞尽脑汁，思忖再三，犹豫不决。阿母还关在"牛棚"里，告诉她，势必雪上加霜。万一她老人家忍受不了，那就糟了！还是先告诉阿爸为妥，他抗压力强，办法多，征他同意后，再告诉阿母和嘉欣也不迟。嘉欢喝乐果说是自杀，但其死因就是她的肚子里怀着不知是谁的孩子！这个谜团，当立即告诉阿爸，他分析力、判断力强，或许能解开……痛定思痛，他一下车就直奔糖厂养猪场。

田舒夫正忙着铲猪粪，一大群绿头苍蝇嗡嗡嗡地围着他，似乎也在忙个不停，沾在他的围裙和白发上。

"阿爸、阿爸！"嘉亮一见田舒夫，就挽起袖子和裤管跳进猪圈里帮忙。

"你怎么回来了？别别，我干就好！"田舒夫喜上眉梢地说。

"我去了五峰，刚下车就来你这里了。"

"噢，有事？"

嘉亮低着头，掏出嘉欢的遗书。

田舒夫的手微微颤抖，一个字一个字端详着，看了一遍又一遍，泪水一滴一滴滴在遗书上，这些眼泪仿佛是一直深藏在一个不见天日的深井中，直到现在才喷涌出来似的。他的内心充满了刺骨的隐痛，就是流尽泪水也无法让它减轻。二十年前不堪回首的那一幕又突然浮现在他的眼前。一颗颗泪珠顺着他脸上的皱纹滚落下来，滴在嘴角上、胸膛上、地板上。

"你阿母知道吗？"田舒夫恍然一问。

"没……没，我还没告诉她。"嘉亮不知所措。

"报喜不报忧啊！你老母受不了如此巨大的刺激啊！阿欣也暂不要告诉！这是作孽啊！作孽！"田舒夫喃喃地说。

"听水仙婶说，欢欢是因怀孕了才……"

"是吗？她跟谁？"田舒夫惊恐万状。

嘉亮不敢说，递上嘉欢的日记本。

"姓许？"田舒夫的心一下子蹦到舌根，"你问过这姓许的是何人吗？"

"问了！水仙婶好像说是个知青叫许志杰，但矮脚松队长对此人极为反感。我就不敢再问下去了。"

"许志杰……许子杰？几岁了？"田舒夫似乎有一种难以言状的不祥预感。

"不知道！"

"不知道？不知道？天哪！我这是在造什么孽啊……"刹那间像是电流击中了田舒夫，心头沁出了冷汗，脸上骤然失去了血色，怕被人看见，他蹲在猪圈里双手捂住脸低声哭起来，泪水从指缝里流出来。

第一次见到阿爸这般痛心疾首，泣不成声，嘉亮的心揪紧了，泪水模糊了他的视线。

深夜，田舒夫辗转难眠。每想到嘉欢的死，就想起二十年前的事，不禁悲从中来，随即吟出一首《闻耗——悼欢女》：

阴差阳错二十春
煮豆燃萁和血吞
纵死不辞称所爱
悲歌当泣女儿魂

嘉欢的死像一把利刃把嘉安的心刮得七零八落。他和石磊在土楼里干了两件事：一是公开杀鸡宰鸭，在"头七"那天大张旗鼓地在嘉欢的坟头祭奠，发誓报仇。不少仗义执言的知青们也跟着他一起上香、烧纸钱。二是暗中摸排"凶手"，非查个水落石出不可！水仙婶生恐他闹事，只帮他张罗"头七"祭奠的事，教他如何入乡随俗为嘉欢招魂。至于姓"许"的事，她始终三缄其口。

五峰的知青们虽一盘散沙，但兔死狐悲，大家对嘉欢的死不仅惋惜悲痛，而且深表同情和义愤。很快，各生产队知青中姓"许"的名字、年龄及家庭住址神不知鬼不觉地传递到他的手中，其准确度不亚于哨仔王锁在抽屉里的那本花名册。查，全大队姓"许"的知青共有四人：其中两名是女生，自然剔除在外；还有一名姓许的比嘉欢年小四岁，长得像瘦猴，且有先天性心脏病，理应不在嫌疑圈中；最大的嫌疑犯就是九队的许志杰，原名许子杰，原泷溪三中的红卫兵头头，已调回泷溪机床厂当工人，家住在象牙县公安局家属宿舍。听说，他父亲是当官的，至于他在泷溪城里的住处不详。此人有个明显的特征，就是左额上有块黑胎记。他还了解到一条极其重要的线索，就是宣传队在金山村的最后一场巡演后，嘉欢彻夜未归，直到第二天队伍列队时才姗姗来迟，两只眼睛肿得像核桃。她上了哪儿？出了什么事？至今无人知晓。

哨仔王自然也掌握了这条线索。凭着情场的经验，评估许子杰色胆贼心，他揣测，在那天他去开会的夜里许子杰十有九八奸污了嘉欢，臭小子逃之夭夭，嘉欢蒙羞自杀。可服毒自杀是众人皆知，若要追查，势必翻江倒海。万一查不出来呢？多一事不如少一事，保乌纱帽最要紧！他觉得，自己对嘉欢的抢救和善后，确已竭尽全力。自古红颜多薄命，从此不再提及嘉欢的事，以免引火烧身。

嘉安却穷追不舍。经过周密地摸排后，他和石磊一致认定许子杰必是凶手，既有作案时间，又有作案的地点，最重要的是有欢姐的供词——日记本上的"许"字为证。他想，应立即报案。可又不会写状子，只好赶回漈溪，找草寮尾的袁老大求助。

"你俩太天真了！告什么告？你告一个芋仔番薯？"袁老大哈哈大笑地说，"姓'许'遍天下，你姐写的那'许'字又没指名道姓，即使有名有姓打个叉叉，又能算什么证据？你俩头壳装屎了。依我看，告了也白告，搞不好只能是搬起石头砸自己的脚，被姓'许'那当官的老爸抓个'现行'！"

嘉安不服气，又告不成，垂头丧气，十分懊恼。想到欢姐的惨死，想到报仇的誓言，仇恨像怪兽一般吞噬他的心。他食不甘味，夜不能寐，总觉得愧对欢姐在天之灵。他悄悄买了把菜刀，上下班时就到机床厂和工人宿舍门口蹲守，守株待兔，一心等待复仇的时机。晚上，他在石磊家里磨菜刀，磨呀磨，仿佛把对许子杰的刻骨仇恨全烙在刀刃上，恨不得一刀就捅死许子杰，不！将他剁成肉泥，也难解深仇大恨！

时间一天天过去了，毫无进展，连许子杰的影子也没见着。

"别找了！你要找的那个姓'许'的早已去上海培训了。听说最快也要三个月才能回来。"神通广大的袁老大规劝他。

他深深叹了口气，君子报仇十年不晚，他复仇的心愈发坚定，复仇的火愈发猛烈，他觉得这是一场生与死的决斗，哪怕付出自己的生命也在所不惜。

在上海的许子杰十分逍遥自在，他根本不知道嘉欢自杀的事，自离开五峰后，他就与哨仔王断绝了来往。厂里看在许武良面上，重用他，派他来学习，可他对机床根本毫无兴趣。看五光十色的南京路，他想如何泡一泡美丽的上海妞。他见异思迁，根本不想当工人，工字不出头。他想参军，捞个团长、营长当当，所以拼命给许武良去信。

"红五类"心想事成。果然，年底征兵许子杰轻而易举地应征入伍了。他心花怒放，临行前，沉浸在美酒和快乐之中。这天夜里，他喝得醉醺醺的，口里哼着，"鱼儿离不开水呀，哥们离不开酒！"头重脚轻，对着路灯吹胡子瞪眼，趔趔趄趄地走回宿舍。

突然，只见嘉安牙齿咬得"咯咯"作响，眼睛瞪得又大又圆，眼里冒出一股无法遏制的怒火，好似一头被激怒的小狮子猛扑上去，拔出明晃晃的菜刀，大吼一声："狗娘养的许子杰，你往哪儿逃！"一连砍数刀，还不解恨，直至许子杰倒在血泊之中。

四、良缘孽债

"站住！不许动！再跑就开枪了！"治安巡逻队一举擒获正仓皇逃跑的嘉安，并将许子杰紧急送往医院抢救。

事关谋杀应征入伍的青年，案情重大，市公安局连夜提审。

"田嘉安，你为什么要砍杀许子杰？"

"因为他害死了我姐姐！"

"胡说！你姐？你姐叫什么？"

"田嘉欢。"

……

子夜，两辆三轮摩托车呼啸而过，直抵红楼。傅弘茂一见是两位公安和四个荷枪实弹的士兵，怒气冲冲地"乓乓乓乓"上了楼，仿佛楼梯都要踩塌了。他想，这么大阵仗夜袭必是冲田家而来，田家恐又大祸临头了！踌躇片刻，他摸黑悄悄上楼，尾随其后。

"你是田嘉欣？"刺眼的手电筒在嘉欣的脸上晃了晃。

嘉欣惊魂未定，怯怯的目光看着公安说："是……是的！"

"你弟弟田嘉安呢？"

"他……他……他还没回来！"

"你有个姐姐叫田嘉欢吗？"

"有……有……是妹妹，她在五峰上山下乡，没回来呢！"

"不是说她死了吗？"

"没……没……怎会呢？她还好好的，在五峰……噢，听说她住在土楼里！"

"是吗？"

"对对对！绝对没错！我是嘉欣的外公！"傅弘茂在节骨眼上挺身而出，他不忍让残废的嘉欣再受折磨，觉得要抓、要剐，必须由他顶住。

在问明田舒夫和傅玉樱的去向后，盘问戛然而止，士兵们兵分两路直扑果树所和南坑。

田舒夫被叫醒时，何双鼎悄悄地告诉他，治安大队来人，千万别冲动。老运动员的他仍忐忑不安，因为按惯例半夜里突击提审，必有惊天动地之事。

"田舒夫，别装蒜！将你唆使儿子田嘉安行凶作案的事，如实交代清楚！否则，马上押到公安局严审！"

好家伙！公安怎还带来了士兵？田舒夫心里一揪，如坠入五里雾中。

"怎么不回话？"公安人员手往桌子上一拍，大声吼道。

"我的确没有唆使嘉安干过一件坏事啊！"

"没有！那田嘉安为什么行凶杀人？"

"行凶杀人？没……没……没有啊！"田舒夫脑子一片空白，颤抖的脚在地上无法挪动半步。

"田嘉安在哪里？"公安问。

"不知道！这孩子到五峰插队，总不安心，时常跑回家。他怕我训斥，从不到所里来找我。"

"你说的是事实吗？"

"是！是！"田舒夫连连点头。

"若说谎，按包庇罪严惩！你敢保证吗？"

"敢敢！绝对敢！"

"那好！既然所里革委会的何副主任敢为你担保，你就把田嘉安与你的情况如实写下来。我们明早还要来。如果你想蒙混过关，明天就将你抓走！顺便告诉你，你儿子田嘉安昨夜持刀行凶杀人，现已抓捕归案了！你何去何从，自己决定！"

犹如山崩地陷，呼海啸天一般，田舒夫的心脏像被巨大的无形的重锤砸下来一般，心碎了，窒息了。几十年来经历无数摧残、无数折磨及苦难都不曾趴下的他，此刻陷入了无尽的绝望之中。

我怎么了？我究竟是怎么了？为什么我独自认罪、受刑还远远不够？为什么祸水总要淹没我无辜可爱的孩子们呢？难道这"积善堂"和"右派"出身就是个致命的坎儿，万劫不复吗？嘉顺溺水，嘉欢服毒，嘉欣残废，嘉安被捕，五个孩子两死两伤，是命运捉弄人，还是老天不长眼？不！全然是"黑五类"烙印害死人！嘉安才十六岁，他怎会杀人？怎敢杀人？难道真像嘉亮所说，他去为嘉欢报仇了？他会去杀了谁呢？姓"许"的？许志杰就是许子杰吗？一字之差，但愿不会是他吧！再说，许武良红得发紫，鬼得出奇，怎舍得许子杰去下乡呢？即使去了，也不可能如此凑巧与嘉欢同住在一个村子里吧？嘉安杀了那个姓"许"的到底是谁呢？在这疯狂的日子里，只要戴上"现行反革命"的帽子，一逮捕，不是死，也得半条命啊！嘉安啊，你怎么会这么傻，没长眼，尽拿豆腐砸石头呢？纵使嘉欢真有冤情，咱可以告，可以伸，但绝不能去复仇啊！眼下，我泥菩萨过河自身难保，怎么救得了你呢……

傅玉樱也连夜被提审。一年多来，她的精神衰弱症日愈严重，只要有点风吹草动，便惊醒。门外突如其来的"突突突"的摩托车声，如狼似虎，她顿感横祸又将飞来。

果不其然，她被戴上手铐。

"傅玉樱，你有个儿子叫田嘉安吗？"

"嘉安？有有！"她那极度惶恐不安的眼睛，由于脸容憔悴更显得大而突出。

"那好！跟我们走一趟吧！"

"上哪儿？"她喘不过气来，胸口憋闷得慌。

"少废话！叫你走，就走！"

连夜突审既离奇又恐怖，离奇的是千方百计威逼她交代如何教唆嘉安杀人。众所周知，她被关进南坑牛棚已有一年多了，与世隔绝的她怎能见到嘉安呢？嘉安下乡，她只能捎信，没见面、没说话，何来教唆呢？她至死不认这莫须有的罪名。恐怖的是，既然不认罪，就得去坐牢，这是多么可怕的强盗逻辑啊！她的头被揪在墙壁上撞得咚咚响，"再不交代就砸烂你的狗头！"一阵阵呵斥声，吓得她魂不附体，仿佛铁窗里站满了一个个幽灵般的魔鬼。对于嘉欢的死，她一无所知；对于嘉安杀人，她全然不信。她以为，若不是有意栽赃陷害，必定是错把番薯当芋头[1]，就像她无缘无故被关进学习班，强扣上"军统特务"的帽子一样。因为她坚信她的孩子们走正道、守规矩，绝非市井无赖，流氓泼皮之辈。她惶惶不安的是，万一小嘉安受不了严刑拷打，认了罪，判了刑，毁了一生，该如何是好啊！作为母亲，我心甘情愿替嘉安去死，或把牢底坐穿。可这离奇的审讯显然是要我们母子一起坐牢，一道去死呀！此时，铁窗外的雨水和她脸颊上的泪水一样，顺着屋檐慢慢地流下来，开始是一滴一滴的，渐渐地形成一条条细流，一直流到天明。

此时，正在漉溪开会的许武良被一阵急促的电话铃声吵醒，地区公安局的朱副局长急匆匆告诉他，"许子杰被人砍伤，正在医院里抢救……"他的脸色刹那间变成灰白色。

"凶手抓到了吗？"他心急如焚地赶到医院劈头就问在场的公安人员。

"抓到了！"

"是谁？"

"田嘉安！"

"姓田！哪里人？"他的神经像被电击一般。

"漉溪市人。我们已派人去抓捕他的父母了！"

"他父母叫什么名字？"

"田……田舒夫和傅玉樱……"

"田舒夫！"他的耳朵"嗡"的一声，仿佛被一群马蜂猛蜇了一般，全身麻木了。

想不到啊！想不到！这辈子顺风顺水，飞黄腾达，左右逢源，竟走上个断子绝孙的地步。田舒夫你这狗杂种，十八年来我怎么总整不死你？总让你逍遥法外？让你死灰复燃呢？是我心太软，还是你运气好？这些年，我总以

---

[1] 喻为错把冯京当马凉。

为你早已废了，销声匿迹了！不在笼山变为孤魂野鬼，也在"文革"成了牛鬼蛇神，整死你不费吹灰之力，毁掉你比碾死一只臭虫还容易。所以我根本无暇去理你。可惜马奋民局长一命呜呼，我也懒得打听你的消息。没想到，你不但活得好好的，而且唆使你儿子持刀杀人！你是活得不耐烦了？必须从严、从重、从快惩处，否则后患无穷！他额上的青筋直暴，手上的拳头捏得"咯咯"响。

隔天，牢房里的傅玉樱冥冥中似乎突然听见铁门外大声喊："田嘉安、田嘉安提审了！"随即传来一个熟悉的脚步声——嘉安？是小嘉安！心灵的感应让她急切地趴在铁栅门上，焦灼的目光不停地左盼右顾。刹那间，她一眼看见蓬头垢面、鼻青脸肿的嘉安拖着沉重的脚镣和手铐缓缓从她的右侧走来。

"嘉安！嘉安！我的小嘉安！"她不顾一切地哭喊起来。

"阿母！阿母！"嘉安惊呆了！无力地跪倒在她面前，洒了一地泪水。

"嘉安！嘉安你受苦了！阿母问你，你真的杀人吗？"她颤抖的双手轻轻地抚摸着嘉安的头，瞪大双眼问道。

嘉安点了点头。

"不！你绝不会杀人的！小嘉安千万别胡说！"她猛地推开嘉安死劲地捶打着铁栅门，哭喊道。

"是真的！阿母。"嘉安泣不成声，始终不敢抬头面对自己的母亲。

"为什么？为什么？"她困惑不解，惊恐万状地问。

"因为他害死了欢欢姐！"嘉安不假思索地答道。

"欢欢？欢欢怎么了？"她快疯了。

"她……她喝农药自杀了！"嘉安极其难过地摇了摇头。

"为什么？为什么呀！"她的手捶打在粗糙的铁栅门上，殷红的血已渗了出来。

"全是他害的！"

"他……他是谁？是谁？"她直瞪双眼逼问。

"许志杰！"嘉安突然抬起头，两眼燃着仇恨的烈火，咬牙切齿地说。

"许子杰？"这三个字像一把钢刀猛地扎进她的心窝里。

"是的！他原名就叫许子杰！"嘉安的话重极了，恐怖极了，如同重磅炸弹落地炸出了一个惊天大坑。

"你认识他吗？他……他……他的左额头上有颗黑色的胎记吗？"她的话突然变得很缓慢，一个字一个字慢慢地说，仿佛每吐一个字就有千斤般的沉重与苦痛。

"有有有！"嘉安不等她说完，就强压着怒火答道。

"天哪！"她眼睛霍然一黑，脑袋里轰然爆响，一下子晕死过去了。

"阿母！阿母！"嘉安猛扑在铁栅门上，一边伸进双手想拉住阿母，一边号啕大哭起来。

"走！快起来！"两名看守不容分说地架起了嘉安，强行将他拖走。

在牢友们的急救下，傅玉樱终于醒来。犹如一场噩梦，她的头痛得像要炸开似的，她的心仿佛被人用老虎钳夹住似的，痛苦不堪。她眼神惊恐，四面张望，仿佛在寻找一件讳莫如深的往事的痕迹，而她双手痉挛，又好像极力推开那刻骨铭心、后悔莫及的回忆。

那是1950年9月，她临产的前一天，许武良吵着要妻子沙慧珠与她指腹为婚。她，听者无心，而许武良言者有意。隔天凌晨，她生了个胖团，而沙慧珠又生了个囡仔。沙慧珠因子宫瘢痕重重，导致手术中出血过多，子宫收缩异常，差点危及生命。医生再三叮嘱许武良，不宜再生第三胎，以防子宫破裂。许武良一听，如雷灌顶，简直气疯了。

当晚，田舒夫担心许武良出事，整夜陪着许武良在家里喝闷酒。许武良冥思苦想，竟然向田舒夫提出了一个非分之想：换婴。田舒夫乍一听，误以为许武良信口开河、讲酒话，不以为然。熟料，许武良竟双腿跪在田舒夫面前，一边捶胸，一边流泪地说："大哥啊！再救我一回吧！医生说，慧珠已不能再生育了！我没个团仔，许家从此断子绝孙，没人传接祖宗的香火，的确没有颜面回家见我老母啊！我跪求你，大恩大德，再救我一次，就把你这团仔，换我那囡仔，好吗？"许武良痛哭流涕。

"你起来，快起来！"田舒夫慌忙扶起许武良。

"不！我决不！你若不答应，我就一直跪！"

"你怎么能这样呢？这等事我至少也得与玉樱商量呀！"

"嫂子昨天不是当面答应指腹为婚了吗？既答应，交换互养，犯什么忌？此乃金玉良缘，有何不好？我们从此是一家人不说两家话呀！再说，大哥你已有嘉亮、嘉顺两个男仔，我可一个也没有呀！换来换去，只不过让我脸上有点光，图得我老母欢喜而已嘛！"许武良急忙辩解道。

田舒夫心里十分清楚，此刻的任何语言都显得苍白无力，而许武良想干的事，九头牛也拉不回来。

于是，田舒夫向傅玉樱作了大量的工作，好说歹说。尽管她的心中仍有万般不舍，但是，看着一边挂着氧气，一边吊瓶输液的沙慧珠那张白如死灰的脸上露出乞求的目光，她不忍心断然拒绝。她以为，既然与许武良夫妻是老相熟了，同住漉溪，同为老乡，最最重要的是沙慧珠有颗金子般的心。"算了，换就换吧！"田舒夫一锤定音。就这样，当天两个小婴仔就交换母亲吃奶了。可是，沙慧珠没有一滴奶水，她的奶水倒很充足，两个婴儿全靠她一人的乳汁来喂养。她清楚地记住：自己生的男婴的左额上有块明显的黑色胎记。第三天，许武良的老母从象牙老家风风火火赶来，一把紧抱着男孙仔，笑得热泪盈眶，笑得合不拢嘴，就像天上掉下月亮似的，整天笑着、叫着，"乖孙仔乖孙仔，我的心肝宝贝呀！"许母突然一改常态，对沙慧珠格外关心和感激。这一切让她看在眼里，喜在心头。出院前，许武良特地告诉她和田舒夫："这儿子起名子杰，男子汉生当为人杰。"田舒夫也高兴地说："这女儿在咱田家就叫嘉欢，她会给我们带来喜悦，带来欢乐！"许武良一再提醒，"此事切不可泄露，两个婴仔的户口由我负责去派出所填报，天知地知，仅我们四人知道就好！"她和田舒夫也就答应了。你养我的团仔，我养你的囡仔，天赐良缘，来年长大后，百年好合，白头偕老，尽享天伦。从此，沉淀在岁月深处的这段往事，融进了她自己对尘世、对子女的无限感慨和后悔，成为她全部生活当中最强烈、最痛苦、最悲哀的回忆。万万没有想到的是，这段良缘竟然成了一笔孽债，嘉欢死在许子杰的手里，而许子杰又倒在亲弟弟嘉安的刀下。这是一笔多么跌宕起伏、多么扑朔迷离、多么冤天屈地的孽债啊……

作为嘉安、子杰和嘉欢这三个孩子的生母和养母,她哭天,天不应!喊地,地不灵!她低着头,两只手臂无力地下垂,她被二十多年前回忆的重负彻底压垮了。

五、血染采石场

许武良火速打开田嘉安的卷宗，仔细一看，越看越糊涂，越看越惊诧，刹那间额头上冒出一滴滴冷汗，一块块横肉松松地下垂，心好像被拴上一块巨石似的突然直往下沉。他不由自主地慌忙点燃一支香烟，猛吸了好几口。

糟了！糟透了！田嘉欢——我的亲生女儿，她才二十岁怎么突然死了呢？什么——田嘉安一口咬定嘉欢是被子杰害死的！什么——田嘉安手中存有证据……这是一桩何等荒诞离奇的案中案啊！嘉欢怎么死的？我非查个水落石出不可！倘若，嘉安捏造事实，栽赃陷害子杰，罪加一等。倘若，子杰害人偿命，那我这老爸的颜面往哪儿搁？谁知晓，子杰和嘉安本是同胞骨肉？谁相信，这是兄弟阋墙呢？除了我和慧珠，还有那该死的田舒夫和傅玉樱，谁都不知底细啊！此时，我若主动去揭这个旧伤疤，局里人不仅嘲笑我许某人二十年辛辛苦苦养育了一个"黑五类"的儿子，而且会指责，甚至追究我与田舒夫的关系，搬起石头砸自己的脚呀！说不定连乌纱帽都得丢啊！因为，这不仅是普普通通的许、田两家的恩怨情仇，而是丧失阶级立场的大是大非的严重错误啊！我并非保子杰，而是保许家、保自己啊！若不强忍，自吞苦果，后患无穷！不过，嘉欢究竟是怎么死的？嘉安的口供，说是服毒自杀；或许与子杰没有任何瓜葛；即使有，也能撇得干干净净。只要不是他杀，那就好办！哪管嘉安怀疑什么作案的时间和地点，以及手中有什么证词，都是瞎编乱造，完全可以置之不理。只要子杰拒不承认，且五峰大队又有证明，包准子杰能够平安无事。

子杰这小混蛋，真他妈的太不争气！从小到大，尽给我惹是生非，添堵添乱。早知道，我他妈的绝不"换婴"，让这小子老老实实去当"黑五类"的狗崽子，扔进水深火热中，不被淹死，也被烧死，还会像今日这样天马行空，作威作福，耀武扬威吗？绝对不会！早知道，我把嘉欢留在身边。女儿是老爸贴心的小棉袄！要说多贴心就有多贴心；要说多温暖就有多温暖，父女情深多美妙啊！我绝对不会让她去受苦受难的，更不会让她去五峰那穷山沟里上山下乡。我一定会让她去当个女兵，不！我要让她去上大学，给许家出个冰雪聪明、才貌双全的才女，让她有享不尽的荣华富贵，赏不完的花红柳绿，吃不尽的珍馐美味，穿不完的霓裳羽衣，用不尽的金银财宝……然而，一切一切都子虚乌有了，她死了！竟走得这么快！这么惨！她来到这世界还没有享受过一天的幸福，却整天被当作"积善堂"的狗崽子，最终成为"黑五类"的殉葬品。唉！多么可怜、多么不幸、多么无辜的女儿啊！都怪老爸我太糊涂！太笨蛋！太无知了！当初我就不该与田舒夫"换婴"，即使要换也得找个"红五类"之家呀！如今细细数来，这可不是八圈麻将输的那一点数目呀！他自言自语时，眼睛里含满了泪水，猛然看见，在良心的这面镜子前，自己心如铁石，早已扭曲变形，连一点点最起码的怜悯感情都没有，良心早已被自己出卖了，爱人之心渗不进胸中，犹如一块石头，雨水一点儿也渗不进去一样啊！良心在折磨他、谴责他、唾弃他。他妈的！养了一个不成丁的"积善堂"的歹团，还赔上一个如花似玉的亲生女儿，甚至差点毁了许家，毁了自己的锦绣前程！真浑！他越想越火，手中燃烧的烟头已烫到手指了，慌忙扔掉，又重新点燃一支。

　　姜还是老的辣。许武良从不让人看到他也有苦闷和沮丧的一面。他踱着外八脚，沉思了半天，定计三策：一、瞒天过海。既不能亮出嘉安和子杰是骨肉兄弟的底牌，也不能让慧珠知道杀子杰的是嘉安；二、暗度陈仓。即日起暗查嘉欢的死因，防患于未然；三、欲擒故纵。暂不复审田舒夫和傅玉樱以及嘉安，先从精神上摧毁他们。至于子杰，就让他待在医院里好好养伤吧！反正，兵是当不成了。幸亏嘉安年少，力不从心，出手虽狠，但均未击中要害，让子杰躲过一劫。出院后他想干啥？再说吧，横竖，朽木不可雕也！

回到家里，许武良吓了一跳，几天不见的沙慧珠变得如此憔悴和衰老，好像一阵风就会把她那弱不禁风的身子吹倒似的。

"怎么了？你一个大活人怎魂不守舍呢？"许武良对沙慧珠说话历来是发号施令，咄咄逼人。

"你说凶手是谁？"沙慧珠慌里慌张关上大门，低声且毫不退缩地问。

"案件仍在侦讯中，不可泄露！"

"呸！是田嘉安，你还想瞒我。"

"谁……是谁……告诉你的？"

"朱副局长，前天他来过！"

"子杰知道吗？"

沙慧珠摇了摇头。

"千万不能让他知道。你要敢说，我就对你不客气！你想毁掉自己，我不管！若想毁掉许家和我，绝对办不到！"许武良大发雷霆。

"欢欢走了，准定是子杰这歹囝造的孽！铸枪打自己……"沙慧珠痛不欲生地说着，好似有一把斧子将她的心脏劈成两半。

"你是抓屎糊脸？证据！证据呢？这该死的猪头！"许武良揪住沙慧珠胸前的衣领大声吼着，同时也骂了朱副局长。

"无论如何你得对嘉安手下留情！嘉安与子杰毕竟是打虎捉贼的亲兄弟，绝不能将嘉安往死里推！我求你了！"沙慧珠哀哀地说。

"王子犯法，与庶民同罪。何况他是'积善堂'……"

"我不管！我不管！我要马上去五峰，去看看欢欢。看看我那苦命的女儿啊……"一连串泪水从她悲伤的脸上无声地落下来，她已经没有一点哭声了，任凭眼泪不停地往下流。

"噼里啪啦"声声作响，许武良歇斯底里大发作，把桌上的茶杯一个接一个地砸碎在地上，勃然大怒地指着沙慧珠吼道："不准去！你疯了！你敢揭开二十年前的老底，敢迈出这家门半步，我就一枪崩了你……"

沙慧珠像只迷路的任人宰割的羔羊，脸上露出怯弱的神情。

很快，五峰生产大队的证明信寄来了。为保乌纱帽，哨仔王打死也不敢说真话。他深知，许子杰有"天线"，而嘉欢充其量是个"黑五类"子女。一抔黄土掩风流，人已死这么久了，还扯这鬼事，岂不飞蛾扑火？况且，我为抢救嘉欢出了那么多力，还放了那么多鞭炮，足已吓走嘉欢的阴魂了，还是管好自己的五峰要紧啊！三下五除二，他在证明信上写道："经查实：田嘉欢确服'乐果'农药自杀。死因与田嘉欢的'积善堂'出身有关，她本人长期患有抑郁症。至今未查出任何他杀的证据和线索。"

一纸证明，许武良正中下怀，如愿以偿。他公开以被害者许子杰父母的身份向朱副局长再三提出要求：此案是典型的蓄谋已久的阶级报复，意在毁我长城；必须除恶务尽，将凶犯的父母田舒夫和傅玉樱一起判刑，以伸张正义。嘉安被重判有期徒刑十五年。傅玉樱，虽没判刑，但有"军统特务"嫌疑，押送采石场劳动改造。田舒夫本应一同押往，因胡瑞麟和何双鼎多次出面提出异议，故暂缓处理，交由果树所革委会监督改造。

对此判决，许武良颇有微词。他以为，凯撒必须死，绝不能心慈手软。俗语说得好，打蛇打七寸，擒贼先擒王。田舒夫是此案的首犯，若这次再不将他置于死地，有朝一日田舒夫必如蛟龙得雨，似虎豹得幽，后患无穷啊！然而，不管他如何胡搅蛮缠，他的话毕竟不如马奋民管用，朱副局长依然故我，不宜全部采纳。在朱副局长的心里，确有难言之隐：上次因匿名信一事被克，记忆犹新，心有余悸。他以为，胡瑞麟不可小觑。既然胡瑞麟敢出面提出异议，必胸有成竹，倘若跟许武良蛮干到底，自己也得倒霉。况且，许子杰仅受轻伤而已，所以他一再提醒许武良要适可而止。

傅玉樱被架着上石狮岩采石场。她根本不知道念念不忘的嘉安已经被押往劳改农场服刑了，只知道自己必须在这里接受暗无天日的劳动改造。此时的她，头上缠着带血的绷带，脸上斑斑血迹依稀可见，苍白瘦削的脸颊上，颧骨高高凸起，眼睛没有一丝光彩。在牢里，她病了一个多月，肚子绞痛，时常拉稀，甚至失禁，以至于臭气冲天，招惹蚊蝇……她狼狈不堪，万念俱灰，预感自己已日落西山，来日不多了。

石狮岩绵延数百里，尽是巉岩和怪石，光秃秃的山脊像被熔化似的，从山顶向下倾泻。举目眺望，被苍苔掩覆着的巨石和被泪水般潜流润湿的山岩，摇摇欲坠，令人目眩心惊。打石场就在山脚下的一片开阔地上安营扎寨。这里正在为抢修漉溪战备大桥提供优质的石料。

冬日的石狮岩，犹如一幅巨大的尸布缓缓落下。一团团阴惨惨的乌云，在天空中沉重地、徐徐地移动，采石场浸没在寒冷潮湿的空气里。散落四处的石头，像死人一般苍白，显得十分僵硬，一大群乌鸦在枯树上"哑哑哑"地惨叫不停，寒风"呜呜呜"的吼声，伴着"叮叮当当"的打石声，奏响一曲愁惨的冬天交响乐。

所有的"劳改队"队员天未亮就得起床，冒着透骨冷暴的寒风，一直干到天黑了才能收工，吃的是腐烂的菜叶汤里加上一勺稀饭。傅玉樱被编在碎石队，每天的任务就是上山拣小石头，再用小铁锤把它打成小碎石。这活儿简直要了她的命，且不说寒冷难忍，单看两只手就惨不忍睹。往日细皮嫩肉，只拿钢笔和粉笔的纤纤细手，已经完全变形，像树皮一样粗。拿铁锤的右手虎口震裂了，满是血泡和老茧。每天，锤子在空中无休无止地划着抛物线的轨迹，不停地砸落在石头上，仿佛上下举的右手臂是属于另外一个人；一不小心走神，左胳膊会不由自主地抽搐一下，嘴里突然道出一个音节，像哀叫，又像悲啼，低头一看，左食指的指甲盖已经被砸成好几瓣了；一股股红的鲜血从指甲缝里渗出来，十指连心，痛得浑身麻木，赶紧把手指用破布扎紧再扎紧。活儿不能停啊，还得咬着牙，继续干！锤声寥落单调，透出一种无可奈何的哀鸣。每天的活儿必须按平方数考核，完不成任务的，得受重罚。她的肠胃病愈来愈严重，身体愈来愈衰弱，任务却愈来愈重，压得她连喘息的时间都没有。她已经记不得从何时起，当独自一人时，她会忘记自己在哪里，会像海明威笔下的老人一样总是自言自语，"唉，如果孩子在这里该有多好啊！唉，死了吧！死如出狱、死如再生、死如卒业！天堂里不仅有我慈祥的老阿祖和阿母，还有我可怜的嘉顺和欢欢，能和他们在一起，总比自己孤苦伶仃地受罪受难强得多啊！回家？我何尝不想回家！只是现在回家的路似乎已被堵死了。以前在'清队'学习班里似乎还有点希望，问题查清了，迟早总会被'解放'回家。可是，现在大为不同，没判刑，却比判了刑更惨。服苦役，遥遥无期，度日如年。我是有家归不得呀！家是我永远的牵挂，也是我活下去的唯一精神支柱。这么多年,忍是我一生的修行。像老阿祖所讲,田螺含忍来过冬!为囝为夫为家庭,我忍寒忍热,忍饥忍渴,忍苦忍恼,忍冤忍屈。欢喜做,甘愿受。作为母亲,我学会有大海般的担当,挑起全家一切生活的负累,把母亲的血和泪全挤出来了!但是,我要忍到何年何月,才算尽头?才能披云见日?才会阖家团圆呢?每想到这些,眼泪便簌簌地流过她的脸颊,像是献给家庭祭坛的最后几炷香。

一天,她正顶着刺骨的寒风埋头敲打着碎石时,忽听耳边有个熟悉的声音,"傅老师,你是傅老师吗?"

"你!你是谁?"她惊讶地瞪大眼睛,寒风肆无忌惮地灌入她那单薄的外衣里,冻得她哆哆嗦嗦地问。

"傅老师,我是石磊呀!"石磊哽咽地说。

"石磊?石磊!"她惊呆了,手中的铁锤"咣当"一声掉在地上,蜡球似的眼睛仔细凝视着眼前这位二十多岁的壮小伙,头发微卷,古铜色的脸上挂着干净明朗的笑容,乌黑的眼睛闪烁着泪花。她的心像被铁锤敲打似的,一会儿上,一会儿下,半句也说不上,半步也动不了。

石磊做梦也想不到在这空旷、荒芜和寒冷的采石场里见到自己念念不忘的恩师。他一直以为傅老师仍被关在牢里呢,每天,他跟着草寮尾的袁老大到这里来运碎石。没想到这不经意间却遇见了傅老师。傅老师往日丰润的双颊不见了,牙齿不住地打着寒战,眼睛没有一点光彩,脸上泛起菜青色,显得非常疲乏。

"你怎么到这里了?嘉安呢?"她恍过神来,一看到石磊便想起小时候总挂着两条清鼻涕的小嘉安。

"草寮尾板车队参与战备大桥的运输,我每天都来这里拉碎石的。嘉安被判……"石磊把刚要说的话又强噎了下去。

"判……判几年了?"她如同被电击一般,脸色煞白,坐都坐不住了。

"没……没……没判呢?"石磊急中生智,赶忙改口答道。

"哦,唉……"她误以为听错了,深深地吐了口气说:"那嘉欣和嘉亮好吗?"

"好!都好!我几乎天天都去红楼找嘉欣,与她聊聊天、散散心,我们聊得来。家里的重活，我包了，还有外公和二嬷的，反正我有的是力气。外公和二嬷身体好，田伯伯每周日都回家，他身体也好！嘉亮较少回家，听说在麻山干得不错。全家人都非常惦记你。这下可好了，终于知道你的下落了，我每天都来，都会来看你的！"石磊眉飞色舞。

"好好好！难得你有这份爱心。你一定要转告嘉欣的外公和田伯伯，还有二嬷和阿欣，我这里一切尚好，千万不要把我的事告诉他们，就说我在采石场的食堂里当帮厨，请他们千万别操心！在这里，活着就算平安！如果方便的话，你叫阿欣找她二嬷买几盒'积善堂'的'保和丸'来。我常闹肚子，拉得肠子都快拉出来了，这药管用。还有……神癀片的纸，包伤口！"

"还需要什么吗？傅老师。"他拉着她的手，她的手像冰一样，一直冷进他的心里。

"别……别的就不必了！"她忍不住打了个喷嚏，鼻子、脸和手脚冻得厉害，像一尊石人。

自此，凭借袁老大的硬招牌和采石场的"通行证"，石磊和看守们混熟了悄悄地当起了名副其实的"地下交通员"。他不仅为傅老师送信、送药、送衣物，还不时端来二嬷和嘉欣煲的热腾腾、美滋滋的鸡汤、四物汤等美味。劳改中，看守们也似乎对她睁一眼闭一眼，不再苛求她打碎石的数量和质量了。石磊的到来，仿佛给她的心注了一剂强心针，她的苦难生活似乎有所改善，苦役不那么累了，心不那么痛了，脸也不那么憔悴了。她的眼神发出一点点光和亮。

数九寒冬，云洞岩好像冻死了一样。这天，她起得格外早，一抹的旭日照在她脸上，似乎暖洋洋的，她整装待发。在石崖上放炮的莫老头，不知是因为天太冷，手冻僵了，还是脑子冻僵了，点了二十一门炮，只响了十九门，还有两门未响，便鬼使神差地急匆匆吹起解除警报的哨子。

"快！快！开工了！别磨磨蹭蹭，赶快上山拣石头去！"看守们"叽里呱啦"地吼个不停。

碎石堆黑压压的一群人，推着板车的，独轮车的，挑担子的，扛铁铲的一齐涌进石窟里。

"轰隆隆、轰隆隆"霍然两声惊天动地的巨响，滚滚浓烟伴着铺天盖地的石头腾空而起,像两股白色的火焰妖艳绽放,碎裂的石头像流星雨般在人群中飞射,石崖摇摇欲坠,发出阵阵无力的呻吟。刹那间,整座石狮岩如同垂死的生命,仿佛就要轰然瘫倒、陷落似的。

尖叫声、哭泣声、救命声、呼喊声……连成一片,淹没了整个采石场。

"快!快!把这些伤员送到协和医院!"恰巧袁老大乘一辆拖拉机赶来。

"我的车可……可不是殡葬车呀?"司机看见一个个鲜血淋漓的伤员,吓得魂飞魄散,唯恐沾上晦气,支支吾吾地说。

"他妈的,车再不掉头,就揍死你!"袁老大挥舞拳头对司机歇斯底里地吼道。

石磊胸上负着燃烧的痛楚,奋不顾身地抱起血流如注、不省人事的傅玉樱上了拖拉机……

六、魂归涅槃

"嘉欣，嘉欣，快！傅老师受伤了！"浑身血迹斑斑的石磊像箭似的冲进红楼，大喊大叫。

"什么？"嘉欣脑袋"嗡"地一下，眼前一阵发黑。

"人在哪儿？"傅弘茂和柳芹不约而同大声问。

"在……协……和……"石磊说。

"快！上协和！"傅弘茂猛拽住嘉欣的手。

柳芹慌忙叫上一辆三轮车，载着傅弘茂和嘉欣，自己跟着石磊像疯子似的跑到医院，四处寻找，好不容易在外科病房的走廊上找到了危在旦夕的傅玉樱。

"阿母！阿母！"嘉欣抢地呼天地喊着。

傅玉樱头上包着厚厚的绷带，殷红的血仍浸透出来。剧烈的疼痛使得她只能缓缓地睁开眼睛，眼珠不动，像死鱼似的。

"阿樱！阿樱！"柳芹痛不欲生地唤着。

傅玉樱似乎听不见。嘉欣悲痛地大声哭喊着，傅玉樱的眼球这才徐徐往下移动，很慢、很慢。她的眼睛微微转动，嘴轻轻一张一合，喉咙发出极其微弱的声音，好像想说话，又吐不出一个字来。

傅弘茂预感大事不妙，直奔护士站，左顾右盼，找不到护士长。

"老主任，你找谁？"一小护士问。

"找你们护士长！"

"她去开会了,老主任你有什么事吗?"

"快把走廊加床的病人傅玉樱的病历给我,她快不行了!"

"哦,是采石场送来的劳……"

"是是是!"

"得等手术!"

"乱弹琴!人命关天还等什么?立即送手术室,我主刀!"傅弘茂斩钉截铁地说。他一甩手,快步走进手术室。都说手术室是鬼门关,一点不假。在门外守候的嘉欣和柳芹像热锅上的蚂蚁,油浇火燎。

此刻,时间仿佛已经凝固了。

"怎么了?阿欣!"田舒夫紧跟石磊跑步来到手术室门口,急赤白脸地问。

"阿爸!"嘉欣一下子猛扑在田舒夫的身上,双手紧紧地勾住他的脖子,右眼的泪水像泉水似的涌出来。

"舒夫,你阿爸正在给阿樱做手术,会有希望的。"柳芹急忙劝道。

从接到石磊报讯的那一刻起,田舒夫的心就像被一道道电流击穿似的,猛然有一种不祥的预感。眼见手术室里的护士们慌慌张张,进进出出,连张院长也匆匆忙忙赶进来,这种预感变得愈发强烈、急促和不安。

五个多小时后,手术室大门终于打开了,田舒夫、柳芹、嘉欣和石磊仿佛度过半个世纪。傅弘茂一脸疲惫地由两位护士搀扶着极慢地、无语地走出来,摘下口罩,百般无奈地对柳芹和舒夫说:"太迟了!太迟了!流血过多,所有医生和护士都已竭尽全力,但回天乏术啊!"他一手拿起眼镜,一手抹去眼角的泪,不断地摇头。

犹如晴天霹雳。柳芹惊呆了,嘴张着,半天闭不上来。嘉欣一下脑子里黑乎乎一片,扑通一声栽倒在地上。石磊赶忙上前一把将她扶起。田舒夫强忍着巨大的悲痛,哽咽地与张院长握了握手。

躺着傅玉樱遗体的担架车推出来了。刹那间,走廊仿佛被雷轰似的崩裂了,连天花板都发出霹雳般的恐怖声,像要坍塌下来了。

嘉欣痛哭流涕,双腿"扑通"一声跪在担架车前。她一手死顶着车子,一手猛拍着地板,"阿母……阿母……您……怎……抛下……我们啊……"一声声哀哀欲绝的呼唤，一阵阵痛彻心扉的哭喊声回荡在手术室前。

生离死别的最后一刹那是人世间最痛苦、最悲催、最心碎的一刻。这种惨不忍睹的情景实在令人难以形容、难以描述。

柳芹和傅玉梅一起扑到担架车前。柳芹用颤抖的手轻轻掀开白被单，泪水如同骤雨似的落下来。她喃喃地说："阿樱啊！阿樱！你的命怎会这呢苦？这呢惨啊？"这话，好像每一个字都在她的喉咙里生了根，她这才不得不把它全拔出来似的。

"大姐啊，我的好大姐！你不能走！你怎能走……走……呢？"傅玉梅捶胸顿足，泪流满脸。

凝视着傅玉樱那张凄惨的脸，仿佛石像一样白，脸上皮肉似乎越来越瘦下去，紧闭的双眼一动不动，生命已渐渐化入虚无，灵魂已悄悄飞进自在、安乐、无烦恼的涅槃。田舒夫那灰白的面色竟与傅玉樱没有太大的差别。他噙着满眶的泪水，想握一握傅玉樱那尚有余温的左手，猛然发现这是一只结满老茧，手指歪裂的粗糙的手。触摸这只手，泪水不禁夺眶而出，他双手紧紧握住，一刻也不放开。她的手越冰凉，他的心越哆嗦，仿佛老田家的大树正倾倒，把他吓得魂飞魄散，全身不停地瑟瑟发抖起来。

当傅玉梅奋力把嘉欣搀扶起来时，嘉欣一甩手，一个箭步扑倒在傅玉樱的身上，像一片无依无靠的落叶紧贴在枯死的树干上。她再次发疯似的哭着、喊着、叫着、捶着。

石磊缓缓地推着担架车，步子是那么沉、那么慢，唯恐惊醒沉睡中的傅老师。泪水模糊了他的视线，使他不得不立住脚，急匆匆抹了一下，哽咽地说："傅老师啊！傅老师，您不能走啊，不能走啊！"

柳芹把石磊叫来，叮嘱他，急办的三件事：一、立即派人带着嘉欣的信去麻山，让嘉亮连夜赶回来；二、马上去殡仪所，找康阿歹办妥明早火葬诸事；三、夜晚要多招呼几个少年家帮忙守灵，防止老土公仔捣鬼。说完，她转身回家张罗祭奠的物品。

很快，七姊姑来了，抱住嘉欣痛哭流涕。她帮忙柳芹张罗给傅玉樱点上脚尾灯，摆上四色水果以最简单的仪式，焚香祭拜。白发苍苍的二婶和大婶手牵手颤颤巍巍地来了。二婶老泪纵横地紧握田舒夫的手说："哎呦，好针快折！人拗不过命啊！认命认命！"金诚伯不知从哪里打听到，也风风火火赶来了，一连串泪水从他悲伤的脸上无声地流下来，只喃喃地说："一世人教书，桃李遍天下！可惜，真可惜！"唯有玉菊和玉荷姗姗来迟，始终不敢踏进太平间半步。

东桥中心小学夏老师和南山小学的易老师等一大群老师们拿着奠仪和一副挽联赶来了。

挽联上醒目地写着：

赤诚酬世，桃李芬芳毓新秀
清白传家，子女勤劳裕后昆

田舒夫一读，心头一热，触景生情，不禁热泪盈眶。这挽联不仅寄托对玉樱不尽的哀思，也隐含对玉樱一生公正、客观的评价啊！

细心的夏老师只待田舒夫和嘉欣看完挽联后，随即把它折叠起来，交代嘉欣将它披在傅玉樱的身边，明天记得一道火化了，千万别再让外人瞧见，免得招惹是非。

"阿欣啊，公道自在人心！你把这副挽联先交给你二嬷，一定得让你外公看看，止住他老人家心里流不住的血呀！"田舒夫悲切地说。

入夜，前来祭奠的人络绎不绝，他们大多数都不认识田舒夫和嘉欣，都说是傅老师的学生，特地赶来为傅老师送上一程，想再看傅老师一眼，让傅老师一路走好！因为，在怀疑一切、人人自危的年代里，人们只能偷偷摸摸趁着夜色而来，借着雨幕离去，谁也不敢久留。

果然，医院保卫科来人了，气势汹汹地责问田舒夫："哪来这么多人？快散了！别太嚣张了，你是什么成分？"

万般悲痛中的田舒夫怒火中烧，不理睬他。

"怎么？你们医院居然有规定这太平间只能来多少人吗？岂有此理！要不要我打个电话问问你们的张院长呢？"恰巧，胡瑞麟赶来，看到保卫科人员那副熊样，忍不住发声。

"胡书记，何副主任，你们怎么都来了？"田舒夫见胡瑞麟在危急中帮他解围，心中无限感激。

"老田啊！天有不测风云。你得想开去，节哀顺变。千万得保重自己啊！"胡瑞麟上前紧紧拥抱着田舒夫，拍了拍他的肩膀，感慨万千地说道。

胡瑞麟的一席话字字句句撞击着田舒夫的心田，他百感交集，多想在傅玉樱遗体前痛痛快快地哭一场！

入夜，呜呜的寒风掠过大街小巷，仿佛带来不尽的哀思。哗哗的骤雨从屋檐、墙头和树顶跌落下来，好像老天爷在为傅玉樱的不幸而哭泣。

柳芹忙妥了一切后，劝田舒夫跟她一道回家。

"舒夫啊！你老爸一再叮嘱我要对你说，死的死落去，活的还得活。你是同辈人，不必为阿樱守灵。明天还有很多事需要你处理，你就随我回家歇一会儿吧！"柳芹恳切地说。

"二嬷你先回去吧！让石磊送送你。我无论如何也得为阿樱守一夜灵，让她的灵魂早点安息，也不负我们二十多年的夫妻之情啊！"田舒夫倚在墙边呆呆地站着，浓黑的眉下一双大大的湿漉漉的眼睛直望着蒙上白被单的傅玉樱遗体。

"唉！好吧！你得把这碗热粥给我当面喝了，把这件石磊拿来的大棉衣给我穿好，坐在这椅子上，否则我也不回去，咱们就一道守灵吧！"

田舒夫坐在椅子上，身子依偎在傅玉樱的遗体旁，他再次伸手抓住傅玉樱的那枯皱冷冰的手，喃喃说："玉樱啊！你怎么能走得这么急促，这么突然，这么痛苦，这么无可挽回呢？五年来，我们一直是忧心如焚，离多聚少，你上'学习班'，我进'牛棚'，彼此杳无音信，最后见你那难忘的背影是在文庙的大成殿下，我多么渴望能扭头看上你一眼，可该死的'喷气式'，令我无法动弹。你在南坑全封闭学习班时，我天天挨批斗，日日作检查，插翅也难去见你，连写个字条也不准啊！我坚信，你的'军统特务'绝对是子虚乌有，一定会查清的！我常想，等你'问题'查清后，你还是提前退休，我们一起回龙岭去！为了我，为了这个家，你受苦一世，不但从无怨言，而且常常忍让自己，体谅我。你确实太苦了，太累了！心忍得太多，泪流得太多了！如今孩子们都长大，下乡了，你也该过点清闲宁静的日子。我和你一起慢慢变老，我陪你走到生命尽头。万万没想到，你却匆匆走了，且走在我的前头。离开你温暖的怀抱，我成为一只孤独漂流的船！没有爱情的生涯，我如同死灰一般！"

"阿樱啊！你听，窗外，风在吼、雨在啸，那是天在为你而悲泣！我一生穷困潦倒，最可悲的是竟然连你和嘉顺、嘉欢一个都没能保住！还有我们的小嘉安至今仍生死未卜、下落不明。玉樱啊，你走了，我将何以为生呢？阿樱啊！你不要死……你不能死啊！你的蒙冤未洗，你的孩子尚未成家立业，怎么能走呢？"

田舒夫用那嘶哑、沉重的声音哭诉着，他的心已让悲哀撕碎了。想到玉樱至死还戴着一顶"军统特务"的帽子，他不禁悲愤地吟起他在笼山旧作的诗句："黄河尚有澄清日，冤案岂无昭雪时？"他站起来，轻轻地掀起白床单，最后一次吻了吻玉樱冰冷的额头。

拂晓时分，只见嘉亮浑身湿漉漉的，跌跌撞撞地冲进太平间，他号啕大哭，"阿母啊！阿母！我来迟了！来迟了呀！阿母啊、阿母，我今生今世再也见不到你了呀！阿母！"他一头扑在阿母的遗体上，说什么也不愿意离开……嘉亮的悲痛已到了无以复加的地步。

雨，乒乒乓乓打在太平间玻璃窗上，冰冷并夹着灰尘的水流使玻璃肮脏的表面形成一条条昏暗的条纹。不久，一缕黎明的微光透进来了，耀眼的太白星极慢极慢地悬在梁山顶上，像是承载着一缕从黑暗的太平间里飞出来的魂灵。

七、沉冤莫白

　　傅玉樱不幸罹难，如同一颗重型炸弹给支离破碎的田家造成无与伦比的沉重打击，首当其冲就是田舒夫。

　　都说感情是世界上最复杂、最敏感的一种东西，猜也猜不透。然而古今中外，老夫老妻似乎又是同一个模子印出来的故事：给你甜，让你哭，与你吵，叫你疼；每天有说不完的话，操不尽的心；偶尔有唠叨，有口角；但一看不见就彼此牵念着。"舒夫啊，舒夫！"多么熟悉，多么亲切的声音总回响在耳际。如今，什么也听不到，什么也见不着了，犹如万箭穿心的苦日子，该怎么熬啊！二十多年来患难与共，相依为命的老夫老妻，顷刻间天人永隔；朝夕相处，耳鬓厮磨的爱妻，眨眼间化成了一撮白灰。谁不悲痛？怎不哀号？诚然，人固有一死，对死，既无法预知，也无法左右，只能接受，但是许许多多的悲痛与遗憾总是难以释怀。小时候，父母早亡，他年幼无知，根本不懂得"悲伤"二字；学生时代，龙岭老家的祖母仙逝，他虽有过犹如一枪爆头的剧痛，但随着岁月的飞逝，特别是成家立业之后，这种痛苦似乎渐渐减轻了，总觉得，人老了，该老该寿是自然规律。然而，这次却截然不同。俗语说得好，死爸死母众人扛，死著亲某割心肠[1]。自"清队"运动以来，日夜思念的爱妻突然撒手离去，好像钝刀子割肉，一刀刀，一片片，鲜血淋漓，痛彻心扉；像石磨子碾心，一遍遍，一点点，压成粉齑，惨不忍睹。一辈子牵手的老伴突然没了，这是心中永远的痛啊！夜深人静，他含着泪，挥笔写下催人泪下的《长

---

[1] 亲某，自己的妻，形容人对父母的逝世与妻子的逝世的悲哀程度有所不同。

相思——哭爱妻》：

　　廿七伉俪未能忘，
　　感汝贤德情意长。
　　辙涸之鱼濡以沫，
　　瑶瑟空弹泪沾裳[1]。
　　燕霜齐电空悲切[2]，
　　焚蕙芝残哭断肠[3]。
　　从此漉溪魂与梦，
　　樱花百世吐芬芳。

　　吟罢，他记起初恋时玉樱在省城西湖畔对他说的一句话，"诺言是我们的债务，道德是我们的至交，真诚是我们的底线。"不由想起他与玉樱苦涩的初恋。

　　抗战胜利那一年，他和玉樱从相识、相知，到相爱。这一切惹恼了高韵台，她勃然大怒，不容分说地硬逼玉樱嫁给由她钦定的一位国军军官。玉樱誓死不从，母女俩针尖对麦芒，互不相让。双方冷战了三个多月，高韵台整天指桑骂槐。老阿祖疼惜玉樱，看在眼里，急在心头，终于忍不住发话，"韵台啊，现在是啥时候，你比我还封建？！婚姻自主，随阿樱去吧，我看舒夫为人品相都不错。"

　　"呸！姓田的一个教学仔先生：一山伱[4]；二贫穷；三无官；四无势。她看中他什么？简直是目瞒涂屎！"高韵台气咻咻地答道，头上冒着热气，鼻尖上还缀着几颗汗珠。

　　"哎呦！咱姓田的没踏着你的尾，你何必气得抓狂？依我看，舒夫是一个正派人。过去你老爹常说，君子落魄，读书教学。舒夫虽穷，但操守好，品

---

[1] 喻指一生教书如今已成空。
[2] 喻为含冤受屈。
[3] 喻为指贤德者亡逝。
[4] 指老土。

德高，我看中就是这款读书人。我老田家与舒夫五百年前本一家啦！他两个少年家欢喜就好，舒夫与阿樱珠联璧合，乃亲上加亲，这就叫着好锣配好鼓，好翁娶好某啦！你知不知？哈哈哈！"老阿祖笑得合不拢嘴。

"阿母，你咁会这样老糊涂啦？竟然替舒夫讲话？"高韵台惊讶地问。

"自古姻缘天注定。我早就看重舒夫有担当、肯打拼、人谦细、又认真。你不能善的抓来缚，恶的放它去。那姓蒋的军官我一看，就是个歹人。"傅弘茂也在场帮腔道。

"原来是合攻破曹呀！难怪阿樱这死查某吃了秤砣——铁了心。哎呦！红顶四轿扛毋行，搭被仔巾缀人走[1]！事已如此，你们爱管，让你们管个够吧！这死查某我早就看不重，我也图个清闲。不过，我有言在先，千万毋好好鲎杀得屎流[2]，就好！"高韵台把水烟筒往桌上"啪"地一搁，回房里去了。

在老阿祖和傅弘茂的支持下，舒夫与玉樱终成眷属，从此有了一个温馨的家。不幸的是"脚踏车案"祸从天降，终于被老丈母娘所言中了。从此，玉樱的生与死、散与聚、苦与乐均不能掌握在自己手中……

回忆是座桥，像是通往寂寞、孤独的牢。田舒夫想到这里，心里不由直打寒战。难道我果真像龙岭的老祖母所说的注定是个歹命团吗？难道一顶"右派"帽子，不仅成为我终生受罚的根源，而且成为祸及妻儿们，甚至终生受其罪孽的祸根吗？太残酷了！太悲惨了！这一切使得我和玉樱的"生死契阔，与子说成，执子之手，与子偕老"的约定化为乌有，给我们的爱情故事强加了一个灾难性的悲剧结局。这就是我一生的悲歌，我把它唱给谁听呢？他悲不自胜。

细心的嘉欣惊惧地发现，阿爸自从火葬场回家后，几乎没说一句话，一连几个晚上似乎完全醒着，一双红肿怕人的眼睛直瞪屋顶，躺在床上没有动静，偶尔发出轻轻的叹息，克制到令人心痛的地步。嘉欣不忍心让阿爸一个人在漆黑长夜里默默地承受人生中最大的悲痛和无边的孤寂，但她又不敢贸然开口劝说，便悄悄找外公哭诉。傅弘茂是过来人。他深知舒夫此时的痛楚，

---

[1] 缀，紧跟。指四人抬的红顶轿子不坐，头披着头巾紧跟别人跑。喻为不识好歹。
[2] 喻为弄巧成拙。

也了解舒夫的脾气，他不动声色地对嘉欣说："免惊，阿欣！你爸是翻过跟斗的人像淬火的钢。数十年来他修炼了一颗坚强的心，不会被苦难所左右！他一定会自己挺过去的。这时候，谁劝，都没用！"

嘉亮却沉不住气，阿母的突然离世犹如五雷轰顶，使得他目眩头晕，乱了阵脚，始终沉浸抢地号天的悲痛中。

这天，石磊见他萎靡不振，开口便说："阿亮哥，坚强点！你是家里的顶梁柱。要像嘉安弟那样有仇必报、有冤必伸！你起来，马上写个状子，我找公安局的朋友递上去，为傅老师伸冤啊！"

"伸冤？"嘉欣心底里虽举双手赞成，可是她的直觉告诉她，此事非同寻常，切不可莽撞，急说："石磊别添乱！这等大事得由阿爸和外公定夺！"

"你懂什么？石磊说得好！我早就想去公安局，给阿母讨个公道了，只恨找不到门！如今有石磊的帮助，我们能为阿母伸冤，外公和阿爸肯定会支持的！你怕什么？"嘉亮急急忙忙找笔和纸。

"你要写可以，但递状子，非经外公和阿爸同意不可！石磊你今天若敢带阿亮上公安局，从此你就别想来见我！"嘉欣急得又哭起来，坐在门槛上说，"你们敢，就从我身上踏过去，否则我死也不会让你们蛮干的！"

"谁蛮干？谁谁？就你爱哭，又短视！"

"你说什么？你敢再说一遍！"嘉亮的"短视"二字犹如毒刺突然扎进她的心里，她忍不住"哇哇哇"号啕大哭。

下班回家的田舒夫在楼下就听见哭喊声，心里一怔，快步登上楼来。

"啪"的一声田舒夫怒上心头，扇了嘉亮一个耳光，嘉欣和石磊都惊呆了！过了好大一阵子，他的情绪才缓过来，他悲愤而沉重地说："阿亮啊，爸不该任性打你。可是，现在我们面临的是如何把泪水强忍在心中，如何在悲痛中生存，而不是急于为你阿母伸冤！你想想，当许武良还把持着公安局大权时，咱去投诉，恰如飞蛾扑火，自投罗网！嘉安已经进去了，你还嫌不够吗？田家只剩我们三人了，你还想进去吗？男子汉做事敢作敢当，但须三思而后行，绝不可有勇无谋，暴虎冯河。你老母的冤情，我何尝不想替她伸？我拼了这条老命也要为她讨回公平和正义，不能让她在九泉之下沉冤莫白啊！但是，咱要等待！要相信我们党历来是，有反必肃，有错必纠的！正义和公正从来不会缺席！你们要坚强，相信这一天一定会到来！懂吗？"

田舒夫的话像黄河的惊涛，奔腾咆哮，不可遏止。他那深邃的眼神里充满坚定和必胜。

嘉亮低着头，捂着脸，默默不语。他知道自己错了！阿爸的这一记耳光虽比二十多年前老阿祖来得轻，但却重重地打在他心上。如果说，过去幼小无知，情有可原，而今日的鲁莽，确不可饶恕。因为，不管石磊有多硬的关系，只要把状子一递，全家立马被许武良席卷而去！阿爸的话决不是危言耸听。我真的犯浑！他心里很难过，恨不得再抽自己两个耳光。

石磊无地自容，千不该万不该惹田伯伯生气，让嘉亮挨打，尤其使嘉欣受了委屈。他不禁偷偷地瞄了嘉欣一眼，只见嘉欣怒形于色。好心办坏事。他的心里像正熬着的一服中药，翻滚着一股股不可名状的苦味。

"石磊啊，伯伯不怪你！只是你们年轻人凡事既要瞻前，更要顾后。对了，你刚才说公安局有熟人，能不能想想办法，打听打听嘉安现押往哪个地方服刑。这孩子至今杳无音信，连他老母罹难都全然不知！生死未卜？令我牵肠挂肚。你能问一问吗？"田舒夫恳切地问。

"行！我这就去问看看！"石磊欣然应允。

"别急！欲速则不达。你要先想想找谁，怎么开口才好！这年头，多一事不如少一事，知道内情的人不一定肯告诉你，怕受牵连。你要小心谨慎为好！再说，这次傅老师罹难，事事都是你冲在前，目标太大了，还是请你的好朋友去打听为妥！"田舒夫仿佛穿越到当年地下斗争的战场，对这件事布置得滴水不漏。

"石磊，就请袁老大出面！"嘉欣急忙插道。

"行！我看袁老大为人仗义，石磊你就不妨试着问问看。不过，千万别说是我要问的，就说你自己思念嘉安，顺便问问而已！"田舒夫叮嘱再三，唯恐再出意外。

不到三天的工夫，嘉安的消息打听来了。可是，众说纷纭，莫衷一是，有的说是在省内菁草湖劳改农场，有的说是在省外摩天岭监狱，还有人说是押解到西北大漠了,弄得田舒夫不知所云,不知所措,更加惶惶不可终日。

每想起嘉安,田舒夫不由自主地想到笼山农场。一想到笼山,一种难以言状的恐惧和痛苦就像无数的马蜂在螫刺着他的心和神经,脑子里立即浮现那一群衣不蔽体、骨瘦如柴的少年劳教犯。嘉安是劳改犯,他的处境一定比这群少年劳教犯们更加悲惨、更加残酷、更加痛苦。十五年啊,轻伤重判,这叫什么公道?十五年啊,生不如死,岁月难熬,嘉安能挺得住吗?十五年啊,也许我等不到嘉安刑满释放归来!玉樱啊,你在天之灵多多保佑嘉安吧!无论如何也要活下去啊!田舒夫不敢再想下去了,顿时觉得自己已经掉入了万丈深渊里,黑暗像高山一样压着他,像大海一样吞没着他,话说不出来,气也透不过来,世界上没有任何一种痛苦能够与他此时此刻所感觉到的痛苦相比。

四个月后的一天,田舒夫意外地收到了一封嘉安的来信,他惊喜若狂,慌忙戴上老花镜。打开一看,在两张破旧的香烟盒纸的背面,歪歪斜斜,密密麻麻,潦潦草草写着。

亲爱的阿爸阿母:您们好!

不孝的儿子嘉安归(跪)下来向您们请罪了!千不该,万不该,我不该杀人!不该犯罪!我错了!真的错了!我一定要好好改进(正)!一定坦白从宽!一定脱台(胎)换骨!一定重新做人!阿爸和阿母您们能原凉(谅)我吗?一定要原凉(谅)我牙(呀)!我要改,我会改好的,一定会的!请您们要相信我!

这里好冷好冷!好饿好饿!快快给我寄吃的!穿的来!也(越)快也(越)好,也(越)多也(越)好!多加些糖!

还有寄我的那本小字店(典)!我要学习学习!以前在家里读书不用功,常爱(挨)阿母骂。

青(清)明节快到了!我很想五峰的欢姐,给她送上一叔(束)花,让她好好安息!

阿爸和阿母您们身体好吗?家里都好吗?阿亮哥阿欣姐好吗?石磊来过家里吗?我想死你们了!

时间不多,信是央三托四才求人发出的,就写到次(此)。

请原凉（谅）我吧！

　　　　　　　　　　　您们的不孝的儿子：嘉安

　　一口气读完这封许许多多错别字和感叹号的信，田舒夫不禁老泪纵横。他仿佛深深地触摸到小嘉安一颗滚烫的跳动的心。从模模糊糊的邮戳上，他知道这信从千里之外，足足寄了近一个多月才收到。从残破不全的卷烟盒纸上，他懂得嘉安已经处在饥寒交迫、水深火热的绝境中。

　　糟糕！多么粗心的傻孩子啊，你怎么竟忘了写上你的地址，这……这十万火急的包裹和回信我该寄往何处呢？田舒夫焦头烂额，一直没有抹掉的脸颊吊着两行泪斑。

八、情窦初开

嘉安的疏失，使田舒夫寄去的信和包裹都以"地址不详"，或"查无此人"——退了回来。他是凭着嘉安信封邮戳上模糊不清的地名，按图索骥，费了好大的工夫才搜索到两个相同地名的陌生小镇，一个在西北大漠，一个是西南边陲。他犯难了，病急乱投医，往两处都寄信，信封上特别注明，"烦转：劳改农场田嘉安收"，结果令他大失所望。嘉安像一只断了线的风筝，像一块石头沉入了大海。他知道，嘉安这孩子犟脾气，一定是误以为家里在责怪他，父母在惩罚他；故意不给他回信，不寄包裹，以至于他再也不给家里写信了。多么幼稚的孩子啊！如今他在水深火热的劳改农场中竟得不到家的一丝音讯，一份关爱，怎不令老爸愁肠百结、摧心剖肝呢？

日月如梭，嘉亮到麻山插队已经五年多了。他脚踏实地，不怕脏累苦，所有的农活样样精通。村里的老人们无不竖起大拇指，夸他成了行家里手，准有大出息；年轻姑娘们也暗自赞美他，既帅气又有文化，媒人自然不厌其烦地找上门来，而他都以"暂不考虑"，婉言谢绝。

唯一令他苦恼的是，江支书的女儿江星琪撑船到岸，相当主动：一来是彼此很熟悉；二来是江支书常在她面前夸他；三来是他俊秀身材，外加一肚子墨水，着实令她暗恋。白天干活，她想方设法和他凑在一起；晚上一有空，她大大咧咧地往祠堂里跑，东拉西扯，漫无边际。他既不能生气，又不敢怠慢，只能陪着聊，连书都读不了。平心而论，江星琪的确长得漂亮，眉清目秀，浑身充满少女的纯情和青春的风采。久而久之，嘉亮的心似乎有些躁动，有一种朦朦胧胧、甜甜蜜蜜的滋味。但阿爸的"约法三章"，他始终不敢越雷池半步。有人在起哄，说他与江星琪是"天仙配"，说得他一脸害羞、十分尴尬。无奈之下，他急忙给阿爸写了封长信，诉说心头的苦恼与不安。

很快，田舒夫回信了。

阿亮：来信收悉。我急于与你探讨的是，你所提及的烦恼之事。我十分理解。农村人比较早恋，你已经二十五岁，到了该谈婚论嫁的时候。在歌德《少年维特之烦恼》的扉页上写着：青年男子谁个不钟情，妙龄女子哪个不怀春？你对江星琪有爱慕之心，乃人之常情。我何尝不想，让你早点成家立业，建立属于你自己的幸福美满的小家庭。但是，现实是残酷的。其一，你现在是两手空空的种田人。说得难听点，你赚钱不够剃嘴须，还得靠阿欣资助。在这种窘境下，吃水用箸夹[1]，你靠什么来养家糊口呢？经济收入是维系家庭的基础，若没有一定的基础，小家庭只能建在沙滩上，随时有坍塌的危险。你总不能一辈子投靠江支书家吧？其二，我之所以不同意你过早谈恋爱，也不同意你在麻山村找对象，是因为担心这会断了你回泷溪之梦，携家带口难离农村。想想，今后我老了，阿欣嫁了，泷溪这个家交给谁呢？我始终以为，国家终需你们这一代历经苦难的"知青"来接班，来建造共和国辉煌的大厦，来实现中华民族"自立于世界民族之林"的宏伟蓝图。倘若，你一时在麻山匆匆建家，有了妻儿的羁绊，只能老老实实扎下根，再也无法回泷溪，更别想远走高飞，面向世界了。歌德在书中还有句名言："凡是让人幸福的东西，往往又会成为令他不幸的源泉。"你若想在麻山成家，恕我把话说得重点，恐难有出头之日。你尚年轻，又是团支书，志气应比我高，理想当比我大，绝不可鼠目寸光。所以，我以为，对此事，一无须烦恼；二切勿多情；三及时撇清。我看，有这十二个字就足够了。注意切勿伤及江支书一家的感情！只需你认真做到这三点，村里的风凉话自然会慢慢悄无声息。如此一来，若有招工、招生等机会，你还可以争取捷足先登……

---

1 喻为穷愁潦倒。

阿爸推心置腹的交谈，像一缕春风，拨开了嘉亮心中的阴霾；像一股清泉，滋润了他干枯的心田；像一盏明灯，照亮了他前进的方向。人往高处走，他当然期盼能早日招工回漉溪，回到阿爸的身边，绝不能让阿爸孤苦伶仃，无依无靠。

于是，他开始与江星琪"躲迷藏"。出工，他专挑队长另派的上山扛木柴、烧木炭等重活，让江星琪跟不了。夜晚，他走家串户，四处溜达，令江星琪屡屡扑空。江星琪云山雾里，既不好意思当面表白，也不敢刨根问底，直到曾广阳的妹妹突然来访，她才恍然大悟，心也就渐渐变冷了。

那是一个炎热的正午，整个村子里寂静得没有一点声音。干活的人们都在荫凉的地方小憩，连几条狗都伸开腿卧着，只有几个光屁股的小孩仍在祠堂前的水潭里戏水。

"嘉亮，嘉亮有人找！"忽听窗外有人大喊。

"谁呀？"他打赤膊冲出来，一看，又急忙跑回屋里穿上衣服后惊讶地说："是你——贻妮！你怎么到这里了？"

"快，给我一杯水！渴死了！"曾贻妮一边擦着脸上的汗珠，一边接过他的大蒲扇，拼命地扇着。

"广阳不在，你怎往这里跑？"

"我们玻璃厂检修，我阿爸非要我上冷水坑给我大哥广凯送东西不可！这不，回来的路上，汽车抛锚了，修不好。听司机说，麻山距这儿不远，我就匆匆赶来找你了！"

"哦！你还没吃午饭吧？"

"不，不必了，我不饿。"曾贻妮摆摆手。

"不饿？这里也是你二哥广阳的家呀！你还客气什么？种田兄，种米吃米，没啥好招待的。你先喝水，洗脸。我给你做饭去，很快的！"他微笑地说道。

曾贻妮一边摇着扇，一边打量这间逼仄的斗室。好家伙，孔夫子搬家全是书啊！桌上，床上，横七竖八地摆满大大小小的书籍，连破旧的小凳上也摞了一大叠。灰黑的墙上贴着一张题为"生命不止，奋斗不息"的鲁迅画像，底下贴着一幅行书条幅："倘能生存我当然仍要学习"，苍劲有力，爽爽有神，令陋室熠熠生辉。这一幕着实让她为之一振，耳目一新，不由暗暗称赞。她顺手拿起桌上的《蔡文姬》一书，随意地翻了翻，不经意间看到从未读过的《胡笳十八拍》，细细一读，不由入了神。

"快！先吃点！不好意思，我不会做，大热天，就这地瓜粥配空心菜，清爽利口！你将就点！"他满头大汗地说，"怎么？你也喜欢蔡文姬？"

"不！随便翻翻！这人是谁呀？"

"蔡琰，字文雅，汉末三国时期的才女。他父亲是东汉大文学家蔡邕……"

"噢！是大书法家蔡邕的女儿？"曾贻妮那乌亮亮的眼睛炯炯发光。

"对对！你懂得？"

"蔡邕创造典型的汉隶'八分体'。我临过他的帖。"

"嘿！我忘了你一手八分字写得真漂亮！"他不由拍了一下后脑勺。

"哪能与你相比呀！现在都荒废了！厂里上班三班倒，没时间写了。这墙上的行书一定是你写的吧？"

"写得不好！不足以登大雅之堂，权且在陋室里补壁，请雅正！"

"哎呦！我怎敢？我是初学者，当向你学习！"

"我也刚入门，只是不甘心就这么平平庸庸浪费青春！你快吃！"嘉亮说。

"我第一次读《胡笳十八拍》，真的感人肺腑！"

"这是千古绝唱呀！蔡文姬博学多才，且精通音律，只是一生历经磨难，被匈奴掳走。在北方待了二十年之久，是曹操用金璧将她从匈奴手中赎回来的，并将她嫁给董祀……"

曾贻妮伸出细长脖子，瞪大美丽的眸子屏息静听，忽而微笑，忽而默叹。

"蔡文姬同时擅长文学、音乐和书法，只可惜大都失传，只留下《悲愤诗》二首和这《胡笳十八拍》了。"

"噢，你再往下说！"

"不说了，我得赶紧出工去了。你在这里歇会儿，那《悲愤诗》也在书里，你若喜欢也可以读一读，我背不起来了，只记得诗末二句：'人生几何时，怀忧终年岁。'"

"哟！我马上得赶回漈溪！"

"噢，这里每天只有一班客车，得等明天上午才能回呀？"

"那怎么办呢？"

"要么暂住一晚，你就住到江支书家，和她女儿江星琪住一起；要么，我请假，借辆脚踏车送你回去！二选一，你自己挑，好吗？"

"那就住一晚！"曾贻妮很干脆。

听说，祠堂里来了位小美人，村里人都争先恐后先睹为快，窗外人头攒动，门外叽叽喳喳，弄得曾贻妮脸儿红得像芍药一般，不知所措。江星琪像打破醋坛子，气急败坏，风风火火地挤进人群中想看个究竟，踮起脚尖一看，立即被曾贻妮那清纯无瑕的美丽所倾倒，真羡慕！好忌妒！窈窕的身材，漂亮的脸蛋，笑起来如此甜美；一双迷人的眼睛里仿佛住着春日暖阳；一身洁白的上衣搭配工作服裤，显得格外神气。这是多少男人千里挑一、万里挑一的梦中情人啊！刹那间，江星琪强烈地感受到一种莫名的自卑，觉得曾贻妮身上蕴含着城里人的温婉大气、优雅纯美的气质与山沟里的人的确截然不同。

"江星琪，来来，快过来！我给你介绍一下，这是曾广阳的妹妹叫曾贻妮。她刚来，你们认识认识。"嘉亮兴高采烈地说道，"这就是江星琪。你二哥常提起的江支书的女儿。"

"您好！"曾贻妮彬彬有礼地说。

江星琪连忙上前拉住曾贻妮的手，这才如释重负地笑着说："原来是曾广阳的妹妹呀！长得像个仙女！"逗得围观的人们哈哈大笑。

他和曾贻妮早就认识。这不仅是因为他和曾广阳是同窗好友，一道徒步串连，一同下乡插队，亲密无间，常来常往。而且是因为曾母十分疼爱和器重嘉亮。傅玉樱去世后，曾母感念嘉亮形单影只，主动提出要认嘉亮做干儿子，嘉亮觉得曾母和蔼可亲，对他体贴入微，也就欣然依从。每逢回家，嘉亮必去探望曾母，顺便将生产队分发给曾广阳的地瓜等杂粮捎上。曾贻妮的两个哥哥都下乡，家里仅留下她一个人照顾父母。不久，市玻璃厂招女工，许多人都嫌这活儿脏累苦，名额未招满，曾母赶紧上居委会求爷爷、告奶奶，费尽移山之力，她的泪水和爱心终于感动了老街长。曾贻妮荣幸地当上响当当的工人。曾贻妮秀外慧中，沉静寡言。她与嘉亮同为一中校友，两人虽相差三岁，却同为书虫，经常交换书籍，往来频繁。

乘嘉亮出工，曾贻妮挽起袖子和裤筒，把嘉亮的房间和厨房打扫得干干净净，焕然一新。她仔仔细细地把嘉亮的书籍分类整理好，还专门夹上小纸条为书签。

傍晚，曾贻妮和嘉亮一起到江边，帮嘉亮洗一大堆脏衣服。

蜿蜒曲折的西溪是漳江的上游，顺着堤岸涓涓地流着。岸边澄清的溪水，泛起花纹般的微波，岸上嫩绿的翠竹被夕阳倒映在水中，随着微风涟漪荡漾，宛如天真活泼的孩子们在欢笑。

嘉亮在溪中深水区尽情地游泳，曾贻妮在岸边一边洗衣，一边扭头看着嘉亮。不小心，一失手，衣服随溪水漂走了。她慌了，手够不着。她是旱鸭子，不会泅水，只得大喊嘉亮。嘉亮一头扎进水中，不到一分钟的工夫就把衣服捞上来了，有惊无险。岸边围观的人们乐得笑开怀，她却脸红心跳，低眉垂眼，十分尴尬。

忽听，对岸的部队农场传来晚上要放电影的好消息，这对村里的青年人来说，看露天电影犹如猪八戒吃人参果——爽极了。

"嘉亮，你要去看吗？"曾贻妮问。

"去！怎能不去呢？"

"我也去！"

"你不怕……"

"怕什么！村里的女孩都敢去，我怎就去不得？"曾贻妮毫不含糊地说。

"好！现在是枯水季节，溪面上尽是沙滩，只要我们绕过深水区，一会儿的工夫就能到对岸了。"

入夜，天空澄碧如洗，没有一丝纤云，溪面铺满月光，远远望去，像一大摊水银，受到一种奇妙的压力，变成细碎的水花，那水花就像闪闪发光的珍珠。溪水像温顺的小孩，唱着甜蜜的歌儿，仿佛为月亮、为星星，还有两岸低头沉睡的翠竹林献媚。曾贻妮毫不犹豫地卷起裤筒，紧随嘉亮，缓缓绕过一大片沙滩，深一脚，浅一脚涉水，轻轻松松地过了溪。

露天电影场早已塞山挨海，黑压压的一片，嘉亮带着曾贻妮东找西寻，只好在银幕后面找到一处理想的地方，两人席地而坐，尽情享受从幕后看露天电影的奇特效果和无穷乐趣。

散场了。麻山村的一大群人集结在一起，手里拿着明晃晃的手电筒，急匆匆地赶路，归心似箭涉水回村。刚走过半溪，队伍戛然止步。

"糟了！嘉亮，这儿水深，过不去了！咱得赶快往上走！"忽听有人大声喊。

曾贻妮一怔，不由自主地紧紧抓住嘉亮的手。

"别怕！跟我来！"嘉亮沉着冷静地说。他的大手那么有力、那么温暖。

奇怪！越往上，水却越深。

原来，西溪上游刚刚下了一场雷阵雨，溪水猛涨。人们只能后退迅速往下游绕过去。

嘉亮和曾贻妮手牵手，同心协力一步一步艰难涉过湍急的溪流，但依然过不去。嘉亮既担心曾贻妮把裤子浸湿了，又害怕曾贻妮突然摔倒了，急忙挽着曾贻妮的手臂，步子走得特别小心，特别沉稳。半个多小时，走过来，绕过去，还是过不了溪。只见，心急气躁的小伙子们不顾一切，背上女人或小孩，大步涉水，迅速闯过深水区。

嘉亮毫不犹豫："来，快！我背你过溪去。"未等曾贻妮答应，嘉亮一把背起曾贻妮，大步涉水过溪。曾贻妮突然脸红，露出羞怯的表情，第一次紧紧贴着嘉亮那散发着异样气息的厚实的背，搂着嘉亮的脖子，心怦怦直跳。看见嘉亮异常果敢和坚定，一步一个脚印，义无反顾地向前走，没有一点恐惧和胆怯，她暗暗佩服。

到岸了，当嘉亮轻轻地放下曾贻妮时，眨眼间，他看见她眼睛弯得像天上的月牙似的，溢出了迷人的灵韵。

九、白卷牺牲品

曾贻妮走后，嘉亮像突然丢了魂似的，一种莫名其妙的留念和难以言状的不舍缠绕在心中，不是炒菜忘了放盐巴，就是出工误了点，书读不进，歌唱不来，连话都懒得说。他多么巴望曾贻妮能够多待几天，与他再海阔天空地聊一聊，这是一种从未有过的甜美享受。遗憾的是，曾贻妮必须赶回去上夜班，两人依依惜别，相约来日漉溪再见。

夜里，望着窗外的一轮皓月，脑子里浮现出与曾贻妮涉溪看电影的难忘情景，那一切仿佛都被月光照亮，多么有趣，多么快活，多么有意义！跟她在一起生活怎么突然变得充满快乐？他不禁扪心自问：我恋爱了吗？我爱上她了吗？是不是缘分的安排呀？他一骨碌爬起来，重读阿爸的那封信，陷入了沉思，久久不能自拔。若能爱上她，以我结实的肩膀和真挚的爱，与一个知书达理的她；一个对自己知冷知热的她；一个亭亭玉立的她，在漉溪共筑一个遮风挡雨的爱巢，过着柴米油盐酱醋茶的寻常日子，该有多甜蜜呀！这是梦吗？阿爸还会反对吗？最最重要的是曾贻妮和曾家会同意吗？难说！人家可是令人羡慕的正式工人，而我是个邋里邋遢的农民。虽说"工农联盟"，却一个在天，一个在地，该死的二元户口在我与她之间画上一道楚河汉界，这是一道难以跨越的大鸿沟啊！她瞧得起我吗？会心甘情愿下嫁给我吗？难说呀！真难说！倘若她能同意，曾母想必会举双手赞成。因为曾母好几次戏言，"阿亮，你干脆别当干儿子，就当我的女婿吧？！女婿半子，我最爱啦！你可别嫌弃贻妮配不上你这大才子，女子无才便是德啊！"顿时，说得我面红耳赤；说得贻妮羞羞答答；说得曾母自己眉开眼笑，欢天喜地。不过，曾父不好对付。他极势利眼，一心想把女儿当成摇钱树，敲门砖。我是种田人一无所有，连理发钱都得赊账，他怎会瞧得起呢？就是好友曾广阳也不甘愿看着仙女般的妹妹嫁给我这个穷光蛋的，打死，他也接受不了的！唉！还是阿爸说得好，现实是残酷的！男儿当自强，待我出头之日，再提也不迟！欲速则不达，还是缓缓吧！做黄粱美梦，只能毁了自己的前程！想到这里，他的心渐渐平静下来，闭上眼睛，睡了。

几天后，他收到一封署名"内详"的信，困惑地打开一看，好家伙！是曾贻妮寄来的。

嘉亮哥：你好！

很高兴上苍赐予我一个极其偶然的机会，到麻山见你。谢谢你的帮助！不然，我或许得风餐露宿在荒山野外！短暂的二十多个小时，很有趣，很愉悦。虽走马看花，但点点滴滴记心头，我不仅粗略地体验到你那苦行僧生活的艰辛与苦涩，而且强烈地感受到你在困境中不沉沦，敢打拼的精神和勇气。在整理你的书籍时，我不禁记起庄子"多读书以养胆"的名句，难怪你每次回来找我的头等大事就是借书、借书，且多多益善；难怪那夜涉水过溪时，你是那么坚定、果敢，一往无前，而我却畏畏缩缩，相形见绌。真的由衷地佩服你的学识和胆识。

谢谢你借给我《蔡文姬》一书，我一口气读完它，爱不释手。现在我妈也抽空在看。妈说，"文姬归汉"的故事虽在历朝历代广为流传，但历史上记载蔡文姬的事迹并不多见。这次我能细细品味蔡文姬的《悲愤诗》和《胡笳十八拍》犹如醍醐灌顶，不由对蔡文姬肃然起敬，难怪曹孟德愿以金璧赎回她；难怪后人给这位才艺英英的女子如此高的评价。听妈说：曹植和杜甫的五言叙事诗也是受到蔡文姬的影响。妈妈还说，蔡文姬的才华压倒了汉代才女卓文君呢？史上有此一说吗？我懵懵懂懂，只好向你讨教了。

你最近好吗？干农活十分辛劳，千万要保重身体。你啥时回漉溪呢？我下周就轮上白班了，如果你有空回家的话，我们可以多聊聊。我妈最近安好，时常念叨你，夸你是个有出息的人。她说，不知我会路过麻山，否则她想寄一瓶花生油和你爱吃的白香饼给你呢！

　　就此搁笔，争取早点回来！

　　再见

贻妮
星期六

　　信中一行行娟秀的小字就像珍珠似的又匀又亮，嘉亮喜上眉梢，用眼去捉，一个个捕进脑中。他花尽心力与眼力，每个字、每个词，犹如一根根小火柴，一下子点燃了他心中的熊熊烈火，让他看到了光明、幸福、甜蜜的未来。此刻，他感到一种精力振奋的状态，一种奇特柔和无法抗拒的滋味。他想：曾贻妮在回去不到一周就主动给我写信，难道仅仅是为了表达感谢之情吗？不可能！如果只有感谢的话，她干吗急于约我下周回去聊聊呢？难道仅仅表达对《蔡文姬》一书的兴趣吗？不可能！如果只是兴趣的话，她干吗急于在信中流露自己的心声呢？信中似乎蕴藏着隐隐约约、朦朦胧胧的暗示？不可能！也许是我的神经过于敏感？也许是因为她一颗纯洁、神圣的心在轻轻地默默地唤起我最初情感的涟漪……一种捉摸不透的强烈欲望，一种无法抑制的喜悦，刹那间使他沉浸其中。他即刻给曾贻妮回了信。

贻妮妹：你好！

　　一口气读完你的来信，我真不知道如何作复！真可谓"书到用时方恨少！"你说"感谢"，我们是一家人不说两家话；你说"佩服"，我充其量是个修理地球的农夫俗子。比用功，我的惰性比你大，绝对没有你一口气读完《蔡文姬》的本事；论学习，我至今的确不晓得曹子建的《浮萍篇》《美人篇》等五言诗曾受过蔡文姬的影响。总而言之，你是过奖了，令我汗颜，自愧不如啊！像干妈和我老爸那才是学富五车，我当加倍努力！

　　这次你来麻山，没接待好，实为抱歉！"有朋自远方来，不亦乐乎。"遗憾的是我没有美酒佳肴，唯有地瓜粥，十分寒碜！所幸，你不但没抱怨，还有"愉悦",真是谢天谢地!第一次带你涉水过溪,去看《多瑙河之波》的露天电影,在朦胧的月光下,在涓涓的溪流中,那种有惊无险,安然无恙的体验,对你来说也许是平生头一遭吧?!我真诚地欢迎你有机会能再来,多住几天。农民的生活并非仅是"锄禾日当午,汗滴禾下土"。农村的景色不仅有"渡头余落日,墟里上孤烟",劳作之余许多趣闻乐事,百听不厌;生活之中的田园风光,流连忘返。你若愿意:我带你去竹林里挖笋;到西溪中炸鱼;去看"山映斜阳天接水"之美景;去品"留得枯荷听雨声"之意境,抒发思绪,开阔视野,体验农民苦中作乐的生活;领悟种田人坦荡的人生,朴实无华的情操。

我近来一切尚好!向干妈请安问好!我下周要到县城开会,会后,争取回趟漉溪,我们再好好聊聊。你上夜班很辛苦,请多保重!

祝

安好!

嘉亮

星期四

一周后,嘉亮光荣地出席了荆城县活学活用积极分子表彰大会。其间,他得到一个振奋人心的好消息,下月将恢复高考。会后,他兴高采烈赶回家,一是向阿爸报讯,准备复习高考;二是向曾贻妮借书,好好聊聊。

曾贻妮的家是漉溪城数一数二的番仔楼,比白楼还要豪华和气派。据说,这是曾母的爷爷建的,曾母的父母和同胞的兄弟姐妹都在南洋经商,偌大的洋楼就留给曾母和四个庶出的兄弟们居住。曾母住在临街最靓丽的洋楼上。

"干妈,我回来了!"嘉亮三步并作两步跑上楼去。客厅里不见曾贻妮的踪影,急忙问,"贻……"只见曾父一脸怒气,嘉亮吓得把"妮"字噎了下去。

在曾家天不怕,地不怕,就怕曾父雷霆之怒。旧社会,曾父原是家财万贯,游手好闲的甲长,临解放,家道中落。解放后,被划为"历史反革命分子",成了"管制对象",拉板车谋生,穷愁潦倒,全家主要靠曾母在南洋的兄弟姐妹们按月寄来的外汇,维持生活。他是个十足的大男子主义,曾家的大小事一律须经他同意,否则他气急败坏,暴跳如雷,大吵大闹。曾母,一个瘦骨伶仃的五十多岁女人，身材纤秀，头发稀疏。她知书达理，懦弱胆小，最怕家丑外扬，丢人现眼，恐失娘家的门望，万一庶出的兄弟们把话传到海外，怎生了得？故常年忍气吞声，忍辱负重。她宽宏大量，是个品行高尚的人。

"糟了！家里没盐巴了，老头赶紧去买半斤回来！"曾母掏出一块钱，故意将曾父支走。曾父见钱眼开，只要给钱，他就倏然熄火，到府埕的小吃街吃香喝辣逛一遭，直到天黑才会回家。

"阿妮！阿妮！嘉亮回来了，你还躲在屋里干什么呀？"曾母急急忙忙敲打房门。

房门紧闭，不见曾贻妮出来。

"唉！这死查某，一提就哭，那死老头一讲就闹，我成了风箱里的老鼠，两头受气！"曾母摊着手，无奈地摇摇头。

"干妈，啥事呀？"

"我给你说，你也帮我劝劝她。男大当婚，女大当嫁。她都二十二了，还不想嫁人！刚才媒人又找上门，说，人家男方答应给老头一大笔聘金，老头一听没跟我商量，就满口答应。贻妮至死不从，吵起来了。你说，我该怎么办呀？"曾母一边说，一边抹着眼泪。

"干妈，你就让贻妮妹自己选吧？"

"是呀！我一直护着她。当年要不是我寻死觅活，老头早就让她下乡，留下广阳了。如今我也是这个态度，查某菜籽命，好歹你自己选一个，只要不后悔，妈替你做主，可她至今连个对象的影子都找不到！唉！整天除了上班，就是抱着书！长此以往，怎么了得呢？"

"干妈，你也别太操心！我看贻妮会不会瞎子吃混沌——心中有数。"

"她呀，有你这般聪明，我就放心了！"

"干妈，告诉你一个好消息，我马上要报名考大学了！这次回来就想找贻妮借几本数理化课本，好好复习一下。"

"是吗？那太好了！你这么聪明，这么好学，一定会考上大学的！"曾母不禁喜极而泣。

"啥时考呀？"曾贻妮在门缝里偷听，扑嗤一声笑了，急忙打开房门。

"下月初！"嘉亮抬头一看，数日不见的曾贻妮越发迷人，秀发上扎着红丝带，那对水灵灵、又大又黑的眸子，像火一样烧进他的心里。

"时间这么紧，你怎么复习呢？"曾贻妮焦灼地说，"来，快来！你想找什么书，我敞开供应。找不着的，我立马去找老师和同学借。"难以抑制的高兴，她那两片可爱的嘴唇红彤彤的。

嘉亮和曾贻妮不厌其烦地从书架上、床铺下一本本、一箱箱的书籍中，翻呀，找呀，俩人汗流满面，激动不已。

"嘉亮，你想报考什么专业？"曾母微笑地问。

"一定要报中文系！"曾贻妮抢道。

"不！我想读医科！"

"好！你外公是漅溪的名医，你得好好传承他老人家悬壶济世、治病救人。当年我在南洋女子大学是读文科，百无一用。你文科基础好，读医科事半功倍，我支持！"曾母会心地笑了，像一抹淡淡的霞光从她的嘴角飘过。

这一夜，嘉亮、曾母和曾贻妮三人谈得很多，聊得很远，洋楼上传出了久违的笑声，宛如一串银铃声叮当作响，半入江风半入云。

临别时，曾贻妮执意把嘉亮送到大门口，两人意犹未尽，在门口聊了半个多小时。突然，嘉亮猛地握住曾贻妮的手激动万分地说："贻妮，等我考上了大学，我一定跟你说件事！"他的目光含情脉脉，与他的手触碰，瞬间像一股电流传遍曾贻妮全身。

"啥事？快说！"曾贻妮不由得脸红得像落汤的龙虾，低下头，一只手紧握嘉亮不放，一只手很不自然地捏着自己的衣角卷呀卷，那种软惜娇羞，又迫不及待的心情，难以形容。她焦灼地等待他的回答。

嘉亮一个字也说不出来，他压根儿、压根儿不敢开口，心里怦怦地狂跳不已，一种拘束，一种不自在，一种模糊的初恋之心仿佛使他霍然不知所措，足足沉默了五分钟。

"你到底想要说什么？"曾贻妮眼睛里突然有一种东西闪了闪，虽火花一闪而过，但却感到兴奋。她既希望他开口，又害怕他开口。

"不！等我考上了再说吧！"嘉亮爽朗地笑，感到前所未有的快乐与兴奋。

曾贻妮纤细的手虽不敢与嘉亮紧握，但她的脸上却露出激动和快乐，且略带羞怯的微笑。

翌日晚上，嘉亮做梦也没想到，曾母带着曾贻妮兴致勃勃来到红楼，只见嘉亮独自一人埋头复习功课。

"干妈，贻妮，你们来了！"嘉亮喜出望外。

"浮生若梦，弹指之间。小时候我老母带我来找你外公看病时，红楼又大又深，我像刘姥姥进大观园。如今面目全非，只有那扇油漆剥落的大门让我记忆犹新。"曾母感慨万千，"嘉亮，你阿爸呢？"

"我阿爸在果树所，没回来。"

"你几时回麻山？"曾母问。

"明天。"

"明天，这么快！我这周都上白班，你得多住几天！"曾贻妮急不可耐地插道。

"不行啊！我得赶回去，让大队给我写推荐信，送公社批准，才能参加高考。再说，这数理化，我仅有初中的水平，不恶补，考个'鸭蛋'，怎能录取呀？"

"那你更得留下来，我做书童，当陪读！若有不懂，马上去找老师请教，一举两得，何乐而不为呢？"曾贻妮白皙的脸颊燃烧着红晕，长长的睫毛下，乌溜溜的眼珠子像秋天明净的水波，不时转动着，显示出一股机灵和深情的劲儿。她的话脱口而出，是心声的自然流露。

"你的主意好！可我还是得回去。白天要出工干活，只能晚上复习啊！"嘉亮挠了挠头说。

"你得多保重，千万别熬夜啊！"曾母心疼地说。

"好！好！我一定保证做到！"嘉亮笑了，他拥抱了希望，目光里洋溢着喜悦的光辉。

曾母看着眼前两个可爱的孩子，甜滋滋地笑了。

遥望窗外，团团的圆月高挂在天上，白晃晃一片，晶莹剔透，嘉亮兴奋激昂达到顶点，情不自禁地跑到走廊外引吭高歌：

美丽的月色多沉静，

草原上只留下我的琴声……

　　荡气回肠的歌声令曾贻妮心潮澎湃，歌声里仿佛包含着深情的爱意，犹如带着露水和霜松的紫葡萄，浆汁饱满，吹弹可破。刹那间，曾贻妮美丽的脸上迸发了激情的火花，心中似乎有一颗娇嫩不知名的种子伴着这歌声在萌芽。她痴痴地听得入神了、陶醉了。

　　曾母也笑了，那闪着幸福光彩的笑容，像月光穿过白云放射出来。

　　爱的动力是惊人的、无穷的。此后，两人每两天必写一封情书，或长或短。感情穿越空间，留下深深的记忆。一封信就是一颗心，是交心，是忠实的回音，是爱情的至宝。嘉亮一边读着，一边感受到灵魂在互相触摸、对视和交谈，浑身不知不觉泛起甜美的无穷的力量，这是从未有过的初恋的感觉，这是幸福源泉，这是爱情的加油站。

　　田舒夫和曾母也时常来信关心和指导，宛如一盏明亮的导航灯，嘉亮铆足劲、抓重点、苦攻关、争分夺秒，有条不紊地复习功课。由于他聪明，悟性好，加上底子扎实，复习起来得心应手。功夫不负苦心人，他终于在高考中取得全县前三甲的优异成绩。

　　回到漉溪，趁曾母和曾父不在时，他喜不自胜地猝不及防地从身后给了曾贻妮一个大拥抱。她蓦然一转身，她似乎期待着这个举动却仍然有一点惊恐慌乱。在他那双强健的胳膊紧紧拥抱下，她坦然地把滚烫滚烫的脸颊贴在他的胸脯里。倏地，他湿热的嘴唇贴在她的脸上吸吮起来，她浑身不由得一阵痉挛酥麻，随着他的唇缓缓蠕动，她的心一阵紧似一阵地蹦荡起来。从未有过的温热和神奇的狂吻，使她的身体难以自控地战栗不止，沉积心中已久的思恋之情，随着这阵热吻瞬间迸发，激情无限。

　　这段时间，是嘉亮和曾贻妮最幸福、最甜蜜和最难忘的日子。曾贻妮的清纯逼人，慧中秀外让嘉亮爱得如痴如醉，嘉亮的善良忠厚，胆剑琴心，令曾贻妮觉得情投意合。尽管曾父并不支持，但是曾母极力赞成，并且嘉亮即将上大学——鲤鱼跳龙门，曾父自然不敢多吱声。只是曾父有令，"君子厅，小人房",嘉亮不得进曾贻妮房间半步。曾母和曾贻妮不时给点小恩小惠,支走曾父,也就相安无事。曾贻妮有着一颗天使般的心,随着感悟日深,一天比一天觉得与嘉亮是天生地配的一对。嘉亮和曾贻妮相恋、相爱、相偎,浓情蜜意,两人或在江边堤岸上漫步;或在牛肚底广场里聊天;谈理想、话未来、论读书、品书法,海阔天空,充满情意和信赖、甜蜜和温馨。田舒夫和嘉欣,以及外公和二孃都为嘉亮找到这样一位好姑娘而感到高兴。

然而好景不长。令嘉亮震惊和愤怒的是,他又一次遇到了滑铁卢——高考落榜了!

"白卷英雄"横空出世,击碎了嘉亮及无数"知青"们的"大学梦",眨眼间竟没有一所大学敢录取高分的学生,一切又跌进了所谓"知识无用论"的巨大的灾难性深渊中。

他的心里空荡荡、冷凄凄、悲切切。

十、生死恋

高考落榜，彻底粉碎了他梦寐以求的"大学梦"。

他的心情从云端一下子跌入了谷底。原本，他和阿爸提心吊胆是"政审关"，没想到居然顺利过关。高考"外调"时，果树所何双鼎开具的"证明"清楚地写上：田舒夫属人民内部矛盾，不影响其子女升学。非常正面！麻山党支部的政审意见更是褒奖有嘉，他作为优秀的"知青"被推荐。他身上"坏出身"的魔咒第一次失灵。

谁能想到，半路杀出个程咬金。在史无前例的运动中，高考交"白卷"者居然被捧为"英雄"，堂而皇之地被抬进大学的神圣殿堂。而像他这类高分者都纷纷中箭落马，拒之门外。历史竟然如此讽刺性地给大灾大难的"知青"们开了一个天大的玩笑。

黑暗的樊篱筑起来了，我将被禁锢在这里，无论我怎么左冲右突，都无法冲破？我该怎么办？正当他万分痛楚、一筹莫展之际，阿爸及时来信了。

阿亮：我的好儿子！在这个令人心痛、令人匪夷的时刻，阿爸和你在一起，我愿意分担你的苦与痛，陪你共渡难关。虽然，我不知道该用什么话来安慰你才好。但是，我想，既然视读书为"粪土"，捧"白卷"当"英雄"，这种书，你不读也罢！高尔基曾经说过，大学培养各种人才，其中也包括培养蠢材。古今中外多少佼佼者，未必都是科班出身。所以，从这个角度讲，或许你会渐渐明白，慢慢学会抚平自己心灵的创伤。人总要有点精气神，尤其在挫折与不幸、灾难与痛楚面前。男儿本有英雄色，凭的就是一股气，靠的就是全身劲。你要勇于直面现实，除此之外，别无选择。失败要有失败的美。现在的你好比爬山时突然被绊了一跤，该歇一歇，想一想，重新站起来，抖去身上的灰尘，眼神依然坚定，大步向前走。我建议，你不妨抽空重读《史记·越王勾践世家》和《老人与海》等书籍。我相信，你一定会有新体会、新感悟。海明威说，一个人可以被毁灭，但不能被打败。我的经历告诉我，人的一生总有高潮和低潮。机会总会有的！倘若你在低潮中泄气了、丧志了，甚至沉沦了、颓废了！那么即使将来机会来了，也只能与你擦肩而过。孩子，希腊谚语说得好，太阳每天都是新的。一定要挺住，非熬下去不可！要永远保持生命的活跃与搏击飞纵的气势，永不言败！我对你爱之而深，言之而切。

从这次恢复高考的信息，你应看到隧道尽头的一点亮光。尽管微弱，但光明总是照耀人类文明和社会进步的前进方向。诗人雪莱说得好，"冬天来了，春天还会远吗？"总之，前途是光明的，道路是曲折的。是金子总会发光，是沙子就会流走！成败置之度外，奋斗无愧于心！这两点，你无论如何必须坚信，必须坚持。

落榜之事是否会影响贻妮与你的关系发展，尚待观察。真正的爱情需要淬火。贻妮这孩子纯真朴实，想必她会与你同甘共苦。你应主动与她沟通，增强互信，减少不必要的误解和猜忌……

读到这里，嘉亮霍然想起曾贻妮已整整一周没有音讯了。她怎么了？难道她知道我名落孙山了吗？难道她变心了吗？不！我们都曾坚定地相互表白：不离不弃，海枯石烂，永不变心！她绝不会抛弃我的！何况还有曾母作坚强的后盾，当万无一失，无须多虑！

三天后，他收到曾母一封信，心里像灌满蜜似的，急切地读起来。

亲爱的亮儿：我流着泪给你写这封信。因为贻妮已哭得像个泪人，她的心已乱成一团麻，根本无力提笔给你写信了，只好由我来告诉你。你千万不能误会贻妮，她是真心诚意爱你的，她有一颗多么珍贵的心。你千万不要自暴自弃，应该和贻妮一起共同想办法，来拯救这场大危机啊！

你还记得贻妮那次去冷水坑的事吧！这都是我的错，我真浑！当初竟然没出面阻挡她，以致她无端地陷入了痛苦的泥沼中……我有满腹的话要对你说，却说不下去了，因为我的心已被碾碎了。只盼你快快回来，越快越好，越早越好。

记住！如果你回来时，千万别到家里来！千万别上楼！你先到民主路的贻妮她四嬷家，我会安排贻妮去见你的。

千言万语说不完，见面详谈！多多保重，快快回家！

曾母即刻

读完来信，嘉亮忽然觉得天旋地转，太阳穴扑扑作响，一阵莫名其妙的痛楚，一阵从未有过的惊恐突袭心头。他急匆匆再读一遍，字体显得有点模糊，如同疲劳的眼睛看东西出现重影一样。他不知道，曾贻妮出了什么大事，闯了什么大祸？他急如星火地借了自行车，飞速奔回漉溪。

在曾贻妮四嬷的矮小的厨房里，他见到了曾母。数周不见，曾母竟变了模样，一副愁眉苦脸像霜打的茄子，头发显得散乱，皱纹也频添许多。"快快饶恕我吧！"曾母嘴唇干裂，呼吸不均，急忙把双手紧紧地按着胸部。

"干妈，出什么事了，你慢慢说。"嘉亮从未见到曾母如此悲伤。此刻，不见曾贻妮，他疑雾重重，连忙问，"贻妮怎么没来呢？"

"她……她上班去了，晚上她会去你家的。"曾母的目光仿佛患病一般呆滞而无神，好像倍感自己的罪孽深重，低首下垂，泪流满脸哽咽地说："一言难尽啊……"

原来是曾贻妮的大哥曾广凯在冷水坑与村里冷主任的女儿恋爱了，两人情投意合。然而，冷主任强烈反对，嫌弃曾广凯不仅坏出身，而且家徒四壁，说什么也不许自己的千金下嫁给曾广凯。眼看这桩婚事就要泡汤了。孰料，曾贻妮意外来到冷水坑，峰回路转。当冷主任和他口吃的儿子偶遇曾贻妮时，仿佛天上掉下个林妹妹，父子俩蓦然神魂颠倒。几天前，冷主任心急火燎地跟着曾广凯赶到曾家，居然抛出一个令曾母万分震惊和错愕、荒唐和不可理喻的条件——换婚。冷主任满嘴跑火车，大言不惭地说："只要你家的曾贻妮答应做我的儿媳，我保证：分文不取将我女儿嫁给曾广凯；将来曾广凯的招工、招干全包在我身上；同时我愿许下重金，娶曾贻妮为儿媳，她到冷水坑后，只待在家里享清福，专生团仔，不必干活。哎呦！如此一来，你家广凯倒插门，也就变成贫农的女婿。而曾贻妮呢，将来在我们冷家生的全是'红五类'呀！你们得好好感谢我呀！这就叫作'品种改良'！你们懂不懂？今后你们的内外孙都是良种啊！哈哈哈！"冷主任水牛嗓子笑起来，声音和神态狰狞可怕，两片薄嘴唇张开，不但露出油汪亮滑的金牙，还露出牙肉，足够吓人。曾父一听，既惊，又喜！他见钱眼开，一生只认钱，不认人。这不是天上掉下个大馅饼吗？重金娶贻妮，千载难逢！这是两全其美的大好事啊！他像阿里巴巴倏然窥见满是金银财宝的山洞，忍不住站起来拍手叫好！曾母脸气紫了！她鄙夷冷主任那双用拍卖行估价人的眼神打量着她，不客气地说："好是好！但婚姻大事，我们父母决不包办！无论如何得征求贻妮的意见！"冷主任拉下脸，一边用又长又污黑的小指甲挖着鼻屎，一边用大拇指的指甲把鼻屎弹出去说："何去何从？你们看着办吧！要不是我儿子死活看上你曾贻妮，他在冷水坑想找谁，就娶谁，我才不跑这趟冤枉路呢！要不行，算了！曾广凯与我女儿从此一刀两断。哼！咱们骑驴看唱本——走着瞧吧！"刚挖完鼻屎，猛地一声"啊嚏"，用衣袖擦擦脸，不慌不忙地走了。

曾广凯像木偶般愣在原地，心仿佛掉进冰洞中，大半天才缓过神来，他威胁曾母，若不答应，就回冷水坑跳崖去。而曾贻妮泪涌如泉，至死不从……

瘦弱不堪的曾母突然近乎神经质地紧紧抓住嘉亮的手，用一种万般急切和十分痛苦的声音说："嘉亮，你赶快设法把贻妮带走吧，哪怕到天涯海角！否则，贻妮会被她父亲和广凯逼疯的，她会走上绝路的呀！我心里很清楚，又极其矛盾。成全了广凯，就毁了你与贻妮美好的爱情；保护了贻妮，广凯或许一辈子只能打光棍！怎么办呢？先下手为强。你和贻妮相恋、相依已不能分离了。既然，你们的爱情选对了、选定了，就要赶快，不能等待！你要知道，贻妮是多么聪慧，性格又有点刚烈！"

意外的突变，令嘉亮的心在撕裂、颤抖、痉挛、窒息，脑子里成了一片糨糊。过了好久好久,他缓过神来,哀哀地说:"干妈,我知道!我马上去和我阿爸商量,我会抓紧的。只是你得给我时间啊!我和贻妮已是缱绻的知己,我爱她,她也爱我。干妈,我恳求你千万千万别让她去冷水坑啊!"此时此刻,他的心被四处渗出的泪水淹没了。

"我知道,你一定会有出息的。我把你和贻妮的幸福当作自己的幸福,是不会让她去的。可是,你也知道,我是无能为力的呀!贻妮的老爸和广凯如狼似虎,软硬兼施,非要斩断贻妮与你的关系不可!所以,你得赶快与你老爸商量好,拿定主意,三十六计走为先!要快!否则我会撑不住的!绝对撑不住的!你听懂了吗?手心手背都是肉啊!但愿上帝赐予我智慧和力量。"曾母老泪纵横。

夜晚,曾贻妮偷偷摸摸跑到红楼。见到朝思暮想的嘉亮,轻声细语呼唤一声,便一头扑进嘉亮的怀里,双手搂住他的脖子,像老虎钳一般紧紧地抱住他,患难中的欢愉虽含着无穷的苦涩,但情意依然如此热烈。此时此刻,她心里许许多多说不出的辛酸苦辣恨不得立即全部倾倒出来,太多的委屈,太多的痛苦,太多的悲伤,使得她忍不住哭起来,哭得胸脯不停地起伏,眼泪仿佛成了骤雨。面对突如其来的灾祸,她恐惧、她绝望。她多么希望,眼前的他能够立即、彻底改变她的处境,马上将她救出苦海。倘若,听到好消息的话,她会果敢地、坚决地、毫不犹豫地对他说:"别怕!我会跟你走的。纵然是私奔,我也义无反顾,因为这种绝境,这个家,我分分秒秒都待不下去了!必须逃!尽快逃!"万般的焦急全写在她苍白而严峻的脸上,她用这一道濒临绝望的含泪的目光审察和捕捉眼前的一切希望,目光中有一种说不清楚的穿透力,直入他的肺腑。

"逃?!往哪里逃?没了户口,怎么逃呀?别怕,贻妮!你至少也得容我与阿爸商量好!"他的心差点从口中跳出来!一个完全出乎意料的,极其紧迫的问题猝然使他晕头转向,并且痛苦地愕然。

她一把推开他问:"都火烧眉毛了,你还考虑什么?"温柔的眼睛里闪耀着严厉和刚毅的神情。

"那——那至少也得考虑我们要住哪里呀!总不能把阿爸和欣姐赶到厨房

里去住呀？！"他紧锁眉头，搓着双手，犹豫不决，青春时代的那种敢说敢干的力量，那种不顾一切的冲动，早已不存在了。

"大不了，我陪你去麻山，住破祠堂！"她的目光如此坚定、如此执着、如此果敢。

"那不行！绝对不行！你总不能为了我，丢掉最最宝贵的一份工作啊！"他没有理会她的意见，发狂一般地大声叫道。

泪水从她的眼中涌出，"不！工作算什么？无论命运迫使你去何方，我都愿意跟着你！现在整个世界还有谁比我更不幸呢？你不会抛弃我吧？嘉亮。"这话是从心底里掏出来的，她满怀深情地凝望着他。

"不会，不会，绝对不会的！"他亲吻着她的泪脸说，"无论如何我们永远在一起！只是，你绝不能再去当农民，你的工作是多么令人羡慕的呀！我们的小家庭无论如何得建在漉溪。在麻山，我们怎么活下去？靠什么活下去？难道还得靠阿爸和欣姐的接济？还有该死的户口……"此刻，一种极其矛盾的心理波翻浪卷似的在他的心里汹涌着，他的心倏然间变得如此优柔寡断。残酷的现实生活已经将他敢冲敢干的棱角磨平了。他十分害怕"黑人黑户"的非人遭遇，因为没了户口就没法生存，攸关一家和未来孩子的命运。

"好了，别说了！听说发榜了，你考上了吗？"贻妮抬起头，霍然发现嘉亮的神经像琴弦一样在弦轴上越绷越紧，眼睛越睁越大，手脚都在发抖，嗓子眼里好像有个东西噎住似的，说不出话来。她蓦然地感到有一种不祥的预感。

"咱先不谈这事好吗？"嘉亮满脸窘态，支支吾吾。对前途极富有诱惑力的大学梦——已彻底破灭了。嘉亮一脸无奈，下颚低垂，恳求她原谅，两颗热泪夺眶而出，挂在睫毛上。

"好！不谈了！"她的脸色忧郁而严峻，双手痉挛地紧紧搂住他的脖子，以痛断肝肠的语调低声说，"尽管现在我的处境非常险恶、非常可怕，但是我不能让你为了我而毁掉你自己的一生，我绝对不会成为你的累赘，也绝对不让你成为曾家的'罪人'……"她心里涌出可怕的念头，这些日子里，这种念头不停地翻搅着她的脑海，进去又出来，出来又进去，使她感受到一种窒息性的压迫。而此刻，她的眼神里露出一丝刚毅的光彩。

"不不不！一定会解决的，一定要解决的！"他的嘴不停地舔着她脸上苦涩的泪水。他霍然预感到有可能会丢弃一种美丽的、珍贵的、一去不复还的东西，他害怕失去，就像害怕死亡一样。他全身不由一震，感到极痛苦、极凄凉、极悲哀。

俩人对面而坐，愁眉苦脸，万般沮丧，仿佛暴风雨后被抛到荒无人烟的孤岛上的孤零零的一对热恋中的情人。没有什么比在一起伤心落泪，一起倾心交谈，更能让两情相依、心心相印了。

嘉亮主意已定，并得到田舒夫的支持：只要曾母和贻妮同意，就先发制人，偷偷地把结婚证办下来，造成事实，尽快制止这场悲剧的发生。至于何时办婚礼，再慢慢从长计议。田舒夫相信，只要嘉亮和贻妮能同甘共苦，便没有迈不过的坎儿。

然而，老奸巨猾的冷主任棋高一着，一面用金钱引诱曾父上钩，一面使恶言胁迫曾广凯就范。曾父财迷心窍，言听计从，不仅疯狂地咒骂和训责贻妮，而且早已把户口簿藏在身上，令曾母束手无策。

雨夜，曾贻妮打着伞，风雨无阻，匆匆赶到红楼。她急于想告诉嘉亮：曾母已四处找不到户口簿，确实无法去办理登记结婚了。

当她前脚刚进了田家的房门，曾父和曾广凯像鬼影似的尾随其后，藏头露尾地跟到红楼。

"贻妮，你来这里干什么？"曾父杀气腾腾地大声喝道。

猝不及防，曾贻妮和嘉亮惊慌失措。

"还愣住干什么？广凯，打！给我狠狠地打！"曾父咆哮起来。

曾广凯二话没说抄起随身携带的藤条，劈头盖脸地朝贻妮的身上抽去。

嘉亮奋不顾身抵挡上去。

"住手！你们是何人？竟敢到傅家来撒野！"傅弘茂大吼一声。

柳芹一把搂住瑟瑟发抖的曾贻妮。

曾父毫不示弱地说："我是曾贻妮的父亲，教示自己的女儿与你何干？"

"说得轻巧！你也不抬头看看这是谁家？哪有跑到别人家里来打孩子的道

理。有本事，再打，我马上叫派出所来！看你还敢不敢横？！"傅弘茂理直气壮地呵斥道。

曾父一听"派出所"三个字，吓得手脚一下子就软了，急忙改口说："广凯，把贻妮带回家，有事回家说！"

曾贻妮没有半滴眼泪，一头乌发从夹子里散脱下来垂在耳鬓，紧抿着嘴，心里在流血。她从来没有感到自己有如此可怕的耻辱和孤独，眼中一缕绝望的柔情，一缕悲哀掺和着的动人的神光，是嘉亮最后看到的一瞥。

嘉亮愤怒的热血在沸腾，扑嗤嗤直响。他紧咬着牙，手捏拳头，二孃柳芹始终拽住他的手臂，只能眼睁睁地看着满脸雨水，满腹委屈，饱受羞辱的曾贻妮，消失在哗哗直下的雨夜中。

"贻——妮"嘉亮挣脱后大声喊着，狂追着。

像断了线的风筝，嘉亮再也打听不到曾贻妮的任何消息。他强烈地无时无刻地思念着曾贻妮，他跑到玻璃厂，厂里说曾贻妮已经好几天没来上班了；跑到曾贻妮四孃家，四孃说了一句话，把他顶到喉咙里，"阿亮啊！我骂贻妮老母是憨人！哪有不顾自己亲生囝的婚姻大事，将别人的棺材抬到自己厝里哭的道理？"他一头雾水。他既不敢上曾家，也不敢在曾家门口守候。焦灼从五脏烧起来，直烧到手心和脚心，烧得他痛不欲生。天哪！贻妮是我生命的全部，我不能没有她呀！如今我心如刀绞，她自然肝肠寸断，难道我们的爱情就这样被葬送了吗？

他丢魂落魄，像发疯似的。田舒夫这颗父亲的心对悲剧的结局似乎早就有预感，苦口婆心规劝他：人生本来就是一种承受。贻妮虽好，但凭你现在的条件娶不着她，任你椎心抢地也无用，必须换一副眼光，换一种态度，换一种心情来处理这段恋情，以理性战胜感情！人怕的不是失败，而是怕跌倒后永远站不起来！如果你一直沉沦在那里，无法自拔，那是一种对生命价值的亵渎和浪费，将是你一辈子不如意的开始。可他始终听不进去。

傅弘茂看不下去了。他把嘉亮叫到跟前语重心长地说："阿亮，我知道你最近接连受到双重的精神打击，也许你认为自己是最不幸的人。其实人生都一样，在你觉得自己不幸的同时，别人也许比你更不幸。不信，你到协和医院去看看！其实生活就是这样，做人就是这样，除了快乐和健康是自己的，其余的任何东西都有可能在无法控制的情况下瞬间消失得无影无踪。放一放吧，来日方长，没什么大不了的！"最后，傅弘茂故意撂下一句重话："你阿母走了，你阿爸有多苦多难啊，难道你还忍心在他流血未愈的伤口上再撒上一把盐吗？"

极其用心地，嘉亮一字不漏地把外公的话听进去了。回到麻山，他仍沉浸在无比伤心与缠绵的思念中，不禁吟起，"我未成名君未嫁，可能俱是不如人。"他痛切地领悟自己时乖运蹇。命运太不公平，欠自己太多，太多了。

几天后，久别的曾广阳风尘仆仆地赶回麻山，一进祠堂，一见嘉亮便没头没脑地说："嘉亮，你的好戏该收场了吧！别把我家搅得天昏地暗，鸡犬不宁，行不行？"

"此话怎讲？"嘉亮惊讶地问。

"孙膑吃狗屎——装疯卖傻呀？"曾广阳揶揄道。

"你说话客气点！"嘉亮脸带怒色，紧捏拳头。

"客气！我家已被你搞得支离破碎了，我妈要投江，我哥要跳崖，我妹要上吊，我爸要发飙！你说，我还能客气吗？"曾广阳不禁声泪俱下，"你也不撒泡尿照照自己的脸，像你这样一没工作；二没钱；三坏出身；四还考不上大学，你有哪一点能配上我妹呢？我今特地赶回来，就是给你挑明了，我妹已决定与你一刀两断了！她要嫁到冷水坑了。你好自为之吧！你若一意孤行，就别怪我不客气！"

曾广阳把话一扔，头也不回，走了。

此时，嘉亮真想一个猛拳朝曾广阳揍过去，但是他忍了，隐而不发。面对这张奇怪的脸，像戴上一副假面具。一个昔日莫逆之交的同窗好友，如今竟成为世界上最浅薄、最卑鄙的恶棍，他还能说些什么呢？曾广阳走后，留下的话已把他的心碾成粉齑，贻妮真的变心了吗？他打死都不会相信，难道悲剧就这样上演了吗？爱过才知情重。如果时间可以倒流，我一定把贻妮带到麻山来，即使在破祠堂里筑一个破烂不堪的爱巢，即使水深火热，我也心甘情愿！这不仅为了爱情，而是为了志同道合，相守相伴一辈子。贻妮啊，你在哪里呢？无论你走得有多么远，永远走不出我的思恋！

果不其然，没几天，终于收到了曾贻妮的一封绝命书，他急急忙忙，瑟瑟颤抖地读起来：

亲爱的亮：您好！

我以极其沉重、痛苦和悲愤的心情告诉你，我俩志趣相投的感情发乎于情，止乎于暴。家父和严兄的自私、凶恶与残暴将我们的爱情恶狠狠、硬生生、惨兮兮地撕裂了、斩断了、埋葬了！家暴将我俩拆散了！此刻的分手就像生离死别一样痛苦，像那天夜里的狂风暴雨一样无情。也许，没有人能理解我，为什么会做出这样的选择？其实我比你更不想分开，因为我非常清楚，一旦与你这样的心爱的人离别，我将失去人生唯一获得幸福的机会，将死无葬身之地！

每当想起我俩相恋的日日夜夜，我就有想哭的冲动。泪水为何流不尽呢？因为流下的都是动情、真挚、无瑕的泪水啊！因为那是我俩一起度过的最幸福、最甜蜜、最愉快的日子！我看到、听到、感受到的一切都在证实我即将获得爱情的幸福。无论你在哪里，我都依念着你，我都深深地爱着你。你和你的歌声每时每刻都在轻叩我的心扉。你是我尝到初恋快乐的第一人，也是唯一的人，你的爱占据了我整个心。因为你懂得，情如浓墨，德比天高。所以，我特别珍惜我们之间真挚的爱。回忆起来，那是满满的爱，美美的爱。前天，广阳回家居然对妈妈公开撒谎：说你已经和江支书的女儿江星琪订婚了。我绝不会相信这种无耻的谎言，也绝不会上他的当。强迫我俩分开的除了可诅咒的"换婚"外，还有你的落榜和所谓"积善堂"的坏出身。妈妈居然相信谎言，撕碎了我的心。为了传承曾家的香火，妈妈屈服了，最终我还是无法逃脱被"换婚"的厄运。

你一定不知道，我原本是个弃婴。之所以将我起名为贻妮，就是贻留下的没人要的女孩呀！是妈妈含辛茹苦把我养大的。养育之恩大于天，我无以回报。现在只能成全广凯了。倘若，我是妈妈的亲生女儿，我完全可以理直气壮地说——我绝不愿意！因为，我的心里没有一丝一毫的亏欠！可是，我却是曾家领养的弃婴。这天大的事，妈妈一直瞒着我二十二年，直到前不久，家里大闹天宫，养父破口大骂我是忘恩负义的狗东西时，妈妈才万不得已吐露出来。难怪呀，难怪养父一直对我恨之入骨，上山下乡那年就非逼我去，欲将广阳哥留下来。

前天，妖魔鬼怪全来了！冷主任，还有他儿子。不知为什么，我只看一眼，就毛骨悚然。不是我歧视有生理缺陷的人，而是他那种色眯眯的猥琐的样子，心里像吃了苍蝇一样恶心。我绝不会糟蹋自己的灵魂与情感，去和这种人有丝毫的接触——仅仅为了广凯的一己私利。我要享有自己应该有的婚姻自由。哪怕这个人是以黄金铸就，钻石雕成，我也不稀罕。可养父居然说，只要不是傻瓜就行了，别要求过高，人家可是"红五类"。广阳也在一旁附和着，嘴唇上还挂着一丝冷笑。

这几天，我快要疯了。你知道，我守身如玉。我真后悔，怎能把自己白白地交给一个如此陌生而丑陋，根本不爱的男人呢？怎么能驯顺地放弃自己生活和爱的权利，将自己的爱永远扼杀在心灵里呢？太可怕了！他们二十四小时盯死我，我无时无刻都在极度的痛苦和恐惧中度过，犹如掉进十八层地狱。四周是无底深渊，汪洋大海，永恒的黑暗，永恒的孤独和永恒的暴风雨——在这个家我连立锥之地都没有，我怎么活着，活着，活着呢？

你该记得，一千多年前蔡文姬《胡笳十八拍》的诗，似乎是对我吟唱的：

为天有眼兮何不见我独漂流

为神有灵兮何事处我天南海北头

我不负天兮天何配我殊匹

我不负神兮神何殛我越荒州

茫茫人海，我去哪里寻找我的亲生父母？浩浩宇宙，我何时能与你重逢？原谅我吧！若有来世，我一定做你的好妻子！原谅我吧！今生我只能往火坑里跳了！我只能以死相拼了！请多多原谅我吧！这种残酷的选择的的确确是被逼的，无奈的，痛苦的！但是除此之外，我别无选择！别无选择！！

永别了，亲爱的亮！生死不相知兮何处寻……

永远爱你的妮
星期五

信，句句是血，声声是泪。犹如一道电流击穿了嘉亮的心，一股无与伦比的痛使得他摇摇晃晃，勉强扶住墙才站稳脚跟，他没有哭，因为眼泪已在心里枯竭了。信中所有真心的、痴心的话已镌刻在他的心中。在失去贻妮的日子里，像一块巨石日夜压在他心上，憋得他喘不过气来。世上没有后悔药啊！我真蠢，我真傻，我真笨！当初就该冒死带着贻妮逃出来呀！如今像贻妮这样的才女、烈女，我上哪里找啊？难道这就是爱的代价！命运的安排？

过了很久很久，嘉亮偶遇为曾贻妮寄信的老工友才知道：曾贻妮出嫁的那天，天色黯淡无光，好像日食一样，阴阴沉沉，天地宛如融合在一起，什么也看不见。曾贻妮没有流一滴眼泪。她向曾妈长跪，三拜九磕头。她的脑子里嗡嗡直响，不晓得哭好，还是笑好，穿着新娘红衣裳，毅然离开了家。在登上冷水坑高耸陡峭，令人目眩心惊的老鹰崖时，她从容地纵身一跳，命殒荒崖……

第十一章

一、恶有恶报

三更时,一阵急促的铃声把沉睡中的许武良吵醒了。他极不情愿地揉了揉睡意惺忪的眼睛,戴上眼镜,拿起电话。

"喂喂!许副主任吗?我是县公安局值班室。"对方的语调显得极为紧张。

"是我,什么事?"

"喂喂!副主任,你好吗?听说你出车祸了!"

"乱弹琴!我在家里,莫名其妙!"一气之下,他"砰"地扔下了话筒。

自深入开展"反击右倾翻案风"以来,他愈发疯狂,上蹿下跳,抓批判、上稿子、挖典型、忙汇报,搞得天昏地暗,鸡飞狗跳,每天只睡三四个小时。这通莫名其妙的来电,让他大为恼火。

凌晨,该死的电话铃又响了,他睡得正酣,沙慧珠赶忙接上电话。

"喂喂,我是地区公安局,朱副局长有急事找许副主任!"对方急切地说。

"朱副局长!"他像弹簧一样嗍地从床上跳了起来,抢过话筒,"喂!我是许武良,朱副局长早!有何指示?我洗耳恭听。"他像只哈巴狗似的摇头摆尾。

"老许啊!你赶快到濑溪协和医院来,你儿子出车祸了,正在抢救呢!快!"朱副局长语气十分沉重和急切。

"车祸?"刹那间,他的心不由一阵痉挛。

"谁?车祸!"沙慧珠瞪大眼睛问。

"妈的!还有谁,又是子杰!"

"什么?子杰他……他……他……"晴天霹雳,沙慧珠犹如当头挨了一棒。

"都是你，养了这个败家子，没有一天让我省心！你说，上周他把曹局长的女儿肚子搞大了，没办法，我只能找县医院悄悄给流掉，刚把这事摆平。昨晚周末他又偷开我的车，去喝什么狗尿，喝得醉醺醺的，在虎爬岭翻车了。难怪昨晚半夜里县公安局来电询问我车子在哪儿？真他妈的！成事不足，败事有余！这下倒好了，他摔个半死不活，我怎么向躺在病床上的阿母交代呢？要不是为了给许家接香火，我早就一枪给他崩了！要不是你这个饭桶，连个儿子都生不出来，哪有今日？"他急得在客厅里团团转，步子走得更加外八字，一肚子窝火全泄在沙慧珠身上。

沙慧珠"呜呜"地哭个不停，好像一个受到惩罚的孩子，耳朵里犹如听到末日审判的最后落槌声一样，顿时感到无比恐惧和骇人。

赶到医院时，医生告诉他们，许子杰因车祸造成颅内出血和多处骨折，昏迷不醒。由于许子杰的血压不稳定，不敢贸然做开颅手术，只能等他自行恢复……

听天由命？他心全凉了。他提出：让许子杰立即转院，上省城，或到陆军医院去抢救。医生劝阻他，千万得慎重行事，因为现在的许子杰已不能再折腾了。他只好退而求其次，要求医院再组织专家主任会诊，特别点名请傅弘茂专家参加。

"你想请老主任傅弘茂？"张院长突然傻眼了，想起二十多年前，许武良对傅弘茂惨无人道的"熬鹰"行动。他觉得，此刻即使八抬大轿，也未必能请出傅弘茂，慌忙打圆场，"傅主任已退休，要不就请蔡主任，一样的！好吗？"

"退休？他不是返聘，还在医院专家门诊部吗？"他哭丧着脸，苦苦哀求道，"院长啊，人命关天！我是非请到傅老主任不可！求求你，帮帮忙，救救我唯一的儿子，就烦劳你出面，坐我的吉普车去'积善堂'，一定请他来！"许武良双手作揖，差点跪下来求情。

张院长懵了！一向霸道横行的许武良今天怎么突然变得如此彬彬有礼，低三下四？他左右为难，无奈之下只好亲自出马去请傅弘茂。

"哎呦！哪阵风把你刮来了？院长大人。"傅弘茂笑嘻嘻，"说，有啥急事？"

"有位年轻人出车祸，急需你去会会诊！"

"谁呀？非得劳您大驾，还派车！"

"是……是……是象牙县革委会的许武良副主任的儿子。"

"许武良？！"傅弘茂傻眼了，他以为自己耳背听错了，急忙问，"哪个许武良啊？"

"哎哟，你们老相识，你还糊涂啥！就是……就是原来地区公安……"

"哦，想起来了！"傅弘茂猛地一愣，真是冤家路狭，许武良怎么又找上我了呢？医院里那么多高手，为什么偏偏要我去会诊呢？不去！完全可以找个借口。可一细想，孔子曰，"何以报德？以直报怨，以德报德"。这是我的秉性，何况病人危在旦夕。"走！"他眼中发出和善的光，笑笑地扯着张院长衣襟大步走出门槛、

如坐针毡的许武良做梦也没想到，傅弘茂果然来了。傅弘茂看到他那副沮丧尴尬的眼神，虽仍是当年"熬鹰"凶残的两眼一摸黑的眼睛，但仍微笑地与他点了点头。

戴上老花镜一看，眼前奄奄一息的患者怎这般脸熟？是自己老眼昏花，还是他——他就是当年血洗"积善堂"的乳臭未干的小子呢？傅弘茂慌忙摘下眼睛，擦了擦，瞪大双眼一看，对了，就是他！左额上蚕豆大小的黑胎记，一下子扑入眼帘，定格在脑海中。傅弘茂发光的红脑门上突然吓出了几滴冷汗，刹那间，傅弘茂霍然掠过一丝阴影，但很快，就烟消雾散了。因为，救死扶伤是他的天职。此时千钧一发，抢救病人争分夺秒，容不得自己多想，更容不得半点私怨。面对生命垂危的患者，只有尽力抢救的义务，这是当医生最起码的职业道德。他认真仔细地会诊，不留下任何疑点，最后他非常慎重地、认真地提出了宝贵的抢救意见。

忙了大半天，会诊结果出来了，仍无法立即手术，只能自求多福。许武良一听傻眼了，以小人之心度君子之腹，他开始怀疑是傅弘茂在作祟。尽管张院长一再详细解释和说明，他仍将信将疑，后悔不该请鬼提药单[1]。糟了！下午县里一场极其重要的"反击右倾翻案风"大会，非他主持不可，他焦灼

---

1 喻为自讨苦吃，自寻绝路。

地看了看表，把事交给沙慧珠，匆匆赶回象牙。

　　凝视着重新裹上厚厚绷带，像战场上的重伤员一样的许子杰，沙慧珠的心已碎了。重病室里生死煎熬，她千呼万唤都没能让许子杰张开眼，默默地守候着，泪如雨下。她不吃，也不喝，仿佛眼泪成了她的水和食物。不管身旁的妹妹沙慧红怎么劝说，她总是呆痴痴地坐在许子杰的床边，像一尊木雕似的，两手紧紧攥住许子杰的手，害怕自己一把屎一把尿拉扯大的子杰再也醒不来了。她无法想象结局将会是怎样？早知今日，悔不当初。她想，二十多年前，我和武良死乞白赖地要与田家换婴。那情景也是十万火急，刻不容缓。为了许家的香火，更为了我的颜面，说白了，是我的一己之私。想不到，田老师和玉樱姐宽宏大量，成人之美，使得我婆婆从此对我另眼相看，四处夸我是许家的"大功臣"！说得我真脸红，无地自容呀！想不到，许武良是食碗内，洗碗外[1]的小人。他不但踩着田舒夫的肩膀爬上去，而且借"划清界限"为名，大兴残酷迫害之实，田舒夫一家死的死，抓的抓，残的残，连我自己的亲生女儿嘉欢也难逃厄运。天哪！我的自私自利，我的怯懦怕死，终铸大错！如果当初我据理力争，纵使武良用枪顶在我的脑门，我坚决不换婴，肯定换不成。嘉欢和子杰这对充满青春活力的孩子，即使不能终成眷属，也绝不会发生今日的悲剧。罪过啊！我把自己的嘉欢葬送了还不够，还得赔上子杰？我愧对田老师、愧对在天之灵的玉樱姐啊？怎么办？怎么办？我应该马上去找田老师，子杰毕竟是他的亲生囝啊！在子杰濒临生死存亡的关键时刻，怎能不让他的生父知道？怎能不听听他生父的意见呢？可是，我有何颜面去见田老师呢？二十多年来，武良一直威逼我与田家一刀两断，如今我怎好意思说出口呢？还是等等吧！等子杰醒了时，再请他来吧！沙慧珠的思绪乱成一团麻，脸色形如槁灰。她想与妹妹商量，环顾四周却不见了沙慧红的身影。忽听隔壁重症病房传来一阵哀痛欲绝的哭声，她顿时毛骨悚然。"妹妹！你跑哪里去了？快吓死我了！"她见沙慧红进来，像抓到救命稻草一般，不停颤抖。

　　"没有啦！我刚去洗手间。"

1　喻为恩将仇报。

"怎这么久啦？"

"呸！真晦气！隔壁马奋民的老婆去苏州（土丘）卖鸭蛋（喻为过世。）了！"

"那个鹿麻子？"

"可不是！人高马大，壮得像头牛，可一肚子坏水，整人有术，难怪得了'官（肝）病'死了！"

"怎这么快？"

"听说是'官（肝）癌'，和马奋民一个病！这对狗男女，终得此下场！"

"那是谁在哭，像牛嚎一般？"

"马母呗！哼，往日她狐假虎威，不可一世！如今她是猫哭老鼠啦！现在她的硬后台全见阎王了，走投无路，她也该滚回老家了！"

"恶有恶报！这种人现世报，活该！"沙慧珠不由狠狠地啐了一口唾沫。

突然，许子杰床头的血压检测仪的红灯骤然亮起来，"嘀嘀嘀"的警报声宛如魔鬼在嘶叫，医护人员蜂拥跑来，一看许子杰的血压一直在下降，立即着手抢救。

沙慧珠和沙慧红被请出病房外，姐妹俩吓得魂飞天外，抱头痛哭。

两三个小时后，医生无奈地开出了病危通知书。沙慧红立即跑去打长途电话给许武良，然而，许武良正在开会，电话始终没人接。怎么办？她吓出一身冷汗。

"妹，你赶快去通知田老师，请他务必到医院来一趟，就说我有危难之事找他帮忙！速去速回！"沙慧珠抹去眼上的泪水，眼睛发出一丝希冀的光。

沙慧红一口气跑到红楼。不巧，田舒夫上街理发去了，她等不及，只能叫嘉欣转告。

"阿爸，刚才有位沙阿姨来找你。她说，她姐姐是象牙的沙慧珠，现在协和医院，请你尽快去一趟。"嘉欣对刚进门的阿爸说。

"沙慧珠？什么事？"田舒夫不由一愣。

"她的儿子住院了。"嘉欣说。

"儿子——许子杰！"田舒夫像触电似的。他立即对嘉欣说："快！你跟我马上去医院！"

自阿母去世后，嘉欣对协和医院一直心存一种莫名其妙的恐惧感。她的一只美丽的眼睛，是在这医院没的；她最亲爱的阿母也是在这里走的。如今，若不是看阿爸态度如此坚决、如此急迫，她真的不想去。

"真对不起你啊！……田老师……想不到你这么快就来了……"泪流满面的沙慧珠断断续续地说。她一把抓住田舒夫的手，像过去一样亲切和激动。看着田舒夫那憔悴而又熟悉的面容，看着他那双闪耀着泪花的眼睛，顿时，心灵上一种沉重的内疚、精神上一股巨大的痛苦，使她一时说不出话来。

"慧珠，别这么说！子杰他……他怎么了？"田舒夫急切地问，他的手和沙慧珠一样在瑟瑟颤抖。他霍然发现，原本楚楚动人的沙慧珠显得愈发弱小，椭圆形的脸焦黄而枯瘦，头发稀疏发白，一双眼睛微微发红，直愣愣地望着他。

嘉欣托了托眼镜，认出眼前的沙慧珠就是十多年前在春节的"公爷街"上给她和嘉亮，还有欢欢发大红包的陌生阿姨。虽一脸苍老，却依然慈祥可亲。

"出车祸了！"沙慧红在一旁插道，"现在正在重症病房里抢救，医生不让进。"

"车祸？什么时候？严重吗？"田舒夫的心突然蹦到舌根。

"昨晚在虎爬岭翻了车，医生开出这条子。"沙慧红顺手把病危通知书递给田舒夫。

田舒夫的心一沉，仿佛突然掉进冰窖窿。他预感凶多吉少，眼下必须稳住沙慧珠的情绪，不能让她崩溃，至于许子杰，他爱莫能助，只能靠医生们全力抢救了。

"慧珠啊，谢谢你能通知我！我知道，你极疼爱子杰。事到如今，我们只能尽人事，听医生的。你得听我一句劝，千万得沉住气，不能把自己的身体拖垮了呀！"田舒夫沉重地说道。

"好，好，我懂！唉！刚才你老泰山傅主任来高诊了，说是无法手术啊！"沙慧珠万般遗憾地摇了摇头。

"哦！怎么这般严重？小许呢？"田舒夫问。

"唉！别提他了，儿子都病危了，他还有心思开什么批判会。呸！无非是想再捞块敲门砖。他这个人呀，一生只追逐名利，连乌纱帽都要戴着睡觉，深恐丢了似的，你还不知道？！这二十多年他的良心全喂狗了！……"沙慧珠已泣不成声了。

田舒夫的心挤紧作痛，眼酸得快要流泪。他知道许武良狗心狗行，可他全然不知道，这些年来沙慧珠活得如此凄凄惨惨，狼狈不堪。他更不知道许子杰——他的亲生儿子竟活得如此浑浑噩噩，醉生梦死。他不责怪沙慧珠。因为他清楚沙慧珠弱小的身子已再也无法承受任何打击和折磨了。他觉得，此时此刻，只能让沙慧珠把心里话和着泪水一块倾倒出来，这样或许会让她破碎的心轻松一点，缓解她那绷紧的神经。即便不能，也会让凝固的时间解冻、流逝得快一点。于是，他静静地听，让沙慧珠慢慢地说，并不时叫沙慧红到病房门口悄悄地关注许子杰的动静。

入夜，一个令人悲痛的消息传来——许子杰走了。尽管医护人员们竭尽全力，仍回天乏术。沙慧珠捶胸顿足，哭得触地号天，在田舒夫和沙慧红的搀扶下，缓缓走进病房。

许子杰紧闭双眼，身上插满的各种管子全拔掉了，头上缠着的绷带也全拆了。死灰色的脸上已经找不到一丝丝往日寻欢作乐、趾高气扬的神采，唯有左额上的那一颗蚕豆般的胎记显得格外刺眼。

田舒夫误以为自己的眼睛出了毛病。记忆力极好的他一下子把眼前这张鼻青脸肿的脸粘贴到"清队"游街示众中的那张飞扬跋扈、不可一世的脸上，果然一模一样。这绝不可能？他目不转睛地再细细瞧一瞧许子杰这张脸，心想，怎么会是许子杰呢？回忆确实痛入骨髓：是许子杰，就是许子杰！半夜里抓拿我的是他，游街中鞭打我的也是他，孔庙里批斗我，在汽车旁踢断我肋骨的还是他！一幕幕不堪入目的情景活生生地定格在田舒夫的眼前。过去那种痛苦的、可怕的、无法形容的感觉越来越清晰，越来越强烈，每看一眼胎记，就颤抖一次，眼泪在眼眶里直打转转，他忍不住用颤抖的手轻轻地摸了摸许子杰的脸颊。

他强忍着悲痛，强挽着沙慧珠的手臂，不让沙慧珠寻死觅活地乱哭乱撞。他一直守候在沙慧珠身旁，直到许子杰的遗体被推进太平间里，眼看许武良就要赶来了，为不给悲痛万分的沙慧珠再增添麻烦与尴尬，他决意立即离开。

临别时，他紧握着沙慧珠的双手说："多保重啊！慧珠，你一定要节哀顺变！"

在病房里，嘉欣眼瞅着许子杰那张可怕的脸孔，尤其是认出那颗烙在她脑海里的胎记的那一瞬间，她的脑子猛然"嗡"的一声，愤怒的火"扑腾"地在胸中燃烧，仿佛要喷发出来。

"阿爸，这小子坏透了！我认识他。"在回家的路上，嘉欣按捺不住心中的仇恨。

"什么？你在哪里认识的？"田舒夫大为惊讶。

"'积善堂'大抄家，就是他领的头，带的队呀！咱外公就是被他叫红卫兵吊在树上的，还有咱外婆、五伯公、八婶婆、猪头皮仔……都是他害死的呀！这些都是我亲眼所见的呀！"嘉欣右眼中的怒火仿佛比炉中的火焰还要旺。

"真的？你没看错人吧？"田舒夫惊愕失色。

"哪能呀！他左额上的黑胎记，我记得清清楚楚！即便他化成了灰，'破四旧'那惨烈的血腥的一幕幕我永远刻骨铭心！噢，阿爸，二嬷比我看得更清楚！"

"是吗？"

"不信，你问问她！二嬷记得一清二楚。"

"不必了！刚才的事千万别跟你外公和二嬷提起。记住了吗？"

"记住了。"嘉欣不解地点了点头说，"爸，这许子杰狼心狗肺，咱干吗非得去看他呀？"

"这……这……说来话长，以后有时间，我再跟你慢慢说吧！"田舒夫心里"咯噔"了一下，再也不说话了。

夜里，田舒夫的脑子里犹如波涛翻滚，奔腾不息，香烟抽完一支接一支，还不时不由自主地用手握腕，长吁不息。

许子杰的死固然令他悲痛和惋惜。虽与许子杰仅仅是遗传学中的关系，但毕竟是自己的亲生骨肉，况且白发人送黑发人。但是，他的泪是珍珠，不会为孽子洒落！最令他悲哀、痛心和匪夷的是，自己的亲生儿子为什么会沦为丧心病狂的刽子手？为什么"血洗红楼""游街示众"……都是子杰的"杰作"？他想，子杰才二十多岁，一个风华正茂的孩子怎么在许家居然变成魔鬼了呢？是魔咒显灵，还是幽灵附身？是生前造孽，还是后世报应？不！都不是的！

这完全是人性之恶造的孽。子杰额头上的胎记原本是天使的记号。子杰陷入了绝境之中，死——就是最好的注脚。子杰的胎记"换"成了魔鬼的记号，即使给他人工植皮，看似表面平整，却已烂了心肺，损了五脏六腑。多么可悲、多么可怜的孩子，由于"换婴"的过失，不仅子杰成了人性邪恶的殉葬品，而且白白葬送了嘉欢的生命！此时，一种莫名的内疚和自责涌上他心头。

冤冤相报实非轻。隔天，许子杰和鹿麻子一道被送往火葬场时，正巧康阿歹值班。他接了单，掀开白布，看了看许子杰和鹿麻子的鬼脸，再瞅一瞅哭丧的马母，往日脸上的粉早已脱落，露出黄暗的皱纹和丑陋的大雀斑，久压在他胸中的一股怨恨和恶气像火山一样喷发出来。他会心一笑，故意大声嚷嚷："免哭！免哭！机关算尽太聪明，反误了卿卿性命。算命先生傅阿鼠早就十七两翘翘[1]！上个月孙婶仔和吕鬼仔也来报到了！今日西街的'小四人帮'终于一网打尽，呜呼哀哉！生前做夭寿，死后必落十八层地狱，一层一层，日日受啦！这就是亘古通今的真理啦！"

火葬场鼎——吵(炒)死人。康阿歹这里大发雷霆，的确像剃头店关门——无你（理）发。

---

1 旧秤为十六两制。十七两喻为死了。

二、海外来信

十月的一声惊雷，响彻了神州大地。粉碎"四人帮"，人们笑逐颜开，欢呼雀跃，纷纷走上街头游行庆祝，古老的漈溪城沸腾了。

听到这好消息，田舒夫整个人都坐不住、站不稳，兴奋和激动，如同决堤的洪水，波涛汹涌地从心底里倾泻出来。

入夜，傅弘茂特地买了只象牙产的石榴填鸭和糯米酒，吩咐柳芹再炒几道好菜，叫上田舒夫一家好好庆祝一番。

"舒夫啊，忽如一夜春风来！大快人心啊！"傅弘茂喜上眉梢。

"是呀！历史终于走出了被'四人帮'颠倒的时代，十年浩劫终于结束了，阿爸！"田舒夫激动万分。

"说得好！'四人帮'天地俥畚斗，溪水倒头流[1]！！呸！什么'读书无用论'？什么'知识越多越反动'？培根早就说过，知识就是力量啊！如今手术刀不如剃头刀！你看，我的一大群团孙，小学读六冬，毋识屎穴仔板[2]，气得我欲哭无目水！阿荣拿菜刀，阿耀拿剃头刀，噢，还有玉莲拿剪刀……"傅弘茂一边扳着指头，一边喃喃自语。

"阿爸莫伤心！他们无师自通，能学门手艺也不错呀！雨过天晴了，阿亮就接你的班，我要督促他抓紧复习，再考大学学医，跟你一样悬壶济世！"

"好呀！嘉亮聪明好学，是个好苗子。我还想，将来，你和小嘉安，还有

---

[1] 俥畚斗，翻跟斗。喻为天道沦丧，天地一片混乱。
[2] 冬，年。毋识，不懂。屎穴板，粪坑上的脚踏板。喻为没知识。

九泉下的韵台和玉樱母女的冤案都要平反昭雪的！"傅弘茂将满满的一杯酒，一干而尽。

"太好了！"柳芹不禁热泪盈眶，也干了一杯。

"是啊，历史是人民写的！我始终坚信会有这一天的！"田舒夫心潮澎湃，感慨万千。

大恶大奸者，终将毁灭。很快，许武良和傅大宝双双被捕，锒铛入狱。

踏进牢门，傅大宝像一坨狗屎瘫在地上。审判和死亡就在面前，他怕死，整天哭哭啼啼，有一种恍然隔世之感。他自知罪恶深重，像漏斗似的，什么都招，什么都认，唯恐坦白不彻底，唯恐被重判，唯恐蒋飞飞与他离婚。

许武良入狱却像死鸭子硬嘴巴，什么都不认错。只知道把所有的问题和责任统统推到傅大宝的身上，把自己撇得干干净净。他告诉自己，只要这样一来，不出三五天，最多一个星期，就可大摇大摆回家。

可是半月过去了，仍不见动静。他慌了，眼前变成一片乌黑，难道我英雄一世，就这样完了吗？他的自信崩盘了，想到死。

这天，审问他的是老领导朱副局长。他惊喜地差点喊出来。

始料不及的是，朱副局长对他的审讯、每一个细节都刨根问底，每一条线索都穷追猛打。让他陷入难以言状的痛苦、郁闷和狂躁中。他像个瘫子，呆呆坐在地上，眼瞅着铁窗外的枯枝在秋风中急速颤抖，蓝天上的悠悠白云匆匆掠过。当沙慧珠带着女儿香玲来探监时，他的眼泪扑簌簌流出来了，哭叹道，"唉！五十多年如一梦！"当得知老母在他入狱后，着急上火，一命呜呼时，他捶着自己的头，像发疯一样。顿时，他感到自己犹如一片枯叶，终将被历史的暴风雨吹打得无影无踪……

田舒夫获悉许武良自杀身亡，在第一时间，他给沙慧珠发去了一封唁电："逝者已矣，生者如斯，切望保重！"

沙慧珠的回信，除了感谢之外，还夹带一封神秘的海外来信。她说："田老师，这封南洋来信，是近日我在一次家访中一位学生家长拜托的。他说，他侨居南洋的老父亲一再叮嘱他寻找一个象牙龙岭村与你同名同姓的人，嘱他面呈此信。我知晓你的老家就是龙岭，冒昧问你是否认识一位同窗旧友——黄汉凌先生呢？不知廿多年前，你可曾借辆脚踏车给他呢……"

"黄汉凌——脚踏车！"田舒夫惊呆得像头顶上一连炸了几个响雷，颤颤抖抖的双手迫不及待地撕开了信。

乍一看，好家伙，洋洋洒洒、密密麻麻写了四大张，全是旧时书信格式，繁体字、竖排行。抬头：舒夫学兄台鉴；落款：学弟黄汉凌。果真是他——黄汉凌的旧笔迹，依稀可辨。

……天波易谢，寸暑难留。转眼匆匆分手廿余载。近年，余曾连投数鱼书予学兄：一投漉溪地区专员公署建设局；再投漉溪西街"积善堂"；三投象牙县龙岭村，不知何故，皆悉数退回。念，学兄已左迁。特嘱留居象牙的犬子面呈，请学兄敢拨冗一读。

余之所以迫切修书，皆因余已接受洗礼，皈依基督。《圣经》中明曰："说谎者的嘴，为耶和华所憎恶。行事诚实的，为他所喜悦。"忽忆当年，余曾以谎言借得学兄一脚踏车，至今未还，食言失信，羞愧不已，忏悔再三！实不相瞒，当初余于漉溪干校时，实惶惶不可终日，深恐身首异处。遂孤注一掷，三十六计走为上也！然，余虑：一则搭汽车风险大；二则向漉溪老乡借车虽易，却无"护身符"，必插翅难逃。故余乃编"老母病重"之谎言，借得学兄挂有"专署"宝符之车，漏夜骑车直奔象牙老家。然，时过境迁，此车无迹可寻。有愧于学兄，失礼失礼！甘愿赔偿！今拟汇予伍拾美元，权当赔偿金，恳请笑纳！伫望示复！前事有逆尊意，罪甚，罪甚，万望海涵！

另有一事，余耿耿于怀，不吐不快。余一旧部，姓陈、名阿山。所幸学兄尚不识此人。此乃无耻之辈也！当年，余欲乘船渡海之时，阿山竟乘人之危，必索三根金条。余倾尽所有，苦苦相求，阿山刮走余自己仅存之两根金条后，方开船。是可忍，孰不可忍？！悉阿山早已命丧黄泉，原与余毫无瓜葛。但念，旧部之情，慷慨解囊，汇予四十美元，权当帛金。孰料，其遗孀竟得寸进尺，屡托人修书，追索抚恤金。余之上帝乎！阿山贪财之死，乃天意也！为何与余纠缠不休？当初搭船余已付重金，阿山驾船天经地义，契约已毕，付讫两清，岂有再索之理？！匪夷匪夷！余愿听上帝之良言，为令神之喜悦，不与山村寡妇一般见识，无奈再汇三十美金。念，学兄乃沥溪政府官员，对家乡如此刁民泼妇伤风败俗者，理当严加管教，明令禁止，免为当今笑柄乎！此乃象牙之幸！国人之幸也！

感主之恩赐，余自离台来南洋后，弃政从商……

还没读完黄汉凌的信，田舒夫就闻到字里行间有一股乱七八糟的，说不出的臭气扑鼻而来。信中的之乎者也，貌似文雅，其实狗屁不通，阵阵恶心，实在难忍！顿时，他兴趣全无，再也读不下去了。这封信，不仅勾起了二十多年前那触目惊心的"脚踏车案"，也勾画了黄汉凌时至今日依然卑鄙无耻的嘴脸。

他想：真理有时候真像慢性子的巨人，时至今日才揭穿真相，战胜邪恶。"脚踏车案"一立案，那深重的灾难的长链就露出了端倪，成了毁灭我和我家的一条又长又粗的导火索；"通敌嫌疑"一派胡言竟成了一触即发的引爆点，把我和我家炸得七零八落，血肉模糊，连我的老阿祖和老丈人都难以幸免。倘若，没有这该死的"脚踏车案"，没有子虚乌有的"通敌嫌疑"之罪，我们一家怎会有如此悲惨的遭遇？

好一个寡廉鲜耻的黄汉凌！你有几个臭钱，就能买回"诚信"两字？固然，你全然不知"脚踏车案"有何等残酷、何等血腥！可是，纵使你有一百万次忏悔，一千万回救赎，岂能抚平我及家人因"脚踏车案"而蒙受的无比痛苦的巨大创伤呢？岂能洗刷我及家人无比沉重的覆盆之冤呢？固然，陈阿山不是你杀的。但昔《晋书》曰："我不杀伯仁，伯仁却因我而死。"你纵有金山银山，岂能换回旧部陈阿山的一条活脱脱的生命呢？区区的七十美金，你把它看作比天还大，难道你就不怕这事被你的上帝拿去当笑柄吗？就不怕你的神惩罚你吗？！

好一个老奸巨猾的黄汉凌！当初你骗了我，坑了陈阿山，怎么就如此心狠手辣？且不留一点痕迹呢？为人处世，信义为本！人而无信，不知其可，当初你不也是虔诚的佛教徒，连象牙的和平起义这样的善举，你也非得去拜神问卦不可。怎么到现在才记得字典里有"诚信"二字呢？都说，好汉做事好汉当。如今，一晃二十多年了，昨是今非。你的一声"失礼"顶个啥用？当年制造"脚踏车案"的马奋民和许武良都已死了，这封忏悔信何用之有？！谁来为我平反？为我伸冤呢？

好一个巧言令色的黄汉凌，说得比唱得还好听。表面是道歉，实际是诉苦！自己干了道德沦丧、伤天害理的亏心事，还一个劲地往脸上贴金，唯恐他人不知道？唯恐陈阿山的冤魂不散，总伴在你身旁左右游荡？其实，从一开始，我压根儿就没有心疼过那辆脚踏车，我痛心的是"脚踏车冤案"。我根本不在乎你赔钱，也根本不想要你的臭钱！我在意的是你应该汲取教训，痛改前非，重新做人。做一个诚实的人，一个光明正派的人，一个有益于社会的人。你能做到吗？从你的来信，我看很难！罪恶无法抹去，道义自在人心！所以，我无须多费口舌，给你回信。记得，当年我曾对你苦口婆心地说过，"弃暗投明，回头是岸！"你全当耳边风，阳奉阴违。如今你可曾回头呢？没有啊！没有！江山易改，禀性难移。

田舒夫把信扔在地上，鄙夷地啐了一口唾沫。

三、劫后重逢

获悉大宝被判了刑，柳芹顾不得煮饭，匆忙跑上楼，在高韵台的遗像前点燃三炷香，口中喃喃道，"韵台姐啊，香蕉吐囝为囝死[1]！人咧做，天咧看，大宝的良心被狗咬去了，天公报应啦！"说着说着，眼泪禁不住流了下来。

"哎呦！你向韵台唠叨什么？虎毒不食子！大宝是有罪，但眼下必须挽救他家，保护小宝宝最要紧啦！"傅弘茂躺在病榻上，心里乱成一团麻。

晚上，田舒夫刚一进门，柳芹按捺不住内心的激动，一把拦住他，告诉他这火爆的消息。

"从哪里听来的？可靠吗？"田舒夫紧蹙眉头。

"怎不可靠！上午是你们农林局的沙……哎呀，叫沙什么来的，我真没头神！她来家里亲口对我说的呀！"柳芹被田舒夫这一问，慌了手脚，一时记不起来。

"是沙慧红吗？"

"对对，就是她！她说，大宝被判刑了，蒋飞飞闹离婚，能不能去劝一劝？我说，怎么劝？这事全怪大宝自己折腾的！谁也没办法！她要我赶紧转告你，说是她姐姐叫她专门来报讯的。"

"沙慧珠？！"

"我不认识，也没来得及问她姐叫啥？"

"那咱得尽快去象牙，劝一劝蒋飞飞呀！"

---

[1] 吐囝：长新芽。囝：孩子。指香蕉长出新芽后，母株必会枯死。形容父母为儿女的牺牲精神。

"你阿爸也这么说的！他为人从来是以德报怨！可怎么劝呢？蒋飞飞这三八婆，你又不是没见过？我看，谁劝都没用啦！除非大宝官复原职，否则一切免讲！"

"二嬷，你怎这么说？"

"哎呦！这款嫌贫爱富的查某，脚底有几根毛，我都知透透！老翁得意时，她头壳翘上天；老翁落难日，她赶紧潜水洸[1]，跑得无影无踪。她就是这款德行，不信？你去问问阿欣。那年，她为着一张七分钱的电影票，吵得乌天暗地，闹离婚，何况今日大宝被判刑呢？我从未见过这款人啦！"柳芹无可奈何地摇摇头说，"好头好脸对臭尻仓，我真不想去！唉，可你阿爸重感冒去不了，又急得要命，我是进退两难呀！"

"别急！二嬷，我跟你一道去，咱再叫上阿菊、阿荷和阿梅三姐妹，好吗？"

"阿梅好叫，大仙难请！我想，阿荷和阿菊包准给你挂'免战牌'。"

果然不出柳芹所料，玉菊一听去象牙，好比要去阴间报到似的，吓得脸色像一张白纸，连连说不。"文革"时，只因听老母的话，偷偷将金银首饰送到象牙大宝家，就被红卫兵戴上"窝藏犯"和"坏分子"的高帽，游街示众和批斗没完没了。一朝被蛇咬，十年怕井绳，她打死也不敢去大宝家了。玉荷也是一推了之，说她"偏头痛"，加上又是被管制分子，哪走得成？还是五妹玉梅爽快，不假思索地对田舒夫说，"行！大姐夫，我去！"

"事不宜迟。明天正好是星期天，要不，咱们跟二嬷一道去！"田舒夫十分果断。

嘉欣听到阿爸明天要去象牙找蒋飞飞，心里惴惴不安，每想起在象牙当小保姆的日子，她就心惊肉跳。

"阿爸，能不能不去啊？"她忍不住说。

"不去不行啊！如今你舅舅大难临头，咱们怎能袖手旁观呢？再说，船过水无痕。人要学会宽容，学会感恩。亲人只有一次的缘分，咱得好好珍惜！"田舒夫抽着烟，慢条斯理地说。

---

[1] 指潜水。

田舒夫、柳芹和傅玉梅一大早就赶到傅大宝家。房门紧闭，只听得屋里传出一阵"噼里啪啦"刺耳的叫骂声。田舒夫急忙敲门，屋内似乎听不见。田舒夫只好一边敲门，一边叫喊，仍不见反应。柳芹急了，像报丧似的用拳头砸门。

"谁呀？砸什么门！"屋内的蒋飞飞恶声恶气地喊道。

"是我，舒夫，还有你二嬷、五姐都来看你了！"田舒夫平心静气地答道。

"人都被判了，你们见死不救！这时候还来看什么？"蒋飞飞冷冰冰地说。

"看你和宝宝呀！"傅玉梅大声说。

屋里一片寂静，又过了一会儿，"吱"的一声房门终于开了！

屋子一片狼藉，锅碗瓢盆摔满一地，而蒋飞飞烫着一个鸡窝头，手里紧握一把鸡毛掸扫。田舒夫三人不禁面面相觑。

"飞飞，什么事值得动这么大肝火啊？"田舒夫轻声地问。

"哇哇哇！"没想到这一问仿佛触动了蒋飞飞痛苦的神经，号啕大哭起来，"这日子没法活了！要么离婚，要么全家都去死！宝宝今天又偷钱去买油条，没法管了，生不如死啊！"蒋飞飞一把鼻涕一把泪。

傅玉梅急忙搬个凳子让蒋飞飞坐下，走进厨房想倒杯水，可热水瓶里空空的，赶忙转身，捡起扫把，收拾地上的碎物。猛低头，发现小宝宝像一只老鼠似的躲在床底下瑟瑟颤抖。

"宝宝快出来！二嬷和五姑带来的水果让你吃个够！"傅玉梅鼻子一酸，不禁呜咽地喊着。她想，人说蒋飞飞一分钱打二十四结[1]，果然名不虚传！连自己的亲生囝花二分钱买油条，都像打贼一样，还算什么母亲？难怪这日子真的没法过。

"飞飞啊！阿爸托我捎上这句话：事到如今，既来之，则安之。只要你与大宝和衷共济，就一定会渡过难关，咱们全傅家人将竭尽所能帮助你！好吗？"田舒夫说道。

"别提了，傅家父子都是骗子！当初我是瞎了眼。原以为，能当解放军的

---

[1] 喻为吝惜鬼。

个个都是好出身，何况他又是连级干部。他说，他父亲是协和医院的外科主任，我想，当医生该是蛮斯文的。呸！没想到像你本地话说，'红龟粿包臭豆馅'。呸呸！你傅弘茂是娶仔老婆的臭皮囊，臭资本家，日本特务。我，一个响当当的工人阶级家庭出身，岂能与你'积善堂'同流合污呢？我早受够了，早就想离了！这次正好，非离不可！"蒋飞飞说得咬牙切齿，好像恨不得马上咬下傅弘茂和傅大宝身上的几块肉来。

柳芹气炸了！几次想骂，几次都把刚张开的嘴唇又紧闭上，因为老六有交代，她强忍了！

"那你也得为宝宝着想呀！"田舒夫语重心长地说。

"就是为宝宝呀！不离，你让宝宝一辈子当狗崽子？不离，你让宝宝一辈子待在穷象牙？多恐怖啊！你们不为我，也该为宝宝想想，你大傅家，'积善堂'给了我和宝宝什么？一无所有！所有的金银珠宝，一个不剩地全被抄光了！所有红楼大宅的空房，连我们的新娘房，一间不留全被封掉了，我们宝宝可是长房长孙，却分文没得，片瓦不留，还落得个坏出身！穷光蛋，死得更快！"蒋飞飞不愧是个播音员，说起话来像机关枪似的，语速极快。

"如果你真的想离，也得等大宝弟回来呀！"傅玉梅忍不住顶了一句。

"哼！等七年？！这种没良心的话，亏你五姐也讲得出口！你是脑子进水，还是故意调侃？说实话，七天，我都受不了，何况七年！别躺着说话不腰疼！今儿，我就明明白白告诉你们，我爸妈都同意我离，兄弟姐妹们也支持我离。离了，我即可调回S市工作。你们都听好了，那可是全国屈指可数的直辖市，不像这穷象牙，也不像那乱七八糟的破漉溪。我，再告诉你们，离婚书前天我已经送上去了，签不签是大宝的事，回不回去是我的事，反正火车票我已订好了！你们也该清醒清醒了吧！也该走了吧！别在这里瞎子点灯白费蜡，令我心烦！"蒋飞飞下了"逐客令"。

傅玉梅碰了一鼻子灰，气得涨红了脸，盐瓮仔生虫——岂有此理！她急急挽起衣袖，真想与蒋飞飞好好理论理论。

田舒夫一把扯住傅玉梅的衣襟，使了个眼神，不动声色地对蒋飞飞说："也好！我们尽绵薄之力而来！苦口婆心，都是为你一家好！特别是为小宝宝将来好！你若一时听不进去，不要紧！我们先走，随时可以联系！你自己多保重，也再斟酌斟酌，切勿意气用事！来日方长，来日方长啊！这是阿爸捎给你的两百块钱，这是我的一点心意。"他一边说，一边悄悄地将自己家里仅有十一元钱，一并塞给蒋飞飞。蒋飞飞二话没说急忙收下。柳芹轻蔑一瞥，依然默不作声。傅玉梅将带来的礼物送给可怜兮兮的小宝宝。

窝了一肚子火，又渴又饿，田舒夫、柳芹和傅玉梅赶忙走进一家卤面店。

蓦然回首，田舒夫看见对面餐桌上一张既熟悉又陌生的面孔。万分惊诧中，他不由一怔，眨了眨眼，定了定神，仔仔细细再瞧了瞧：是他？果然是他！在惊涛骇浪的苦海里，在千难万险的挣扎中，你健在，我依然！他的脑海中亮出一道奇特的闪光。

"邹直！你是邹直吗？"田舒夫情不自禁地大声叫了一声，这声音几分颤抖，万般兴奋，眼睛里顿时现出惊喜的光芒。

"你……你是……"邹直托了托鼻梁上的眼镜惊讶万分。

"我是田舒夫呀！"田舒夫迅速伸出热情的双手。

"是你？……哦舒夫……真的是田舒夫。"邹直手中的筷子刹那间掉落了，他不由自主地走上前去。像遇见亲人一样，痴痴地看着田舒夫那张被岁月磨砺得布满皱纹的脸，那含笑的嘴唇依然呈现刚毅的鲜明线条，那闪烁泪花的双眼饱含坚定的神色，他不禁热泪盈眶。

"是的！是我呀！老同学！"田舒夫激动地答道。

"啊！……活着！我们都还活着！……"邹直高兴得像个孩子似的。

"正是江南好风景，落花时节又逢君。"此时此刻，田舒夫与邹直的劫后重逢，只能用隔世来诠释。他俩如痴如醉望着对方的脸，拍着对方的肩，摸着对方的手，会心地笑了，激动得说不出话来。好久好久，紧紧地拥抱在一起；好久好久，全身心沉浸在幸福里。

"舒夫，你什么时候来的？真是喜从天降啊！"邹直满脸笑容。

"上午，上午刚来的。真没想到，在这里遇见了你呀，老同学！"

"劫难催人老啊！我这尺豁头童，你怎么……怎么……一下子就认得出我呢？"邹直笑指自己头顶秃了很大的一块。

"这叫'地方支持中央',有何不好?我呀,烦恼的就是这记性太好了,该记的和不该记的全留在脑海里了!"田舒夫指着两鬓斑白答道。

哈哈哈!他俩开怀大笑,笑得滚烫的热泪成串地流下来了。

"走走走!咱们到我小舅子家泡泡茶,聊一聊,他家就在附近。二十多年没见面了,说什么你也得留下来,咱俩好好叙叙旧!"邹直不由分说拉住田舒夫的手往外走。

象牙的功夫茶沿袭潮汕,颇为讲究。尊贵的客人来了,必定要撤换茶叶重沏新茶。邹直特地抓了一把云陵特级的铁观音,用热腾腾的溪水,高高地往小壶里一冲,低低地朝小茶盅一倒,田舒夫慢慢地品尝一口,一股淡淡的茶香沁人心脾,仿佛把心中的忧愁忘得一干二净。

"你来象牙做啥?回老家龙岭了吗?"邹直问。

"没,这次专为我小舅子的事而来。"田舒夫答。

"傅大宝,啥事?"邹直问道。

"唉!当上'四人帮'的'政治夜壶',被判刑了!"田舒夫无奈地摇了摇头。

"哦!太悲哀了!听说他与许武良像阎罗王嫁查某囝——鬼杠鬼[1]?飞蛾扑火,自投罗网!"邹直脱口而出。

田舒夫低头不语。

"嫂子呢?玉樱怎没与你同行?"邹直瞅了瞅柳芹和傅玉梅赶忙问。

田舒夫心里一揪,沉默无言。

"我姐……走了!"傅玉梅哽咽地答。

"走?!"这一声"走"邹直把心差点从口中跳出来,"怎么走的?可惜啊!真可惜!咱们都有一段苦酒中浸泡的日子啊!"他仰天长叹。

"是呀!只能认命。"柳芹低声叹道。

此刻,悲痛就像无情的鞭子,抽打着田舒夫和邹直这两位坚强老人的心。

"伤心事,莫提起!还是聊聊你我同窗乐趣的事吧!"田舒夫苦笑地把话锋一转。

1　查某囝:女儿。喻为同流合污。

"对对对！今日喜相逢，莫道悲伤事！"邹直如梦初醒。

当记忆的触角触碰到难以忘怀的大学年代时，田舒夫和邹直有着说不完的话，记忆像潮水般蜂拥而来。他俩尤其不忘初心，不忘同窗好友最初的率真；不忘内心深处六尘不染的洁净；不忘流淌在血液里不尽的友情；不忘跳动在胸中的那一颗滚烫炽热的爱心。

两人谈笑风声，笑逐颜开，意犹未尽。

"我真后悔！真后悔！当初在大学时，怎么懵懵懂懂，糊里糊涂就参加了三青团！为这事，差点把命丢了！"邹直下意识地霍然提起不堪的往事，喃喃自语，"不知为什么，那个许武良死活要我作伪证，非逼我把你扯上不可。但，我心依旧，决不坑人！"

"我懂，我懂！感君情谊逼云端！"田舒夫笑着。

"说来十分荒唐可笑，在'反右运动'中我居然被一位年仅八岁的学生打入地狱！"

"噢！是吗？"

"是的！肃反运动后，我被戴上'历史反革命'的帽子，贬到象牙小学当教师。我没有抱怨，只有承受；没有记恨，只有宽恕。可巧的是，许武良的儿子许子杰就读在这所学校里，他成了老师的噩梦，谁也不敢收，唯独我收了他。"

"是叫许子杰？"田舒夫脸上一阵抽搐。

"千真万确！有一次，吊儿郎当的他因同桌的女生不经意间越过书桌上的'三八线'，就猛揪着她的辫子，打得她鼻青脸肿，血流满面。我闻讯赶来，把他带到办公室批评了一顿，责令他写检讨书。他以为，老爸许武良是公安局长，根本不把我放在眼里。他在白纸上画了一支手枪和两个鬼人，歪歪斜斜地写上'把你们全都打死'七个大字，随即，爬窗跑了，不慎摔了一跤，衣服划破了。回到家里，许武良问，他谎说是被我打的。许武良火冒三丈，不问青红皂白，拿起电话，叫派出所把我铐起来，罪状一列，材料一整，给我扣上了'右派'。就这样，我再次蒙冤，被押去'劳改'五年。释放至今老家种田，头上还戴着'右派分子'的帽子呢！我常惦记你，同病相怜，不敢给你写信。声音是自由的语言，没有自由只能默默地死去。我常想，也许等到咱俩灰飞烟灭了，才能重逢……"邹直那皱纹满布、灰败苍老的脸上，泪水纵横。

田舒夫沉默了一阵，恍过神来，"是呀！二十多年了，苦难何尝不是你我一生中的切身经历！这一页终于翻过去了！老弟啊，一眨眼你我都近花甲之年，人生早已过半。往日，固然不堪回首；但明天，必定更美好。这些年，我像棵仙人掌，随便丢哪儿，都能活！总想，好好把握今天，努力争取明天！"

"说得好啊！大师兄。人生在世，没有永久得到，也不会永远失去。得失总是结伴而行。我不想描述咱们的苦难，更不想控诉。我只是带着一份上帝赐予我的宽恕的心，重新审视自己所经历的一切，用一种隐忍的，而非怨恨的；一种人性的，而非政治的心态，冷静客观地思考这场悲剧的根源之所在。我想，只有这样，我们所有的苦才不会白受，所有的泪才不会白流，所有的不堪才会彻底落幕！"

"言之有理！"田舒夫点了点头。

"惭愧，惭愧！匹夫之见，仅抛砖引玉而已。你我同是受害者，'不识庐山真面目，只缘身在此山中。'千秋功罪，后人自有评说！只不过把它权当今日茶余饭后的谈资而已，师兄切勿见笑！"邹直羞愧地说。

"哪里，哪里！"

"不过，我有个好消息要告诉你！上午我从云陵老家特地赶来象牙会一位以前的好学生，他在北京工作，刚回老家探亲。他说，中央正在拨乱反正。"邹直的心怦怦直跳。

"太好了！大快人心啊！"田舒夫激动地站了起来，伸出两只瘦骨嶙峋的手臂，像老虎钳一般紧紧地抱住邹直。

四、喜从天降

回到红楼，田舒夫满脸笑嘻嘻，心里甜滋滋的，像太阳从乌云里走出来一样喜气洋洋。

傅弘茂一愣，莫非太阳从西边出来，蒋飞飞不离了？要不田舒夫怎会如此兴高采烈呢？他急忙伸出大拇指夸道："舒夫啊，一物降一物，姜还是老的辣呀！你这老秀才一下子就把蒋飞飞给降服了……"

"哪能啊？"田舒夫慌忙摆摆手，打断傅弘茂的话，"阿爸料事如神！蒋飞飞真如你所讲的，一句话，三尖六角。她心肝掠坦横——铁了心，离婚书她早递上去了，下周要带宝宝回老家！我们苦口婆心，可是，弹琴不入牛耳——无采工[1]！"

"唉，牛牵到北京还是牛[2]！害惨了小宝宝啊！"傅弘茂不住地咳嗽，又问，"那你怎这般欢喜呢？"

"哦，我呀！与大学的老同学不期而遇了，二十多年没见面了，聊得高兴，心里自然舒坦啰！"

"噢，原来你回象牙像下溪里摸蛤仔兼洗裤——一兼二顾，无蚀本啦！"傅弘茂爽朗地笑了。

几天来，田舒夫兴奋不已。一口气重读了《实践是检验真理的唯一标准》一文后，他一直血脉喷张，长期笼罩在心头的阴霾仿佛一扫而光，迎来了一

1　无采工，白费工。喻为对牛弹琴。
2　喻为本性难移。

束希望的曙光。他想得很多，想得很远，回想起当年在镰刀斧头的党旗下，他紧握拳头庄严宣誓的那激动人心的时刻，至今清晰地镌刻在他的脑海里。那是1943年秋的一天，贺为义找他谈话，了解他申请入党的思想动机。在残酷的对敌斗争中，党组织不仅看到了他的积极行动和不懈努力，而且对他的历史已有全面的了解，所以两人谈得很投机。

"我早就向往革命，横下一条心跟党走！我孑然一身，永不叛党！"他言之凿凿，掷地有声。

好一个知己——邹直，廿年阔别尽磨难，一朝相逢报佳音。你说的话还欠缺重要一条，那就是极"左"路线的毒害，它与实事求是水火不容，背道而驰。万般庆幸的是，党中央英明果断作出拨乱反正，重新回到正确的光明大道上来。他欣喜若狂地望着窗外，激动得双眼沁出泪花。

然而，拨乱反正，步履维艰。他心急如焚，一面不断地向邹直打听消息，一面主动找胡瑞麟反映情况。

"老田，你有顺风耳，消息怎这般灵通啊？你对历史很通透，让我佩服。眼下拨乱反正的工作十分艰巨，绝非一朝一夕，一蹴而就，需要巨大的决心和勇气，需要时间。我劝你别急，好吗？"

胡瑞麟心平气和，说得入情入理。他自然不敢强求。

隔天，邹直来信说，近日，中央已决定对被错划为右派分子的同志平反了。

一声同志，两行热泪。"同志"这个多么熟悉而又久违的称呼，从"脚踏车案"起，谁都不敢，也不会称呼我为"同志"，如今这个最亲切、最温暖、最贴切的称呼又回来了。于是，他一口气写了三封申诉书：一封给农林局，请求为自己的所有冤案复查平反；一封给教育局，请求对傅玉樱的冤案给予平反；还有一封是给省劳改局，对嘉安的重判提出申诉。然而，当他兴冲冲地将申诉书送到农林局时，意外地被泼了一盆冷水，当头重重地挨了一闷棍。

他刚进局里，一头便撞到秦好碴。好久不见了，秦好碴愈发精瘦，两只贼溜溜的小眼睛仍十分精灵。

"哦，老田，有何公干呀？"秦好碴倒还客气。

"没没，我想找胡书记。"田舒夫躲闪不及，匆匆答道。

"噢，他上省城开会去了！有事吗？来，屋里说。"

"我……"田舒夫见秦好碴挡道，上不了楼，无可奈何说，"我想面呈一封信。"

"信！啥信呀？若急的话，就放我这里转交吧！书记没这么快回来。"

田舒夫犹豫一下，还是掏出信，交给了秦好碴。因为他觉得自己的申诉理直气壮，光明正大，不必在秦好碴面前躲躲闪闪，遮遮掩掩。

"申诉书？"秦好碴一怔，吊了吊白眼急忙问，"你申诉谁呀？"

"不！是有关我平反的事。"

"平反？"听到田舒夫又要平反，秦好碴就怒火中烧：想当年为"摘帽"的事，自己受了严厉批评，做了检讨，要不是马奋民暗中帮一把，哪有今日的乌纱帽？如今马局死了，若任由田舒夫闹下去，所有的责任岂不全落在自己肩上吗？不行，无论如何得掐死他！秦好碴不屑一顾地把信扔在桌上，对着玻璃窗用手理了理三七开的头发，阴阳怪气地说："你不是已经'摘帽'了吗？还平哪门子的反啊？别得寸进尺，太过分了！"

"我恳请组织对我的问题进行实事求是的复查……"

"别拿'实事求是'来吓唬人！"未等他把话说完，秦好碴狠拍了一下桌子，"啪"的一声连茶杯的水都溅了起来。

正巧，党办的鲁主任路过，慌忙跑了进来，彬彬有礼地说："啥事呀？有话好说，有话好说！"

田舒夫忿然作色，一言不发，一个箭步上前把秦好碴丢在桌上的申诉书拾起，交给鲁主任，说："主任，麻烦您将这封信转交给胡书记。谢谢了！"他头也不回。

"哎呦！老田，老田！"鲁主任拔腿就追，可惜，田舒夫已骑车走了。鲁主任低头一看，手中捏的是申诉书。顿时，他心知肚明，自然不再理会秦好碴。

这夜，满腔怒火在田舒夫胸中燃烧，秦好碴的言行把他潮起的欣喜之情粉碎了。所幸，他把信直接交给了为人耿直的鲁主任。但是，一旦秦好碴执意从中作梗，该怎么办呢？他想，必须迅速开启第二条通道，给省城里官复原职的老领导柯副部长写信，请柯副部长将这申诉书转交有关部门，想必会事半功倍。

奇了怪了！半个月过去了，既不见胡瑞麟回音，也不见柯副部长回信。以往，柯副部长每信必回，且回得很及时，怎么这次犹如泥牛入海无消息呢？不确定的等待是个极其痛苦的过程，时间似乎故意与他作对，走得特别慢。烦躁、焦急和苦闷一起涌上心头，他一个劲地抽烟，一支接一支，靠吞云吐雾来麻痹自己的神经。

又过了三个月，仍悄无声息，平反真比骆驼穿过针眼还要难。他的确按捺不住了。上局里，他不想再遇到秦好碴；到胡瑞麟家里，他从不上门求人。只能靠打电话，可胡瑞麟办公室的电话，不是忙音，就是无人接听，他急得团团转。

这天，电话终于打通了。

"胡书记，我想问问我的申诉书不知你收到了吗？"

"收到了！早就收到了！哎，两三个月前我就交代你们所长向你转告了呀？"

"噢？没有啊！没有啊！"

"哎呦！真对不起！是我耽误了！因忙，我的确抽不出空来与你谈谈。你的申诉书，我已经看了。你放心，只要市里部署统一复查，我们就会在第一时间抓紧办理的。老田啊，你千万别急！心急吃不了热豆腐。以后有什么事，若找不到我，就直接找鲁主任！好吗？"

胡瑞麟一席话像一颗定心丸，他耐心地等呀等，盼呀盼！心想，既然等了二十多年，再等它一年半载又何妨？想开了！心自然平静了许多。

一天，嘉亮喜形于色，像旋风似的回到家，快乐得像枝头上的鸟儿。

"阿爸，阿爸，我考上了！考上了！"嘉亮热泪盈眶地呼喊着，脸上洋溢着幸福的光芒。

"什么？"田舒夫懵了，忘记了一切，仿佛只听到了自己的心跳。

"录——取——了！"嘉亮高兴得像发了疯似的！多亏听了阿爸的劝，他继续埋头复习，再次参加高考，幸运之神终于眷顾了他！

田舒夫双手颤抖地接过嘉亮的北京医科大学录取通知书读了又读，看了又看，全然不知所措，完全沉浸在无法形容的激动里，显而易见突如其来的喜讯使他惊呆了。他那消瘦的脸上腾起一片红霞，滴滴热泪涌出了眼眶，满腔的热血全沸腾起来……他既惊喜、又兴奋、又快乐……他喃喃地说："阿亮啊！我的好儿子！阿爸期盼你多少年的夙愿，终于实现了！这是你刻苦、勤勉和努力的结果，也是咱老田家的好兆头！病树前头万木春啊！多少年来，我渴望幸福！我寻觅幸福！我等待幸福！好日子终于像天使般地降临了！让我与你分享这久违的幸福！咱老田家从你身上激发了新动力，找到了新方向！我真为你感到骄傲和自豪啊！哈哈哈！"他一直沉浸在久违的喜滋滋的快乐之中，快活得几乎要晕过去了。

　　"坚心打石石成穿！我早就看出嘉亮有出息，果真言中了！我有接班人了！哈哈哈！"傅弘茂笑得那么响，把满脸的泪花都笑得抖落在地上。他转身对嘉亮说，"阿亮啊，你一定要像你老爸那样学会低调做人，高调做事。微笑是医生给患者开出的第一个处方，再烦也不忘微笑。学医是没终点的马拉松赛跑，再苦也不忘坚持。今日仅是一个闪亮的起跑，你未来的路还很长很长啊！"

　　"是！外公，阿爸，我一定加倍努力，向您们学习，永不掉队！"嘉亮胸有成竹。

　　"好！"傅弘茂和田舒夫不约而同地说。

　　"哎呦！三分天注定，七分靠打拼。天公真有目睭[1]，阿亮复习最认真，足打拼！"柳芹嫣然一笑，看了嘉亮一眼，又叹息地说："唉，哪像阿耀一日拍鸟，三日拔毛[2]；读书一斗笼，考得挈氉氉[3]只能去拿剃头刀！"她既为嘉亮高兴，又为阿耀着急。

　　"人比人，气死人！阿耀哪能与阿亮比？阿耀做事有前蹄，无后爪[4]。小时候手风琴拉得那么好，现在呢？唉！还是让他去当剃头匠吧！即使把人家的

1　指苍天有眼。
2　拍，打。喻为一曝十寒。
3　斗笼，书笼。挈氉氉，乱七八糟。喻为考运不佳。
4　喻为虎头蛇尾。

头发剪了个窟窿，还可以修补修补。若让他当医生，没真本事，误了诊，开错了刀，那可是人命关天啊！"傅弘茂说得极快、极冷、极硬。

柳芹拧着眉，哑口无言。

"舒夫，这是好彩头！依我看，你的事也快有眉目了！我听说，最近不少人赶着去上访，去省城，上北京！我想，你至少也得去找找教育局！为可怜的阿樱伸伸冤啊！"傅弘茂关切地说。

"有呀，阿爸！"田舒夫的笑纹顿时僵在脸上，左腮上有一小块肉直抽动。

"你自己的事更要抓紧点！你是地下党员，为革命流过血，立过功！不像我一个江湖郎中。听说，邹直已经平反了，你应该去找柯老部长和老战友啊！"傅弘茂把心窝里的话一股脑地全掏了出来。

"阿爸，我与邹直不同，关键要恢复党籍——这是比我的生命还要宝贵的东西，难度肯定比邹直来得大些。况且，还有'脚踏车冤案'呢！总之，我相信党组织一定会实事求是的！"他疲惫的双眼中闪烁着坚定的目光。他知道年迈的阿爸依然时刻牵挂着他的冤案，但是不希望阿爸把话题扯得太远。

"好！十二月甘蔗倒头甜[1]，你得保重身体最要紧！"傅弘茂高兴地拍了拍他的肩膀。

果然，不出所料，他的平反问题就卡在公安局朱局长和秦好碴的手里。朱副局长已升为局长了，心里自然非常清楚：二十多年前田舒夫所谓的"脚踏车案"是在特定的非常时期，为了完成所谓的"肃反"任务，而由他领导的一桩冤案，如果翻了，自己的脸往哪里搁？不过，有了上回诬告信的教训，他学乖了，始终不露面，只给秦好碴定调："脚踏车案"是铁案，永远翻不了！"右派加通敌"，哪能平反？有了这把"尚方宝剑"，秦好碴有恃无恐，上蹿下跳，使得他的平反变得扑朔迷离，遥遥无期。

胡瑞麟对工作是高度负责任的。他始终以为，平反冤假错案必须尊重历史，而尊重历史应从揭示真相开始，揭示真相则需要无比的勇气。因为真相有时往往血泪交加，阴暗丑陋，必须去伪存真，还历史本来的真面目。他

---

[1] 喻为渐入佳境。

顶住朱局长的巨大压力和阻力,领导"复查小组"严肃认真、有条不紊地复查。

这天,胡瑞麟和鲁主任一起来到果树所专门找田舒夫再调查。

"老田,1953年的'脚踏车案',你还有新的证据可提供吗?"胡瑞麟问。

"证据?"田舒夫顿时傻眼了,紧锁眉头说:"没有啊!胡书记。黄汉凌逃了!陈阿山毙了!马奋民和许武良也都走了!全都是诬陷捏造出来的'莫须有'罪名,哪来证据呀?要不你们再查阅当年的档案,我记得在审讯时曾向许武良当面提出'三点声明'。"

"声明?什么声明?整个卷宗笔录上一个字也没见到啊!"鲁主任慌忙插道。

"不可能!那笔录上有我的亲笔签名呀!"

"有呀!是有你的签名呀!"鲁主任说道。

"不可能!我那'三点声明'是我自己在笔录上写上去的,最后才签了名的。如果没有,那决不是我的亲笔迹,我的署名!"他斩钉截铁的声音、令人信服的语调和沉着冷静的神态产生了极其强烈的作用。

"噢!"胡瑞麟和鲁主任不禁对视了一下。

"哦!去年我曾收到黄汉凌从M国寄来的一封信!"他说。

"信!什么信?"胡瑞麟迫不及待地问道。

"一封所谓的'忏悔信'。黄汉凌说对二十多年前自己因借脚踏车撒谎、失信,而后悔不已,忏悔再三……"他鄙夷地说。

"信在哪里?"胡瑞麟不由眼前一亮。

"丢了!不知搁哪里了?"他答道。

"快!老田你得回家好好找找!找到后就马上交给我看看。好吗?"胡瑞麟似乎有点兴奋。

"往哪里找啊?"他挠了挠头发。

回到家,他急忙翻箱倒柜地找起来,十分懊恼。

"阿爸,你找啥呀!"嘉欣见阿爸如此认真地查找东西,赶忙问道。

"找一封信!"

"什么信?"

"海外来信！"

"噢，是不是贴有外国邮票的信呀？"

"对对！就是它！就是它！"他喜出望外。

"记得我扫地时，见这花花绿绿的外国邮票，就存起来了，想留给阿亮集邮的。你不说，我早忘了！幸好没交给阿亮！"嘉欣爽朗地笑了。

一个多月后，在农林局党委讨论田舒夫平反问题的会上，鲁主任和秦好磋针锋相对，寸步不让。

"你的事实呢？你的证据呢？请摆到桌面上来！"鲁主任当仁不让。

"事实……决定就是事实！卷宗就是证据！"秦好磋理屈词穷。

丁局长义正词严地说："判断一个决定正确与否？我认为，关键在于四个字——实事求是。实践证明是对的就该坚持，错的就该纠正，而且要及时纠错。请同志们继续畅所欲言。"

场上的气氛十分热烈。听完同志们的发言后，胡瑞麟发表了自己的看法。他平心静气地说："关于田舒夫的案件，我和秦好磋同志都先后参与。1953年田舒夫的'脚踏车案'全部的证据只有一辆脚踏车和一个子弹盒。那天抄家我在场，搜出东嶝岛战役遗留的空子弹盒，只不过是田舒夫儿子的小玩具箱，却硬生生地被判定有'窝藏枪支的重大嫌疑'。而田舒夫借给黄汉凌的脚踏车，更为离奇。这次我们不仅查到了黄汉凌亲笔的'忏悔信'，而且发现当年审讯的笔录中确有造假的痕迹，所谓'通敌罪'自然不攻而破。至于1957年对田舒夫的审查和抄家，秦好磋同志自然比我清楚。我不再赘述。"

"在这里，我想强调的是，我们每个参与者应该扪心自问：在给一个人的政治生命下定论时，是否对党、对当事人高度负责？是否实事求是地深入调查呢？是否存在主观臆断，捕风捉影，断章取义，无限上纲，甚至揪住人家的一句话不放，就要置人于死地呢？时至今日，在真相面前我们是否有勇气睁开双眼呢？是否有决心和勇气作自我否定呢？"

胡瑞麟喝了一口水继续说："我们共产党人从不怕犯错误，也不讳疾忌医，有错必纠！我们党的光辉是任何人、任何时候都抹杀不了、诋毁不了的……"

胡瑞麟的讲话义正词严，铿锵有力，赢得一片掌声。

秦好碴的额头直冒冷汗，低着头，依然"唰唰唰"不停地做记录，唯恐漏掉一个标点符号，唯恐漏掉一条细细的"小辫子"。

五、无力回天

田舒夫终于病倒了。

长期的苦恼、焦虑、忧伤、压抑和劳累,加上重度抽烟,宛如一双魔手欲把他的胸骨撕裂,拧断了。

一连数日,胸闷、咳嗽和头晕,他以为是感冒引起支气管炎的老毛病又发作了。他懒得吃药,直到夜里咳嗽不止,还伴有胸痛时,才到所里医疗室匆匆拿了点便药,仍坚持上班劳作。

一天,他挑着大粪往桔子洲,猝然觉得胸部一阵阵隐痛,胸腔像是撒进了辣椒末,喉咙又辣又痛,腿软得快要跪下来。他赶紧放下担子,一手痛苦地紧紧按住胸口,一阵无法忍受的咳嗽,持续了足足两三分钟,竟然发现痰中带血丝,额头上、脖子里的汗珠直滚下来,把衣裳浸湿了。他以为,也许是刚才咳得太猛的缘故。歇了一会儿,他咬着牙,继续艰难地一步一步把担子挑到柑园。

下午,他好难受,只好请假,独自上医院。医生说,得拍个片。他说,不必了,老毛病,吃点药就行了!就这样,服了两周的药,虽不见好转,但没咯血了。他侥幸地认为,没事了,仍然拖着、撑着。

周末,他有气无力地回家,一头撞上傅弘茂。

"你怎么了?几天不见就变了样?"傅弘茂见他的脸色有点不对头,关切地问。

"没……没就是感冒一直未好……"他又是一阵猛咳。

"来来来，坐下来让我看看！"傅弘茂不容分说拿起听诊器，仔仔细细地检查起来，叩击他的左胸和触摸他的淋巴，不禁格外惊悚地说："舒夫，不能拖，明天我带你去拍个 X 光片！"他不敢细说。

"不必了！要拍我自己去就行。"舒夫声音微弱地说。

隔天，正巧嘉亮放暑假从北京回来。刚踏进门槛，回家的喜悦就一下子粉碎了。傅弘茂拦下他，悄悄地叮嘱，"你老爸肺部有问题一直咳嗽。你回来正好，明天无论如何得陪他上协和检查，要快！"

嘉亮背上掠过一阵寒战，阿爸确实比以前消瘦了许多，一双疲惫的眼睛凹陷下去，显得暗淡，没有光彩，两个颧骨凸了起来。他急忙说："阿爸，你身体怎么了？明天我陪你上医院看一看！好吗？"

"不必小题大做！你刚回来，得好好歇一歇，明早我还得上班去，抽烟咳嗽，习以为常，你们都别操心！"田舒夫真舍不得花钱去检查。他一边吸着烟，一边不停地咳嗽。

"阿爸，你就别再抽了，求你了！"嘉欣哀求道。

"好！好！不抽就不抽！四十多年的老烟枪了，这坏毛病横竖改不了！不知为什么，近来这烟越抽越呛，越抽越没味？唉，阿爸老了，毛病也多了，你们别介意！"田舒夫把烟掐灭了，赶忙喝一口水。刹那间一阵剧烈的可怕的咳嗽，满嘴里的茶水全喷射出来。

嘉欣慌忙拿来毛巾，一擦，一看，"哇！血？是血！"嘉欣惊愕失色，不敢作声。嘉亮一把抢走毛巾，不让田舒夫看见。

一早，嘉欣和嘉亮拉着田舒夫上了协和医院。

X 光片须等下午才能洗出来。田舒夫急急忙忙骑着脚踏车回所里上班，让嘉亮独自去拿片。嘉亮打开诊断报告书，一看"左肺 CA ？"

"肺——癌！"嘉亮顿时觉得天旋地转，天崩地裂，站也站不稳，冒出一身冷汗。

他一口气跑到竹器社仓库找嘉欣。

"欣姐，欣姐！阿爸的检查报告出来了，是……是……是……"嘉亮一见七姊姑走来，慌忙把话强噎下去。

"是什么？急死人了！快说！"嘉欣拽住嘉亮走到仓库的旮旯角轻声地问道。

"怀疑是……是癌！"嘉亮刚说完，泪水夺眶而出。

"绝症？！"嘉欣的心犹如突然掉进快速飞转的磨筷头机器上被削得支离破碎。她和嘉亮抱作一团，痛哭流涕。

怎么办？怎么办啊！姐弟俩急忙直奔家里找外公和二嬷商量。

"什么？肺癌！"正缝补衣服的柳芹被这可怕的字眼，吓得把针直扎在自己的手指上，渗出血来。她急忙把手指含进嘴里，心想，糟了，糟了！天塌下来了！她记得傅弘茂曾说过，得肺癌就等于判了死刑，缓期执行……慌忙说，"快！快上楼找你外公去！"

"X片呢？"傅弘茂看完报告单后，心焦如火地问。

"在医院！"嘉亮说。

"外公，这可如何是好呀！"嘉欣见外公直愣着发呆，"扑通"一声跪倒在外公面前。

"都别急！阿欣你快起来！片子没看，病理也没做，慌什么？走，我带你们立刻去医院先看片子，然后找老同事，请他们来会诊，用最好的方案来治疗！"傅弘茂猛地站起来，紧拉起嘉欣的手。

傅弘茂与张院长仔仔细细地看了片子和病历后，万般无奈地对柳芹说："晚了！晚了！很可能是左肺癌晚期，又不能动手术啊！"

"死马也得当活马医呀，老六！"柳芹忍不住抢道。

"恐怕只能化疗了！我马上再找呼吸内科主任会诊一下。但，无论如何得让你老爸立即住院，做全面检查，才能进一步确诊。"傅弘茂神色十分凝重地对嘉欣和嘉亮说。

"外公，这病情该如何告诉我爸呢？"嘉亮愁眉苦脸地问。

"谈癌色变！你爸是绝顶的聪明人，哪瞒得住呢？不过，现在还未确诊。"傅弘茂一脸无奈。

"那就瞒一天算一天嘛！"柳芹急了。

田舒夫住院了。他对"左肺积水"的假诊断书深信不疑，觉得这次的病症与往日似乎有所不同，整个左胸部像被魔鬼五花大绑似的，绑得紧紧的。

先生缘，主人福[1]。倘若真把肺里的积水抽干了，病自然就好了，说不定三五天就能出院。所以初住院，他的心情不错，与病房的病友们有说有笑，谈天说地，积极配合各项检查。

俗话说，走贼遇着虎[2]，一关又一关。入院治疗在傅弘茂的奔波下总算顺利解决了。然而，钱——是拦路虎。肺癌化疗的医药费极其昂贵。田舒夫是普通小职工，报销比例小，自费项目一大堆。刚住院没几天，傅弘茂预交款和嘉欣存在银行里的那三百元工伤赔偿金全花完了。幸亏，傅弘茂再暗自凑上。

四面楚歌，嘉亮狠下心，偷偷摸摸地跑去卖血。他想，阿爸为了供我上大学，节衣缩食，才落下这病。只要能救阿爸一命，哪怕卖肾，我也愿意！可是，他才卖了两次，就被眼尖的石磊发现了。

"阿亮哥，别再干蠢事了！钱——由我来筹措。这几年，我积攒了一点钱，花光了，大不了向袁老大借高利贷！"石磊一针见血地说。

"不不！我们已经欠你很多很多了！总不能让你将自己的血汗钱全贴上呀！"

"哪跟哪啊？！你越说越糊涂，我俩能分开吗？大伯生病，我能不管吗？再说，你卖血就能换回大伯的健康吗？你再蛮干，我就告二嬷和阿欣去！"

嘉亮默不作声。此刻，他心头虽有一百个不愿意，但燃眉之急，只能借石磊的一臂之力。

化疗第一疗程，似乎很有疗效。田舒夫顿时觉得五花大绑似的左胸突然被松开来，呼吸顺畅多了。他以为肺部的积水似乎正在逐渐被吸收，不必抽水了。这天傍晚，他高兴地偷偷跑回家。

"舒夫，你怎么偷跑回来呀？"傅弘茂急切地问。

"我好多了呀！想回家洗个澡。"

"擦擦身子就行了，千万别感冒了！"傅弘茂细细用听诊器听了听，心中似有不祥的预感，却始终不敢说出口。

---

[1] 先生，医生。主人，病人。喻为有缘遇到能治好病人的病的医生。
[2] 喻为虎口遇险，一关过了又一关。

田舒夫在家痛痛快快地洗了澡,美滋滋地吃了饭。他刚想返回医院,沙慧珠和沙慧红姐妹俩就匆匆赶来了。

"田老师你好啊?"沙慧珠迫不及待地问。

"哎呦,你们怎么来了呀?"田舒夫惊喜地说。

"我们到病房里找不到你,就赶这儿来了!"沙慧红说,"我是听胡书记说的,才告诉我姐的。"

"哎!真不好意思!疥藓之疾,我对谁也没说。胡书记和丁局长不知从哪里听到的,都赶来了,十分关心。如今我已好多了,很快就会出院了!"田舒夫微笑地说。

"天哪!但愿出现奇迹!"望着眼前田舒夫那张瘦弱不堪的脸,想起不治之症的恐怖,沙慧珠仿佛丢了魂,只在心灵深处发出一声可怕的号叫,强把泪水一股脑咽进肚子里。

等到沙慧珠姐妹走后,嘉欣才惊奇地发现她们送来的两罐麦乳精中还夹着一大叠钱。"阿爸,阿爸!钱!这么多钱!"她忍不住叫起来,"哇!整整一千元哩!"

"什……么?"田舒夫立即说,"快!阿亮你骑车马上送回去!"

嘉亮扭头就走,可她俩已经消失得无影无踪,没追上。

"那……那就先由阿欣保管好,改日一定要送还她。她还会再来的!会再来的!"田舒夫说道。

"阿爸,这位沙阿姨怎么这般大出手啊!记得小时候春节时,噢,你在笼山时,她一下子掏给我们的红包就是五块钱,比天还大呀!"嘉欣记忆犹新。

"是呀,她还加倍给欢欢呢!"嘉亮补充说道。

"对对对!不知为什么,这沙阿姨对欢欢特别好、特别亲?"嘉欣喃喃自语。

"噢……"听着孩子们的对话,田舒夫猝然陷入痛苦的沉思中,久久无法自拔。

"阿爸,你累了,咱们回医院吧?"嘉亮见阿爸愁眉紧锁,脸色不好,立刻说道。

"噢……好……好。"田舒夫沉思了好大一阵子,慢慢地站起来,痛心彻骨地说："有件事我一直埋在心底，原本想等阿安回来后，再告诉你们。"

"阿爸，什么事？"嘉欣和嘉亮不约而同地问。

"阿欣，你还记得前几年同我一道去医院见那许子杰最后一面吗？"田舒夫有气无力地说。

"记得！阿爸，你就别提那家伙了！"嘉欣嘟噜着嘴说道。

"不！不！他——他——是——你——们——的——亲——弟——弟——呀！"一字字仿佛从田舒夫的心里和着血泪一起吐了出来。

"弟——弟？！"刹那间，嘉欣和嘉亮惊呆了，心跳到了舌根。

"是的！你们是同胞骨肉，而欢欢则是沙慧珠阿姨的亲生女儿啊！"坐在返回医院的三轮车上，田舒夫打开记忆的闸门，把二十多年前"换婴"的往事全部钩沉出来。

"仇的另一端是爱，如果把它们的两端折回来连接起来，那就是一个圆圈啊！如果有一天，阿安回家了，你们就告诉他，一定要让他知道，是咱们老田家的儿子害死了沙阿姨的亲骨肉欢欢，今后你们要像孝顺你阿母和我一样，孝顺沙阿姨，才对得起良心啊！"田舒夫说得非常激动。

"我老了，已到靠燃烧自己的记忆来取暖的年代了。如果这次病治好了，平反了，明年安安心心离休了，我别无所求，只想回老家龙岭，在老厝里静静地看书、思考，如鱼饮水，冷暖自知，写篇回忆录，题目我都想好了，就叫"风雨人生"吧！动笔前，我已有一种清醒的认识，不是简单地罗列苦难，而是拉开距离，揭示善与丑的真相，歌颂人性与大爱。我为革命九死一生，虽经历一场场运动，无数挫折，甚至冤枉、不公和毁谤，却一直坦然地活着。人生原本并不完美。解放后，我本应有更多的时间和精力去工作、去学习、去奋斗，但是，一部脚踏车竟夺走了我投身火热新生活的权利……是的，在别人看来，这些是一种极大的伤害和耻辱；而在我看来，也是一种不可多得的自我修炼，自我完善的养分。我曾有过孤独，有过彷徨，甚至沮丧，但从没有丧志，从没有背叛，因为我心中始终有信念。我想写书，想换个角度思考我的一生，将这些思考留给你们，或许会对你们有所启迪、有所帮助。人生就像一个时钟，总有停止的时候，但我觉得还有很多很多事情要做，不想停下来啊……"田舒夫眼睛一热,两股泪水鼓在一对老眼里。

嘉欣回到红楼直奔柳芹房里。

"二嬷二嬷,你可记得'破四旧'大抄家时那个额头上有颗胎记的臭总指挥?"

"怎不记得?就是把这个死团仔鬼扒了皮,我也忘不了!"柳芹咬牙切齿。

"刚才我——我——我阿爸对我说——说——说这个人叫许子杰,他——他——他是我的亲弟弟呀!还说——说欢——欢是——是沙慧珠阿姨的女儿。"嘉欣吓破了胆。

"什么?你再说一遍!"傅弘茂像遭到火烧水烫似的从床上弹起来。

真相大白。傅弘茂痛心疾首,他无法想象,更无法接受那个作恶多端的许子杰竟然是自己的亲外孙,而这个善良美丽的嘉欢却是许武良的亲生女儿。这究竟是谁造的孽?莫非是"换婴"?可他从未听玉樱和舒夫谈及此事,为何要换?为何瞒我?为何要瞒老阿祖?他百思不得其解。如今,玉樱已魂归离恨天,舒夫也危在旦夕,他无法细问,只得忍心地控制自己,装作若无其事的样子说:"阿欣啊,大人的事你有耳无嘴,听听就好!你阿爸正在病中,恭敬不如从命,你们就按他的嘱咐办。此事千万莫外传,莫被堂里人知影,否则会被耻笑的!"

"哎哟!足夭寿!千两银难买一个亲生团。天下间怎有这款'换婴',换得自己家破人亡……"柳芹自言自语,久久难以释怀。

"对呀!只不过子杰这小子与许武良不同,许武良是骨子里坏透的人,而子杰和大宝一样都是'文革'的牺牲品。"傅弘茂痛心地插道。

这夜,田舒夫又严重失眠了,加上左胸部一阵绞痛,只能坐着。嘉亮赶忙让护士给他打了针、服了药。折腾到大半夜,他才朦朦胧胧入睡。

隔天醒来,他刚开口想叫嘉亮,突然发现自己的声音嘶哑了!他极力想张开嘴,想大声说,声调依然沙哑,好像忽然失声了!他心急火燎,像有团火焰呼呼喷出,烧灼了喉咙和舌头,全都变硬、变僵、变得干涸了。他慌忙接过嘉亮端来的一杯水,一下子猛喝几口,清了清嗓子,发出的还是嘶嘶的沙哑声，低得像蚊虫在叫。他心像针扎一样，脑海里突然掠过一丝不祥的预感。

嘉亮飞快地跑去找医生。不出所料，医生仔细检查后悄悄地告诉他，"你老爸的病情正在恶化，肺部肿瘤已侵及纵膈左侧，压迫到喉头回返神经了。"他心提到嗓子眼了，眼泪刷刷地流出来，差点晕过去了。他乞求医生仍要瞒住实情。医生只好对田舒夫说，这可能是药物反应引起的，不必紧张！田舒夫将信将疑，心想，也许是昨晚太高兴，话说得太多，加上镇痛安眠药麻痹了神经的缘故吧？也许是病情突然恶化了？田舒夫忧心忡忡，只能少说话，静待观察。

不承想，老同学邹直夫妇接踵而来。

"舒夫兄，近来可好？"邹直走上前紧紧握住田舒夫那双粗糙的消瘦的爬满一条条蚯蚓似的血管的手，彼此的手都在颤抖。

人生得一知己足矣！这是田舒夫经历风雨后的感慨，也是感悟人生的追求！邹直的情是一种无言的温暖，一种无形的陪伴。田舒夫用一种失掉了语言音乐的哑涩的声音说："好……好……"

"声音怎变了？！"邹直急切地问。

"噢！是药物反应。"嘉亮紧张而急迫地说。

"一切听医生的，随遇而安！千万别着急，病去如抽丝，你得要有信心和勇气才行啊！"邹直恳切地劝道。

田舒夫点了点头，脸上露出一丝苦涩的笑容。

"告诉你个好消息，你的老领导柯副部长又见报了。听说，他去年是患重病上北京手术了。你的平反的事肯定不成问题了！"邹直笑着说。

田舒夫恍如刚从梦中醒来一般，难怪柯副部长一直没来信。他会心地笑着说："胡……书……记……来……过……也……是……这……么……说……的！"

"这就对了！你好好休息，一切顺其自然，水到渠成，千万要多保重！"

傅弘茂来到护士站，看田舒夫的病历，向值班医生了解田舒夫昨夜的病情，当听到田舒夫已经失声，他抑制不住内心的悲伤含着泪对医生说："这病已到晚期，我们都很清楚现在的医术无力回天，只能减轻他的痛苦，尽量延长他有质量的生命才好！"

"老主任，我知道。昨天张院长和农林局胡书记都再三交代过，我们一定会尽力的！"值班医生说。

"知天命，尽人事！"傅弘茂转身对送瘦肉汤的柳芹和玉梅说："你们都听见了，事到如今，咱只能尽人事，听天命。"

病来如山倒，一点不假。田舒夫的病情急剧恶化，连傅弘茂和张院长都始料不及。身体不可逆转地衰弱了，颧骨高凸，眼睛凹陷得如同两个黑洞，变得更瘦、更憔悴了，简直成了一具皮包骨的架子。第三个疗程的化疗已无法进行，他大口呕吐，有时把半凝固状胆汁都吐了出来。他气促和持续剧烈的疼痛，使病情频频告急。

病魔肆无忌惮地折磨，他日愈清醒地意识到自己的病并非是简简单单的"肺积水"，而是一种可怕的绝症了。死是万物不可逃避的归宿，他没有任何恐惧。但无论多么病入膏肓，他的心声还是那么硬朗。他还是那句老话，离死越近，越不想死，越不能死！这不仅是因为他和玉樱的沉冤未洗，也不仅是因为嘉欣和嘉亮尚未成家立业，而是因为嘉安仍在西北大漠服刑，这是他的一块心病，嘉安一天不归，他死不瞑目！然而，每天胸部无时无刻地一阵阵揪心的疼痛，就像一支支钢针在猛刺，像一条条毒蛇在咬噬，像一根根烙铁在灼烫，像一道道电流在击穿。他咬着牙，从不呻吟一声，偶尔忍不住时，会拼命地捶着墙，全身冷汗湿了一回又一回，靠服"神癀片"来消炎、镇痛，已经无法减缓痛苦了，只能靠一针针"杜冷丁"来麻醉。

此时此刻，一家人心急如焚，心如刀绞，谁也爱莫能助，谁也无能为力。

为父母送终，是人生最大的苦痛啊！虽然嘉欣和嘉亮始终用善意的谎言不敢说出真实病因，而聪明的田舒夫早已知道，现在他的双手是烤着生命之火取暖，火快焉了，所剩的时间已经不多了。趁自己还清醒的时候，他伸出瘦长而无力的一根手指痉挛地指着。

"阿爸，阿爸，啥事？"嘉亮将耳朵趴在他的嘴边，泪像潮水似的流出来，静听着阿爸在死亡的深渊边上说出的心里话。

"回……回……回……龙……岭……"他一字一停地非常微弱地说。

还没来得及说完，他又昏迷过去了。

六、雨过天晴

　　回光返照的那一刻最令人悲催、最令人心碎。傅弘茂带着柳芹和玉梅，还有邹直、沙慧珠都不约而同地赶来陪着嘉欣、嘉亮和石磊，围在田舒夫的床旁，共同度过这段锥心沥血、永生难忘的时光。

　　田舒夫那张被疾病折磨得变了形的衰老、憔悴的脸上突然恢复了原状，眼睛露出惊奇的神色，东张西望，张着口用那不听使唤的舌头低语。嘉欣和嘉亮一阵慌乱，争先恐后地贴近他的嘴边，可一个字也听不清，大家的心都给悲哀撕碎了，谁也不懂他想要说些什么。风已摇曳着他那根渐息渐灭的生命残烛，但还要迸发最后一点火花。过了一会儿，他表现出一种非常正常的快乐，不像是装出来的，而是理智对病痛的一种最后顽强的抗争，用无比坚定的眼神望着嘉亮，拼尽全力用干枯得象树枝一样的手指抖抖索索比画着，最后他又极力想用那嘶哑的、低沉的、痛苦的声音来表达，断断续续，含含糊糊，嘉欣怎么也猜不透他的意思，急忙把床边的一个个长辈和亲友带到他眼前，他睁大眼睛用一种十分柔弱、十分哀婉、十分感激的目光依次看了一眼，仿佛在道谢，在诀别。最后他还是摇摇头。突然，机灵的嘉亮恍然如梦初醒，猛地上前，"啪"地打开了床前的窗户，让阿爸最后看一眼窗外的景色，吸一口清新的空气，瞧一瞧五光十色的斑斓世界。

　　天刚蒙蒙亮，没有一点太阳光。然而，过了一会儿，田舒夫霍然看到，黑夜已挤尽了最后一滴墨汁，云开雾散，一缕显露着欢乐瑰丽的曙光射进窗来，他微微地笑了！任何语言都无法形容他的那种既兴奋、又留恋；既快乐，又不舍的神情。过了一会儿，他慢慢地静静地闭上了双眼，悄无声息地溘然与世长辞了。

胡瑞麟大步流星地赶到医院，忽听病房里哀哀欲绝的哭声，再看病床上的田舒夫已被洁白的床单盖上了。他心猛地一揪，黯然神伤地哭喊着："老田啊！我来迟了！我真的来迟了呀！田舒夫同志你已经平反了，彻底平反了！我是给你带《平反通知书》来的呀！你的冤案已昭雪，你的党籍和公职都已恢复了，你听见了吗？听见了吗？"胡瑞麟一边哭着，一边从公文包里掏出田舒夫的《平反通知书》，恭恭敬敬地放在田舒夫的遗体上。

"阿爸啊！阿爸！你听见了吗？你听见了吗？"嘉欣和嘉亮号啕大哭，跪在阿爸的床前，不停摇晃着病床，仿佛无论如何要把长眠中的阿爸唤醒过来似的。

病房里的所有人无比扼腕唏嘘，仰天长叹。

为田舒夫同志平反昭雪的追悼会，秦好碴虽暗中作梗，但仍如期举行。谁也没有想到，一下子来了这么多人：不仅果树所和农林局的老同事们；"积善堂"的亲友们；象牙和龙岭的乡亲们；竹器社和麻山村的代表们，纷至沓来。而且省城的柯副部长和地、市的一些领导，以及地下党的老战友们都纷纷赶来了，在北京的贺为义老同学专门发来唁电，送上花圈。整个小礼堂挤得水泄不通：花圈，层层叠叠一直摆到礼堂外的空地上；挽联，密密麻麻挂满整个墙壁；一朵朵白花、一行行热泪；一段段留言、一片片深情无不寄托着对田舒夫同志的无限哀思与怀念。

傅弘茂无论如何也要赶来参加。老人的脸很憔悴、很悲伤。见到柯副部长，他愣住了，眨了眨眼，想起来了，极感激地紧握柯副部长的手。

"傅老啊，田舒夫同志二十六年的沉冤终于彻底平反昭雪了！这是值得我们引以为戒的历史教训啊！虽然今天一切褒贬毁誉他再也听不到了，但是他的名字，他对党的一片丹心，终于可以写入省革命老区史，让人长久垂念了！作为老战友，我们对他的平反昭雪表示莫大的欣慰，对他的逝世表示沉痛的悼念！傅老您得节哀顺变啊！"柯副部长眼眶里噙满泪水，紧紧握住傅弘茂的手，心情极其沉重。

追悼会由丁局长主持，胡瑞麟书记致悼词，他高度评价了田舒夫革命的一生，战斗的一生。傅弘茂眼睛眯成一条缝，凝视着舒夫的遗像，仔细聆听悼词，字字句句叩心头，他发了一阵抖，望着窗外的蓝天，眼睛里慢慢地泌出一眶眼泪，心想：这些悼词不正是在明明白白地告诉世人，一颗正直、纯洁和高尚的灵魂，尽管有时会遭受意想不到的冤屈、磨难和迫害，但是最后真实的光永远不会被淹灭，永远照彻人间……想到这里，他的每根脉搏仿佛都在震荡，满眶的泪水沿着灰白的脸颊滚落下来了。会后，田舒夫的骨灰直接安葬在龙岭老家后山坡的翠竹林中。

一切办得妥妥帖帖后，沙慧珠已经累得直不起腰来了。在这些日子里，她像母亲一样无微不至地关心和照顾着嘉欣和嘉亮。她和女儿许香玲住在红楼已有十多天了，打算隔天就回象牙去。

"沙阿姨，干吗这么急啊？"嘉亮急不可耐地挽留。他仍沉浸在无限的悲痛之中，觉得，与沙慧珠和许香玲在一起的日子多了一份安慰。

"是呀！阿母你就多待几天，等嘉亮哥返校时再回去。我呢，我们邮电局有邮车，天天来回跑，不累的！"许香玲霍地站了起来，大声说道。水汪汪的眼睛不时滴溜溜地转动着，仿佛这事与她利益攸关似的。

"香玲，这没你的事！"沙慧珠急忙打岔。

"不！我不！阿亮哥，你说对不对呀！"香玲羞红着脸，气鼓鼓地说着。

"阿亮，香玲妹说得对！沙阿姨，你就多住几天吧！我阿爸走了，阿亮又得回北京，就留我一个人？我怎过呀？"嘉欣哭诉着。

"是呀！慧珠你就多住几天，咱们多聊聊！"二嬷柳芹忍不住发话。

"好！好！我支持！"许香玲笑了，嫣红的脸上那对深深的酒窝显得愈发可爱迷人。

就在嘉亮返校的前五天，两件大好事接踵而来。

一是傅玉樱的冤案平反了。当夏老师噙着泪水告诉嘉欣和嘉亮，"清队"时强扣在你阿母头上的"军统特务"的大帽子完全是子虚乌有，张冠李戴，傅弘茂差点儿晕倒了。接过一大叠原件退回的傅玉樱的认罪书，嘉欣和嘉亮欲哭无泪！他们怎么也不能理解，明明是"莫须有"，为什么阿母却要"认罪"

呢？而且不厌其烦地一遍又一遍地"认罪"呢？

"这就叫'屈打成招'。以前，许武良和鹿麻子等人惯用的手法！在'清队'中对所谓"牛鬼蛇神"的刑讯逼供已到了无以复加的地步，所以自杀者不计其数，你老母还是顶住了！"夏老师悲愤地说，"现在，洪校长也平反了，可她的《平反通知书》该交给谁呢？"

"嘉欣把你老母的平反书收好，等明年清明扫墓时将它烧了。人死了，若真有灵魂，这份沉甸甸的平反通知书就像为你老母的冤魂奏出一支庄严的安魂曲，在九泉之下她一定会听到的，会安息的。"傅弘茂颤抖地说。过了一会儿，他又喃喃自语，"唉！给的是一张纸，但生命呢？永远不能复活啊！"

"这些认罪书呢？"嘉欣问。

"一道烧了！这是'文革'的烙印，烧成灰也都认得出耻辱和冤屈啊！"傅弘茂的心像要从嗓子里跳出来似的，每个字都带着一团怒火。

隔日，傅弘茂和柳芹正坐在红砖埕上晒太阳。忽见一个戴着破草帽，留着胡子，背着破行囊，身上沾满尘土的小伙子窜进门来，东张西望。他的一双破布鞋，前面露脚指头，后面露脚后跟，脏兮兮，活像个乞丐。

"你找谁？"柳芹吓了一大跳。

"哎呦！二……嬷！"

"你……你……你是谁呀？"柳芹瞅着那人身上的黑衣裳虽已破烂不堪，那双大眼睛却亮得像雨夜后的星星。

"我是阿安！阿安呀！"嘉安激动万分地摘下帽子，露出剃得精光锃亮的脑袋。

"阿安……"傅弘茂突然呆若木鸡，嘴唇不停地抖动着。

"外公！外公！"

九年了！阔别后的嘉安突然变成了南腔北调的西北娃。高高的个子，瘦弱的肩膀，一张被无情的阳光晒得黝黑酱紫，被风沙吹得粗糙干裂的脸颊上，杂乱无章的胡子里粘满沙土，像一丛被踩过的乱糟糟的茅草，艰苦的岁月在他的身上留下了一道道的痕迹。

"你是阿安？！你怎这时候才回来呀！"柳芹上前搂住嘉安，鼻子一酸，泪水扑簌扑簌地流下来，抖动的手直捶打着嘉安的胸膛。

"二嬷，我阿爸和阿妈呢？"嘉安瞪大双眼问。

"走了！都走了呀！"傅弘茂低沉地说，心想，人生太残酷了！历尽磨难的阿安回家居然见不到亲生父母惊喜欢乐的笑容，而见到的却是两撮萧然的寒灰。

柳芹轻轻地抽泣。

"什么？"嘉安猝然"扑通"一声双腿跪倒在埕上，肩上的行囊"啪"一声掉落下来，像木雕泥塑的神像一般，呆呆地直望天空，想着想着心里像被堵住了，气都喘不过来，像突然被人捂住嘴和鼻子一样难受，眼泪便刷刷地流出来了。不一会儿，他"哇哇哇"地大哭大喊起来，"阿爸啊！阿母啊！您们怎么这么快就走了呀！我不远千里，日夜兼程赶回来，您们是我生命中最亲爱的父母啊，您们怎么能撇下我就走了呢？没有您们，我该怎么活呢？……"他哭得太惨了，用力捶着地，拍着胸，任凭鼻涕和眼泪肆流，楼里楼外的人都惊诧地围上来。沙慧珠疾步上前，想把嘉安拉起来，可是怎么也拉不动。

嘉欣刚进门，听见刺耳的哭声，看到埕里围了一大堆人，不顾一切挤了进去。

"阿安？！"嘉欣猛扑上去，泪水随着声音一齐迸发出来。

"姐！我的欣姐啊！"

"阿安！你怎么到现在才回家呀！我的好弟弟啊！"嘉欣紧紧抱住嘉安，哭得身体一抖一抖，说什么也不放手。

"欣姐啊！我好想你呀！我拼死拼活，挤火车，足足赶了十多天才回来，为什么见不到阿爸和阿母呢？"嘉安的眼泪一滴滴滴在自己的腿上。

姐弟们相拥而泣，围观者无不动容。

在嘉安朝天祭拜了父母的亡灵之后，柳芹特地炒了几道家乡菜，沙慧珠赶忙上街买上两瓶荔枝酒庆贺嘉安的平安归来。

刚入座，嘉安就急急忙忙点燃一支喇叭烟，大口地吧嗒吧嗒抽起来。嘉欣十分生气，一手打下去，把烟打在地下，用脚踩灭了，愤忿地说："不许抽！

咱阿爸的肺病就害在这鬼烟上的。"

嘉安如同断线的木偶一般，僵住了。

"哎，阿欣，今天阿安回来高兴，就让他抽吧！要改也得等明天再改嘛！"柳芹笑着说道。

"不行！阿爸说了，要我管束阿安绝不能再抽烟！"嘉欣一板一眼地说。

"好！就听阿爸的遗训，戒就戒！你说说，咱阿爸还交代什么呀？"嘉安幡然醒悟急忙问。

"阿爸说，原谅你的鲁莽行动！他还说……还说……"嘉欣看了沙慧珠一眼，又把话强噎进去了。

"急死人了！快说呀！"嘉安轻轻地拍拍桌子。

"阿欣，你就直说吧！"沙慧珠若有所思。

"阿爸说，你砍的是自己的……自己的无恶不作的亲哥哥！"嘉欣像吐鱼鲠似的难受地说。

"什么？许子杰他……他是？"恐惧突然像冰一样包裹住嘉安的心，使他痛苦不已。

"是的！阿爸还说，欢欢是沙阿姨的亲生女儿，咱老田家的孩子一定要好好孝敬沙阿姨……"嘉欣未说完，已泣不成声。

"这是真的吗？沙阿姨！"嘉安像有一块大石头压在脊背上，他不知所措，眨巴着眼问。

沙慧珠强忍住泪水，点了点头。此刻，她一句话也不想多说，她不忍心把田许两家的恩怨情仇再一一撕开给孩子们看，只是简明扼要地说了句，"都是'换婴'造成的。"

"换婴？"嘉安如梦初醒，"不不不！欢欢是我的姐姐！她永远是我田家的呀！谁也夺不走她在我心目中的位置！我真浑，当时没听欢欢姐的话，才落得这般下场！"他自言自语中充满无限的内疚和自责。

"别难过！阿安，香玲也是你的姐姐呀！你瞧瞧，她像不像欢欢姐呢？"沙慧珠抹去脸上的泪花，指着香玲说道。

嘉安仔细一瞧，许香玲身材高挑，脸蛋秀美，她的一颦一笑，举手投足的姿态中流露出一种欢欢姐所从未有过的自信，不过丝毫不影响她举止的温柔。她的脸庞很像欢欢姐，不过脸色比欢欢姐红润，嘴比欢欢姐略小，鲜灵灵、红嘟嘟的下嘴唇微微前突——这是唯一比欢欢姐的不足之处。

"像，像极了！比欢欢姐稍高点，靓点！"嘉安连声赞道。

"哈哈哈！"嘉安的话一下子把大家逗乐了。许香玲的腮上像被突然飞来的两片红花瓣贴上似的，两颊绯红，赶紧低下头，含着泪，只顾摆弄着衣服。

"哇！好香啊！二孃今天是啥好日子了！"石磊愣头愣脑在门外就大声说道。

"石磊哥！"嘉安猛地站起来，大声喊。

"嘉安弟！"石磊三步并作两步扑上前，两人紧紧地拥抱在一起。

此时无声胜有声，千言万语藏心头，唯有真情与泪水在心中交融和奔腾。

嘉安和石磊连干了三杯之后，石磊急不可待地掏出了一包"红霞牌"的香烟，塞到嘉安的口袋里。

"嗯嗯！"嘉欣向石磊丢了个神色说，"别放毒，人家安弟已经戒烟了，你也得戒！"

"是吗？"石磊惊讶地问。

"是！老爸的话，不可不听！"嘉安说。

"听见没有，你该老老实实戒了吧？否则，别想进咱红楼的门！"嘉欣嘟噜着嘴。

"我……？"石磊稀里糊涂指着自己的鼻子。

"哎呦！阿欣，人家石磊还未过门，就整'气管炎'啊？哈哈哈！"柳芹不禁调侃一句。

嘉安恍然大悟，看看欣姐，再瞧瞧石磊，不由哈哈大笑起来，所有人都笑开怀。嘉欣和石磊的脸"刷"地一下红得像桌上煮熟的虾子，不好意思地转过身去。

"哟，怎不见嘉亮哥呢？"石磊急忙转移话题。

"嗨！我亮哥真是好样的！堂堂大学生，真派头！"嘉安情不自禁竖起大拇指说，"他回麻山看望乡亲们了！"

"是呀，等他上北京，我也该回象牙去了！下月再来！明年清明节我一定和你们一道回龙岭，把你阿母的骨灰也一道带回去与你阿爸合葬在一块儿入土为安，咱把这事给办了，心就安了！如果嘉安有空的话，我还打算和香玲一道上五峰，看看飘落异乡的欢……"沙慧珠抑制不住心中的无限悲痛，呜咽地说。

"不不不！沙阿姨，你还是多住几天吧！"嘉欣拉住沙慧珠的手一再挽留。

"阿欣，你沙阿姨在象牙有个家，需回去打理打理，再来嘛！你阿爸生前把你们托付给沙阿姨，她怎会忍心丢弃你们呢？是吗？慧珠。"柳芹说道。

"是呀！我们两家从此不再分离！"沙慧珠百感交集地说。

"对！我妈说得好！"许香玲情不自禁地叫好，眼睛里流露出那么激动而欣喜的心情，这是沙慧珠从来没有见过的。

"沙阿姨说得好！清明节我和石磊一定陪你上五峰，去看看欢欢姐，我来呼唤她一声，她一定会听见的！"嘉安哽咽着。

"要不！咱把欢欢的遗骨也带回龙岭去安葬？"嘉欣插道。

"以后吧，以后再说吧！"沙慧珠抹去眼角的泪说。

饭后，傅弘茂把嘉安独自叫到自己的房间里。

"阿安！有件事我想问你，记得当年你曾给家里来过一封信，怎么没写上你的地址呢？为这事害得你阿爸急得团团转，只好四处盲目投邮，连包裹都被退了回来！"傅弘茂问。

"是吗？哎呦！当年我是求爷爷、告奶奶给人跪求，托人跑到四十多里外的邮局去寄这封信的呀！万万没想到忘了写地址了。难怪我欲眼望穿，死活都收不到家里的一点音讯！万箭穿心啊，我还以为……"嘉安痛苦地用双手紧紧捂住脑袋，仿佛被人朝他的头上钉一枚钉子。

"阿安，这九年你是怎么过来的呀？"傅弘茂问。

"在大西北深处挖煤！那鬼地方荒凉得如同月球，整天挥动十字镐、大铁铲，赤裸的身体和优质的煤块一样乌黑发亮，全身上下只剩下牙齿和眼白是白的。那种高强度的奴役，简直是在自掘坟墓！我期盼人性的善待，人心的善待，但始终等不到……不说了吧，外公！"嘉安昂着头，抹去满脸的泪水。

"你很坚强！"傅弘茂惊讶地发现，囚犯的生活真锻炼人！九年不见，嘉安不仅长大了，而且懂事了。

"我哪懂什么叫坚强，全靠死撑呗！"

"唉！这沉重的一页已翻过去！"傅弘茂轻轻拍了拍嘉安的肩膀说，"你阿爸去年就开始一直为你的事上诉，直到临终你老爸还念念不忘啊！"

"难怪！难怪提前释放的人都得留场当'二劳改'，而场部一个通知不仅立即放我走，还给足了路费。父爱如山，母爱如海！外公，我阿爸和阿母走了，带去我深深的挂念，留给我永远无法偿还的痛！我今生今世永远无法报答二老的恩情！"嘉安感慨万千地说。

"阿安你懂事了！也长大了！阿爸和阿母在天之灵一定很高兴！一定会保佑你的！"傅弘茂语重心长地说，"不过，我要对你说，往事随风而去，但沉重的教训必须汲取！今后的路怎么走，我只送你四个字，'敬畏、自律'。外公原谅你的过错，希望你永远不能再错！你要心存敬畏，行有自律。学你亮哥，奋发有为，寻找机会，顽强生活！"

嘉安静静地听着，连连点头。

嘉亮回来了，兄弟重逢，恍如隔世。这一夜，兄弟俩和嘉欣三人围坐在父母的遗像前，有道不尽的情，说不尽的话。

"阿安，阿爸阿母都平反了！明天我就去找胡书记和夏老师，看看能否给你'补员'？"嘉亮愧疚地说道。

"不！不必了！我和石磊约定先回五峰一趟，去祭奠欢姐，也探望水仙婶。'知青'开始陆续返城了，我也想早日回漉溪。回来后就和石磊一起到江边码头干！我都死过一回的人了，累活、重活算什么？自力更生养活自己，没问题！"嘉安凝视着阿爸和阿母的遗像拍了拍自己的胸脯，仿佛在向二老作保证。

"阿安，这次老爸落实政策领了一笔抚恤金，扣除还清医药费外，还剩一点点，都留在欣姐那里，你要用就先拿去，别再苦了自己！"嘉亮说。

"不！你带到学校用。一念天堂，一念地狱，这些年，我变了，变得学会了忍耐与舍得。这些年，我顿悟了，顿悟生命是自己的，你得为自己负责。所以，九年非人的囚徒生活，我昂首不让泪奔流，硬撑过来了，我会珍惜当下每一天，放心吧！"嘉安霍地跪下来，在阿爸和阿母的遗像前三跪九叩头。

"我始终觉得阿爸和阿母并没有走！老人家在我们心中永远树起了一座圣洁的纪念碑，留下了一笔弥足珍贵的精神遗产，留下了两颗蓄满人间善良和大爱的，造就崇高美德的坚强的心。"嘉亮噙着泪说，"这些日子，我深切地感悟到阿爸阿母留下一个良好的道德标准——无论如何不能把自己的幸福建立在别人的痛苦之上，无论如何不能跟许子杰那样不义和邪恶！"

"是的！阿亮说得对！如果有来世，我们还做阿爸和阿母的儿女，因为这辈子做不够！做不够啊！"嘉欣号啕大哭起来。

"是的！是的！"嘉亮、嘉安不约而同地说，此时三人紧紧地拥抱成一团，泣不成声。

天亮了！天边翻腾着血红色朝霞和浓密欲滴的紫色云朵，格外灿烂。转瞬间，东方的曙光向苏醒的大地射出万紫千红的万丈光芒。

七、春暖花开

春天来了，报春的燕子往来逡巡在红楼的屋檐下，呢喃的梵音充满整个走廊，仿佛争先恐后地传递着一个个佳音。

嘉欣和石磊这对苦恋人终于结婚了。

这桩婚事是傅弘茂拍板的。照理说，三十多岁的嘉欣早就该出嫁了，石磊与她青梅竹马，情投意合，是最佳的人选。可是她碍于自己的残疾，怕拖累石磊，始终没敢答应。柳芹和傅玉梅以为，石磊人品虽好，但无钱无厝、无亲无戚，担心嘉欣将来再吃二遍苦，所以不太认同。唯独沙慧珠大力玉成，她悄悄告诉傅弘茂，石磊现在与袁老大合伙办的建筑工程队，生意红红火火，正筹建大公司哩！只要石磊和嘉欣俩愿意，儿孙自有儿孙福，将来一定会很幸福！

傅弘茂觉得沙慧珠言之有理，便分别把嘉欣和石磊叫来谈话，果然一拍即合。有了爱就说不上失明！能跟嘉欣结婚，一种特别兴奋、特别喜悦的心情立即抓住了石磊，泪水涌到他的眼眶里来了。傅弘茂笑得合不拢嘴，对柳芹说："俗话说，世间三项囥[1]不得。查某囥不得！女大当嫁，切勿留。记得当年舒夫与玉樱的婚事也是好事多磨，幸亏老阿祖力主。自古姻缘天注定啦！咱还等什么？玉樱和舒夫都不在了，这事就由我来做主，钱我出，春节前就让嘉欣这乖外孙女风风光光、热热闹闹地嫁出去。唉！我老了，身边能与我说说这些心里话的，就只有你一人。"

---

[1] 囥：藏。三项：死尸、粪便、长大的女孩。喻为女大难留。

出嫁的那天，嘉欣、嘉亮和嘉安都起得特别早。嘉欣捧着香，跪在阿爸和阿母的遗像前低声自言自语："阿爸阿母，今天我要出嫁了，您们该为我高兴吧！我是嫁给石磊的，我俩真心诚意相爱，请您们保佑我们吧！离开这个家，离开嘉亮和嘉安，我有千般不舍，万般难过！可是，外公和二嬷都说女大当嫁呀！我和石磊有个约定，将来无论如何也要竭尽全力帮助嘉亮和嘉安成家立业的……"说着说着她和嘉亮、嘉安都不禁潸然泪下。

"好了好了！阿欣，今天是好日子，你老爸老妈都在为你们高兴和祝福！来，快起来吃甜面线，让沙阿姨给你梳妆打扮一番！"柳芹一把拉起嘉欣的手臂。

当迎娶新娘的三轮摩托车停在红楼大门前时，天色渐渐亮起来，太阳露出了笑脸。鞭炮声"噼里啪啦"震耳欲聋，"积善堂"老宅的人们纷纷围拢上来，瞅着头插朵小红花，身穿红色漂亮棉袄的嘉欣，好像有点陌生似的——她多美啊——窈窕的身材，漂亮的脸蛋。嘉欣羞答答地低下头，脸庞红了。帅气的新郎石磊和她一起向外公和二嬷，还有三姨傅玉菊、五姨傅玉梅、沙慧珠三鞠躬后，手牵着手上了车，此时，全家人的心里都乐开了花。

春节后，神癀片制药厂就要搬迁到牛圩工业区。

清晨，春风吹拂着傅弘茂的白发。他站在走廊上，手扶栏杆，久久凝视着眼前的"积善堂"老药铺、破作坊、旧厂房和仓库，还有那根具有标志性的大烟囱，心里像多味中药揉成的药丸似的，五味杂陈。尽管他早就对制药厂搬迁举双手赞成，但对于即将拆除的"积善堂"旧址，却万般不舍。"积善堂"能不能作为沥溪老城的古药铺，经一番修缮，得以完整地保存下来呢？能不能在堂里开设个"神癀片"小小博物馆，或展示厅呢？西街能不能改造成反映明清时期沥溪文化特色的历史街区，开辟为一个旅游的新景点呢？半年前，他攥着与旅美的小舅仔高念台反复商议后的建议书，四处奔走、呼吁。可是人微言轻，没人理睬，甚至被讥笑为，"老番颠——头壳坏去了！"他心疼了一下，没敢再摸自己的胡子，因为胡子已不再代表着资历和智慧，而是老朽的标记。不过，他细细思忖：当年他和老四、老五从父亲手里承继下来，有眼前的一大片作坊；有沿街的一大溜子店铺；有红楼、花园、白石埕；有隐藏在地洞里和墙脚下的用瓦罐装着的黄金和白银圆；还有"神癀片"秘方等不可估量的无形资产，然而，一切都是过眼云烟，连《傅氏家谱》都被焚毁殆尽了，对于家族的最早回忆只能凭借传说了。虽然，这个家族的历史太漫长、太古老，让它的后代似乎无法弄清，无法记忆。但是，"神癀片"百年神药的威名还在，"积善堂"的根还在，魂还在！老祖宗留下的"积德行善"的立家立身的纲纪还在！若不是新中国，若不是迎着改革开放的春风，百年"积善堂"岂能在新工业区建起了现代化的大工厂，旧貌换新颜呢？历代的傅家子孙们谁能有如此翻天覆地的大手笔和真本事呢？确实遇上这千载难逢的好年景，真是可喜可贺啊！再说，将破旧不堪的"积善堂"厂区改建为职工宿舍大楼，解决"住房难"的老问题，为职工分忧，也是可圈可点的啊！只是眼前"积善堂"一草一木、一砖一瓦勾起他心中早已尘封的、旧时的许多记忆，像一幅幅图画清晰地浮现在脑海里，心中不禁升腾起一种伤感追怀的情感，几分快乐，几分凄凉，几分钟情，几分唏嘘……顿时，他凝神静思，若用现在的眼光去看"积善堂"不仅有一种百年的沧桑感，更有一种特殊的美感，带着对即将消失的"积善堂"的迷恋，它，美的那么缥缈，那么真切，那么令人难以忘怀！"积善堂"是㵲溪百年老字号药铺的历史见证，多么值得保存，拆了就永远消失了呀！此刻，两股泪水鼓在他的一对老眼里。

嘉亮放假回家，兴高采烈地告诉他一个好消息，他考上北医研究生了。

他一听，喜忧参半，喜的是嘉亮有出息，更上一层楼；忧的是嘉亮的婚姻大事怎么办？

他急忙对柳芹说，"嘉亮读研究生是大好事！不过，他与许香玲都谈了这么久了，两人的婚事是不是在他上学前给办了，了却你我心中的一件大事呢？你不妨赶紧与沙慧珠商量一下！"

"好好！沙慧珠早就盼有这一天了！明天她必来庆贺阿亮中榜，我就找她谈此事，包准她听得嘴笑目笑，举双手赞成！"柳芹喜上眉梢。

孰料，嘉亮坚决不同意马上结婚，理由很简单就是怕影响学业。许香玲进退两难，她深爱嘉亮，何尝不想早日喜结良缘；她依赖嘉亮，担心今后真的会拖了他的后腿。

岂有海龙王辞水？柳芹难以置信，极力劝说，而沙慧珠被气懵了，苦口婆心劝不成，骂也不得，急得像热锅上的蚂蚁。唯有傅弘茂老神在在，一声不吭。

才没两天，嘉亮就心慌了！见老外公一改往日的关怀备至，老躲在房里不出来，他知道老外公生气了。

"阿公，你毋受气！我不急于办婚事是……"他诚惶诚恐地说着。

"阿亮啊！你的顾虑是多余的。没错，当年我是先赴东洋留学，再回家完婚的。但那时我才二十出头，可你现在早已'入川'了，你算算，等你研究生毕业，噢，你还想攻读博士，等工作后再成家，等到头毛嘴须白，你才做老爸？你看看，人家张院长的儿子那年也是当了老爸后，才上大学的呀，没什么影响啊！你们这代老三届知青上大学都有这样那样的状况。再说，你若成家，沙慧珠母女从此就有了依靠，你父母在天之灵也会欣慰的呀！你自己好好去想！阿公我是棺材踏一半的人，听不听随你！"傅弘茂激动地说。

"阿公，我听，我听！"嘉亮抬头望着外公脸上岁月留下抹不去的痕迹，皱纹如刀刻斧凿般深刻，知道外公最后一句的分量，他不能不听，"只是……只是婚礼办简单点、节俭点，行吗？"

"好好好！现在新式结婚最简单，我和你沙阿姨都合计好了！亲家对门，礼数原在。新娘房的床橱桌柜、衣服被褥，你外公和嘉欣都要掏钱，让石磊为你备齐。我呢，就到糕饼厂买些'龙虾酥'喜糖分给大家吃吃甜；届时再打一鼎卤面，请堂里的亲戚朋友，厝边头尾来热闹一番，就成了！"柳芹急忙插话，笑得前仰后合。沙慧珠更是心花怒放。

燕尔新婚，欢天喜地。次年，许香玲生了个胖团仔，傅弘茂高兴地给曾外孙仔起名，"田京翰"。

八年后，漉溪神癀片制药集团股份有限公司成功上市了。"积善堂"第四代传人傅弘茂和柳芹作为特邀嘉宾参加了庆祝大会，高念台也从美国发来贺电。因为高念台不仅为"神癀片"上市出谋献策，而且出巨资让他大儿子作为神癀片公司的股东；在北京协和医院当医生的嘉亮也为"神癀片"的上市跑过腿，出过力。这一切，令傅弘茂感到无比欣慰和自豪。

然而，两年后乔迁"锦绣家园"的分房风波却使傅弘茂频添了不少白发。

事情得由两年前漉溪西街改造说起，按照旧城改造规划"积善堂"老宅从红楼到白楼一律限时拆除，傅弘茂傻眼了，红楼——门楼虽破，更鼓原在[1]！我在这里从黑毛住到白毛，为何非拆不可？岁月的轮回将红砖埕和白石埕面嵌着不平的凹凸，那是他难忘的印记，承载着他多少眷念与梦幻啊。他想不通。听说承担拆迁和建房的就是嘉安和石磊合资的万利通房地产开发公司，他更是心狂火着，随即将嘉安和石磊叫来。"阿安，石磊，你俩是瞎眼的，毋惊铳[2]？拆厝、起厝这么大的事情，怎能不与我商量？说拆就拆呢？胆大包天！"傅弘茂原想好好规劝他俩，可胸中的怒气已使他的嘴不再受心的指挥，禁不住破口骂起来。

嘉安和石磊无言以对，从未见过老外公发这么大的火。

"老六啊，拆不拆红楼与他们何关？你莫一支竹篙杠倒一船人。他们是施工的，不是掌舵的！你有本事找区政府说去！"柳芹连忙劝道。

"什么没关系？西街那么多地块，为啥你们偏偏投'积善堂'老宅这个标，莫非是想吃傅家的祖公业？我知道，你俩这几年裤带结相连，赚了第一桶金，还上五峰村与水仙婶、矮脚松搞什么雨林矿泉水公司、办什么五峰家具厂啦、五峰山货贸易公司啦……难道你们钱有，就毋惊世事[3]？屁话！"傅弘茂越说越激动，一副凛然一本正经的神情，鼓出的眼珠又大又圆使人联想到庙里的神像。

"哎呦！老六动那么大肝火做啥？坐下来，喝喝茶，慢慢讲嘛！自己的亲外孙、外孙婿又不是贼仔？再说那年咱上北京看嘉亮，飞机票不也是他俩买的？他俩是有点钱，更有亲情，这些年家中的难事杂事，重活累活，不都是你一吱声，他俩就办好的吗？咱宗荣、宗耀，哪有他们的本事？玉莲她们兄弟姐妹就更比不上他们了！"柳芹滔滔不绝地说。

"别讨人情！我就是不拆，不拆！我人生都绕了一大圈，脱赤脚的毋惊你穿皮鞋的！"傅弘茂桌子一拍，站起来，头有点眩晕，柳芹急忙扶住他，定了神后，他拄着拐杖慢慢地走进房里。

---

1 更鼓，旧时打更的鼓。原在，依旧在。喻为虽家道中落但门风犹在。
2 毋惊，不怕。铳，枪。喻为有勇无谋。
3 世事，世间事。喻为有钱能使鬼推磨。

顿时，嘉安和石磊吓得额头都冒出冷汗。怎么也没有想到，老外公居然要当"钉子户"？倘若如此，那"积善堂"老宅的拆迁真的要遇上大难题了……唉，错就错在没有事先与老外公打个招呼呀。

"免惊啦！拆旧厝，盖高楼，有啥不好？只是你外公对红楼感情极深，难舍难分啊！他气无处发，自然全泄在你们头上。唉，老人团仔性[1]。我会好好劝他的！只是你俩以后凡事得多尊重他，多与他商量。人说，老的是老步定[2]，过桥比你俩走的路多啊！现在最好让嘉亮抽空来个电话，包准管用。"柳芹急忙支招。

果然不假，嘉亮的电话和来信让傅弘茂慢慢消了气，他的脑筋大转弯，连"积善堂"老宅里赖着不拆的钉子户，都逐一被他说服了。两年后，"锦绣家园"的一幢幢高楼，拔地而起，巍巍然、皇皇然，耸立在漳江岸边；小区内，绿树荫翳，花团锦簇，亭台楼阁，曲径通幽，风景独好。

新房的钥匙尚未到手，纷争和苦恼接踵而来，气得柳芹差点吐血。

不知从哪里得到的消息，十多年来杳无音信的蒋飞飞带着小宝心急火燎地乘飞机从Ｓ市突然赶来；二十多年前口口声声一刀两断，且已住进制药厂宿舍的肖荷花也冲了进来；甚至连不知叫什么名字的算命先生傅阿鼠的儿孙们都挤进来，团团围着傅弘茂，为分新房的事，吵得不可开交。

"阿爸，这小宝可是您的大长孙，他从小就因傅家的'积善堂'，不知喝了多苦水，流了多少泪。如今分房无论如何得先给他补偿补偿！我们的要求并不高，只要给他的名下分一套三房两厅的房子，外加三百平方的大店面，就行了！"蒋飞飞摇动着新烫的时髦大波浪式的头发，黑眼珠放着浮动的光，东瞧瞧，西看看好似要表示自己的坚决，而又有点不安，耍着抹着鲜艳口红的嘴皮子，说得极为轻巧，语速适当放慢，希望傅弘茂能听清楚。

"对对对！飞飞说得极有道理，大房长孙的要求合情合理。而我呢？我是你老六明媒正娶的四房，我该分多少，你自己摸摸良心，这些年我孤苦伶仃、凄风苦雨，难道还分不到一片瓦……"肖荷花不由哽咽着。

---

1 团仔，小孩子。性，性情。
2 步定，步履稳健。

"我呸！世间哪有这般厚颜无耻的小人——死毋敢、逐项都敢[1]？柳芹一听，火冒三丈，她刚要开口，想出出久压在心中的恶气，可一看，傅弘茂闭眼养神，偶一睁眼，瞧着她，她立马将话紧压在心里。在她的眼里老六既是好丈夫，也是好家长，一切得听老六的。

　　"六伯公，我的要求最低，只要按照'拆迁办'的规定，将我先父原先在'积善堂'的住房面积还给我们，就行！您德高望重，在堂里喝水会坚冻[2]——一言九鼎。您老人家得给我们做主呀，总不能让我们一家老小无家可归啊！六伯公。"傅阿鼠的儿子和孙子顺势"扑通扑通"跪倒在地，一把鼻涕，一把泪，俨然把眼前的傅弘茂当作救世主。

　　傅弘茂微闭双眼，一言不发。

　　柳芹可真的受不了，她上前一把拉扯傅阿鼠儿子的衣服，愤愤不平地说："快起来！毋在这里搬戏[3]！你找错人了，带上你老爸的厝契找'房改办'去！"

　　"我……我……"傅阿鼠的儿子吞吞吐吐。

　　"你今日来，还好意思像正月初一去南山寺抢头香？你怎么不先到白石埕去问问老宅里的人，当年你阿爸傅阿鼠是怎样急匆匆将自己的房子卖掉，像躲瘟疫一样连夜搬住北桥的。家神通外鬼，如今两手空空！怪谁呢？"傅弘茂霍然张开眼睛，意有所指地说。他认真得像个孩子。

　　刹那间，屋里鸦雀无声。

　　肖荷花像一条癞狗被堵在死角落里，极想露出抵抗的牙和爪，可已没有力气。傅阿鼠的儿子理屈词穷，见势不妙，悻悻地溜走了。只有蒋飞飞装作没听见，若无其事地说："阿爸，我们是来讲理的，不是来吵架的。凭什么嘉欣、嘉安，噢，还有在北京的嘉亮在'锦绣家园'都各有一套新房，而小宝却连一块砖都没有呢……"

　　"你哪会讲理？人家嘉亮兄弟姐妹都是自己掏钱买的呀！你有本事也掏腰包去买呀？我一世人吃盐，较多你吃米！哼，有的人，若教会变——狗都会

---

[1]　毋敢，不敢。逐项，所有。指除了死，什么都敢干。喻为不知廉耻。
[2]　喝，大声呼喊。坚冻，冰冻成固体块状。喻为说话分量很重。
[3]　毋，不要。搬戏，演戏。

拿葵扇[1]！"柳芹忍不住回敬道。

"你说什么狗呀？你骂人！好啊，你敢欺负人，我就马上到法院告你去！"蒋飞飞撒野了，脸上的每一个雀斑似乎都显露出傲慢和张狂。

"吵什么吵？我又无骂你。如果有谁敢放刁[2]，想上法院，我甘愿老肉配你清肉冻[3]！"柳芹霍地站起来气愤地说。

"都坐下！"傅弘茂捋一捋雪白的胡须，不急不躁，保持着长者的威仪，平心静气地慢慢说，"我活到九十多啦，难得这番分厝，才能再见到你们。若无，老死不相往来啊！大家都免吵，见面三分情，无亲也沾故！一人三囝，六代千丁[4]，因天之序，方能生生不息啊！都是傅家人，船过水无痕。这厝怎样分，我早就想好了，并非你们今日第一个跑来吵，我眼皮底下的一大群子孙们早就争红了眼、挤破了头！谁不想要分店面——赚钱；谁不想抢大套房——值钱？！只是三个钱要摆五行[5]，如今我的内外子孙，还有曾仔孙，嘴齿敲起来，满满一米箩[6]，那几间店面，几套房，怎够分呢？我思来想去，还是按过去分灶吃饭的那句老话，按房头和人头平均。但咱是一家人，应互相谦让。像嘉亮兄弟不但不争，而且借钱给她三姨帮北仔子买了房子，同为一家人，这多好呀！这么多年，你飞飞难得回来一趟，应该先带上小宝去象牙探望大宝，你们毕竟是夫妻一场嘛！大房应得的份额，我会照分照给，至于大宝和他的姐姐们要怎分，只要大家能相惜骨肉情，定能分好，我也省了这份心！荷花，龟做龟讨食，鳖做鳖爬壁[7]。你既已有宿舍，就勿想再回来！还有，刚才飞飞说要上法院，这不好！俗话说，官司好打，狗屎难吃。这分厝的官司你有钱打，我是无性命陪！"他的眼睛依然明亮，说完话，有些气喘，他用手在胸口上揉了揉。

一场分房的风波让傅弘茂给平息了。

---

[1] 喻为本性难移。
[2] 放刁，讲大话。
[3] 老肉，老命。清，冷。喻为不顾一切。
[4] 囝，儿子。丁，男孩。喻为子孙满堂。
[5] 喻为僧多粥少。
[6] 喻为人满为患。
[7] 喻为各自生存，互不干涉。

乔迁新居的那天，既是嘉安新婚大喜，也是宗耀的"美的"美容美发厅和玉莲的"俏丽"服饰店开张的好日子，嘉亮携着许香玲和儿子，还有丈母娘沙慧珠兴高采烈地专程从北京赶回来。

听说嘉亮很快就要赴美国学术交流，傅弘茂兴奋不已地紧握住嘉亮的手说："你已成博士了，还这般认真？好好，爱拼才会赢！出力做，才会趁着好时运！阿亮啊！我能活到耄耋之年，却有三个做梦也梦不到的事，一是想不到'神癀片'居然会上市；二是想不到'积善堂'老宅会焕然一新；三是想不到我老虽老，还会哺塗豆[1]！俗话说，三千年一摆海涨[2]啊！"他那深邃而慈祥的眼神里充满一种说不出的感慨，满脸全露出永远含笑的深深的皱纹。

"是呀！外公，咱是遇上改革开放的好年景了！"嘉亮笑道。

"外公祖，祝您长命百岁！"嘉欣那聪明伶俐的女儿说道。

"百年不遇，哈哈哈！"傅弘茂拧着白眉毛，舒心一笑，就像天空射出一道阳光，照得大地金光灿灿。客厅里洋溢着一片欢声笑语。

入夜华灯初上，一轮圆溜溜的明月高挂半空，如同一盏大灯笼，把漳江两岸照得亮堂堂，五光十色的江水在不停地欢唱着、奔腾着、浩浩荡荡，一往无前。

        2013 年 7 月 8 日动笔于厦门国贸新城
        2016 年 9 月 11 日初稿于漳州钱隆学府
        2017 年 4 月 2 日二稿于厦门国贸新城
        2017 年 5 月 20 日三稿于漳州锦绣一方
        2017 年 6 月 30 日四稿于漳州锦绣一方
        2017 年 7 月 19 日五稿于漳州锦绣一方
        2017 年 8 月 9 日六稿于漳州万达中央华城
        2017 年 12 月 26 日七稿于上海松江

---

1 哺，嚼。塗豆，花生。喻为身体硬朗。
2 摆，次。海涨指海啸。

跋

沈丹阳

吴笠铭先生与我算得上是世交老友了，以前我们都在厦门工作时经常能碰碰面、聚一聚。近年来他退休生活在闽南，我则在京城忙于自己的工作，两人已多年未见。

今年初春，突然接到吴先生从厦门打来的电话，谈及他在四年前老伴突然病逝后，强忍着悲痛，用心血创作了一部四十余万字闽南题材的长篇小说，即将出版。问，能否为此书作序？

吴先生邀我作序，实不敢当，因为自己不仅对小说向来无研究，而且文学素养是短板。

在拜读书稿并仔细了解了吴先生艰辛创作历程之后，深受感动。一个年过花甲的非专业作家，在失去老伴那些痛苦而孤寂的日子里，勇敢适应新生活，夜以继日地爬格子，得有多大的勇气和毅力！因此，真心觉得虽然写不了序，但还是很有必要写出我的感言，好好借此向老友表达由衷敬意，并向读者作个隆重推荐。

吴先生和我共同的家乡闽南漳州，是个文化底蕴深厚、民风个性风骨鲜明、崇尚人文精神、充满感人故事的历史名城。遗憾的是，以漳州为题材背景的文学作品如凤毛麟角，通过原创长篇小说的形式，描写漳州某一古老家族的百年兴衰，估计吴先生所著《生死印烙》很可能是首例。

小说以漋溪百年老药铺"积善堂"及其傅家大宅为背景和环境，取"积善堂"

的兴衰及其四代人命运悲欢为素材，巧妙地借闽南"换婴"的民俗，构思出一幕幕惊心动魄的情节，讲述了一个个跌宕起伏、感人肺腑的故事，细节描写生动而真实，既精彩纷呈，可读性强，又引人深思。

久居京城，两耳灌满了京白，读这本书，故乡的那些活脱脱的人物和故事、那些古老传说与风土人情一下子勾起乡恋，不忍释卷。书中大量使用闽南的民谚、俗语、歇后语，充满着乡情、乡音，使人顿时有空谷足音之感，倍感亲切。

就文学色彩而言，这部著作确实不失为多年来少见的闽南乡土文学的一本好书。全书风格朴实而真切，叙事婉曲而有致，议论畅达而简练，细节生动而细腻，不乏有华彩纷呈、动人心弦的段落和章节，或慷慨激昂，或忧思如捣，或悲痛欲绝，或欣喜若狂，或诙谐幽默，读来引人入胜。

掩卷深思，感动之余，满满的是钦佩。吴先生在国企经商近三十年，长期从事的是经济工作，听说这是他第一次进行长篇小说创作，但全书读来令人对他语言根基扎实，充满文学气质，印象深刻。这可能与他自幼爱好写作，阅历丰富，尤其是在厦门国贸对台贸易公司工作的难得经历不无关系。正如他在"后记"中所说，在工作之余，"乐此不疲地收集和整理了闽台两地通用、常用的闽南话。"这一切都为他写好这本书提供了有利条件。当然，更重要的是吴先生的真诚、豪情、勤奋、智慧和想象力。

我以为，《生死烙印》的出版实实在在是件大好事，相信对大力繁荣闽南本土文学创作，乃至促进闽台文化交流，都会是有帮助的。

2017 年 7 月 21 日于北京

（沈丹阳：商务部新闻发言人、政策研究室主任，北京大学、厦门大学兼职教授、博士生导师）

推荐语

古人说"读其书,想见其为人",又说"披文入情"。我了解和熟悉吴笠铭先生,他是一位虚怀若谷而又勤奋好学,脚踏实地而又勤勉工作的人。退休后,他以真诚、激情、勇气和锲而不舍的精神笔耕不辍,成为我们厦门国贸团队中出版原创长篇小说的第一人。同为国贸人,读起这本书来别有一种亲切的滋味和真挚的感受。由衷地祝贺他,愿与他分享收获的快乐。

——许晓曦(厦门国贸董事长 博士)

看了《生死烙印》一书,仿佛回到了我童年时家乡的凄凉景象,仿佛又见到了我生活和工作过的闽南大地千变万化的画卷。历史在前进,时代在变迁,一个家庭的命运,一个家族的兴衰,乃至社会的发展进步都能从书中得到印证,受到感染和启迪!

吴笠铭用心血写成的这本书,再现了几十年来闽南城乡的风风雨雨,将会受到读者喜赞。

——许崇安(资深媒体人 福建省作协会员)

巴尔扎克说,小说被认为是一个民族的秘史。说《生死烙印》是一部漉溪近半个世纪的秘史,我想并不为过。小说以党的地下工作者田舒夫新中国成立后的命运为主要线索,围绕百年药铺"积善堂"家族成员的坎坷经历和神药"神癀片"的传奇,书写漉溪的政治、经济、人文生态的变迁,故事引人,人物生动,情感丰沛,读来让人感叹,发人深思。作为漳州人,小说中浓郁的闽南气息和漳州话的大胆植入,让我倍感亲切。感谢我的老校友吴笠铭,为我们创作一部让人难忘的好作品。

——青禾(漳州市作协原主席 中国作协会员)

历史由一节节人生链接而成,《生死烙印》书中人物和家族跌宕起伏的命运便是其中一节。我们这一代人熟悉和经历过,留下叹喟,更多的是思考。小说打着鲜明的漳州印记。都写了些什么?打开阅读吧。

——杨西北(漳州市作协主席 中国作协会员)

后　记

受先父的耳濡目染，潜移默化，我从小就酷爱文学，喜欢读书，常梦想能上大学中文系深造，长大后从事文艺工作。遗憾事与愿违，我读了"商业经营管理"专业，走上了商道。

萌发写这本书的念头是在1973年，那是我在农村当知青第五个年头。由于"高考"落榜，我经历了人生低谷，白天劳动，夜里读书，无聊之余，便跃跃欲试。于是，我苦思冥想，搜肠刮肚，尝试写了《掏表记》和《桔子洲巡礼》两个短篇，很快，被退稿了。然而，我仍不死心，坚持边读书，边打腹稿。年复一年，创作冲动逐年骤增。按捺不住，我冒昧地将这本书的故事梗概和目录寄给先父的知己——原云霄县一中的老校长许周泽叔叔，向老前辈请教。很快，他老人家给我回信，提了极为中肯的三条意见：一、想法虽好，但为时尚早；二、创作极难，应原于生活，高于生活，需要知识的积累和时间的沉淀；三、安心劳动，三四十年后动笔为妥，相信有志者事竟成。老人家殷殷垂教，我铭心刻骨。日长月久，我渐渐懂得，创作好比酿酒，不仅需要精心挑选好的原料，还需要时间，经过充分发酵精心酿造，才能酿出好酒。1992年先父病重期间，曾对我说了件憾事：他未能在十几年的离休期间静下心来将自己坎坷的一生写下来，留给自己的后代。这对我触动极大，传承着父亲血液里刚毅、勤勉、坚定和百折不挠的潜质，成为我创作中孜孜不倦的原动力。四年多前，我的爱妻突然病逝。之前，我曾告诉过她，退休后我一定要把这本书写出来，请她做我的第一位读者，令人悲催的是，我尚未动笔，她却溘然离世。那是一段撕心裂肺、不堪回首的日子，我陷入了极度悲痛之中，几乎无法自拔。生命太脆弱了，眼睛一闭，就像大海边一颗细小沙粒，刹那间被海水悄无声息地卷走了，永远消失了，不留下一丁点痕迹。易卜生说过，人的第一天职是什么？很简单：做自己。我想，与死相比，生可以触及，可以改变。活着，就应该明白在所有让你悲伤、烦恼、痛苦和崩溃背后还有披云见日的时候，还有选择的机会，应该竭尽全力，心无旁骛地好好做一件自己认为最有意义的事，既告慰父母和爱妻的在天之灵，也善待自己。生命是脆弱的，但也是坚强的，为自己活一把，不放弃，不抛弃。当我想开的时候，我选择追寻生命的意义。

于是，我再次点燃创作激情，时隔四十年，腹稿里的人物和情节，依旧清晰可见。我把所有的手稿和笔记统统翻出来，用悲痛来刺激灵感，让低潮带来思考，以笔耕不辍来转移自己的注意力，调节好心绪，呵护好健康。这场突如其来的灾难，仿佛照亮了我一个才疏学浅的初写者的创作之路，灵感像打开闸门泄洪一般，一发而不可收，终于以艰苦创作，挣脱了一直缠绕在自己身上悲伤和痛苦的锁链，一步一个脚印顽强地走出来了。倘若，没有这种情感不断地驱动，我根本没有办法能够做完这件极其艰难、极其困苦的事情。

创作最折磨人。为虚构和写成这本书，我足足准备了整整四十年。除了文学知识积累和个人阅历沉淀外，我心里储备和酝酿了四十年的腹稿，阅读了近百部中外名著，做了数十万字写作提纲和笔记，尤其是利用多年从事对台贸易的工作机会，乐此不疲地收集和整理了闽台两地通用、常用的闽南话俗语、谚语以及了解闽台风土民情等。我以为，闽南文化具有丰富的开放性、包容性、思辨性的内涵。倘若能在书中大胆灵活地尝试使用闽南方言，或许能够让人物形象更加丰满，让这本书的闽南本土特色更加突出；或许能够让读者有机会品尝和感受一点闽南文化底层——河洛文化与吴越文化交融及海上丝绸之路崛起后与海洋文化激荡，交相辉映的神奇韵味与独特魅力。我花了三年多完成初稿，再经过一年多，七易其稿，将初稿的约58万字压缩到约40万字，每个小章节至少增删七八次，最多达十几次，可以说，这本书我是锱铢积累，耗尽心血完成的。今天诚惶诚恐地将它呈现在我的读者面前。

我没有如椽大笔，更没有文学天赋。每个人的生命里都会有一些难以割舍的人和事，我只能从自己熟悉的年代、熟悉的地方、熟悉的社会阶层取材，只能靠着自强不息的精神，用心去写，不断琢磨，边写边改，屡败屡战，锲而不舍，欲罢不能，用心血和汗水将它糅合在一起，终于写成这本小说。我希望，笔下的人物能够一个个活脱脱地立起来；故事能够真实生动、接地气；情节能够既在情理之中，又在意料之外。这些说易，做很难！我虽做了，但仍须努力。四年多来我像个苦行僧，吃尽了苦头。创作的确需要灵感。我全没意料自己会有灵感。而是灵感自己找上门，时而高兴来就来，那些虚构的情景像井喷"哗哗哗"从脑海里直涌出来，让我漏夜"爬格子"，无法搁笔；时而生气了扭头便走，无影无踪，令我几天几夜都寻觅不到几个字，像蜗牛爬山。创作让我真真切切地感受到，痛并快乐着！我既为主人公的不幸而泪流满脸，也为他们的喜悦而捧腹大笑。总之，在漫长而艰辛的写作过程中，让我有时间、有机会、有心情换个角度去思考人生、思考生命、思考爱情、思考时间、思考死亡……我觉得，与其说这四年里是在写书，不如说是一次极其艰难的自我否定、自我修炼、自我战胜、自我超越的登峰。我乐此不疲地忙碌着，从中或多或少体验人生的一种完美，收获一种财富，享受一种幸福。生命太奥妙了，许多看不见的价值和意义，往往发生在自己看不见的小微之处。无形中，我仿佛获得了第二次青春，真正的生命似乎刚刚开始，真不知老之将至！

俗话说，吃果子拜树头。衷心感谢长久以来关心、支持和帮助我的张明贵先生、许崇安先生、汪一凡先生，还有陈永赐老先生；衷心感谢为我这本书作《序》的著名作家杨少衡先生和作《跋》的沈丹阳博导；衷心感谢许晓曦博士、黄清河先生、杨西北先生、奚钺先生、许师逊先生、许师中陈庭云夫妇和陈和钗女士；我还要向中国华侨出版社的编辑们，以及朋友们表示深深的谢意。

《生死烙印》所写的故事和人物纯属虚构，如有雷同，纯属巧合，而我这里所记的却全是事实。

谢谢读者。

作者

2017年12月27日厦门

图书在版编目（CIP）数据

生死烙印 / 吴笠铭著. —北京：中国华侨出版社，2017.12
ISBN 978-7-5113-7231-4

Ⅰ.①生… Ⅱ.①吴… Ⅲ.①长篇小说—中国—当代
Ⅳ.①I247.5

中国版本图书馆CIP数据核字（2017）第282751号

生死烙印

著　　者 / 吴笠铭
责任编辑 / 高文喆
责任校对 / 志　刚
装帧设计 / 奚瑞格
扉页题字 / 吴笠铭
经　　销 / 新华书店
开　　本 / 787毫米×1092毫米　1/16　印张 / 38　字数 /400千字
印　　刷 / 三河市华润印刷有限公司
版　　次 / 2018年6月第1版　2018年6月第1次印刷
书　　号 / ISBN 978-7-5113-7231-4
定　　价 / 76.00元

中国华侨出版社　北京市朝阳区静安里26号通成达大厦3层　邮编：100028
法律顾问：陈鹰律师事务所
编辑部：（010）64443056　64443979
发行部：（010）64443051　传真：（010）64439708
网　址：www.oveaschin.com
E-mail：oveaschin@sina.com